Bernhard Hennen
Wolfsträume

PIPER

Zu diesem Buch

Seit seinen Romanen um »Die Elfen« gehört Bernhard Hennen zu
den erfolgreichsten deutschen Fantasyautoren. Diese Sammlung
vereint die besten seiner Erzählungen und Novellen und enthält
zudem zwei exklusive, nur für diesen Band verfasste Storys. Bernhard Hennen führt darin sowohl in mittelalterliche, phantastische
als auch in futuristische Welten und beweist außerdem, dass er sich
meisterhaft auf düstere Stoffe versteht. Mit abenteuerlichen historischen Schlachten, übersinnlichen Verbrechen und Visionen von
einer dunklen Zukunft zieht »Wolfsträume« die Leser immer wieder aufs Neue in seinen Bann und ist eine wahre Schatztruhe für alle
Hennen-Fans.

Bernhard Hennen, 1966 geboren, ist einer der wichtigsten deutschen
Fantasyautoren. Nach dem Studium der Germanistik, Geschichte
und Vorderasiatischen Altertumskunde war er Rollenspielautor,
Radiomoderator und bereiste als Journalist den Orient und Mittel-
amerika. Seine phantastischen und historischen Romane wurden
mehrfach mit Preisen ausgezeichnet. Seine Bestsellerserie um »Die
Elfen« zählt zu den bedeutendsten deutschsprachigen Fantasyreihen
und feiert auch international große Erfolge in Europa ebenso wie
in den USA.

Bernhard Hennen

WOLFSTRÄUME

Erzählungen

PIPER

Entdecke die Welt der Piper Fantasy:

Piper ⟟ Fantasy.de

Von Bernhard Hennen liegen im Piper Verlag vor:
Nebenan
Wolfsträume

MIX
Papier aus verantwor-
tungsvollen Quellen
FSC® C083411
FSC
www.fsc.org

Ungekürzte Taschenbuchausgabe
Dezember 2017
ISBN 978-3-492-28138-6
© Bernhard Hennen 2016
© Piper Verlag GmbH, München 2016
Umschlaggestaltung und -motiv: www.buerosued.de
Satz: Fotosatz Amann GmbH & Co. KG
Gesetzt aus der Bembo
Druck und Bindung: CPI books GmbH, Leck
Printed in the EU

INHALTSVERZEICHNIS

VORWORT

Warum schreibe ich Erzählungen? Seit vielen Jahren gelten Anthologien im Buchhandel als schwer verkäuflich. Warum also nicht nur Romane schreiben, haben sie doch ungleich bessere Chancen am Markt? Die schnelle Antwort lautet: Eine Kurzgeschichte bedeutet Abwechslung. Sie gibt mir Gelegenheit zu zeigen, dass ich mehr bin als nur der Autor von Elfen-Romanen.

Wer es ausführlicher wissen will, ist eingeladen, mir über die nächsten Seiten zu folgen und neben Bibliografischem zu den Geschichten auch ein wenig Biografisches zu erfahren.

Die große Zeit der Anthologien lag in den Sechziger- und Siebzigerjahren des letzten Jahrhunderts. Als Jugendlicher habe ich solche Kurzgeschichten-Sammlungen mit großer Begeisterung verschlungen. Meine Lieblingsreihe waren die Gespenstergeschichten aus aller Welt, die damals im Fischer Verlag erschienen sind. Blicke ich in den Band »Englische Gespenstergeschichten« aus der Serie, sehe ich dort, dass im September 1978 eine Auflage von 182 000 erreicht wurde. Verkaufszahlen für eine Anthologie, von denen heute kein deutscher Verlag mehr zu träumen wagt.

Als ich Mitte der Neunzigerjahre begonnen habe, Storys und Erzählungen zu schreiben, war dieser Ruhm der Anthologien noch in guter Erinnerung, und es gab in Verlagen die Hoffnung, mit dem richtigen Konzept vielleicht wieder an einstige Erfolge anzuknüpfen. Bei mir sah es in jener Zeit so aus, dass ich meine ersten Gehversuche als Schriftsteller machte und auf keinen Fall nur als Autor von High-Fantasy festgelegt sein wollte. Meine erste Trilogie »Das Jahr des Greifen« war, dank der Unterstützung von Wolfgang Hohlbein, ein Erfolg. Gut leben konnte ich vom Schreiben aber bei Weitem noch nicht. Es waren die Jahre, in denen ich jeden Nebenjob angenommen habe, der sich bot, sei es als Weihnachtsmann zum Mieten, Schwertkämpfer auf Mittelaltermärkten, Filmvorführer, freier Journalist bei verschiedenen Radiosendern oder als Autor. Ganz gleich was ich getan habe, am Monatsende war das Konto meist überzogen. Damals waren Kurzgeschichten ein willkommenes Salär am Rande, auch wollte ich mich in dieser Zeit neben der Fantastik als ein Autor von historischen Romanen etablieren, und so war ich für jede Kurzgeschichte dankbar, die mir einen Ausflug in historische Epochen erlaubte. (Es dauerte ein paar Jahre, bis ich eingesehen habe, dass man – ohne Pseudonym – entweder das eine oder das andere ist, da die Leserschaft eine sehr geringe Schnittmenge bildet.)

Nach dem Erfolg von »Die Elfen«, bin ich viel freier geworden. Nun sind Kurzgeschichten für mich ein Experimentierfeld für Ideen, die ich in den Romanen der nächsten Jahre nicht umsetzen kann, aber dennoch nicht ganz begraben möchte. Ein wenig Urlaub vom Tagesgeschäft. Und doch gibt es zu vielen Erzählungen noch eine eigene Geschichte:

Mondträume, zuerst erschienen 1996, ist meine zweite Kurzgeschichte. Die Idee dazu wurde geboren, als mir befreundete Gaukler und Musiker von Burg Reuschenberg erzählten, die keineswegs erfunden ist. Ganz wie in der Geschichte drohte sie dem Braunkohlebagger zum Opfer zu fallen – was inzwischen auch geschehen ist. Mehrere Male habe ich die Burg besucht, habe mich von der Landschaft inspirieren lassen, war auf einem rauschenden Künstlerfest an einem romantischen Sommerabend, und langsam formte sich die Geschichte in mir. Und bis heute ist *Mondträume* eine der schönsten Liebesgeschichten, die ich geschrieben habe.

Virus erschien 2013 in der Anthologie *Vom Tod*, die von den geschätzten Kollegen Friedhelm Schneidewind und Frank Weinreich herausgegeben wurde. Seit Langem brütete ich an dem Thema, unter welchen Bedingungen ein Computervirus auch für Menschen tödlich werden könnte. Ganz unmagisch, in einer sterilen Welt der nahen Zukunft, war es eine schriftstellerische Herausforderung, die mich weit weg von den üblichen Pfaden geführt hat.

Wolfsträume von 2003 führt zurück an die Grenzen des Braunkohletagebaus. Während der Arbeit an *Mondträume* hatte ich den Journalisten Manfred Junggeburth kennengelernt, der mir die Geschichte des Bauern Peter Stump aus Epprath erzählte, der am 31. Oktober 1589 in Bedburg als Werwolf hingerichtet wurde. Eine Geschichte, die damals in halb Europa Aufsehen erregte. Gemeinsam mit Manfred entstand das Büchlein »Wolfsspuren«, in dem er die historischen Hintergründe des Werwolffalls ausleuchtete und ich die Novelle *Wolfsträume* beisteuerte. Und natürlich spielte auch im historischen Fall ein Gürtel eine ganz besondere Rolle, der jedoch nie aufgefunden werden konnte.

Ruth entstand 1996, für *Das Magazin*, eine Autorenzeitschrift in der Schweiz. Wer meine Elfen-Romane kennt, die regelmäßig zwischen 800 und 1100 Seiten haben, ahnt, wo hier die Herausforderung lag. Ich glaube ich habe noch nie so lange an so wenigen Seiten gefeilt, denn der erste Entwurf übertraf die Textvorgabe um mehr als das Doppelte.

Verwunschenes China erschien erstmals 2010 im Fantastikmagazin *Nautilus*. Seit vielen Jahren habe ich eine enge Bindung zu China, lebt doch der größere Teil meiner Verwandtschaft dort. Regelmäßig genieße ich es, dieses wunderbare

Land abseits ausgetretener Touristenpfade zu erkunden. Und so entstand *Verwunschenes China*, das sich in einer Hinsicht von allen anderen Erzählungen in diesem Buch unterscheidet. Es ist keine erfundene Geschichte, sondern der Bericht über einen Spaziergang im Nebel, den ich tatsächlich unternommen habe.

Tod im Labyrinth wurde bislang nur in der Anthologie »Götter, Sklaven und Orakel« (1996) veröffentlicht. Schuld an dem Setting dieser Geschichte ist das Schiffsfresko von Thera (Santorin), einer kleinen griechischen Insel, auf der vor etwa 3500 Jahren ein Vulkanausbruch eine Stadt *konservierte*. Die Bilder von Grabungen dort, zusammen mit den Illustrationen des Künstlers Peter Connolly, haben mich schon in meiner Jugend geprägt und den Wunsch in mir geweckt, dies alles eines Tages in einem Roman oder zumindest einer Kurzgeschichte lebendig werden zu lassen.

Zu meinen archäologischen Wurzeln führt auch die Geschichte *Stürmische Zeiten* aus dem Jahr 2000. Es war mein Kindheitstraum, Archäologe zu werden und nach versunkenen Städten zu suchen. Und so kam es, dass ich Jahre später Vorderasiatische Altertumskunde studierte. Im Institut bin ich nie von einem Zen-Bogenschützen bedroht worden, doch ist die Geschichte eine Hommage an diese Jahre und die WG, in der ich damals lebte. Und auch an jene Ballettlehrerin, deren im Herbstwind tanzenden Staubmantel ich nie vergessen werde.

Viele Jahre lang hatte ich den Plan, zwei große Kreuzzugs-Romane zu schreiben. Zu Recherchen reiste ich in die Türkei, den Libanon, nach Syrien und Israel, Jordanien, den Gaza-Streifen und Ägypten. Wunderbare Reisen, aus denen viele Eindrücke ihren Weg in andere Bücher fanden. Die Kreuzzugs-Romane sind nie entstanden, aber es blieben zwei Kurzgeschichten, die als Vorbereitung und zur Finanzierung eines Teils der Reisen dienten. *Der Stab aus Elfen-*

bein, aus der Anthologie »Von Mönchen, Mägden und Ge-sindel« (1995), und *Das goldene Tor,* erschienen in »Morde hinter Klostermauern« (1996).

Exklusiv für diese Anthologie entstand die Geschichte *Die Verschlingerin der Toten.* Meine jugendliche Begeisterung für Archäologie und Gespenstergeschichten fand hier eine Symbiose. Insbesondere war es mir ein Vergnügen, auf dem schmalen Grat zwischen Realität und Fantastik zu balancieren. Fast alle Schauplätze sind authentisch, und auch die verwickelten Familienverhältnisse Echnatons sind keineswegs erfunden. Und wer starke Nerven hat, mag sich über Google einmal auf die Bildersuche nach *KV35YL* machen. Doch Vorsicht, am Ende dieses Weges findet sich das Bild einer etwa 3300 Jahre alten Leiche.

Ebenfalls neu ist die Erzählung *Geister lügen nicht.* Lange schon brüte ich über Geschichten um einen »Inspektor« in einer Fantasywelt und darüber, wie ein Ermittler wohl arbeiten würde, wenn Totenbeschwörung eine Variante für die Aufklärung von Mordfällen wäre. Würde dies das Ende aller Morde bedeuten? Oder nur neue Varianten von Morden heraufbeschwören?

Heutzutage ist es ein Abenteuer für einen Verlag, eine Anthologie herauszugeben. Ich freue mich, im Piper-Verlag einen Lektor gefunden zu haben, der nicht davor zurückschreckt, abenteuerliche Wege zu gehen. Dieses Buch hat mich in den letzten Monaten noch einmal mit vielen alten und auch neueren Träumen konfrontiert. Es hat Spaß gemacht, in so viele verschiedene Welten abzutauchen, und ich hoffe, es finden sich immer noch viele Bücherfreunde, die facettenreiche Leseabenteuer so sehr zu schätzen wissen wie Carsten Polzin und ich.

Bernhard Hennen,
an einem Sommerabend 2016

MONDTRÄUME

Frank hatte den Lärm des Festes hinter sich gelassen. Die Mauern aus verwittertem Ziegelstein und die Stallungen schirmten ihn gegen die aufgesetzte Fröhlichkeit der anderen ab. Sie alle waren einmal seine Freunde gewesen ... vor langer Zeit jedenfalls. Sie hatten gemeinsam studiert und sich dann fast zwanzig Jahre lang nicht mehr gesehen. Wie hatte Rolf nur glauben können, dass sie noch zusammen feiern könnten! Sie prahlten damit, wie weit sie es im Leben gebracht hatten, oder tauschten hohle Höflichkeiten aus.

Frank schlenderte die Reihe der Autos entlang, die vor der Scheune standen – und lächelte. Sie sagten mehr über ihre Besitzer aus, als dies viele Worte vermocht hätten. Da war Annas alte Ente mit dem vergilbten Anti-Atomkraft-Aufkleber auf dem Heckfenster. Sie war eine geschiedene Sozialarbeiterin in Birkenstock-Schuhen und ließ auch heute noch keine Demonstration aus.

Gleich daneben stand Manfreds Porsche. Das neueste Modell. Na klar! Er leitete eine Werbeagentur in München. Hier gab es keine Aufkleber, keine Plüschfiguren ... Das einzige individuelle Accessoire war das Handy, das auf dem Beifahrersitz lag.

Ein Stück weiter ... sein alter Diesel. Die Sitze abgewetzt, eine Straßenkarte auf der Ablage über dem Armaturenbrett, zwei zerknüllte Strafzettel für Falschparken und eine leere

Cola-Flasche auf der Rückbank. Was sagte das einem Fremden über den Charakter des Wagenbesitzers?

Doch der Wagen passte zu ihm. Frank trank einen Schluck aus der Weinflasche, die er vom Fest mitgenommen hatte. Zu den frustrierendsten Erkenntnissen des Älterwerdens gehörte, dass Klischees in der Regel stimmten. »Zeig mir dein Auto, und ich sage dir, wer du bist«, murmelte er leise und schlenderte weiter, bis er die Ecke der großen Scheune erreichte. Der Mond stand hoch am Himmel, man konnte weit über die abgeernteten Kornfelder sehen. Rechts von der Burg leuchtete ein zweites, fahles Auge am Nachthimmel: einer der Scheinwerfer des riesigen Braunkohlebaggers, der keinen Kilometer entfernt am Rand der großen Grube stand. Sein Schaufelrad zeigte drohend auf den Bergfried. Die Belagerung von Raubrittern, die marodierenden Söldnerhaufen des Dreißigjährigen Krieges und zwei Weltkriege, all das hatte die kleine Burg überstanden, und jetzt sollte sie mitten im Frieden zerstört werden. Ein Jahr noch, und der Bagger würde dort stehen, wo sie jetzt stand.

Darum hatte Rolf sie zu diesem Fest eingeladen. Er wollte Abschied nehmen von Burg Reuschenberg. Seit einem halben Jahr waren die Stallungen und Wirtschaftsgebäude schon verlassen, und er hatte das Grundstück ohne Schwierigkeiten anmieten können, um auf seine Art Abschied zu nehmen.

Like a sex machine dröhnte es über die niedrigen Dächer der Ställe. Ob Musik, ein bisschen Gras und Rotwein wohl reichten, um die alten Zeiten noch einmal heraufzubeschwören? Sie hatten die wilden 68er nur um drei Jahre verpasst, und obwohl die Uni noch das Flair der Hippiezeit atmete, hatten sie doch nicht mehr richtig dazugehört.

Hinter den Scheunen lag dichtes Unterholz, also musste Frank einen Bogen über den Acker machen, um auf die Rückseite der Burg zu gelangen. Dort standen alte Kasta-

nien, deren Wipfel sich fast so hoch wie das spitze Schiefer-
dach des Bergfrieds erhoben. An der Mauer vorbei lief ein
ausgetrockneter Wassergraben. Er kletterte hinunter. Seine
Finger strichen über die rissigen Mauersteine, und mit der
Flasche prostete er den alten Ziegeln zu. Was diese Steine
schon alles gesehen haben mochten.

»Ein schöner Platz, nicht wahr?«, erklang hinter ihm eine
Stimme. Frank drehte sich um und spähte zu den Kastanien
hinüber. Eine Gestalt löste sich aus dem Schatten der Bäume
und stieg die Böschung zu ihm hinab.

Rolf!

»Du bist nicht auf deinem Fest?«

»Du bist doch auch nicht dort. Es war mir zu laut und ...«
Er schüttelte den Kopf. »Vielleicht ist es ein Fehler gewesen,
die alten Zeiten noch mal raufbeschwören zu wollen? Ich
weiß nicht. Aber ich glaube, ich hätte lieber allein Abschied
nehmen sollen.« Er legte den Kopf in den Nacken und
blickte zum Vollmond hinauf. »Eine schöne Nacht. Ich liebe
dieses Licht. Es gehört zu Feenmärchen, Geistergeschichten
und ... zur großen Liebe. Was glaubst du, wie viele Pärchen
sich in dieser Nacht und unter diesem Mond ewige Treue
schwören? Und wie viele Schwüre werden halten?«

Frank zuckte mit den Schultern. »Ich denke, die meisten
werden schon bald Geschichte sein. Eine romantische Erinnerung ...« Er nahm einen Schluck aus der Flasche.

»Ja, Geschichte ...« Rolf seufzte leise. »Weißt du, manchmal glaube ich, dass im Mondlicht Vergangenheit und
Gegenwart nicht mehr so streng voneinander getrennt sind.
Sie fließen ineinander über ... jedenfalls an Orten, die eine
lange Geschichte haben, so wie die Feenhügel in Irland oder
eben diese Burg. Die Menschen und das Land, sie sind eins.«

Verstohlen musterte Frank seinen Freund und fragte sich,
was für ein Kraut er wohl geraucht hatte. Für einen End-

vierziger hatte sich Rolf ganz gut gehalten. Zumindest äußerlich … Er war schlank, fast schon hager. Sein schulterlanges schwarzes Haar war von grauen Strähnen durchzogen, das Gesicht glatt rasiert. Ein wissendes, fast zynisches Lächeln spielte um seine Lippen und stand im Gegensatz zu seinen dunklen, melancholischen Augen. Er war ein ausgemachter Frauentyp, schien sich aber nichts daraus zu machen. Weder war er verheiratet, noch gab es Affären – er hatte sich ganz der Kunst verschrieben. Rolf liebte Klimt, Schiele und die Werke der Jahrhundertwende. Seine mystischen Bilder standen seit einigen Jahren bei den Kölner Galeristen hoch im Kurs, und er lebte gut von seiner Kunst.

Fast zärtlich strich er über die Mauer des Bergfrieds. »Jeder dieser Steine könnte dir eine Geschichte erzählen, Frank. Trotzdem wird man sie zu Staub zermahlen. Es gibt nichts, was sie vor dem Bagger dort hinten bewahren kann. Und so wie sie vergehen, werden auch die Geschichten aufhören zu bestehen. Siehst du das vermauerte Fenster da oben? Einer dieser Steine kennt meine Geschichte. Ich habe sie noch nie jemandem erzählt, und trotzdem bin ich sicher, dass es hier an diesem Ort etwas gibt, das zwar nicht greifbar ist, aber das um mich weiß.«

Ein Windstoß fuhr rauschend durch die Blätter der Kastanien. Frank fröstelte es. Er blickte den Bergfried hinauf. Das vermauerte Fenster war deutlich zu erkennen. Die Steine wirkten alt. »Willst du deine Geschichte nicht mit mir teilen? Dann wird sie weiterbestehen … zumindest für eine Weile.«

Rolf sah zu den Kastanien hinüber, als suchte er dort Rat. Eine Weile standen sie schweigend nebeneinander. Die Stille wurde beklemmend.

»Wie viel hast du eigentlich getrunken?«

»Was soll die blöde Frage?« Frank hielt die fast leere Flasche hoch. »Willst du jetzt die Zeche eintreiben?«

Rolf sah ihn mit versteinerter Miene an. Offenbar war ihm seine Frage sehr ernst. »Ich möchte wissen, wie betrunken du bist. Wenn du noch zu nüchtern bist, werde ich dir meine Geschichte nicht erzählen. Ich möchte, dass du mir glaubst. Trink auch den Rest, und dann sage ich dir, warum ich seit zwanzig Jahren immer wieder an diesen Ort komme.«

Einen Moment lang maßen sie einander mit Blicken. Rolf wirkte ganz ruhig.

»Ich kenne ein paar Leute, die dich für ziemlich verrückt halten würden.« Frank blickte auf die Flasche in seiner rechten Hand. Weniger als ein Glas voll war übrig geblieben. Er würde sich auf dieses Spiel einlassen. »Auf der anderen Seite habe ich schon immer was für Verrückte übrig gehabt.« Er lachte, hob die Flasche an die Lippen und leerte sie in einem Zug.

»Gut.« Rolf wirkte erleichtert. »Kannst du dich an Anna erinnern?«

»Was heißt hier, kannst du dich an Anna erinnern? Sie ist doch oben auf der Party! Ich hab sie erst vor einer halben Stunde gesehen.«

»Ich meine, ob du dich noch daran erinnerst, wie sie früher war. Sie war wie eine Göttin! Alle haben sie angebetet. Freie Liebe und Unschuld, Drogen, der Traum von Kalifornien … Sie war die Verkörperung aller Hippie-Ideale – für mich jedenfalls. Und einen Sommer lang waren wir beide zusammen!«

»Ich weiß …«, brummte Frank halblaut. Der Wein war ihm zu Kopf gestiegen. Er musste sich setzen und lehnte sich dabei an die Mauer. Durch sein dünnes Hemd spürte er die Wärme, die die Ziegelsteine den Tag über gespeichert hatten. Rolfs Stimme schien etwas Körperliches bekommen zu haben. Wie ein warmer, sanfter Strom spülte sie durch seinen Kopf und ließ ihn zu fremden Gestaden davontreiben.

Rolf hatte recht gehabt. Die Vergangenheit schien plötzlich näher gerückt. Diese unbeschwerten Sommer …

»Am Ende des Sommers war sie dann auf einmal mit Janosch zusammen. Ich hab es damals nicht fassen können. Sie hat mich sitzen lassen. Einfach so. Er war in Indien gewesen … Er kannte die Welt, und ich, ich habe mich eine ganze Woche lang nur noch betrunken. Dann bin ich mit der Bahn raus aufs Land gefahren, weil ich es in der Stadt nicht mehr aushalten konnte. Dort hab ich weitergetrunken und bin von Kneipe zu Kneipe gezogen. Ich war völlig am Ende, wollte mir sogar das Leben nehmen. Mit einem Messer in der Hand lag ich irgendwann unter einem Baum. Ich sehe es noch so deutlich vor mir, als wäre es gestern gewesen. Ein Brotmesser. Das Mondlicht schimmerte silbern auf der Klinge. Ich kämpfte mit mir … Nicht, dass ich Angst vorm Sterben gehabt hätte. Ich hab mich nur davor gefürchtet, dass ich Schmerzen haben würde. Wahrscheinlich habe ich eine ganze Weile so dagesessen und auf das Messer gestarrt. Dann plötzlich … hinter mir … erklang eine Frauenstimme. *Du musst die Hand in kaltes Wasser halten, dann wird es nicht wehtun*, sagte sie.«

»Sie hat dir eine Anleitung zum Selbstmord gegeben! Sonst hat sie nichts gesagt?«

Rolf schüttelte den Kopf. »Sie stand einfach nur da und betrachtete das Messer. Sie war etwas kleiner als ich und von zierlicher Statur. Ihr rotblondes Haar fiel ihr über die Schultern bis auf den Rücken. Sie trug ein langes weißes Kleid, das hell im Mondlicht leuchtete. All meine Gedanken an den Tod waren mit einem Mal dahin. Sie erschien mir wie das Leben selbst. Ich habe das Messer weggeworfen, weil ich ihr keine Angst machen wollte.« Rolf lachte leise. »Was sie damals wohl von mir gehalten hat?« Schweigend blickte er zu den Kastanien hinüber.

»Und weiter? Was ist dann passiert?«

»Sie hat sich neben mir ins Gras gesetzt und mich in den Arm genommen. Ich weiß nicht, ob du so was schon einmal erlebt hast. Wir brauchten nicht zu reden, um uns zu verstehen. Sie hat mich bloß angesehen und wusste, was los war.«

»Und was ist aus deiner geheimnisvollen Fremden geworden? Das hört sich ja an, als hättest du in dieser Nacht deine Frau fürs Leben gefunden. Wie kommt es dann, dass du immer Junggeselle geblieben bist?«

Rolf ignorierte die Frage. »Ich war ziemlich betrunken in dieser Nacht. Irgendwann bin ich eingeschlafen. Als ich am nächsten Morgen aufwachte, lag ich nackt im Gras. Meine Kleider waren ordentlich zusammengefaltet, und darauf lag eine verwelkte, weiße Rose. Da vorn, unter der Kastanie, hatte ich gelegen.« Rolf zeigte auf einen der mächtigen Bäume, die am Burggraben wuchsen.

»Du, kannst dich an nichts mehr erinnern? Du weißt nicht mal, ob ihr miteinander geschlafen habt?« Frank lächelte. So betrunken könnte *er* niemals sein! »Was wurde aus ihr?«

»Als ich wieder halbwegs bei Sinnen war, bin ich losgezogen und habe sie gesucht. Auf der Burg kannte sie aber niemand. Auch in den Nachbardörfern hatte sie noch nie einer gesehen. Fast schien es, als wäre sie in jener Nacht genauso unter den Kastanien gestrandet wie ich. Ich hab dann sogar eine Suchmeldung in die Zeitung gebracht. Doch alles war vergebens. Sie blieb spurlos verschwunden. In den Dörfern ringsum fing man schon an, mich für einen Verrückten zu halten, aber das war mir egal. Auch wenn ich sie nicht wiederfinden konnte, hatte sie meinem Leben einen neuen Halt gegeben. Ich fing an zu malen und hatte ja auch einigen Erfolg. Nachts aber bin ich immer wieder zur Burg hinausgefahren und habe hier im Schatten des Turms gesessen und auf sie gewartet.«

»Hast du sie wiedergesehen?«

»Ja. Fast drei Monate später. Es war eine kalte Herbstnacht, und ich hockte wieder mal hier unter dem vermauerten Fenster. Der Mond stand hell wie eine Laterne am Himmel. Ich hatte mir einen Joint gedreht, um die Kälte zu vergessen, und wartete. Es muss weit nach Mitternacht gewesen sein, und ich wollte gerade gehen, als sie plötzlich zwischen den Bäumen stand und mir zuwinkte. Wir waren bis zur Morgendämmerung zusammen ... Drei Tage später habe ich auf die Anzeige hin, die ich in die Zeitung gesetzt hatte, einen Brief bekommen. Er war von einem Bauern aus Angelsdorf. Neugierig bin ich zu ihm rausgefahren, denn obwohl ich schon zwei Nächte mit der schönen Fremden verbracht hatte, wusste ich noch nicht einmal ihren Namen. Alles Mögliche habe ich mir auf dem Weg zu dem Bauern ausgemalt. Dass sie seine Tochter sei und schwanger war oder dass er sie aus irgendeinem Grund einsperrte. Schließlich kannte sie ja niemand aus den Dörfern und von den Höfen. Aber es kam alles ganz anders. Der Bauer, ich glaub, er hieß Mertens oder so, hat mich freundlich empfangen. Er hat mich mit sich in ein kleines Zimmer voller Bücher und Antiquitäten genommen und mir einen ziemlich mörderischen Kaffee gekocht. Er war so was wie ein selbst ernannter Dorfschreiber, sammelte Geschichten über die Gegend und wetterte gegen die großen Bagger, die das Land zerstörten. Irgendwann hat er dann angefangen, mich über das Mädchen auszuhorchen, und je mehr ich ihm erzählte, desto ernster wurde er. Schließlich riet er mir eindringlich, mich nicht mehr mit ihr zu treffen. Sie sei mein Verderben. Dann erzählte er mir eine krause Geschichte über eine Isabelle, die vor über dreihundert Jahren auf der Burg gelebt hatte. Ich hab ihm natürlich nicht geglaubt. Trotzdem wirkten seine Worte wie ein schleichendes Gift. Ich fragte mich, warum sie sich nur bei Vollmond mit mir treffen wollte und warum sie niemand kannte.

Ich war mir nicht mehr sicher, ob ich noch Traum von Wirklichkeit unterscheiden konnte. Zwar nahm ich mir vor, sie bei unserem nächsten Treffen genau zu befragen, doch als sie dann endlich wieder vor mir stand, waren meine Lippen wie versiegelt. Nur an meine Fragen zu denken, schnürte mir die Kehle zu und machte mir Angst. Ich ahnte schon damals, dass unsere Beziehung etwas Besonderes sein würde. Etwas, das sich nicht nach den gewöhnlichen Vorstellungen von Glück und von dem Zusammensein mit Frauen messen ließ. Natürlich war ich oft einsam in den vielen Nächten ohne sie. Aber ich hatte die Kunst… Ich habe gemalt, und seit ich sie kannte, habe ich jegliches Interesse an anderen Frauen, an sogenannten *normalen* Beziehungen verloren. Sie hat mich in die Geheimnisse dieses Landes eingeweiht, und ich habe gelernt, dass die Wunden, die der Bagger in die Erde reißt, nie mehr verheilen werden. Der Boden ist wie ein Geschichtsbuch, und jede Generation lässt ein paar Seiten in diesem Buch zurück, die der Kundige noch nach Jahrhunderten zu lesen vermag. Isabelle hat mich diese Art des Lesens gelehrt. Sie wusste, wo einst die Gutshöfe der römischen Grundherren gelegen hatten, kannte das verschwundene Dorf Kutzde und führte mich tief in den Wald zur Ottersenke, wo die bleichen Äste der abgestorbenen Eichen wie Knochenhände zum Himmel ragten. Vieles von dem, was ich in meinen Bildern gemalt habe, habe ich wirklich gesehen, wenn ich mit Isabelle nachts durch das Land streifte. Ich weiß, wo die Ubier zu ihren Göttern gebetet haben, ich kenne auch die Mithras-Schreine der Legionäre und die …«

Frank war der Kopf schwer vom Wein geworden. Die Stimme seines Freundes klang wie von ferne, und seine Geschichte erinnerte an die Märchen aus Kindertagen.

Zuletzt glaubte er sogar, Isabelle hinter Rolf stehen zu sehen ...

Als Frank erwachte, waren seine Kleider klamm vom Morgentau. Neben ihm lag die leere Weinflasche im Gras. Er war allein. Immer noch klang ihm Rolfs Stimme im Ohr, aber er konnte sich nur vage an die Geschichten seines Freundes erinnern. Auch war er nicht mehr imstande zu unterscheiden, was noch Erzählung gewesen war und was schon zu seinen Träumen gehörte.

Wahrscheinlich war es Rolfs Absicht gewesen, ihn zu verwirren. Deshalb auch die Sache mit der Weinflasche. Er hatte ihn in eine ganz besondere Stimmung bringen wollen, in der er für die krausen Geschichten, die er erzählte, empfänglicher war. Man brauchte sich ja nur Rolfs Bilder anzusehen, um zu wissen, was in seinem Kopf vor sich ging.

Müde rappelte Frank sich auf. Hoffentlich war in der Burg schon jemand wach. Er würde jetzt einen großen Kaffee brauchen oder vielleicht ein paar Stunden in einem richtigen Bett. Er war zu alt, um einfach so eine Nacht im Freien zu verbringen. Jeden Knochen spürte er.

Im Hof der Burg herrschte Chaos. Überall standen leere Flaschen und Gläser herum. Niemand war mehr zu sehen. Vermutlich hatten die meisten in der letzten Nacht länger ausgehalten als er und schliefen jetzt in den Feldbetten, die Rolf besorgt hatte, ihren Rausch aus.

Am Ende des Hofes erhob sich der mächtige, grau verputzte Bergfried. Die Fenster, die zum Hof zeigten, waren mit rotem Sandstein eingefasst. Früher war der Turm ein Symbol für Macht und Schutz gewesen, doch diesmal würde er die Herren von Reuschenberg nicht mehr retten.

Eben war er noch müde gewesen, jetzt erklomm er neugierig die Stiege zum Rittersaal. Von dort musste es einen

Zugang zum Turm geben. Er hatte sich die Burg gestern Abend gar nicht angesehen, nun aber hatte die frische Morgenluft seine Unternehmungslust geweckt. Schlafen konnte er immer noch.

Die Tür zur Treppe des Turms stand weit offen. Zwei Bahnen rotgoldenen Lichtes stachen durch die Finsternis. Irgendwo draußen zwischen den Kastanien ertönte der keckernde Ruf eines Eichelhähers. Vorsichtig nahm Frank Stufe um Stufe. Die hölzerne Stiege knarrte unter jedem seiner Schritte.

Auf einem Absatz, an dem eine halb geöffnete Tür lag, machte er halt, um zu verschnaufen. Keuchend lehnte er sich gegen eine Fensternische. Durch den Türspalt wirkte das Zimmer auf der anderen Seite des Treppenabsatzes völlig dunkel, so als wären dort Vorhänge vor die Fenster gezogen. Oder sollte dort jene Kammer mit dem vermauerten Fenster liegen, das er gestern Nacht gesehen hatte?

Ein flatterndes Geräusch ließ ihn aufschrecken. In der Fensternische war ein bunter Vogel gelandet. Der Eichelhäher! Neugierig stellte er den Kopf schief und lugte zu Frank herein. Der Vogel schien genau zu wissen, dass ihn die Scheibe schützte. Ja, er pickte sogar herausfordernd mit dem Schnabel gegen das Fenster. Oder wollte er ihm den Weg in das dunkle Zimmer zeigen? Leise lachte Frank. Ein Vogel, der ihm den Weg wies! Das hörte sich an wie eine von Rolfs fantastischen Geschichten!

Entschlossen trat er zur Tür. Sie war nur einen Spaltweit geöffnet. Es reichte gerade aus, um sich hindurchzuzwängen. Frank konnte den Schatten einer Gestalt erkennen, die mitten in der Kammer vor einem wuchtigen Himmelbett zu stehen schien.

»Wer ist da?«

Schweigen.

Frank griff nach dem eisernen Knauf und wollte die Tür weiter aufziehen, damit mehr Licht in die Turmkammer fiel. Doch sie bewegte sich kaum. Es war, als wären ihre Angeln festgerostet. Wütend verpasste ihr Frank einen Stoß mit der Schulter, sodass die eisernen Scharniere ein kreischendes Geräusch von sich gaben. Doch der Erfolg war minimal. Die Tür hatte sich nur um wenige Zentimeter bewegt.

Dann eben nicht, dachte er wütend und drückte sich durch den Spalt. Seine Hand glitt über die Wand links vom Türrahmen und tastete nach einem Lichtschalter. Aber da war nichts.

»Wer bist du?« Die Gestalt in der Kammer hatte sich ein wenig in seine Richtung gedreht. Ihr Kopf war seltsam angewinkelt. Er schien fast auf der rechten Schulter aufzuliegen.

»Komm schon, was soll das Spiel? Bist du es, Rolf?«

Frank trat vor und packte die Gestalt am Arm. Wie schwerelos schwang sie ihm entgegen. Jetzt erst sah er den kurzen, armlangen Strick, der um den Deckenbalken geschlungen war. Die Gestalt hatte sich ihm vollends zugedreht, und er blickte in das leblos lächelnde Gesicht Rolfs. Ein umgestoßener Stuhl lag neben ihm.

»Du ... verdammter Idiot.« Frank packte seinen Freund bei den Hüften und stemmte ihn hoch. Doch jeder Rettungsversuch war sinnlos. Der Körper war kalt und steif.

»Warum ...?« Vorsichtig ließ er den Leichnam wieder hinab. Rolfs Zehenspitzen berührten fast den Boden. Er musste den Strick sehr genau bemessen haben. Aber warum ...? Was war der Grund?

Franks Blicke wanderten durch den karg möblierten Raum. Seine Augen hatten sich jetzt an die Dunkelheit gewöhnt. Da gab es ein Himmelbett, dessen Pfosten bis zur niedrigen Decke hinaufreichten. Eine schön geschnitzte

Kommode stand an einer der Wände. Neben dem umgestürzten Stuhl lag etwas Helles.

Frank kniete nieder und griff danach. Eine welke Rose ... weiß.

Drei Monate waren seit Rolfs Selbstmord vergangen, als Frank den Wagen vor dem großen Gutshof parkte. Er hatte lange gezögert hierherzukommen. Selbst jetzt noch war er sich nicht sicher, ob er das Richtige tat.

An den Wänden des alten Backsteinhauses waren blinkende Sicheln aufgehängt. Zwei alte eiserne Pflüge standen vor den Stallungen.

Aber nun, da er hier war, sollte er wenigstens fragen. Er öffnete die Wagentür und trat durch das hohe Tor auf den Innenhof. Rechts aus den Stallungen war das Klappern von Blecheimern zu hören.

»Was wollen Sie hier?« Ein alter Mann in zerschlissener Cordjacke und blauen Arbeitshosen trat aus dem Stall. Sein faltiges Gesicht sah aus, als hätte ihm ein ganzes Jahrhundert seinen Stempel aufgeprägt. Nur die grauen Augen wirkten noch jugendlich.

»Ich suche einen Herrn Mertens. Er soll sich mit der Geschichte dieser Gegend auskennen. Man hat mir gesagt, ich könne ihn hier auf diesem Hof finden.«

»Und was wollen Sie von Mertens?«

»Ich habe ein paar Fragen zur Burg Reuschenberg.«

Der Alte hustete und spuckte auf den gepflasterten Boden. »Ich hab damit gerechnet, dass noch einer wegen des toten Malers kommen würde. Ich hatte ihn gewarnt, aber er wollte nicht auf mich hören. Dummer Kerl! Ich bin Mertens. Kommen Sie mit rein! Ich koch uns einen Kaffee, und dann fragen Sie mich.«

Der Bauer brachte Frank in ein kleines Zimmer, dessen

Wände mit Regalen bedeckt waren, in denen sich Bücher, zerbrochene Öllämpchen, verrostete Eisenstücke, Schulhefte und aller nur erdenkliche Plunder stapelten.

»Mein Museum«, erklärte der Alte stolz. »Alles, was Sie hier sehen, stammt aus den Äckern rund um Angelsdorf. In den Büchern und Schreibheften finden Sie alles über die Geschichte und die Geschichten dieser Gegend. Sie kommen doch wegen der Französin, nicht wahr?«

»Isabelle?«

»Ja genau, so hieß sie. Jetzt setzen Sie sich erst mal.« Der Alte schlurfte aus dem Zimmer und ließ Frank mit den Trophäen der Vergangenheit allein. Als er zurückkam, brachte er ein Tablett mit einem dampfenden Kaffeekessel und zwei angeschlagenen Tassen mit.

»Waren Sie ein guter Freund von diesem Künstler?«

»Wir kannten uns schon sehr lange. Aber ob wir im landläufigen Sinne Freunde waren… Sein Tod berührt mich. Ich frage mich auch immer wieder, ob ich es hätte verhindern können. Es scheint, als wäre ich der Letzte gewesen, mit dem er gesprochen hat. Er hat mir eine seltsame Geschichte erzählt, über diese Isabelle. Ich bin an dem Abend schon etwas betrunken gewesen und weiß nicht, ob ich alles richtig verstanden habe. Deshalb bin ich hier. Er hat Ihren Namen genannt.«

Der alte Bauer goss sich eine halbe Tasse Kaffee ein, füllte den Rest mit Milch auf und versenkte dann vier Zuckerwürfel in dem hellbraunen Gebräu. »Er hätte sich nicht auf Isabelle einlassen dürfen. Sie hat schon früher einem Herrn von Reuschenberg das Leben gekostet. Er war der Letzte aus dem alten Stamm… Ich nehme mir die Freiheit, auch Ihren Freund einen Herrn von Reuschenberg zu nennen, immerhin hatte er den ganzen Besitz gepachtet. Nach ihm wird es keine Burgherren mehr geben. Im Dezember werden die großen Kastanien und die anderen Bäume gefällt, dann kommen die Archäologen und zuletzt der Bagger. In einem Jahr wird es so sein, als hätte es die Burg niemals gegeben.« Mertens rührte gedankenverloren in seinem Kaffee.

»Und wer ist diese Isabelle? Wie kann sie zwei Burgherren ins Unglück gestürzt haben? Und wo steckt sie jetzt? Können Sie mir das erklären? Ich würde gerne mit ihr reden, ihr ein paar Fragen stellen über Rolf.«

Der Bauer schüttelte den Kopf. »Isabelle kann man nicht erklären. Entweder glaubt man an sie oder nicht. Sie werden Sie in keinem Geschichtsbuch und in keiner Chronik aus dieser Gegend finden. Man sagt, sie sei aus Frankreich gekommen, aber auch dafür gibt es keinen Beweis, nur ihren Namen. Und was ist schon ein Name? Zu Zeiten meines Großvaters haben die alten Bauern noch viel von ihr geredet. Ich habe diese Geschichten aufgeschrieben. Heute gibt es kaum mehr jemanden, der von ihr weiß. Man sitzt eben abends nicht mehr zusammen und erzählt sich die alten Geschichten.« Geräuschvoll schlürfte Mertens seinen Kaffee und räusperte sich. »In den letzten Jahren des Dreißigjährigen Krieges haben die Kaiserlichen gegen die Franzosen kämpfen müssen. Auch hier in der Gegend hat es ein paar Scharmützel gegeben. Zu dieser Zeit muss Johann Freiherr von Reuschenberg, der Letzte dieses Zweigs der Familie, die schöne Isabelle kennengelernt haben. Darüber, wer sie war und woher sie kam, gehen die Meinungen auseinander. Manche sagen, sie war Fähnrichin unter dem Weibervolk, das die französischen Truppen begleitete, und dass sie mit dem Stecher, dem Rapier der Lanzenreiter, wie ein Mann zu fechten verstand. Andere wieder behaupten, sie sei nur eine Marketenderin oder gar eine Trosshure gewesen. Es ist auch nicht mehr bekannt, unter welchen Umständen sie den Freiherrn Johann kennengelernt hat und was den Obristlieutenant in blinder Liebe zu ihr verfallen ließ. Sie müssen wissen, dass der Reuschenberger ein verdienter Offizier war und angeblich sogar der berühmte Johann von Werth zu seinen Freunden zählte. Na ja, jedenfalls hat der Reuschenberger irgendwann seinen Abschied genommen und ist mit seiner Isabelle auf die Burg zurückgekehrt. Dort ließ er verkünden, dass er die schöne Fremde zum Weibe nehmen wolle.

Das war allerdings ein Skandal, denn zum einen war sie keine Dame von Stand und zum anderen auch noch eine Hugenottin. Heute mag man darüber vielleicht lächeln, doch zu jenen Zeiten waren dies gleich zwei schwerwiegende Gründe, sich nicht miteinander zu vermählen. Aber der Reuschenberger war ein Dickkopf. Als er merkte, welchen Unmut seine Heiratspläne hervorriefen, sagte er das Fest ab. Auf die Hochzeit mochte er deshalb trotzdem nicht verzichten. Er bestellte sich einen lutherischen Pfaffen und wollte sich in aller Heimlichkeit im Rittersaal seiner Burg vermählen lassen. Ja, er hatte sogar vor, zum Glauben der Empörer überzutreten.«

Mertens unterbrach seine Erzählung und nippte noch einmal an der Kaffeetasse. Dann schüttelte er den Kopf. »Man sollte mit dem Reuschenberger vielleicht nicht allzu streng ins Gericht gehen. Nach allem, was man so hört, muss diese Französin schon außergewöhnlich schön gewesen sein. Und Charakter hatte sie auch. Aber ich schweife ab. Irgendwie ist der Plan zu dieser heimlichen Hochzeit Maximilian von Reuschenberg zu Setterich zu Ohren gekommen. Er war ein Schwager Johanns und gehörte zu den Deutschordensrittern. Ein erzkonservativer Mann. Am Tag der Hochzeit stürmte er an der Spitze einiger Kürassiere den Rittersaal und verlangte von Johann, dass der seine Buhle Isabelle zum Teufel schicke. Ja, er behauptete sogar, die Französin sei eine Hexe, die Johann mit einem bösen Liebeszauber belegt habe.

Doch Johann war nicht der Mann, sich in seinen eigenen Wänden Befehle erteilen zu lassen. Er zog blank und drosch auf die Kürassiere ein. Im Handgemenge muss sich dann ein Schuss gelöst haben. Die Kugel schlug dem Reuschenberger durch den Hals und streifte auch noch den Pfaffen am Arm. Johann war auf der Stelle tot. Während noch alle erschrocken auf den Toten starrten, nahm Isabelle das Rapier aus der Hand ihres Liebsten und stach den Kornett nieder, aus dessen Büchse die tödliche Kugel stammte. Damit war der Bann gebrochen. Maximilian forderte, man solle die Hexe packen und auf einen Scheiterhaufen zerren. Wacker fechtend zog sie sich bis zur Turmstiege zurück und flüchtete in das Zimmer, das Johann für ihre Hochzeitsnacht hatte herrichten lassen. Es war eine kleine Turmkammer, und angeblich war sie mit Hunderten von weißen Rosen geschmückt worden.

Isabelle verriegelte die Tür, doch gab es aus der Turmkammer kein Entkommen für sie. Sie hörte, wie die Soldaten draußen mit schweren Äxten gegen die Tür schlugen, und sie wusste, dass man ihr keine Gnade gewähren würde. So zog sie das Laken vom Hochzeitsbett, knüpfte eine Schlinge daraus und erhängte sich an einem der Deckenbalken der Kammer.

Maximilian, der Deutschordensritter, raste vor Zorn, dass ihm die Hexe entkommen war. Als Selbstmörderin und Verfemte hat sie natürlich kein christliches Begräbnis bekommen. Sie wurde in ungeweihter Erde zwischen den Kastanien auf der Rückseite des Bergfrieds verscharrt. Weil mit Johann der letzte Spross aus der Hauptlinie der Reuschenberger gestorben war, gingen die Burg und alle anderen Güter an die Reuschenbergs zu Setterich. Böse Zungen behaupten, es sei kein Zufall gewesen, dass sich ein Schuss aus der Büchse des Kürassierkornetts gelöst habe, doch darüber kann ich mir kein Urteil erlauben.

Tatsache ist jedoch, dass das Gesinde der Burg behauptet, von diesem unglückseligen Tag an sei Isabelles Geist im Turmzimmer und unter den Kastanien umgegangen. In Vollmondnächten hat man ihr Gesicht häufig am Fenster des Turmzimmers gesehen. Deshalb ließ einer der Nachfahren des Deutschordensritters das Fenster vermauern. Außerdem wurde eine schwere Tür vor der Kammer angebracht, die man seit der Bluthochzeit immer verschlossen hielt. Es war gewiss kein Zufall, dass Ihr Freund ausgerechnet dieses Zimmer für seinen Selbstmord ausgewählt hat. Als Pächter wird er den Schlüssel zu der Tür bekommen haben, und durch mich kannte er Isabelles Geschichte.«

»Aber warum hat er das getan? Welchen Grund gab es für ihn? Er hatte Geld, er war beliebt … Sicher, manchmal war er ein komischer Kauz, doch abgesehen von dem Abend des Festes habe ich ihn nie schwermütig erlebt.«

Der alte Bauer schüttelte den Kopf. »Ich kann nicht sagen, dass mich sein Ende überrascht hätte. Ich weiß nicht, ob Sie an Geister glauben, junger Mann. Er jedenfalls tat es. Er hatte sich in den Geist der schönen Isabelle verliebt. Zwei Wochen vor seinem Tod hat er mich noch einmal besucht. Er war in heller Aufregung und wollte von mir wissen, was mit den Geistern und dem Land geschehen wird, wenn die Bagger kommen. Isabelle hatte behauptet, sie werde vergehen, wenn die Burg und ihr Grab zerstört würden. Deshalb kam er zu mir. Er wollte wissen, ob ich der gleichen Meinung sei, und dabei hat er mir erzählt, dass er sich seit Jahren in jeder Vollmondnacht mit Isabelle treffe und sie ein Paar seien. Er war schon verrückt, Ihr Freund …«

»Und was haben Sie ihm geantwortet?«

Mertens schenkte sich eine zweite Tasse ein und musterte die Wolken aus Milch, die durch den dunklen Kaffee zogen. »Was die Geister angeht, junger Mann, da müssen Sie Ihre

Antwort schon selbst finden. Doch eins ist gewiss. Was hinter dem Bagger zurückbleibt, ist ein Land ohne *Geschichte*. Was bleiben könnte, wären die *Geschichten*. Sie zu behalten, liegt an den Menschen, die hier wohnen. Doch ich habe Ihnen ja schon mal gesagt, dass man sich nicht mehr abends trifft, um von lang vergangenen Zeiten zu erzählen. Was will man auch von denen erwarten, die das Land ihrer Ahnen gegen ein bisschen Geld eintauschen. Ein Reichtum, von dem schon in ein oder zwei Generationen nichts mehr übrig sein wird. Wenn ich meinen Hof verlassen muss, dann mit den Füßen voran. Aber Angelsdorf wird vorerst wohl noch von den Baggern verschont bleiben. Und wie mein Sohn und meine Enkel dann später entscheiden werden ...« Er zuckte mit den Schultern. »Wer weiß das schon? Es ist müßig, gegen den Bagger zu kämpfen. Man kann nur verlieren. Das haben alle begriffen, die hier wohnen. Die anderen sind einfach stärker. Ich glaube, auch Ihr Freund wusste das. Deshalb hat er sich am Ende der letzten warmen Sommernacht, die ihm mit Isabelle noch geblieben war, das Leben genommen. Er wollte nicht in einer Welt ohne sie weiterleben.« Mertens setzte die Tasse ab. »Aber genug jetzt von den alten Geschichten. Ich muss mich noch um meine Kühe kümmern. Ich hoffe, ich habe Ihnen ein wenig weiterhelfen können. Mehr weiß ich jedenfalls auch nicht zu erzählen, und es ist nicht gut, noch nach Einbruch der Dämmerung von frisch Verstorbenen zu sprechen.«

Frank bedankte sich. Es war offensichtlich, dass der Alte, selbst wenn er noch mehr über Isabelle wissen sollte, nicht darüber reden wollte. Frank schlug eine halbherzige Einladung zum Abendessen aus und stieg in den Wagen.

Vorsichtig blickte er sich um. Es war früh dunkel geworden an diesem Novembernachmittag, und das schmiedeeiserne

Tor zum Friedhof war schon verschlossen. Er wollte nicht, dass man ihn dabei erwischte, wie er über die niedrige Mauer kletterte. Also wartete er, bis der Mond hinter den Wolken verschwand.

Rolf hatte sich gut auf seinen Tod vorbereitet. Er hatte eine kleine Gruft auf einem Friedhof nicht weit von der Burg gekauft. Seine Beerdigung hatte ohne großes Aufsehen stattgefunden. Ein Notar hatte den letzten Wünschen entsprochen. Sein ganzes Geld hatte Rolf einem kleinen Heimatmuseum vermacht.

Franks Blick suchte nach dem großen Baum, unter dem die Gruft lag. Er war erst einmal hier gewesen. Friedhöfe waren ihm unheimlich. Überall auf den Gräbern leuchteten kleine rote Totenlichter. Frank hatte diesen Abend mit Bedacht gewählt. Es war Vollmond, und er wollte auf seine Art von Rolf Abschied nehmen. Er griff nach den Blumen, die er auf der Mauerkrone abgelegt hatte und folgte dann dem schmalen Weg zwischen den Gräbern. In einiger Entfernung erklang der keckernde Ruf eines Eichelhähers.

Rolfs Grab lag ganz am Ende des Friedhofs, weitab von den letzten Ruhestätten der braven Bürger. Eine mächtige Kastanie streckte ihre weiten Arme über den eigenartigen Grabstein. Der Notar hatte Frank erzählt, dass Rolf das Monument auf einem alten Friedhof, der geräumt worden war, gekauft hatte. Eine bronzene Frauengestalt mit fließenden Gewändern und langen Haaren kauerte halb kniend, halb liegend über dem schwarzen Grabstein, der in verschnörkelten Buchstaben Rolfs Namen trug. Sie erinnerte ein wenig an die weiße Frau, die auf den Bildern auftauchte, die Rolf nicht verkauft hatte.

Hatte es den Geist der schönen Isabelle wirklich gegeben, oder war er nur der überreizten Fantasie des Malers entsprungen? Eine Traumgestalt, die sich aus unerfüllten Sehnsüchten manifestiert hatte. Frank dachte an die welke Rose, die neben dem Stuhl im Turmzimmer gelegen hatte. Wie war sie dorthin gekommen? Hatte Rolf sie mitgenommen?

Frank blickte auf den Strauß von weißen Rosen, den er mitgebracht hatte. Die Blumen hatten den ganzen Tag im Wagen gelegen und ließen jetzt die Köpfe hängen. Doch er war sich sicher, dass sie Rolf so besser gefielen. Er legte sie auf die schwarze Grabplatte. Ein Windstoß hatte die Wolken zerrissen, und fahles Mondlicht fiel auf den Friedhof.

Er wollte nicht in einer Welt ohne sie weiterleben. Die Worte des alten Bauern gingen Frank nicht aus dem Sinn. Er glaubte nicht, dass Mertens recht hatte. Aber... vielleicht hatte Rolf einen Weg gefunden, um mehr als nur ein paar Vollmondnächte mit Isabelle zu teilen.

Er hatte die letzten Bilder des Malers gesehen. Es waren lichtdurchflutete Sommerlandschaften gewesen, und es schien, als hätte Rolf die Melancholie, die bis dahin seine Gemälde beherrscht hatte, hinter sich gelassen.

Ein schriller Vogelruf ließ Frank aufschauen. Auf dem untersten Ast der Kastanie saßen zwei Eichelhäher. Einer der beiden Vögel nickte ihm zu. Dann flogen sie davon, dem Mond entgegen, und von ferne klang ihr Rufen wie Gelächter.

VIRUS

Zischend schloss sich die gewölbte Glaskuppel der Kanzel über Paul. Das Kunstlederpolster unter ihm bewegte sich, als sich der Sessel seinem Körper anpasste. Es roch unangenehm. Verärgert sah er sich im Cockpit um. Hatte sein Vorgänger irgendetwas liegen lassen? Verfaulte da was? Er würde sich beschweren! Er hatte First Class Cigars abonniert, doch hier stank es wie in einer Kläranlage! Cigars, so hießen die Einzelkabinen der privaten Magnetbahn, die vor über einem Jahrzehnt über den verwaisten Straßen der Großstädte installiert worden waren. Knapp vier Meter lange Plexiglas-Röhren, die entfernt an überdimensionierte Zigarren erinnerten, dies waren die neuen Transportmittel der Privilegierten. Paul hatte ein Abo, das ihm innerhalb der Stadt, ganz gleich, wo er bei den Tubes – dem Panzerglasröhrensystem, durch das die Cigars glitten – einloggte, innerhalb von fünf Minuten den Zugriff auf eine Cigar der Luxusklasse garantierte. Aber dieser Mief hier ... Das war ein Skandal! Eine einfache Beschwerde wäre eigentlich zu wenig. Er sollte seine Kontakte nutzen und einen ätzenden Bericht in die freien Medienkanäle lancieren.

»Der Methananteil im Gasgemisch des Cockpits liegt über der Norm«, bemerkte eine freundliche Frauenstimme.

Paul kam es vor, als schwänge ein Hauch von Vorwurf in den Worten mit, obwohl er genau wusste, dass es nur eine neutrale Sprachschablone war, die der Bordcomputer nutzte. »Ich hab hier nicht gefurzt«, murmelte er beleidigt und fügte lauter hinzu: »Entlüftung aktivieren!«

Irgendwo begann ein verborgener Ventilator zu surren, aber der Gestank ließ nicht nach. Also war die Belüftungsanlage defekt. Eigentlich hätte er sich das denken können, denn die Cigars der ersten Klasse führten nach jeder Fahrt eine Selbstreinigung durch und waren üblicherweise völlig steril. »Seuchenherd der Luxusklasse«, ging ihm als Aufmacher für seinen Bericht durch den Kopf. Darauf würden die User der Cigars ganz bestimmt reagieren, dachte er schmunzelnd.

»Bitte geben Sie Ihr Ziel ein«, erinnerte ihn die freundliche Frauenstimme.

Pauls Finger huschten über die Lasertastatur, die auf der Glaskuppel über ihm erschienen war.

»Wählen Sie bitte Ihre Animation«, forderte die digitale Stimme.

Er zögerte kurz. Was war der Spaß in einer Cigar schon im Vergleich mit dem, was ihn zu Hause erwartete! Er hätte sich irgendeine Landschaft auf die Plexiglaskuppel projizieren lassen können, oder auch mit Autos verstopfte Straßen von vor dreißig Jahren. Oder sogar den Flug auf einem fliegenden Teppich. Fast tausend Animationen standen zur Auswahl. Aber er war in der Stimmung, es realistisch haben zu wollen. Das passte besser zu dem Gestank.

Er tippte die letzten Befehle. Langsame Fahrt, oberstes Röhrensystem, durchscheinende Kuppel. War er ein Voyeur? Er hatte es sich verdient, ein wenig Realismus zu tanken und sich daran zu erinnern, wie weit er es gebracht hatte.

Die Cigar glitt aus der Halte-Bay in eine der Tubes. Paul rief einen kleinen News-Bildschirm neben sich auf und stellte ihn auf stumm. Er wollte nicht, dass er die Fahrt über von beständigem leisem Murmeln belästigt wurde. Ein paar Klicks, und schon begleitete ihn ein Klassikstück auf dem Weg nach Hause. Irgendetwas von Chopin.

Die Cigar verharrte und wurde in einem Level-up zur obersten Röhrenschicht emporgehoben. Paul streckte sich auf dem Ledersessel. Noch ein paar Klicks, und die Massagefunktion war aktiviert. Mit einem wohligen Seufzer blickte er in den wolkenverhangenen Himmel über sich, während ihm Schultern und Nacken durchgeknetet wurden. Er mochte es, die Welt da draußen zu sehen, auch wenn er sie nicht berühren konnte. Die sterbende Welt hinter dem Panzerglas der Tubes. Er gehörte zu den Geretteten. Zu jenen, die sich zurückgezogen hatten, als es begann. Zu den Glücklichen, die negativ waren. Er dachte an Nok... zwanzig Jahre war das her. Manchmal versuchte er sich vorzustellen, wie sie heute aussehen würde. Doch es gelang ihm nicht, ein Bild von ihr in seinen Gedanken erstehen zu lassen, das sie nicht jugendlich zeigte. Er hatte sie verraten...

Paul betrachtete die Birken, die auf dem geborstenen Mauerwerk wuchsen. Es ging so schnell. Die Wildnis eroberte sich die Stadt zurück. Von den anderthalb Millionen gab es noch knapp unter hunderttausend. Negative... Wie viele Positive überlebt hatten, wusste keiner. Sie waren dort draußen, auf der anderen Seite des Panzerglases. Sie hassten die Negativen, die sie im Stich gelassen hatten, und zugleich wünschten sie sich nichts mehr, als zu ihnen zu gehören.

Ein Schatten huschte über den Himmel. Das war einer der Wächter. Paul sah die grellblaue Drohne nur aus den Augenwinkeln. Irgendjemand war auf die absurde Idee gekommen, die Flugdrohnen in den Farben von Superhelden aus alten Comics zu bemalen. Sie beobachteten die Positiven und patrouillierten über den Panzerglasröhren. Paul dachte an seine Entdeckung von gestern. Ob schon aufgeräumt worden war? Manchmal dauerte es, bis sich die Wächter um Dinge kümmerten, von denen offensichtlich keine Gefahr ausging. Vielleicht war sie ja noch da ...

In den Nachrichten kam etwas über einen Versuch der Positiven, ein Wasserreservoir in Oberbayern zu verseuchen. Ganz traute Paul den News nicht. Schließlich kannte er das Geschäft und wusste um die Regeln. Die Übriggebliebenen durften nicht verunsichert werden. Das Leben hinter Panzerglas war schon schwer genug. Es gab fast nur Nachrichten über das Scheitern der Positiven. Über geglückte Anschläge wurde nur dann berichtet, wenn sie weit entfernt stattgefunden hatten. Hier war es sicher ... Das suggerierten wenigstens die Medien. Aber er wusste es besser. Vor allem auf Netzebene hatten die Positiven Erfolge. Sie hatten es irgendwie geschafft, sich in das geschlossene System zu hacken. Bislang hatte es als vollkommen sicher gegolten. Er überwachte die Störmeldungen im System. Eigentlich ein ruhiger Job. Sie waren den Positiven um Meilen voraus. Es war ein wenig so, als würden Neandertaler gegen einen modernen Soldaten antreten, der mit seiner Einsatzzentrale vernetzt war. Sie hatten kaum eine Chance. Heimtücke und Übermacht waren die schärfsten Waffen der Positiven. Sie waren viele. Er lächelte. Aber sie hatten keinen langen Atem. Wer auf die andere Seite ging, hatte eine durchschnittliche Lebenserwartung von einem halben Jahr. Manche hielten länger durch. Sogar viel länger ... Aber die hatten anderes zu tun, als sich zu rächen.

Sie passierten die Ruinen der Mall. »Langsamer!«, sagte er sehr deutlich. Jetzt war es nicht mehr weit. Die Cigar verlor an Geschwindigkeit. Sie bewegte sich jetzt kaum schneller als im Schritttempo. Anhalten konnte er sie leider nicht. Stopps waren nur im Notfall möglich, und auf diese Programme gab es für den Kabinengast keinen Zugriff.

Da war sie! Nicht mehr als eine Silhouette vor dem grauen Himmel. Gestern hatte er sie zum ersten Mal gesehen. Nur flüchtig. Er war zu schnell gewesen. Aber das Halstuch war ihm aufgefallen.

Jetzt war sie deutlich zu erkennen. Ein menschliches Kreuz, die Arme weit ausgestreckt, als hätte sie versucht, die Panzerglasröhre ganz zu umfangen. Die Kleider waren schmuddelig. Konnte es Nina sein? Sie war immer sehr gepflegt gewesen.

Pauls Cigar glitt langsam unter der Toten hinweg. Das Gesicht war von eitrigen Pusteln und Schlägen entstellt. Sie trug einen notdürftig geflickten alten Trenchcoat und zwei ungleiche Schuhe, über denen er zerrissene rote Strümpfe erkannte. War sie es wirklich? Nina war blond gewesen – wie die Tote. Größe und Statur passten. Und das Halstuch, dunkelblau, mit schillernden silbernen Sternen bestickt. Sie war als Sekretärin vor einem halben Jahr in seinen Stab versetzt worden. Sie war keck gewesen, hatte es verstanden, seine Aufmerksamkeit zu gewinnen. Sie arbeitete schnell und zuverlässig. Sie hatte ihn gewonnen, ganz und gar, in weniger als einem Monat. Und hatte nie ein Geheimnis aus dem gemacht, was sie wollte. Jedenfalls nicht, wenn sie allein miteinander gewesen waren.

Die Tote lag hinter ihm. Paul blickte nicht zurück. Nina hatte gewusst, wo er wohnte. Und ebenso wusste sie, dass er gern in den Himmel blickte und in den oberen Röhren fuhr. Hatte sie gewollt, dass er sie noch einmal sah? So?

Pauls Hände krallten sich in das weiche Lederpolster. »Unsinn!«, sagte er laut. Wer zu den Positiven verstoßen wurde, der wurde als Erstes ausgeplündert. Immer wieder zeigten die Nachrichten Bilder von Überwachungskameras, die aufdeckten, was geschah, wenn man auf die andere Seite des Panzerglases geschickt wurde. Ausgeraubt wurden sie, vergewaltigt, und wer sich wehrte, wurde kurzerhand umgebracht. Sie waren kaum noch Menschen, diese anderen. Unter den Positiven regierte das Recht des Stärksten. Nina hätte den Schal niemals behalten können. Niemals! Das war bloß irgendeine blonde Frau, die ihr zufällig ein bisschen ähnlich sah.

Sie legten sich gern zum Sterben auf die Röhren, das war altbekannt. Warum, war allerdings umstritten. Weil Wärme von ihnen ausging, behaupteten die einen. Um der Welt, die sie verloren hatten, im Tode nahe zu sein, meinten andere. Einige Psychologen waren der Meinung, sie wollten die Negativen mit dem Anblick ihrer Leichen bestrafen.

»Bei mir klappt das nicht«, murmelte Paul bitter. Er musste sich zwingen, die Hände von den Ledersitzen zu lösen. Er würde die Leiche melden. Morgen schon hätten die Wächter sie beseitigt.

Eine freundliche Nachrichtenstimme verkündete, dass die Produktivität der Weingüter im Moseltal gestiegen und ein gutes Weinjahr zu erwarten sei. Pauls Finger huschten über die Lasertastatur, der Himmel verschwand, und auf der Plexiglasscheibe der Cigar erschienen die Bilder der Nachrichtensendung. Gewächshäuser an Hügelflanken, Großaufnahmen üppiger Weintrauben und ein zufrieden lächelnder Winzer, der von den Erwartungen an den neuen Jahrgang erzählte. Paul hatte ihn schon mal gesehen. Es gab nur noch drei Winzer im Moseltal. Die Plantagen verschlangen Unsummen, und es war wichtiger, Grundnahrungsmittel zu erzeugen als Wein. Eine Flasche Weißer von der Mosel war selbst für ihn fast unerschwinglich.

Seine Gedanken verirrten sich wieder zu Nina. Er hätte sie nicht zu sich nach Hause bitten dürfen. Er hatte sie zum Wein eingeladen, um sich aufzuspielen. Und das hatte geklappt. Sie hatten sich geküsst und … Er schluckte hart. Ein

Fehler! Sich auf Körperkontakte einzulassen, war dumm! Drei Wochen später war Nina nicht mehr erschienen. Es hatte sich schnell herumgesprochen, dass sie positiv war. Alle, die mit ihr Kontakt gehabt hatten, waren zum Gesundheitsscan befohlen worden. Seine ganze Abteilung hatte drei Tage lang unter Quarantäne gestanden, bis die Tests beendet waren. Und er hatte erzählen müssen, was er getan hatte. Dass sie sich nahegekommen waren. Er erinnerte sich noch genau an die Ärztin mit dem gegelten schwarzen Haar, das wie eine Plastikhaube auf ihrem Kopf klebte. Durch und durch aseptisch hatte sie ausgesehen. Das Gesicht fast so bleich wie ihr Kittel. Voller Herablassung hatte sie ihn nach allen möglichen Details aus der Nacht mit Nina gefragt. Sie hatte es genossen, ihn zu demütigen. Und danach hatte sie alles seinen Vorgesetzten gemeldet.

Allein bei dem Gedanken daran lief ihm Schweiß den Nacken hinab, und es begann ihn zu jucken. Er fiel nie auf. Alles nur, weil er sich danach gesehnt hatte, noch einmal echte Haut zu berühren. Den Atem eines anderen Menschen zu spüren. Es gehörte zur Etikette, sich nicht zu berühren und möglichst immer einen Meter Abstand voneinander zu halten. Den Atem eines anderen Menschen auf seinem Gesicht zu spüren … Das war fast undenkbar geworden. Und doch hatten sie beide es genossen in jener Nacht. Was Nina wohl gehabt hatte? Er hatte nie erfahren können, womit sie sich angesteckt hatte. Ganz offensichtlich war es nicht in seiner Abteilung geschehen. Alle anderen Mitarbeiter waren schließlich gesund gewesen. Ob sie noch mit anderen Sex gehabt hatte? Hatte er sich vielleicht auch etwas geholt? Der Gedanke erregte und erschreckte ihn zugleich.

Paul dachte an seine erste Liebe, Nok. Wie leicht war es damals gewesen. Sie hatten beide Informatik studiert und standen im Oktober 2032 kurz vor dem Examen. 2032, das war das Jahr, das die Welt verändert hatte, der Monat, der seitdem für alle Zeit *Schwarzer Oktober* heißen sollte. Ungezählte Milliarden waren in das Militär gesteckt worden, um vorbereitet zu sein. Den Feind aber, der die Welt in die Knie gezwungen hatte, hatte man nicht erwartet. Obwohl es durchaus Warnungen gegeben hatte. 2032 hatte sich ein Vogelgrippe-Virus weltweit verbreitet. Bis heute diskutierte man über die Schuld. Wie es schien, war er von der chinesischen Ferieninsel Hainan gekommen und dann von heimkehrenden Urlaubern über Großflughäfen weltweit verbreitet worden. Siebzig Millionen Tote hatte es in einem einzigen Jahr gegeben. Wie bei der spanischen Grippe waren vor allem Zwanzig- bis Vierzigjährige gestorben. Das Wirtschaftssystem war zusammengebrochen. Der internationale Flugverkehr. Die so vernetzte Welt war fast über Nacht zu einer Welt der paranoiden Einzelgänger geworden. Man hielt Abstand zueinander. Niemand ging ohne Gesichtsmaske vor die Tür.

Schon im ersten Jahr waren die Gesundheitssysteme zusammengebrochen. Es hatte Ärzte gegeben, die alle behandelt hatten und bald selbst gestorben waren. Andere hatten sich nur noch um Reiche gekümmert. Was es nicht gegeben hatte, war ein Impfstoff. Fast zwei Jahre lang.

Irgendwann hörte es auf mit der Vogelgrippe. Aber der unsachgemäße Einsatz von Medikamenten durch panische Massen hatte multiresistente Bakterien- und Virenstämme hervorgebracht. Man starb wieder an Blutvergiftung und den Entzündungen im Nasen- und Rachenraum, die mit einem ordinären Schnupfen einhergehen konnten. Die Wunderwaffe des Antibiotikums wirkte kaum noch. Jeder versuchte den Kontakt zu Mitmenschen auf ein Minimum zu reduzieren. Öffentliche Verkehrsmittel benutzte man einfach nicht mehr. Arbeitgeber führten die Atem- und Bluttests ein, die seitdem immer weiter verfeinert worden waren. Kranke wurden nicht mehr behandelt, sondern ausgegrenzt. In den reicheren Ländern entstand eine Kultur, in der sich Gesunde durch Panzerglas von den Kranken abgrenzten.

2034 wurden in Deutschland die Fromm-Gesetze verabschiedet. Wer sich mit multiresistenten Bakterien oder Viren infizierte, verlor seine Bürgerrechte und wurde in eines der Sterbeghettos abgeschoben. Überall auf der Welt war es ähnlich. Was die Gesunden anfangs nicht realisierten, war, dass auch sie sich in Ghettos sperrten. Die immer kleiner werdende Welt hinter dem Panzerglas. Ohne frische Luft, abgeriegelt, antiseptisch. Eine Welt, in der soziale Kontakte durch Distanz definiert waren. Niemand gab sich mehr die Hand. Man begegnete sich nur noch in Netzwerken. Die Geburtenrate sank ins Bodenlose, bis das Next-Generation-Programm Abhilfe schaffte. Künstliche Befruchtung. Natürlich mit bereinigter DNS.

Paul saß in sich zusammengesunken in dem weichen Ledersessel, der ihm noch immer Schultern und Nacken massierte, so wie es Nok früher oft getan hatte. Er hatte sie verraten. Manchmal hörte er im Traum noch ihre Stimme. Ihr Flehen. Sie hatte ihn angerufen. Immer und immer wieder, als sie das Studentenwohnheim gestürmt hatten. Auf dem Höhepunkt der Panik, aufgeputscht von Medienberichten und wilden Gerüchten über den Ursprung und die Verbreitung der Vogelgrippe aus Hainan. Wer asiatisch aussah, war ein Todesbringer. Womöglich sogar eine lebende Virenbombe, die mit voller Absicht in den Westen geschickt worden war.

Paul war zwar nicht bei ihr gewesen, aber er kannte die Bilder. Sie waren tagelang in allen Medien zu sehen gewesen. Pöbel, der sich in Zellophanfolie gewickelt hatte und lange gelbe Küchenhandschuhe und Atemmasken aus dem

Baumarkt trug, hatte das Wohnheim gestürmt. Und was tat man mit Opfern, bei denen eine einzige Träne oder ein Tropfen Blut oder Rotz voller tödlicher Viren sein konnte? Sie hatten die Eingänge des Wohnheims verrammelt und es in Brand gesetzt. Mitten in der Nacht. Wer versucht hatte zu entkommen, war erschossen worden. Die Polizei hatte sich nicht blicken lassen. Auch wenn es immer dementiert worden war, so war Paul auch heute noch davon überzeugt, dass die Ereignisse jener Nacht mit Billigung der Obrigkeit stattgefunden hatten. Nok hatte immer wieder angerufen. Ihr langsamer Tod hatte seine Mail-Box gefüllt. Er war zu Hause gewesen. Hatte nicht abgenommen. Viele Jahre lang hatte er ihre Nachrichten nicht gelöscht und sie immer wieder angehört. *Ich liebe dich*, das waren ihre letzten Worte gewesen.

Paul schluckte schwer. Wie löschte man Erinnerungen? In seinem Leben hatte er so vieles vergessen. Aber die Worte auf der Mailbox, die es schon lange auf keinem Speichermedium mehr gab, waren tief in seine Erinnerung gebrannt. Sie war nur einmal gestorben. Er hingegen viele Jahre lang. Er hätte ihr nicht helfen können. Andere hatten es in dieser Nacht versucht und waren vom Pöbel zusammengeschlagen worden. Auch Nina hätte er nicht helfen können. Wer zu einem Positiven wurde, der gehörte nicht mehr in diese Welt. Keine Macht konnte etwas daran ändern. Die Positiven sollten sich damit abfinden, statt ihre letzten Kräfte aufzubieten, um Ärger zu machen!

Paul ließ sich in den Bann der schönen Bilder auf der Plexiglaskuppel ziehen. Sie zeigten einen Sturm, der gegen eine graue Felsküste anstürmte. Gischt, die in weißen Fahnen über das uralte Gestein wehte. Irgendeine Drohne musste das aufgenommen haben.

Paul dachte daran, dass er gar nicht mehr wusste, wie sich Regen anfühlte. Vor einer Weile hatte er sich einmal angezogen unter seine Dusche gestellt. Doch es war nicht dasselbe gewesen.

»Sie haben Ihr Ziel erreicht«, verkündete die freundliche Stimme des Bordcomputers.

Paul blieb noch eine Weile sitzen. Er hatte das Gefühl, etwas verloren zu haben. Etwas, das er nicht in Worte zu fassen vermochte. Als er sich endlich erhob, fühlte er sich alt. Seine Glieder waren schwer. Er stieg aus der Cigar und ging auf die Schleuse zu, hinter der sein Wohnblock lag. Mechanisch blies er in das sterile Atemrohr. Dann legte er die linke Hand auf den Bluttester. Seine Fingerabdrücke wurden gescannt, und ein winziger Dorn stach ihm in den kleinen Finger. Vorher wusste man nie, welchen Finger es erwischen würde. Die Fingerkuppen seiner linken Hand waren so sehr vernarbt, dass er fast kein Gefühl mehr darin hatte. An einem normalen Arbeitstag gab es fünf oder sechs Bluttests.

Er wartete. Manchmal empfand er die Zeit nach dem Test als beklemmend. Besonders schlimm war die Woche gewesen, nachdem Nina geholt worden war. Jeder Bluttest hatte ihn an den Rand der Panik gebracht.

Leise zischend glitt die Tür aus Panzerglas zur Seite. »Willkommen zu Hause, Herr Gottlieb! Sie sind negativ«, begrüßte ihn eine anonyme Frauenstimme. »Sie haben Post.«

Er öffnete die Sammelbox und fand drei Aluminiumbehälter, die durch die Rohrpost gegangen waren. Alle waren mit Aufklebern versehen, die besagten, dass ihr Inhalt geprüft worden und garantiert aseptisch sei. Dennoch streifte sich Paul ein paar Gummihandschuhe über, bevor er die Rohrpostzylinder aufschraubte. Eine Rechnung, ein Werbeprospekt für eine animierte Karibik-Reise in einem Vergnügungszentrum. Sah nett aus. Kristallklares Wasser, strahlend blauer Himmel, weiße Strände und das Versprechen, dass dieser Urlaub echter sei als die Wirklichkeit. Er lächelte. Was war schon die Wirklichkeit? Was war echt in einem Leben hinter Glas? Manchmal fühlte er sich wie eine Amöbe in einem Wassertropfen, gepresst zwischen Objektträger und Deckglas unter einem Mikroskop. Ein gläserner Mensch in einer gläsernen Welt.

Paul öffnete den dritten Zylinder. Ein kleines Päckchen rutschte heraus, ganz in aufdringlichem Lila gehalten. Endlich war es da! Seit drei Wochen hatte er darauf gewartet. Das war Wirklichkeit! Hastig packte er es aus. In Noppenfolie eingeschlagen lag da etwas, das an einen Babyschnuller erinnerte. Natürlich, so musste es aussehen... Allerdings begriff er jetzt auch, warum es keine Bilder davon auf der Internetseite gegeben hatte. Das Ding war nicht gerade sexy. Paul hatte Berichte von Usern gelesen. Alle waren begeistert gewesen. Er konnte gar nicht erwarten, es auszuprobieren.

Mit einem Fingerschnippen aktivierte er sein Mediabord. Nachrichten, untermalt von klassischer Musik, rieselten aus verborgenen Boxen. Er schlenderte durchs Wohnzimmer, zog sich allmählich aus. Die Anspannung der Fahrt war verflogen. Er summte leise die Musik mit und schwang die Arme, als dirigierte er ein riesiges Orchester.

Eine lange, heiße Dusche puschte seine gute Laune noch weiter. Er schrubbte sich, bis seine Haut rot war und brannte. Sobald er trocken war, ging er zu seiner Black Box. So nannte er das kleine Zimmer neben seinem Schlafzimmer. Das Herz des Apartments. Hier verbrachte er mehr Stunden als im Bett. Der fensterlose Raum mit den schwarzen Wänden war die Pforte in jede Welt, die der menschliche Verstand je ersonnen hatte.

Er nahm den Neopren-Anzug von der Wand. Der roch angenehm nach Zitrone. Ihn zu reinigen kostete jedes Mal mehr als eine Stunde. Wohlige Schauer der Vorfreude überliefen Paul, als er diese zweite, schwarze Haut überstreifte.

Er aktivierte den Rechner und griff nach den Ohrstöpseln, kabellosen Empfängern, die einen unglaublich naturalistischen Sound lieferten.

Die Nachrichtenstimme ließ verlauten, der *Schwarze Oktober* habe eine neue Offensive gegen die Narzissten angekündigt. Paul grinste zynisch. Das taten sie fast jede Woche. Sie waren eine kleine Terrorzelle, der nachgesagt wurde, dass sie sogar von einigen Negativen unterstützt wurde. Propaganda. Ihr größter Erfolg war gewesen, dass sie es mit einem Hackerangriff geschafft hatten, Lebensmittel mit deutlich überschrittenem Verfallsdatum aus einer Verbrennungsanlage zurück in den Warenumlauf zu bringen. Kreativ zwar, aber nur sehr wenig effektiv. Paul setzte die Ohrstöpsel ein und scannte den Code, der mit seinem Schnuller gekommen war. Damit wurde die neue Software freigeschaltet, die sein Rechner brauchte. Er streifte die Neoprenkappe über und setzte die »Taucherbrille« auf, die die Bilder direkt auf seine Netzhaut projizieren würde. Dann begann er sich in aller Ruhe zu verkabeln. Es gab fast hundert Steckpunkte am Anzug, die mit kleinen Luftpolstern, Sensoren und winzigen Thermoaggregaten verbunden waren. Der Anzug hatte ihn beinahe so viel gekostet wie seine ganze Wohnung. Er gehörte zum Besten, das auf dem Markt zu bekommen war.

Paul ließ die ineinandergreifenden Edelstahlringe von der Decke herabfahren. Sie erinnerten ein wenig an eine Armillarsphäre, jene dreidimensionalen Weltenmaschinen aus der Renaissance, mit denen die Bewegung der Himmelskörper simuliert wurde. Nur dass es hier keine Kugeln für Planeten gab und keine Sonne im Mittelpunkt. Die Sonne, die war er. Er legte den Bauchgurt an und straffte ihn. Weitere Polstergurte umfingen bald seine Hand, die Fußgelenke, die Oberarme und die Oberschenkel. Sie alle waren durch dünne Stahlseile mit dem Rahmen der Weltenmaschine verbunden.

Wenn er aufhörte, ein Negativer zu sein, dann würde er mit Hilfe der Maschine in eine Welt eintauchen, in der er sich frei durch einen dreidimensionalen Raum bewegen konnte. Er legte das Atemgerät an, das Gerüche simulierte. Zuletzt nahm er den Schnuller. »Schwarzer Oktober!«, sagte er laut, um das Programm zu aktivieren, das er in den letzten Jahren immer weiter verfeinert hatte.

Die Stahlseile strafften sich. Einen Augenblick lang schwebte er, dann spürte Paul wieder festen Boden unter den Füßen. Die Illusion von festem Boden.

Er war jetzt wieder vierundzwanzig Jahre alt, und es war Oktober. Mit einem Baseballschläger in der Hand stürmte er dem Studentenwohnheim entgegen, das von einem grölenden Mob umringt wurde. Gestalten, die sich in silbern schillernde Zellophanfolie gewickelt hatten.

Jemand packte ihn am Arm. »Wo willst du hin?«

Statt zu antworten, rammte Paul dem Kerl den Baseballschläger in den Magen und eilte weiter. Er stürmte dem verrammelten Eingang zum Studentenwohnheim entgegen. Er musste noch zwei weitere Zellophanmonster niederknüppeln. Im Schloss der dicken Milchglastür steckte von außen ein Schlüssel. Undeutliche Schemen bewegten sich hinter dem Glas. Paul öffnete die Tür. Panische Studenten flohen aus dem brennenden Wohnheim und pressten ihn gegen die Wand.

Endlich schaffte er es, sich hineinzudrängen. Er stürmte die enge Treppe hinauf, vorbei an weiteren Flüchtlingen und rief ihren Namen. »Nok!«

Im zweiten Stockwerk zog unter der Decke Rauch entlang. Es stank nach verschmortem Plastik. Ein Mädchen mit einer Katze im Arm rempelte ihn an. Sie lief in die falsche Richtung. »Eingang B«, rief er ihr zu. »Dort kommst du hinaus!«

Sie starrte ihn mit angstweiten Augen an. Erklärungen

halfen hier nicht. Er brachte sie zur Treppe und deutete hinab. »Dort entlang!«

Ohne ein Wort zu sagen, eilte sie die Stufen hinab.

Der Rauch brannte in Pauls Kehle. Er quoll unter den Zimmertüren hervor, die den engen Flur säumten. Er stürmte die nächste Treppe hinauf. Zimmer 312. So oft war er schon hier gewesen. Er hätte blind zu ihr gefunden. Seine Fäuste trommelten gegen die Tür. »Mach auf, ich bin es! Ich hol dich hier raus!«

Die Tür blieb verschlossen. Er trat dagegen, rammte seine Schulter gegen das Holz, bis die billigen Angeln nachgaben und er mit der Tür in die winzige Wohnung stürzte. Das Zimmer war leer. Es war so klein, dass er sie unmöglich übersehen konnte. Sie war … Er riss die Tür zum Badezimmer auf. Nok hatte sich in die Dusche gekauert. Die Arme um die Beine geschlungen. Sie blickte zu ihm auf. Die mandelförmigen schwarzen Augen, Abgründe der Furcht. Tränenbahnen schimmerten feucht auf ihren Wangen.

»Ich hol dich hier heraus«, sagte er sanft. »Alles wird gut.«

Sie rang sich ein Lächeln ab. »Ich habe gewusst, dass du kommen würdest.« Es war erste Mal, dass sie ihn anlog.

Er griff nach ihren Händen, zog sie hoch und drückte sie an sich. Sie zitterte am ganzen Leib. »Ich bring dich hier heraus!« Behutsam schob er sie zur Tür. Aus dem Treppenhaus schlugen Flammen.

»Da entlang!« Er deutete zur Glastür am Ende des Flurs. Der Rauch ließ ihn husten. Es blieb nicht mehr viel Zeit.

»Von dort kommen wir nicht weg«, sagte Nok und folgte ihm doch.

»Vertrau mir!« Paul stieß die Glastür auf. Sie führte auf einen kleinen Balkon. Von hier gab es nur einen Weg fort. Sie mussten springen. Hinter ihnen im Flur leckten Flammen unter den ersten Türen hindurch.

Paul deutete auf einen großen Müllcontainer voller Plastik-säcke. »Dorthin!«

Nok sah ihn erschrocken an. »Das … wir …«

»Das ist der einzige Weg!« Er schwang ein Bein über das Geländer und streckte ihr die Hand entgegen. »Komm! Ich halte dich.«

Sie nickte kaum merklich. Unten gab es nur wenige Gaffer. Die meisten belagerten die Türen auf der Vorderseite des Wohnheims.

»Ich liebe dich, Langnase«, sagte Nok mit ihrem schweren Akzent, dem er schon bei ihrer ersten Begegnung verfallen war.

Paul zog sie an sich. Dann ließ er sich fallen.

Der Schlag war härter, als er erwartet hatte. Mülltüten platzten unter ihrem Gewicht und spien ihren Inhalt über sie. Kartoffelschalen, halb leere Joghurtbecher, Eierschalen. Eine Lawine feuchter Kosmetiktücher bedeckte sein Gesicht. Nok lachte, zupfte die Tücher mit spitzen Fingern zur Seite und küsste ihn. Lang, leidenschaftlich. Mit viel Zunge. Er spürte sie tief in seinem Rachen. Tief. Er war glücklich …

Drei Tage später …
Wilhelm hielt den schleimbedeckten Latexschlauch hoch. »Genau wie die beiden gestern«, verkündete er nüchtern. »Der hier ist erstickt. Dieses Tool zur Simulation von Zun-genküssen und Oralsex hat sich bis tief in seinen Rachen ausgedehnt und ihm die Luftröhre blockiert.«

Der Kommissar nickte mürrisch und blickte zu Holger hinüber, der den Computer untersuchte. »Derselbe Ver-lauf?«

»Sieht so aus, Chef. Er hat sich eine Software für sein neues Spielzeug heruntergeladen und sich damit ein Virus eingefangen, das alle Schutzprogramme lahmgelegt hat.

Kunstvoll gestricktes kleines Ding. Wirklich gute Arbeit. Und es scheint ein weiter verbessertes Virus zu sein. Es hat etwas für uns hinterlassen. Eine Botschaft.«

»Was?«

»Gruß an Prinz Prospero.« Holger zuckte mit den Schultern. »Weiß nicht genau, was das bedeuten soll.« Er machte eine vage Geste. »Aber der Kerl hat ja wirklich gelebt wie ein Prinz. So eine Bude könnt ich mir im Leben nicht leisten. Und habt ihr die Küche gesehen? Er hat sogar Wein! Echten Wein und nicht diese synthetische Brühe aus dem Supermarkt.«

»Ein Anflug von Sozialneid?«, fragte der Kommissar scharf.

Holger duckte sich. »Hab nur versucht, das mit dem Prinzen zu verstehen …«

»Prospero ist wahrscheinlich eine Anspielung auf prosperierend«, entgegnete der Kommissar herablassend und schob die Hände in die Manteltaschen. »Einer der akademischen Scherze der Positiven. *Schwarzer Oktober* würde ich sagen. Jemand anderer Meinung?«

Wilhelm war zwar anderer Meinung, aber er hütete sich, etwas zu sagen. Er war nur Leichenbeschauer, ein ganz kleines Rad im Getriebe, und wenn er dem Kommissar erzählte, was er wusste, würde er sich bloß verdächtig machen. Es war nicht gut, sich in die Gedankenwelt der Positiven einfühlen zu können. Dabei hatte er nur Poe gelesen. *Die Maske des Roten Todes.* Die Geschichte des Prinzen Prospero, der sich mit all seinen Freunden in eine abgelegene Abtei zurückgezogen hatte, um ein rauschendes Fest zu feiern, während im übrigen Land der Rote Tod wütete.

»Was schreibe ich zur Todesursache? Tod durch einen Computervirus?«

»Wohl von allen guten Geistern verlassen, Heinlein!«, herrschte ihn der Kommissar an. »Fehlte gerade noch, dass die Leute anfangen, sich vor ihren Computern zu fürchten. Erfinden Sie was! Herzinfarkt, Schlaganfall … Aber nehmen Sie was anderes als gestern.«

»Aber müssten wir nicht …«

»Zerbrechen Sie sich nicht meinen Kopf. Wir kontrollieren die Post. Diese Pakete werden beschlagnahmt und ein Schutzprogramm gegen das Virus in alle Rechner eingespielt. Einer der Gründe, warum wir zentralen Zugriff haben. Wir eliminieren Gefahren, noch bevor unsere Mitbürger etwas davon erfahren.«

Wilhelm nickte ergeben und holte einen Totenschein aus seiner Aktentasche. Einen Augenblick lang war er versucht, *Roter Tod* als Todesursache einzutragen. Aber solche Scherze blieben allein den Positiven vorbehalten.

WOLFSTRÄUME

3. August, 4:27 Uhr
Auf der K 36, Bedburg in Richtung Kaster

Manche Geschichten möchte man lieber gelesen als geschrieben haben. Frank war unwohl, wenn er an das dachte, was auf ihn zukommen mochte. Um vier Uhr morgens hatte sein Pieper den jungen Journalisten aus dem Schlaf gerissen. Verdammter Bereitschaftsdienst. Auf dem Display hatte die Nummer der Polizeileitstelle Bergheim geleuchtet. Was sie da zu sagen hatten, war zu wenig gewesen, um zu entscheiden, ob die Geschichte etwas taugte oder ob er sich ruhigen Gewissens wieder schlafen legen konnte. *Bei Kaster gab es einen Unfall mit Pferden*, hatte die müde Stimme am anderen Ende der Leitung erklärt. *Die Tiere scheinen durchgedreht zu sein. Vielleicht bekommen wir ja nach dem Rinderwahn jetzt auch noch den Pferdewahn.*

Es waren keine zwanzig Minuten seit dem Anruf vergangen, als Frank auf die schmale Straße einbog, die vor dem Wehr endete. Er schaltete einen Gang herunter. Frühnebel zog in dichten Schlieren vom Fluss herauf.

Kurz vor dem Wehr stand ein Streifenwagen quer über der Straße. Frank hielt an und griff nach der Fototasche hinter seinem Sitz. Als er sich wieder umdrehte, stand eine massige Gestalt neben der Wagentür. Frank fluchte im Stillen. Warum musste von allen Bullen der Region ausgerechnet

Burger in dieser Nacht Dienst haben! Burger war ein großer, breitschultriger Kerl mit einem buschigen blonden Schnauzer. Er roch nach Kaffee. Der Beamte gehörte zu der Sorte von Polizisten, die für Journalisten nicht viel übrig hatten.

Als Frank ausstieg, kam ein Spruch, den sich Burger sicher schon lange zurechtgelegt hatte. »Na, die Geier fliegen aber früh heut Morgen.« Dabei grinste er gehässig.

»Wie es scheint, hat man die Bullen noch früher auf die Weide getrieben.«

Burgers Schnauzbartenden zuckten leicht, sonst ließ er sich nichts anmerken. »Schon gefrühstückt, Junge?« Er deutete auf einen Weg, der wie ein Tunnel am Dickicht der Uferböschung vorbeiführte. »Das da vorn ist nichts für weichgespülte Städter, da wirst du sicher viel Spaß haben.« Abrupt wandte sich Burger ab und ging zu seinem Streifenwagen. Auf der Kühlerhaube stand eine Thermosflasche. Er schraubte sie auf und goss sich einen dampfenden Kaffee ein. Burger deutete wieder hinüber auf den Weg. »Da findest du dein Aas. Na los, oder hat dich jetzt schon der Mut verlassen?«

Unter den Bäumen war es so dunkel, dass man die Hand nicht vor Augen sah. Vorsichtig tastete sich Frank voran. In der Nacht hatte es zum ersten Mal seit Wochen geregnet. Der Boden war schlammig. Wie durch einen Torbogen öffnete sich am Ende des Weges der Blick auf eine Wiese. Gegenüber erhoben sich verwitterte Ziegelsteinmauern aus dem Nebel.

Der Morgendunst schien aus allem die Farbe zu ziehen. Frank hatte das Gefühl, er befände sich inmitten eines alten, unscharfen Schwarz-Weiß-Fotos.

Am Gatter zur Weide stand ein ergrauter Mann in einer Strickjacke. Er stützte sich schwer auf einen Zaunpfahl. Sein Gesicht war zu einer Maske mühsam bewahrter Fassung erstarrt. Als er Franks Schritte hörte, blickte der Alte kurz auf und deutete in Richtung der Stadtmauern. »Doktor Platen ist dort drüben.« Frank spürte, dass es sinnlos wäre, auf weitere Erklärungen zu warten.

Leichter Wind ließ die trockenen Blätter der Bäume wispern. Der Nebel trug den fauligen Geruch des Uferschlamms der Mühlenerft mit sich. Er stieg durch das Dickicht der Uferböschung und ergoss sich in Kaskaden von trägen Wirbeln über die Weide. Wie steigende Flut wogte er unterhalb der Stadtmauern, ohne die Zinnen zu erreichen. Oben auf dem Wehrgang hatte man sicher einen malerischen Blick auf die nebelverhangene Wiese und die dunklen Waldstreifen. Hier unten aber stand man in einer fremden Welt des Zwielichts und der Ungewissheit.

Die Wiese stieg leicht an. Etwas griff nach Franks Hose, zerrte am Stoff und ließ den Journalisten straucheln. Stacheldraht! Erst als ein neuerlicher Windstoß den Morgendunst für einen Moment zerteilte, sah Frank, dass sich der zerrissene Draht in rostigen Spiralen durch das Gras wand.

Der Journalist befreite sich aus dem Draht. Vor sich im Nebel vernahm er das Murmeln einer leisen, beruhigenden Stimme. Dann war ein kurzes, ploppendes Geräusch zu hören.

Die Wiese fiel nun sanft ab und ging in den verlandeten Festungsgraben über. Plötzlich teilte eine Luftbewegung den erstickenden Nebel erneut. Keine drei Meter entfernt hing eine Schimmelstute mit grausam zerschnittenen Vorderläufen in einem Stacheldrahtzaun. Die Nüstern des Tieres waren zerfetzt. Blutige Striemen zogen sich über Hals und Flanken. Bei dem Pferd stand eine hagere junge Frau in einer verwaschenen Cordjacke. Sie hielt einen merkwürdigen, etwa dreißig Zentimeter langen Metallstab in der Hand, an dessen oberem Ende eine schwarze Plastikkappe saß. Das Haar der Frau war streng zurückgekämmt und zu einem

Zopf geflochten. Neben dem Pferd stand eine große, aufgeklappte Arzttasche.

Frank hob die Kamera. Es war ein in vielen Jahren eingeübter Reflex. Erprobt bei Hunderten Unfallfotos und anderen Dramen. Dabei war er kein Voyeur, sondern lediglich hier, um eine Tragödie zu dokumentieren. Das war sein Job!

Gnadenlos vergrößerte der Zoom das geschundene Fleisch. Der Boden rund um das Pferd war aufgewühlt. Blut vermischte sich in Schlieren mit dunklem Schlamm.

Frank trat zurück. Er umkreiste die tote Stute, registrierte das kleine, dunkle Loch in der Stirn des Tieres und suchte nach dem richtigen Blickwinkel. Seine Fotos durften nicht zu grausam sein. Es waren Bilder, die auf Tausenden von Frühstückstischen liegen würden, wenn morgen die nächste Ausgabe der *Stadtschau* erschien.

Frank ging weiter zurück. Der Nebel wirkte wie ein Weichzeichner, er kaschierte das Grauen.

Der Journalist drückte auf den Auslöser. Kreisend bewegte er sich weiter. Die weiße Stute, die Dunstschwaden, das seltsam farblose Gras. Die Bilder erschienen unwirklich und bedrückend ästhetisch. Das Blut sah man nun kaum noch. So würde es gehen.

»Ich hoffe, ich bin auf keinem der Bilder mit drauf«, störte eine heisere Stimme. Die junge Frau war an seine Seite getreten. »Doktor Platen«, stellte sie sich vor. »Sollte ich doch auf einem der Fotos sein, haben Sie mehr Ärger, als Sie sich vorstellen können. Ich bin Tierärztin. Mit toten Pferden fotografiert zu werden ist schlecht fürs Geschäft.«

Frank hielt ihr die Kamera hin. »Sie können auf dem Display gern kontrollieren, ob Sie sich auf einem Foto finden.«

Kurz maßen sie einander mit Blicken. Schließlich nahm die Ärztin ihre Tasche und ging wortlos weiter. Frank sah ihr einen Moment lang zögernd nach, dann folgte er ihr.

Sie ging quer über die Wiese, zu dem Dickicht hinüber, das an der Uferböschung wucherte. Dort kniete sie sich neben einem zweiten Pferd nieder, einem schwarzen Wallach. Offenbar war er durch den Stacheldraht gebrochen, der die Wiese vom Walddickicht trennte.

Das Zwielicht verwirrte das Auge und zeichnete ein unwirkliches Bild aus zerschundenen schwarzen Läufen und zersplittertem schwarzem Geäst. Ein eiserner Zaunpfahl ragte aus der Brust des Wallachs. Vergeblich versuchte das Tier, sich wieder aufzurichten.

Doktor Platen streichelte ihm über den Hals. Frank hob die Kamera, ließ sie aber sofort wieder sinken. Er wollte warten, bis die Tierärztin fertig war.

Der Atem des Wallachs ging pfeifend und unregelmäßig. Jedes Mal, wenn sich der schwere Leib hob und wieder senkte, troff blutiger Schaum von den Nüstern. Die Ärztin redete beruhigend auf das Tier ein, das auskeilte und aufzustehen versuchte.

Der Rappe verdrehte die Augen und sah zu Frank auf. Sein Blick war gehetzt, die Augen so sehr geweitet, dass man rund um die Iris das Weiß des Augapfels sehen konnte.

Die Ärztin hob das geriffelte, kurze Stahlrohr aus dem Gras und setzte ein Ende des Rohres auf die Stirn des Rappen. Ein kurzes Ploppen erklang. Als Doktor Platen das Rohr zur Seite nahm, klaffte ein kreisrundes Loch in der Stirn des Wallachs. Der Rappe tat noch einen tiefen Atemzug und lag dann still.

Frank hatte das Gefühl, ihm knickten die Beine weg. »Was denn …? Warum?«

»Der Zaunpfahl hat einen Lungenflügel durchbohrt und der Stacheldraht hat ihm die Sehnen an den Vorderbeinen zerrissen. Er hätte nie wieder aus eigener Kraft stehen können. Seine Qualen zu beenden, war das Einzige, was ich noch tun konnte.« Die Ärztin legte das Stahlrohr zur Seite und zog eine Spritze auf. Sie tastete nach einer großen Vene, die sich am Hals des Wallachs abzeichnete und injizierte dem Tier eine farblose Flüssigkeit.

»Was tun Sie da? Das Pferd ist doch tot!«

»Ein Bolzenschuss in den Schädel ist nicht mit absoluter Sicherheit tödlich. Eine geringe Chance besteht, dass das Pferd dadurch nur betäubt wird«, erläuterte die Tierärztin ruhig, schob eine Schutzkappe über die Kanüle der Spritze und legte sie in ein Seitenfach ihrer Arzttasche. »Erst nachdem ich eine Dosis T61 injiziert habe, kann ich wirklich sicher sein, dass das Pferd tot ist. Das Gift lähmt erst die Atemmuskulatur und dann das Herz.«

Frank biss sich auf die Unterlippe. Die kaltschnäuzige Art, wie Doktor Platen mit dem Rappen umging, machte ihm zu schaffen. Es war nur ein Tier, ermahnte er sich stumm. Nur ein Tier! Er sollte jetzt lieber an seine Story denken. »Was ist hier passiert?«

Die Ärztin schob einen neuen Bolzen in das Stahlrohr. »Viele Pferde sind Paniker. Es ist unmöglich zu sagen, was sie erschreckt hat. Ein Fasan, der mit lautem Flügelschlagen aus dem Dickicht bricht. Oder ein Blitz. Eine Fehlzündung bei einem Auto, der Schuss eines Jägers ...«

»Aber warum haben sie sich in den Stacheldraht gestürzt?«

»Pferde sehen schon bei Tag schlecht. Sie werden den Draht nicht bemerkt haben. Sie müssen gelaufen sein, als wäre der Teufel hinter ihnen her.« Platen deutete auf den zerwühlten Schlamm um sie herum. »Sehen Sie das? Selbst mit durchbohrter Brust und zerschnittenen Sehnen hat der Wallach versucht, sich wieder aufzurichten und weiterzulaufen.« Mit einem leisen Klicken rastete der Bolzen im Stahlrohr ein. »Ich muss jetzt runter zum Fluss. Da liegt noch ein Wildpony mit gebrochenen Beinen.«

»Kann man da noch was tun?«

Statt einer Antwort hob die Ärztin das Bolzenschussgerät und griff nach ihrer Tasche. Wortlos stieg sie ins Uferdickicht hinunter.

Frank überlegte, ob er ihr folgen sollte, als ihn ein schrilles Piepen zusammenzucken ließ. Er griff in die Hosentasche und holte den kleinen schwarzen Quälgeist hervor. Im Display des Piepers erschien ein weiteres Mal die Nummer der Leitstelle Bergheim.

Im Grunde war Frank froh, einen Vorwand zu haben, sich nicht länger mit toten Pferden beschäftigen zu müssen. Auf dem Weg zum Auto wählte er die Nummer der Leitstelle. Diesmal erklang ein freundlicher Bass am anderen Ende der Leitung. »Morgen, Schreiberling!« Etwas knisterte. Frank musste schmunzeln. Die Stimme von Wachtmeister Schütte erkannte man sofort. Er konnte ihn förmlich vor sich sehen, wie er mit einer Tüte voller Hörnchen vor der Sprechanlage saß und sich mit der rechten Hand einen Kaffee einschenkte, während er mit links Notizblätter sortierte.

»Hier ist gerade 'ne Meldung reingekommen, die ganz nach deinem Geschmack sein dürfte. Man hat eine verwirrte junge Frau auf dem jüdischen Friedhof an der Kölner Straße in Bedburg aufgegriffen.«

Frank war enttäuscht. »Das schickst du mir heute Nachmittag mit den Meldungen in die Redaktion.«

»Klar, mach ich.« Ein Schluckgeräusch.

Frank schmunzelte. Er hatte es gewusst: Schütte saß gerade bei seinem Kaffee.

»Übrigens, Frank, da ist noch ein delikates Detail. Die gute Frau war splitterfasernackt, als man sie gefunden hat.«

»Hast du den Namen?«

»Heh, du kennst das Spiel doch ganz genau! Ich dürfte den Namen gar nicht herausrücken …«

»Du hast also keinen Namen.«

»Nein. Die junge Frau war zu verwirrt, um Angaben zu ihrer Person machen zu können. Man hat sie in Bedburg in die Notaufnahme gebracht.«

3. August, 13:41 Uhr
In der Redaktion der Stadtschau, Bergheim

»Mehr als ein Solo gibt das nicht her. Ich muss schließlich noch den Artikel über den Schützenverein auf die Seite packen. Und das Foto da, das will ich nicht in meiner Zeitung sehen«, lamentierte Losung, der Chefredakteur. Er war ein kahler Mittfünfziger, der nie über die Lokalredaktion hinausgekommen war. Er regierte mit eisernem Regiment, und es war täglich aufs Neue sein ganzer Ehrgeiz, den besten Lokalteil der Stadtschau zu gestalten. »Kein Blut. Weißt du doch!«, murrte er. »Ergreifende Fotos, die die Tragödie dieses Morgens transportieren. Aber Blut, nein!«

»Das ist kein Blut«, protestierte Frank schwach. Er wusste schon jetzt, was kommen würde. »Nur Schlammspritzer auf dem Fell des Schimmels.«

»Das ist mir herzlich egal. Ein Pferd, das im Stacheldraht hängt, ist schon gruselig genug. Im Übrigen sieht dein Schlamm auf einem Schwarz-Weiß-Foto wie Blut aus. Nimm ein anderes Bild, retuschier diese Schlammspritzer oder lass dir sonst was einfallen. Dafür spendier ich dir schon mal 'n Titel für dein Solo. *Tod im Stacheldraht*, das passt doch prima zu einem Dreispalter. In einer Stunde möchte ich dein Foto und zwölf Zeilen Text. Mehr bekomm ich nicht mehr auf die Seite. Und kein Blut! Klar?«

»Jawohl, Chef!« Frank stand stramm und salutierte.

Losung erhob sich mit säuerlichem Lächeln. »Für jemanden, der nicht gedient hat, kriegst du das wirklich gut hin. Immer wieder schön, wenn jemand weiß, wer der Chef ist.«

Frank schloss den Fotoapparat an den Rechner an und lud die Bilder in der Hoffnung herunter, ein Motiv zu finden, das Losungs Vorstellungen entsprach. Es war zum Verzweifeln. Auf den beiden Bildern ohne Schlammspritzer konnte man kaum etwas von dem Pferd erkennen, einfach weil er zu weit weg gewesen war, als er die Fotos gemacht hatte.

Schließlich rief er wieder das ursprüngliche Bild auf den Monitor und zoomte es auf 500 Prozent, um die Schlammspritzer auf dem weißen Fell einzeln zu retuschieren. Was für eine widersinnige Aufgabe! Ein Schimmel ohne einen Fleck im Fell auf einer aufgeweichten Weide! Wo lag die Grenze zwischen dem Anspruch, Leser zu schützen, und der Gefahr, sie auf der anderen Seite zu verarschen, indem man ihnen eine Wirklichkeit vorgaukelte, die es so nicht gab?

Es dauerte zwanzig Minuten, bis Frank den letzten Makel vom Fell der Stute getilgt hatte. Er wollte die Bilddatei gerade schließen, als ihm ein seltsamer Abdruck im Schlamm auffiel. Er drehte das Bild und zoomte es noch einmal hoch. Es gab keinen Zweifel. Frank klickte auf das Druckersymbol am Bildschirm. Im zerwühlten Boden war deutlich der Abdruck eines schlanken, nackten Fußes zu sehen!

3. August, 15:12 Uhr
Am Haupteingang des St.-Hubertus-Krankenhauses,
Bedburg
Doktor Aschenberg stand unter dem Marienmosaik am Eingang und wirkte überaus nervös, als Frank eintrat. Stefan Aschenberg war ein dunkelhaariger junger Mann von charismatischem Auftreten.

»Das ist hier nicht der Platz für konspirative Treffen.« Er sah zur Pförtnerloge hinüber, wo eine blonde Dame mittleren Alters so tat, als beachtete sie sie nicht.

»Dann lass uns in die Cafeteria gehen«, erwiderte Frank

gelassen und trat in den kurzen Flur, der sich an die Empfangshalle anschloss.

»Ich bin im Dienst, verdammt! Fünf Minuten hast du, mehr nicht.«

Wie von Geisterhand öffnete sich eine Glastür, auf der in dicken Lettern »Kaffeepöttchen« stand. Zwei leise summende Cola-Automaten, neben denen ein schweres Holzkreuz hing, beherrschten den Durchgang zur Cafeteria. Frank warf eine Münze in den linken Automaten. »Was möchtest du trinken?«

Doktor Aschenberg verdrehte die Augen. »Wasser. Und jetzt komm zur Sache!«

Polternd spuckte der Automat eine Wasserflasche aus. »Hätte sich verdammt schlecht gemacht, wenn sie dir für einen Monat den Führerschein abgenommen hätten, nicht?«

»Ich war wegen eines Notfalls unterwegs!«

»Natürlich, Stefan.« Frank zog eine Flasche Cola aus dem Automatenfach. »Ich erinnere mich noch genau. Es hing mit dieser blonden Studentin zusammen, die dir zwei Wochen später den Laufpass gegeben hat. Wenn dir meine Anwesenheit unangenehm ist, dann sag es nur. Ich hab bei den Bullen damals ein gutes Wort für dich eingelegt, weil wir Freunde sind. Dass dein Knöllchen daraufhin in den Mühlen der Bürokratie verschwunden ist, war sicher Zufall. Ich würde jetzt auch nicht hier stehen, wenn nicht du damals darauf bestanden hättest, dass du mir etwas schuldig wärst.«

»Dir ist schon klar, dass ich dir nichts sagen darf, oder?« Er drehte die Flasche zwischen den Händen. »Und wenn ich es doch täte und anschließend davon auch nur eine Zeile in deinem Revolverblatt zu lesen fände, dann wären wir die längste Zeit Freunde gewesen.«

Frank legte die Hand aufs Herz und blickte zu dem leidenden Christus am Kreuz. »Ich schwöre dir ...«

»Lass den Quatsch! Die junge Frau, nach der du am Telefon gefragt hast, ist heute Morgen um kurz nach fünf eingeliefert worden. Sie war in der Tat fast völlig nackt. Und sah fürchterlich aus. Als hätte sie ein Schlammbad am Ufer der Erft genommen. Am ganzen Körper Schrammen. Das einzige Kleidungsstück, das sie trug, war ein speckiger, breiter Gürtel. Wir haben ihr Beruhigungsmittel gegeben und sie gewaschen. Sie schläft immer noch.«

Frank zog einen kleinen Block aus der Tasche. »Wie heißt sie?«

»Wissen wir nicht. Sie hat keinen zusammenhängenden Satz herausgebracht ... und am Gürtel war kein Namensschild,« fügte er ironisch hinzu.

»Hinweise auf sexuellen Missbrauch?«

Der junge Arzt schüttelte den Kopf. »Nichts.«

»Wenn ich ein Foto von ihr machen könnte, vielleicht würde sie einer unserer Leser wiedererkennen.«

Doktor Aschenberg setzte die Wasserflasche ab. »Dann wende dich mal an die offiziellen Stellen. Ich muss jetzt wieder rauf auf die Station.«

Frank hielt den Arzt am Ärmel zurück. »Hab dich nicht so. Du weißt doch, wie lange das dauert.«

»Wenn man dich erwischt, kenn ich dich nicht. Und wenn das Foto in deiner Zeitung erscheint, zeig ich dich an.« Doktor Aschenberg sagte das in einem Tonfall, der keinen Zweifel ließ, wie ernst er es meinte. »Es muss dir reichen, sie kurz anzuschauen. Zimmer 212. Ich schulde dir von jetzt an nichts mehr! Klar?«

»Klar.« Frank fühlte sich elend. War es das wert? Der Artikel würde ihm nur ein paar Euro bringen. Er dachte an die Fußspur im Schlamm. Das Mädchen wusste vielleicht, was die Pferde derart erschreckt hatte. Auf jeden Fall war sie auf der Weide gewesen.

Frank nahm die Treppe, nicht den Aufzug. Er wollte sich noch ein wenig Zeit geben. Wenn er ohne Erlaubnis das Krankenzimmer betrat, um Fotos von einer hilflosen Person zu machen, dann wäre er genau die Sorte Journalist geworden, die er bisher immer verachtet hatte. Dass er half, die Identität des Mädchens herauszufinden, war ein mehr als fadenscheiniges Argument. Sobald sie wieder zu sich kam, würde sie ihren Namen sicherlich ganz von allein nennen.

Auf dem Flur zum Krankenzimmer war nur ein altes Pärchen zu sehen. Ein Mann, der mit verdrossenem Gesicht einen Infusionsständer neben sich herschob und eine grauhaarige Frau, die unablässig auf ihn einredete.

Es roch nach Reinigungsmittel auf dem Flur. Hinter der Scheibe zum Schwesternzimmer war niemand zu sehen. Frank nickte der alten Frau zu, die ihn überrascht anlächelte.

Die Tür zu Zimmer 212 war geschlossen. Er zögerte. Dann drückte er die Klinke herunter. Es stand nur ein einziges Bett in dem kleinen Raum. Das Fenster hatte man gekippt. Dennoch war es drückend warm. Der Rolltisch neben dem Krankenbett war leer. Es gab keine Blumen, kein Telefon, nicht einmal eine Tablettenbox. Die junge Frau im Bett wirkte wie ein Fremdkörper in diesem klinisch reinen Zimmer. Sie hatte leicht gewelltes, schulterlanges blondes Haar. Ihr Gesicht war blass und schmal. Eine Schramme lief über die linke Wange. Sie hatte die Augen geschlossen. Trotz der Hitze war die Decke bis zum Kinn gezogen.

Frank stand in der Tür und starrte sie einfach nur an. Er konnte kein Bild machen, das wusste er sofort. Er fühlte sich schäbig.

Frank schob die Kamera in seine Fototasche. Als er durch die Tür trat, war er entschlossen gewesen, die Intimsphäre dieser jungen Frau grob zu missachten. Doch sie wirkte verletzlich und ausgeliefert. Seine Skrupellosigkeit war ins

Gegenteil umgeschlagen. Nun hatte er das Gefühl, er müsse sie beschützen. Unfähig, in Worte zu fassen, was diesen Sinneswandel verursacht hatte, vertraute er seinem Gefühl. Er zog eine Visitenkarte aus seiner Tasche und schrieb ein paar Zeilen darauf. Dann legte er das Kärtchen auf den Rolltisch neben dem Bett.

Frank ging zur Tür und blickte noch einmal zurück. In seinen Augen wirkte die Fremde nun nicht mehr ganz so verloren. Es gab jetzt etwas in diesem Zimmer, das ihr gehörte. Wenn es auch nur ein winziges Stück Papier war.

Als er über den Flur zu den Aufzügen ging, fühlte er sich wie ein Ritter, der in schimmernder Rüstung für eine hilflose Jungfrau eintrat, um sie zu retten.

Noch bevor der Aufzug das Erdgeschoss erreichte, war ihm allerdings klar geworden, dass er vor allem sich selbst gerettet hatte.

4. August, 9:12 Uhr
In der Redaktion der Stadtschau, Bergheim

Seit er das Krankenhaus verlassen hatte, war Frank auf dem Sprung. Es war schlimmer, als den Redaktionspieper in der Tasche zu haben. Jeden Moment erwartete er einen Anruf auf seinem Handy. Aber das Telefon schwieg. Ob sie seine Karte weggeworfen hatte?

Losung trat an den Schreibtisch und legte ihm eine Seite des Kölner Polizeiberichts vor. Knappe Meldungen in Beamtenprosa. Das Protokoll einer Großstadtnacht. Zwei Schlägereien, ein Mann, der sich vor die Straßenbahn geworfen und ein Betrunkener, der mit einem Hammer die Windschutzscheiben von acht Autos eingeschlagen hatte.

»Was soll ich damit?«

Losung deutete auf den Absatz über den Selbstmörder. »Das geht uns an. Das war Lars Hansen.«

Frank brauchte eine Weile, bis er dem Namen ein Gesicht zuordnen konnte. »Hansen ... der Rettungssanitäter?«

»Genau der.« Losung kaute auf einem kalten Zigarrenstumpen. »Die Sache kommt mir spanisch vor. Ich kenne Hansen seit mindestens zehn Jahren. Der ist nicht der Typ, der sich vor eine Straßenbahn wirft. Ich hab schon bei den Kölner Verkehrsbetrieben angerufen, aber die sagen nichts. Klemm dich hinter die Sache. Ich will wissen, was da los war.«

4. August, 17:35 Uhr
De-Noel-Platz, Köln

»Das da drüben ist der Joe.« Die Büdchenbesitzerin deutete auf die andere Straßenseite. Auf der niedrigen Betonmauer, die den Park einfasste, saß eine zusammengesunkene Gestalt, die mit beiden Händen eine Bierdose umklammerte.

Frank ging hinüber und setzte sich neben den Mann auf die Mauer. »Du bist Johannes Peter, der Schaffner, der in der Frühschicht auf der Linie neun gefahren ist, nicht wahr?«

Der Mann sah auf. Seine Augen waren blutunterlaufen. »Wer bist du?«

Frank zögerte kurz. Sicher hatten seine Dienstoberen Joe eingeschärft, nichts an die Presse weiterzugeben. »Ich bin ein Freund von Lars Hansen.«

»Hansen?«, lallte der Schaffner. »Kenn ich nicht.«

»Der Mann, den du heute Morgen auf die Gleise geschmiert hast.«

Joes Hände zitterten. »Ich ... Das war nicht meine Schuld.« Die Bierdose entglitt seinen Fingern und klatschte ihm vor die Füße. »Ich hab ... der ist einfach auf die Gleise gesprungen. Aber anders. Verstehst du?«

»Anders?«

»Ja, Mann. Ich weiß ... das hört sich seltsam an. Keiner

will mir das glauben. Aber weißt du, der kam auf den Trieb-wagen zugelaufen, als wollte er ihn angreifen. Stell dir das vor. So ein nackter Kerl springt mit gefletschten Zähnen auf 'ne Straßenbahn zu. Ich hab sofort gebremst, verstehst du? Sofort. Aber der ist … einfach auf mich zugelaufen.«

5. August, 10:03
2. Etage des St.-Hubertus-Krankenhauses, Bedburg

Frank hatte Losung nichts von dem Fußabdruck im Schlamm erzählt. Er war entschlossen, die junge Frau aus dieser Sache herauszuhalten. Überhaupt, es wäre doch unsinnig, einen Zusammenhang zwischen dem Tod von Hansen und ihr sehen zu wollen. Was hatte es schon zu sagen, dass Hansen bei seinem Unfall nackt gewesen war!

Frank warf einen letzten, prüfenden Blick auf den Blu-menstrauß, den er besorgt hatte. Bunte Sommerblumen. Es gab keine Rosen darin. Er wollte nicht, dass sich in die Blu-men etwas hineindeuten ließ. Sie sollten nur eine Geste sein, sonst nichts, machte er sich vor, und wusste ganz genau, dass es nicht stimmte.

Er drückte die Klinke herunter. Das Zimmer war leer. Wo die Fremde gelegen hatte, stand ein Bett, das mit einer dün-nen Plastikfolie überzogen war. Verwirrt trat Frank auf den Flur. 212, die Zimmernummer stimmte.

»Kann ich Ihnen helfen«, fragte eine Stimme mit schwerem Akzent. Eine dunkelhaarige, bullig wirkende Krankenschwes-ter stand mitten im Flur. Hinter ihr schielte ein junger Pfleger über einen Wagen, in dem sich Essenstabletts stapelten.

»Wohin hat man die Patientin von Zimmer 212 verlegt?«

»Wieso? Kennen Sie die Frau?«, fragte die Schwester auf-gebracht. »Sind Sie ein Verwandter?«

»Nein.«

»Dann kann ich Ihnen diese Auskunft nicht geben! Verschwinden Sie lieber, wenn Sie hier nichts zu suchen haben. Man könnte Sie für einen dieser dreisten Diebe halten, die schlafenden Patienten ihre Wertsachen aus dem Nachttisch stehlen.«

»Ich bin nur … Warum wollen Sie mir nichts sagen?«

»Ich bin nicht gehalten, vertrauliche Informationen über Patienten an Fremde weiterzugeben. Und nun machen Sie, dass Sie hier rauskommen, sonst werde ich Sie vor die Tür befördern lassen.«

»Ich bin ein Freund von Doktor Aschenberg«, wandte Frank ein.

Die Krankenschwester lächelte dünnlippig. »Dann fragen Sie ihn doch nach der Patientin von 212, wenn er wieder zum Dienst erscheint.« Sie wandte sich zu dem Pfleger hinter dem Rollwagen. »Michael, holen Sie den Stationsarzt. Wir werden diesen Kerl anzeigen, wenn er nicht verschwunden ist, bis Doktor Kränzer kommt.«

5. August, 15:47 Uhr
Vor dem Danielshof, Kaster

»Komm, Paul, du weißt doch alles, was hier in der Gegend passiert.«

»Mensch, Junge, ich bin doch keine öffentliche Auskunftsstelle.« Die sonst so ruhige Stimme Wachtmeister Schüttes klang gehetzt. »So was kann mich Kopf und Kragen kosten.«

»Du wirst nichts davon in der Zeitung lesen, versprochen. Ich bin da einer ganz krummen Sache auf der Spur. Ist irgendwas Ungewöhnliches im St.-Hubertus-Krankenhaus passiert?«

Frank hörte das Rascheln von Papier am anderen Ende der Leitung. »Nein, nichts«, erklärte Schütte. »Es gibt keine Meldungen für die letzte Nacht.«

»Danke für die Auskunft!« Frank bemühte sich nicht, seine Enttäuschung zu verbergen. Nachdem Schütte aufgelegt hatte, wählte er noch einmal die Nummer von Doktor Aschenberg. Dort ging noch immer niemand an den Apparat. Es war wie verhext. Keiner konnte oder wollte ihm Auskunft über den Verbleib der jungen Frau von Zimmer 212 geben. Jetzt war Mia seine letzte Hoffnung. Eigentlich hieß sie Maria Kemper, aber niemand nannte sie hier in Kaster so. Mia war die gute Seele der Kleinstadt. Sie war die Besitzerin eines Tante-Emma-Ladens, und es gab nichts, was in Kaster geschah, von dem sie nicht wusste.

Frank setzte seine ganze Hoffnung darauf, dass die Frau aus dem Krankenhaus vielleicht aus Kaster stammte. Auch wenn ihm unerklärlich war, dass bislang noch keine Vermisstenanzeige erschienen war. Der Abdruck des nackten Fußes neben dem Pferdekadaver. Vielleicht brachte ihn diese Spur auf die Fährte der Fremden.

Frank stieg aus dem Wagen. Der kleine Marktplatz von Kaster war wie ausgestorben. Eine getigerte Katze strich dicht am Gemäuer des Danielshofs vorbei und blickte neugierig zu ihm auf.

Der Journalist überquerte den Platz und trat in den kleinen Laden ein. Verglichen mit der Gluthitze draußen war es hier angenehm kühl. Hinter der Ladentheke erschien eine ältere Dame. »Kann ich Ihnen helfen?«

Frank kaufte eine Flasche Cola. Er kannte Mia nur aus Erzählungen. Er war unsicher, wie er das Gespräch beginnen sollte. Der Journalist wollte nicht das Misstrauen der alten Ladenbesitzerin wecken und damit seine letzte Quelle zum Versiegen bringen.

Er seufzte.

»Ist Ihnen nicht wohl?« Mia hatte mehrere Brötchen aufgeschnitten und musterte ihn nun skeptisch.

»Ich … ja und nein … Wissen Sie, ich bin verliebt.«

Sie ließ das Brotmesser sinken und lächelte ihn an. »Da kenne ich schlimmere Krankheiten.«

»Aber ich kann …« Frank setzte alles auf eine Karte. Es widerstrebte ihm, die alte Dame zu belügen. Aber er brauchte jetzt eine rührselige Geschichte, mit der er die Oma in Stimmung brachte, ihm zu erzählen, was er wissen wollte. »Glauben Sie an Liebe auf den ersten Blick?«

Mia lächelte versonnen. »Ja.«

»Ich habe vor einer Woche eine junge Frau auf einer Zugfahrt kennengelernt. Wir hatten nur von Bonn bis Köln Zeit, miteinander zu reden. Sie war … Das hört sich jetzt sicher dämlich an, aber es ist die Wahrheit. Sie war wie ein Engel, wissen Sie. Sie hatte schulterlanges blondes Haar mit Locken. Und wenn sie lächelte, dann vergaß man alles andere auf der Welt.« Nur nicht zu dick auftragen, maßregelte sich Frank in Gedanken. »Anfangs war sie eher zurückhaltend, aber nicht abweisend. Dann haben wir uns aber sehr angeregt unterhalten, miteinander gelacht … ihren Namen wollte sie mir aber nicht verraten. Es war fast wie in Aschenputtel.« Frank konnte der alten Dame ansehen, dass ihr die Geschichte gut gefiel. Sie würde ihm helfen. Jetzt fehlte nur noch ein rundes Ende für sein kleines Märchen. Er hatte einiges über Kaster gelesen. »Wissen Sie, was sie mir zum Abschied gesagt hat? Ich würde sie dort finden, wo der Heilige Georg das stählerne Ungetüm vertrieben hat. Dann bin ich ihr auf dem Bahnhof noch gefolgt. Sie ist in die Regionalbahn 38 gestiegen, die in Richtung Neuss fährt.«

Mia seufzte. »Und seitdem suchen Sie Ihre Liebste?«

»Seit Sonntag. Ich habe herausgefunden, dass es hier eine Sankt-Georgs-Kirche gibt. Und der Ausbau des Braunkohlentagebaus hat nur hundert Meter vor der Stadtmauer aufgehört, obwohl ursprünglich vorgesehen war, die Grube noch weiter nach Westen auszudehnen.«

Die Ladenbesitzerin nickte mit verklärtem Blick. »Das war damals wirklich fast wie ein Wunder, als wir vom Abbau des Tagebaus Frimmersdorf verschont geblieben sind. Wissen Sie, der Regierungspräsident von Köln, der Dr. Warsch, der ist damals persönlich hierhergekommen und hat alle drüben in der Kneipe auf ein Kölsch eingeladen und uns verkündet, dass wir nicht vom Bagger gefressen werden. Wenigstens wir nicht«, fügte sie bitter hinzu.

»Dies ist also die Stadt, die mein Aschenputtel meinte.«

Mia lächelte. »Ich glaube, ich kenne eine junge Frau, auf die Ihre Beschreibung passt. Sie hat wirklich etwas von einem Engel. Vor ein paar Tagen erst habe ich sie da drüben auf der anderen Seite des Platzes beten sehen. Wissen Sie, wer vor unserem Jesus betet und frommen Herzens ist, dem werden zwei Jahre im Fegefeuer erlassen.«

Frank konnte seine Ungeduld kaum beherrschen. Der Aberglaube interessierte ihn zwar nicht, aber er war ja selber schuld, mit seiner rührseligen Geschichte vom Heiligen Georg. »Und wie heißt die blonde Frau?«

Die alte Ladenbesitzerin schüttelte den Kopf. »Ich werde doch nicht das Geheimnis Ihres Aschenputtels lüften. Gehen Sie um die Kirche herum. Auf der Rückseite, dort, wo die Holzskulpturen stehen, finden Sie ein kleines Fachwerkhäuschen. Vielleicht erfahren Sie da ja mehr über Ihren Engel, wenn Sie sich ein wenig gedulden.«

5. August, 18:11 Uhr
Auf der Rückseite der St.-Georgs-Kirche, Kaster
Seit Stunden schon beobachtete Frank den Eingang zu dem winzigen Fachwerkbau. Es gab eine Klingel ohne Namensschild. Doch niemand öffnete, wenn man schellte. An kei-

nem der Fenster hatte sich ein Gesicht oder auch nur ein vorbeihuschender Schatten gezeigt. Frank war überzeugt, dass sich niemand in dem Haus befand.

Wenn das Haus nicht nach hinten ausgebaut war, dann bestand es wohl nur aus einem einzigen Raum im Erdgeschoss und einer Dachkammer.

Frank war sich bewusst, dass er seinerseits beobachtet wurde. Hin und wieder hatte er aus den Augenwinkeln gesehen, wie in den angrenzenden Häusern ein Vorhang beiseitegeschoben wurde. Noch war niemand gekommen, um ihn zu fragen, was er hier tat. Lange würde das aber vermutlich nicht mehr dauern.

Die Hitze machte Frank zu schaffen. Die Mittagssonne hatte das Mauerwerk der Kirche aufgeheizt. Es roch nach Stein und dem Uferschlamm der nahen Mühlenerft. Ab und an drehte eine blau schillernde Libelle ihre Runden über dem Kopfsteinpflaster und verschwand dann wieder in dem Garten, der zum ehemaligen Pfarrhaus am Ende der Seitengasse gehörte. Holzskulpturen, die an überdimensionierte Störche erinnerten, bewachten das Tor zum Garten. Gleich daneben lag der Eingang des kleinen Fachwerkhauses.

Eine verzerrte Melodie störte die Stille. Frank zog sein Handy aus der Tasche.

»Frank Ruhland?«, fragte eine fremde Frauenstimme mit starkem Akzent.

»Ja.«

»Sie müssen mir helfen. In der Pfarre erreiche ich niemanden. Ich habe nur dieses eine Telefonat.« Die Frau sprach schleppend, so als wäre sie sehr müde. »Sie hören mit, wissen Sie.«

»Mit wem spreche ich?«

»Natasha. Natasha Osiewsky. Ihre Karte … Sie müssen

mich besucht haben. Bitte helfen Sie mir. Ich habe gesündigt ... und ich hab das nicht gewollt. Holen Sie mich hier raus.«

»Wo sind Sie denn?«, fragte Frank aufgeregt. »Ich habe Sie schon gesucht. Im Krankenhaus in Bedburg wollte mir niemand Auskunft geben, auf welches Zimmer Sie verlegt worden sind.«

»Ich bin in Düren. In der Landesklinik.«

»In der Psychiatrie?« Noch als er fragte, wurde ihm bewusst, dass das kein ungewöhnlicher Aufenthaltsort für eine Frau war, die man nackt und verwirrt auf einem Friedhof aufgegriffen hatte. Er hätte längst darauf kommen können, dort nach ihr zu suchen.

Eine Weile erklang nur statisches Rauschen in der Leitung. »Sie werden mir doch helfen?«, fragte die Stimme jetzt noch leiser. »Sie müssen das Teufelsgeschenk wieder begraben. Ich hätte es nie holen dürfen!«

»Sicher, das werde ich.« Frank kamen Zweifel, ob Natasha die Psychiatrie bald verlassen würde.

Wieder herrschte einen Augenblick Stille. »Ich bin nicht verrückt«, sagte sie plötzlich sehr entschieden, als hätte sie seine Gedanken erraten. »Man gibt mir hier Drogen und sperrt mich ein. Sie machen mich verrückt. Ich ... bitte, kommen Sie! Und ... können Sie ein paar meiner Kleider mitbringen ... ich, ich hab hier nichts. Man muss meine Kleider weggeworfen haben. Ich ... ich wohne in dem Fachwerkhaus hinter der Pfarrkirche in Kaster. Sie finden einen Schlüssel unter dem losen Pflasterstein links vom Eingang. Ich habe dort immer einen Schlüssel in Reserve ... manchmal bin ich ein wenig zerstreut. Bitte ...«

Frank hörte ein Knistern in der Leitung. Dann erklang plötzlich eine Männerstimme. »Frank Ruhland?«

»Ja?«

»Doktor Erlenbach, Fachklinik für Psychiatrie, Düren. Ich habe das Gespräch mitverfolgt. Ich wäre Ihnen sehr verbunden, wenn Sie morgen Mittag um zwölf zu einem Besuch erscheinen würden. Ich würde mich gerne mit Ihnen über die Patientin unterhalten. Als Natasha hierherkam, hielt sie Ihre Karte in der linken Faust versteckt. Das war alles, was sie mitgebracht hat. Sie sind Ihr Freund, nicht wahr?«

»Ja, das bin ich«, antwortete Frank, ohne zu zögern. »Ich kann auch sofort kommen.«

»Nein ... das wäre keine gute Idee. Sie ist jetzt sehr aufgeregt. Wir werden Natasha ein Beruhigungsmittel geben. Die Nächte sind oft ...«, Doktor Erlenbach schien nach den richtigen Worten zu suchen, »... die Nächte sind sehr schwer. Bis zur Mittagszeit hat sie sich dann wieder erholt. Wir sehen uns also morgen um zwölf.« Mit diesen Worten beendete der Arzt das Gespräch.

Frank war irritiert. Er wusste nicht mehr, was er glauben sollte. Was hatte das zu bedeuten? *Die Nächte sind sehr schwer.* Er fand den Schlüssel unter dem Pflasterstein, so wie Natasha es ihm beschrieben hatte. Argwöhnisch sah er sich nach Spähern hinter Vorhängen um. Dann schloss er die dunkle Tür auf und trat in die Wohnstube ein.

Ein seltsam erdiger Geruch hing in der Luft des Zimmers, das winzig war. Und die wenigen Möbel ließen einem kaum Platz, sich zu bewegen. Es gab einen Tisch mit zwei Stühlen. Zwei Kochplatten standen auf einem alten Kühlschrank. Neben einem stählernen Spülbecken steckten eine Pfanne und ein Teller in einem Trockengestell. Über der Spüle hing ein weißer Geschirrschrank.

Bedrückt von der Enge sah er erst zu Boden, als sich sein Fuß in etwas verhedderte. Ein BH! Der ganze Boden war mit zerrissenen Kleidern bedeckt. Fetzen einer dünnen weißen Bluse. Ein roter Rock mit Schottenmuster lag auf einem ausgetretenen Läufer unter dem Tisch. Daneben eine fleischfarbene Strumpfhose und ein weißer Slip. Erschrocken trat Frank zur Tür zurück. Er nahm die Kamera aus der Tasche und machte ein paar Bilder.

Sollte er die Polizei rufen? Hatte es hier ein Verbrechen gegeben? Zerrissene Kleider allein würden als Indiz dafür nicht ausreichen. Obwohl er in Natashas Auftrag hier war – und im Zweifelsfall sogar Doktor Erlenbach als Zeugen dafür gehabt hätte –, schreckte ihn der Gedanke an die peinlichen Fragen ab, die die Bullen mutmaßlich stellen würden. Insbesondere wenn dieser blonde Affe Burger dabei war.

Gegenüber der Eingangstür führte eine steile Stiege nach oben. Die Stufen knarrten unter Franks Schritten. Ein Geländer gab es hier nicht. In der Dachkammer standen ein niedriges Bett und eine Kleidertruhe. Ein Schrank hätte wegen der Dachschrägen keinen Platz gefunden.

Frank stieg durch die Bodenluke. Hier oben herrschte eine Hitze, die einem schier den Atem raubte. Nur unter der Gaube konnte man aufrecht stehen. Es gab ein kleines Fenster, das zur Kirche hin blickte. Darunter stand ein altmodisches Porzellanbecken auf einem gusseisernen Ständer. Neben dem Bett stapelten sich mehrere Bildbände. Neugierig griff Frank nach den Büchern und blätterte darin. Sie waren allesamt in einer fremden Sprache abgefasst. Polnisch, vermutete er, weil zwei der Bücher aus einem Warschauer Verlag stammten. Sicher war er sich aber nicht. Wer war Natasha? Was hatte sie nach Kaster geführt? Gedankenverloren betrachtete Frank die Bilder vergoldeter Marienstatuen. Den blutenden Christus mit dem schmerzverzerrten Gesicht. Die kühle Schönheit hoher Kirchenschiffe. All dies half ihm nicht weiter.

Um die Bücher zu betrachten, hatte er sich auf das Bett gesetzt. Es war mit altrosafarbenem Satin bezogen. Der einzige Luxus in dieser kargen Behausung. Zuerst streichelte er nur den glatten Stoff. Dann beugte er sich hinab und vergrub sein Gesicht in dem Kissen. Ein schwacher Geruch von Moschus und Pfirsich haftete dem Stoff an. Frank stellte sich vor, wie Natasha hier gelegen und vor dem Einschlafen in ihren Kunstbänden geblättert hatte. Ein Engel, der von Kirchenkunst träumte.

Ruckartig setzte sich Frank auf. Was tat er hier! Hatte er überhaupt die Eingangstür hinter sich geschlossen? Was wäre, wenn man ihn hier oben überraschte? Den Kopf im Bett einer Frau vergraben, von der er nicht mehr wusste als ihren Namen.

Unter dem Kissen ragte etwas Schwarzes hervor. Er griff danach. Ein weiteres Buch. Eine zerlesene Ausgabe von Stephen Kings »Das Mädchen«, in deutscher Übersetzung. Frank erinnerte sich, vor einer Weile eine Kritik dazu gelesen zu haben. Das Buch handelte von einem Mädchen, das sich in einem großen Wald verirrte.

Ein Mädchen, das sich verirrt hat, dachte er bitter, das passt zu dir, Natasha. Was ist nur mit dir geschehen? Was hat dein Leben aus der Bahn geworfen?

So gut es in der niedrigen Kammer ging, richtete er sich auf und öffnete die Kleidertruhe. Obenauf lag ein Blaumann voller Farbflecken. Es folgten eine Latzhose und ein kariertes Hemd. Beides sehr abgetragen. Die Garderobe eines Malermeisters, dachte er. Auf dem Hemd fiel ihm ein winziger goldener Fleck auf.

Tiefer in der Truhe fand er dann passendere Kleidung. Eine enge Jeans, verschiedene Blusen, ein weißes Sommerkleid. Schmunzelnd stellte Frank fest, dass Natasha offensichtlich am liebsten bei H&M einkaufte. Er wollte die Truhe schon wieder schließen, als ihm eine Spielzeugfigur auffiel. Eine kleine Bärin in einem blauen Dirndl mit rosa

Schürze, die versonnen lächelnd ein Lebkuchenherz in Händen hielt, auf dem *Ich dich auch* stand. Frank schluckte. Werd jetzt bloß nicht sentimental, ermahnte er sich in Gedanken. Das ist nur irgendeine Figur aus einem Kinderüberraschungsei. Kein Omen! Kein in Plastik geronnenes Symbol der Einsamkeit. Nur ein Spielzeug!

Hastig raffte er ein paar Kleider zusammen und kletterte die Stiege hinab. In der engen Wohnstube roch es immer noch nach feuchter Erde. Er sah sich um, um die Quelle des unerklärlichen Geruchs zu entdecken. Unter dem Spülbecken stand ein offener Mülleimer. Darin lagen aber nur ein paar zusammengeknüllte Blätter von einem Schreibblock.

Neugierig nahm er eines der Blätter und strich es auf dem Küchentisch glatt. Natasha hatte eine ordentliche, gut leserliche Handschrift. Doch der Text war wohl polnisch, mutmaßte Frank. Offensichtlich hatte sie lange daran gearbeitet, für etwas die richtigen Worte zu finden. Immer wieder waren Teile des Textes durchgestrichen oder mit Kringeln umgeben, von denen ein Pfeil in eine andere Zeile wies. Hatte sie etwas übersetzen wollen? Frank steckte das Papier in seine Fototasche und holte auch die anderen Blätter aus dem Mülleimer. Dem würde er später nachgehen.

In der Nähe des Tisches wurde der Erdgeruch noch intensiver. Frank ging in die Hocke und sah sich den Boden an. Zwischen zwei Dielen klaffte ein schmaler Spalt. Der Journalist schob den zerrissenen Rock beiseite, der unter dem Tisch lag, und entdeckte eine Falltür im Boden. Unter einem verrutschten Läufer und dem Rock war sie fast vollständig verborgen. Frank öffnete die Bodenklappe. Feuchte, stickige Luft schlug ihm entgegen. Eine kurze Eisenleiter führte in die Tiefe. In der hölzernen Verschalung der Luke war ein Lichtschalter angebracht. Als Frank ihn drückte, erglommen im Keller flackernd zwei Neonröhren. Er blickte in einen niedrigen Raum mit gestampftem Lehmboden. Vermutlich hatte man hier früher mal Kartoffeln eingelagert.

Frank stieg die Eisenleiter hinab. Die Decke des Kellers war so niedrig, dass er halb geduckt gehen musste. Der Boden war nicht eben. An einem Ende des Raumes hatte sich eine mit einem milchigen Film bedeckte Pfütze gebildet. Wasser hatte vom höher gelegenen hinteren Ende des Kellers, wo eine alte Waschmaschine stand, eine Furche durch den Lehmboden gefressen, die in die Pfütze mündete. Offensichtlich war der Wasserschlauch der Maschine nicht mehr ganz dicht. Am Rand der Pfütze war der Boden zerwühlt. Ein lehmverkrusteter Spaten lehnte dort an der Wand. Daneben lagen ein Hammer und ein Meißel. Ein behauener Stein, etwa so groß wie ein Schuhkarton, war aus dem Boden gegraben worden. Vielleicht hatte das austretende Wasser ein Stück von ihm freigelegt.

Frank ging hinüber, um das Fundstück näher zu betrachten. Eine fein behauene Platte war wie ein Deckel in den Quader eingelassen. In ihre verwitterte Oberfläche waren ein Kreuz und drei Reihen von Buchstaben gemeißelt.

AD MDLXXXIX
VADE RETRO
SATANAS

Für ein Foto waren die Buchstaben zu undeutlich. Frank zog einen Notizblock aus seiner Kameratasche und notierte sich die Inschrift. Was hatte Natasha hier ausgegraben? Er blickte zu der Waschmaschine zurück. Offenbar war der Wasserschlauch geplatzt, und das Wasser hatte den Lehmboden aufgeweicht. So musste Natasha auf den Stein gestoßen sein. Sie hatte ihn ausgegraben. Aber was war dann passiert?

In der Fuge rund um die Steinplatte waren Reste von

graubraunem Mörtel zu erkennen. Frank nahm den Meißel und stemmte ihn in die Spalte im Stein. Mit leisem Knirschen bewegte sich die Platte. In den Quader war ein Hohlraum geschnitten. So wie bei einem Grundstein. Die Höhlung jedoch war leer. Was hatte Natasha hierin gefunden? Einen Schatz?

Frank sah sich noch einmal in dem Keller um. Etwa in der Mitte der Furche, die das ausfließende Wasser quer durch den Kellerraum gegraben hatte, war ein brauner Kiesel zu erkennen. Frank tastete danach. Der runde Stein steckte im lehmigen Boden fest. Neugierig kniete er nieder. Er strich über den Stein. Als er daran zog, gab er mit einem trockenen Knacken nach.

An der Bruchstelle war der *Kiesel* porös. Sein Inneres hatte eine ganz andere Struktur als die glatte Oberfläche. Als Frank begriff, was er dort in der Hand hielt, wurde ihm flau. Er klammerte sich an die kurze eiserne Leiter und ließ den vermeintlichen Kieselstein fallen. Er hatte die Gelenkkugel eines Oberschenkelknochens abgebrochen. Hier im Keller war eine Leiche vergraben!

Frank atmete tief ein und versuchte sich zu beruhigen, doch die feuchte Luft mit ihrem schweren Erdgeruch verursachte ihm jetzt Brechreiz. Er musste hier raus. Eigentlich sollte er ein Foto machen, aber er hielt es nicht mehr aus. Fast schon in Panik kletterte er die kurze Leiter hinauf. Oben griff er nach den Kleidungsstücken, die er auf den Küchentisch gelegt hatte, und stieß die Tür auf, die hinaus auf die Gasse hinter die Kirche führte.

Erst in der lauen, schmeichelnden Luft des Sommerabends war er in der Lage, wieder einen klaren Gedanken zu fassen.

Wenn er meldete, was er in dem Keller gefunden hatte, würde Natasha womöglich in noch größeren Schwierigkeiten stecken. Der Knochen war alt und erdfarben gewesen.

Wer immer dort im Keller vergraben lag, sie konnte nichts damit zu tun haben. Ganz anders sah es aber mit dem Stein aus. Sie hätte diesen Fund auf jeden Fall dem Bodendenkmalamt melden müssen. Selbst wenn unter der Platte gar nichts gewesen wäre, würde man ihr trotzdem unterstellen, einen Schatz gestohlen zu haben.

Sorgfältig verschloss Frank die Haustür. Dann ging er zu seinem Wagen zurück. Er brauchte Hilfe!

5. August, 20:30 Uhr,
In Angelsdorf, am Mertenshof

»Was willst du denn hier, Junge? Weißt du, dass du dich seit zwei Jahren nicht mehr hast blicken lassen? Ich glaube kaum, dass ich jetzt Zeit habe«, nörgelte Mertens. Er war ein alter Bauer irgendwo in den Siebzigern. Braun gebrannt, mit dichtem weißem Haar, hätte er auch für einen Endfünfziger durchgehen können, wäre da nicht sein gebeugter Gang gewesen.

»Ich habe eine Leiche in einem Keller gefunden«, flüsterte Frank.

Mertens grinste, und ein Netz feiner Lachfalten breitete sich um seine Augen aus. »Das ist doch dein täglicher Broterwerb, Schreiberling: Leichen in den Kellern von unbescholtenen Bürgern zu finden. Was hab ich damit zu schaffen?«

»Mir ist jetzt nicht nach Späßen, Mertens. Ich habe eine echte Leiche gefunden.«

Die grauen Augen des Bauern funkelten. »Eine echte Leiche.« Er trat aus der Tür und bedeutete Frank mit einem Kopfnicken hereinzukommen. »Zufällig habe ich gerade einen Kaffee auf dem Herd stehen. Wir trinken was, und du erzählst mir, warum du bei mir aufkreuzt und nicht bei der Polizei.«

Mertens' Wohnung quoll schier über von *Raritäten*, die er im Laufe seines Lebens auf den Feldern und den Trödelmärkten der Region aufgelesen hatte. Bei seinen früheren Besuchen hatte Frank oft amüsiert gedacht, dass der Alte eher auf der Entwicklungsstufe der Jäger und Sammler als auf der der Ackerbauern stand. Die Wände waren mit alten Bauernschränken zugestellt. Auf Borden und Regalbrettern lagen Faustkeile, allerlei Scherben, römische Münzen und Schulhefte aus den Fünfzigerjahren in krudem Durcheinander. Der Wohnzimmertisch war mit alten blaugrauen Bauernkrügen und zwei Stapeln von vergilbten Heften überladen.

»Ich habe eine fast komplette Sammlung der Jahreshefte der Ritterakademie in Bedburg erstehen können«, erklärte Mertens voller Besitzerstolz und verschwand in seiner Küche, um den Kaffee zu holen.

Frank schichtete einen Berg alter Bücher von einem Sessel und ließ sich nieder. Erst als er saß, bemerkte er, dass über ihm, an der hohen Balkendecke, ein alter Pflug aufgehängt war. Wie eine Guillotine schwebte die Pflugschar über seinem Kopf. Beklommen rutschte er mit dem Sessel zur Seite. Das war typisch Mertens! Einen Pflug unter die Zimmerdecke zu hängen. Wo hatte man so was je gehört. Offenbar ging ihm langsam der Platz aus.

Der Bauer kam mit einem Tablett zurück, auf dem eine verbeulte alte Blechkanne stand. Er zog ein Taschentuch aus der Hose, umwickelte damit geschickt den Eisenhenkel der Kanne und schüttete Frank eine Tasse seines berüchtigten schwarzen Kaffees ein. »Nun erzähl mal, Jung. Was ist das mit der Leiche.«

Als Frank mit seinem Bericht über das Mädchen und den unheimlichen Keller zu Ende gekommen war, kratzte sich Mertens nachdenklich über die weißen Stoppeln an seinem Kinn. »Das Haus stand ganz nahe bei der Kirche, nicht wahr?«

Frank nickte.

»Du weißt, dass man die Friedhöfe früher oftmals direkt neben den Kirchen angelegt hat? Später hat man die Gottesäcker dann an die Stadtgrenzen verlegt, weil man den Bauplatz innerhalb der Mauern brauchte. Wegen der Knochen im Keller würde ich mir keine Sorgen machen. Vermutlich hat man den Friedhof einfach überbaut und war nicht sonderlich gründlich bei der Umbettung der Toten. Das ist keine ungewöhnliche Sache, aber dieser Stein ...« Mertens griff nach dem Notizblatt, auf dem Frank die Inschrift festgehalten hatte. »AD steht für Anno Domini, also: Im Jahre des Herrn. Die römischen Ziffern bedeuten 1589. Auch das Kreuz ist nichts Ungewöhnliches. Aber Vade retro Satanas! Weiche zurück, Satan! Ich kann mir keinen Reim darauf machen, was in diesem Grundstein verborgen gewesen sein mag. Offenbar hat, wer immer den Stein in die Erde versenkte, Angst davor gehabt, der Leibhaftige könnte sich holen, was darin versteckt gewesen ist. Seltsam.«

Frank nahm einen Schluck Kaffee. Ein Schluck Teer hätte nicht schlimmer schmecken können, dachte er und würgte die Brühe hinunter. »Was ist mit der Jahreszahl? Hilft uns das nicht weiter?«

»Bin ich ein wandelndes Konversationslexikon? 1589 ... dazu fällt mir nichts ein. 1543 wurde die Burg bei Kaster im Burgundischen Krieg zerstört und anschließend nur notdürftig wieder aufgebaut. Aber 1589 ... da muss ich in meinen Büchern blättern.«

Enttäuscht von der Antwort und zugleich erleichtert, dem mörderischen Kaffee zu entkommen, stand Frank auf. Mertens wirkte gereizt. Dass der alte Bauer zu einer Frage zur Heimatgeschichte nicht umgehend eine Antwort wusste, hatte Frank noch nie erlebt.

Mertens begleitete den Journalisten zur Tür. Erst dort

rang er sich ein Lächeln ab. »Viel Glück mit deinem Mädchen! Und übrigens, ich lese regelmäßig deine Artikel. Ich hatte mir in letzter Zeit Sorgen gemacht, dass der Romantiker, der du mal warst, jetzt völlig dem zynischen Schreiberling zum Opfer gefallen sein könnte.«

Frank wusste nicht, was er darauf antworten sollte. Er fühlte sich verlegen und nickte nur knapp, als er in den Wagen stieg.

6. August, 9:05 Uhr
In der Redaktion der Stadtschau, Bergheim

Frank hatte nur kurz einen Blick auf die Meldungen über die vergangene Nacht werfen wollen, um dann schnellstmöglich wieder aus der Redaktion zu verschwinden. Aber Losung ließ ihm keine Chance. Der Chefredakteur passte ihn am Eingang ab und zitierte ihn in sein kleines Büro.

»Was ist mit den Pferden?«

Frank sah ihn verwundert an. »Was sollte sein?«

»Du lässt dich hier kaum noch blicken, über Hansen hast du mir nur diesen Schmarren von dem besoffenen Straßenbahnführer erzählt, und gestern habe ich dich den ganzen Tag gar nicht mehr gesehen. Was für einer Sache schnüffelst du hinterher?«

»Da ist nichts«, log Frank, vermied es aber, Losung dabei in die Augen zu sehen.

»Und warum ruft hier heute Morgen ein Chefarzt aus der Rheinischen Landesklinik Düren an und erkundigt sich über dich? Was ist da los?«

»Was hast du ihm erzählt?«

Losung nahm einen kalten Zigarrenstumpen aus dem Aschenbecher auf seinem Tisch und musterte ihn nachdenklich. »Dass du ein gewissenhafter Journalist bist. Keiner dieser Sensationsreporter. Als er das Gespräch beendete, war er beruhigt – glaube ich.« Losung machte eine Pause und sah auf. »Du hast um zwölf einen Termin bei diesem Doktor Erlenbach, nicht wahr? Wenn du dort eine Story ausgräbst, erwarte ich aber, dass du damit zuerst hier erscheinst. Ich weiß, du bist Freiberufler, und ich kann dir auch nicht vorschreiben, wo du deine Geschichten verkaufst, aber ich verlasse mich darauf, dass du deine Loyalitäten nicht vergisst, wenn du eine große Geschichte ausgräbst.«

»Ich bin da wirklich an nichts dran, was für die Zeitung taugt«, murmelte Frank. »Das ist … eher privat.«

Losung zerrieb den Zigarrenstumpen zu Krümeln. »Dann ist ja gut. Übrigens, heute früh haben wir eine Meldung bekommen, die zu deinen Pferden passt. In der Nähe von Kaster hat letzte Nacht ein streunender Hund zwei Schafe gerissen. Vielleicht hatte der auch die Pferde erschreckt. Wenn deine Privatangelegenheiten erledigt sind, kannst du dich ja heute Nachmittag mal bei der Forstbehörde melden und dir anhören, was die dazu zu sagen haben.«

»Ja, ja«, knurrte Frank unwillig. Nach dem Besuch in der Klinik würde er sich mit Katie, einer polnischen Kellnerin treffen, die er noch aus der Zeit seines Studiums kannte. Sie sollte ihm übersetzen, was auf den Zetteln aus Natashas Papierkorb stand.

6. August, 11:50 Uhr
Vor der Schranke zur Einfahrt der Rheinischen Landesklinik, Meckerstraße, Düren

Kritisch musterte der Pförtner Franks alten Diesel. »Doktor Erlenbach hat den Termin bestätigt. Folgen Sie der Meckerstraße, bis Sie auf der rechten Seite ein weißes Gebäude sehen. Das ist die Verwaltung. Gegenüber liegt unsere Kirche. Vor der Verwaltung parken Sie. Der Doktor wird Sie dort abholen.«

Die Straße führte in weitem Bogen unter alten Bäumen hindurch. Als Frank die Kirche aus gelbem Ziegelstein erblickte, bog er in den Parkplatz ein. Außer einem Kombi stand hier kein anderes Auto.

Frank holte eine schwarze Tasche mit Natashas Kleidern aus dem Kofferraum. Dann wartete er. Das weitläufige, mit alten Bäumen bestandene Klinikgelände war wie ausgestorben. Alles schien sich vor der Mittagshitze in den Schatten geflüchtet zu haben. Es dauerte zehn Minuten, bis Doktor Erlenbach erschien. Er war ein kleiner, leicht untersetzter Mann mit Halbglatze. Eine Brille mit dicken Gläsern ließ seine freundlichen blauen Augen unnatürlich groß erscheinen. Erlenbach zuckte entschuldigend mit den Schultern. »Tut mir leid, Herr Ruhland, ich bin noch aufgehalten worden.«

»Wie geht es Natasha?«

Das Lächeln des Arztes verschwand. »Den Umständen entsprechend. Wie lange kennen Sie sich eigentlich schon? Natasha wollte mir nicht besonders viel über Sie erzählen.«

Frank hatte sich schon auf der Fahrt überlegt, dass es vermutlich klüger wäre, Erlenbach keine allzu fantastischen Lügen aufzutischen. »Ehrlich gesagt kennen wir uns erst seit ein paar Tagen.«

Der Doktor verriet mit keiner Miene, ob er mit dieser Antwort gerechnet hatte. Stattdessen deutete er auf einen Altbau schräg hinter dem Verwaltungsgebäude. »Natasha Osiewsky ist auf der K1B untergebracht worden. Wir sind eine allgemeinpsychiatrische geschlossene Aufnahmestation für Patienten, für die ein intensiver und beschützender Betreuungsrahmen erforderlich ist.«

»Also eine geschlossene Anstalt.«

Erlenbach schüttelte den Kopf. »Das ist eine Bezeichnung, die wir nicht gerne hören. Ich kann Ihnen gleich eine

Broschüre über unsere Station geben, damit Sie sich mit unseren Behandlungsmethoden vertraut machen können. Sie haben doch nicht vor, über die Klinik zu schreiben? In dem Fall müsste ich Sie bei der Verwaltung anmelden.«

»Nein, nein«, beeilte sich Frank die Bedenken des Arztes zu zerstreuen. »Ich bin aus rein persönlichen Gründen hier.«

»Ach so.« Er hielt Frank die hohe Eingangstür zum Klinikgebäude auf und wies in Richtung des Treppenhauses. »Die Station befindet sich im ersten Geschoss. Sagen Sie mal, ist Ihnen bei Natasha jemals eine Neigung zur Gewalttätigkeit aufgefallen.«

Die Frage verstörte Frank. Gewalttätigkeit. Nein, das passte überhaupt nicht zu der zarten blonden Frau, die er im Sankt-Hubertus-Krankenhaus gesehen hatte. »Nein«, entgegnete er knapp. Die großen Augen Erlenbachs musterten ihn aufmerksam. Sein Blick hatte etwas Beunruhigendes, als könnte er sehen, was Frank in seinem Innersten bewegte. Das ist nur antrainiert, versuchte sich der Journalist zu beruhigen. Eine Masche dieses Seelenklempners, um mich zu verunsichern.

Sie erreichten eine mit Gittergeflecht verstärkte Glastür. Doktor Erlenbach drückte auf eine Klingel. Summend öffnete sich die Tür. Gleichzeitig erschien ein Pfleger mit einer Statur wie Schwarzenegger in seinen besten Jahren. Sie standen in einer Schleuse, einem kurzen Gang zwischen zwei Glastüren.

»Würden Sie mir bitte Ihre Tasche geben«, fragte der Bodybuilder-Pfleger. Frank gehorchte.

»Sie müssen verstehen, dass bei uns auf der K1B besondere Sicherheitsvorkehrungen gelten«, entschuldigte sich Erlenbach. »Das ist nichts gegen Sie persönlich, Herr Ruhland. Wir haben leider schon zu viele schlechte Erfahrungen gemacht. Eingeschmuggelte Medikamente, Drogen, Aufputschmittel. Einmal mussten wir sogar ein Messer beschlagnahmen. Wir behandeln hier unter anderem Patienten, die aufgrund ihrer Erkrankung zu gesteigerter Gewaltbereitschaft neigen. Bleiben Sie auf der Station also bitte immer in der Nähe eines Angehörigen des Pflegepersonals.«

Der Pfleger untersuchte sorgfältig die Tasche und alle Kleidungsstücke darin. Dann wandte er sich an Frank. »Würden Sie bitte den Inhalt Ihrer Hosentaschen auf den Tisch legen.«

Zu perplex, um Widerworte zu geben, gehorchte der Journalist. »Ihren Schlüsselbund und die Brieftasche werden Sie auf der Station nicht brauchen«, sagte Erlenbach, ohne dazu weitere Erklärungen abzugeben. Der Pfleger ließ beides in einem weißen Karton verschwinden.

»Sie können die Station nur über die Schleuse hier verlassen«, erläuterte der Arzt. »Sie machen sich durch ein Klingelsignal bemerkbar. Dann wird man Ihnen öffnen. Sagen Sie, hatten Sie das Gefühl, dass Natasha in letzter Zeit Schwierigkeiten mit ihrem Arbeitgeber hatte?«

Frank war sich fast sicher, dass das eine Fangfrage war. »Sie hat mir kaum von ihrer Arbeit erzählt«, antwortete er ausweichend.

»Heute Mittag wird der Pastor von Sankt Georg kommen, um Natasha zu besuchen.« Mit einem Summen öffnete sich die schwere Glastür zur Station.

Sie betraten einen langen Flur, der in grellem Neonlicht erstrahlte. Ein junger rothaariger Mann kam ihnen entgegen. Er drückte sich an die Wand, als wären sie beide Ungeheuer. Doktor Erlenbach nickte ihm freundlich zu. »Ich komme gleich zu dir, Sascha.«

»Schwester Birgit hat mir meine Pillen gestohlen«, stieß der Rothaarige aufgebracht hervor.

»Das regeln wir schon«, sagte Erlenbach freundlich.

Vor der Tür, ganz am Ende des Flurs, blieben sie stehen. »Ich muss Sie warnen, Herr Ruhland. Natasha leidet meiner Meinung nach an einer akuten schizophrenen Erkrankung mit wahnhaft bedingtem Aggressionspotenzial. Die letzte Nacht war sehr schlimm für sie. Sie ist noch erschöpft. Wir waren gezwungen, sie zu fixieren, damit sie sich nicht selbst verletzt.«

»Was um Himmels willen passiert denn nachts mit ihr«, fragte Frank aufgebracht. »Warum reden Sie immer nur in Andeutungen? Was soll das?«

Erlenbach taxierte ihn mit einem kühlen Blick. »Sie belügen mich, Herr Ruhland. Ich glaube nicht, dass Sie Natasha schon länger kennen. Dass Sie obendrein noch Journalist sind, trägt nicht gerade dazu bei, mein Misstrauen Ihnen gegenüber zu zerstreuen. Hätte Natasha nicht ausdrücklich darauf bestanden, Sie zu sehen, wären Sie gar nicht hier. Möglicherweise sind Sie ja der destabilisierende Faktor in ihrem Leben. Halten Sie schon in Ihrem eigenen Interesse etwas Abstand zur Patientin. Sie neigt zu spontanen Gewaltausbrüchen, und mir ist nicht klar, was sie damit bezweckt, Sie einzuladen. Ich werde Sie beobachten, während Sie in ihrem Zimmer sind. Sie haben fünfzehn Minuten. Sollten Sie Natasha aufregen oder gar provozieren, werde ich Ihren Besuch sofort abbrechen und dafür Sorge tragen, dass Sie das Klinikgelände nicht mehr betreten.«

Frank schluckte. Er hatte sich in Erlenbach verschätzt. Der Doktor öffnete ihm die Zimmertür. Plötzlich lächelte er wieder. »Ich gestehe, ich habe Vorurteile gegen Journalisten. Aber richtig ungemütlich werde ich erst, wenn Sie sich als ein Schwein entpuppen.«

Das Zimmer, in dem sich Natasha befand, war, abgesehen von einem Bett, völlig leer. An einer Wand hing ein großer Spiegel. Frank vermutete, dass man die Patientin von der anderen Seite beobachten konnte. Rechts und links vom Bett hingen breite Riemen mit Schnallen herab.

Natasha lag in einem kurzärmeligen weißen Nachthemd auf dem Bett. Dort, wo man sie festgeschnallt hatte, liefen Striemen über ihre Arme, als hätte sie verzweifelt gegen die Zwangsfixierung angekämpft. Natashas Haar hing ihr strähnig ins Gesicht. Sie schien zu schlafen.

Leise trat Frank an ihr Bett. Kaum dass er neben ihr stand, öffnete sie die Augen. Sie waren grün, mit bernsteinfarbenen Sprenkeln darin. Ihre Lippen bewegten sich. Frank konnte nicht verstehen, was sie sagte, und beugte sich hinab.

»Sie belauschen uns. Ich glaube, sogar in der Matratze sind Mikrofone versteckt.« Sie sprach langsam, als bereitete ihr jedes Wort große Mühe.

Frank war sich nicht sicher, was er davon halten sollte. Mikrofone in Matratzen, das hörte sich recht paranoid an.

»Es ist schön, dass du endlich gekommen bist, Liebster«, sagte Natasha ein wenig lauter, schlang ihm die Arme um den Nacken, um ihn zu sich herabzuziehen und leidenschaftlich zu küssen.

Frank war überrascht, ließ es aber einfach geschehen. War er nicht verliebt in Natasha? Oder – genauer gesagt – in das Bild, das er sich von ihr gemacht hatte. Dass ihr erstes wirkliches Treffen so verlaufen würde, hätte er sich in seinen kühnsten Träumen nicht ausgemalt.

Natashas Haar duftete nach Pfirsich und Moschus. Ihr Kuss war voller Leidenschaft. Als ihre Lippen sich von den seinen lösten, hauchte sie: »Ganz gleich, was passiert, glaub mir, ich bin nicht verrückt. Es mag sein, dass ich in Rätseln sprechen muss, damit andere uns nicht verstehen, wenn ich dir mein Geheimnis verrate. Ich habe gesündigt. Ich habe das Werk des Teufels in die Welt gelassen, und das alles hier ist Gottes gerechte Strafe dafür. Bete für mich!«

Frank hörte, wie sich die Tür hinter ihm öffnete. Jemand räusperte sich. »Ich hatte Ihnen gesagt, dass Sie einander nicht zu nahe kommen sollten, Herr Ruhland. Ich rate Ihnen, schlagen Sie meine Warnung nicht in den Wind.« Erlenbach trat ins Zimmer. Die Hände in den Taschen seines Kittels versenkt, lehnte er an der Innenseite der Tür. »Ich muss Sie beide nun bitten, ein bisschen weniger stürmisch zu sein. Ich werde solange hierbleiben.«

Frank richtete sich auf. »Er hat hier das Sagen«, murmelte er entschuldigend.

In Natashas Augen stand die blanke Verzweiflung. »Man sagt mir nicht, warum ich festgehalten werde. Sie behaupten, ich sei nachts nicht ganz bei mir. Jeden Abend bekomme ich so viel Beruhigungsmittel gespritzt, dass ich traumlos schlafe, als würde ich in ein dunkles Loch gestoßen. Es ist ein Schlaf ohne Erholung. Am nächsten Morgen bin ich völlig erschöpft. Hol mich hier raus, Frank! Ich werde noch wahnsinnig.«

»Sie dürfen sich nicht so aufregen, Natasha«, erklang Erlenbachs Stimme. »Sie wissen doch, dass das nicht gut für Sie ist.«

Er sprach mit ihr wie mit einem kleinen Kind, dachte Frank verärgert. Selbstgefälliges Arschloch! Wenn er herausbekommen sollte, dass hier etwas nicht mit rechten Dingen vor sich ging, dann sollte Erlenbach lieber aufpassen. Er würde ihn spüren lassen, was es hieß, sich mit einem Journalisten anzulegen.

»Sie verstehen mich nicht, Doktor«, sagte Natasha. »Ich habe das Tier befreit.«

»Ich verstehe Sie sehr gut, Natasha. Das Tier ... ich habe es gesehen.«

Einen Moment lang wirkte Natasha erschrocken. Dann schüttelte sie entschieden den Kopf. »Das kann nicht sein! Es ist nicht hier.« Sie warf Frank einen verschwörerischen Blick zu. »Es ist aus dem Stein gekrochen.«

»Und wohin ist das Tier gegangen?«, fragte Frank. Er würde auf dieses seltsame Spiel eingehen, auch wenn er nicht begriff, was Natasha meinte. Es konnte sich ja wohl kaum ein Tier in dem versiegelten Steinquader befunden haben. Jedenfalls kein lebendiges.

»Das Tier jagt. Es ist rastlos. Es bringt die Angst übers Land. Jede Nacht … Es war schon einmal entfesselt. Dann wurde es von einem Mann Gottes begraben, der zu Ende brachte, was das weltliche Gericht mit Feuer und Schwert begonnen hatte. Zwischen den Toten hat er das Tier zur Ruhe gebettet, damit es dort auf immer verborgen bleibt. Ich habe es aufgestört. Dafür komme ich ins Fegefeuer!«

»Und wie bettet man das Tier wieder zur Ruhe?«, fragte Frank.

Natasha blickte zu Erlenbach. Sie schien fieberhaft zu überlegen, wie sie verraten könnte, was sich hinter dem Tier verbarg, ohne dass der Arzt begriff, wovon sie sprach. »Hoch oben, dort, wo der Engel seine Stimme erhebt, spricht ein Toter in fremder Zunge zu dir. Ich war zu dumm, die Stimme aus dem Grab zu verstehen … zu dumm.« Sie lachte resignierend. »Zu dumm.«

»Ich glaube, Natasha ist jetzt ein wenig erschöpft«, schritt der Doktor ein. »Sie muss nun ruhen. Heute Nachmittag kommt schließlich noch einmal Besuch. Pastor Bündinger. Du erinnerst dich doch noch, Natasha. Dein Arbeitgeber.«

»Ich bin nicht verrückt, und ich bin auch kein Kind, dem man alles dreimal sagen muss«, entgegnete sie gereizt. »Ich weiß, worüber man mit mir gesprochen hat.«

»Würden Sie mir nun bitte folgen, Herr Ruhland?«

»Einen Moment noch.« Frank zog etwas aus der Brusttasche seines Hemdes und drückte es Natasha in die Hand. »Ein Schutzengel für dunkle Stunden.«

»Was haben Sie ihr da gegeben?« Erlenbach trat ans Bett

und griff aufgebracht nach Natashas Arm. »Sie wussten doch, dass Sie nichts ohne meine Erlaubnis ins Zimmer bringen durften. Zeigen Sie mir sofort ... «

Natasha öffnete wortlos ihre Hand. Darin lag die kleine Bärin in dem blauen Dirndl.

»Was ist das?«, fragte Erlenbach.

»Nur ein Talisman«, beruhigte ihn Frank.

»Ich muss diese Figur mitnehmen. Sie könnte sie hinunterschlucken und daran ersticken, wenn sie einen ihrer Anfälle bekommt.«

»Nein!«, sagte Natasha entschieden und ballte die Hand zur Faust. »Sie nehmen sie mir nicht weg.«

»Bitte, sei vernünftig! Es ist nur zu deinem Besten. Ich werde einen Pfleger rufen, wenn du mir die Figur nicht freiwillig gibst.«

Wie ein trotziges Kind hielt Natasha ihre Faust weiter geschlossen.

»Sehen Sie, was Sie angerichtet haben!« Der Arzt öffnete die Tür.

»Nicht wieder die Spritzen«, sagte Natasha leise. »Ich will nicht wieder schlafen. Nicht diesen Schlaf.« Sie legte die Figur vor sich auf das Laken.

Frank biss sich auf die Lippen. Er musste sie unbedingt hier herausholen. Sie hatte es nicht verdient, so behandelt zu werden!

Doktor Erlenbach begleitete den Journalisten bis zur Schleuse. »Lassen Sie sich nicht von ihr täuschen, Herr Ruhland. Sie ist außerordentlich klug. Sie will Sie benutzen. Glauben Sie nicht, dass ihr Kuss von Herzen kam. Natasha weiß, wie wertvoll es sein kann, einen Journalisten auf ihrer Seite zu haben. Seien Sie froh, dass Sie nie ihr wirkliches Gesicht zu sehen bekamen.«

»Halten Sie mich für dumm?«

»Ich halte Sie, im Gegensatz zu mir selbst, für jemanden, der nicht dazu ausgebildet wurde, subtile Manipulation zu durchschauen.«

»Und was ist dieses *wirkliche Gesicht*, diese nächtliche Veränderung, von der Sie immerzu reden?«

»Ich bin nicht befugt, Ihnen darüber Auskunft zu geben. Ich kann Ihnen nur sagen, dass mir ein Fall wie Natasha Osiewsky noch nie zuvor untergekommen ist.« Er schüttelte den Kopf. »Es ist gespenstisch … manchmal … wenn ich meine Berichte über die Nächte abfasse, dann fühle ich mich, als wäre dies nicht mehr das zwanzigste Jahrhundert. Es ist, als würde ich in einen Hexenprozess oder etwas Ähnliches verstrickt sein und wäre dabei ein Priester der Inquisition, der in seinem religiösen Wahn nicht mehr fähig ist, die Wirklichkeit zu erkennen. Glauben Sie mir, Herr Ruhland, manchmal ist Unwissenheit ein Segen. Wenn Sie gesehen hätten …« Wieder schüttelte der Arzt den Kopf.

Ein Summen erklang, und die Glastür öffnete sich.

6. August, 15:33 Uhr
Im Café Krümel, an der Zülpicher Straße, Köln

Frank legte das Handy zurück auf den Tisch und blickte auf seine Notizen. Obwohl es brütend heiß war, überlief ihn ein Schauer. Die Beschreibung des Forstmeisters hatte einen beklemmend realistischen Eindruck gemacht. Die beiden Schafe, die er gefunden hatte, waren regelrecht zerfetzt worden. Selbst ihre Schädel wirkten zerquetscht. Und die Schafe waren noch nicht alles. In den letzten Tagen hatte man verschiedentlich auch Kaninchen gefunden, die zerrissen, aber nur zum Teil auch gefressen worden waren. Dies alles war seiner Meinung nach nur zu erklären, wenn ein sehr großer, vielleicht tollwütiger Hund in der Region Bedburg herumstreunte. Die Polizei war bereits informiert und in erhöhte

Aufmerksamkeit versetzt worden. Gleiches galt für die Forstbeamten.

Frank begann damit, auf seinem Laptop einen Artikel zu schreiben. Dabei dachte er immer wieder an *das Tier*, von dem Natasha gesprochen hatte. Hier eine Parallele zu ziehen, war allerdings Unsinn, rief er sich zur Ordnung. Das Tier, das war doch nur eine Metapher für den Satan. Religiöser Wahn ... Ein Psychiater, der sich wie ein Inquisitor fühlte ... Hatte Erlenbach vielleicht Allmachtsfantasien? Oder quälte ihn sein schlechtes Gewissen?

Mit der Meldung über den gefährlichen Hund tat Frank sich schwer. Es wollte sich einfach nicht seine übliche Routine einstellen. So war er ganz froh, als ihn eine Stimme aus seinen Gedanken aufschreckte.

»Na, du alter Worteschmied.« Eine junge dunkelhaarige Frau ließ sich ihm gegenüber am Tisch nieder. Katie, die Studienfreundin. Sie trug ein dünnes Baumwollkleid und sonst ganz offensichtlich nichts, außer vielleicht einen Stringtanga. Wie üblich war sie für Franks Geschmack ein wenig zu sehr geschminkt.

»Was verschafft mir denn die Ehre einer Einladung von dir?«

»Ich brauche eine Übersetzung.« Frank holte die Seiten, die er in Natashas Papierkorb gefunden hatte, aus seiner Fototasche und reichte sie über den Tisch.

Katie wirkte enttäuscht. Sie winkte der Kellnerin und bestellte sich einen Piccolo. »Mein Stundenlohn liegt bei siebzig Euro! Das weißt du doch, oder?« Sie lächelte kokett. »Auf der anderen Seite fand ich dich schon immer süß. Wozu brauchst du die Übersetzung?«

Frank erzählte knapp, dass er sich für eine junge Polin einsetze, die seiner Meinung nach zu Unrecht in eine geschlossene Anstalt eingewiesen worden sei. Und dass er darauf hoffe, dass in den Notizen etwas stehe, was ihm helfen könne.

»Spielst du den Ritter? Du brauchst gar nicht so zu betonen, dass es um eine Polin geht. Das geht mir am Arsch vorbei. Wenn ich etwas mache, dann tu ich das allein für dich.« Katie nahm sich die Notizblätter und sah sie durch. Als ihr Piccolo kam, stürzte sie ihn mit einem Satz hinunter und bestellte sich gleich noch einen.

Es dauerte eine ganze Weile, bis sie aufblickte und einen dramatischen Seufzer ausstieß. »Ich weiß ja nicht, um wen es hier geht, aber vielleicht sitzt die Gute völlig zu Recht in der Klapsmühle. Zumindest haben unsere polnischen Pfaffen es geschafft, der Kleinen gehörig den Kopf zu verdrehen. Also, was die hier schreibt... Sie bringt ja keinen Satz zu Ende. Und es wimmelt nur so von Grammatikfehlern. Hör dir das mal an!« Sie nahm das oberste Blatt. »*Haben abgeschlagen Haupt... auf hölzernen Wolfsleib gesteckt... blind für das Übel... Wurzel... der Versucher...*« Katie nahm einen ordentlichen Schluck aus dem neuen Glas, das gekommen war. »Was ich dir gerade vorgelesen habe, war sogar noch eine der besseren Seiten.«

»Was meinst du, was ist das für ein Text?«

Katie rollte mit den Augen. »Bin *ich* hier der Worteschmied oder du? Ich weiß es nicht. Irgendwie habe ich den Eindruck, als wären das Puzzlestücke aus einem größeren, zusammenhängenden Text.«

»Meinst du, es könnte sich um eine Übersetzung handeln?«

»Keine Ahnung. Wenn das der Fall ist, dann hatte sie von der Sprache, die sie übersetzt hat, aber nicht viel Ahnung.«

»Worum geht es auf den anderen Seiten?«

»Was ist eigentlich unser Deal, Frank?« Katie setzte ihr verführerischstes Lächeln auf. »Was bekomme ich von dir?«

»Sagen wir, ich schulde dir einen Gefallen?«

Katie schien ein wenig beschwipst zu sein. »Einen Gefallen…« Sie rutschte so mit dem Stuhl herum, dass Frank ihre Beine besser sehen konnte. Sie waren makellos braun und ohne jedes Haar. »Gut, das gefällt mir.« Katie lächelte, um ihr Wortspiel zu unterstreichen. »Ich glaube, es geht um einen Priester, der diesen Text verfasst haben soll. Er hat irgendetwas sehr Wichtiges an sich gebracht. Etwas, hinter dem der Teufel her ist – oder aber etwas, was der Teufel in die Welt gebracht hat, um die Menschen zu verderben. Das geht aus dem Text nicht deutlich hervor. Dieser Priester hat sich befleckt. Er hat irgendwie mit einem Tier zu schaffen. Und es geht noch um ein Grab. Was ich dir hier erzähle, ist aber die sortierte Fassung. Die Notizen sind einfach nur gruselig.«

Frank öffnete eine neue Datei auf dem Laptop, der noch immer vor ihm auf dem Café-Tisch stand. »Kannst du mir Seite für Seite diktieren, was da steht?«

Katie seufzte unwillig. »Wenn es denn sein muss! Aber zuerst unterhalten wir uns ein bisschen konkreter über den Gefallen, den du mir schuldest.«

6. August, 21:47 Uhr
In der Eulenstraße, Kaster

Zwei Stunden hatte Frank in Natashas Haus nach weiteren Hinweisen auf das Dokument gesucht, das Katie zu übersetzen versucht hatte. Vergebens. Dafür hatte er einen Schuhkarton mit persönlichen Papieren gefunden. Jetzt wusste er immerhin, dass Natasha als Restauratorin für die Sankt-Georgs-Kirche arbeitete. Das kleine Fachwerkhaus gehörte der Gemeinde, und man hatte es ihr zur freien Wohnung überlassen, solange sie gegenüber in der Kirche arbeitete. Wenn Doktor Erlenbach ihm wieder mit seinen Fangfragen kam, wäre er diesmal besser vorbereitet.

Als er auf die schmale Gasse hinaustrat, dämmerte es bereits. Die ergebnislose Suche hatte Frank unsicher werden lassen. Hatte er Natashas verschlüsselte Botschaft einfach nicht begriffen, oder war sie wirklich wahnsinnig, wie Erlenbach behauptete. Suchte er verzweifelt einen Sinn im Sinnlosen, fragte sich Frank.

Hoch oben, dort, wo der Engel seine Stimme erhebt, spricht ein Toter in fremder Zunge zu dir. Frank hatte sich diesen Satz aufgeschrieben, nachdem er die Klinik verlassen hatte. War dies die Sprache einer Verwirrten? Er hatte gehofft, in Natashas Büchern einen Hinweis zu finden, und nach Musik-CDs gesucht, weil er in der *Engelsstimme* einen Hinweis auf ein Lied vermutet hatte.

Deprimiert blickte er zum hohen Kirchturm hinauf. Er war das einzige Überbleibsel der älteren, spätgotischen Kirche, die man vor mehr als zweihundert Jahren abgebrochen hatte, um ein großes, neues Kirchenschiff zu bauen. In diesem schmucklosen Gemäuer brauchte er erst gar nicht nach Engeln zu suchen. Vielleicht in dem Neubau, aber dafür müsste er einen Schlüssel bekommen.

Eine allerletzte Möglichkeit gab es noch. Auf der anderen Seite des Wallgrabens, im Dickicht verborgen, stand eine Turmruine. Vielleicht fand sich ja dort eine Spur.

Frank holte eine Taschenlampe aus seinem Wagen. Als er das verfallene Gemäuer erreichte, war es bereits dunkel geworden. Er war ein verdammter Idiot, jetzt noch hier herumzuklettern, schalt er sich.

Vorsichtig stieg Frank über die kümmerlichen Reste des Schlosswalls hinweg. Der Geruch von vertrocknetem Gras hing schwer in der Luft. Die Steine hatten die Wärme des Sommertages gespeichert. Der Journalist setzte sich auf einen Sims. Hoch über der Turmruine stand eine schmale Mondsichel. Dies wäre ein hübscher Platz für ein romantisches

Picknick. Vom nahen Fluss erklang das Quaken von Fröschen. Wind wisperte in den Bäumen.

Der dünne Strahl seiner Lampe tastete über verwittertes rotes Ziegelwerk. Jahrhundertelang hatten die Bauern hier Steine geklaut. Von dem stolzen Schloss, das angeblich einmal recht groß gewesen sein sollte, waren nur noch die Reste eines Turms geblieben.

An der Turmruine hinaufzusteigen wäre ohne die entsprechende Ausrüstung selbst bei Tageslicht blanker Leichtsinn. Der Strahl der Lampe wanderte Ziegelreihe um Ziegelreihe höher. Hier gab es kein Schmuckwerk im Gemäuer. Nichts, was darauf hinwies, dass hier jemals ein Engelsbild existiert hätte.

Ein schriller Laut ließ Frank innehalten. Ein Schrei, seltsam unmenschlich. War das ein Fuchs gewesen, der ein Kaninchen geholt hatte? Oder der tollwütige Hund, über den Frank am Mittag die Warnmeldung verfasst hatte? Das reichte jetzt! Er könnte morgen noch einmal hierher zurückkommen. Oder besser noch, er würde Mertens anrufen. Vielleicht hatte der Bauer ja eine Ahnung, wo man hier in Kaster nach einem Engel suchen musste.

Frank arbeitete sich durch das Dickicht zurück auf den schmalen Weg am Ufer der Mühlenerft entlang. Es hatte sich ein wenig abgekühlt. Nebel kroch von dem brackigen Wasser her die Uferböschung hinauf. Durch das dichte Laubwerk der Bäume konnte man nicht einmal den Mond am Himmel sehen. Es war, als liefe er durch einen Tunnel. Unsicher tastete der Strahl der Lampe über den Waldweg. Vielleicht zweihundert Meter noch, dann war er an der Brücke zum Stadttor.

Mit unbarmherziger Deutlichkeit riss das Licht der Lampe einen blutigen Fleischklumpen aus der Dunkelheit. Auf dem Hinweg war da nichts gewesen, dessen war sich Frank ganz sicher. Nur das bräunliche Fell verriet, dass es sich um ein Kaninchen handelte. Dort, wo der Kopf hätte sein müssen, befand sich nur noch ein grässlicher Brei aus Blut, Hirn und Knochensplittern.

Ein jagender Fuchs, versuchte sich der Journalist einzureden. Das Licht musste ihn erschreckt haben. Aber hätte der seine Beute auf dem Weg zurückgelassen? Hätte ein Fuchs mit seinen Kiefern den Schädel eines Kaninchens aufbrechen können?

Frank setzte mit einem weiten Schritt über den Tierkadaver hinweg und beeilte sich, zum Stadttor zu kommen. Jetzt erst fiel ihm auf, wie still es war. Die Frösche am Fluss waren verstummt, nicht einmal mehr das Zirpen der Heuschrecken war zu hören.

Frank sah die Brücke schon vor sich, als er es im Dickicht rascheln hörte. Er lief los. Unter dem Tor hindurch, bis weit auf den Dorfplatz. Laut hallten seine Schritte auf dem Pflaster. Erst am Danielshof wurde er langsamer. Aus der Kneipe im Hoftor erklang Gelächter. Frank blickte zum Erfttor zurück. Da war nichts! Hatte er sich das alles nur eingebildet?

Noch immer unruhig, ging er das Stück zum Agathator. Sein Wagen stand jenseits der Umwallungen auf dem großen, neuen Parkplatz. Zu Hause würde er sich zwei Bier gönnen und einmal zehn Stunden am Stück schlafen. Er war ja völlig fertig mit den Nerven.

Sein Weg führte ihn an einer alten Parkmauer vorbei und in weitem Bogen auf den Parkplatz zu. Es kam ihm noch immer erstaunlich still vor. Auch hatte er das Gefühl, beobachtet zu werden. Erneut beschleunigte er seine Schritte.

Einen Augenblick später erreichte er den Parkplatz. Kurzatmig tastete er nach den Schlüsseln. Im Wagen hatte sich die Hitze des Tages gestaut. Erleichtert ließ er sich auf den Fahrersitz sinken und schnallte sich mit müder Routine an. Wie ein Kind, das Angst vorm Dunkeln hat, hatte er sich benommen! Vor einem Rascheln im Gebüsch davonzulaufen!

Frank ließ gerade den Wagen an, als etwas an der Tür kratzte. Er blickte in den Seitenspiegel. Die nächste Laterne war zu weit entfernt, als dass er deutlich hätte sehen können, was da war.

Klickend öffnete sich die Tür. Eine zu einer Kralle verkrampfte Hand griff hinein – zu ihm herüber. Als wäre er so dünn wie Seide, zerriss der Stoff seiner Jeans. Eine schmutzverkrustete, kauernde Gestalt drängte ins Wageninnere und zerrte mit solcher Kraft an ihm, dass sich die Krallen ins Fleisch seines Oberschenkels gruben. Wäre er nicht schon angeschnallt gewesen, die Kreatur hätte ihn ohne Mühe aus dem Wagen gezogen. Fauchend wie ein Tier hob sie ihr verzerrtes, von dunklem Haar umrahmtes Gesicht. Der Mund war blutverschmiert. Die Zähne gebleckt.

In heller Panik trat Frank das Gaspedal durch. Mit quietschenden Reifen machte der Wagen einen Satz nach vorn. Die Gestalt wurde hinausgeschleudert und stieß ein schrilles Wutgeheul aus. Frank presste die Linke auf seinen blutenden Oberschenkel. Er riss das Lenkrad herum und jagte auf die Ausfahrt zu.

Mit zitternder Hand griff er nach der Tür und zog sie zu. Etwas an der Gestalt war ihm erschreckend vertraut vorgekommen. Franks Verstand weigerte sich, in dieser Kreatur einen Menschen zu sehen, aber ein Tier war das auf keinen Fall gewesen! An der Ausfahrt zur Straße zwang sich Frank, in den Rückspiegel zu sehen. Der Parkplatz war leer.

7. August, 10:12 Uhr
In der Redaktion der Stadtschau, Bergheim
Zufrieden überflog Frank noch einmal die letzten Zeilen seines Artikels über das Sommerfest des Taubenzüchter-

vereins. Er war voller feiner Ironie, ohne plump oder verletzend zu klingen. Besonders gut gefiel ihm das Foto mit der Bildunterschrift: Grillparty beim Taubenzüchterverein. Es tat gut, sich für einen Morgen in die Normalität geflüchtet zu haben. Gestern Nacht hatte er sich hemmungslos betrunken, um die nackte, kauernde Gestalt zu vergessen. Die tiefen Schrammen an seinem Oberschenkel hatte er mit Jod getränkt. Er würde das alles vergessen! Nein ... das würde er sicher nicht.

Frank speicherte den Artikel. Damit war der Bann endgültig gebrochen. Erneut erfasste ihn das Grauen. Immer tiefer wurde er in etwas hineingezogen, das er nicht begriff. Niemandem hatte er alles erzählt, was ihm in den letzten Tagen zugestoßen war. Nicht einmal Mertens. Wer würde ihm schon glauben? Losung brauchte er mit einer solchen Geschichte nicht zu kommen. Der würde ihn für verrückt erklären.

Aber er durfte auch nicht schweigen. Diese Kreatur musste zur Strecke gebracht werden. Hatte Hansen so ausgesehen, als er die Straßenbahn angriff? Und Natasha ... Nein! Frank weigerte sich, diesem Gedanken weiter zu folgen. Sie nicht! Sie war ein Opfer! Was konnte er tun? Länger zu schweigen, hieße, sich mitschuldig zu machen an allem, was noch passieren mochte. Woher kamen diese Geschöpfe? Hatte Natasha am Ende doch recht? Hatte sie ein Tier befreit?

Er würde zur Hauptwache gehen und Anzeige erstatten. Gegen einen nackten Irren! Die Schrammen an seinem Oberschenkel waren der Beweis dafür, dass er nicht verrückt war. Vielleicht würde Erlenbach der Polizei dann endlich sagen, was er wusste?

Nein, nicht Erlenbach! Er würde nicht auf ihn verweisen. Man würde über Natasha sprechen ... Sie durfte aber nicht ... das Telefon auf seinem Schreibtisch meldete sich. Frank ließ es ein paarmal klingeln, und erst als ihm Losung vom anderen Ende des Büros einen bösen Blick zuwarf, griff er nach dem Hörer.

»Na, Junge, wie läuft es«, erklang Mertens' Stimme.

»Beschissen«, murmelte Frank.

»Na, na. So schlimm kann es ja wohl nicht sein. Wie war es mit deinem Mädchen?«

Frank seufzte. »Ich weiß nicht. Sie …« Nein, über seine Gefühle würde er mitten in der Redaktion voller Kollegen, die berufsmäßig die Ohren spitzen, wenn jemand die Stimme senkte, nicht reden. »Sie hat mir ein Rätsel aufgegeben, das ich einfach nicht knacken kann … und gestern bin ich angegriffen worden.«

»Ein Rätsel?«

Dass eine Bestie versucht hatte, ihn zu zerfleischen, schien Mertens nicht im Mindesten zu interessieren, dachte Frank verärgert. Es war doch immer wieder schön, mitfühlende Freunde zu haben. »*Hoch oben, dort, wo der Engel seine Stimme erhebt, spricht ein Toter in fremder Zunge zu dir.* Sagt dir das was? Vielleicht hat es mit der Kirche zu tun? Ich bin mit meinem Latein am Ende.«

»Hoch oben, wo der Engel seine Stimme erhebt«, wiederholte der Bauer. Dann schwieg er einen Augenblick. »Vielleicht weiß ich wirklich was. Können wir uns gegen Mittag in Kaster treffen? Ich muss erst einen Bekannten was fragen. Aber das Rätsel sollte zu lösen sein.«

7. August, 12:03 Uhr
Vor dem Danielshof, Kaster

Frank war auf der Wache gewesen und hatte Anzeige gegen Unbekannt erstattet. Nun fühlte er sich besser. In Kaster und Umgebung würde man verstärkt Streife fahren. Damit hatte er seine Pflicht getan! Fürs Erste jedenfalls.

Breitbeinig kam Mertens über den Dorfplatz auf den alten Diesel zu. Frank legte sein halb gegessenes Brötchen auf das Armaturenbrett und lächelte. Entweder hatte der Bauer zu viele Jahre auf dem Trecker gesessen, oder er hatte zu viele John-Wayne-Filme gesehen.

Stolz hielt Mertens ihm einen blanken silbernen Schlüssel für ein Sicherheitsschloss unter die Nase. »Der Kirchenschlüssel. Ich habe heute Morgen Pastor Bündinger besucht. Er hat mir die Kirchenschlüssel überlassen.«

»Wie hast du das geschafft?«

»Als Vorstandsmitglied des Angelsdorfer Heimatvereins bin ich halt eine Vertrauensperson. Er hat mir auch von deiner Restauratorin erzählt. Scheint ja ein nettes Mädchen zu sein. Ich glaube, wenn du ihn angerufen und ihm gesagt hättest, was du willst, hätte er dir die Schlüssel auch überlassen. Der Pastor rechnet dir sehr hoch an, wie sehr du dich für Natasha einsetzt.«

Streu nur Salz in die Wunden, dachte Frank. »Und was für eine Sorte Engel suchen wir?«

»Würdest du etwas häufiger zur Kirche gehen, wärst du bestimmt auch draufgekommen. Du wirst schon sehen.«

Sie gingen zur Sankt-Georgs-Kirche hinüber. Die schwere Holztür war nicht verschlossen. Dahinter jedoch befand sich eine zweite Türe aus dickem Panzerglas.

Mertens rümpfte lautstark die Nase. »Verschandelt haben die den Bau damit.« Er nahm den Sicherheitsschlüssel und öffnete. »Alles nur, damit die Touristen hier reinglotzen können, aber niemand so einfach zum Hochaltar spaziert, um die Reliquien der Heiligen Ursula zu klauen.«

Beeindruckt sah Frank sich in dem hellen Kirchenschiff um, während Mertens in das Becken mit dem Weihwasser griff, sich bekreuzigte und kurz in Richtung des Hochaltars nickte.

Die Sankt-Georgs-Kirche war ein heller Bau mit großen Fenstern, deren Verglasung nicht allzu viel Licht schluckte. Die Wand hinter dem Altar war in der etwas zurückhaltenderen Pracht des Spätbarocks gestaltet. Hinter einer Glasscheibe, die in die Kirchenwand eingelassen war, entdeckte Frank bräunliche Knochen. Das waren die Reliquien, von denen Mertens gesprochen hatte. Diesen barbarischen Brauch, die Knochen angeblicher Heiliger auszustellen, hatte Frank nie begriffen. Angewidert wandte er sich ab. Schräg gegenüber dem Eingang lag die Kanzel. Sie war bis auf halbe Höhe von einem Gerüst umgeben. Hier also hatte Natasha gearbeitet.

Verwundert entdeckte er über der Kanzel in einem Strahlenkranz das Zeichen eines Auges in einer Pyramide. »Ist das nicht ein Freimaurersymbol?«

Mertens schüttelte missbilligend den Kopf. »Du hast keine Ahnung, oder? Sonst wärst du auch schneller auf die Lösung des Rätsels gekommen. Das Auge in der Pyramide ist ein altes Symbol für das Auge Gottes. Die Freimaurer verwenden es zwar auch, aber sie haben es keineswegs erfunden. Die Amerikaner drucken es sogar auf ihre Geldscheine. Aber lassen wir das. Was du suchst, ist nicht hier. Wir müssen in die Sakristei.«

Der alte Bauer drehte sich um und machte sich an der unscheinbaren Tür zu schaffen, die, in einer Nische verborgen, nur ein paar Schritte neben dem Kirchenportal lag.

Ein großer Schrank beherrschte die Sakristei. Neugierig nahm Mertens eine der beiden Weinflaschen in die Hand. »Hmm, Hochwürden genehmigt sich einen Schluck Moselwein in der Messe.«

Frank sah den Bauern verständnislos an. »Was geht uns das an? Warum schleppst du mich hierher? Ich sehe hier keinen Engel!«

»Wer Engel treffen will, muss sich in die Höhe begeben.« Mertens war plötzlich ernst geworden. Er führte Frank zu einer engen Stiege, der man ansah, dass sie nicht häufig benutzt wurde. »Dort müssen wir hinauf.« Schnaufend arbeitete sich der alte Bauer die Treppe hoch, die zu einer kleinen Turmkammer führte. Dort stand eine merkwürdige, klobige Maschine aus rostigen Zahnrädern.

»Der alte Glockenzug«, erläuterte Mertens, als er Franks neugierigen Blick sah. Der Bauer war von dem Weg die Treppe hinauf kurzatmig geworden. Aus der Turmkammer führte eine Trittleiter noch weiter nach oben. »Ich fürchte, das letzte Stück musst du alleine nehmen. Diese Kletterei ist nichts mehr für mich. Oben im Turm gibt es vier Glocken. Die kleine Glocke, die ganz oben hängt, das ist die Angelus-Glocke. Verstehst du?«

Frank verstand überhaupt nichts.

»Angelus, verdammt, hast du kein Latein in der Schule gehabt? Das heißt Engel. *Hoch oben, dort, wo der Engel seine Stimme erhebt*, so hat deine Freundin doch gesagt. Ich bin mir sicher, damit hat sie die Angelus-Glocke gemeint. Was immer sie in ihrem Keller ausgegraben haben mag, das liegt da oben irgendwo versteckt.«

Die Leiter federte unter Franks Gewicht. Mertens hatte das schwere Eichengebälk des Turms gelobt, das sich angeblich noch im Originalzustand befand. Misstrauisch musterte der Journalist die alten graubraunen Balken. Dann zog er sich durch eine Bodenluke hinauf. Gleich neben dem Einstieg lag eine mumifizierte Taube. Angewidert blickte Frank sich um. Es sah so aus, als wäre schon ewig niemand mehr hier oben gewesen. Über ihm hingen die Glocken. Kurze Leitern führten von Plattform zu Plattform noch höher und bis in den Turmhelm hinauf.

Frank sah flüchtig auf seine Uhr und erschrak. Es war kurz

vor halb eins! »Ich hoffe, die Glocken schlagen hier nur zur vollen Stunde«, rief er nach unten.

»Weiß nicht«, erklang es durch die Luke. »Vielleicht solltest du dich besser beeilen.«

Frank bemerkte in einem der Stützbalken eine lateinische Inschrift. Das Licht hier oben war aber zu schlecht, um sie entziffern zu können. Eilig stieg er weiter hinauf, bis er sich oberhalb der Glocken befand.

»Na, hast du schon Natashas Toten, der mit fremder Zunge spricht, gefunden?«, rief Mertens herauf.

»Sehr witzig«, murmelte Frank. Über ihm gab es jetzt nur noch eine winzige Luke, die wohl noch höher führte, in die Spitze des Turmhelms. Verzweifelt sah er sich nach irgendeinem Hinweis auf ein Versteck um. Aber da war nichts. Er wollte gerade weiter rauf, zu der letzten Luke, als sein Blick an der Angelus-Glocke haften blieb. Auf den massiven Querbalken, von dem die Glocke herabhing, hatte jemand mit braunem Packband eine Lederrolle geklebt. Man musste sich allerdings sehr weit über das Geländer beugen, um den Glockenbalken zu erreichen.

Voller Unbehagen drückte Frank prüfend gegen das Geländer der Plattform. Es schien stabil genug, um sein Gewicht zu halten.

»Wenn die Glocken zur halben Stunde schlagen, geht der Lärm in weniger als einer Minute los«, rief Mertens herauf. »Steig so weit wie möglich nach oben. Über den Glocken sollte es weniger laut sein.«

Frank hing weit ausgestreckt über dem Geländer. Er konnte gerade eben mit den Fingerspitzen die Lederrolle berühren. Auf dem staubigen Balken schien das Klebeband nicht gut zu haften. Die Rolle bewegte sich.

In diesem Augenblick rastete irgendetwas mit einem metallischen Geräusch in der Mechanik des Glockenzuges ein. Frank biss die Zähne zusammen. Doch nichts geschah. Die Glocken blieben stumm. Erleichtert atmete er aus. Mit den Fingerspitzen stupste er noch einmal gegen die Rolle. Sie löste sich und stürzte zwischen den Balken des Glockenstuhls hinab in die Tiefe. In dem Moment brach das Geländer.

Im Reflex riss Frank die Arme hoch und klammerte sich an den Querbalken über der Angelus-Glocke. Auf dem glatten Holz fanden seine Finger jedoch kaum Halt. Verzweifelt schlang er die Beine um die bauchige Glocke.

Jetzt knackte es in der Aufhängung der Glocke. Für siebzig Kilo zusätzliches Gewicht war sie offensichtlich nicht ausgelegt. Etwas seitlich unterhalb der Angelus-Glocke verlief eine massive Stützstrebe. Frank verlagerte sein Gewicht. Die Glockenaufhängung gab ein metallisches Kreischen von sich. Da stieß er sich ab.

Hart schlug er auf dem Stützbalken auf. Seine Finger krallten sich um das Holz. Etwas schnitt in seine Handfläche. Ein langer Holzsplitter.

Langsam rutschte Frank die Schräge hinab. Bis sich unmittelbar seitlich von ihm eine der kleinen Plattformen befand. Er duckte sich unter dem Geländer hindurch und blieb schwer atmend sitzend.

Ein paar Meter tiefer erschien der Kopf von Mertens in der Turmluke. »Was machst du, Junge?«

»Mit den Engeln turnen«, keuchte Frank.

Mertens hob die Lederrolle auf. Als Frank zu ihm hinabstieg, hatte er sie bereits geöffnet und hielt ein Schriftstück in den Händen.

»Pergament«, sprach der Bauer halb zu sich selbst. »Über vierhundert Jahre alt und immer noch geschmeidig.«

»Nur falls es dich interessiert. Das Geländer ist durchgebrochen, und ich hätte mir fast den Hals gebrochen.«

»Ich spreche mit dem Pastor darüber«, sagte Mertens geistesabwesend, während er das Schriftstück musterte. »Ich denke, deshalb wirst du keinen Ärger bekommen.«

»Na, da bin ich ja erleichtert«, sagte Frank sarkastisch.

»So eine Sauklaue«, fluchte Mertens, rollte das Pergament wieder auf und schob es in die lederne Schutzhülle zurück. »Ich hab noch nie gesehen, dass ein Pastor eine so schlampige Handschrift hat.«

»Was steht da denn?«

»Frag mich nicht. Ich brauch jetzt 'n Kaffee. Dann setz ich mich zu Hause hin und werde mich mit dem Dokument herumschlagen. Ein Pfarrer hat es verfasst. Und es scheint um einen Prozess zu gehen. Mehr kann ich dir jetzt noch nicht sagen. Ich hab mir mein Latein selbst beibringen müssen. Da braucht es etwas, bis man mit so einem Text zurande kommt. Ruf mich morgen Abend an, dann werd ich dir mit etwas Glück erzählen können, um was es hier geht. Wirklich ungeheuerlich! Weißt du, was ein Stück Pergament damals gekostet hat? Und dann ist es so vollgekrakelt!«

8. August, 20:18 Uhr

Auf der Kölner Straße in Angelsdorf

Nachdem er am Morgen in der Redaktion erleichtert die Polizeiberichte durchgesehen hatte, war Frank den ganzen Tag unterwegs gewesen. In der Nacht hatte es keine besonderen Vorkommnisse gegeben.

Er fuhr durch das große Tor des Mertenshofes. Alles war still, wie ausgestorben. Die Hitze des Tages staute sich zwischen den roten Backsteinmauern. Die Eingangstür zum Wohnhaus stand weit offen. Verunsichert sah Frank sich um. Mertens war nirgends zu sehen. Der Geruch eines Holzfeuers hing in der stickigen Luft. Wer kam bei dieser Hitze auf die Idee, ein Feuer anzuzünden?

Frank durchquerte den Flur und trat in die Wohnstube. Mertens kauerte vor dem offenen Kamin und hantierte mit einer Gusskelle. Quer über den Wohnzimmertisch lag ein doppelläufiges Schrotgewehr. Daneben ein großes Jagdmesser.

»Mertens?«

Der Bauer zuckte beim Klang der Stimme zusammen. Er drehte sich um, die Hand zum Gewehr ausgestreckt, als er Frank erkannte und in der Bewegung innehielt. Blanker Schweiß stand Mertens auf der Stirn. Dunkle Ringe hatten sich unter seine Augen gegraben. »Menschenskind«, fluchte er. »Wo warst du den ganzen Tag? Ich habe dich x-Mal angerufen? Hast du dein Handy in einen Müllschlucker geworfen?«

»Tut mir leid, ich hab wohl vergessen, es wieder einzuschalten.«

»Wenn du lieber den Schwanz einziehen willst, zieh ich die Sache auch alleine durch«, grollte Mertens. »Vergessen, sein Handy einzuschalten! Hältst du mich für senil? Du wolltest nicht erreicht werden! Du hast Angst vor dem, was ich herausfinden könnte, nicht wahr, so ist es? Angst davor, dass es die Welt des abgeklärten Journalisten Frank Ruhland aus den Angeln heben könnte.«

»Bekomme ich einen Kaffee?«, fragte Frank.

Die Frage brachte Mertens aus dem Konzept. Er klappte den Mund auf und zu wie ein Fisch, den man ans Ufer geworfen hatte. Dann ging er wortlos in die Küche.

Frank trat an den Kamin. Mertens hatte dort mehrere Schiefergussformen aufgestellt. Etliche silbrige Kügelchen lagen auf dem Kachelboden verstreut.

»Neugierig?« Mertens stellte ein großes Stück Apfelkuchen und eine Kaffeetasse auf den einzigen freien Fleck des Wohnzimmertisches.

Der Bauer griff nach dem Schrotgewehr, ließ es aufklappen und zog eine der beiden Patronen aus dem Lauf. »Verbesserte Munition«, erklärte er. »Heute Nacht gehen wir auf die Jagd. Sechs Millimeter Schrot. Wenn du damit auf einen Fuchs schießt, bleibt nur noch Gehacktes übrig. Ich habe die Bleikügelchen gegen Silber ausgetauscht. Leider sehe ich nicht mehr so gut, sonst würde ich mein Jagdgewehr nehmen. Bei einer Schrotladung ist es auf kurze Distanz nicht so wichtig, wie gut die Augen sind oder ob einem die Hand zittert.«

Frank ließ sich mit einem Seufzer in den Sessel vor dem Kamin sinken. »Silberkügelchen?«

»Ich habe das Dokument aus dem Kirchturm übersetzt. Und da ist es mir wie Schuppen von den Augen gefallen. Es war ziemlich dumm von mir. Im Grunde kennt doch jeder hier die Geschichte vom Werwolf Peter Stubbe.«

Frank griff nach der Kaffeetasse. »Ein Werwolf. Das ist natürlich des Rätsels Lösung«, spottete er.

»Du wirst sehen, dass sich eines zum anderen fügt. Nach der Eliminierung des Unmöglichen ist all das, was übrig bleibt, dem Bereich der Wahrheit zuzurechnen, wie unwahrscheinlich es auch klingen mag.«

Frank musste lachen. »Das war jetzt Sherlock Holmes, der da gesprochen hat, ja?«

Mertens ließ sich nicht aus der Ruhe bringen. »Nein, Sir Arthur Conan Doyle. Sherlock Holmes ist nur eine Romanfigur. Ich habe das bloß sinngemäß zitiert, weil ich mir nie den genauen Wortlaut merken kann. Hör mir einfach zu. Am Ende wirst du einer Meinung mit mir sein. Ich habe die ganze Nacht an der Übersetzung gearbeitet und in allen möglichen Büchern nachgeschlagen. Geschichten über Werwölfe und ähnliche Kreaturen gibt es fast überall in der Welt. In die Haut des Tieres zu schlüpfen, das ist ein Erzählmuster, das so häufig auftritt, dass es sich dabei um keinen Zufall handeln kann. Die Navajo zum Beispiel fürchteten sich vor den Skinwalkern, die Berserker der Wikinger kleideten sich in Wolfs- oder Bärenfelle und gerieten in einen Blutrausch, wenn sie kämpften. Geschichten von Gestalten, die eine Tierhaut anlegten, um das Menschsein abzustreifen, finden sich auch hier im Erftkreis. Der Lehrer Friedrich Wilhelm Noll hat sie schon vor hundert Jahren in seinem Heimatkundebuch festgehalten. Er schreibt auch über Peter Stubbe, den man am 31. Oktober 1589 vor den Toren von Bedburg hingerichtet hat.«

Mertens griff nach einem Stapel Notizblätter auf dem Wohnzimmertisch. Er blätterte kurz darin, dann fuhr er fort: »Über Peter Stubbe heißt es, er sei mit dem Teufel im Bunde gewesen. Satan soll ihm einen verzauberten Gürtel geschenkt haben, der es ihm erlaubte, die Gestalt eines Wolfes anzunehmen. Jahrelang hat er in Epprath nahe Bedburg sein Unwesen getrieben. Dreizehn Kinder soll er ermordet haben. Darunter auch den Sohn, den er in Unzucht mit seiner eigenen Tochter gezeugt hatte. Er hat Jungfrauen verschleppt, Vieh gerissen und dafür gesorgt, dass sich niemand im Dunkeln mehr vor die Tür wagte. Als man Peter Stubbe schließlich auf die Schliche kam, hat man ihn so lange gefoltert, bis er seine Untaten gestand. Man hat ihm mit glühenden Zangen das Fleisch vom Leib gerissen, seine Glieder zerschmettert und auf das Rad geflochten. Zu guter Letzt wurde ihm der Kopf abgeschlagen. Den steckte man auf den Leib eines hölzernen Wolfes, den man am Ende einer hohen Stange aufpflanzte. Auch Stubbes Tochter und seine Lebensgefährtin wurden hingerichtet.«

»Und was beweist diese Barbarei?«, unterbrach ihn Frank angewidert. »Gar nichts!«

»Nein?« Mertens lächelte überlegen. »Als man Peter

Stubbe verhörte und auch später, als man ihn hingerichtet hat, war ein gewisser Johannes Flaminius, Pfarrer zu Kaster, immer dabei. Von ihm stammt auch das Dokument, das wir gestern gefunden haben. Er berichtet, Stubbe habe ausgesagt, den Gürtel, den ihm der Teufel geschenkt hat, habe er in einem Hohlweg weggeworfen. Als Gerichtsdiener danach suchten, fanden sie jedoch nichts. Daraufhin ist Johannes Flaminius noch einmal an diesen Ort gegangen. Er sah in dem Gürtel das eigentliche Übel, und er will ihn auch tatsächlich gefunden haben. Sein Bericht wird dann etwas wirr. Er warnt ausdrücklich jeden Christenmenschen, diesen Gürtel auch nur anzurühren, weil ihm das Gift des Teufels anhaftet. Auch berichtet er davon, dass das Tier nach dem Tod von Peter Stubbe noch weiterhin umgegangen sein soll. Schließlich versenkt Flaminius den Gürtel, in einem Stein verschlossen, tief in der geweihten Erde des Friedhofes bei Sankt Georg.«

Frank setzte seine Tasse ab und starrte Mertens fassungslos an. »Das ist der Stein im Waschkeller. Du meinst, darin war der Gürtel?«

Mertens nickte ernst. »Du hast mir erzählt, dass Natasha nackt gewesen ist, als man sie auf dem jüdischen Friedhof aufgegriffen hat, nackt bis auf einen Gürtel. Ich war mit meiner Geschichte aber noch nicht ganz zu Ende. Pastor Flaminius ist zum Christfest 1589 vom Glockenturm gestürzt und noch vor dem neuen Jahr seinen Verletzungen erlegen. Ich glaube nicht, dass das ein Unfall war. Wenn ich mir die fahrige Schrift auf dem Pergament ansehe und ein wenig zwischen den Zeilen lese … Er hat diesen verfluchten Gürtel besessen. Ich bin mir sicher, dass auch er zum Tier geworden ist und schließlich keinen anderen Ausweg mehr gesehen hat, als den Freitod zu wählen. Und das, obwohl er Priester war.«

Frank ließ das Gesagte eine Weile auf sich wirken. Was Mertens da erzählte, durfte einfach nicht wahr sein! So etwas gab es nicht im einundzwanzigsten Jahrhundert. Und doch fügte sich hier eines zum anderen. Von dem Angriff auf dem Parkplatz hatte er dem Bauern noch gar nicht erzählt. Auch das passte ins Bild. Ein Werwolf! Ein Mensch, der alles Menschliche abgelegt hatte.

Mertens ging zum Kamin hinüber und holte die Schieferformen. Mit einer kleinen Zange setzte er sich an den Wohnzimmertisch und begann die frisch gegossenen Silberkügelchen von den Gussgraten abzuknipsen. Eine Weile saßen sie schweigend beisammen. Nur das Klicken der Zange und das leise Knistern der Holzscheite im Kamin störte die Stille.

»Das ist noch nicht alles«, ergriff Mertens schließlich das Wort. »Heute Nachmittag habe ich bei der Feuerwehr in Bedburg angerufen. Lars Hansen ist dabei gewesen, als man deine Natasha vom Friedhof geholt hat. Ich habe mit jemandem gesprochen, der sich genau erinnerte, wie Hansen der jungen Frau den Gürtel abgenommen hat, weil sie sich an der Metallschnalle verletzt hatte. In der Nacht darauf ist Hansen durchgedreht und hat die Straßenbahn angegriffen. Also wird offenbar jeder, der mit dem Gürtel in Berührung kommt, zum Tier! Das Teufelsgeschenk, von dem in den alten Quellen die Rede ist, ist keine Ausgeburt der Fantasie unserer Urahnen.«

»Ich habe ihn gesehen, den Werwolf«, sagte Frank leise. »Du hast recht.«

Mertens kniff die Augen zusammen. »Wo?«

»Auf dem großen Parkplatz bei Kaster. Er hat mich … angegriffen.« Stockend erzählte der Journalist, was vor zwei Tagen geschehen war.

»Das hättest du mir sagen sollen!« Klickend ließ der Bauer

kleine Silberkügelchen in eine Schrotpatrone fallen und versiegelte sie dann. »Es ist ein Wunder, dass die Bestie bisher noch keinen Menschen umgebracht hat. Wir müssen den Werwolf zur Strecke bringen! Ich habe auch einen Verdacht, wo wir nach ihm suchen sollten. Du weißt doch, wer als Notarzt mit zum Friedhof gefahren ist?«

Frank ahnte es.

»Dein Freund. Doktor Stefan Aschenberg. Er ist seit Tagen nicht mehr in der Klinik erschienen. Hat sich krankgemeldet. Ich hoffe, solange es hell ist, werden wir ihn noch in seinem Haus in Königshoven antreffen.« Mertens schob die Schrotpatrone zurück in den Lauf und ließ das Gewehr zuschnappen. »Wir müssen diesen Gürtel sicherstellen.« Er blickte zum Fenster hinaus. »Ich habe den ganzen Nachmittag auf dich gewartet. Etwas mehr als eine halbe Stunde noch, dann wird es dämmern. Bringen wir die Sache zu Ende.«

Franks Gedanken überschlugen sich. Aschenberg! Hatte etwas in seinem Unterbewusstsein das längst geahnt? Die Gestalt auf dem Parkplatz, so entstellt sie auch gewesen sein mochte, sie war ihm auf unheimliche Art vertraut vorgekommen. Hatte er sich deshalb seit zwei Tagen wie ein Wilder auf seine Arbeit geworfen? Wollte er einfach nicht darüber nachdenken, wen er auf dem Parkplatz gesehen hatte?

»Du hast doch nicht etwa vor, ihn umzubringen?«

»Das Gewehr nehme ich nur zur Sicherheit mit. Auch wenn du nicht daran glaubst, aber Werwölfe kann man nur mit einer silbernen Kugel töten. Ich werde jetzt die Polizei anrufen.«

»Tu das nicht. Ich werde ihn holen … aber allein. Das bin ich ihm schuldig. Bei Tageslicht sollen Werwölfe doch wieder ihre menschliche Gestalt annehmen. Ich werde mit ihm reden.«

»Du bist verrückt! Du kannst da jetzt nicht einfach allein hinfahren. Es ist schon fast dunkel. Wir müssen die Polizei verständigen«, beharrte Mertens.

»Nein. Wir waren mal gute Freunde.«

»Und deshalb bringst du dich jetzt um!« Mertens hieb aufgebracht mit der Faust auf den Wohnzimmertisch. Einige Silberkügelchen rollten davon und fielen leise klingend auf den gekachelten Boden. »Was soll das für ein Freundesdienst sein? Ich lasse dich hier nicht heraus.«

»Überleg doch mal, Mertens. Wie groß sind die Chancen, dass uns die Polizei glaubt, wenn wir behaupten, wir hätten in Königshoven einen Werwolf stellen müssen, bevor er noch weiteres Unheil anrichtet? Und was passiert erst, *wenn* sie uns glauben? Wenn sie Stefan mit großem Polizeiaufgebot in einer Zwangsjacke aus seinem Haus holen, dann braucht er sich im Sankt-Hubertus-Krankenhaus nie wieder blicken zu lassen. Er wäre erledigt. Ich bin es ihm schuldig, dass ich alleine gehe und die Sache zu regeln versuche, solange noch eine Chance dazu besteht.«

»Du bist ein gottverdammter Idiot«, polterte Mertens los. »Dann komme ich eben mit dir.«

Frank stand auf. »Nein, das ist ausgeschlossen. Du musst hier die Stellung halten. Wenn du bis in einer Stunde nichts von mir gehört hast, dann ruf die Polizei an und sorg dafür, dass sie dir glauben. Der Werwolf darf nicht noch eine weitere Nacht jagen.«

»Das wird nicht gehen«, wandte Mertens ein. »Wir ... wir haben hier Bauarbeiten. Die Telefonleitungen sind gestört.«

Irgendwie wollte Frank das nicht recht glauben. Er nahm sein Handy aus der Fototasche und legte es neben das Schrotgewehr. »Kein Problem. Versuch es hiermit.«

8. August. 21:50 Uhr
Am Kirchplatz in Königshoven

Als Frank aus dem Wagen stieg, war die Sonne gerade hinter dem Horizont verschwunden. Der westliche Himmel war ein prächtiges Farbenspiel aus Rot und einem schnell dunkler werdenden Blau. Die Straßenlaternen gingen gerade an. War er doch zu spät? Ängstlich sah Frank sich um.

Das neue Königshoven war ein Dorf ohne Geschichte. An Kaster angegliedert, war es vor wenigen Jahren neu erbaut worden, um das alte Königshoven zu ersetzen, das vom Braunkohlentagebau vernichtet worden war. Kein Haus hier war älter als zwanzig Jahre. Das Dorf hatte man auf dem Reißbrett entworfen. So gab es mitten auf dem Kirchplatz einen Parkplatz für die Anlieger. Alte Geschäfte, Kneipen oder verwinkelte Gassen – kurz: eben das, was man von dem Kirchplatz in einem Dorf erwartete – gab es hier nicht. Ringsherum standen große Einfamilienhäuser mit kleinen Vorgärten. Eine neue Kirche erhob sich am Ende des Platzes. Angeblich hatte es dort früher einen heidnischen Kultplatz gegeben.

Frank war schon oft hier gewesen. Er kannte Stefan noch aus seiner Schulzeit. Als er an dem Haus mit der Nummer siebzehn klingelte, öffnete niemand. An allen Fenstern waren die Rolladen heruntergelassen. Nichts regte sich.

Mit dröhnenden Bässen fuhr ein Golf vorbei. Der Wagen parkte nahe der Kirche. Lachend stieg ein Pärchen aus und verschwand in einem der Häuser.

Frank klingelte ein letztes Mal, dann ging er durch den Garten. An der Seite des Hauses führte eine Betontreppe zum Keller hinab. Wie oft waren sie als Kinder hier hinaufgejagt. Die Kellertür war nicht abgeschlossen. Sie war auch früher nie versperrt gewesen. Franks Hand fand fast sofort den Lichtschalter rechts neben der Tür. Es klickte. Nichts geschah. Die Birne schien kaputt zu sein.

Vorsichtig tastete sich der Journalist durch den dunklen Kellerraum. Stefans Vater hatte sich hier eine kleine Werkstatt eingerichtet. Seit er vor zwei Jahren ins Altersheim gekommen war, hatte sich hier unten nichts mehr verändert. Stefan lebte jetzt allein in dem großen Haus – es sei denn, er hatte gerade wieder einmal Besuch von einer seiner zahllosen Affären.

Ohne Schwierigkeiten fand Frank die Tür, die zum Flur an der Treppe führte. Er drückte den Lichtschalter. Auch hier blieb es dunkel. Das hatte offenbar System! Mit angehaltenem Atem lauschte er. Lauerte die Kreatur bereits auf ihn? Sollte er Stefan rufen?

Frank streifte seine Schuhe ab. So könnte er sich leiser bewegen. Langsam, Stufe um Stufe, schlich er die Treppe hinauf. Auch hier war alles finster. Die Rolladen schlossen perfekt. Kein Lichtstrahl drang in die Wohnung.

Etwas streifte Franks Wange. Eine Fliege oder ein anderes Insekt. Ein süßlich fauliger Geruch lag in der Luft. Aas! War das die Erklärung dafür, dass in der letzten Nacht nichts vorgefallen war? Hatte Stefan sich verletzt, als er ihn aus dem Auto zerren wollte?

Frank bewegte sich zur Eingangstür hin. Wenn er sie öffnete, würde endlich Licht ins Haus fallen. In der Dunkelheit konnte er nichts ausrichten. Seine Hand schloss sich um die Klinke. Die Tür war abgesperrt. Immer beklemmender wurde der süßliche Verwesungsgeruch. Aus der Küche war lautes Fliegensummen zu hören.

Im Geiste malte er sich aus, wie Stefan schwer verletzt oder gar tot in der Küche lag. Er brauchte unbedingt Licht! Entschlossen trat er in die Küche und tastete an der Wand nach dem breiten Riemen, mit dem die Rolladen hochgezogen wurden. Schließlich fand er ihn. Er war am oberen Ende abgeschnitten. Also war es unmöglich, die Rolladen zu öffnen. Warum nur hatte Stefan all seine Fantasie aufgeboten, um dieses Haus abzudunkeln?

Eine der Stufen der breiten Holztreppe, die nach oben führte, knarrte. Frank tastete sich um den Küchentisch herum. Er hätte eine Waffe mitnehmen sollen! Seine Hand streifte etwas Klebriges. Empörtes Summen erklang und dann draußen vor der Küchentür ein tiefes, kehliges Knurren.

Erschrocken wich Frank zurück, bis er mit dem Rücken zum Kühlschrank stand. Wenn er wenigstens ein Messer hätte oder ein Feuerzeug, um die Dunkelheit zu vertreiben. Der Kühlschrank! Frank riss die Tür auf. Gelbes Licht fiel in einem breiten Streifen durch die Küche. Von der Tür her erklang ein fauchendes Geräusch. Schleifende Schritte entfernten sich.

Vom Küchentisch stieg ein ganzer Fliegenschwarm auf. Dort lag mehr als ein Dutzend aufgerissener Fleischpäckchen aus einem Supermarkt. Wimmelnde Maden wanden sich in den verdorbenen Fleischresten. Wieder erklangen verstohlene Schritte vor der Küchentür.

Stille. Hatte sich im Keller eine Tür geöffnet? Stefan durfte auf keinen Fall das Haus verlassen. Frank zog ein breites Messer aus dem Messerblock auf der Küchenanrichte. »Stefan«, rief er laut. Nichts rührte sich.

Zögernd ging der Journalist zur Küchentür und rief noch einmal. Eine krallengleiche Hand griff um den Türrahmen. Starke Finger bohrten sich in Franks Waden, und er wurde mit einem einzigen Ruck von den Beinen gerissen. Stürzend versuchte er nach seinem Angreifer zu stechen, doch die Gestalt war schon wieder in der Dunkelheit verschwunden.

»Stefan, ich will dir helfen!« Frank versuchte auf die Beine zu kommen, als der nächste Angriff erfolgte. Er wurde nach hinten gerissen und schlug mit dem Kopf hart gegen den

Türrahmen. Klirrend schlitterte das Messer über den Steinboden davon. Die Bestie beugte sich zu ihm herab. Stefans Gesicht war zu einer Grimasse verzerrt, er bleckte die Zähne. Geifer tropfte ihm aus dem Mund.

»Ich bin es«, flüsterte Frank. »Dein Freund.« Gleichzeitig hob er schützend die Arme vors Gesicht.

Ein dumpfes Geräusch erklang. Stefan stieß ein schrilles Geheul aus. Aus den Augenwinkeln sah Frank etwas Keulenartiges niedersausen. Die Kreatur wurde zur Seite gerissen. Noch ein dritter Schlag traf sie, dann lag sie still. Blinzelnd, hinter einem Schleier greller Lichtpunkte, erkannte er Mertens. Der Bauer hielt sein Schrotgewehr am Lauf umklammert und hatte mit dem schweren Kolben zugeschlagen.

»Hab ich dich getroffen, Junge?«

Frank war sich nicht ganz sicher. Ein dumpfer Schmerz pochte in seinem Kopf. Er hatte einen metallischen Geschmack im Mund. Stöhnend richtete er sich auf. »Du solltest doch nicht …« Dann aber schüttelte er den Kopf. »Danke!«

Mertens nickte nur, griff ins Innenfutter seiner Weste und zog Franks Handy heraus. »Hier, ich kann mit diesen Dingern nicht umgehen. Wir sollten jetzt Hilfe rufen.«

Stefan lag mit verdrehten Gliedern am Boden. Er atmete unregelmäßig. Mertens fesselte ihn mit einem groben Hanfseil, das er mitgebracht haben musste, und achtete dabei darauf, den breiten Gürtel nicht zu berühren, den Stefan um seine Taille trug.

Noch ganz benommen tippte der Journalist die Nummer der Polizeileitstelle Bergheim ein und sandte ein kurzes Stoßgebet zum Himmel. Hoffentlich war Schütte da. Mit ihm würde sich die Angelegenheit ohne großes Aufhebens regeln lassen.

Eine fremde Stimme meldete sich.

»Ist Wachtmeister Schütte im Dienst?«

»Ja, was ist denn los?«

»Geben Sie ihn mir bitte. Hier ist Frank Ruhland von der *Stadtschau*. Es geht um einen Notfall.«

Es klickte in der Leitung. Dann erklang ein freundlicher Bass. »Hallo, Schreiberling. Was gibt's?«

»Ich brauche einen Streifenwagen und einen Unfallwagen auf dem Kirchplatz 17 in Königshoven. Es gibt hier einen Verletzten … Schütte, wenn es geht, sorg dafür, dass die Wagen ohne Blaulicht vorfahren. Das ist eine etwas delikate Angelegenheit, und ich wäre dir sehr dankbar, wenn wir so wenig Aufhebens wie möglich darum machen könnten.«

»Was ist denn bei euch los?«

»Das glaubst du mir erst, wenn du fünf Bier und ein paar Kurze intus hast.«

29. August, 15:04 Uhr
Auf dem Parkplatz vor dem Hauptverwaltungsgebäude der Rheinischen Landesklinik Düren

Diesmal erwartete Doktor Erlenbach Frank bereits auf dem Parkplatz. Er hatte die Hände tief in die Taschen seines Kittels vergraben und wirkte überaus zufrieden.

Frank stieg aus. »Ist sie so weit?«

Erlenbach nickte knapp. »Sie packt noch.«

»Und sie ist …« Der Journalist stockte. Er brachte es nicht über sich, *wieder normal* zu sagen. Erlenbach hatte ihm vor einer Woche eines der Videos von Stefans nächtlichen Tobsuchtsanfällen gezeigt. Im Nachhinein war ihm Frank dankbar gewesen, keinen Film von Natasha vorgeführt bekommen zu haben, so wie er ursprünglich verlangt hatte.

»… völlig genesen«, vervollständigte der Arzt den Satz. »Jedenfalls organisch gesehen. Allerdings fürchte ich, dass es noch lange dauern wird, bis sie verarbeitet hat, was mit ihr geschehen ist.«

»Weiß man denn inzwischen, was mit dem Gürtel ist?«

Erlenbach zuckte mit den Schultern. »Die Untersuchungen sind noch nicht abgeschlossen. Sicher ist vor allem, dass er mit einem Pflanzenöl durchtränkt war. Die Pflanze konnte bislang jedoch nicht identifiziert werden. Von diesem Stubbe hieß es ja, dass er von auswärts gekommen sei. Weiß der Teufel, woher er den Gürtel hatte.« Der Psychiater grinste schief. »Auf jeden Fall muss er schon zu dem Zeitpunkt, als Stubbe ihn bekommen hat, recht alt gewesen sein. Vielleicht ist das ja eine Art Kultgegenstand aus heidnischer Zeit. Man hat übrigens festgestellt, dass er aus Wolfsleder gefertigt ist. In dem Pflanzenöl hat man Toxine gefunden. Ein hochpotentes Kontaktgift. Es wird über die Haut aufgenommen, wobei es offensichtlich schon genügt, den Gürtel nur kurz in der Hand zu halten, um sich zu vergiften. Das Gift wird kaum abgebaut und reichert sich im Körper an.«

Frank hatte etwas Mühe, Erlenbachs Vortrag zu folgen, und argwöhnte, dass der Arzt im Grunde mit vielen Worten kaschieren wollte, dass man nichts Genaues wusste. »Warum sind die Werwölfe dann nur nachts losgezogen? Ich meine, dieses Gift kann sich doch unmöglich nur nachts auswirken, wenn es einmal im Kreislauf ist.«

Erlenbach schien auf diesen Einwand geradezu gewartet zu haben. »Was das angeht, da sind wir schon ein wenig weiter. Es hat sich herausgestellt, dass Vitamin D die Wirkung der toxischen Stoffe blockiert. Darauf habe ich im Wesentlichen auch meine Therapie aufgebaut. Wenn UV-Licht auf unsere Haut fällt, regt das die Produktion von Vitamin D im Körper an. Das pflanzliche Gift, mit dem der Gürtel präpariert ist, kann seine verheerende Wirkung aber nur entfalten, wenn der Vitamin-D-Spiegel des Körpers unter einen gewissen Grenzwert fällt. Deshalb haben die Patienten ihre Werwolfs-Anfälle ausschließlich nachts und meiden das

Tageslicht. Ihr Freund hat seine Wohnung ja in eine regelrechte Höhle verwandelt, aus der jegliches Licht verbannt war. Natasha hat Glück gehabt. Sie war nur eine Nacht in Kontakt mit dem Gürtel. Mein Kollege Aschenberg hingegen hat ihn offensichtlich mehrere Tage lang getragen. So konnte sich das Gift viel stärker in seinem Körper anreichern. Zwar ist er jetzt auf dem Weg der Besserung, aber es wird noch eine Weile dauern, bis wir ihn entlassen können. Nicht zuletzt wegen des energischen Einschreitens dieses Herrn ... Mertens. Er hat Doktor Aschenberg übel zusammengeschlagen.«

»Und mir damit das Leben gerettet«, unterbrach ihn Frank.

»Sicher.« Erlenbach nickte zustimmend. »Der Preis waren allerdings drei gebrochene Rippen und ein Schädeltrauma. Man hätte natürlich auch ...« Doch dann schüttelte er den Kopf. »Es war schon richtig, dass Sie schnell und entschieden eingegriffen haben. Wer weiß, was sonst noch alles hätte passieren können. Ich vermute, dass die Vergiftung einen Suchtaspekt hat. Vielleicht vermittelt das Gift euphorische Gefühle. Es muss ja irgendeinen Grund dafür geben, dass man den Gürtel nach einer ersten Erfahrung mit den Konsequenzen noch ein zweites Mal anlegt. Wer weiß schon, wie es ist, sich in ein Tier zu verwandeln ... die Menschenhaut abzustreifen.« Erlenbach sah sinnierend zu den Bäumen im weiten Klinikpark. Ein verklärter Blick lag plötzlich in seinen Augen. »Vor einigen Jahren hat man einen Versuch mit der legendären Hexensalbe gemacht, über die man immer wieder in den Protokollen mittelalterlicher Hexenprozesse liest. Diese Salbe ist ebenfalls ein Kontaktgift. Es führt zu Schwindelgefühlen und dann zu Flughalluzinationen. Verstehen Sie? Wenn man die Salbe benutzt, glaubt man wirklich, geflogen zu sein.«

Der Arzt räusperte sich, als er bemerkte, wie Frank ihn mit wachsendem Befremden musterte. »Natasha und Stefan haben keine Erinnerung an das, was sie taten, als sie sich für Wölfe hielten. Vielleicht ist das auch besser so. Wahrhaft erschreckend sind die langfristigen Perspektiven, die sich aus dem Kontakt mit dem Gürtel ergeben. Ich vermute, dass man immer mehr vermeidet, sich der Sonne auszusetzen. So produziert der Körper auch weniger Vitamin D. Dieser Mangel führt schließlich dazu, dass die Haut ledrig und faltig wird. Auf die Dauer kann der Vitaminmangel zur Osteomalazie führen, also zur Knochenerweichung. In extremen Fällen ist es bei dieser Krankheit möglich, dass das Eigengewicht des Körpers die Knochen verformt, was sich selbstverständlich auch im äußeren Erscheinungsbild niederschlägt. Was immer das für ein Pflanzengift sein mag, es verursacht jedenfalls ganz ähnliche Symptome, wie das Elixier in Robert Louis Stevensons Erzählung *Der seltsame Fall des Dr. Jekyll und Mr. Hyde*. Es weckt buchstäblich die schlummernde Bestie in uns und verändert sogar den Körper, bis der Vergiftete zuletzt – durchaus im doppelten Sinn – alle menschlichen Züge verliert. Wenn Sie Interesse haben, darüber zu schreiben ...«

»Hallo, Frank!« Natasha trat durch das hohe Portal des alten Klinikgebäudes.

Erlenbach schmunzelte. »Ich glaube, bevor ich Sie zu Tode langweile, werde ich mich jetzt lieber zurückziehen. Sie müssen entschuldigen .... wenn man einmal anfängt, von seinen Steckenpferden zu plaudern, ist wohl die Gefahr groß, dass man zum unerträglichen Quasselkopf mutiert. Falls Sie aber doch noch Interesse am weiteren Verlauf der Forschung haben sollten, Sie wissen ja, wie Sie mich erreichen können, Herr Ruhland.«

Erlenbach drückte Natasha noch kurz die Hand und

scherzte mit ihr, dann verschwand er im Klinikgebäude. Jetzt wäre es Frank ganz recht gewesen, wäre der Arzt noch ein wenig länger geblieben. Seit Tagen hatte er sich überlegt, was er Natasha sagen wollte. Die Situation war ihm ein wenig peinlich. Immerhin war er einfach in ihr Krankenzimmer eingedrungen. Nicht gerade der ideale Auftakt für eine Liebesgeschichte. Überhaupt war er in solchen Sachen entsetzlich verkrampft. Sie standen einander schon viel zu lange schweigend gegenüber. Für irgendeinen charmanten Witz, der die Situation entkrampfte, hätte Frank jetzt seine Seele verkauft.

»Du hast mich gerettet«, sagte Natasha sehr sachlich. »Dafür werde ich dir bis ans Ende meines Lebens dankbar sein. Vielleicht hätte ich diese Klinik nie wieder verlassen, wenn du nicht gewesen wärst.« Sie sah ihn lange an.

Er würde niemals müde werden, in diese Augen zu blicken, dachte Frank. Jetzt war der Moment für eine flammende Liebeserklärung. Warum war sein Verstand wie ausgelöscht? »Das ... das war doch nichts«, stammelte er. War er noch zu retten? Was sagte er da! Fehlte nur noch, dass er ein floskelhaftes *keine Ursache* hinterherschob.

Sie wich seinem Blick aus und sah auf ihre Armbanduhr. »In fünfzehn Minuten fährt mein Bus.«

Das durfte nicht wahr sein! Er hatte es verbockt. Frank schluckte und versuchte zu lächeln. Dann streckte er ihr steif die Hand hin. »Auf gute Freundschaft?« Er wäre am liebsten im Boden versunken. Idiot, schalt er sich stumm. Das war's.

Natasha schob seine Hand zur Seite, nahm ihn in den Arm und küsste ihn sanft auf die Wange. »Auf gute Freundschaft, mein Ritter!« Sie hob die schwarze Tasche mit ihren wenigen Habseligkeiten auf und überquerte den Parkplatz.

Ein warmer Schmerz nagte an ihm. Was hatte er getan? Warum konnte er ihr nicht sagen, was er fühlte? Sich mitzuteilen war doch sein Geschäft! »Soll ich dich irgendwohin mitnehmen«, rief er ihr nach.

Sie drehte sich noch einmal um. Einen Herzschlag lang schien sie zu zögern. Dann schüttelte sie den Kopf. »Nein, es ist an der Zeit, dass ich wieder allein zurechtkomme. Danke!«

Er blickte ihr nach, wie sie mit weit ausgreifenden Schritten den Weg hinunter zur Straße nahm. Leichter Wind spielte in den Blättern der alten Bäume. Frank beobachtete das Spiel von Licht und Schatten auf dem Asphalt. Einen Moment lang schien es ihm, als läge ein Hauch von Moschus und Pfirsich in der warmen Sommerbrise. Als er wieder zur Straße blickte, war Natasha verschwunden.

13. September, 12:07 Uhr
Auf dem Parkplatz vor dem Uni-Center, Köln
Kalter Wind trieb Staub über den Schotterplatz. Bald würde es anfangen zu regnen. Viele Besucher des Trödelmarkts suchten bereits das Weite.

Frank schlug den Kragen seiner Jacke hoch und musterte weiterhin Nische für Nische der Setzkästen, die auf dem Tapeziertisch aufgebaut standen. Endlich fand er die Figur, die er schon seit zwei Wochen suchte. Sie war vielleicht ein wenig kitschig … ein Bär in einer grünen Lederhose und mit einem kleinen Hütchen mit Gamsbart. Er hielt ein großes Lebkuchenherz in Händen.

»Den dort hätte ich gerne.«

Die Verkäuferin, eine pummelige Blondine in einem verwaschenen T-Shirt, nahm die Figur aus dem Setzkasten, sah sie kurz an und grinste. »Ein seltenes Stück. Sieben Euro.«

Frank zahlte. In drei Tagen hatte Natasha Geburtstag. Sie hatten sich seit dem Nachmittag auf dem Parkplatz vor der Klinik nicht mehr gesehen. Am Abend vor ihrem Geburtstag wollte er ihr ein kleines Päckchen in den Briefkasten stecken. Ohne Absender. Sie würde wissen, von wem es kam.

Er betrachtete den Bären in seiner Hand und spürte wieder diesen warmen Schmerz. Er sollte sich nicht weiter in die Sache hineinsteigern. Ihr den Bären zu schenken, würde den Kreis schließen. Frank mochte keine offenen Geschichten. Vielleicht wäre es ja auch ein neuer Anfang? Auf jeden Fall gehörte der Bär zu der kleinen Bärin, die Natasha tief vergraben in ihrer Kleidertruhe verwahrte und die mit *Ich dich auch* auf etwas nie Gesagtes antwortete.

Auf dem Lebkuchenherz des Bären stand in schnörkeliger weißer Schrift: *Ich liebe dich.*

RUTH

»Das ist gerade mit der Post für Sie gekommen.« Der Portier hatte seinen Glasbunker verlassen und winkte mit einem großen braunen Kuvert.

»Danke.« Ohne den Alten eines Blickes zu würdigen, griff Simon nach dem Umschlag und eilte weiter den kahlen Hauptgang hinab. Er würde wetten, dass der einzige Freund dieses Spießers mit seinen messerscharfen Bügelfalten ein überzüchteter Schäferhund war. Aber was regte er sich auf? Jeder Gedanke, den er an ihn verschwendete, war schon einer zu viel.

Vielleicht hatte ihm der Kerl heute sogar einen Gefallen getan? Womöglich bot der Inhalt des Kuverts einen Grund, den unausweichlichen Gang zum Büro noch eine Weile hinauszuschieben.

Unruhig fingerte er an dem Umschlag herum, schob schließlich seinen Daumen zwischen das ockerfarbene Papier und riss es auf. Sein fester Schritt war zu einem müden Schlurfen geworden.

Viel war passiert in den zwei Wochen, die er sich nach Teneriffa abgesetzt hatte. Sonne, Sand und Meer. Er hatte gehofft, die triste Hauptwache dort zu vergessen und auch den Ärger mit Ruth.

Flüchtig grüßte er zwei Kollegen von der Streife. Hatten sie ihn mitleidig angesehen, oder bildete er sich das bloß ein?

Der junge Kommissar bog nach links ab und erklomm die breite Treppe, immer zwei Stufen auf einmal. Es hatte keinen Sinn zu zögern. Er musste sich dem stellen, was er heraufbeschworen hatte.

Wenn er ehrlich war, hatte er in seinem Urlaub in erster Linie Ruth vergessen wollen. Mit ihrer Anhänglichkeit war sie ihm lästig geworden. Und dann auch noch ihr Gerede von Scheidung, und dass sie doch zusammenziehen könnten. Vor allem aber konnte er nicht noch länger Manfred betrügen. Schließlich waren sie Kollegen! Was hatte ihn bloß geritten, als er sich damals auf der Weihnachtsfeier mit Ruth eingelassen hatte?

Simon warf einen Blick auf das Deckblatt der dünnen Akte. Der Abschlussbericht des Gerichtsmediziners. Ronnemann hatte ihn extra aus Düsseldorf kommen lassen, damit es keine Gerüchte um Vetternwirtschaft auf seinem Präsidium gab.

Auf der obersten Treppenstufe hielt Simon inne und blickte zögernd auf den Gang, der wie ein offener Schlund vor ihm lag. Noch dreiundzwanzig Schritte waren es von hier bis zur Tür des Büros, das er mit Manfred teilte.

Wieder dachte er an die Worte des *besorgten* Kollegen, der ihn angerufen hatte, kaum dass er vom Flughafen zurück gewesen war: »…stell dir vor, sie hat Beruhigungsmittel geschluckt und sich dann einfach Manfreds Dienstwaffe in den Mund geschoben und abgedrückt. Keiner weiß, warum.«

Er biss sich auf die Lippen. Er wusste nur zu gut, warum! Entschlosssen schritt er auf den neonhellen Flur zu. Er musste das jetzt hinter sich bringen. Vielleicht könnte er sich danach ja versetzen lassen?

Manfred stand am Fenster und sah wortlos dem Regen zu. Einen Augenblick lang überlegte Simon, ob er ihn ansprechen sollte. Doch was konnte er ihm sagen? Ganz förmlich, dass es ihm leidtat? Oder sollte er gleich mit der Wahrheit herausrücken, dass Ruth sich erschossen hatte, weil er ihr den Laufpass gegeben hatte?

Er fühlte sich wie gelähmt. Immer wieder quälte ihn die Vorstellung, dass im Grunde er es gewesen war, der Ruth den Pistolenlauf in den Mund geschoben hatte.

Schließlich setzte er sich auf seinen kippsicheren Bürostuhl und begann verlegen in der Akte zu blättern.

»... die Kugel ist durch den hinteren Bereich des Oberkiefers in den Schädel eingetreten. Dicht oberhalb des Atlaswirbels hat das Projektil beim Austritt das Cranum durchschlagen und dabei den oberen Ansatz des Ligamentum nuchae verletzt. Eine Öffnung des Schädels hat ergeben, dass ...«

Simon wurde übel. Er hatte schon Dutzende solcher Berichte wie diesen gelesen, aber diesmal ...

»Wie war's auf Teneriffa?« Manfreds Stimme klang tonlos. Er hatte sich nicht einmal umgedreht.

»Zu viele Touristen.«

Schweigen.

Simon hatte das Gefühl, dass er es gleich nicht mehr aushielte. Wusste Manfred etwa alles? Spielte er ein Spiel mit ihm? Und warum zum Henker hatte Ronnemann ausgerechnet ihm den gerichtsmedizinischen Bericht zuschicken lassen?

Nervös blätterte er in der Akte, bis sein Blick am letzten Absatz der letzten Seite hängen blieb. »Die Blutuntersuchung sowie die Analyse des Mageninhalts haben zweifelsfrei ergeben, dass die Tote die Tranquilizer zwei bis zweieinhalb Stunden vor Eintritt des Todes zu sich genommen hat. Die Wahrscheinlichkeit, dass sie zum Zeitpunkt ihres Todes noch in der Lage war, die Dienstwaffe des Hauptkommissars Manfred Küppers zu benutzen, ist gering.«

»Weißt du schon Bescheid?« Manfred hatte sich jetzt

umgedreht und starrte ihn an. Dunkle Ränder hatten sich in das helle Fleisch unter seinen Augen gefressen.

Simon klappte den grünen Aktendeckel zu und legte das Dokument auf den Stapel links neben dem Telefon.

»Ja, ich weiß Bescheid.«

VERWUNSCHENES CHINA

Es ist ein regnerischer Morgen, Ende Mai 2010. Wir sind sehr früh aufgebrochen. Nebelschleier ziehen über das Land. Regenschauer haben den unbefestigten Lehmpfad in eine Piste aus zähem rotem Schlamm verwandelt. Am Weg entlang ducken sich Bauernhäuser aus roten Ziegeln unter den tiefen grauen Himmel. Das Dorf vor uns liegt südlich von Fushun in der Provinz Liaoning in China. Eine Weltgegend, die man früher einmal Mandschurei nannte. Unsere Fahrt soll uns zum Grab meines Schwiegervaters führen, der vor fünf Jahren verstarb und den ich nie kennengelernt habe. Doch zunächst gilt es, einen Höflichkeitsbesuch bei einer Tante im Dorf zu machen. Als wir das Haus finden, einen Neubau neben einem niedrigen alten Stall, huschen wir durch einen neuerlichen Regenschauer. Im Haus empfängt uns ein weiß gekachelter Boden. Alle Schuhe bleiben am Eingang. Auf einer gemauerten Bettstatt, unter der ein Ofenrohr für Wärme sorgt, trinken wir Tee. Es wird über Verwandte gesprochen, die ich nicht kenne. Bald mache ich mich davon. Vorbei am Hausschrein mit dem grellbunten Buddhabild, vor dem in einer alten Tasse voll Sand und Asche ein Räucherstäbchen schwelt. Ich entdecke eine Plastikwanne mit erstickenden Fischen, die es zum Mittagessen geben wird. Nicht daran gewöhnt, meinem künftigen Fischfilet Aug in Aug gegenüberzutreten, streife ich ein wenig beklommen meine Jacke über, schlüpfe in die schmutzigen Schuhe und wandere in den Nebel hinaus. Vorbei an der Scheune mit den Schwalbennestern unter dem Dach und dann an der niedrigen Mauer aus lose aufeinandergestapelten roten Ziegelsteinen entlang. Der Nebel gewährt immer nur einen kurzen Blick auf das weite, flache Land. Auf der Fernstraße, irgendwo jenseits der bleichen Schleier, hört man das Brummen von Dieselmotoren. Eine Elster fliegt laut keckernd hoch im Nebel.

Ich schlendere einen Feldweg entlang und weiche den Pfützen in den Reifenspuren aus. Ein Stück voraus zeichnet sich die Silhouette eines Baumes im Nebel ab. Die einzige Landmarke in einer Landschaft der Weite und des Zwielichts.

Als ich näher komme, entdecke ich einen Mann, der mit seiner blauen Stoffjacke und der dazu passenden Mütze so gar nicht mehr in das moderne China passen mag. Mitten im Nebel wirkt er wie ein Geist aus der Zeit des »großen Sprungs nach vorn«, als Agrar- und Industriereformen unzählige Tote forderten. Der Mann hat mich bemerkt. Er schenkt mir einen kurzen Blick. Doch ungerührt von meiner Anwesenheit nimmt er hauchdünnes gelbes Papier aus einer Plastiktüte, stapelt es auf einem trockenen Fleck und beschwert es mit einem zerbrochenen Ziegelstein. Er hält ein Feuerzeug an das Papier. Schnell lecken Flammenzungen über das Gelb. Rauch vermischt sich mit dem Nebel. Im Baum erklingt der keckernde Spott der Elster. Sie hat sich auf dem untersten Ast niedergelassen und sieht dem Alten zu. Der Bauer blickt zu ihr auf.

Das gelbe Papier steht für Gold und Geld. Es zu verbrennen heißt, es den Geistern zu opfern. Die Elster ist nun verstummt.

Ich sehe den beiden lange zu. Meine Frau findet mich

trotz des Nebels. Sie hat ein Gespür dafür, welche Orte mich anziehen. Schweigend zieht sie mich fort und erzählt mir auf dem Rückweg ins Dorf flüsternd, wer der Alte ist. Er hat sein ganzes Leben im Dorf verbracht. Vor über sechzig Jahren, während des Bürgerkriegs, war der Dorfbrunnen mit Diesel vergiftet worden. Deshalb wurde Wasser aus einem anderen Brunnen – auf den Feldern – geholt. Der Alte war damals der Jüngste in seiner Familie. Gerade groß genug, um zwei Eimer Wasser mit einem Joch zu tragen. An einem nebeligen, kalten Morgen mochte er nicht aufstehen, und sein Bruder ging an seiner Stelle. Bald darauf hörte man einen Schuss. Der Bruder war an einem Wegkreuz, zweihundert Meter vom Brunnen entfernt, bei einem alten Baum erschossen worden. Wer es getan hatte, wurde nie geklärt. Oder meine Frau will es mir nicht sagen …

Seit jenem Tag besucht der jüngere Bruder an nebeligen Tagen und am Gedenktag das Wegkreuz. Und dort erwartet ihn die Elster. Jedes Mal! Viele Chinesen glauben an die Wiedergeburt. Meine Frau ist überzeugt, dass der alte Bauer seinen Bruder trifft. Und dass die beiden schon seit Jahrzehnten Frieden miteinander geschlossen haben.

Solche Geschichten sind es, die mich zum Schreiben inspirieren und die manchmal auch Einzug in meine Romane finden.

TOD IM LABYRINTH

Diese minoischen Frauen waren wirklich atemberaubend. Hektor verdrehte die Augen, um seine Nachbarin zu mustern. Den Kopf wenden konnte er nicht, das wäre zu offensichtlich gewesen. Vielleicht würde er sie verärgern. Dass ihre Zunge scharf wie ein Dolch war, hatte die hübsche Narkissa in den letzten beiden Tagen schon mehrfach bewiesen. Von der höflichen Zurückhaltung, mit der man einen Gesandten und Krieger zu behandeln hatte, hielt sie offenbar nicht viel. Doch sah man von diesem Makel einmal ab, schien sie eine wirklich außergewöhnliche Frau zu sein.

Vielleicht war es auch eine Art Zauber, den sie auf ihn gelegt hatte? Aber selbst wenn das stimmte, er konnte wirklich nicht erkennen, welcher Schaden ihm daraus erwachsen sollte. Wenn sie jetzt nur noch einen kleinen Schritt nach vorn treten würde, um sich auf der niedrigen Steinmauer aufzustützen und in den Hof zu schauen! Dann würde ihr Profil noch wesentlich besser zur Geltung kommen.

»Wollt Ihr den Flötenspielern und Tänzern denn gar keine Aufmerksamkeit schenken? Immerhin seid Ihr Gast bei einem der bedeutendsten Feste zu Ehren der Großen Göttin.«

Verlegen räusperte sich Hektor. »Natürlich. Ich, ähm … ich habe gerade die wirklich bewundernswerten Steinmetzarbeiten dort drüben auf der anderen Seite des Hofes betrachtet. Ganz herausragend!«

»Herausragend?«

Hektor gab sich Mühe, nicht auf ihre nackten Brüste zu starren, sondern Narkissa geradewegs in die Augen zu sehen. Diese Mode! Mykenische Frauen würden sich das niemals erlauben ... leider.

»Vielleicht wird Euch der nächste Teil der Zeremonie mehr zusagen. Die Darbietung unserer Stiertänzer entflammt sicher eher die Begeisterung des tugendhaften Kriegers.«

»Gewiss!« Sein Blick wanderte schon wieder nach unten und ... zu weit nach unten. Das musste ein Zauber sein! Und er konnte sich einfach nicht dagegen wehren. Diese Weste ... im Grunde war ihr Gewand so verschieden nicht von denen, die die Frauen am Königshof von Mykene trugen. Der weite, bis fast auf den Boden reichende Rock aus steifem blauem Stoff, besetzt mit Bändern aus Fransen. Der breite Gürtel, der ihre schlanke Taille betonte. Ein wenig Schmuck, Armreife und goldene Ohrringe. Und dazu kam noch diese eng anliegende Weste, bestickt mit kleinen roten Mohnblüten. Wäre da nicht der viel zu tiefe Ausschnitt, der ihre Brüste vollkommen unbedeckt ließ.

Hektor grinste. Er dachte daran, wie sehr ihn seine Freunde beneidet hatten, als ausgerechnet er, obwohl er bei Hof ein Fremder war, für die Mission in Knossos ausgewählt wurde. Dass man ihn hier auf Kreta nicht gerade mit offenen Armen empfangen würde, war von vornherein klar gewesen. Doch was bedeuteten solche Kleinigkeiten schon, wenn auch nur die Hälfte von dem zutraf, was man sich über die minoischen Frauen erzählte.

Gut, wenn er ehrlich war, hatte es ihn schon ein wenig beunruhigt, dass der Priesterkönig ausgerechnet eine Totenpriesterin zum Empfang in den Hafen geschickt hatte. Deutlicher hätte der Herrscher kaum zeigen können, wie wenig er von einem Gesandten aus Mykene hielt. Aber durch so etwas ließe er sich nicht ängstigen! Schließlich stammte er von Theseus ab, von jenem Helden also, der die Minoer für ihren Hochmut gestraft hatte, von den Achaiern die schönsten Mädchen und Knaben als Tribut zu fordern. Genau genommen war diese Verwandtschaft zwar recht weitläufig, doch was zählte, war, dass er wenigstens ein bisschen vom Blut des Theseus in seinen Adern hatte.

Narkissa legte ihre schlanke, dunkle Hand auf seinen Arm. »Seht, das dort ist Tauros, der Auserwählte der Göttin.«

Auf der nördlichen Rampe war schwerer Hufschlag zu hören. Dann stürmte ein riesiger schwarzer Stier auf den sandbestreuten Hof inmitten der Palastanlage. Wild schnaubend warf er den Kopf in den Nacken, umrundete den Platz zur Hälfte, um schließlich einen Augenblick lang genau vor dem Treppenaufgang zu verharren, von dem aus Hektor das Geschehen beobachtete.

Der Stier war gewaltig. Sein Fell schimmerte blauschwarz, und schmale rote Leinenbänder waren um seine langen Hörner gebunden. In den Augen der Bestie glomm eine beängstigende Wildheit.

»Die Göttin lässt Euch grüßen. Sie hat diesen Stier ausgewählt, um unseren Bund mit ihr zu erneuern. Findet sie Gefallen an dem Fest und den Tänzern, dann wird sie uns nicht mit ihrem Zorn strafen, der die Erde erbeben und die Berge aufschreien lässt.«

Hektor nickte stumm. Er hatte von diesem Schauspiel schon gehört. Obwohl Thesesus den blutdürstigen Sohn der Pasiphaë erschlagen hatte, lebte der Stierkult noch weiter. Alles hier in Knossos schien auf geheimnisvolle Weise mit dem Stier verbunden zu sein. Überall im offenen Land gab es Altäre, an denen man ihm opferte, und sogar die Dächer der Paläste und Tempel rund um den großen Hof waren mit steinernen Stierhörnern geschmückt.

Verständnislos schüttelte Hektor den Kopf. Wie konnten solche Pracht und solche Grausamkeit von ein und demselben Volk ersonnen werden? Was für eine gnadenlose Herrin die Göttin der Kreter doch war! Sie würden jetzt unbewaffnete Männer und Frauen in den Hof stoßen, die der wilden Bestie wehrlos ausgeliefert waren.

Schrilles Flötenspiel erklang auf der gegenüberliegenden Palastterrasse, die von mächtigen roten Säulen gesäumt wurde. Die Töne schienen den Stier zu reizen. Schnaubend stürmte er quer über den Hof. Während das Tier abgelenkt war, traten zwei junge Männer und zwei Frauen aus der schmalen Tür, die vom großen Treppenhaus des östlichen Palasttraktes auf den Hof führte – direkt zu seinen Füßen.

Männer wie Frauen hatten langes schwarzes Haar. Vorn war es hochgesteckt und wurde durch bunte Bänder gehalten, sodass es ihnen nicht ins Gesicht fallen konnte. Im Nacken aber reichten ihre langen, kunstvoll gelockten Haarsträhnen bis weit auf den Rücken hinab. Sie trugen knappe Schurze, breite Gürtel und Sandalen, die die Waden halb hinaufreichten. Ihre Muskeln waren mit Öl eingerieben, das ihre Haut im Sonnenlicht hell glänzen ließ.

Der Stier schien bemerkt zu haben, dass hinter ihm etwas vor sich ging. Wild mit dem Schwanz peitschend warf er sich herum und stürmte den Tänzerinnen und Tänzern entgegen, die augenblicklich in verschiedene Richtungen auseinandereilten.

Offensichtlich verwirrt verlangsamte Tauros sein Tempo. Schnaubend blickte er den Fliehenden nach und entschied sich dann, einem der beiden Mädchen zu folgen.

Gebannt hielt Hektor den Atem an. Immer schneller schloss der Stier zu seinem Opfer auf. Wenige Augenblicke noch, und er würde die Tänzerin gnadenlos in den Staub trampeln.

Fast hatte Tauros das Mädchen erreicht, als einer der Knaben geradewegs unter seinen Hörnern hinweglief. Wutschnaubend warf sich die Bestie herum und folgte dem Herausforderer, während sich von der anderen Seite die zweite Tänzerin näherte. Noch bevor der Stier, der ganz auf sein neues Opfer fixiert war, die Akrobatin bemerkt hatte, setzte sie mit einem tollkühnen Satz über den Rücken der Bestie hinweg.

Vom Mut des schlanken, zierlichen Mädchens war Hektor wie gebannt. Die meisten Krieger, die er kannte, waren nicht so kaltblütig. Doch wie lange mochte das Spiel mit der wilden Bestie gut gehen? Was geschah, wenn der Läufer strauchelte, der die Aufmerksamkeit des Tauros auf sich gelenkt hatte.

Schon setzte einer der beiden Knaben zu einem weiteren Sprung an. Während der Stier sich verwundert der jubelnden Menge zuwandte, lief der Akrobat leicht schräg auf Tauros zu, setzte die Hände auf seinen Rücken und wollte sich so wie die Tänzerin über die Hinterhand schwingen, als er am schweißnassen Fell abrutschte und über den Rücken des Stiers hinweg zu Boden stürzte. Mit wütendem Schnauben und drohend gesenkten Hörnern drehte sich die schwarze Bestie herum.

Hektor kaute nervös auf seiner Unterlippe. Um den Tänzer war es geschehen! Im nächsten Augenblick versuchte der Knabe, sich mit einer Rolle im Sand außer Reichweite der Hörner zu bringen, als eine der Akrobatinnen hinzueilte und den Stier mit lauten Rufen ablenkte.

Der Achaier konnte aus den Augenwinkeln erkennen, wie Narkissa sichtlich aufatmete. Für eine Totenpriesterin erschien sie ihm recht mitfühlend.

Unter ihnen trat nun ein weiterer Akrobat auf den Hof. »Das ist Lyros«, raunte ihm Narkissa zu. »Er ist der geschickteste Stierspringer, den Knossos jemals gesehen hat. Ein Liebling der Großen Göttin. Und wollte man den Gerüchten am Hof glauben, dann liebt ihn nicht nur die Göttin.« Die Priesterin lächelte kokett.

Hektor konnte an dem Mann nichts Besonderes finden. Sein Schurz war vielleicht ein wenig besser gearbeitet, und den breiten Gürtel schienen goldene Bleche zu schmücken. Doch vielleicht war es auch nur polierte Bronze. In seinen Augen hatte Lyros nicht gerade viel zu bieten. Er war zu feingliedrig gebaut. Als Krieger wäre er wahrscheinlich nicht zu gebrauchen. Vermutlich würde er einen Speer kaum zwanzig Schritt weit schleudern können. Also – wenn das die Männer waren, die die Herzen der Frauen in diesem Palast betörten, dann würde sich sein Aufenthalt in Knossos womöglich völlig anders gestalten, als er erhofft hatte.

Missmutig beobachtete Hektor den neuen Akrobaten. Zunächst verhielt er sich nicht anders als die anderen Tänzer auf dem Platz. Er reizte den Stier, lenkte ihn von gefährdeten Akrobaten ab und machte hin und wieder ein paar geckenhafte Luftsprünge, die – wie es schien – eher den Hofdamen als der Großen Göttin gewidmet waren.

Dann setzte Lyros zu seinem ersten Stiersprung an. Tauros war gerade durch eine der Tänzerinnen abgelenkt, als sich der Akrobat auf den schweißglänzenden Rücken der Bestie aufstützte, um dann in einem Salto über ihn hinwegzuspringen und damit alle bisher gezeigten Sprünge zu überbieten.

Mit ausgestreckten Armen fand er die Balance wieder. Kurz verneigte sich Lyros vor der Terrasse des Priesterkönigs und beeilte sich dann, aus der Reichweite des Stiers zu kommen. Dicht an den Innenwänden des Hofes entlanglaufend, überließ es der Akrobat zunächst den anderen Tänzern, den Stier weiter zu reizen und zugleich beschäftigt zu halten. Hektor hatte den Eindruck, dass der Mann auf etwas wartete.

Ein göttliches Zeichen vielleicht ... oder irgendetwas Ähnliches. Jedenfalls ließ Lyros den Stier nicht einen Atemzug lang aus den Augen.

Das Flötenspiel der Musiker schien schriller geworden zu sein. Alle Gespräche unter den Zuschauern waren verstummt. Jeder beobachtete gespannt Lyros' tänzelnde Schritte. Der Akrobat hatte seine übermütige Leichtigkeit abgelegt.

Tauros stand jetzt so nahe an der Treppe, dass der Achaier das Funkeln in seinen dunklen Augen sehen konnte. Der Stier wirkte vom Spiel der Tänzer verwirrt.

Plötzlich stieß sich Lyros wie ein Pfeil, der von der Sehne des Bogens fliegt, von der Mauer ab und rannte geradewegs auf den Stier zu. Die Bestie verharrte und scharrte unruhig mit den Hufen im Sand. Immer noch lief der Akrobat in gerader Linie auf Tauros zu.

Der Stier stieß ein wildes Schnauben aus. Dann stürmte auch er los. Keiner der anderen Tänzer war in der Nähe, um die Bestie abzulenken. Was sollte das werden? Jetzt beugte sich auch Hektor vor, um besser sehen zu können. Der Kerl musste verrückt geworden sein, daran konnte es nicht den geringsten Zweifel geben!

Nur wenige Schritte trennten Stier und Tänzer noch voneinander. Lyros hatte seine Arme so vorgestreckt, als sollten sie ihm als Hörner dienen. Einen Moment lang musste Hektor an zwei Bullen denken, die auf der Weide um die Vorherrschaft in der Herde kämpften.

Tauros hatte seine Hörner gesenkt, um sie Lyros in den Leib zu rammen. Der Tänzer schaffte es, dem tödlichen Stoß zu entgehen, indem er sich im allerletzten Augenblick vorstreckte und die Hörner von oben mit den Händen so fest umschloss, als wollte er sich mit aller Kraft abstoßen und einen Salto über den Rücken des Stiers hinweg schlagen.

Doch irgendetwas schien an dem Kunststück missglückt

zu sein. Mit blassem, schmerzverzerrtem Gesicht lockerte der Tänzer einen kurzen Moment lang seinen Griff.

Der Stier warf den Kopf in den Nacken, doch statt sich abzustoßen und dabei die Kraft des Ungeheuers zu nutzen, kam Lyros jetzt völlig aus dem Gleichgewicht, und dann schrammte ein Horn des Monstrums über seine Rippen. Ein erschreckter Aufschrei ging durch die Reihen der Zuschauer. Der Akrobat rutschte nun vollends ab und geriet unter die Hufe der vorwärtsstürmenden Bestie.

Die anderen Tänzer kamen herbeigelaufen, um den Stier abzulenken. Doch diesmal ließ sich Tauros in seiner Wut nicht beirren. Schnaubend wendete er und stürmte vorwärts, die mächtigen, fast armlangen Hörner so tief gesenkt, dass sie den Sand des Hofs beinahe berührten.

Lyros versuchte taumelnd, auf die Beine zu kommen, und hob verzweifelt die Arme, als könnte er den Stier dadurch aufhalten. Vergebens. Diesmal trafen die Hörner des Ungeheuers den Tänzer in der Brust. In wildem Triumph warf der Stier den Kopf in den Nacken, sodass Lyros' Leib mit grotesk verdrehten Gliedern durch die Luft geschleudert wurde.

Dann endlich erreichten die anderen den Stier, und während sich rundherum auf den Dächern des Palastes lautes Klagegeschrei erhob, versuchten sie, den Tauros zur nördlichen Rampe zu locken und vom Hof zu bringen.

Hektor war erschüttert. Das also war das Schicksal, das jene unglücklichen Knaben und Jungfrauen erwartet hatte, die in alter Zeit auf die Schiffe der Kreter gezerrt worden waren, dachte er bitter. Doch damit war es nun vorbei! Die Könige Achaias waren nun stark. Sie hatten die Insel Dia von der kretischen Tyrannei befreit, und vielleicht würden ihre Schiffe schon bald in den Buchten der Stierinsel ankern.

★

Zwei Novizinnen hatten Lyros' Körper vor ihr auf den großen Steintisch gelegt und sich schweigend zurückgezogen. Der Leichnam war schon von Blut und Schmutz gesäubert worden. Narkissas Aufgabe war es nun, ihn für die weite Reise zur Großen Göttin vorzubereiten.

Nachdenklich musterte sie den zerschundenen Körper. Alle Tänzerinnen und Tänzer wussten, dass sie eines Tages von der Göttin gerufen würden. Es galt als eine Auszeichnung, für sie zu sterben. Unter den Stierspringern gab es keinen, der alt wurde. Dafür waren sie etwas Besonderes. Und Lyros … sein schlanker Körper hatte in vielen Frauenarmen gelegen. Wie kaum ein anderer hatte er es verstanden, junge Mädchen zu betören. Gewiss, er war ein wirklich guter Akrobat gewesen, doch dann hatte er begonnen, sich für einen Auserwählten zu halten. Seine Vermessenheit musste ihm zu Kopf gestiegen sein, deshalb hatte Narkissa auch damit gerechnet, dass die Göttin Lyros schon bald in ihr Gefolge aufnehmen würde, bevor er in seinem Wahn Schaden anzurichten anfing.

Mit elfenbeinernem Kamm strich ihm die Priesterin das lange, noch nasse Haar aus dem Gesicht. Sie würde viel Zeit brauchen, seine Glieder zu richten, ihn einzuölen und zu schminken. Sanft schloss sie die dunklen Augen, in denen noch immer sein fassungsloses Entsetzen gefangen schien.

Dann nahm sie eine der kleinen, liliengeschmückten Amphoren, die hinter ihr an der Wand standen, und goss etwas von dem würzig duftenden Totenöl in eine flache Schale.

Zunächst wollte sie noch einmal seine Wunden säubern. Ein kleiner Stapel von Leinentüchern türmte sich auf dem kalten Steintisch. Sie waren erst vor wenigen Tagen von den Novizinnen gewebt worden. Vorsichtig tauchte Narkissa das jungfräuliche Tuch in das Öl und begann dann die tiefe Schramme auf der Brust des Akrobaten abzutupfen.

Sie musste wieder an Hektor denken. Der Tod des Tänzers schien all seine Vorurteile zu bestätigen. Er hielt dieses Ritual offensichtlich für ein primitives Menschenopfer, und was er gesehen hatte, würde ihn in seiner Meinung sicher bestätigen. Dass alle Tänzerinnen und Tänzer ihre Kunst mit dem Stier *freiwillig* maßen, war ihm nicht verständlich zu machen. Ebensowenig, wie er einsehen wollte, dass es ihrer aller Erfüllung war, eines Tages von der Göttin gerufen zu werden.

Narkissa schüttelte den Kopf. Was verschwendete sie überhaupt auch nur einen Gedanken an diesen Barbaren. Vermutlich würde man sogar in einem Olivenkern mehr Geist und Feinsinn versammelt finden als in diesem muskelbepackten Achaier. Er hatte doch tatsächlich geglaubt, sie damit beeindrucken zu können, dass Theseus zu seinen Ahnen zählte. Noch immer verfluchte man seinen Namen in Knossos. Hatte dieser Achaier doch nicht nur den Sohn der Parsiphaë erschlagen, sondern auch noch die heiligen Stiere der Göttin getötet und die Prinzessin Ariadne entführt, nur um sie geschändet und allein auf der Insel Dia zurückzulassen. Wenigstens hat der Fluch der Göttin Theseus getroffen, sodass Felsen und Klippen seinem Geschlecht fortan zum Verhängnis wurden.

Mit seinem kriegerischen Gebaren schien sich Hektor nicht im Geringsten von seinem Ahnen zu unterscheiden. Der König hatte schon recht, als er befahl, auf diesen ungeliebten Gast ein Auge zu haben … Doch dass er ausgerechnet sie damit betrauen musste!

Gewiss, einen Achaier konnte man nicht einfach alleine lassen. Vermutlich hatte ihn der König von Mykene nur geschickt, um auszukundschaften, ob der Palast eine lohnende Beute war. Narkissa kannte eine Priesterin, die die Plünderung des Heiligtumes auf Dia überlebt hatte. Wenn sie deren

Worten glauben wollte, dann hatten sich die Achaier wie wilde Tiere aufgeführt. Nicht einmal das hölzerne Standbild der Göttin hatten sie verschont. Die perlengeschmückten Gewänder waren ihr von dem heiligen Leib gerissen worden, und nachdem das Heiligtum geplündert war, hatte man es einfach niedergebrannt.

An diesem Nachmittag waren ihr Hektors Blicke geradezu unangenehm. Was für ein Verhältnis mochten diese Männer nur zu ihren Frauen haben? Nach allem, was man so hörte, war den Achaiern durchaus zuzutrauen, dass sie wegen einer Frau eine blutige Fehde oder sogar einen Krieg begannen. Doch hatten sie ihr Weib erst einmal heimgeführt, war es nur noch für Haus und Kinder gut. Wo Männer sprachen, hatten Frauen zu schweigen und ...

Die Priesterin stutzte. Sie hatte den Toten ein wenig zur Seite gedreht, um seinen Rücken nach Verletzungen zu untersuchen. Dabei war ihr Blick auf ein blutiges Mal gefallen, in der Hand des Akrobaten. Die Novizinnen hatten es wohl übersehen.

Vorsichtig tupfte Narkissa die Handverletzung mit Öl ab. Es war ein tiefer Einstich, der so aussah, als hätte er in einen spitzen, abgebrochenen Ast oder einen sehr dicken Dorn gegriffen. Eine Wunde, die sich deutlich von den übrigen Verletzungen unterschied und unmöglich von den mächtigen Hörnern des Stiers stammen konnte.

Die Priesterin versuchte sich noch einmal die genauen Umstände des Unfalls ins Gedächtnis zu rufen. Lyros war also auf den Stier zugelaufen, elegant dem Stoß des Tauros ausgewichen, um dann nach den Hörnern zu fassen und seinen Salto zu machen. In diesem Augenblick war er jedoch gestrauchelt. Etwas musste ihn veranlasst haben, das linke Horn des Stiers wieder loszulassen.

Wieder betrachtete Narkissa die Wunde. War sie der

Grund dafür, dass Lyros verunglückt war? War es vielleicht gar nicht der Wille der Göttin gewesen, dass er starb? Doch woran sollte er sich verletzt haben? Das Horn eines Stiers war doch völlig glatt! Hätte er aber schon vorher eine Verletzung in der Hand gehabt, dann wäre er mit Sicherheit nicht gesprungen.

Doch es konnte auch nicht der Zorn der Göttin gewesen sein, der ihn ereilt hatte. Sie hätte ihn niemals während des Rituals bestraft. Unter den Hörnern ihres Stieres zu sterben, war in jedem Fall eine Ehre, keine Strafe! Sie kannte andere Wege, Frevler zu richten.

Unter all den toten Stierspringern und Tänzerinnen, die schon auf diesem Steintisch gelegen hatten, war niemals jemand mit einer solchen Wunde gewesen. Wenn aber nicht die Göttin für Lyros Unfall verantwortlich war, wer dann? Sollte tatsächlich jemand gewagt haben, einen der heiligen Stiere für niedere Rache zu missbrauchen? Ausschließlich die Priesterschaft hatte Zugang zu den Ställen der heiligen Stiere. Doch wer mochte verzweifelt genug sein, sich an der Göttin zu vergehen? Eine enttäuschte Liebhaberin vielleicht? Narkissa hatte gehört, dass erst vor Kurzem eine hochgestellte Priesterin von ihren Ämtern zurückgetreten war. Triada war ihr Name. Doch war es möglich, dass sie so tief gesunken sein konnte? Für einen Frevel an den heiligen Stieren würde die Göttin womöglich die ganze Insel strafen! Narkissa verwarf den Gedanken wieder. Auch wenn sie Triada nicht kannte, so erschien es ihr doch unmöglich, dass eine Priesterin, die einmal die höheren Weihen erreicht hatte, sich derart an der Großen Göttin versündigte. Es musste jemand anders hinter dem Frevel stecken.

★

Die ganze Nacht über hatte der Gedanke an einen Frevel am heiligen Stier Narkissa keine Ruhe gelassen. Sie musste Gewissheit erlangen, was mit Lyros geschehen war. Wenn sich irgendjemand an den Hörnern des Tauros zu schaffen gemacht haben sollte, dann würde es vielleicht Spuren geben, die den Frevler entlarvten. Vielleicht war sie auch von der Göttin selbst zum Werkzeug der Rache auserwählt worden?

Doch zunächst einmal hatte sie sich im Auftrag des Königs um den Gast zu kümmern. Der Achaier wartete sicher schon auf sie. Allein der Gedanke daran, mit diesem ignoranten Dummkopf wieder einen ganzen Tag verbringen zu müssen, brachte ihr Blut zum Kochen. Und freundlich musste sie auch noch sein. Schließlich war er ein Gast des Palastes.

Jedes Mal, wenn dieser Wilde sie auch nur ansah, konnte Narkissa geradezu spüren, dass er sich für mindestens so unwiderstehlich wie sein Urahn Theseus hielt. So wie Hektor diese Geschichte erzählte, war Ariadne dem Plünderer in blinder Liebe gefolgt. Was für ein Unsinn! Als könnte eine kretische Prinzessin jemals einen grobschlächtigen Achaier lieben! Aber vielleicht könnte sie sich Hektors Dummheit ja zunutze machen und, ohne dass er etwas merkte, dem Frevel am Heiligen Stier nachspüren.

★

Narkissa hatte ihn heute zu einem Spaziergang eingeladen. Abgesehen von der Reise nach Knossos war es das erste Mal, dass er sich außerhalb des Palastes bewegen durfte. Aufmerksam hatte er die Straßen gemustert und nach versteckten Verteidigungsanlagen Ausschau gehalten. Doch es war tatsächlich so, wie die Kaufleute es Elektryon, dem König von Mykene, berichtet hatten: Es gab keine Stadtmauern und keine Burg. Knossos schien förmlich darauf zu warten, erobert zu werden. Das Einzige, womit sich die Kreter verteidigen konnten, war ihre Flotte. Wäre sie erst einmal besiegt, hätten Eroberer auf der reichen Insel leichtes Spiel.

Der König würde sich freuen, dies zu erfahren. Jetzt müsste er nur noch herausfinden, ob die Kreter vielleicht tiefer im Land noch Burgen besaßen, überlegte Hektor, und wie viele Truppen sie zusammenziehen könnten. Dann hätte er alle Informationen, die sein Herrscher für einen Angriff auf die Insel benötigte.

Hektor konnte nicht begreifen, wie sich die Kreter so sicher fühlen konnten. Die Zeiten, in denen man an den Küsten der Achaier vor ihren Schiffen gezittert hatte, waren lange vorbei. Doch ihre Töpferwaren und Bronzewaffen waren noch immer von Mykene bis hin zum fernen Mari berühmt und unübertroffen.

»Seht Ihr die Wiese dort drüben?« Narkissa war stehen geblieben und wies auf einen Hügel, auf dem Gras und roter Mohn blühten. »Dort im Schatten der Olivenbäume, da weidet Tauros.«

Mit klammem Gefühl blickte Hektor zu dem Stier hinüber. Die Weide war von einer niedrigen Mauer aus Bruchstein umgeben. Aus der Ferne wirkte das Monstrum ganz friedlich. Doch nach dem, was er gestern auf dem Palasthof gesehen hatte, würde er einen weiten Bogen um dieses Ungeheuer machen. Warum hatte ihn Narkissa überhaupt hierher geführt?

»Ihr sagt doch, dass der berühmte Theseus Euer Ahne sei?«

Ein verführerisches Lächeln spielte um die Lippen der Priesterin. Hektor nickte. Er hatte gewusst, dass Narkissa ihm nicht auf Dauer widerstehen konnte. Wahrscheinlich war sie ihm schon längst verfallen, so wie Ariadne einst in Liebe zu seinem Ahnen entflammt war. Vermutlich musste sie all ihre priesterliche Würde aufbieten, um ihm nicht offen ihre Liebe einzugestehen. Sein Blick fiel wieder auf ihren verführerischen Ausschnitt. Er würde ihr nicht lange Widerstand leisten! »Gewiss, Theseus war der Vater meines Großvaters Akamas.«

»So seid Ihr doch sicher kein geringerer Held als Euer Ahne, der mit Ariadne und Phaidra gleich zwei Töchter des Minos verführte. Was für ein Mann er doch gewesen sein muss!«

Der direkte Vergleich mit seinem Ahnen machte Hektor ein wenig verlegen. »Nun, ich bemühe mich, hinter dem Mut des Theseus nicht zurückzustehen.«

»Würdet Ihr mir einen kleinen Gefallen tun?«

»Aber gewiss. Wer könnte angesichts Eurer Schönheit auch nur einen Augenblick zögern, sein Leben zur Erfüllung Eurer Wünsche zu geben.«

»Ihr schmeichelt mir.« Narkissa blickte verlegen zu Boden. »Man hat mir berichtet, dass eines von Tauros' Hörnern gestern Schaden genommen hat. Glaubt Ihr, Ihr könntet zu dem Stier hinübergehen und mir sagen, welcher Art der Schaden ist?«

Hektor schluckte. Was sollte das? Musste er ihr vielleicht erst beweisen, dass er ein Krieger war? »Warum fragt Ihr nicht den Tempeldiener, der den Stier auf die Weide getrieben hat. Er wird es doch wissen.«

»Da scheint wirklich nicht mehr viel von Theseus' Blut in Euren Adern zu fließen. Er hat den Minotaurus mit bloßer Hand erschlagen, und Ihr fürchtet Euch, in die Nähe eines friedlich weidenden Stiers zu gehen.«

»Friedlich weidender Stier ...« Eine solche Beleidigung konnte er nicht auf sich sitzen lassen. Seine Ehre als Krieger war in Gefahr. Mit Sicherheit würde Narkissa es weitererzählen, wenn er vor dieser Mutprobe zurückschreckte.

Oder steckte womöglich etwas anderes dahinter? Nachdenklich blickte er die schlanke, zierliche Priesterin an. Sollte das etwa ihre Art sein, ihm ihre Zuneigung zu zeigen? Gab sie ihm Gelegenheit, sich vor ihren Augen zu bewähren, um zu erfahren, ob er ihre Liebe verdiente? Die Geschichte mit dem Stierhorn klang zu unglaubwürdig. Das konnte nicht der wahre Grund sein, warum er sich dem Stier nähern sollte.

Hektor lächelte. »Du glaubst, ich hätte Angst?« Er öffnete die Schnalle des Ledergurtes, der über seine Schulter lief, und ließ den Bronzedolch, die einzige Waffe, die er bei sich trug, zu Boden gleiten. »Wenn mein Ahnherr mit bloßen Händen zum Minotaurus ging, wäre es eine Schande, täte ich es ihm nicht gleich.« Mit einem Sprung setzte er über die Mauer aus Bruchsteinen, die die Weide von der Straße zur Stadt trennte.

Der Achaier spürte, wie sein Herz schneller schlug. Warum tat er das? Sie hatte ihm nicht einmal etwas dafür versprochen! Er musste verrückt sein! So hatte er sich seinen Auftrag hier in Knossos nicht vorgestellt. Eine Schlacht, ein Kampf von Mann zu Mann, davor hatte er keine Angst. Aber diese schwarze Bestie dort oben. Vermutlich war sie von irgendeinem bösen Geist besessen, der danach gierte, Menschenblut zu trinken.

Langsam stieg er den Hügel hinauf. Der Stier hatte ihn bemerkt. Sein Schwanz zuckte nervös. Tauros wandte den Kopf und blickte ihn an. Hektor blieb stehen. Jetzt bloß nicht den Argwohn dieser Bestie wecken. Wenn er den Stier nicht reizte, würde der ihm vielleicht nichts tun.

Warum hatte er sich nur auf diesen Unsinn eingelassen? Ob Theseus dasselbe gedacht hatte, als er unbewaffnet in das Labyrinth des Minotaurus geschickt worden war? Aber sein Urahn wusste wenigstens, dass es draußen eine Ariadne gab, die mit ihm bangte. Hektor blickte zu Narkissa zurück. Die Priesterin nickte ihm aufmunternd zu weiterzugehen. Er durfte sich nicht vor ihr blamieren!

Der Stier sollte auf keinen Fall merken, dass er Angst hatte. Hektor kniete nieder und rupfte ein paar Büschel Gras aus der trockenen Erde. Er muste ihm etwas zum Fressen anbieten. Das würde Tauros am ehesten friedlich stimmen. Vorsichtig näherte sich Hektor ein weiteres Stück. Höchstens zwanzig Schritt trennten ihn jetzt noch von dem Stier.

Tauros schnaubte unruhig. Wieder blieb der Achaier stehen. Wäre er nur in Mykene geblieben! Seine verdammte Abenteuerlust war schuld daran, dass er jetzt hier war. Wenn er je wieder lebend an den Hof von Elektryon zurückkehrte, würde er dafür sorgen, dass den Göttern ein Stier geopfert wurde. Ja, den schönsten Stier der Argolis würde er den Göttern opfern, wenn sie ihm nur jetzt … hier … beistünden …

Tauros scharrte mit den Hufen. Wie versteinert blieb Hektor stehen. Verdammt! Jetzt war es um ihn geschehen. Diese Bestie betrachtete ihn ganz offensichtlich als einen Herausforderer. Warum konnte ihn das blöde Vieh nicht einfach herankommen lassen und das Gras fressen, das er gepflückt hatte, sodass er einen kurzen Blick auf seine verfluchten Hörner werfen konnte.

Als könnte der Stier seine Gedanken lesen, stürmte er wutschnaubend los. Hektor wollte schon fortlaufen, doch seine Beine gehorchten ihm nicht. Er musste an Lyros denken. Der Tänzer hatte keine Angst gehabt, als ihm der Stier entgegengestürmt war.

Noch zehn Schritt. Bald wäre es um ihn geschehen. Tauros senkte die Hörner, um ihn zu durchbohren.

Noch fünf Schritt. Hätte er wenigstens seinen Dolch noch!

Drei Schritt. Zum Weglaufen war es nun zu spät! Er müsste …

Jetzt! Mit einem Hechtsprung wich der Achaier dem Stoß des Stieres aus. Nur zwei oder drei Handbreit hatten gefehlt. Eilig rappelte sich Hektor auf. Diesmal war er noch entkommen.

Allerdings war das Gelände zu seinen Gunsten beschaffen. Auf dem steinigen Hang konnte der Stier nicht so gut bremsen und die Richtung wechseln. Aber viel Zeit würde ihm nicht bleiben. Mit einem Satz war Hektor auf den Beinen und rannte die Hügelflanke hinab.

Tauros hatte inzwischen gewendet und hielt erneut auf ihn zu. Schräg von vorn stürmte er Hektor entgegen, um ihm den Weg abzuschneiden. Der Achaier fluchte. Er hätte schon über die Flügel des Daedalus verfügen müssen, um es noch bis zur rettenden Mauer zu schaffen! Was für ein Ende für einen der gewandtesten Krieger Mykenes!

Hektor blieb stehen. Wenn er schon sterben sollte, dann wollte er wenigstens nicht auf der Flucht vom Tod ereilt werden. So wie Lyros entschied er sich, dem Ungeheuer zu begegnen.

Der Achaier streckte die Arme vor und lief los. Er hatte nicht weniger Mut als dieser Tänzer! »Für Narkissa!«, brüllte er, um sich selbst Mut zu machen. Es war immer besser, mit einem Schlachtruf auf den Lippen dem Untergang entgegenzueilen. Die Götter liebten die mutigen Krieger. Vielleicht würden sie ihm ja helfen.

Der Stier hatte ihn fast erreicht. Nur noch wenige Schritte … Schade, dass er niemals erfahren würde, ob die kretischen Frauen wirklich etwas so Besonderes waren …

Bei Zeus, er hatte es doch geschafft. Gerade hatte er den Stier bei den Hörnern gepackt. Tauros warf den Kopf in den Nacken. Es gab einen solchen Ruck, dass Hektor für einen

Augenblick glaubte, ihm würden die Arme aus den Schultern gerissen. Einen Herzschlag lang fühlte er sich leicht wie ein Vogel, dann schlug er auf dem Boden auf. Grelle Lichtpunkte tanzten vor seinen Augen.

Irgendwo hörte er jemand schreien. Benommen rappelte er sich auf. Narkissa war über die Mauer gestiegen und lenkte den Stier ab.

Taumelnd kam Hektor auf die Beine. Er durfte nicht zulassen, dass ihr etwas passierte! Warum war sie nur so weit entfernt? Irgendwie drehte sich alles. Stand Narkissa vor einem offenen Tor?

Ihm war schlecht. Der Hügel, die Olivenbäume. Alles schien ihm entgegenzustürzen. Er musste Narkissa helfen. Sie würde niemals mit dem Stier fertig werden …

Hektor strauchelte. Etwas Warmes lief seinen Arm hinunter. Er musste …

★

Sie hätte nicht dieses Spiel mit ihm treiben dürfen! Dass Tauros keinen Achaier auf der Weide dulden würde, hätte sie auch vorher schon wissen können! Nach dem, was auf Dia geschehen war, hasste die Große Göttin diese grobschlächtigen Eroberer. Sie hätte wissen müssen, dass Tauros ihn angreifen würde.

Hoffentlich würde dieser heldenhafte Trottel nicht sterben! Narkissa strich ihm sanft über die Stirn. »Hektor?« Er hatte das Bewusstsein verloren. Noch einmal musterte die Priesterin aufmerksam die Wunde. Der Stier hatte ihm eine tiefe Schramme am linken Oberarm beigebracht. Um die Blutung zu stillen, hatte sie einen breiten Stoffstreifen von ihrem Rock gerissen und mit ihrem Gürtel die Wunde abgebunden.

Zum Glück war sie rechtzeitig bei dem Gatter zur angrenzenden Weide angelangt. Sie hatte den Stier dort hinübergelockt, war über die Mauer gesprungen und hatte sofort das Gatter verriegelt. Jetzt waren sie vor Tauros sicher.

Narkissa musste an das denken, was der Priesterkönig mit ihr täte, wenn er erfuhr, was hier geschehen war. Auch wenn der Achaier alles andere als beliebt war, so war er doch ein Gast des Königs – und sie für ihn verantwortlich. Und was hatte sie getan? Aber warum hatte dieser Trottel sie mit seinem Gerede über seinen Ahnen Theseus auch so gereizt? Es war nicht ihre Absicht gewesen, sein Leben zu riskieren.

»Hektor?« Der Krieger regte sich nicht. Sie musste ihn hier wegbekommen. Bis jetzt hatte sie Glück gehabt. Offensichtlich hatte niemand den Vorfall beobachtet. Doch war es nur eine Frage der Zeit, bis jemand auf der Straße unten am Hügel vorbeikam.

Wenn der Kerl nur nicht so groß und schwer wäre! Sie versuchte Hektor unter den Achseln zu packen und den Hang hinabzuzerren, doch das war aussichtslos. Außerdem musste sie vorsichtig sein, sonst würde sich seine Wunde wieder öffnen.

Verzweifelt blickte sie auf den Krieger. Was war er nur für ein Mann? Für einen Barbaren schien er ihr im Grunde recht hübsch. Er machte sich sogar die Mühe, sein Kinn und die Wangen zu rasieren. Und wie er sich dem Stier gestellt hatte, das war schon mutig gewesen. Offensichtlich hatte er einen Salto über den Rücken des Tauros machen wollen. So wie Lyros hatte er den Stier bei den Hörnern gepackt ... doch es fehlte ihm einfach an Übung. Statt einen Salto zu machen, war er übel gestürzt und ...

Er hatte den Stier bei den Hörnern gepackt! Narkissa nahm Hektors Rechte. Sie war unverletzt! Nicht die kleinste Schramme! Wie konnte das sein?

Stöhnend schlug er die Augen auf. Einen Moment lang blinzelte er verwirrt. Dann schien er sich an das zu erinnern, was geschehen war. Matt lächelte er. »Ich hoffe, ich habe es besser gemacht … als mein Urahn?«

Narkissa strich ihm sanft über die Hand. Offenbar war er noch ganz verwirrt. »Gewiss, Ihr seid sehr mutig gewesen.«

»Ich habe wirklich an mich halten müssen … ihn nicht … mit bloßen Händen zu erschlagen. Aber ich wollte Euch … nicht verärgern … schönste Narkissa.«

Narkissa lachte. Er war verrückt. Aber die Verwirrten waren die Lieblinge der Götter. Musste man nicht sogar verrückt sein, um ein Held zu werden.

Hektor hielt ihre Hand fest. Plötzlich wirkte er ernster.

»Es tut mir leid. Aber ich bin nicht dazu gekommen, mir seine Hörner anzusehen. Ich fürchte, wir werden ein paar Tage warten müssen, bis ich es noch einmal versuchen kann.«

Das konnte doch nicht sein Ernst sein! Narkissa schüttelte den Kopf. »Wir werden einen anderen Weg finden.« Irgendwie rührte sie dieser ignorante Tollpatsch plötzlich. Er hatte seine Worte wirklich ernst gemeint. Er würde noch einmal auf die Stierweide gehen, dabei wusste er noch nicht einmal, wofür er seinen Kopf riskierte.

»Ihr müsst nicht denken, ich hätte Angst. Ich …«

Narkissa fuhr ihm sanft mit der Hand über die Lippen, um ihn zum Schweigen zu bringen. »Ich habe auch keine Angst um Euch. Ich mache mir eher Sorgen um den Stier. Schließlich weiß ich jetzt, dass Ihr ihn mit bloßen Händen erschlagen könntet, mein Held.«

★

Hektor war gründlich durcheinander. Unruhig schritt er die von Säulen gesäumte Vorhalle des Megaron auf und ab.

Dabei vermied er es, Narkissa in die Augen zu sehen, wenn er an ihr vorbeikam. Dafür spähte er ab und zu zur Tür, die zum Thronsaal führte. Was erwartete sie beide hier?

Bis vor einer Stunde war alles so gelaufen, wie er es erwartet hatte. Nachdem Narkissa gesehen hatte, dass er bereit war, sein Leben für sie zu riskieren, hatte sie sich von ihm verführen lassen. Na ja, vielleicht hatte auch sie ihn ein wenig verführt... Aber das war im Grunde gleich. Worauf es ankam, war: Alles war so gelaufen, wie man es von Frauen zu erwarten hatte. Jedenfalls bis vor einer Stunde. Nachdem sie sich geliebt hatten, war sie dann mit dieser Geschichte herausgerückt, und plötzlich geriet alles durcheinander.

Wenn er dem, was sie ihm erzählt hatte, Glauben schenkte, dann hatte sie ihn einfach nur benutzt. Eine Frau hatte einen Mann benutzt! Das war... dafür gab es keine Worte. Und das war das Schlimmste! Er war nicht einmal in der Lage gewesen, ihr zu sagen, was er davon hielt! Das hatte er nun davon, dass er sich auf eine Priesterin eingelassen hatte. Bestimmt hatte sie ihn verzaubert! Vielleicht sollte er eine Hexe aufsuchen, die in der Lage war, den Bann von ihm zu nehmen? Aber sie wich ja nicht von seiner Seite. Der Achaier warf der Priesterin einen verstohlenen Blick zu. Was der König wohl von ihnen wollte?

Eigentlich hatte sich Hektor auf sein Zimmer im südlichen Palasttrakt zurückziehen wollen. Dringend wollte er über das nachdenken, was ihm widerfahren war. Seine Verletzung machte ihm auch mehr zu schaffen, als er Narkissa eingestand.

Als sie in den Palast zurückkehrten, waren sie beide argwöhnisch gemustert worden. Jedenfalls glaubte er, das gespürt zu haben. Konnte man ihnen vielleicht ansehen, was geschehen war?

Wieder blickte er verstohlen zu Narkissa, die am anderen Ende des Säulenganges stand. Sie schien ganz ruhig zu sein.

Wie sie es wohl geschafft hatte, in der kurzen Zeit, die ihnen verblieben war, ein neues Gewand anzulegen? Ihm war dies nicht mehr gelungen. Kaum dass er sich in seinem Zimmer zur Ruhe gelegt hatte, war ein Palastdiener erschienen und hatte erklärt, dass König Deukalion ihn zu sprechen wünsche. Nun, die Wünsche eines Königs waren Befehle. So hatte er sich aufgerafft, den Staub aus seinen Kleidern geklopft, das geronnene Blut von seinem Arm gewaschen und war dem Diener gefolgt.

Der Höfling brachte ihn über das prächtige Treppenhaus, von dem aus sie den Stierspringern zugesehen hatten, zum Megaron des Königs.

Narkissa hatte bereits in der Säulenhalle gewartet. In welchem Teil des Palastes sie wohl ihr Gemach hatte? Obwohl er bereits seit mehreren Tagen am Hof des Deukalion verweilte, fand sich Hektor hier einfach nicht zurecht. In Mykene nannte man den Palast Labyrinth, was so viel wie das Haus der Doppelaxt hieß, eine Bezeichnung, die diesem Wirrwar aus Gängen, Gemächern und Lichthöfen nicht gerecht wurde. Er sollte dafür sorgen, dass sich diese unpräzise Bezeichnung nicht durchsetzte. Die Anlage war so weitläufig und unübersichtlich, dass er ohne fremde Hilfe nicht einmal mehr in sein eigenes Gemach zurückfand.

Schritte schreckten Hektor aus seinen Gedanken auf. Narkissa kam den Gang hinunter und blieb auf weniger als Armeslänge vor ihm stehen. Sie schien durch die überraschende Audienz beim König nicht weniger verwirrt als er selbst. Verlegen lächelte die Priesterin. »Ich fürchte, es hat sich bereits herumgesprochen, dass du dich verletzt hast. Es wird Schwierigkeiten geben.«

Seltsam, eben war er noch wütend auf sie gewesen, doch jetzt, als sie so vor ihm stand … Hektor räusperte sich. »Lass mich das regeln! Ich weiß, wie man mit Königen umgeht.«

»Glaubst du vielleicht, ich sei nicht in der Lage, für das einzustehen, was ich getan habe?« Stolz hob sie den Kopf und warf ihm einen vernichtenden Blick zu. »Ich werde nicht dulden, wenn du dich in meine Angelegenheiten mischst.«

»Aber ich will doch nur ...« Die hölzerne Tür zum Thonsaal schwang auf, und eine Frau in weißem, schmucklosem Gewand trat heraus. »Der König wünscht Euch zu sehen.«

Narkissa nickte schicksalsergeben.

Dieses dickköpfige Weib! Konnte sie sich nicht ein einziges Mal so verhalten, wie es sich für eine Frau gehörte. Hektor folgte ihr.

Sie betraten einen kleinen Saal, dessen Wände an drei Seiten von schmalen Türen durchbrochen waren, um auch an heißen Tagen eine gute Luftzirkulation zu garantieren. Über ihnen ließen jeweils breite Schächte das Tageslicht der angrenzenden Pfeilerhalle herein. Ihnen gegenüber, an der Stirnwand, saß Deukalion auf seinem schlichten, hölzernen Thron. Außer ihnen und dem Herrscher befand sich niemand im Saal. Hier, im Polythyron, pflegte der König die weltlichen Aspekte seiner Herrschaft wahrzunehmen. Auf der anderen Seite des großen Palasthofes gab es noch einen zweiten Thronsaal, an den ein Heiligtum angrenzte. Hektor war froh, dass Deukalion sie nicht dort empfangen hatte. Wäre der Herrscher als Priesterkönig aufgetreten, hätten sie vermutlich mit wesentlich mehr Ärger zu rechnen.

»Man hat uns zugetragen, dass unser Gast verletzt wurde. Wie konnte das geschehen, Narkissa? Habt Ihr es an der nötigen Umsicht mangeln lassen? Wir müssen sagen, dass es uns missfällt, einen so wichtigen Gesandten mit blutigen Wunden in unseren Palast zurückkehren zu sehen.«

Deukalion war Hektor unsympathisch. Auch wenn er denselben Namen wie einst der Erbe des Minos trug, war der Fürst doch alles andere als eine Herrschergestalt. Klein, untersetzt, mit Schweinsäuglein und zu allem Überfluss auch noch geschminkt! Er schien das genaue Gegenteil von Elektryon zu sein. Ein König sollte wie ein Krieger aussehen. Ein Vorbild darstellen! Über einen Herrscher wie Deukalion hätte man in Mykene nur gelacht.

»Ich muss gestehen, dass ich im Umgang mit unserem ehrwürdigen Gast schwerwiegende Fehler begangen habe.« Narkissa blickte demütig zu Boden. »Ich hätte nicht ...«

»Entschuldigt, wenn ich die Rede Eurer Priesterin unterbreche.« Hektor war vor den Thron getreten und niedergekniet. »Doch wenn ich mich verletzt habe, so ist dies einzig und allein meiner eigenen Unbeherrschtheit zuzuschreiben. Die ehrwürdige Narkissa hat alles getan, mich vor dieser Torheit zu bewahren, allerweisester Gebieter der Insel der Seligen.«

Deukalion runzelte die Stirn. Offensichtlich genügte ihm das noch nicht. »So sagt uns denn, wie es zu diesem bedauerlichen Missgeschick kam.«

Hektor konnte aus den Augenwinkeln beobachten, wie Narkissa einatmete und zum Sprechen ansetzte, doch wieder kam er ihr zuvor. Er würde doch nicht mitansehen, wie sie sich in ihrem Stolz für ihn opferte!

»Sie wollte mich auf einen der Berge westlich der Stadt führen, um mir dort den berühmten Schrein des Zeus zu zeigen. Ich hatte ihr nämlich erzählt, wie groß die Macht des Blitzeschleuderers in Achaia ist. Entgegen ihrem Ratschlag habe ich jedoch darauf bestanden, einen kürzeren Weg über die Klippen zu wählen.« Hektor blickte zu Narkissa hinüber. »Ich versichere Euch, Allerweisester, dass die Priesterin alles in ihrer Macht Stehende getan hat, um mich von diesem übermütigen Vorhaben abzuhalten. Nun, wie Ihr seht, hat mich Zeus für die ungestüme Art, in der ich mich seinem

Schrein nähern wollte, gestraft. Ich verlor den Halt und bin von den Klippen gestürzt. Offensichtlich beruht dies auf einem Fluch meiner Familie. Hätte Narkissa sich nicht aufopfernd um meine Wunden gekümmert und sofort die Blutung gestillt, wer weiß, was mit mir geschehen wäre. Jedenfalls war nicht sie es, die mein Leben gefährdete, sondern sie war vielmehr meine Retterin.«

Deukalion strich sich nachdenklich über das Kinn und musterte ihn. »Ein Fluch Eurer Familie, sagt Ihr?«

Hatte er die Lüge geglaubt? Hektor wusste aus einem Gespräch mit einem der Palastdiener, dass es in der Nähe auf einem Berg ein Zeus-Heiligtum gab. Ob es aber auch steile Klippen auf dem Weg dorthin gab, das wusste er nicht. Der Achaier glaubte zu spüren, wie ihm Narkissa wütende Blicke zuwarf. Sollte sie nur! Sie hätte Deukalion nicht belügen dürfen, doch er war hier nur ein Fremder. Er schuldete dem Herrscher von Knossos weder Treue noch Aufrichtigkeit.

»Auch wenn unser Gast dich leidenschaftlich in Schutz nimmt, Narkissa, so können wir doch in deiner Leichtfertigkeit, ihn ziehen zu lassen, nichts Rühmenswertes entdecken. Damit du Gelegenheit zu innerer Einkehr bekommst, sollst du am Fest der Diktynna teilnehmen. Vielleicht wird dich dabei auch Zeus erhören und dir verzeihen, dass sich unser Gast auf eine so ungebührliche Weise benehmen konnte, ohne dass du ihn daran gehindert hast. Ihr dürft nun gehen, wir sind Eurer Torheiten überdrüssig und haben uns ernsteren Dingen zu widmen.« Erleichtert erhob sich Hektor. Wie es schien, hatten sie Glück gehabt.

Im Säulengang vor dem Polythyron wartete Narkissa. Augenscheinlich war sie erregt. Sicher hatte sie nicht damit gerechnet, dass er den Zorn des Königs so leicht zerstreuen könnte. Vermutlich war die Arme noch immer ganz durcheinander.

»Götterverlassener Trottel!« Narkissa hatte ihre Hände in die Hüften gestemmt, und obwohl sie nur flüsterte, traf ihn ihr Fluch wie ein Schlag. »Mit deiner Lüge hast du dir jegliches Ansehen hier bei Hof verdorben. Entweder wird dich der König für einen tollpatschigen Dummkopf halten, weil du von einem Felsen gestürzt bist, den selbst Kinder ohne Mühe zu ersteigen vermögen, oder aber er weiß nun, dass du nicht davor zurückschreckst, ihn offen anzulügen. In jedem Fall hast du deine Stellung im Palast nicht gerade verbessert, und mein guter Name wird auf immer mit dir verbunden bleiben.«

»Aber ich wollte dir …«

»Ich hatte dir gesagt, dass ich keine Hilfe brauche. Doch Stolz und Ehre einer Frau haben für einen Achaier wohl keine Bedeutung!«

»Ich …«

»Schweig! Ich bin froh, dass mich der König von der undankbaren Aufgabe befreit hat, dir weiter zu Diensten zu stehen.« Ohne ein weiteres Wort drehte Narkissa sich um und verließ die Säulenhalle.

Niedergeschlagen sah Hektor ihr nach. Hätte er denn wirklich dulden sollen, dass sie für seinen Unfall mit dem Stier bestraft wurde? Schließlich war er auf seine Art genauso schuldig. Warum hatte er sich auch von Tauros auf die Hörner nehmen lassen!

★

Drei Tage hatte Narkissa gebraucht, um bis zur heiligen Grotte der Göttin Diktynna zu gelangen, jenem Ort, an dem die Jagdgöttin einst den Wettergott Zeus nach seiner Geburt versteckt hatte.

In den Tagen der Wanderschaft hatte sie sich in das Urteil

des Priesterkönigs gefügt und sogar das Wirken der Großen Göttin hinter den Worten des Herrschers erkannt. Narkissa wusste jetzt, dass sie auf die Gunst Diktynnas angewiesen war, wenn sie in dem Dickicht aus Zweifeln, das sie gefangen hielt, die Spur der Wahrheit finden wollte.

Auf der Reise hatte sie andere Priesterinnen, die ebenfalls auf dem Weg zu dem Höhlenheiligtum waren, über Gerüchte auszuhorchen versucht, die um den Tod des Lyros kursierten, doch jede wusste eine andere Geschichte zu erzählen. So bekam sie zu hören, der fremde Achaier habe Lyros verflucht, weil er dessen Liebeswerben zurückgewiesen habe, oder dass Eriphyle, die Schwester der gefallenen Priesterin Triada, mit dem Stierspringer aus Knossos hatte fliehen wollen. Als Triada davon erfuhr, so behauptete die Erzählerin flüsternd, habe sie Lyros in ihrer Eifersucht mit einem Todesbann belegt. Die ungewöhnlichste Geschichte von allen erzählte eine blutjunge Novizin. Sie behauptete, Lyros sei die Große Göttin in Gestalt einer wunderschönen Jungfrau erschienen, doch der Akrobat habe ihr Liebeswerben in blindem Hochmut zurückgewiesen, sodass die Göttin schließlich den Weg des Stiers wählte, Lyros zu sich zu holen.

Oft dachte Narkissa an die Gefahr, in die sie sich begeben mochte, wenn sie zu hartnäckig nach der Wahrheit suchte. Auch was das betraf, wäre es gut, Diktynna zur Schutzpatronin zu gewinnen. Die Herrin der Jagd war zugleich auch eine kriegerische Göttin, die vor keinem Kampf zurückschreckte. Einst hatte sie den jungen Zeus im Waffengebrauch unterwiesen, damit er im Kampf gegen seinen Vater bestehen konnte. Doch nicht nur Krieger und Jäger versammelten sich um Diktynna, sondern auch die weisen Kureten, die früher einmal König Minos auf der Suche nach seinem verschollenen Sohn beraten hatten.

Vermutlich gab es auf der ganzen Insel keinen besseren

Ort, um in ihrer schwierigen Mission Rat und Beistand zu finden. Vermutlich war es die Große Göttin selbst, die die Wege des Schicksals so gefügt hatte, dass sie sie hierher brachten.

Dabei waren die Tempelanlagen nahe der Höhle der Jagdgöttin nicht sonderlich groß. Die weitaus meisten der frommen Pilger und Priesterinnen, die gekommen waren, mussten im Freien lagern.

Der Tempel wurde von zwei langen Hallen flankiert, in denen die Priesterschaft und Gäste des Heiligtums Quartier fanden. Seitenbauten und Tempel bildeten einen weiten, rechteckigen Hof, in dessen Mitte sich ein mit steinernen Hörnern geschmückter Altarstein erhob, vor dem die Pilger der Göttin ihre Weihegaben anlegten. Die langen, gebogenen Hörner der wilden Bergziegen, kostbare Felle aus fernen Ländern, die von den reichen Händlern der Städte gestiftet worden sein mochten, aber auch Feldhasen und Steinhühner, türmten sich vor dem Schrein.

Vor allem waren Jäger gekommen, um ihre Waffen vor dem Heiligtum weihen zu lassen. Aber Narkissa sah auch Bauern, die darum baten, dass die Bergziegen nicht ihre Felder verwüsteten, und einige Händler, die vor dem Altar um Schutz vor Raubtieren beteten, die sie auf ihren beschwerlichen Reisen jenseits des großen Meeres vielleicht anfielen.

Mühsam bahnte sich Narkissa den Weg durch die Menge auf dem Tempelhof, um vor dem Schrein selbst ein Gebet zu verrichten, als sich plötzlich eine Hand um ihren Arm schloss. Erschrocken drehte sie sich um. Neben ihr stand ein alter Mann, gebeugt und auf einen knorrigen Stock gestützt, der sie mit blinden Augen ansah. Es schien einer jener Wahrsager zu sein, die sich von alters her von der Göttin angezogen fühlten – ebenso wie die Jäger. Die meisten von ihnen waren zwar Scharlatane, doch einige wenige genossen sogar die Gunst des Königs. Dieser Greis aber machte ihr Angst. »Was willst du von mir?«

»Spürst du den Zorn der Göttin?« Der Alte ließ seine Augen rollen, die so weiß wie Marmorkugeln waren. Gehörte er vielleicht zu den Kureten, die halb Gott, halb Mensch waren? Es hieß, dass sie sich manchmal unter die Sterblichen mischten.

»Wer sich nimmt, was der Göttin gehört, den wird die Herrin der Erde holen und noch tausend andere dazu!«

Mit einem Ruck riss sich Narkissa los und eilte davon. Das war kein Gott! Sie konnte es deutlich spüren: In ihm wirkten die Kräfte zerstörerischer Daimonen.

»Keiner kann seiner Bestimmung entgehen!« Wie Donnerhall folgte ihr die Stimme des Alten. »Der Blick der Göttin ruht auf dir!«

★

Am Tag nach dem Streit mit Narkissa war Hektor von einem Fieber befallen worden. Es schien geradezu, als würden ihm Daimonen oder Geister die Kräfte aus den Gliedern saugen. Er war zu schwach, um sich von seiner Bettstatt zu erheben. Früher hatte er niemals derart heftig auf eine so leichte Wunde reagiert. Gänzlich auf die Hilfe der Hofdiener angewiesen, dämmerte er halb schlafend in dem dunklen, kühlen Gemach vor sich hin, das man ihm bei seiner Ankunft zugewiesen hatte. Wäre nur Narkissa hier gewesen! All seine Träume und Vorstellungen von der Insel der Seligen waren dahin, so wie der Rauch eines wärmenden Feuers, der von kalten Winterwinden zerpflückt wurde.

Fünf Tage hatte es gedauert, bis er sich wieder halbwegs bei Kräften fühlte und aus eigener Kraft die schattigen Haine vor der Stadt besuchen konnte. Der König hatte eine neue

Priesterin mit der Aufgabe betraut, über ihn zu wachen und ihm täglich einen Krug voller Honigmilch zu bringen, damit er sich schneller von seiner Verletzung erholte. Ihr Name war Triada, und sie gehörte zu den Dienerinnen der Großen Göttin. Doch obwohl sie ihm nicht weniger hübsch als Narkissa erschien, empfand Hektor Triada als bedrohend. Sie mochte vielleicht fünfundzwanzig Sommer gesehen haben, und ihr Körper war noch immer hübsch und geschmeidig. Triadas Haut wirkte ein wenig heller als die Narkissas, und sie schminkte sich auch stärker als die Totenpriesterin. Ihr Haar war so schwarz wie Rabenflügel und kunstvoll mit Kämmen hochgesteckt. Doch anders als bei Narkissa fiel Hektors Blick niemals auf den Ausschnitt der Priesterin. Wie unter einem Bann sah er sich gezwungen, ihr in die kalten grauen Augen zu blicken. Etwas Unheimliches schien diese Frau zu umgeben.

Er konnte nicht in Worte fassen, was es war, das ihn beunruhigte, doch hatte er das Gefühl, ihm wäre der Tod näher gerückt, seit seine Priesterin ihn verlassen hatte. Plötzlich erschienen ihm die Fresken im Palast nicht mehr bunt und sinnenfroh, sondern bedrückend und unheimlich. Manchmal hatte er sogar das Gefühl, dass ihm die Sphingen und Greifen mit ihren Blicken folgten. Ja, er war sich sicher, dass sie das Blut des Theseus in ihm spürten und auf Rache für das sannen, was sein Urahn einst dem stolzen Minos angetan hatte.

Und diese Triada ... war so völlig anders als Narkissa. Auch wenn er mit der Totenpriesterin gestritten hatte, bevor sie den Palast verlassen musste, sie war doch immer ehrlich zu ihm gewesen. Triada hingegen zeigte eine heuchlerische Höflichkeit und versuchte zugleich, mit endlosen Fragen in ihn einzudringen. Immer wieder horchte sie ihn über seinen Unfall aus. Wollte wissen, an welchem Felsen genau er gestürzt war, wer ihm vom Heiligtum des Zeus erzählt hatte und ob ihm Lyros bekannt gewesen sei. Einmal hatte er sogar das Gefühl, Triada wolle ihn für den Tod des Stierspringers verantwortlich machen. So wie es schien, hatte Narkissa also recht gehabt mit dem, was sie über seine Geschichte gesagt hatte. Die Erzählung war nicht gerade eine besonders gelungene Lüge gewesen …

Hektor stand auf einer der zahlreichen Palast-Terrassen und blickte auf Knossos herab. Die Stadt war gewaltig. Hunderte von weiß gekalkten Häusern, die dem Palast entgegenzustürmen schienen, der sich ohne schirmende Mauer in ihrer Mitte erhob. Es gab keinerlei Distanz zwischen dem Volk und den Priestern und Adligen. Er fühlte sich von dieser wuchernden, riesigen Stadt regelrecht belagert. Hektor wusste, dass seine Freunde in Mykene für solche Gedanken allenfalls ein abfälliges Lächeln übrig gehabt hätten, doch hatte er den Entschluss gefasst, nur noch wenige Tage im Palast zu bleiben und dann wieder nach Mykene zu reisen, es sei denn Narkissa kehrte zurück. Trotz ihres Streites konnte er die Priesterin nicht vergessen. Er hatte sich einfach dumm benommen – und war es ihr und seinem Ahnen Theseus schuldig, noch einmal zu versuchen, an Tauros heranzukommen. Hektor lächelte versonnen. Für Theseus allein würde er es wohl nicht wagen …

★

Narkissa zitterte vor Kälte und Unruhe. Drei Tage waren seit dem Fest der Diktynna vergangen, doch obwohl sie seitdem fastete, hatte ihr die Göttin der Jagd kein Zeichen gesandt.

Schließlich hatte sie in ihrer Verzweiflung die Hohepriesterin der Jagdgöttin in den Frevel eingeweiht, und diese gab ihr den Rat, auf den Gipfel eines einsamen Berges zu steigen, vom Blut des Drachen zu trinken und für die Göttin zu tanzen.

Nackt, nur das Fell eines Löwen, das ein Jäger aus dem fernen Achaia mitgebracht hatte, um die Hüften geschlungen, stand sie jetzt vor dem einsamen Altar hoch oben auf dem Berg und blickte zum Mond hinauf, der sich in dieser Nacht zur vollkommenen Silberscheibe gerundet hatte. Sie konnte sich keine bessere Zeit denken, um den Göttern nahezukommen. So kniete Narkissa nieder und goss den Trank, bereitet aus dem Saft des purpurn blühenden Drachenkrauts und süßem Wein, in die flache Schale mit dem schwarzen Löwenhaupt auf ihrem Grund. Voller Ehrfurcht hauchte sie jene geheimen Worte, die sie in der Nacht ihrer Weihe als Totenpriesterin gelernt hatte.

»Mond, schein hell; leise will ich für dich singen, Göttin in der Unterwelt – die Hunde zittern vor dir, wenn du über die Gräber der Toten und das dunkle Blut kommst. Sei mir gegrüßt, Grimmige, und bleib bei mir bis zum Ende.«

Langsam hob Narkissa die flache Schale an die Lippen. Der Zaubertrank schmeckte so bitter, dass sie sich zwingen musste zu schlucken. Als sie die Schale geleert hatte, war ihr so übel, dass sie glaubte, sie müsse sich erbrechen. Dann wurde ihr schwindelig, und sie spürte, wie ihre Sinne sich weiteten und sie die Welt der Götter sehen konnte.

Mit taumelndem Schritt begann sie einen jener Jagdtänze zu tanzen, die sie auf dem Fest der Diktynna gelernt hatte. Es schien ihr, unsichtbare Pforten öffneten sich vor ihr. Viel tiefer spürte sie nun die Kälte und die zarte Berührung des Windes. Wie ein Turm erhob sich ein gewaltiger Schatten über ihr. Sie wurde beobachtet. Wollte ihr die Göttin ein Zeichen geben?

Der scharfe Geruch des Löwenfells stieg Narkissa in die Nase. Sie war jetzt eine Jägerin, die nichts unter dem Götterhimmel zu fürchten hatte. Sie fühlte, wie die Kraft des Raubtieres in ihren Gliedern pulsierte, und ein Reigen von Bildern stürmte auf sie ein.

Kurz sah sie einen Bärtigen, der erst einen Bogen zu halten schien und dann ängstlich seine Hände erhob. Zugleich war sie in einem engen Gemach, in dem ein blutbesudeltes, weißes Gewand auf dem Boden lag. Sie konnte einen Mann lachen hören und spürte die Anwesenheit einer Frau.

Narkissa hatte das Gefühl, in einen dunklen Tunnel hinabgerissen zu werden. Vor ihr schritt eine hochgewachsene Gestalt, der das schwarze Haar bis weit auf den Rücken fiel. Eine Frau? Ja, ihr Gewand glitt von den Schultern. Doch statt hellem Fleisch zeigte sich ein dunkles Fell. Die Frau beugte sich vornüber und schien noch zu wachsen … Plötzlich wirbelte sie herum und war zum Stier geworden. Eine mächtige schwarze Bestie, die ihr mit gesenkten Hörnern entgegenstürmte. Wie eine Woge eilte ihr der Geruch des Schweißes voraus, der auf ihren Flanken stand. Er roch nach Wut und Angst.

Auch sie hatte Angst. Doch sie hielt dem Angriff der Bestie stand, sprang ihr in den Nacken und schleuderte den mächtigen Stier zu Boden. Sie triumphierte … und war verletzt. Warmes Blut rann durch das goldene Fell auf ihrer Brust. Eines der Hörner hatte sie ins Herz getroffen …

★

Erschrocken, noch halb schlaftrunken richtete sich Hektor auf. Etwas war geschehen. Irgendetwas Unglaubliches, das ihn aus seinen Träumen gerissen hatte. Eine ungewöhnliche Spannung schien in der Luft zu liegen. Und dann hörte er die Rufe. Überall im Palast schienen sich Stimmen erhoben zu haben …

Und dann spürte er es. Es fühlte sich wie das Zittern eines Fiebernden an. Doch nicht er zitterte! Es war sein Bett... der Boden ... die Wände. Im blassen Licht des Öllämpchens, das neben ihm auf dem Boden stand, konnte er feinen Staub von der Decke rieseln sehen. Irgendwo hörte er ein berstendes Krachen. Erschreckte Schreie.

Er musste hier raus. Nackt sprang er aus dem Bett und griff nach dem Lämpchen. Dann stürzte er auf den Gang vor seinem Zimmer. Niemand war zu sehen. Wieder spürte er den Boden unter den Füßen erzittern. Die Göttin... Narkissas Geschichte! Die Große Göttin zürnte ihrem Volk.

Wie von Furien gehetzt rannte Hektor den Gang entlang. Er sollte diesen Palast so schnell wie möglich verlassen. Hier war er gefangen! Neben ihm erklang ein beängstigendes Knirschen. Putz fiel von der Wand vor seine Füße. Ein gelbes Auge blitzte ihn an.

Erschrocken riss er die Öllampe hoch. Mitten zwischen springenden Delfinen war der Kopf eines Stiers erschienen. Er zeigte sich im Profil, das unstete Licht der kleinen Flamme ließ sein Auge beängstigend lebendig erscheinen.

Der Stierkopf musste von einem älteren Fresko stammen, das unter einer neuen Putzschicht verschwunden war.

Unfähig, seinen Blick abzuwenden, wich Hektor langsam zurück. Er glaubte, die Anwesenheit der Göttin förmlich zu spüren. Nur vage nahm er Rufe wahr, die nicht weit von ihm am Ende des Ganges erklangen. Dann wurde er von starken Händen gepackt und fortgezerrt.

★

Das Erdbeben war ein deutliches Zeichen gewesen! Narkissa wusste, dass die Große Göttin nicht mehr viel Geduld hatte. Immer wieder musste sie an den Spruch des Propheten denken. *Wer sich nimmt, was der Göttin gehört, den wird die Herrin der Erde holen und noch tausend andere dazu.*

Nach ihrem Tanz auf dem Berg hatte sie einen ganzen Tag lang ruhen müssen, bevor sie sich stark genug fühlte, das Heiligtum der Diktyanna zu verlassen. Sie wusste die Bilder dieser Nacht zwar nicht zu deuten, doch war ihr vollkommen klar, dass ihr nicht mehr viel Zeit blieb. War der Stier ein Sinnbild für die zornige Göttin? Und wenn das zutraf, wie war dann ihr Sieg zu erklären? Konnte eine Sterbliche über eine Göttin triumphieren? Nein, das war unmöglich! Die Vision von dem Stier musste etwas anderes bedeuten. Eine der Priesterinnen des Kultes vielleicht? Doch es gab viele.

Ohne sich zu schonen war Narkissa so schnell sie ihre Füße trugen den Weg nach Knossos zurückgeeilt. Sie war nur noch einen halben Tagesmarsch von der Königsstadt entfernt, als sie nachts von dem Erdbeben überrascht wurde. Zuerst hatte sie sofort ihre Reise fortsetzen wollen, doch das war unmöglich. Der Mond verbarg sich hinter den Wolken, und es war so dunkel, dass sie sich verlaufen hätte. Sie versuchte, sich damit zu beruhigen, dass es nur ein leichtes Beben gewesen war. Eine Warnung, nicht mehr! Dennoch – in dieser Nacht fand sie keinen Schlaf.

Immer wieder drehten sich ihre Gedanken um Hektor. War ihm etwas geschehen? In den letzten Tagen war es ihr gelungen, die Erinnerung an den Achaier fast völlig aus ihrem Gedächtnis zu bannen, doch jetzt war sie wieder so deutlich, als hätte das Beben auch in ihrem Inneren gewütet. Sie war zu hart zu ihm gewesen, und zum ersten Mal bedauerte sie es, sich im Streit von ihm getrennt zu haben. Seine Geschichte vom Klippensturz mochte zwar dumm gewesen sein, doch er hatte sie schließlich nur erzählt, um sie vor dem Zorn des Königs zu bewahren. Hektor war nun mal kein großer Ränkeschmied und kein gerissener Lügner. Selbst wenn sein Gesicht zur stolzen Maske des Kriegers erstarrte, konnte man seine Gefühle noch immer an seinen Augen ablesen. Er wollte sich einfach nicht in das Bild fügen, das sie sich von den Achaiern gemacht hatte.

★

Kurz kniff Hektor die Augen zu und starrte dann erneut in das finstere Zwielicht seines Gemachs. Diesmal wollte ihr Bild nicht verschwinden. Narkissa trug ein langes weißes Priesterinnengewand, und ganz so, als schwebte sie, näherte sie sich langsam seinem Bett, streckte ihre Hand vor und strich ihm die wirren Locken aus der Stirn. War das wieder einer seiner Träume?

Der Achaier konnte nicht mehr unterscheiden, was Wirklichkeit war und was allein seinen Wünschen entsprang. Seit dem Beben fühlte er sich schwach und erschüttert. Die Göttin hatte ihn zum Opfer bestimmt. Zuerst nahm sie ihm die Kraft und dann …

Narkissa hatte sich gebückt und den kleinen dünnwandigen Tonbecher neben seinem Bett aufgehoben. Sie schnupperte daran, strich mit dem Finger durch das Gefäß und leckte dann an ihm. Was für ein seltsamer Traum. Er war so anders … Vielleicht sollte er noch einmal die Augen zusammenkneifen und versuchen, das Gespinst zu vertreiben.

»Du darfst davon nicht mehr trinken!« Ihre Stimme klang zugleich befehlend und besorgt. »Hörst du?«

Hektor wollte ihr antworten, doch seine Zunge war zu schwer. Nicht einmal für ein Nicken reichte seine Kraft. Ganz kurz schloss er die Augen. Diese Müdigkeit …

★

Narkissa war erschüttert. Was hatten sie mit Hektor gemacht? Warum hatte man ihn ruhiggestellt. Sie kannte den Trank, den man ihm verabreicht hatte, gut. Milch, Honig und ein wenig vom Saft der Mohnkapsel. So gab man Schlaflosen Frieden und ließ Verwundete ihren Schmerz vergessen. Hektors Wunde war aber fast verheilt. Es gab also keinen Grund ...

Sie hatte eine Weile vor dem Zimmer des Achaiers verharrt und wollte sich gerade zum Gehen wenden, als – wie aus dem Nichts geboren – eine schlanke Frau vor ihr stand.

»Seid Ihr Narkissa?«

Die Priesterin nickte. Sie kannte die Fremde vom Sehen. Es war eine Priesterin der Großen Göttin.

»Was wollt Ihr hier? Der König hat mir die Pflicht übertragen, mich um seinen Gast zu sorgen.«

»Eine Pflicht, die so schwer auf Euch lastet, dass Ihr ihn mit Schlaftränken gefügig machen müsst?«

Die Priesterin lächelte herablassend. »Ich handle auf Anweisung des Königs. Könnt Ihr Euch nicht vorstellen, warum er mir diesen Befehl gab?« Etwas Lauerndes lag nun in der Stimme der Priesterin. »Am Abend nachdem dieser Achaier verletzt in den Palast kam, hat man Blut an einem der Hörner des Tauros gefunden. Sollte das ein Zufall gewesen sein ...«

»Was wollt Ihr damit andeuten?«

»Nur dass ein müder Barbar nicht mehr auf die Idee kommt, sich an einem heiligen Stier zu vergreifen. Ihr wisst sehr gut, dass ihm dieser Trank nicht schadet, und es wird gewiss nicht mehr lange dauern, bis er von allein auf den Gedanken kommt, dass ihm dieser Ort kein Wohl verheißt. Dann wird er von sich aus die Heimreise antreten.«

Die Priesterin starrte Narkissa durchdringend an. Also wussten sie alles.

»Es ist besser, wenn man Euch hier nicht sieht. Ihr schadet der Ehre der Göttin, und vielleicht ist ihr Zorn allein auf Eure Verfehlungen zurückzuführen. Ihr habt uns allen Schande bereitet...«

Demütig senkte Narkissa ihr Haupt. Sie hatte verstanden. Der Schierlingsbecher, das war ihr Preis. Und ihre Vision auf dem Berg? Hatte sie sich denn getäuscht? Oder entsprach die Fremde vielleicht dem Stier mit den drohend gesenkten Hörnern? Die Löwin hatte doch obsiegt...

»Ich werde Eure Worte wohl bedenken und in mich gehen, ehrwürdige...«

»Triada.« Eine Spur von Triumph schien in der Stimme der Priesterin mitzuschwingen, doch gleichzeitig auch eine Bitterkeit, die diesem Gefühl entgegenstand.

★

Als Hektor erwachte, fühlte er sich kräftiger. Ein süßlicher Duft erfüllte sein ganzes Gemach. Verschlafen streckte er die Glieder und schwang dann die Beine über die Bettkante, wobei er beinahe den tönernen Krug umgestoßen hätte, der neben seinem Lager stand. Es war ein bauchiges Gefäß, das eine Göttin zeigte, die sich auf einem Thron inmitten eines prächtigen Gartens niedergelassen hatte. Hinter ihr schwebten zwei Doppeläxte – zum Zeichen ihrer Macht. Eine Priesterin kniete vor dem Thron und überreichte der Göttin eine Frucht, die wie ein Granatapfel aussah.

Der süße Duft der Honigmilch ließ Hektor das Wasser im Munde zusammenlaufen. Man speiste ihn wie einen Gott, dachte er stolz. Was für einen seltsamen Traum er doch gehabt hatte! Warum Narkissa ihn nur gewarnt haben mochte? Nachdenklich blickte er auf den Krug. Vielleicht sollte er es einmal mit einem Stück Lammkeule und ein paar Oliven versuchen. Schließlich war er ein Krieger und kein Säugling mehr. Ihm stand Fleisch zu. War diese Götterspeise womöglich eine sinistre Art, ihn zu verhöhnen? Diesen Kretern war alles zuzutrauen. Doch so leicht ließe er sich nicht übertölpeln.

Er würde jetzt in die Palastküche gehen und sich das Fleisch holen, das ihm zustand!

★

Noch vor Sonnenaufgang hatte Narkissa Knossos verlassen, um auf der Küstenstraße nach Osten zu wandern. Ihr Weg führte sie geradewegs auf die neugeborene Sonne zu, die an diesem Morgen von Wolken umgeben war, die die Farbe von frisch vergossenem Blut hatten. Doch weit mehr als dieses Omen schreckte Narkissa die Erinnerung an jene Begegnung mit Triada, die ihr nicht mehr aus dem Sinn gehen wollte. War sie die Gestalt aus ihrem Traum? Die große Widersacherin? Beinahe wäre es Triada gelungen, ihr einzureden, sie sei die Frevlerin. Sie sollte vor dieser Priesterin auf der Hut sein, die große Macht hatte. Selbst der König schien nach ihrem Willen zu handeln.

Narkissa hatte sich mit einigen Novizinnen aus dem Tempel der Großen Göttin unterhalten, und langsam fügte sich ihr in Gedanken ein Bild zusammen, das der Wahrheit vielleicht nahekommen mochte. Triada war jene Priesterin, der die Ehre oblegen hatte, die Statue der Großen Göttin jeden Morgen in ein neues Gewand einzukleiden. Die Hohepriesterin hatte sie in ihr Vertrauen gezogen, und offensichtlich sollte sie ihr eines Tages in ihrem Amt nachfolgen. Doch vor einem Mond hatte sich Triada dann völlig überraschend von ihren Ämtern im Tempel zurückgezogen.

Lyros war zwar im Haus der Priesterin ein und aus gegangen, doch war er mit Triadas Schwester Eriphyle verbunden gewesen, die ebenfalls als Priesterin der Großen Göttin diente. Um Hohepriesterin zu werden, durfte Triada ihre Jungfräulichkeit nicht aufgeben. Vielleicht war sie eifersüchtig auf die Liebesfreuden ihrer Schwester gewesen und hatte deshalb den Mordanschlag auf Lyros ersonnen?

Letztlich überzeugt war Narkissa noch nicht von dieser Annahme. Manche von Triadas Taten passten nicht in dieses Bild. Warum hätte sie von ihrem Amt zurücktreten sollen? Vielleicht aus Scham vor dem, was sie getan hatte? Wesentlich klarer war Narkissa die Bedrohung, die Triada für sie darstellte. Mit ihrem Mohntrank hatte sie Hektor willenlos gemacht, und fast wäre es der Priesterin auch gelungen, sie in den Selbstmord zu treiben. Nicht einmal Tauros war verschont geblieben. Man hatte ihn am Morgen nach dem Erdbeben der Großen Göttin geopfert. Dass das Los *zufällig* auf ihn gefallen war, obwohl es noch zehn andere Tempelstiere gab, mochte Narkissa nicht glauben. Triada schien sich entschlossen zu haben, alle zu vernichten, die von ihrem Frevel ahnten.

Es war fast aussichtslos, gegen eine so mächtige Feindin vorzugehen. In der Hierarchie der Priesterinnen stand sie weit über Narkissa, und obendrein genoss sie auch noch das Vertrauen des Königs. Wollte sie gegen sie bestehen, müsste sie schon Beweise vorlegen, die über jeden Zweifel erhaben waren.

Es war fast Mittag, als Narkissa die tief liegende Grotte der Eileithyia erreichte. Hierher hatten die Tempeldiener den toten Stier gebracht, vielleicht in der Hoffnung, die Göttin des ewig Wiederkehrenden könne dem Auserwählten im nächsten Jahr neues Leben einhauchen.

Ohne Fragen zu stellen überließen ihr die Priesterinnen des Höhlenheiligtums eine Öllampe und gestatteten ihr, in den Schoß der Erde hinabzusteigen. Sie ging an der mächtigen Säule vorbei, die die Halle der ersten Grotte stützte und mit ihrem gewölbten Bauch an eine schwangere Frau erinnerte. Deshalb galt sie als Sinnbild der Eileithyia, der Fruchtbaren, die in jedem Frühjahr neues Leben gebar und den Bauern und Fürsten der Insel ihren Reichtum schenkte.

Narkissa fand Tauros dort, wohin nie ein Sonnenstrahl fallen würde, auf einem flachen Felsen im tiefsten Grund der Höhle. Von Weitem sah der Stier fast so aus, als schliefe er. Ehrfürchtig kniete die Priesterin nieder und betete zur Großen Göttin. Dann erst wagte sie es, sich dem Haupt des Tauros zu nähern. Wenn ihre Vermutung stimmte, müsste sich an seinem linken Horn etwas finden, das den Unfall des Lyros erklärte. Ein Dorn, eine Unregelmäßigkeit, irgendetwas …

Mit angehaltenem Atem hob sie die Öllampe und untersuchte das Horn. Doch nichts Auffälliges war zu sehen. Ungläubig tastete sie über die glatte Oberfläche. Sollte sie sich geirrt haben? War es am Ende wirklich der Wille der Großen Göttin gewesen, dass Lyros stürzte, und war sie selbst die Frevlerin, allein dadurch, dass sie sich gegen den Willen der Herrin auflehnte und eine unschuldige Priesterin verdächtigte?

Ihre Finger hatten über eine winzige Unebenheit am Horn gestrichen. Mit zitternder Hand führte die Priesterin ihre Lampe bis dicht an das Horn. Wenige Fingerbreit von der Stelle, an der das Stierhorn aus dem Schädel wuchs, befand sich ein kleiner runder Fleck. Neugierig kratzte sie daran.

Wachs!

Aufgeregt stellte Narkissa die Lampe neben den Stierkopf und nahm einen ihrer Ohrringe ab, um mit dessen dünner Nadel das Wachs wegzukratzen.

Als sie damit fertig war, hatte sie ein Loch im Horn frei-geschabt. Es hatte ungefähr den Durchmesser ihres kleinen Fingers und war so tief, dass das erste Fingerglied zu mehr als der Hälfte in ihm verschwand. Narkissa war verwirrt. Ein Loch, das war genau das Gegenteil von dem, was sie zu fin-den erhofft hatte.

★

Minoische Frauen waren vor allem anstrengend, überlegte Hektor, während er hinter einem Hausvorsprung kauernd die dunkle Straße hinabspähte. Die eine wollte ihn vergiften, und die andere … Vielleicht hätte er sich diesmal nicht auf Narkissas Vorschläge einlassen sollen? Irgendwie gelang es ihr immer, dass er das Gefühl hatte, seine Ehre als Krieger wäre in Gefahr, wenn er auf ihre Vorschläge nicht einging.

Auf welche Weise sie es diesmal geschafft hatte, ihn zu überzeugen, brachte er schon gar nicht mehr richtig zusam-men. Ihre Zunge war einfach zu flink. Sie konnte ihm das Wort im Mund herumdrehen. Als sie sich getrennt hatten, war er wirklich der Meinung gewesen, es sei ehrenhaft und mutig, in das Haus der beiden Priesterinnen einzubrechen.

Wieder spähte er die Straße hinab. Nirgends brannte ein Licht. Was die Priesterinnen um diese Zeit wohl noch in ihrem Heiligtum trieben? Narkissa hatte etwas von einem geheimnisvollen Fest erzählt, bei dem keine Männer anwe-send sein durften. Angeblich dauerte es die ganze Nacht, sodass er ungefährdet in das Haus der beiden Schwestern Triada und Eriphyle einbrechen konnte. Narkissa hatte es ihm genau beschrieben und einen heiligen Eid darauf geschworen, dass die beiden weder Sklaven noch Hausdiener hatten.

Hektor strich nervös über den Knauf seines langen Dol-ches. Bei solchen Geschäften sollte man nicht unbewaffnet unterwegs sein. Man konnte nie wissen. Ausgerechnet bei Priesterinnen einzubrechen …

Wahrscheinlich hatten sie einen Schutzzauber über ihre Türschwelle gelegt, und wenn er ungebeten eintrat, lud er einen Fluch auf sich. Aber dagegen konnte man wenigstens etwas tun. Hektor lächelte grimmig. Schlimmer war das, was ihn drinnen erwarten mochte.

Ein letztes Mal blickte er die Straße hinab. Noch immer war alles ruhig. Vorsichtig schob er sich um die Hausecke und eilte dann die Straße hinunter. Doch statt vor der Tür des Hauses stehen zu bleiben, huschte er in ein angrenzendes Gässchen. Der Reichtum der Kreter war einfach unglaublich. Fast alle Häuser in diesem Stadtteil waren zweigeschossig und bunt verputzt. Was hier für Händler und reiche Handwerker selbstverständlich war, konnten sich in Mykene selbst Fürsten kaum leisten.

Auf der Westseite des Hauses zeigten zwei mit hölzernen Läden verschlossene Fenster auf die Gasse. Hektor zog seinen Dolch. Von fluchbeladenen Türschwellen würde er sich nicht aufhalten lassen! Vorsichtig schob er die schmale Bronzeklinge in den Spalt zwischen Fensterladen und Rahmen. Mit einem kurzen Ruck hebelte er den Fensterriegel aus seiner Verankerung und drückte dann den Laden auf. Bis jetzt schien alles zu gelingen. Er stieß den Dolch zurück in die Scheide und kletterte dann durchs Fenster.

Drinnen verharrte er und lauschte. Vielleicht gab es ja einen Hund oder irgendein anderes Tier. Doch alles blieb ruhig. Unmittelbar vor ihm, nur drei Schritt vom Fenster entfernt, sah er eine dunkle Tür. Narkissa hatte ihm nicht so genau sagen können, wonach er suchen sollte. Vielleicht einen Männerschurz oder irgendetwas anderes, das beweisen würde, dass die Priesterinnen etwas mit Lyros zu tun gehabt hatten. Sie hatte auch etwas von einem blutigen Gewand und einem Bogen erzählt. Nach ihrer Rückkehr aus der Höhle der Eileithyia war sie reichlich verwirrt gewesen. Statt Antworten auf ihre Fragen zu bekommen, hatte sie nur neue Rätsel gefunden.

Dieser ganze Einbruch erschien dem Achaier überstürzt und überflüssig. Was konnte schon dabei herauskommen? Sollte er durch die dunkle Tür gehen? Links von ihm führte ein schmaler Flur tiefer ins Haus. Am Ende des Ganges fiel eine breite Spur silbernen Mondlichts herein. Vermutlich gab es dort eine Säulenhalle oder ein Polythyron.

Zweifelnd blickte Hektor auf die dunkle Türöffnung. Es war immer besser, sich nach dem Licht zu richten! Dieses finstere Loch könnte er sich später noch anschauen.

Dass Priesterinnen nicht gezwungen waren, im Tempel zu leben und sich obendrein auch noch solche Häuser leisten konnten … Der Achaier schüttelte den Kopf. So etwas gab es in Mykene nicht. Dort waren so ziemlich alle Dinge klarer geregelt. Aber die Kreter liebten es ja verworren.

Hektor war am Ende des Flures angekommen. Von hier führte eine Treppe ins Obergeschoss. Dort lagen vermutlich die Wohngemächer der beiden Priesterinnen. Was für ein Luxus, zu zweit ein solches Haus zu bewohnen!

Die erste Etage bestand aus zwei weiten Zimmern und einer großzügigen Veranda, die sich nach Süden zu den Bergen hin öffnete. Welches der beiden Zimmer von Triada genutzt wurde, konnte Hektor nicht erkennen. Nervös, stets auf die Geräusche der Straße lauschend, durchwühlte er die Kleidertruhen der Frauen, rührte in ihren Schminktöpfchen und lüftete selbst die Decken ihrer Betten.

Doch vergebens.

Er fand weder einen Bogen noch ein blutbeflecktes Gewand und schon gar nichts, was als männliches Kleidungsstück gelten mochte.

Mit jedem Atemzug, den er hier verweilte, wuchs seine Anspannung. In einem der beiden Räume gab es ein Wandbild mit einem vogelköpfigen Löwen, einem Greifen, der offensichtlich dazu bestimmt war, über seine schlafende Gebieterin zu wachen. Jedes Mal, wenn Hektor dem Fresko den Rücken zuwandte, hatte er Angst, der geflügelte Wächter könnte aus der Wand herabsteigen und ihn angreifen.

Er durfte dieses Haus nicht verlassen, ohne einen Fetisch mitzunehmen. Er war sich völlig sicher, dass Triada herausfinden würde, wer ihr Gemach durchsucht hatte, und dass ihre Macht als Priesterin ausreichte, ihn mit einem schrecklichen Fluch zu belegen. Er brauchte also etwas, womit er sich davor schützen konnte. Etwas, das er immer bei sich tragen und woraus eine Hexe ein Amulett fertigen konnte, das den Fluch zurückschleuderte.

Hektors Blick verweilte auf einem kleinen, bemalten Holzkästchen, das auf dem Tisch dicht neben der flachen Wasserschale stand, die der Priesterin als Spiegel diente. In der Schatulle verwahrte sie ihren Schmuck. Darin würde er finden, was er suchte.

Der Achaier trat an den Tisch und schüttete den Inhalt der Schatulle aus. Zwei Fingerringe, ein Armreif, eine Brosche, eine Gewandnadel und ein Paar eigenartiger Ohrringe lagen vor ihm. Alles aus feinem Gold gearbeitet. Ein Schatz, für den man ohne Weiteres ein kleines Landgut in der Nähe der Königsburg von Mykene hätte kaufen können. Hektor zögerte … Nein, er war kein Plünderer. Den Schmuck zu rauben, wäre Unrecht. Er nahm einen der Ohrringe und hielt ihn ins Mondlicht. Er zeigte zwei Bienen, die einander zu küssen schienen. Das sollte für seine Zwecke genügen. Hastig verstaute er den übrigen Schmuck wieder in der Schatulle.

Der Einbruch war ein Fehlschlag, ganz wie er befürchtet hatte. Es gab nichts, womit man Triada hätte belasten können. Er sollte zusehen, dass er sich noch einen Fetisch aus dem zweiten Zimmer holte, und dann musste er verschwinden. Wieder blickte er ängstlich zu der Greifengestalt auf der Wand hinüber.

Es war nicht gut, sich in diesem Haus aufzuhalten! Obwohl er wusste, dass er allein war, schlich er mit angehaltenem Atem ins nächste Zimmer. Hier war der Schmuck besser versteckt. Er befand sich in der Truhe mit den Kleidern. Obwohl der Geschmack der beiden Schwestern im Wesentlichen der gleiche war, lag zwischen dem goldenen Geschmeide ein Stück, das Hektors Aufmerksamkeit erregte. Ein Talisman, der wie ein schwarzer Raubtierzahn aussah. Schmuck, wie er eher zu einem Krieger als zu einer Priesterin passte. Der Zahn war durchbohrt und hing an einem schlichten Lederriemen.

Draußen auf der Straße ertönte das Lärmen Betrunkener. Wolken zogen vor den Mond. Er würde hier ohnehin bald nichts mehr sehen können. Es wäre besser, die Dunkelheit auszunutzen, um unbemerkt in den Palast zurückzukehren, statt hier noch weiter zwischen Frauenkleidern herumzuwühlen. Das war eines Kriegers nicht würdig.

★

»Du hast wirklich nichts gefunden?« Narkissa ließ den Kopf sinken. Sie hatte befürchtet, dass Hektors Suche so enden würde. Triada war zu klug, um sich durch einen so dummen Fehler zu verraten, in ihrem Haus etwas aufzuheben, das man gegen sie verwenden könnte.

Verzweifelt dachte die Totenpriesterin an ihre Vision. Der Bärtige mit dem Bogen, das blutige Gewand. Wenn sie es nicht verstand, diese Zeichen richtig zu deuten, dann würde die Stierfrau obsiegen.

»Du bist heute nicht allein?«

Matt lächelnd blickte Narkissa zu dem Achaier auf. »Nein.« Zwei Priesterinnen warteten vor der Tür zum Gemach des Achaiers. »Man misstraut mir inzwischen. Ich denke, Triada war es, die durchgesetzt hat, dass ich den Palast nicht mehr verlassen darf und dass mich die beiden jungen Priesterinnen ständig begleiten.«

»Warum?« Hektor schüttelte den Kopf. »Du hast doch gar nichts getan!«

Narkissa blickte auf ihre Hände. Sollte sie es ihm sagen? Oder wäre es besser, wenn er es nicht erfuhr? Er würde Kreta ohnehin bald verlassen.

»Was ist mit dir?«

»Letzte Nacht hat der Rat aller Hohepriesterinnen ein Orakel befragt und ein Zeichen bekommen, dass die Große Göttin noch immer nicht besänftigt ist. Für die Schande, die ihr bereitet wurde, verlangt sie Blut.«

»Glauben die Priesterinnen deiner Geschichte jetzt also doch!«

Narkissa schüttelte den Kopf. »Sie glauben, dass *du* die Göttin beleidigt hast. Jeder weiß, dass es dein Blut war, das am Stierhorn klebte. Triada hat dafür gesorgt, dass diese Geschichte überall herumerzählt wird. Doch da du unter dem Schutz des Gastrechtes stehst, kann man dir nichts antun. Obwohl ich glaube, dass dich König Deukalion bald darum bitten wird, unsere Insel zu verlassen.«

Hektor grinste. »So leicht werden die mich nicht los. Ich hab doch keine Angst ...«

»Es geht eigentlich auch nicht um dich. Ich soll morgen der Göttin geopfert werden, weil es meine Aufgabe gewesen wäre, dich daran zu hindern, dass du zu Tauros auf die Weide steigst. Damit bin ich dann aus dem Weg – für Triada. Außer mir zweifelt keiner an ihr.«

Hektor stand wie erstarrt vor ihr. Der Achaier ballte in hilfloser Wut seine Fäuste. »Aber ...«

»Kein Aber. Das ist es, was geschehen wird ...«

»Du kannst doch nicht einfach aufgeben! Das werde ich nicht dulden. Du bist unschuldig!«

»Ich sehe keinen anderen Weg.«

Der Achaier packte sie bei den Schultern und schüttelte sie. »Du lässt dich nicht einfach umbringen. Wir werden aus dem Palast fliehen ... und an Triada und Eriphyle werden wir uns auch rächen. Ich habe etwas Schmuck von ihnen gestohlen. Jede Hexe, der ich die Stücke gebe, kann die beiden mit einem Fluch bestrafen.«

»Ich werde nicht mit dir gehen. Ich laufe meinem Schicksal nicht davon. Gälte es nicht ...«

Hektor hörte ihr offenbar gar nicht zu. Er zerrte eine Lederschnur unter seinem Gewand hervor, an der ein goldenes Schmuckstück und ein Zahn hingen. »Hier. Du bist doch eine machtvolle Priesterin, kannst du Triada nicht verfluchen?« Er warf ihr den Lederriemen in den Schoß.

Wenn das so einfach wäre! Der Achaier war von entwaffnender Naivität. Offensichtlich glaubte er, sie müsse den Schmuck nur ansehen, und Triada würde tot zusammenbrechen. Was die Priesterin wohl mit diesem eigenartigen Zahn angefangen hatte? Er war fast so dick wie ihr kleiner Finger, überlegte Narkissa.

So dick wie ihr kleiner Finger! Sie drehte den Talisman herum. Je nachdem wie man ihn betrachtete, sah er wie ein Zahn aus oder aber wie ein Horn! Sollte das ...?

Der Talisman würde genau in die Bohrung am Horn des Tauros passen. Prüfend strich Narkissa über die Spitze des geschliffenen Steins. Man könnte sich daran verletzen und ... Einige Zeichen waren in den glatten Stein geritzt. Sie drehte das kleine Horn zwischen den Fingern und musterte es aufmerksam. Es waren Symbole der Palastschrift. Hand, Rache und Blut. Vielleicht hatte Triada das Horn verflucht, sodass Lyros sich auf jeden Fall daran verletzen würde, wenn er nach dem Gehörn des Stiers griff.

»Was machst du für ein Gesicht?« Hektor hatte sich neben sie gekniet und warf einen misstrauischen Blick auf das Horn.

»Ich brauche dein Hilfe. Es liegt jetzt ganz allein in deiner Hand, ob ich sterbe oder nicht.« In Gedanken entschuldigte sie sich bei der Großen Göttin für diese schamlose Übertreibung, aber Narkissa wusste, dass Hektor nichts unversucht lassen würde, wenn sie ihn nur richtig ansprach.

★

Bei drei Steinschneidern war er jetzt schon gewesen, und so allmählich verließ Hektor die Hoffnung. Vielleicht hatte Triada das steinerne Horn auch von einem wandernden Arbeiter anfertigen lassen, der die Stadt schon längst wieder verlassen hatte.

Wie konnte er nur so denken! Wenn er jetzt aufgab, war Narkissa verloren. Sie hatte für die Stunde vor Sonnenuntergang eine Audienz bei König Deukalion. Sie sollte in Anwesenheit der versammelten Hohepriesterinnen erklären, was an jenem Nachmittag auf der Wiese des Tauros geschehen war. Konnte er bis dahin keinen Beweis ihrer Unschuld erbringen, war es um Narkissa geschehen.

Energisch klopfte der Achaier gegen die grün gestrichene Holztür des Handwerkerhauses und trat dann ein, ohne auf eine Antwort zu warten. Hinter der Tür befand sich ein kleiner Lichthof, in dem – über ihre Arbeit gebeugt – ein Knabe und ein Mann mittleren Alters kauerten. Überrascht hielten sie inne, als Hektor den Hof betrat. Zwischen ihnen lag ein kleiner, kaum daumenlanger schwarzer Stein, den der Junge gehalten hatte, während der Mann den winzigen Gegenstand mit einem Bogenbohrer bearbeitete.

Hektors Hand fuhr zum Knauf des langen Dolches, den er offen über seinem Gewand trug. Der Mann mit dem Bogen! Einen Bart hatte er auch noch. Alles passte zu der Vision, von der Narkissa ihm erzählt hatte.

»Kann ich Euch helfen?« Die Stimme des Handwerkers klang angespannt. Der Mann blinzelte nervös.

Hektor nahm den Lederriemen vom Hals und hielt dem Bärtigen das steinerne Horn entgegen. »Das hier ist von dir, nicht wahr?«

Der Handwerker erbleichte. Der Bohrer fiel ihm aus den Händen. »Ich kenne diesen Stein nicht! Ich habe … das noch nie gesehen.«

Hektor zog seinen Dolch. »Belüg mich nicht, Kerl! Oder glaubst du vielleicht, ich könnte dich nicht zum Reden bringen?«

Mit starrem Blick verfolgte der Mann jede von Hektors Bewegungen. Der Knabe war inzwischen ein wenig zurückgewichen. Offensichtlich wollte er bei der ersten Gelegenheit fliehen.

»Dein Junge?« Hektor deutete mit dem Dolch auf den Gehilfen.

Der Bärtige nickte. »Bitte, verschone ihn. Er hat mit der Sache nichts zu tun. Ich habe das Horn ganz allein gefertigt.«

»Für wen?«

»Eine Priesterin. Ich kenne ihren Namen nicht. Sie hat mich gezwungen, für sie zu arbeiten. Sie wollte mich und meine Familie von hier vertreiben … Ihr müsst mir glauben, ich hatte keine Wahl.«

»Und der Stier? Wie im Namen der Götter hast du es

geschafft, an Tauros heranzukommen, ohne dass er dich aufgespießt hat.«

»Das war alles die Priesterin. Sie hat mich eines Nachts abgeholt und zu den Tempelställen gebracht. Einen der Stiere hatte sie mit geriebenen Mohnkapseln gefüttert. Er war so müde, dass er gar nicht gemerkt hat, wie ich sein Horn angebohrt habe. Ihr … Ihr müsst mir glauben, dass ich nicht gewusst habe, zu welchem Frevel die Priesterin mich missbraucht hat.«

Hektor lächelte kühl. »Nicht ich muss dir glauben, sondern König Deukalion.« Er zeigte mit der Dolchspitze zum Tor. »Komm jetzt und versuche nicht zu fliehen. Du hast doch sicher schon viele schlimme Geschichten über solche Achaier wie mich gehört. Sie sind alle wahr!«

★

König Deukalion trommelte mit den Fingern auf die Armlehne des Priesterthrons. Fast zwanzig Männer und Frauen hatten auf den steinernen Bänken entlang der Wände des Thronsaals Platz genommen: die hohen Geweihten aller wichtigen Kulte. Narkissa war die Einzige, die stand. Sie hatte gerade die wahre Geschichte über Hektors Unfall erzählt, und nun herrschte eisiges Schweigen.

»Du also bist diejenige gewesen, die unseren mykenischen Gast angestiftet hat? Dir zu Gefallen ist er auf die Wiese des Tauros gegangen.«

Narkissa nickte stumm.

»Und all das hast du getan, weil dir ein übler Geist eingeflüstert hat, die von allen geachtete Triada könnte den Tod des Lyros mit Absicht herbeigeführt haben.«

»Nicht der Tänzer war es, der mich interessierte, mein König. Es war der Frevel, den man an dem heiligen Stier begangen hat, indem man ihn gegen den Willen der Göttin zum Werkzeug profaner Rache machte. Es ist dieser Frevel, der so ungeheuerlich ...«

In der Pfeilerhalle vor dem Thronsaal ertönte Lärm. »Lasst mich durch, ihr geschminkten Bastarde, oder glaubt ihr vielleicht, ihr könntet einen wahren Krieger aufhalten.«

Dicht gefolgt von drei mit Speeren bewaffneten Palastwachen, drängte sich Hektor durch das enge Tor zum Thronsaal. Er zerrte einen schwarzbärtigen Mann mit sich, dem er den linken Arm um den Hals gelegt hatte, während er mit der Rechten die Speerträger auf Distanz hielt.

Der Bärtige hatte ein geschwollenes Auge und eine blutige Lippe, sonst sah er genauso aus wie jener Mann, den sie in ihrer Vision gesehen hatte. Narkissa atmete erleichtert auf. Hektor hatte es also geschafft.

»Verlasst den Thronsaal«, herrschte Deukalion die Wachen an. »Und was Euch betrifft, werter Gast, ich kenne Eure mykenischen Sitten zwar nicht, doch möchte ich Euch darauf hinweisen, dass es in diesem Land nicht üblich ist, mit blanker Waffe vor den König zu treten.«

Misstrauisch blickte Hektor den Kriegern nach, die sich aus dem Thronsaal zurückzogen. Dann schob er seinen Dolch in die Lederscheide.

»Würdet Ihr uns die Gnade erweisen, Euer Auftreten zu erklären, Hektor von Phaleron?« Deukalions Stimme triefte vor Hohn, und Narkissa befürchtete das Schlimmste.

Hektor räusperte sich verlegen. »Also, dieser Schurke hier hat das Horn geschnitten, das im Horn steckte und ...«

»Dürfte *ich* Euch die Vorgänge vielleicht erklären?« Narkissa trat an die Seite des Achaiers. »Sie sind verwickelt, was nur von der Durchtriebenheit der Frevlerin zeugt.«

★

Anfangs war Hektor verärgert gewesen, dass Narkissa ihm seinen Auftritt vor diesem feisten, kleinen König verdorben hatte, doch schließlich musste er sich eingestehen, dass sie es besser verstand, das Geschehene in geschliffener Rede darzustellen. Schöne Worte zu machen, das war ohne Zweifel ihre ganz große Begabung.

Als Narkissa mit ihrem Bericht geendet hatte, kratzte sich der König nachdenklich am Kinn. Es schien ihm schwerzufallen, vor all den Priesterinnen Narkissas Unschuld anzuerkennen. Hektor lächelte triumphierend. Das bedeutete: Sie hatten gesiegt! Sein Ahne Theseus wäre sicher stolz auf ihn gewesen.

Deukalion erhob sich von seinem Thron. »Triada, was habt Ihr auf die Anschuldigungen der Narkissa zu erwidern.«

Hektor drehte sich leicht zur Seite, neugierig darauf, was diese falsche Schlange angesichts so niederschmetternder Beweise noch erwidern würde. Überraschenderweise blieb Triada vollkommen ruhig. Würdevoll erhob sie sich von ihrem Platz. »Ich kann nur sagen, dass ich selten ein verworreneres Gespinst von Lügen erblickt habe. Nichts von all dem, was die Frevlerin und der Barbar behauptet haben, entspricht der Wahrheit.«

Das ist schwach, dachte Hektor. Er hatte einen beeindruckenderen Auftritt erwartet. So würde die Priesterin niemanden überzeugen können.

Der König hatte sich dem Handwerker zugewandt. »War es jene Priesterin, die Euch beauftragt hat, das steinerne Horn zu fertigen?« Deukalion wies mit ausgestrecktem Arm auf Triada.

Zitternd drehte der Bärtige den Kopf zur Seite. »Nein, Eure allergnädigste Vollkommenheit, Herr der Meere und der Inseln, die auf ihnen schwimmen.«

»Du bist ganz sicher, diese Priesterin noch nie gesehen zu haben?«

»Noch nie, mein Gebieter. Möge ein Donnerkeil vom Himmel fahren und mich erschlagen, wenn ich lüge.«

Hektor hatte das Gefühl, in einen Abgrund zu stürzen. Das konnte doch nicht wahr sein! Alles hatte so gut zusammengepasst! Er packte den Handwerker und stieß ihn wütend zu Boden. »Nimm deine Lügen zurück, du Missgeburt, oder ich schneide dir dein schwarzes Herz heraus, damit alle sehen können, was für einer schlangenzüngigen Brut du entsprossen bist.«

»Hektor von Phaleron, wir wünschen, dass Ihr den Thronsaal verlasst. Ihr seid in unserem Königreich nicht länger willkommen. Das nächste Schiff, das nach Norden segelt, soll Euch in Eure Heimat zurückbringen. Wir erklären Euch schuldig des Frevels am Heiligen Stier Tauros, des Diebstahls im Hause einer Priesterin und der Misshandlung eines unserer Untertanen. Solltet Ihr jemals wieder Euren Fuß auf kretischen Boden setzen, werden wir Euch festnehmen und richten lassen.«

»Könnt Ihr denn nicht sehen, dass dieser Kerl lügt?« Hektor hatte seinen Dolch gezogen.

»Nicht! Im Namen der Götter, steck die Waffe weg – oder auch dein Leben ist verwirkt.« Narkissa hatte nach seinem Arm gegriffen. »Bitte! Denk an das, was zwischen uns war …«, flüsterte sie leise. »Rette wenigstens dich.«

»Aber …« Hektor war die Zunge so schwer, dass er ihr nichts erwidern konnte. Dann ließ er die Hand mit dem Dolch sinken.

Wachen traten in den Thronsaal und umringten ihn mit drohend gesenkten Speeren.

»Diese dort ist die Frau, die mich gezwungen hat, das Horn zu schneiden«, übertönte eine schrille Stimme den Lärm. »Sie war es. Sie hat mir gedroht, mich und mein Haus zu verfluchen, wenn ich ihr nicht zu Diensten bin.« Der Handwerker hatte sich erhoben und ging auf die Reihe der Priesterinnen zu. »Sie hat mich dazu gebracht, mich unwissend an der Großen Göttin zu vergehen. Möge die Herrin ihre rächenden Greife schicken, auf dass sie dir das Fleisch vom Leib reißen und deinen Körper in den Oceanos schleudern, sodass du auf immer dem Blick der Großen Göttin entschwindest.«

Der Bärtige zeigte mit ausgestrecktem Arm auf die Priesterin, die neben Triada saß.

»Du, Eriphyle?«

Triadas Schwester? Verwirrt starrte Hektor die Frau an. Die Schwester hatte mit der ganzen Sache doch gar nichts zu tun?

»Du hast ihn ermordet, weil er dich verstoßen hat! Du …« Triada versetzte der Frau eine schallende Ohrfeige. »Du …«

»Du bist doch immer noch blind! Siehst du nicht, was dieser Bastard dir angetan hat? Er hat sich deine Jungfräulichkeit genommen, nie mehr wirst du das Amt der Hohepriesterin bekleiden können. Er hat dich entehrt und dich dann einfach vergessen, so wie mich …«

»Schafft die beiden hinaus!« Hektor zuckte zusammen. Dafür dass Deukalion ein so feister Fettkloß war, hatte er eine wirklich bemerkenswerte Stimme. »Und bringt uns auch den Achaier aus den Augen. Er beleidigt die Würde des Thronsaals.«

»Aber …« Ehe er sich zur Wehr setzen konnte, hatten Hektor drei Krieger gepackt und zerrten ihn zur Tür.

★

Lange blickte Narkissa auf die steinerne Anlegestelle hinunter, die sich tief in die blaue Bucht zog. Er hatte sie noch nicht bemerkt. Hektor war ganz damit beschäftigt, die Lastträger zu kommandieren, die sein Gepäck und die Waren, die er im Auftrag seines Herrschers gekauft hatte, auf das schlanke Schiff trugen.

Der Achaier hatte Helm, Brustpanzer und Beinschienen angelegt, so als hätte er der ganzen Insel den Krieg erklärt. Die polierte Bronze leuchtete hell in der Mittagssonne. Aus der Ferne wirkte er wie eine Gestalt aus Gold. Ein Kriegsgott, der von den Bergen herabgestiegen war. Und er war sich wohl bewusst, wie er auf die Schiffer wirkte.

Deukalion hatte darauf bestanden, dass sein Urteil gegen den Achaier vollstreckt wurde. Die restlichen Tage, die Hektor noch im Palast geblieben war, hatte er unter strenger Bewachung gestanden, und es war ihr verboten worden, ihn zu besuchen. Narkissa hatte das Gefühl, der König habe sich in seinem Stolz zu einem Fehler hinreißen lassen, als er sich geweigert hatte, sein Urteil zurückzunehmen. Die Achaier zu reizen, war leichtfertig …

Sollte sie jetzt zu ihm gehen? Narkissa zögerte. Auch sie war aus dem Palast von Knossos verbannt worden. Künftig würde sie im Heiligtum am Fürstenhof von Malia ihrer Göttin dienen. Wenigstens durfte sie auf Kreta bleiben, und auch an den großen Festen in Knossos würde sie weiter teilnehmen dürfen, da Malia nur drei Tagesmärsche von der Königsstadt entfernt lag.

Dieser Achaier! Was hatte er nur an sich, dass sie überhaupt hierhergekommen war? Sie hatte schon in vielen Männerarmen gelegen, doch ihr Herz hatte immer nur der Göttin und dem Dienst im Tempel gehört. Wie konnte es sein, dass ausgerechnet dieser grobschlächtige Tollpatsch ihre Gefühle so sehr durcheinanderbrachte? Lächelnd dachte sie daran, wie es dreier Krieger bedurft hatte, ihn aus dem Thronsaal zu schaffen, und sah vor sich, wie Deukalion vor

Wut getobt hatte. Der Achaier hatte zweifellos großes Talent, die Dinge durcheinanderzubringen.

★

Hektor atmete erleichtert auf. Sie kam also doch! Er hatte Narkissa schon seit einer Weile aus dem Augenwinkel beobachtet, wie sie, halb hinter einer der mannshohen Amphoren versteckt lauerte, die an der Anlegestelle standen. Er hatte ihr nicht verziehen, dass sie ihn während der Tage, die er in seinem Gemach unter Arrest gestanden hatte, nicht ein einziges Mal besuchte. Trotzdem war er jetzt froh, sie zu sehen, auch wenn er von sich aus nicht die Anlegestelle hinaufgegangen wäre, um sie zu begrüßen.

»Wie ich sehe, geht es dir gut.« Breitbeinig hatte er sich ihr in den Weg gestellt.

Narkissa lächelte verlegen. »Na ja ... mehr oder weniger. Und wie steht es mit dir?«

Hektor zuckte mit den Schultern. »Ich hätte Kreta ohnehin bald verlassen. Das Urteil des Königs trifft mich nicht sehr.«

Einige Atemzüge lang blickten sie sich schweigend an. Hektor fühlte sich seltsam beklommen. Ein merkwürdiges Gefühl, das er nicht in Worte fassen konnte, quälte ihn. Eine Art Sehnsucht. Er drehte sich zu den Lastenträgern um. Narkissa konnte er nicht anschauen! Es war eine Lüge, wenn er sagte, dass es ihm nichts ausmache, die Insel zu verlassen.

»Was ist aus den Priesterinnen geworden?«, murmelte er halblaut.

»Triada hat offensichtlich wirklich nicht gewusst, was Eriphyle getan hatte. Lyros hat sie beide verführt und keiner von ihnen die Treue gehalten. Doch es scheint ganz so, als hätte Triada ihn trotzdem weiter geliebt. Weil sie ihre Jungfräulichkeit verloren hatte, musste sie von ihren Ämtern im Tempel zurücktreten. Das aber war zu viel für Eriphyle. Sie hatte in ihrer Schwester immer eine Auserwählte der Großen Göttin gesehen. Als Eriphyle erkannte, dass wir ihrem Frevel auf die Spur gekommen waren, hetzte sie ihre Schwester gegen uns auf, indem sie die Tatsachen so verdrehte, dass wir in den Verdacht gerieten, den Zorn der Göttin erregt zu haben. Deukalion hat sie nun beide von der Insel verbannt.«

Hektor schnaubte verächtlich. »Das ist wohl die Lieblingsstrafe von diesem Fettkloß.«

»Es gibt keine schlimmere Strafe für einen Kreter, als niemals mehr auf die Insel der Seligen zurückkehren zu dürfen. Der Tod wird eine Erlösung für sie sein.«

Dummes Gewäsch, dachte Hektor. Die Priesterinnen waren geschont worden, vermutlich weil sie aus einer einflussreichen Familie stammten. Und er ... er hatte eben niemanden. »Und ... warum bist du zum Hafen gekommen?«

»Weil ich dir ein Geschenk bringen wollte.«

»Ein Geschenk?« Hektor blickte Narkissa an. Sie trug dasselbe Kleid wie an jenem Nachmittag, an dem Lyros verunglückt war. Die blaue Weste mit den kleinen Mohnblüten und dem verführerischen Ausschnitt. Den langen Rock ... Sie hielt ihm ein blinkendes Amulett an einem roten Lederriemen entgegen. Ein bronzener Stierkopf.

»Ich ...«

Narkissa lächelte. »Ich weiß, dass du keine Angst vor Stieren hast. Schließlich bist du der Nachfahre des Theseus. Doch es wird kaum schaden, wenn auch die Große Göttin dich schützt. Beug dich vor, ich möchte es selbst um deinen Hals legen.«

Narkissas zarte Hände streiften seine Wangen und seinen Hals. Er dachte daran, wie er auf der Stierweide aus der Ohnmacht erwacht war und sie sich über ihn gebeugt hatte.

Sie waren sich kein zweites Mal so nahe gekommen wie in diesem Augenblick.

»Wann wird dein Schiff auslaufen?«

Hektor räusperte sich. Er hatte das Gefühl, statt Worten nur ein heiseres Krächzen herauszubekommen. »Es wird wohl noch bis weit in den Nachmittag hinein dauern, bis Wind und Meeresströmung den Aufbruch begünstigen.«

»Glaubst du, du hättest Zeit, mit mir noch ein wenig über die Hügel vor der Stadt zu wandern? Ich verspreche auch, ich werde dich zu keiner Stierweide führen.«

Hektor hatte das unangenehme Gefühl, rote Wangen zu bekommen, so wie ein Stallknecht, den man dabei ertappt hatte, dass er heimlich auf dem Pferd seines Fürsten geritten war. Wieder räusperte er sich. Sein Mund war staubtrocken.

»Dann lass uns gehen.« Narkissa warf ihm ein bezauberndes Lächeln zu, drehte sich um und ging zur Uferbefestigung zurück.

Diese minoischen Frauen ...

STÜRMISCHE ZEITEN

Mein neuer Chef hieß Schmittchen. Jedenfalls nannten ihn alle so, auch wenn niemand mehr so recht wusste, warum. Eigentlich war er kein übler Kerl, abgesehen von ein oder zwei Macken vielleicht. Ich meine, wer empfängt einen schon zum Vorstellungsgespräch im Yogasitz auf dem Schreibtisch hockend, oder entspannt sich, indem er sich auf dem langen Flur vor der Bibliothek im Zen-Bogenschießen übt. Sie sehen, für einen Mann um die sechzig hatte er noch mit einigem aufzuwarten. Und das bei seinem Job! Man hatte ihn bereits vor einigen Jahrzehnten zum Leiter der Moppenheim-Stiftung gemacht, der wohl abgelegensten Bibliothek an der Kölner Uni. Irgendwie gehörte sie zum Archäologischen Institut, nur hatten das die meisten Studenten leider nicht bemerkt. Mit durchschnittlich drei Besuchern in der Woche mussten wir uns in unserem Refugium unter dem Dachstuhl des archäologischen Instituts wirklich nicht bis zur Erschöpfung abarbeiten, und es wäre ein klasse Job gewesen, wären nicht einige der Profs auf die Idee gekommen, den reichlich vorhandenen freien Platz zwischen den Bücherregalen noch anderweitig zu nutzen. Mangels regelmäßiger Besuche hatte man uns zu einer Art Abstellkammer degradiert. Aber unter unserem Dachstuhl lagerten nicht etwa alte Besen und ausrangierte Schreibmaschinen, nein, hier wurden Mitbringsel von archäologischen Expeditionen aus aller Herren Länder verstaut. Vielleicht war das auch der Grund dafür, dass ich der einzige Bewerber auf diese Stelle war. Es ist sicher nicht jedermanns Sache, lange Herbstabende zwischen mumifizierten Pavianen, Schrumpfköpfen aus Polynesien und merkwürdig bemalten Amphoren zu verbringen. Aber wenn man in so einer WG wohnt, wie ich das tue, dann betrachtet man einen solchen Aufenthaltsort geradezu als angenehme Abwechslung. Sie halten das für leeres Gerede? Ich sag Ihnen, wenn man beim morgendlichen Gang zum Klo von einem selbst gemalten Plakat überrascht wird, auf dem in blutroten Lettern steht: *Wen wir hier im Stehen fanden, der hatte es stets ausgestanden*, dann bekommt man ein neues Weltbild. Vor allem, wenn unter diesem Satz noch ein blutverschmiertes Skalpell prangt und einer dieser Aufkleber: *Stehend Pinkeln verboten*. Vielleicht sollte ich auch noch erwähnen, dass zu meinen drei Mitbewohnern eine Medizinstudentin gehört, die Männer für die überflüssigsten Geschöpfe des Universums hält.

Unter solchen Bedingungen erscheinen mumifizierte Paviane, die einen mit leeren Blicken verfolgen, wirklich sympathisch! Da man als Archäologiestudent ohnehin auf dem Weg ist, staatlich lizensierter Grabräuber zu werden, fühlt man sich unter Leichen manchmal wohler als unter Lebenden, jedenfalls wenn man solche Erfahrungen gemacht hat wie ich. Aber das ist eine andere Geschichte …

Sicher wäre mit meinem Job in der Moppenheim-Stiftung auch alles gut gegangen, wäre Schmittchen nicht eines Abends auf die Idee gekommen, mich die gesammelten Amphoren abstauben zu lassen. Falls Sie jemals in Verlegenheit kommen sollten, einen ähnlichen Job erledigen zu müssen, kann ich Ihnen nur raten: Heben Sie griechische Amphoren der geometrischen Epoche niemals an ihren Henkeln an! Kaum hatte ich diesen Fehler nämlich gemacht, da stand ich auch schon in einem Haufen zweieinhalbtausend Jahre alter Scherben. Die einzig angenehme Überraschung bei der Sache war, zu erkennen, was ein halbes Jahrhundert Zen-Buddhismus aus einem Menschen machen kann. Schmittchen blieb völlig ruhig. Das Erste, was er sagte, war: »Ich glaube, das ist Professor Herberts' Lieblingsstück aus seiner Olympia-Grabung vor dreißig Jahren.«

Professor Herberts ist unser Institutsleiter und dafür berüchtigt, so viel Langmut wie ein ausgehungerter Haifisch zu haben. Vor meinem geistigen Auge sah ich mich schon lebenslänglich Sklavendienste auf Ausgrabungen in der Vorderen Mongolei leisten. Als ich mich eingeschrieben hatte, war ich noch fest davon überzeugt gewesen, ich würde ein zweiter Indiana Jones werden, und jetzt würde die Wissenschaft um all das, was ich ihr zu geben hatte, gebracht, nur weil ein Trottel nicht in der Lage gewesen war, einen Henkel vernünftig an eine Amphore zu kleben.

»Ich klebe sie wieder …«, stammelte ich verlegen. »Man wird nichts mehr sehen, wenn ich …«

Schmittchen schüttelte den Kopf. »Du hast doch nie einen Keramik-Kurs belegt. Lass lieber die Finger von dem Scherbenhaufen.« Er bückte sich und hob den Amphorenfuß auf, der unversehrt geblieben war. »Ungewöhnlich«, murmelte er leise.

Dann sah auch ich, was er meinte. Auf der Innenseite der Amphore waren einige zittrige Schriftzeichen zu sehen.

»Aiora«, hauchte Schmittchen. Er hatte plötzlich einen Glanz in den Augen, wie ich ihn bei ihm noch nie gesehen hatte. Die Hand, mit der er die Scherbe hielt, zitterte.

»Was heißt Aiora?«

Geistesabwesend sah er in meine Richtung. »Den Buchstaben nach haben wir es mit einer attischen Variante des Altgriechischen zu tun. Aiora … Das ist kein Wort, das ich kenne. Vielleicht ein Name? Scheint mit Luft zu tun zu haben …« Er legte den Amphorenfuß auf ein Regalbord und bückte sich nach den anderen Scherben. »Was für eine Malerei ist das auf der Amphore gewesen? Verdammt, ich bin tausendmal an dem Ding vorbeigelaufen und weiß nichts darüber!«

Ich hielt ihm ein Stück hin, das eine nackte, laufende Frau zeigte. Eine rote Figur auf schwarzem Grund. Sie war dem Künstler außerordentlich gut geraten. Ängstlich blickte sie über die Schulter. »Vielleicht sollten wir Professor Herberts Bescheid sagen?«

Ruckartig hob Schmittchen den Kopf. Einen Herzschlag lang wirkte er genauso gehetzt wie die Nackte auf der Scherbe. Dann zogen sich seine dünnen Brauen zu einem durchgehenden Strich zusammen. »Du willst dem alten Herberts also erzählen, dass du sein bestes Stück aus der Olympia-Grabung zerstört hast? Wo möchtest du beerdigt werden?«

»Ich … aber die Inschrift. Eine Inschrift auf der Innenseite einer engen Amphore. Dem muss man doch nachgehen! Wer weiß, was für ein Geheimnis sich dahinter …«

»Wie selbstlos und wie … dumm! Du willst also deinen Rausschmiss riskieren, nur damit Herberts seinen hundertsten Aufsatz schreiben kann, den er, wie ich ihn kenne, sowieso vermasseln wird.«

Was Schmittchen sagte, ließ sich nicht von der Hand weisen.

Mein Chef grinste wie ein Frettchen, das Blut geleckt hatte. »Weißt du was, ich gebe dir für den Rest des Tages Urlaub und klebe die Amphore zusammen. Der ganze Zwischenfall bleibt unter uns …«

Ich überlegte, was Indiana Jones an meiner Stelle getan hätte, und da man dieses Problem offensichtlich nicht mit einer Peitsche lösen konnte, entschied ich mich für gesunden Opportunismus.

Doch das rätselhafte Wort ließ mich nicht mehr los. *Aiora*. Es war das allererste Mal, dass ich in meinem Studium mit einem echten Geheimnis konfrontiert wurde, und ich hatte mich ausbooten lassen!

In einer WG zu wohnen, ist alles andere als ein Zuckerschlecken. Es gehört zu den ungeschriebenen Gesetzen von Wohngemeinschaften, dass immer dann, wenn man am dringendsten seine Ruhe braucht, mit Sicherheit dicke Luft herrscht. Als ich versuchte, mich unauffällig über den Flur zu meinem Zimmer zu schleichen, lief ich geradewegs Johannes in die Arme. Langhaarig, mit einem dichten Bart voller grauer Strähnen und diesem ewig verklärten Blick war er ein Relikt der Hippiezeit, das schon länger in dem alten Haus an der Palanterstraße lagerte als so mancher Rentner in den anderen Etagen. Er drückte sich an die Wand, um mir aus dem Weg zu kommen, und murmelte etwas von dunkler Aura. Dann verschwand er mit langen Schritten in Richtung Klo. Das waren genau die Sprüche, die ich jetzt brauchen konnte!

Zur gleichen Zeit tobte in der Küche eine neue Schlacht in dem nicht enden wollenden Krieg zwischen Wim und Marlene. Wie immer ging es darum, wer wessen letzte Cola-Reserven ausgetrunken hatte. Ich wappnete mich mit Gleichmut und öffnete die Küchentür.

»Siehst du den Strich hier auf der Flasche?« Marlenes blonde Lockenpracht hing ihr in Strähnen ins Gesicht. »Seit gestern markiere ich mit einem Edding, wie viel ich getrunken habe. Hier fehlt mindestens ein Glas. Du bist ein Dieb!«

»Wie kann man nur so spießig sein«, brummte Wim und fasste sich theatralisch an die Stirn. »Das ist typis deuts! Mein Vader hatte mich vor so was gewaarschaut.« Wim war Austauschstudent aus Amsterdam und ständig darum bemüht, allen zu beweisen, dass Klischees die einzigen tiefen Wahrheiten dieser Welt sind. Doch abgesehen davon, dass er alles, was im Kühlschrank stand, als Gemeinschaftseigentum betrachtete, war er eigentlich ganz nett.

»Mit einem Idioten wie dir kann man nicht reden«, giftete Marlene und sah dann mich an – vorwurfsvoll. »Und du sagst natürlich auch wieder nichts. Ihr Männer steckt wie üblich wieder unter einer Decke, wenn es darum geht, Frauen zu unterdrücken. Aber eines Tages wird euch das leidtun!« Die Küchentür knallte so heftig, dass die Gläser auf den Regalen klirrten.

»Mann, du siehst 'r echt auf aus«, begrüßte mich Wim. »Komm, ich nötige dich auf 'ne Cola und 'ne Flippe aus.«

Seine merkwürdigen Übersetzungsversuche von Alltagsniederländisch in Gebrauchsdeutsch waren schon an ganz gewöhnlichen Tagen anstrengend. Im Grunde hatte ich keinen Bock auf Völkerverständigung und Multikulti, aber eine Flippe von Wim wäre jetzt genau das Richtige! Sie waren meistens ein bisschen aufgemotzt ... Wims Onkel war Besitzer eines *Koffie-Shops* in Maastricht, was man den Tabakwaren, mit denen unser Austauschstudent ausgestattet war, deutlich anmerkte. Also ging ich das Risiko ein, eine Cola von ihm anzunehmen, schlug mir eine Dose Ravioli in die Pfanne und versuchte die Sache mit der Amphore zu vergessen.

Als ich zwei Stunden später die Küche verließ, war die Welt wieder in Ordnung. Nach einem halben Dutzend von Wims Flippen und etlichen Whisky-Cola war der nagende Schmerz, um mein erstes Archäologen-Abenteuer betrogen zu sein, endlich betäubt. Nur der Name geisterte mir noch immer durch den Kopf: *Aiora*.

Leise vor mich hin murmelnd schlich ich zu dem Waschbecken in der Ecke meines Zimmers. Ich sah beschissen aus. Das Gesicht eines bekifften Feiglings glotzte mich an. Morgen würde ich Schmittchen sagen, was ich von ihm hielt und ... Ein Donnerschlag ließ das Haus erbeben. Gleißendes Licht flutete durch das Zimmer. Benommen blinzelnd tastete ich mich bis zum offenen Fenster durch. Aus dem engen Hinterhof stieg beißender Rauch auf. Dort, wo einmal der Fahrradständer gewesen war, befand sich nun etwas, das an eine matt glühende moderne Skulptur erinnerte. Die Fahrräder waren zu einem bizarren Gebilde aus verbogenem Gestänge verschmolzen. Ein Blitz musste in den Hof eingeschlagen sein. Dunkle Wolken hingen tief am Himmel, und grünlich leuchtende Blitze flackerten in ihren Herzen. Wieder entlud sich ein Donnerschlag und fegte einen Schornstein vom Dach auf der anderen Hofseite. Geblendet taumelte ich vom Fenster zurück. Gleißende Lichter tanzten mir vor den Augen. Wütende Sturmböen rollten gegen das alte Haus und ließen es bis in die Grundfesten erzittern.

Noch immer rückwärtstorkelnd, stieß ich gegen die Bettkante und landete auf meiner Daunendecke. Mir tränten die Augen. Noch immer konnte ich nichts sehen, während draußen die wütenden Elemente zu einem erneuten Sturm auf mein Zimmer bliesen.

Ich vergrub das Gesicht in den Kissen und verfluchte Wims Flippen. Auf einem solchen Trip war ich noch nie gewesen. Fehlte nur noch, dass mir schlecht wurde!

Irgendwo im Haus erklang ein Geräusch, das sich wie ein Kanonenschuss anhörte. War das die Haustür? Heulend pfiff der Wind durchs Treppenhaus. Dann schlug die Wohnungstür auf und nur einen Herzschlag später meine Zimmertür.

Ich kroch tiefer in die Kissen und wünschte mir, dass dieser Horrortrip endlich zu Ende wäre. Von derart realistischen Wahnvorstellungen hatte ich noch nie gehört! Was für ein Teufelszeug hatte Wim da bloß in seine Zigaretten gedreht?

Wind zerrte an der Decke, die Luft war angefüllt mit trockenem Rascheln. Irgendwo fiel etwas lautstark zu Boden.

»Du hast mich zurückgerufen«, hauchte eine Stimme, die trotz ihrer Zartheit das Getöse ringsherum übertönte. Mit einem Ruck wurde mir die Bettdecke weggerissen, und als ich aufblickte, wusste ich, dass ich mich doch nicht bei Wim beschweren würde, sondern vielmehr eine größere Bestellung von dem, was auch immer in seinen Flippen gesteckt haben mochte, aufgeben wollte.

Bücher, Hunderte Notizzettel und lose Blätter kreisten in einem wilden Wirbel durch mein Zimmer. Und inmitten des Wirbels stand sie. Das Zimmer schien dunkler geworden zu sein. Die Lampe an der Decke glomm so matt wie die Sonne an einem wolkenverhangenen Novembertag. Alles Licht schien sich um sie allein versammeln zu wollen. Ihr dunkles Haar, das blasse Antlitz, die geschwungenen Brauen, all dies schien von einem aschenen Schein kalten Lichts umgeben, aus dem heraus allein ihre Augen voller Wärme strahlten. Dieser Blick war sowohl arglos, abgründig, vertrauensvoll als auch neugierig. Dabei wirkte sie melancholisch. Verletzt sogar … Zugleich lag in ihrem Blick ein Trotz, als wollte sie sagen: Ich habe nicht vergessen, was man mir angetan hat, doch ich würde diesen Weg jederzeit wieder gehen!

Hatte ich schon erwähnt, dass sie nackt war? Na ja, es war auch nicht das Erste, was bei ihr ins Auge stach. Sie trug ihre Nacktheit wie andere Frauen ein Kleid von Karl Lagerfeld – wenn Sie verstehen, was ich meine. Es hatte Stil und passte irgendwie zu ihr.

Kennen Sie diese Augenblicke, in denen Ihre ganze Zukunft von einem einzigen Wort abzuhängen scheint und Sie einfach nichts Intelligenteres als ein gedehntes *Ääähm* über die Lippen bringen?

»Du bist süß«, wogte ihre zauberhafte Stimme durch das Getöse. Das war genau das, was ich von einer so unbeschreiblichen Frau, die obendrein auch noch nackt einen Schritt von meinem Bett entfernt steht, nicht hören will. Süß, niedlich – solche Worte in dieser Situation, das sind Tiefschläge ins männliche Ego.

Ich beschloss, es sei das Beste, erst einmal über etwas Unverfängliches zu reden. »Äh, darf ich dir einen Wein anbieten?«

»Nein, das ist nicht das, wonach mir nach so langer Zeit zumute ist. Ich bin gekommen, um ... um dir zu danken. Du hast mich erlöst, auch wenn ...«

»Ja?«

Einige Notizzettel über rotfigurige Amphoren segelten, ohne auf Widerstand zu treffen, durch ihren linken Oberschenkel. »Auch wenn ich nicht ganz wirklich bin.« Sie seufzte.

»Was kann man dagegen tun, ich meine ...«

»Ein Kuss würde helfen.«

Ich traute meinen Ohren nicht. Da stand die unbeschreiblichste Frau, die mir je in meinem Leben begegnet war, vor mir und hatte das Problem, dass sie geküsst werden wollte. Ritterlich, wie ich nun einmal bin, stand ich sofort auf, um ihr selbstlos zu helfen. Doch sie wich erschrocken zurück.

»Nicht du!«

»Ja, aber ...«

»Du bist einfach zu süß!«

»Dann gibt es doch kein ...«

Entschieden schüttelte sie den Kopf. »Das kann ich dir nicht antun! Ich bin nur gekommen, um dir zu danken und ...« Sie stand jetzt in der Tür. »Vielleicht werden wir uns wiedersehen.«

»Sag mir wenigstens, wie du heißt!«

Eine Windböe schlug mir entgegen und wirbelte mir die Mitschriften eines ganzen Semesters ins Gesicht. »Aiora!«, hallte es durch den engen Flur. Mit einem Donnerschlag schloss sich die Wohnungstür.

Am nächsten Morgen war ich der Einzige in der WG-Küche, der in Hochstimmung war. Wim fluchte über unglaubliche Zufälle und ausgeglühte Fahrräder, Joachim murmelte von schlechten Schwingungen und dass der Sturm noch lange kein Grund gewesen sei, die Türen so zu knallen. Als ich die Wohnung verlassen wollte, erwischte mich noch Marlene. Sie drängte mich gegen die Tür des Frauenklos und zischte los: »Wenn ich noch einmal mitbekomme, dass du eine Frau zwingst, nachts nackt über den Flur zum Klo zu laufen, kannst du dich auf was gefasst machen, du schwanzorientierter Chauvinist!« Marlene hatte diesen Blick, der keinen Widerspruch duldete, und ich verkrümelte mich unter kleinlauten Beteuerungen.

All das vermochte meine Laune jedoch nicht zu trüben. Es war ein wunderschöner Tag, und erfreulicherweise hatte sich Schmittchen hinter einem ganzen Berg von Büchern verkrochen und war nicht ansprechbar.

Es muss gegen drei Uhr gewesen sein, als ich die Ereignisse der vergangenen Nacht so weit verarbeitet hatte, dass ich mich leise zum Klo schlich. Dort starrte ich in den halb blinden Spiegel und flüsterte dreimal ihren Namen. Sollte das alles kein Drogentraum gewesen sein, dann müsste jetzt gleich etwas passieren, und wenn doch... Ich seufzte, in diesem Fall würde ich mich wohl mit einem Großauftrag an Wim wenden. Vielleicht gab sein Onkel ja Mengenrabatt?

Es wurde dunkler in dem kleinen Klo. Ich blickte zum

Himmel hinauf. Wolken ballten sich über dem archäologischen Institut, obwohl der Himmel ringsherum blau war. Eine Windbö ließ die Dachsparren knarren. Im nächsten Moment blendete mich ein gleißender Blitz. Klirrend schwang das Dachfenster vor mir auf.

Noch immer blind hörte ich ihre Stimme. »Du hast mich gerufen?«

Das klang ganz wie in einem Märchen aus Tausendundeiner Nacht. Blinzelnd blickte ich mich um. Etwas streifte meine Wange. Dann sah ich sie. Verschwommen erschien ihr Bild in dem alten Spiegel. Sie stand vorm offenen Fenster, und ihre Gestalt hatte etwa so viel Konsistenz wie der Rauch von angebranntem Reibekuchen. Das sah verdammt noch mal nicht gut aus!

»Ist alles in Ordnung?« Schon wieder eine dieser dämlichen Fragen. In ihrer Anwesenheit schien mein Hirn regelmäßig auszusetzen!

»Mehr ist bei einem kleinen Gewitter leider nicht zu erwarten«, entgegnete sie. »Ich bin schließlich eine Windsbraut.«

»Was?«

»Ich bin Aiora, Tochter des Boreas, des Königs der Winde. Der Volksmund nennt Geschöpfe wie mich *Windsbräute*. Und wer bist du, mein Retter?«

»Äh, Stefan Nadeck, Sohn des Helmut Nadeck, der ist … ein leitender Versicherungsvertreter für den Bezirk Köln. Und Geschöpfe wie mich nennt man *Student*. Aber warum bin ich dein Retter?«

»Du hast meinen Namen gesprochen … als Erster nach so langer Zeit! Er war … sagen wir, verloren gegangen.«

Hatte ich erwähnt, dass sie schon wieder nackt war? Ich versuchte sie nicht allzu offensichtlich anzustarren. »Ich würde dich gerne … also … glaubst du, als Königstochter würdest du dich vom Sohn eines bürgerlichen Versicherungsvertreters zum Essen einladen lassen?«

Sie lachte. »Du bist süß!«

Schon wieder dieses ärgerliche Adjektiv! »Heißt das *ja*?«

»Es könnte Probleme mit dem Termin geben«. Ihre Stimme klang traurig. »Ich bin anders als die anderen Jungfern, mit denen du dich zum Rendezvous triffst. Ich brauche einen Sturm, um zu erscheinen. Und …« Sie zögerte, schüttelte dann den Kopf.

Regen peitschte hinter ihr durch das zerbrochene Dachfenster. »Aber ich habe dich gerufen, und jetzt bist du hier!«

»Weil Zeus mir noch einen Gefallen schuldet. Das Gewitter gestern war ein Geschenk von ihm, genauso wie der kleine Sturm, der jetzt über dem Stadtviertel wütet.«

»Ein Geschenk von Zeus?« Unsicher blickte ich zum Himmel hinauf.

Aiora nickte ernst. »Ich fürchte allerdings, er wird nicht jedes Mal mit seiner Wetterplanung darauf Rücksicht nehmen, dass wir uns gern wiedersehen möchten. Beobachte den Himmel, Stefan. Ich bin überall, wo auch nur eine leichte Brise weht. Ich bin fast ständig um dich, auch wenn ich nicht Gestalt anzunehmen vermag. Wenn der Sturmwind von Nordosten weht und der Himmel schwer an schwarzen Gewitterwolken trägt, dann ist es an der Zeit, mich wiederzusehen! Bis dahin lebe wohl. Ich wünschte, ich …« Ihre Gestalt verblasste. Ein goldener Lichtstrahl durchbrach die Wolken und spiegelte sich matt in der Pfütze auf dem gekachelten Boden.

Niedergeschlagen kehrte ich am nächsten Morgen in die Bibliothek zurück. Eine Liebe, die nur bei Gewitterstürmen ihre Erfüllung fand! Warum konnte ich mich nicht mal in ein ganz normales Mädchen verlieben?

Und was war es, was sie mir nicht hatte sagen wollen?

Unruhig begann ich in den verschiedenen Lexika zu suchen, die hier oben friedlich vor sich hin verstaubten. Und was ich fand, war nicht gerade beruhigend.

Boreas, werden in älterer Zeit die aus den nördl. Gegenden zwischen den Sonnenauf- und Untergangspunkten des Sommersolstitiums wehenden Winde genannt. B. ist der König der Winde, von wilder Kraft, Kälte, Finsternis und Schnee bringend. Seine Kinder vermögen auf des Kornes und des Meeres Wellen danhinzueilen.

So oder ähnlich klangen alle Einträge, die ich fand. Von *Aiora* jedoch keine Spur. Einige der Lexika fehlten, oder, besser gesagt, sie türmten sich auf Schmittchens Arbeitstisch, der seit meiner Rückkehr vom Klo öfter misstrauisch zu mir hinüberblinzelte. Irgendetwas schien ihn zunehmend nervös zu machen. Dann schickte er mich früher heim.

Als ich aus dem Institut trat, zogen von Norden dunkle Wolken auf. Es sah so aus, als wollte mein Schwiegervater in spe für ein weiteres Rendezvous sorgen. Oder vielleicht erschien sogar Zeus persönlich? Welche Chancen! Was würde ich alles von ihm erfahren können. Der berühmteste Archäologe aller Zeiten würde aus mir werden! Schliemann und Carter, das wären Namen, deren Glanz bald neben Nadeck verblasste! Aber was zählte das schon! Wichtig war, dass ich zum glücklichsten Archäologen aller Zeiten werden würde! *Aiora!* Ihr Name war wie Musik.

Die halbe Nacht hatte ich auf der großen Wiese vor der Mensa auf sie gewartet, doch die Sturmwolken zogen vorüber, ohne dass es zu einem Unwetter kam. Wohl hundertmal rief ich ihren Namen in den finsteren Himmel, doch nichts geschah. Hatte ich etwas falsch gemacht?

Ich war völlig übernächtigt, als ich am nächsten Morgen die Stiftungsbibliothek betrat und neben mir ein Pfeil ins Holz der Tür schlug.

»Du betrittst mir nicht mehr diese geheiligten Räume des Wissens!« Schmittchen trug ein merkwürdiges Kostüm. Es wirkte japanisch. Er hatte ein weißes Tuch mit Schriftzeichen um die Stirn gebunden und zielte mit seinem Bogen auf die Tür. Am meisten beunruhigte mich allerdings, dass er in völlig normalem Plauderton sprach und nicht einmal in meine Richtung blickte, während er den Bogen erneut spannte.

»Chef! Bitte ... wir können doch über alles reden!«

»Das zerbrochene Fenster! Das war sie, nicht wahr!«

»Also, das ist alles ganz anders, als es ...«

»Auch wenn ich vielleicht nicht den Eindruck erwecke, ich bin ernstlich verstimmt und auf keinen Fall gewillt, mir lange Ausflüchte anzuhören. Ich weiß, dass meine Mitgliedschaft im Rentner-Zen-Bogenschützenclub auf Mallorca in Gefahr ist, und ich werde ganz bestimmt nicht dulden, mir von einem Studenten ohne jegliches Verantwortungsgefühl den Lebensabend versauen zu lassen.«

Ich begriff zwar nicht, wovon er redete, aber einem Mann mit einem gespannten Bogen in der Hand widerspricht man nicht, vor allem dann nicht, wenn er offenbar entschlossen ist, für das Rentnerparadies Mallorca zu streiten. »Sie haben ja so recht, Herr Schmitt. Wegen des Fensters tut es mir schrecklich leid.«

Schmittchen blickte nun endlich zu mir herüber und korrigierte dabei die Ausrichtung seines Bogens. Der Pfeil zielte nun direkt auf mein Herz. »Weißt du überhaupt, worauf du dich eingelassen hast? Sie ist ein *Daimon*, ein Geschöpf, das nur Tod und Vernichtung bringt. Deine Seele ist in Gefahr!«

»Meinen Sie *Aiora*?« Es mag ja sein, dass von wunderschönen nackten Frauen in moralischer Hinsicht die eine oder andere Gefahr ausgeht, aber was Schmittchen da faselte, kam mir reichlich verworren vor.

»Sie ist die Namenlose, die Ausgestoßene, die zweite Tochter des Boreas! Ruf ihren Namen nicht!«

»Aber ...«

»Versuche nicht, mir etwas vorzumachen. Ich weiß, in welche Bücher du gestern geschaut hast und was du *nicht* gelesen hast! Geh zu meinem Schreibtisch hinüber und sieh dir einmal an, was Aristoteles schreibt.«

Ich gehorchte. Wenn ein Pfeil auf mein Herz zielt, widerspreche ich nicht. Auf Schmittchens Schreibtisch fand ich ein Traktat über die Winde aufgeschlagen.

»Boreas aber wurden durch Oreithyia Zetes und Kalais geboren, auch schenkte sie ihm zwei Töchter, deren eine den Namen Chione trägt. Die zweite aber ward von den Göttern verurteilt und ihres Leibes beraubt, sodass sie wie ein Geist mit dem Winde zog, bis die Priesterschaft sie mit einem Fluch bannte und ihren Namen für immer tilgte, denn so heißt es, ihr Kuss war für die Menschen tödlich und ihr Erscheinen bedeutete stets Verderben.«

»Du hast die gerufen, deren Namen von den Priestern gebannt wurde, nicht wahr? Das Wort in der Amphore ... Es ist der Name dieses *Daimons*!«

»Das ist alles ganz anders. Ich ...«

»Nein! Du wirst dieses Haus nicht mehr betreten, bis du dich von ihr losgesagt hast! Ihr Kuss kann töten! Vergiss das nicht! Solche Geschöpfe kommen nicht unter mein Dach!«

Seine Ehre als Wissenschaftler, das war die letzte Chance. »Bedenken Sie, Herr Schmitt, was sie uns alles über die

Antike berichten könnte! Sie ist eine Augenzeugin! Sie würden einer der berühmtesten ...«

»Nicht einer der berühmtesten, sondern einer der totesten Archäologen würde ich werden, und das drei Jahre vor meiner Pensionierung! Sag dich von ihr los, dann kannst du wiederkommen!«

»Und wenn ich ...«

Schmittchen zog die Bogensehne bis hinter sein rechtes Ohr. »Nein!«

Die Hand, mit der er den Bogen hielt, zitterte vor Anstrengung, und ich entschied mich für einen taktischen Rückzug.

Ich streifte ziellos durch einen kleinen Park in der Nähe der Uni. Hatte Aiora mich betrogen? Stimmte, was Schmittchen gesagt hatte? Wollte Aiora mich ... als Opfer?

Er konnte durchaus recht haben. Alles passte zusammen! Düster vor mich hin brütend ließ ich mich auf einer Bank nieder, als ein Windstoß das Laub aufwirbelte. Die Blätter tanzten im Wind und wehten direkt vor meine Füße, wo sie sich in rascher Folge zu Buchstaben und Wörtern zusammensetzten, auseinanderstoben und neue Wörter bildeten.

ICH MUSS MIT DIR SPRECHEN

Die Satzzeichen fehlen; das war das Erste, was mir durch den Kopf schoss. Im Angesicht eines solches Wunders so etwas Banales zu denken, war ein todsicheres Indiz für ihre Anwesenheit. Ich blickte mich unsicher um.

»Bist du hier?«

HAST DU SCHON VERGESSEN ICH BIN ÜBERALL WO AUCH NUR EINE LEICHTE BRISE WEHT

»Stimmt es? Hast du mich belogen?«

ICH HABE Die Blätter verwehten. Etliche Augenblicke vergingen, bis der tanzende Luftwirbel wieder Buchstaben formte. ICH HABE DIR NICHT ALLES ERZÄHLT ABER ICH HABE DICH NICHT BELOGEN

In Ihrer Aufregung wurden die Buchstaben, die sie formte, immer größer. »Dann sag mir die Wahrheit.«

KENNST DU DIE GESCHICHTE DER NYMPHE SYRINX PAN WOLLTE SIE BESPRINGEN SIE IST VOR IHM FORTGELAUFEN UND ER HAT SIE GEHETZT WIE EIN WILDES TIER BIS ER SIE IM SCHILF AN EINEM SEEUFER STELLTE UND ES KEINEN FLUCHT-WEG MEHR GAB DA HAT GAIA SYRINX IN SCHILF VERWANDELT UND VOR DEM GEILEN BOCK GE-RETTET

ICH HATTE KEINE LUST ZU SCHILFROHR ZU WERDEN EINER VON PANS ZECHKUMPANEN EIN NOTGEILER SILEN IST MIR NACHGESTIEGEN UND ICH HABE IHN ERSCHLAGEN

Ich dachte an Marlene und ihre Warnung über nackte Frauen in der WG. Ihr würde Aiora gefallen!

DARAUFHIN WURDE IM OLYMP EIN TRIBUNAL ZUSAMMENGERUFEN PAN WAR WIRKLICH WÜ-TEND ABER WEGEN DIESES VERSOFFENEN ALTEN BOCKS HÄTTE MAN NIE SOLCHEN AUFWAND BE-TRIEBEN ES WAR HERA DIE DAHINTERSTECKTE UND DIE MICH

»Was?«

NA JA WIE DAS SO IST FAMILIENGESCHICHTEN HALT

»Du hattest eine Affäre mit ...«

WAS GLAUBST DU WARUM MIR ZEUS NOCH EIN PAAR GEWITTER SCHULDIG IST NUN TU NICHT SO

SCHOCKIERT EINE AFFÄRE MIT ZEUS DAS IST IM
OLYMP WIRKLICH NICHTS BESONDERES GEWESEN
JEDENFALLS SOLANGE HERA NICHT WIND VON
DER ANGELEGENHEIT BEKAM ABER SIE WOLLTE
EIN EXEMPEL AN MIR STATUIEREN UND SICHER
SEIN DASS ZEUS UND ICH NIE WIEDER SO WURDE
MIR MEIN LEIB GENOMMEN ZEUS HAT EIN BISS-
CHEN IM KLEINGEDRUCKTEN DES URTEILS HERUM-
GEMOGELT SO KOMMT ES DASS ICH MICH BEI GE-
WITTERN WIEDER SICHTBAR MACHEN KANN
AUCH WENN MEIN LEIB KEINE FESTE FORM AN-
NIMMT ES SEI DENN

Die kleine Windhose aus Blättern fiel in sich zusammen.
Ich wartete, doch diesmal gab Aiora kein Lebenszeichen
mehr von sich. »Es sei denn *was*? Bist du noch hier?«

Ein leises Rascheln erklang zwischen den Blättern.

»Dann stimmt also doch, was Schmittchen gesagt hat! Du
bist ein Vampir!«

KEIN VAMPIR Eine Wolke aus feinem Staub blies mir ins
Gesicht. ICH TRINKE KEIN BLUT ABER EIN KUSS
VON MIR KOSTET EINEN STERBLICHEN EIN JAHR
EINE NACHT MIT MIR MACHT EINEN JÜNGLING
ZUM GREIS DAS IST AUCH DER GRUND WARUM
ICH EIN WEITERES MAL VERDAMMT WURDE ICH
HATTE EINEN FLIRT MIT DEM HOHEN PRIESTER
DES ZEUS IN OLYMPIA ER WOLLTE DAS UND ER
WUSSTE AUCH WELCHEN PREIS ER DAFÜR ZAH-
LEN WÜRDE DANACH WURDE ICH VON DER PRIES-
TERSCHAFT ANGEKLAGT ICH BIN MIR SICHER
DASS AUCH DIESMAL HERA IHRE FINGER IM SPIEL
HATTE DIE PRIESTER TILGTEN MEINEN NAMEN
AUS ALLEN SCHRIFTEN MEIN BILD WURDE IN
DEN TEMPELN GELÖSCHT SIE SORGTEN DAFÜR

DASS ICH IN VERGESSENHEIT GERIET HERA BE-
SIEGELTE DAS GANZE MIT EINEM BANN ICH
KANN NUR ZURÜCKKEHREN WENN JEMAND IN
EINE SPIEGELNDE FLÄCHE BLICKT UND DABEI
DREIMAL MEINEN NAMEN AUSSPRICHT DER
SCHRIFTZUG IN DER AMPHORE WAR EIN WEI-
TERES GESCHENK VON ZEUS ABER DU WEISST
JA WIE LANGE ES GEDAUERT HAT BIS ER ENT-
DECKT WURDE

Ich war sprachlos. Was soll man auch zu so etwas sagen? *Tut mir leid* wäre wohl zu banal.

Die Blätter stoben auseinander. Sie schien auf etwas zu warten. Mein Mund war staubtrocken. »Ich, ähm ...« Ich räusperte mich. »Also ich hab keine Freundin ... Und wenn es dir nichts ausmacht.«

GEHÖRST DU IRGENDEINER PRIESTERSCHAFT AN

»Nein, ich ... ich bin katholisch. Aber ...«

ICH HABE DICH GEWARNT DU WEISST WAS GESCHIEHT WENN WIR

»Na ja, wir müssen ja nicht gleich ... Wir sollten uns erst einmal besser kennenlernen und ...« Ich glaubte zwar nicht, dass es dabei bleiben würde, wenn sie nackt in meinem Zimmer vor mir stand, aber was sollte es? Ich hatte bei gewöhnlichen Frauen einfach keinen Erfolg. Und mein Studium lief auch nicht gerade toll. Besser eine einzige wahrhaft göttliche Nacht als ein langes beschissenes Leben. So wie Schmittchen würde ich nicht enden. Allerdings hatte ich das Gefühl, dass sie wieder auf und davon wäre, sobald ich zu direkt wurde. »Wir könnten ja eine platonische Liebe ...«

Eine plötzliche Bö zerzauste mein Haar. WENN DU PLATON GEKANNT HÄTTEST WÜRDEST DU NICHT SO

Der Blätterwirbel erstarb.

»Frank?«

Joachim kam den Weg entlang und blieb unmittelbar vor der Bank stehen. »Ein wunderbarer Tag, um etwas von der Energie der Bäume in sich aufzunehmen und ...« Er blieb abrupt stehen. »Sieh mal die Blätter! Als hätte sie jemand zu Buchstaben zusammengelegt. Warst du das?«

Ich nickte und betete stumm, dass er wieder verschwinden möge. Doch Joachim hatte noch jede Menge über die positive Kraft der Bäume zu erzählen, und da kein anderes Opfer in Reichweite war, hielt er sich an mich.

Drei Tage waren seit dem Treffen im Park vergangen, und seitdem hatte es kein neues Gewitter gegeben. Zeus schien anderweitig beschäftigt zu sein. Ungeduldig wartete ich am nördlichen Eingang zum Volksgarten und beobachtete die Tankstelle auf der anderen Straßenseite. Es war früher Abend, und ich hatte mich mit Aiora verabredet.

In den letzten Tagen hatte ich viel über das Problem mit den Gewittern nachgedacht. Aiora brauchte Sturmwind und Blitze, um sichtbar zu werden. Ich war überzeugt, eine Lösung gefunden zu haben.

In der Waschstraße der Tankstelle heulte das Trockengebläse auf. Kaum eine Sekunde später blitzte es. Öliger Rauch stieg aus dem Steuerungskasten neben der Einfahrt. Es folgte ein Augenblick bedrohlicher Stille, dann stürzte der Tankwart fluchend aus dem Kassenhäuschen.

»Ein klasse Idee«, hauchte eine sinnliche Stimme in mein Ohr. »Dass ich nicht selbst schon darauf gekommen bin ... In diesen merkwürdigen Häusern mit den großen Bürsten gibt es alles, was ich brauche. Sturmwind, und in dem feinen Kupferhaar ist genügend Kraft für einen starken Blitz. Endlich bin ich nicht mehr auf den Alten angewiesen!«

»Den Alten?«

»Na, Zeus. Es war zwar ganz nett mit ihm, aber er hat einfach zu viele Affären. Und dann noch Hera ...«

Einen Moment lang fragte ich mich, welche Konsequenzen es wohl haben mochte, dass ich mit einer Geliebten des Göttervaters herummachte. Egal! Wenn stimmte, was Aiora sagte, würde es ohnehin nur ein *one night stand* werden, nach dem ich mir höchstens noch Sorgen um meine Unterbringung in einem Altersheim machen musste.

Um den Steuerungskasten an der Einfahrt zur Waschstraße zuckten kleine, blaue Blitze, während Qualm aus der Waschstraße quoll. Es hörte sich so an, als würden die Bürstentrommeln noch arbeiten. Aber ohne Wasser. Mit dem professionellen Interesse katastrophenverwöhnter Privatfernsehzuschauer verfolgten drei Kunden an den Zapfsäulen den deftigen Dialog zwischen dem Tankstellenchef und einem cholerischen Mercedesbesitzer, dessen bestes Stück durch die trockenen Bürsten vermutlich gerade von seinem Lack befreit wurde. Plötzlich, wie auf ein unhörbares Stichwort hin, blickten die Gaffer in unsere Richtung.

»Wir sollten jetzt besser verschwinden«, murmelte ich gepresst und drehte mich zu Aiora um. Und dann gaffte auch ich! Sie trug nämlich ein himmelblaues Barockkleid mit Silberstickereien, dessen Reifrock locker den Durchmesser eines Sattelschlepperreifens hatte, während das Dekolleté vermutlich selbst Casanova hart an den Rand eines Herzinfarkts gebracht hätte.

Ihre Haare waren gepudert und zu einer Turmfrisur hochtoupiert, die von einer silbernen Zeusfigur mit einem Bündel Blitze in der Faust gekrönt wurde.

»Ähm ... hast du vielleicht auch was Unauffälligeres?«

»Unauffälliger? Gefällt dir das Kleid etwa nicht? Ich bitte dich! Es ist das erste Mal seit mehr als zweitausend Jahren, dass ich aus meinem eigenen freien Willen erscheinen kann. Da werde ich doch nicht in irgendeinem unscheinbaren Fummel auftreten!«

»Wir wollen das Ding mit der Tankstelle ja vielleicht noch mal durchziehen. Da ist es nicht gut, wenn man schon beim ersten Mal auf uns aufmerksam wird, und überhaupt ...«

Einer der Gaffer hatte schon sein Handy gezückt und wollte offensichtlich ein Foto von Aiora machen.

»Lass uns verschwinden!« Ich griff nach Aioras Hand – ein Griff ins Leere!

Sie lachte, während ich loslief. Es dauerte nicht lange, bis wir tief im Park verschwunden waren. Am alten Festungswall beim Rosengarten blieb ich stehen und rang keuchend um Atem. Aiora beobachtete mich amüsiert. »Ich hab schon bessere Läufer getroffen.«

»Das Kleid ... könntest du vielleicht ... etwas Moderneres ...«

Sie zog einen Schmollmund und verblasste. Kaum einen Herzschlag später war sie wieder zu sehen, und was sie jetzt trug, war kaum dazu angetan, einen Mann wieder zu Atem kommen zu lassen. Es war ein Lacklederkleid, das mehr enthüllte, als es verbarg. Ich schluckte und spürte, wie ich rot wurde.

»Das war nicht ganz das, was ich meinte ...«

»Nun hab dich nicht so. Das habe ich erst heute in einem dieser flachen Bilderkästen gesehen. Fernseher nennt ihr die doch.«

Wahrscheinlich hatte sie ein Video von Lady Gaga erwischt. »Versteh mich jetzt bitte nicht falsch ... mir gefällt sehr gut, was du trägst, und ich wette, dass neunzig Prozent aller männlichen Geschöpfe in diesem Park das ähnlich sehen, aber in Anbetracht deiner ... ähm ... deiner besonderen Beschaffenheit sollten wir nicht so viel Aufsehen erregen.«

Sie nickte langsam und sah mich dabei so traurig an, dass ich wünschte, ich hätte nichts gesagt.

»Weißt du, wie es ist, mehr als zwei Jahrtausende zu existieren, immer unter Menschen zu sein und nie wahrgenommen zu werden? Ich möchte angesehen werden! Ich will mich in Blicken baden ... ich ...« Ihre Konturen verschwammen. Als sie dann wieder erschien, trug sie ein schlichtes, geblümtes Sommerkleid, in dem sie immer noch hinreißend aussah. »Wirst du so mit mir unter Menschen gehen?«

Ich fühlte mich beschämt und scheußlich spießig. Statt zu antworten nickte ich nur und wies in Richtung der großen Wiesen. Wieder glitten meine Finger durch ihre Hand. An Spaziergänge mit geisterhaften Frauengestalten musste ich mich erst noch gewöhnen.

Kennen Sie das Gefühl, großen Mist zu bauen und sich dabei auch noch glücklich zu fühlen? So erging es mir in diesem verzauberten Sommer. Ich sah Aiora täglich, und statt mich mit Schmittchen herumzuärgern machte ich Ausflüge mit ihr, schrieb alberne Liebesgedichte und ließ es mir gut gehen.

Nach ungefähr zwei Wochen waren die täglichen Kurzschlüsse in den Waschstraßen Stadtgespräch. Die »Zeugen des Wachturms« verkündeten, dies seien sichere Zeichen für den bevorstehenden Weltuntergang, während man im »Tex-press« darüber spekulierte, ob eine urbane Ökoguerilla-Bewegung den Kampf gegen die mobile Gesellschaft aufgenommen hätte.

Aiora entwickelte den Ehrgeiz, immer kunstvollere Kurzschlüsse in den Waschstraßen herbeizuführen und schaffte es einmal sogar, einen Smiley in ein Autodach zu brennen.

Ob Sie es glauben oder nicht, sie benahm sich wie ein verliebter Teenager. Nur Dance Clubs mieden wir, nachdem

Aiora einmal versehentlich durch mehrere Tänzer hindurchgeglitten war, was zu einer Massenpanik geführt hatte. Doch auch das hielt uns nicht davon ab, uns auf tägliche Exkursionen einzulassen. Dabei machten wir die seltsamsten Entdeckungen. Sie war zum Beispiel ganz verrückt nach allen nur erdenklichen Gerüchen. Wenn ich mir in einem Ristorant eine Pizza bestellte, dann stand sie neben mir, beugte sich über meinen Teller und schnupperte wie ein Bluthund, der eine Fährte aufgenommen hatte.

Anfangs war es mir unangenehm, essen zu gehen, nur für mich zu bestellen und Aiora mit schmachtendem Blick neben mir stehen zu haben. Aber mit der Zeit gewöhnte ich mich an die gehässigen Kommentare von den Nachbartischen und die Blicke der Kellner. Sie wissen ja, Liebe macht blind – und mit der Zeit auch taub.

Diese Blindheit war es, die mich die Zeichen der herannahenden Katastrophe einfach übersehen ließ. Es hätte mich schon stutzig machen sollen, als ich Schmittchen, Joachim und Wim im Cafe *Kümmel* beieinandersitzen und verschwörerisch tuscheln sah. Die kleinen Zettel mit den arkanen Symbolen, die an unsere Toilettentüren gepinnt waren, ignorierte ich genauso wie die geheimnisvollen Zeichen, die mit goldenem Edding auf den Staubsauger gemalt waren.

Ich fand es auch nicht weiter verwunderlich, dass alle immer verstummten, wenn ich die WG-Küche betrat, und mich nur seltsam anstarrten. Selbst als Joachim mich einmal auf meine dunkle Aura ansprach und behauptete, die Wohnung sei schon ganz von schlechten Schwingungen durchdrungen, dachte ich mir noch immer nichts Böses. Zuletzt warnte er mich sogar ausdrücklich und sagte: »Dich zu treffen ist so, als würde man sich auf ein Rendezvous mit einem Vampir einlassen.« Ich grinste nur, schließlich kannte ich mich mit Vampiren und Windsbräuten aus. Und was sollte man meiner Liebsten schon anhaben, solange ihre Gestalt nicht einmal feste Form annahm.

Aiora und ich, wir waren einfach zu glücklich, um zu bemerken, was sich zusammenbraute. Natürlich beachteten wir einige Anstandsregeln. So ließ ich sie nur noch durch mein Fenster ins Zimmer, um das Türenknallen zu vermeiden, und wenn sie über den Flur wandelte, dann war sie jedes Mal züchtig verhüllt. Ansonsten scherte uns die Welt um uns herum aber nicht das Geringste, schließlich hatten wir unsere eigene Welt.

Die Kraft des Trockengebläses und der Kurzschlussblitze in den Waschstraßen erlaubten ihr immer nur für wenige Stunden sichtbar zu werden. In dieser Zeit waren wir uns so nahe, dass die Spanne bis zum nächsten Wiedersehen nur wie ein vager Traum erschien. Und so brach das Unglück völlig unerwartet über uns herein, obwohl ich doch eigentlich alle Vorzeichen gesehen hatte.

Sie hatte mich besucht, und der Anstand verbietet es, näher zu schildern, was man so zusammen tut, wenn ein Partner nicht wirklich körperliche Gestalt hat. Danach war ich in einen unruhigen Schlaf gesunken.

Es muss dann kurz vor der Morgendämmerung gewesen sein, als mich ein Geräusch aus dem Schlaf aufschrecken ließ. Aiora stand am verschlossenen Fenster und blickte zu dem kleinen Himmelsquadrat hinauf, das man über dem engen Hinterhof sehen konnte. Draußen auf dem Flur waren leise Schritte zu hören. Wahrscheinlich ein nächtlicher Klogänger.

Mein rotes Hemd hing noch immer über der Lampe am Bett. Das Zimmer war in ein mattes Glühen getaucht. Ich beobachtete ihr Haar. Obwohl sie vor dem verschlossenen Fenster stand, bewegten sich ihre Haare unablässig, als würden sie von einer leichten Brise liebkost. Seltsam zerbrechlich schien sie mir in diesem Augenblick. Unsere Zeit, die wenigen gestohlenen Stunden, war ein weiteres Mal abgelaufen. In der Ferne kündete dumpfes Donnergrollen von einem heranziehenden Gewitter. Ihr Leib war schon wieder durchscheinend geworden. Wie durch Gaze konnte ich den Bücherstapel auf der Fensterbank sehen, obwohl sie doch unmittelbar davorstand. Nicht mehr lange, und sie würde mich bitten, das Fenster zu öffnen, um dann binnen eines Herzschlags zu einem Windhauch zu vergehen, der über die Dächer zum Himmel hinaufflog, um mit den Sturmwolken weiterzuziehen.

Ich wollte gerade aufstehen und zu ihr hinübergehen, als auf dem Flur ein lautstarkes Brummen ertönte. Im nächsten Moment stürzte meine Tür ins Zimmer und zwei vermummte, mit einem Staubsauger bewaffnete Gestalten stürmten herein. Obwohl sie sich Strümpfe über die Gesichter gezogen hatten, zusätzlich noch Fahrradhelme trugen und sich aufführten, als wären sie ein Sonderkommando vom Bundesgrenzschutz, waren es unverkennbar Joachim und Wim.

Eigentlich sahen die beiden eher komisch als bedrohlich aus, und ich hätte wahrscheinlich laut losgelacht, hätten sie nicht das Staubsaugerrohr auf Aiora gerichtet.

Sie drehte sich um, panische Angst glomm in ihren Augen. Der Staubsauger röhrte noch lauter, als es plötzlich geschah. Aioras Formen begannen zu verwischen, so wie bei einem Aquarell, auf das man Wasser tropfen lässt, bevor es fixiert wurde. Sie versuchte noch bis zur Tür zu kommen. Ihr Leib dehnte sich unnatürlich weit aus. Ihre Glieder wurden zu verzerrten Grotesken. Das Haar bauschte sich auf wie im Sturmwind und schien plötzlich Tentakel zu bilden, die nach Wim und Joachim greifen wollten.

Jetzt glühten merkwürdige Symbole auf dem Staubsauger auf, und um die Saugdüse strahlte ein bläuliches Licht.

Aiora stieß einen gellenden Schrei aus. Ihr Leib, der bereits wieder alle Körperlichkeit verloren hatte, verschwand nach und nach im Rohr des Staubsaugers.

Ich wollte aufspringen, ihr zu Hilfe eilen und diese Teufelsmaschine von der Steckdose abnabeln, doch meine vermummten WG-Genossen waren auf meinen Widerstand vorbereitet. Ich hatte mich noch nicht halb vom Bett erhoben, als Wim auch schon ein Netz nach mir warf. Während ich fluchend mit dem zähen Nylongespinst kämpfte, verschwand Aiora vollständig im Staubsauger. Joachim murmelte etwas Unverständliches und ließ unser Tee-Ei dabei über dem Sauger kreisen, als wäre er ein Messdiener, der sein Weihrauchfass schwenkt.

Ich hatte mich endlich halb aus dem Netz befreit, als Wim sich meiner annahm. Er kniete sich auf meine Brust und drückte mich in die Kissen.

»Was habt ihr vor?«, keuchte ich. »Was wollt ihr mit ihr machen?«

»Du brauchst jetzt viel Ruhe«, brummte Wim im Tonfall einer dienstbeflissenen Stationsschwester, die einem gleich mit freundlichen Worten mitteilen wird, das man unheilbar krank ist – wahnsinnig. »Du brauchst jetzt viel Ruhe, mein Junge.«

Er zückte ein braunes Glasfläschchen, von dem das Etikett entfernt war. »Ich habe hier genau das Richtige für ein paar schöne Träume.«

Ich bäumte mich wild auf. Alles, was ich wollte, war Aiora, aber halb im Netz verfangen schien jeder Widerstand zwecklos. Skrupellos drückte mir Wim die Nase zu, und als ich endlich den Mund öffnete, um Atem zu holen, bekam ich ein halbes Dutzend beunruhigend aussehender rosafarbener Pillen verabreicht. Ich weiß nicht, was Sie für Erfahrungen gemacht haben, aber ich finde, je niedlicher die

Farben von Pillen sind, desto schlimmer ist man dran, wenn man sie braucht. Ich denke da nur an himmelblaue Tranquilizer oder zartrosa Tabletten, die verhindern sollen, dass man sich bei der Chemotherapie die Seele aus dem Leib kotzt.

Ich kann mich gerade noch erinnern, wie die beiden so etwas wie einen Riesen-Weinkorken ins Staubsaugerrohr gehämmert haben, dann verwischen meine Gedanken zu rosa Träumen.

Als ich wieder aufwachte, waren laut Kalender zwei Tage vergangen, und alle um mich herum taten betont normal. Von *Aiora* gaben sie vor, nichts gehört zu haben. Stattdessen behaupteten sie, ich hätte mir eine schwere Grippe eingefangen und mit hohem Fieber im Bett gelegen. Aber konnte all das tatsächlich ein Traum gewesen sein? Als Erstes untersuchte ich den Staubsauger. Er roch verdächtig nach Wodka, wies sonst aber keinerlei magische Zeichen auf. Ich hatte sogar den Beutel herausgeholt. Er war leer, genauso wie die WG-Wodkaflasche.

Ernsthaft an meinem Verstand zweifelnd, verkroch ich mich in meinem Zimmer. Es war aufgeräumt. Nicht das geringste Zeichen für Aioras Wirbelstürme war zu finden. Alle Bücher waren ordentlich gestapelt, meine Notizen sortiert und abgeheftet. Alles schien in bester Ordnung zu sein, doch gerade dies beunruhigte mich. Es passte nicht zu mir!

Entschlossen stellte ich mich vor den Spiegel und rief dreimal Aioras Namen.

Nichts geschah.

War also doch alles nur ein Traum? Hatte ich im Fieberwahn vielleicht selbst mein Zimmer aufgeräumt?

Am nächsten Tag ging ich zur Uni, und Schmittchen bestätigte mir, dass ich für mehrere Tage krankgemeldet gewesen war. Ich suchte nach der Amphore. Sie fehlte! Als ich

Schmittchen danach fragte, tat er so, als hätte ich niemals eine Amphore zerbrochen. Mir wurde schwindelig.

Nachdem mein Chef in die Mittagspause gegangen war, suchte ich nach dem alten Grabungsbericht über Professor Herberts' Ausgrabung in Olympia. Auch der war spurlos verschwunden! Nichts, was mit Aiora in Verbindung zu bringen gewesen wäre, schien erhalten geblieben zu sein. Oder hatte es sie in Wirklichkeit nie gegeben?

Ich war mir schon sicher, alles nur als Fieberfantasie erlebt zu haben, als mich Andrea im *Cafe 44* fragte, wo ich denn meine hübsche Freundin gelassen hätte. Von da an machte ich gute Miene zum bösen Spiel. Sich mit drei WG-Bewohnern gleichzeitig anzulegen, war eine Aufgabe, der gewiss nicht einmal Herakles gewachsen gewesen wäre. Also tat ich so, als würde ich ihnen glauben.

Ein halbes Jahr verging, bis sich schließlich doch noch eine Gelegenheit fand, Joachim gründlich auszuhorchen. Ich war mir die ganze Zeit über sicher gewesen, dass er als treibende Kraft hinter dem Komplott gesteckt hatte. Er, der *harmlose* Esoteriker! Nachdem er auf Marlenes Geburtstagsfete eine ganze Flasche WG-Wodka im Alleingang getrunken hatte und bereits alle anderen Gäste gegangen waren, schlug endlich meine Stunde. Ich drohte mit negativen Schwingungen und damit, auch das zweite Klo zu emanzipiertem Gebiet zu erklären. So bekam ich die Wahrheit stückchenweise aus ihm heraus. Sie hatten den Staubsaugerbeutel mit magischen Symbolen bemalt, sicherheitshalber noch in Küchenfolie eingeschlagen und mit Paketband verklebt. Dann waren sie losgezogen, um ihn irgendwo am Rheinufer zu vergraben. Mehr war nicht aus ihm herauszubekommen. Selbst die sonst stets wirksame Drohung, seine Lieblingsbücher an ausgehungerte Mäuse zu verfüttern, blieb wirkungslos. Er wusste einfach nicht mehr ... Vielleicht hatte er ja ein Stück seiner eigenen Erinnerung gelöscht? Joachim war in dieser Hinsicht vieles zuzutrauen. Wahrscheinlicher schien mir allerdings die Vorstellung, er und Wim hätten sich so gründlich Mut angetrunken, dass im Nachhinein tatsächlich keine Gefahr für sie bestand, zu genaue Erinnerungen an jene Nacht zu behalten.

Meine Affäre mit Aiora mag anderen wie eine windige Angelegenheit erschienen sein, aber ich habe sie wirklich geliebt. Und die Aussicht, Zeus zum Schwiegervater zu haben … an jenem Abend verkroch in mich in mein Zimmer und heulte wie ein Schlosshund. Doch schon am nächsten Morgen war die Krise überwunden. Ein wesentliches Merkmal von Archäologen ist die Hartnäckigkeit! (Manche würden es auch eine besondere Art von Wahnsinn nennen, aber so etwas braucht man nun einmal, um sich jahrelang verbissen mit Hieroglyphen-Texten zu beschäftigen, deren Entschlüsselung, wenn es hochkommt, noch ein Dutzend weiterer Menschen interessiert – unter sieben Milliarden, die abwinken.)

Eine von Marlenes guten Eigenschaften bestand darin, dass sie durchgesetzt hatte, nur noch ökologisch vertretbare Güter in unserer WG zu konsumieren. Gut, ich gestehe, es gab Zeiten, in denen ich Tofu-Steaks und verschrumpeltes Bio-Gemüse von ganzem Herzen gehasst habe, aber nach den Telefonaten, die ich am Morgen nach der Fete führte, hatte sich meine Einstellung zu diesen Dingen nachhaltig verändert!

Wir verwendeten nämlich auch biologisch abbaubare Staubsaugerbeutel und Küchenfolie. Selbst das Paketband würde sich auflösen. Natürlich geschah so etwas nicht von heute auf morgen … Aber vierzig Jahre sind immerhin eine Perspektive, und ich glaube, ich hatte schon erwähnt, dass sich Archäologen durch Hartnäckigkeit und Geduld auszeichnen.

Im Übrigen, wer sonst kann schon mit der Gewissheit leben, dass einen im Rentenalter noch eine stürmische Affäre erwartet!

DER STAB AUS ELFENBEIN

Dô het er gemachet
alsô rîche
von bluomen eine bettstat,
des wirt noch gelachet
ineclîche,
kumt iemen an daz selbe pfat.
bî den rôsen er wol mac,
tanderadei,
*merken wâ mirz houbet lac.**

Kalter Nieselregen setzte ein und vertrieb die Nebelschwaden über dem Kanal neben der schmalen Straße. Eilig suchte Lutger unter einem verwitterten Torbogen Schutz. Ein köstlicher Duft nach Fischsuppe lag in der Luft. Er hatte zwar im Palazzo des Dogen zu essen bekommen, aber satt war er noch nicht. Es schien die feste Überzeugung aller Edlen zu sein, dass ein Sänger mit vollem Bauch nicht mehr unterhaltend ist. Jedenfalls konnte sich Lutger nicht erinnern, wann man ihn zum letzten Mal so reichlich entlohnt hatte, dass er nicht hungrig eingeschlafen war.

---

* Da hatte er bereitet in aller Pracht ein Lager von Blumen. Wer daran vorübergeht, wird sich von Herzen erfreuen. An den Rosen kann er noch sehen – tandaradei – wo mein Kopf lag.
Nachdichtung von Karl Simrock; Original: Walter von der Vogelweide.

Wenn er nur an die köstlichen Braten dachte, die an der Tafel des Dogen aufgetragen worden waren! Aber dies war nicht seine Nacht gewesen. Die Ritter und Kaufleute hatten heftig miteinander gestritten, und nicht einmal die Mägde, die sonst so sehr an seinen Lippen hingen, wenn er vom Sommer und der Liebe sang, hatten ihm ihre Herzen geschenkt oder auch nur ein paar Reste aus der Küche überlassen. Wäre da nicht der Markgraf Bonifaz gewesen, der ihm einen Krug Wein und eine Kleinigkeit zu essen hatte bringen lassen, er hätte wieder einmal vergebens um die Gunst der Mächtigen gebuhlt.

Mit klammen Fingern schlug Lutger die lederne Schutzhülle um seine Laute, denn wenn die Saiten erst einmal nass geworden wären, würden sie tagelang nur noch leiernde Töne hervorbringen. Sein Versuch, in dieser eisigen Nacht mit einem Lied die Stimmung einer Sommertändelei nochmals aufleben zu lassen und die Erinnerung an die wohlige Wärme längst vergangener Liebesnächte heraufzubeschwören, war ohnehin fehlgeschlagen. Es war lange her, dass er diese Zeilen gedichtet hatte. Damals war er mit einem anderen Fahrenden unterwegs gewesen, der sich hochfahrend Waltharius nannte und dessen wenige eigene Lieder nur den langweiligen höfischen Stil Reinmars kopierten. Jetzt war er zu Ehren gekommen, sein Wandergefährte von einst. Angeblich hatte ihm Graf Hermann im letzten Winter sogar ein reich besticktes Wams geschenkt.

Frierend zog Lutger seinen geflickten Umhang um die Schultern. Wenn er daran dachte, welchen Lohn dieser Waltharius für die Lieder erhielt, die er von ihm gestohlen hatte, kam ihm schier die Galle hoch.

In der Ferne war der Klang schwerer Stiefel zu hören. Hätte er nur auch Schuhe, aus denen sich seine Zehen nicht Gottes Himmelszelt entgegenstreckten! Er konnte schon verstehen, warum immer mehr der ärmeren Ritter, die das Kreuz genommen hatten, Venedig wieder verließen und sich gar mancher den Banden der Schinder anschloss.

Die Schritte waren lauter geworden. Zwei Schatten erschienen auf der Brücke am Ende der Straße. Offensichtlich hatte es jemand auf die Stiefel und Geldkatzen der Fremden abgesehen, jedenfalls rannten sie, als säße ihnen der Leibhaftige mit seinem gesamten Gesinde im Nacken.

Lutger trat etwas tiefer in den Schatten. Es wäre besser, nicht in solche Angelegenheiten verwickelt zu werden. Obwohl... vielleicht war ihm Frau Welt in dieser Nacht sogar wohlgesinnt und schenkte ihm die Stiefel eines der Fremden, wenn sie den Halsabschneidern, die den beiden auf den Fersen waren, nicht als stehlenswert erschienen.

Gut ein halbes Dutzend weiterer Schatten stürmte jetzt auf die Brücke und noch weitere folgten den Flüchtenden am anderen Ufer des Kanals.

Plötzlich schrie einer der beiden Flüchtlinge auf. Es schien, als hätte ihn ein Pfeil getroffen. Sein Kamerad zerrte ihn hastig in einen Hauseingang.

Lutger fluchte leise. Die zwei waren höchstens zehn Schritt von seinem Versteck entfernt. Konnten sich diese Bastarde keinen anderen Platz zum Sterben aussuchen? Es war nicht gut, in solche Händel hineingezogen zu werden! Er würde sich in den Hof zurückziehen und sehen, ob er dort in einem der Ställe einen sicheren Unterschlupf fand.

Ein letztes Mal spähte er unter dem Torbogen hervor die Straße hinauf. Der Verwundete kam geradewegs auf ihn zugelaufen. Es war ein großer, bärtiger Mann, und er trug einen weiten schwarzen Kapuzenmantel, der vor der Kälte des Winters gewiss gut schützte.

»In nomine Christi ...«

Der Bärtige schlug den Mantel zurück und zog sein

Schwert. Er trug ein kostbares Kettenhemd und den weißen Waffenrock mit dem roten Tatzenkreuz. Ein Templer!

»Tut mir nichts, ich bin nur ein armer Spielmann.«

Der Ritter hatte seine Waffe erhoben und schien bereit, jeden Augenblick zuzuschlagen.

»Ich bin ein Kreuzfahrer wie Ihr. Bitte, schont mich! Ich schwor – wie Ihr – schwor, das Grab des Herrn zu befreien und die Heiden von den heiligen Stätten zu verteiben und …«

»Schweig!« Der Bärtige maß ihn mit finsterem Blick. Von der Straße her ertönten dumpfe Schreie und das helle Klingen von Schwertern.

»Ich werde dir wohl trauen müssen … ich habe nicht mehr die Kraft, diesen gottlosen Frevlern zu entkommen …«

Der Ritter ließ seine Waffe sinken und stöhnte leise. »Schwör mir beim Blute Christi, dass … du dich nicht an der Sache des Herren vergehen wirst!«

Lutger zögerte. Das wäre jetzt eine günstige Gelegenheit zu verschwinden.

»Schwör es mir …« Der Ritter hob erneut sein Schwert und zielte mit der Spitze auf Lutgers Brust.

»Ich schwöre bei Christus und allen Heiligen, doch bitte lasst mich …«

»Das reicht.« Der Bärtige griff unter seinen Mantel und zog einen Stab aus hellem Holz hervor. »Bring das dem Fürsten Reinald von Dampierre. Er wird dich belohnen … und jetzt lauf …«

»Aber …« Lutger hatte den Stab genommen.

»Mach dich endlich davon! Fra Niccolo wird sie sicher nicht mehr lange aufhalten können.«

Der Kampfeslärm auf der Straße verstummte.

»Lauf endlich! Gott will es!«

Der Templer drehte sich um und trat taumelnd auf die Straße, um sich seinen Verfolgern zu stellen.

Verzweifelt suchte Lutger in dem engen Hof nach einem Versteck. Sich in einem Stall zu verkriechen, würde jetzt nicht mehr reichen. Wer auch immer die Templer verfolgte, sie würden sicher nicht ruhen, bevor sie gefunden hatten, was sie suchten. Er musste sich so schnell wie möglich und so weit wie möglich von diesem gottverdammten Hof entfernen.

Ohne weiter zu überlegen, stürmte er eine schmale Holzstiege hinauf, die zu einer Galerie führte.

Warum hatte er nur den Stab des Templers angenommen? Warum war er nicht gleich in den Hof verschwunden, als er gesehen hatte, dass sich Ärger anbahnte?

Lutger verfluchte seine Neugier. Vielleicht sollte er den Stab einfach in den Hof werfen? Allerdings musste dieser eigenartige Stab ja einiges wert sein, wenn deswegen gemordet wurde. Vielleicht könnte er seine Geldkatze derartig aufpolstern, dass er ohne Sorgen über den Winter kam, wenn er den Stab an den Richtigen verkaufte?

Die Galerie war durch ein von Holzstreben gestütztes Dach vor Regen geschützt. Vorsichtig stieg er auf das Geländer, streckte sich, griff nach einem vorspringenden Balken und zog sich auf das Dach.

»Da oben ist noch einer!«, erklang eine Stimme aus dem Hof, und fast im selben Augenblick schoss sirrend ein Pfeil an ihm vorbei.

Lutger warf sich flach auf das Dach. Solchen Ärger hatte er nicht mehr gehabt, seit er den Fehler begangen hatte, auf dem Kölner Fischmarkt ein Lied über den Erzbischof und sein besonderes Verhältnis zu einer schönen Bürgerstochter zum Besten zu geben.

Ein Stück weiter vorn ging das Dach der Galerie mit einem leichten Knick in das Hausdach über. Vorsichtig robbte er vorwärts. Durch den Nieselregen waren die Schindeln glatt und rutschig geworden. Eine einzige falsche Bewegung, und er würde auf den Hof mitten zwischen seine Verfolger stürzen.

Kurz unter dem Giebel ragte ein breiter gemauerter Schornstein auf. Dort suchte Lutger Deckung und spähte über die finstere Dachlandschaft.

Drei Häuser waren in seiner Reichweite. Eines davon lag direkt am Kanal. Dorthin zu flüchten, wäre töricht. Sollte einer der Bogenschützen, die schon den Templern zugesetzt hatten, auf der anderen Seite des Kanals zurückgeblieben sein, würde er ihm dort ein leichtes Ziel bieten.

Ein leises Geräusch ließ Lutger herumfahren. Einer der Meuchler war ihm aufs Dach gefolgt. In seiner Hand blitzte ein gekrümmter Dolch.

Der Spielmann schluckte. Außer einem kleinen Messer führte er keine Waffe mit sich. Mit fahrigen Fingern löste er den Riemen, mit dem er sich die Laute auf den Rücken gebunden hatte.

Der Meuchler hatte ihn schon fast erreicht.

Drohend hob Lutger das Instrument, als wäre es eine Keule.

»Den Stab, und ich schenke dir dein Leben.« Der Mann verharrte kaum einen Schritt von ihm entfernt. Er war ein drahtiger kleiner Kerl, der seinen Dolch nervös von einer Hand in die andere wechselte.

»Entschuldigt, aber warum sollte ich Euch trauen. Ich …«

»Du hast keine Wahl, Schwätzer.« Der Meuchler war ein kleines Stück näher gerückt und zielte mit dem Dolch nach Lutgers Kehle.

»Ich sehe, mit Euch ist nicht zu reden. Ihr sollt haben, was Ihr begehrt.« Mit der Linken tastete Lutger nach dem verhängnisvollen Stab, den er sich in den Gürtel geschoben hatte.

Der Meuchler ließ seine Klinge ein wenig sinken. Diesen

kurzen Augenblick nutzte Lutger, um ihm mit seiner Laute einen Stoß zu verpassen.

Erschrocken riss der Mann seine Arme hoch, taumelte und begann dann auf dem abschüssigen Dach ins Rutschen zu geraten. Doch bevor er vollends das Gleichgewicht verlor, griff er mit beiden Händen nach der Laute.

»Das wirst du büßen!«

»Ich glaube nicht.« Lutger ließ die Laute los. Der Meuchler, der seine Balance noch immer nicht wiedergefunden hatte, stieß einen spitzen Schrei aus, dann schlitterte er die nassen Schindeln hinunter und stürzte in den Hof.

Eilig kletterte der Spielmann auf die andere Seite des Dachgiebels. Es würde gewiss nicht lange dauern, bis die Spießgesellen des Banditen heraufkamen, um ihren toten Kameraden zu rächen.

Um auf das nächste Dach zu gelangen, musste er über eine schmale Gasse hinweg. Lutger biss die Zähne zusammen, sandte ein stummes Stoßgebet zum Himmel, rannte los und sprang.

Mit weit vorgestreckten Armen schlug er auf dem anderen Dach auf und begann die Schräge ganz langsam hinabzurutschen. Erst als er schon fast die Kante erreicht hatte, fand er mit einem Fuß Halt in einer Lücke zwischen den Schindeln. Eilig raffte er sich auf und lief quer zur Dachschräge auf den Giebel zu.

Erst nachdem er noch fünf oder sechs weitere Dächer überquert hatte, wagte er es, sich umzudrehen. Es schien, als hätte er seine Verfolger abgeschüttelt. Aber um welchen Preis! Wie sollte er ohne Laute seine Lieder vortragen? Wovon sollte er leben? Er musste diesen verfluchten Stab so teuer wie möglich verkaufen, und er wusste auch schon, wo er ihn loswerden würde.

Als Lutger erwachte, fror er noch immer. Breite Streifen grauen Lichts erhellten die winzige Dachkammer, die er sich mit der »schönen Elena« teilte. Gegen den Preis von fünf Kupferstücken und das Versprechen, ein Lied über sie zu schreiben, hatte ihn die hübsche Byzantinerin in ihrer schäbigen Bleibe aufgenommen. Das Geld war er ihr bislang zwar schuldig geblieben, doch immerhin hatte er schon einige ganz wohlklingende Verse zustande gebracht.

Elena saß in eine weite Decke gehüllt auf einem Stuhl vor dem Bett und musterte den Stab, der ihn seine Laute gekostet hatte. Selbst im grauen Morgenlicht war sie wesentlich erfreulicher anzuschauen als die Trosshuren im Feldlager. Allerdings war sie auch wesentlich teurer.

»Was hast du denn hier Hübsches geklaut? Vermisst vielleicht einer der greisen Barone im Heerlager sein Jugendelexier?« Sie lachte kokett. »Ich hab ja schon viel gesehen, aber von so was habe ich bisher nicht mal gehört.«

Lutger zog die Decke hoch und entblößte seine löchrigen Stiefel. Er war schlecht gelaunt und wollte lieber schlafen, als darüber zu debattieren, was Elena schon alles gesehen oder gehört hatte. Hätte er nur auf seinen Vater gehört und wäre in dem Kloster geblieben, in das ihn seine Familie geschickt hatte, weil er als dritter Sohn eines unbedeutenden Barons keinerlei Anspruch auf ein Erbe hatte.

»Willst du mir das Ding hier nicht schenken? Ich erlass dir dafür deine Schulden, und vielleicht fällt mir auch noch was anderes ein, womit ich dich erfreuen könnte.«

Einen Augenblick lang erwog Lutger, einfach zuzustimmen, um seine Ruhe zu haben. Aber er brauchte eine Laute, und deshalb musste er den Stab so gewinnbringend wie möglich loswerden. Vielleicht blieb ja sogar noch genug übrig, um Elena auszuzahlen.

»Gib mir diesen wunderlichen Stab mal rüber. Es war

letzte Nacht so dunkel, dass ich ihn mir gar nicht richtig ansehen konnte.«

»Heißt das, dass du auf meinen Vorschlag eingehst?« Elena beugte sich so weit vor, dass ihre Decke ein wenig verrutschte. Lutger biss sich auf die Lippe und fluchte stumm. Dieses Luder wusste schon, wie man einen Mann dazu brachte, einem jeden Wunsch zu erfüllen.

»Gib mir den Stab! Meine Schulden zahl ich lieber mit barer Münze.«

»Nimm das Ding und steck es dir sonst wohin! Und so was wie du will ein Minnesänger sein? Da hab ich ja schon Fleischhauer kennengelernt, die das Herz einer Frau besser kannten. Hab ich dir eigentlich jemals gesagt, dass ...«

Lutger ignorierte die Beschimpfungen Elenas und musterte den Stab des Templers. Er war nicht aus Holz gefertigt, wie er in der Dunkelheit fälschlich angenommen hatte, sondern aus kostbarem Elfenbein, dem das Alter einen gelblichen Farbton verliehen hatte.

Der Stab war vielleicht eine Elle lang und kaum dicker als ein Speerschaft. Doch was Elena daran so begeistert hatte, war die feine Schnitzarbeit, die sieben verschiedene Paare zeigte, wie sie in den akrobatischsten Stellungen jenen Teil der Minne vollzogen, den die Sänger meist taktvoll verschwiegen.

Umgeben waren die Liebespaare von Weinranken und Blumen, die Lutger nie zuvor gesehen hatte. An einer Stelle zeigte die Schnitzarbeit auch einen Brunnen und einen kleinen Baldachin.

Langsam drehte der Spielmann das kleine Kunstwerk. Die Liebenden wirkten so lebendig, dass er jeden Moment erwartete, dass sie anfingen, sich zu bewegen. Aber was taten die Templer mit diesem Kleinod von betörender Sündhaftigkeit? Bislang hatte er immer geglaubt, dass die Soldaten

Christi einen Eid schwören mussten, ähnlich dem der Mönche, mit dem sie allen weltlichen Vergnügungen entsagten.

Wieder drehte er den Stab in den Händen und musterte ihn von allen Seiten. Einen Fingerbreit vor dem oberen Ende konnte man schwach eine dünne Linie erkennen, so als wäre das elfenbeinerne Kunstwerk dort aufgeschnitten worden.

Vorsichtig versuchte er das Verschlussstück zu drehen und den Stab zu öffnen, doch es saß so fest, als wäre es angeleimt. Was sich wohl im Inneren verbarg?

Lutger schüttelte das kleine Kunstwerk und lauschte. Doch nichts war zu hören. Wahrscheinlich steckte eine Nachricht im Stab. Aber was mochte so wichtig sein, dass irgendein Unbekannter Mörder aussandte, um in den Besitz dieses Botenstabes zu gelangen?

Reinald von Dampierre war einer der angesehensten Fürsten im Lager der Kreuzfahrer. Wenn er ihm den Stab brachte, wie der Templer es ihm aufgetragen hatte, wäre das sicher ehrenvoll. Doch seine Belohnung dafür dürfte wohl kaum nennenswert ausfallen. Außerdem würde er sich damit auch noch jenen Unbekannten zum Feind machen, der die Mörder auf die Templer angesetzt hatte.

Daher wäre es vielleicht am klügsten, den Elfenbeinstab einfach verschwinden zu lassen und aus der Stadt zu flüchten. Ohnehin sah es so aus, als würden die Venezianer das Kreuzfahrerheer in diesem Jahr nicht mehr nach Outremer übersetzen. Die reichen Pfeffersäcke um den Dogen verlangten für ihren Fährdienst und die Versorgung der Kreuzfahrer im Heiligen Land eine Summe, die man nicht gerade christlich nennen konnte. Fünfundachtzigtausend Kölnische Silbermark forderten sie. Das war ein Schatz, den vermutlich nicht einmal Kaiser Heinrich hätte aufbieten können.

Klug, wie die Venezianer waren, hatten sie darauf bestanden, dass die Soldaten Christi auf der Insel San Niccolo de Lido lagerten, also ein gutes Stück vor der Stadt. So brauchten sie nicht zu fürchten, dass das Heer, das mittlerweile schon Tausende zählen musste, in seinem Unmut die Mauern der Lagunenstadt erstürmte und dass man die Kaufleute mit dem Schwert für ihr Pharisäertum strafte.

Obwohl auch er mit den Kreuzfahrern gekommen war, duldete man ihn in der Stadt, denn einen Spielmann konnte man auf den Festen, die für die Grafen und Barone gegeben wurden, immer brauchen.

Lutger brütete finster vor sich hin. Wenn er den Stab verkaufte, würde er seinen Schwur gegenüber dem Templer brechen, und alle Tugenden, die einen Kreuzfahrer auszeichnen sollten, missachten. Auf der anderen Seite würde er mit ziemlicher Sicherheit verhungern, wenn er nicht bald zu einer neuen Laute kam.

Ihm blieb also gar nichts anderes übrig, als den Stab zu verkaufen. Wie klein war diese Sünde im Vergleich zum Frevel der Venezianer, die nun schon wochenlang einen ganzen Kreuzzug aufhielten.

Da die Kaufleute der Lagunenstadt offensichtlich ganz bemerkenswerte Sünder waren, würde sich unter ihnen gewiss auch jemand finden, der Interesse an dem delikaten Schmuck des Botenstabes hatte.

Lutger streckte sich und schlug die Decke zurück. Elena kaute auf einem Kanten alten Brotes und war offensichtlich noch immer schlechter Laune. Jedenfalls machte sie keine Anstalten, ihm auch einen Bissen anzubieten. Doch was sollte es! Im Hafen kannte er jemanden, der Zutritt zu allen Palästen der reichen Handelsherren hatte. Wenn es ihm gelang, dort den Elfenbeinstab loszuwerden, dann würde er heute Mittag speisen wie schon lange nicht mehr.

Der alte Kastilier hatte den Laden geschlossen und musterte den Elfenbeinstab im hellen Licht einer kleinen Bronzelampe. Der Kaufmann war so dürr, als wäre er Gevatter Tod aus dem Grabe entwichen, und sein hageres Gesicht war so von Falten durchzogen, dass es ein wenig aussah wie ein Apfel, den man den Winter über in der Vorratskammer vergessen hatte.

Schließlich legte der Kastilier das Kunstwerk vor sich auf den Tisch und blinzelte ihn an. »Wie viel willst du?«

Lutger hasste es, wenn Verhandlungen auf diese Art begannen. Ganz besonders dann, wenn er überhaupt keine Ahnung hatte, wie viel er für die Ware verlangen konnte, die er feilzubieten hatte. Doch er würde sich von dem Kastilier nicht übers Ohr hauen lassen. Vor allem durfte Alfredo nicht merken, wie arglos er war. Vielleicht sollte er einfach mal mit einer wilden Geschichte und einem weit überzogenen Preis anfangen?

»Weißt du, dieses kostbare Artefakt wurde aus den Schatzkammern des Kalifen entwendet und gehörte lange Jahre Parzival, dem edelsten Ritter der Christenheit, dem der Dichter Wolfram ein ganzes Epos gewidmet hat. Doch durch ein tragisches Missgeschick …«

»Deinen Preis, Spielmann!«

»Gib mir vierzig kölnische Silbermark. Ich weiß, dass das im Grunde geschenkt ist, aber ich kenne dich schon lange, Alfredo, und Freunden mache ich stets einen guten Preis.«

Der Kastilier grunzte irgendetwas Unverständliches und strich sich über sein stoppeliges Kinn. »Ich gebe dir zehn Silbermark dafür, und das ist schon ein äußerst großzügiges Geschenk.«

Hätte ihm ein Engel das Himmelreich versprochen, Lutger hätte sich nicht besser fühlen können. Doch fast augenblicklich wich das Hochgefühl nagenden Zweifeln. Wenn

Alfredo freiwillig zehn Silbermark bot, musste der Stab des Templers sehr viel mehr wert sein.

»Euer Geiz beleidigt mich, werter Freud. Ich werde dieses Kunstwerk wieder an mich nehmen und noch einen Tag überdenken, ob ich es wirklich an Euch verkaufen möchte. Macht Ihr morgen ein besseres Angebot, werden wir vielleicht handelseinig.«

»Vielleicht ist diese Stümperarbeit morgen auch schon gar nichts mehr wert. Du solltest unsere Freundschaft nicht überstrapazieren«, keifte der Alte. Doch Lutger kannte diesen Ton nur zu gut. Gewöhnlich konnte den Kastilier nichts aus der Fassung bringen, es sei denn, ihm war gerade ein gutes Geschäft entgangen. Beruhigt verließ der Spielmann den kleinen Laden und schlenderte in Richtung Hafen. Vielleicht sollte er sich schon einmal nach einem Instrumentenbauer umsehen.

Obwohl ein böiger, kalter Wind über die Kais blies, herrschte reges Treiben im Hafen. Am vorangegangenen Abend war eine große Kogge aus Akkon eingelaufen, und ganze Heerscharen von Lastenträgern halfen, das Handelsschiff zu entladen.

Ein Stück weiter legte gerade eine Barkasse mit dem Banner des Markgrafen Bonifaz von Montferrat ab. Der Anführer der Kreuzfahrer war Lutger noch in bester Erinnerung. Er war derjenige gewesen, der dafür gesorgt hatte, dass man ihm neben den paar Fleischbrocken und etwas Brot auch einen kleinen Krug Wein überließ. Dafür wollte er allerdings ein Spottlied auf Frederico, den minderjährigen und mittellosen König von Sizilien, hören. Er war der letzte Spross der Staufer und ganz ohne Macht, eine Witzfigur, über die nur allzu gern Späße gemacht wurden.

Schade, dass der Markgraf ins Heerlager zurückkehrte. In

seiner Nähe war mit wohlgefüllten Fleischtrögen zu rechnen. Sobald er wieder eine Laute besaß, würde er versuchen, sich seinem Gefolge anzuschließen.

»Heho, Lutger, was treibt dich in diese garstige Gegend? Komm mit uns in eine Taverne und spiel uns auf!« Eine Gruppe junger Ritter war hinter den Lastenträgern aufgetaucht, und ein junger Bursche in rotem Umhang winkte ihm zu. Der Spielmann konnte sich dunkel erinnern, einmal eine Nacht mit ihm durchzecht zu haben, doch fiel ihm beim besten Willen nicht mehr dessen Name ein. Der Ritter hatte sich inzwischen aus der Gruppe seiner Kameraden gelöst und eilte nun geradewegs auf ihn zu.

»Was ist los mit dir? Du siehst ja aus, als hätte Elena die ganze Nacht Kundschaft gehabt und dich nicht in ihr Bett gelassen.« Der Jüngling lachte ausgelassen.

»Wie Ihr seht, edler Gönner, ist mir meine Laute abhandengekommen. Zwar ist auch meine Stimme schön anzuhören, doch da die Welt voller Verächter des wahrhaft Schönen ist, kann ich meiner Kunst nicht mehr nachgehen, und Ihr müsst wohl zugeben, dies ist durchaus ein Grund, trüben Sinnes zu sein.«

Der Ritter machte ein betroffenes Gesicht. »Zu dumm, dieses Missgeschick, wo man doch gerade jetzt aller Orten nach einem Spielmann fragt.«

Lutger zuckte zusammen. »Wie meint Ihr das, Herr?«

»Erst eben habe ich noch einen Venezianer getroffen, der sich nach einem Spielmann erkundigte. Das war schon der zweite heute.«

»Und was wollten sie von dem Spielmann?«

Der Jüngling blickte ihn an, als sei er von Sinnen. Dann lachte er wieder. »Na, was will man wohl von einem Spielmann? Ich denke, sie möchten, dass du bei einem Fest aufspielst. Wenn du dir irgendwo eine Laute leihen könntest ...«

»Hast du den Männern gesagt, wo sie mich finden?«

Der Ritter zuckte mit den Schultern. »Tut mir leid, ich hatte vergessen, in welcher Taverne ich dich und Elena kennengelernt habe. Aber sieh nur, dort hinten an der Mole, wo die Barkasse in See gegangen ist, da steht er ja.«

Lutger stieß einen Fluch aus, der ihm mindestens ein Jahrhundert Fegefeuer einbringen würde, und der Jüngling erblasste.

»Entschuldigt, Herr, aber ich fürchte, ich habe in der letzten Nacht einen verhängnisvollen Fehler begangen. Wisst Ihr, ein Schwager des Dogen hat eine überaus schöne Tochter, und dieses zarte Geschöpf erwies sich auch noch als ungewöhnlich kunstsinnig.« Lutger lächelte zweideutig. »Na ja, jedenfalls hat uns in der letzten Nacht die Kammerfrau des Mädchens entdeckt, als ich der Kleinen gerade jene tiefen Geheimnisse eröffnete, die den Dichter beflügeln, den Namen seiner Herrin unsterblich zu machen.«

Der Ritter grinste. »Du hast also eine Verwandte des Dogen geschwängert. Das geschieht dem Geizknochen ganz recht. Hätte er uns schon im Sommer nach Outremer eingeschifft, wär ihm das erspart geblieben.«

»Wohl gesprochen, Herr, doch mir hat diese kurze Freude lang anhaltenden Ärger beschert. Als ich in aller Eile das Gemach der Holden verließ, habe ich meine Laute liegen gelassen, und nun bin ich ohne Brot. Doch schlimmer ist noch, mir sitzen die Schergen des Dogen im Nacken. Deshalb wäre ich Euch dankbar, wenn Ihr und Eure Freunde verschweigen würdet, wo man mich findet, und stattdessen vielleicht das Gerücht ausstreuen möget, ich hätte bereits die Stadt verlassen.«

»Nur keine Sorge, wir werden nicht zulassen, dass die Pfeffersäcke Hand an dich legen. Komm mit uns, ich lad dich zum Essen ein, und dann erzählst du mir und meinen

Freunden noch einmal ausführlich, wie du in das Schlafgemach deiner edlen Geliebten gekommen bist.«

Lutger nickte. Wenigstens kam er damit in den Genuss eines warmen Essens, und in der Gruppe von Rittern würde er der finsteren Gestalt am Kai vielleicht nicht auffallen.

Es war schon erstaunlich, wie schell ihm die Templer auf die Schliche gekommen waren! Er sollte sich in Zukunft vor ihnen in Acht nehmen, denn es fiel nicht schwer, sich auszumalen, was sie mit Verrätern taten.

Kalte Regenschauer zogen über die Kanäle, und die wenigen Gestalten, die Lutger auf den Holzdämmen entgegenkamen, die in den Norden der Lagunenstadt führten, hatten ihre Kapuzen tief in die Gesichter gezogen und eilten an ihm vorüber, ohne auch nur die geringste Notiz von dem Spielmann zu nehmen. Nur selten gab es hier noch Häuser aus Stein wie am Großen Kanal oder am Markusplatz. Die Gebäude waren niedriger und aus dicken Bohlen gezimmert.

Lutger hatte die Ritter in der Taverne nach dem Quartier des Fürsten Reinalds von Dampierre gefragt, denn die Tatsache, dass er verfolgt wurde, machte ihm Angst. Eine Zeit lang überlegte er sogar, ob es nicht am besten sei, den Auftrag des Templers zu erfüllen und den Elfenbeinstab beim Fürsten Reinald abzuliefern. Doch dann musste er erfahren, dass der Fürst sein Lager auf San Niccolo di Lido abgebrochen hatte und mit seinem Gefolge zu einer Jagd ins Hinterland von Venedig aufgebrochen war. Damit war er unerreichbar, denn Lutger fehlte es an dem nötigen Geld, um sich heimlich bei Nacht und Nebel in einem kleinen Boot übersetzen zu lassen. Benutzte er aber eines der Fährboote, die am Tage zum Festland fuhren, war die Gefahr groß, von seinen Verfolgern entdeckt zu werden. Also blieb ihm nichts anderes übrig, als in der Stadt zu bleiben. Deshalb hatte der

Spielmann beschlossen, einen Freund aufzusuchen, der ihm vielleicht den wahren Wert des Elfenbeinstabs nennen konnte.

Lutger musste eine Weile suchen, bis er jenes Haus wiederfand, in dessen wetterverzogene Tür ein Schlangenstab geschnitzt war. Dort wohnte Isaac, der jüdische Medicus, der ihn vor wenigen Wochen von dem tückischen Fieber geheilt hatte, an dem er auf der Reise nach Italien erkrankt war.

Aufgeregt klopfte der Spielmann an die Pforte und hoffte, Isaac möge nicht irgendwo in der Stadt unterwegs sein, um Kranke zu besuchen. Unsicher blickte er über die Schulter und spähte den Kanal hinauf. Doch niemand schien ihm gefolgt zu sein. Endlich hörte er, wie der Riegel der Tür zurückgeschoben wurde.

Ohne den Knüppeldamm neben dem Kanal aus den Augen zu lassen, schob er sich durch die niedrige Pforte und murmelte eine flüchtige Begrüßung.

Isaac zog die Stirn in Falten. Er war ein Mann mittleren Alters mit gepflegtem, kurz geschorenem schwarzem Bart. Er trug eine lange Robe aus dunklem Leinen und hatte einen Wollschal um die Schultern geschlungen.

»Ich hoffe, dass nicht gleich irgendein aufgebrachter Tavernenwirt vor meiner Tür stehen wird, dem du die Zeche schuldig geblieben bist, Christ.«

Lutger grinste. »Was denkst du nur von mir, mein Freund? Du kennst mich doch.«

Auch Isaac blickte jetzt nicht mehr so streng. »Eben, ich kenne dich doch.« Dann lachte er. »Komm, du siehst aus, als könntest du einen Becher warmen Wein brauchen, und dann erklärst du mir, was dich zu mir führt.«

Der Medicus hatte ihn in sein kleines Studierzimmer geführt, ein Raum, der den Spielmann immer wieder aufs Neue faszinierte. Seit er das Kloster verlassen hatte, in das seine Familie ihn hatte abschieben wollen, hatte er nie wieder so viele Bücher und Schriftrollen an einem Ort gesehen. Isaac war ein weiser Mann. Er hatte die Traktate von Ärzten studiert, die den berühmten Hippokrates wohl noch persönlich gekannt hatten und deren Kunst einst Alexander und die mächtigen Könige, von denen die Bibel sprach, geheilt hatte. Einige dieser Schriften hatte Isaac ihn einsehen lassen, doch meistens machte er ein großes Geheimnis um seine Bücher, und Lutger argwöhnte, dass der jüdische Arzt sich nicht allein auf die Kunst zu heilen verstand, sondern auch die Zauber des mächtigen Salomo erlernt hatte und jene geheimen Siegel kannte, mit denen man Dämonen und Geister in seinen Bann schlagen konnte.

Doch neben diesen obskuren Schriften fand Isaac auch Gefallen an den Liedern der Fahrenden, und das war es schließlich auch, was sie beide zusammengeführt hatte, denn statt klingender Münze hatte der Jude von Lutger gefordert, einige Lieder und Sprüche aufzuschreiben, die er an den Festtafeln der Reichen und in den Schenken der Stadt zum Besten gegeben hatte. Sein Interesse war dabei erstaunlich weit gestreut. So begeisterte er sich sowohl am Lobpreis der hohen Minne als auch an jenen Versen, deren Inhalt dem wirklichen Leben näher stand.

Isaac hatte sich in einem hohen Lehnstuhl niedergelassen und musterte ihn eine Weile schweigend. Lutger schenkte sich indessen schon den zweiten Becher von jenem köstlichen, leicht geharzten Wein ein, der in einer hohen Karaffe auf dem Tisch in der Mitte des Raumes stand. Als wäre er ein Zaubertrank, vertrieb der aufgewärmte Wein die Kälte aus seinen Gliedern. Es war ein köstlicher Tropfen, in dem

die Winzer die Glut der Sommersonne eingefangen hatten –
und viel besser als der Wein, den er in der Taverne zu trinken bekommen hatte.

Erst als sich der Spielmann noch einen dritten Becher einschenkte, brach Isaac ungeduldig sein Schweigen. »Ist das deine Art, von mir Abschied zu nehmen, Lutger?«

Lutger musste sich mittlerweile schon mit einer Hand auf den Tisch aufstützen, um seinen festen Stand nicht zu verlieren, und dann brauchte er eine ganze Weile, bis ihm auffiel, was an Isaacs Frage nicht stimmte.

»Warum denn verabschieden? Ich bin doch gerade erst gekommen?«

»Hast du dich entschlossen, nicht mit der Flotte der Christen zu segeln?«

Lutger setzte den Becher ab, blickte zu Isaac hinüber und dann zu der Weinkaraffe. Konnte es tatsächlich sein, dass ihm der edle Tropfen in so kurzer Zeit die Sinne verwirrt hatte?

Der Medicus lächelte ihn ein wenig mitleidig an. »Ist es möglich, dass du so sehr in deinen zahllosen Leidenschaften gefangen gewesen bist, dass dir entgangen ist, was man in der letzten Nacht im Palast des Dogen gefeiert hat?«

Lutger lachte laut auf und warf sich in Pose. »Mir soll etwas entgangen sein! Ich selbst war Gast Enrico Dandolos und habe gemeinsam mit den mächtigsten Fürsten der Christenheit getafelt, als …«

»Könnte es sein, dass die Mägde und gebratenen Ochsen deine Aufmerksamkeit so sehr zu fesseln verstanden, dass du den anderen Nebensächlichkeiten des Festes keinerlei Beachtung mehr geschenkt hast?«

»Was willst du damit andeuten?«

»Nichts Wesentliches, außer dies eine, dass sich der Doge, eure Heerführer und der Legat des Papstes gestern endlich darüber einig geworden sind, was man unternehmen kann, um das Geld aufzubieten, das ihr den Kaufleuten von Venedig schuldet. Ich weiß, dass es hier nur um die Kleinigkeit von fünfunddreißigtausend Silbermark geht und schnöder Mammon für einen wahren Künstler uninteressant ist. Doch die Auswirkungen dieser Übereinkunft werden auch dich betreffen, denn man hat beschlossen, das ganze Heer zum dalmatischen Zara überzusetzen, um die Patrizier der Stadt davon zu überzeugen, dass es besser ist, das Haupt vor Venedig als vor dem König von Ungarn zu beugen.«

Lutger war wie vom Schlag getroffen. Schon seit Wochen gab es Gerüchte, dass der Doge von den Kreuzfahrern forderte, Zara für ihn zu erobern, und es hatte deswegen bereits so manchen Streit unter den Baronen und Rittern gegeben.

»Du meinst, Papst Innozenz hat wirklich zugestimmt, dass ein Heer unter dem Banner des Kreuzes eine christliche Stadt erstürmt?«

Isaac zuckte mit den Schultern. »So scheint es.«

Lutger konnte dies nicht fassen. Auch wenn er selbst in der Umverteilung von Besitztümern anderer nicht ganz unerfahren war, so fand er es doch gotteslästerlich, eine ganze Stadt zu opfern, nur damit die Kreuzfahrer ihre Überfahrt nach Outremer bezahlen konnten. Ohnehin war er der Meinung, dass es den venezianischen Pfeffersäcken an wahrer Gottesliebe fehlte, auch wenn der Doge erst am vergangenen Sonntag das Kreuz genommen hatte.

Vielleicht lag in diesem Pakt, den die Fürsten mit dem Dogen geschlossen hatten, sogar die Ursache für das Aufhebens, das man um den Elfenbeinstab machte. Doch was hatten die Templer mit alldem zu tun? Weder sie noch die Johanniter unterhielten ein Ordenskontor in Venedig. Außerdem verfügten die Orden über sehr viel Gold und waren nicht darauf angewiesen, dass Venedig ihnen in irgendeiner Weise half.

Wenn sie aber keine Hilfe brauchten, was machten dann zwei Tempelritter in der Stadt? Hatten sie vielleicht versucht, den Angriff auf Zara zu verhindern? Wenn das Kreuzfahrerheer Venedig nicht bald verließ, würde es auseinanderbrechen. Zu lange schon warteten die Ritter auf die Überfahrt ins Heilige Land, und der Winter stand schon vor der Tür. Ob es das Ansinnen der Templer war, dass der Kreuzzug nicht stattfand? Man munkelte allerhand über die Ordensritter. Es gab sogar Prediger, die behaupteten, dass sich die Templer längst mit den Heiden arrangiert hätten. Wenn das stimmte, konnten sie kein Interesse daran haben, dass das Kreuzfahrerheer übersetzte und es zu einem neuen Krieg kam.

»Was brütest du vor dich hin, Lutger? Bist du am Ende vielleicht nur gekommen, um meinen Wein zu trinken?«

Isaacs Stimme schreckte ihn gründlich aus seinen Gedanken auf. Ihm war peinlich, dass sein Freund ihn offensichtlich für einen faulen Bärnhäuter hielt.

»Es schmerzt mich sehr, dass du von mir glauben kannst, ich sei gekommen, um deine Freundschaft auszunutzen. In Wahrheit bin ich hier, weil mir an deinem Rat gelegen ist. Du bist der kunstsinnigste Mensch, den ich in dieser Stadt kenne.« Lutger fühlte sich ein wenig unwohl. Vielleicht hätte er den Lockungen der Weinkaraffe doch entsagen sollen? Immerhin hatte er schon den ganzen Nachmittag mit den Rittern gezecht. Es schien ihm ganz so, als wären die Bücher und Pergamentrollen in Isaacs Regalen plötzlich durch irgendeine verderbliche Zaubermacht belebt worden. Sie neigten sich ihm zu, verrutschten in andere Regale und begannen schließlich eine Art Reigen um ihn zu tanzen.

»Ist dir nicht wohl, mein Freund?«

»Es … es geht schon. Ich bin … hier, weil …« Lutger spürte, wie ihm Isaac unter den Arm griff.

»Du solltest dich jetzt hinlegen. Es scheint, als hättest du zu sehr den Freuden des Dionysos gehuldigt.«

Jetzt drehten sich auch noch die Wände, und ganze Lawinen von Schriftrollen quollen ihm entgegen, um ihn unter sich zu begraben. Isaacs Stimme klang, als wäre der Medicus irgendwo weit entfernt.

»Der Stab ...« Lutger griff unter sein Wams und zerrte das Kunstwerk hervor. »Du sollst ihn ... für mich schätzen ...«

»Nur ruhig, mein Freund.« Irgendeine bitter schmeckende Flüssigkeit drang in seinen Mund, und dabei kam es dem Spielmann so vor, als werde er von Titanenfäusten in die Luft geschleudert. Ja, sein Körper war zu einem Spielball von Riesen geworden, dachte er erschrocken, und die Lagunenstadt war ihr Turnierfeld, über das sie ihn hin- und herschleuderten.

Als Lutger erwachte, lag er unter dicken Wolldecken in einer kleinen Kammer. Durch ein schmales Fenster fiel graues Licht in den Raum, und der säuerliche Geruch von Erbrochenem hing in der Luft.

Auf einem niedrigen Tisch neben dem Bett standen ein Krug und ein kleiner Tonbecher. Lutgers Mund war so trocken, als wäre er tagelang durch die Wüsten jenseits von Jerusalem geirrt. Und doch befiel ihn Übelkeit, wenn er auch nur daran dachte, etwas zu sich zu nehmen.

Wie versteinert starrte er die Wände an und wünschte, dieses Bett nie wieder verlassen zu müssen. Er wollte sich vor der Welt und seinen Verfolgern verkriechen. Finster brütete er vor sich hin und überlegte, wie er den verfluchten Stab wieder loswerden könnte und dabei wenigstens noch so viel Geld bekam, dass er sich eine neue Laute kaufen konnte.

Als Isaac in sein Zimmer kam, war es draußen bereits wieder dunkel geworden. Der Medicus nötigte ihn, ein wenig Fleischbrühe und kaltes Brunnenwasser zu sich zu nehmen. Dann setzte er sich zu ihm ans Bett und räusperte sich verheißungsvoll.

»Wo hast du nur diesen ungewöhnlichen Stab her?«

Lutger zuckte mit den Schultern. »Du weißt doch, hohe Herren überlassen einem Sänger alles Mögliche.«

Isaac runzelte die Stirn. »Du willst mir sagen, man habe ihn dir zum Geschenk gemacht?«

»Nicht ganz ... aber ich schwöre bei Gott, dass sein Besitzer ihn mir aus freien Stücken gegeben hat.«

»Wer war denn sein Besitzer?«

»Seit wann bist du so neugierig, Isaac? Diesen Zug kenne ich noch gar nicht an dir. Was ist mit dem Stab?«

Der Medicus lehnte sich auf seinem Stuhl ein wenig zurück und schloss die Augen. »Hast du schon einmal von den Omayyaden gehört?«

»Ist das irgendein Sarazenengeschlecht?«

Isaac lachte leise. »Das ist mehr als *irgendein Sarazenengeschlecht*. Die Omayyaden waren jene Herrscher, die nach dem Tod des Propheten das Wort Mohammeds in die Welt trugen und mit Feuer und Schwert ein Reich eroberten, das sich vom Indus bis nach Kastilien erstreckte. Sie waren die ersten Kalifen und verfügten über eine Macht, von der die Abbasiden, die heute den Titel des Kalifen führen, nur noch träumen können. Schon gestern, als du mir den Elfenbeinstab überlassen hast, habe ich ihn untersucht und war mir sicher, dass er aus der Zeit der ersten Kalifen stammen muss.«

»Und was ist daran so Besonderes? Macht das den Stab wertvoller?«

»Ob ihn das wertvoller macht? Du Banause! Dieser Botenstab muss mehr als vierhundert Jahre alt sein. Ich bin heute

Morgen zum Rabbiner Josuha gegangen, der wie kein anderer die Schriften vergangener Zeiten kennt und fast vierzig Jahre lang in Damaskus lebte, der Stadt, von der aus die Omayyaden ihr Weltreich regierten. Er sagt, er sei sich fast sicher, dass dies der Botenstab ist, den einst Abd Al-Malik, der fünfte Kalif, an seinen Statthalter im Zweistromland schickte, denn es gibt eine Legende, nach der der Kalif dreißig Frauen für seinen Harem forderte, und schon der Stab des Boten zeigte, in welchen Künsten die Jungfrauen bewandert sein sollten.«

»Und warum glaubst du, dass dieser Stab wirklich so alt ist? Schließlich zeigt er Bilder, an denen ein Kunstsinniger auch heute noch seine Freude hat.«

Isaac lächelte überlegen. »Ich weiß nicht, wie viel du über die Kunst derer weißt, die ihr Christen so geringschätzig Heiden nennt. Doch ist es unter den Völkern des Islam schon seit vielen Hundert Jahren nicht mehr Brauch, Menschen, Tiere oder auch nur Blumen abzubilden. Wäre der Stab für einen abbasidischen Kalifen gefertigt worden, so würde er geometrische Muster zeigen, oder es wäre vielleicht eine Sure aus dem Koran in ihn hineingekerbt, aber sicher keine Kurtisanen, die sich im Garten eines Palastes vergnügen. Außerdem hat das Elfenbein, wie du siehst, schon einen etwas gelblichen Farbton angenommen – ein weiteres Zeichen dafür, dass der Stab sehr alt sein muss. Der letzte und unumstößlichste Beweis aber sind die Frauen selbst, die der Künstler auf diesem Stab dargestellt hat. Fällt dir an ihnen etwas auf, Lutger?«

Der Spielmann grinste. »Natürlich! Dass selbst das, was in den Giftschränken unserer Klöster aufbewahrt wird, wesentlich harmloser ist als das, was dein omayyadischer Künstler dort vollbracht hat. Sogar Elena war von seiner Arbeit beeindruckt, und das will schon was heißen.«

»Das ist aber nicht das, was ich meine. Sieh dir die Frauen an! Ich besitze einige Liebesgedichte, die auf die omayyadische Zeit zurückgehen, und die Frauendarstellung auf dem Botenstab entspricht genau dem Typus, den die frühen Kalifen bevorzugten. Die Omayyaden liebten es, wenn ihre Haremsdamen so dick waren, dass sie nur schwerfällig aufstehen konnten und atemlos wurden, wenn sie sich rasch bewegten. Gleichzeitig aber sollte ihr Leib auf Höhe des Nabels schmal und anmutig sein, auch wenn ihre Hinterbacken im Idealfall so fleischig waren, dass sie sie daran hinderten, durch eine Tür zu gehen.«

Lutger verzog sein Gesicht. »Ungewöhnlich! Ich muss gestehen, ich kann mir solche Frauen kaum vorstellen. Mich verwundert auch, wie bewandert du in diesen Details bist.«

»Was willst du damit andeuten? Glaubst du, ich lasse meinen Fantasien freien Lauf. Ich habe nur nach Liebesliedern zitiert.« Isaac funkelte Lutger böse an, und dann schien es, als wollte er aufstehen und das Gespräch beenden.

»Verzeih mir, ich hab es nicht so gemeint.« Lutger gab sich alle Mühe, einen zerknirschten Eindruck zu machen. »Welche Schlussfolgerung ziehst du daraus, dass der Stab schon viele Hundert Jahre alt ist?«

Der Medicus brummelte etwas Unverständliches und strich sich über den Bart. »Also gut, ich werde dir noch einmal vergeben. Mein Freund, der Rabbiner, hat mir erzählt, dass Sultan Saladin, der Eroberer von Jerusalem, ein Freund omayyadischer Kunst war. Man sagt, er habe erstaunliche Summen für Kunstwerke wie diesen Botenstab ausgegeben. Wie Rabbi Josuha kam er aus Damaskus, und in keiner anderen Stadt ist das omayyadische Erbe noch so lebendig wie dort. Trotzdem sind die ersten Kalifen und auch ihre Kunst bei den meisten muslimischen Herrschern verrufen, weil man sagt, die Omayyaden hätten sich in ihrer Machtliebe und ihrem Luxus zu weit von den Geboten Allahs entfernt.«

»Aber Saladin ist doch nun schon viele Jahre tot. Was hat sein Interesse an den frühen Kalifen mit dem Stab zu tun?«

»Dir scheint es nicht gegeben zu sein, aus vorliegenden Fakten die naheliegenden Schlüsse zu ziehen.« Isaac hatte jetzt einen schulmeisterlichen Ton angeschlagen, den Lutger überhaupt nicht schätzte. »Saladin residierte in Kairo. Dort hat er auch seine Schätze bewahrt. Der einzige Mensch, der freien Zugriff auf die Schatzkammern hat, ist El-Adil, der Nachfolger des großen Sultans. Wie auch immer dieser Botenstab nach Venedig gelangt ist, er wird mit großer Wahrscheinlichkeit seinen Weg im Palast des Sultans begonnen haben. Dabei stellt sich die Frage, was machen Templer im Palast El-Adils, während die Christenheit ein Heer aufstellt, um das Land am Nil anzugreifen.«

»Das riecht nach Komplott! Vielleicht wollen die Templer verhindern, dass der Kreuzzug Ägypten erreicht?« Lutger starrte ins Leere. In was für eine Intrige war er da hineingeraten! Hätte er doch nur ein klein wenig später den Palast des Dogen verlassen!

»Vielleicht sollten wir den Botenstab öffnen«, wandte Isaac ein. »Ich bin sicher, dass wir in seinem Innern eine Nachricht finden, die Licht auf dieses finstere Geheimnis werfen wird.«

Lutger musterte den Medicus misstrauisch. Natürlich hatte er auch schon an diese Möglichkeit gedacht, doch war sich der Spielmann gar nicht so sicher, ob er noch mehr über die Ränke der Tempelherren wissen wollte. »Würde der Stab beschädigt werden, wenn man ihn öffnet?«

Isaac machte eine vage Geste. »Ich weiß es nicht. Hier am oberen Ende ist eine dünne Naht. Sieht aus, als hätte man den Botenstab verleimt. Er könnte Schaden nehmen, wenn ich versuche, ihn mit einem scharfen Messer zu öffnen.«

»Dann lass es! Ich will mit alldem nichts mehr zu tun haben. Was glaubst du, wie viel der Stab wert ist? Ich werde ihn morgen verkaufen!«

»Zwanzig Silbermark solltest du wenigstens für ihn bekommen. Ein wahrer Liebhaber würde wahrscheinlich auch noch wesentlich mehr für dieses erlesene Kunstwerk zahlen. Die Botschaft in seinem Inneren mag allerdings noch unendlich viel mehr wert sein als der Stab selbst, und ...«

»Und wenn ich an den Falschen gerate, bin ich ein toter Mann. Nein, davon will ich nichts wissen. Ich verkaufe den Stab und verlasse dann auf dem schnellsten Weg Venedig.«

Isaac schüttelte nachdenklich den Kopf. »Glaub nicht, dass das leicht sein wird, mein Freund. Bist du dir nicht darüber im Klaren, dass man dich überall in der Stadt sucht. Als ich heute meine Kranken besuchte, habe ich gehört, dass man nach einem blonden, fränkischen Bänkelsänger Ausschau hält. Angeblich ist sogar ein Kopfgeld auf dich ausgesetzt. Man fragt auch nach Leuten, die dich kennen und mit denen du verkehrst. Wie soll es dir da gelingen, die Stadt zu verlassen? Ich bin sicher, dass jede Fähre bewacht wird und jeder Schiffer weiß, welche Prämie er für deinen Kopf erhält.«

Lutger grinste. »Probleme dieser Art sind nichts Neues für mich. Du sagst, man sucht nach einem Bänkelsänger? Ich glaube, du könntest mir einen Gefallen tun, Isaac.«

In dem neuen Gewand fühlte sich Lutger nicht wohl. Es hatte ihn all seine Überredungskünste gekostet, Isaac dazu zu bringen, ihm für einige Tage eine seiner Arzttrachten zur Verfügung zu stellen. Er trug nun endlich einmal gute Schuhe, die zwar ein wenig zu eng waren, dafür aber keine Löcher hatten, dazu Hosen aus feinem Stoff und ein langes Obergewand. Um sein Gesicht verbergen zu können, hatte ihm Isaac auch noch einen weiten Kapuzenmantel geliehen.

Immer wieder fragte er sich auf seinem Weg zum Großen Kanal, ob die Templer oder wer auch immer ihn jagte, schon herausgefunden hatten, dass er mit Elena sein Quartier teilte. Wo er nachts Unterschlupf fand, hatte er aus langjähriger, einschlägiger Erfahrung nur wenigen Freunden anvertraut. Dass der Ritter, den er im Hafen getroffen hatte, wusste, wo er wohnte, ergab sich allein aus dem Zufall, dass Lutger ihn einmal in den Armen Elenas gefunden hatte, als er an einem frühen Morgen in ihr Bett hatte kriechen wollen. Der Ritter und seine Saufkumpane machten ihm die meisten Sorgen. Vielleicht sollte er Elena warnen?

Doch zunächst musste er sich in dieser Nacht um ein Boot kümmern, das ihn zum Festland brachte. Nachdem er Isaac verlassen hatte, hatte er einige Fischer aufgesucht, um mit ihnen über den Preis für eine nächtliche Überfahrt zu verhandeln.

Jetzt wollte er noch zu den Fährleuten, die den Verkehr zwischen der Lagunenstadt und dem Kreuzfahrerlager abwickelten. Fahrten bei Nacht und Nebel waren nichts Ungewöhnliches für sie, denn mancher Fürst und reiche Ritter hatte in den letzten Wochen ein kleines Vermögen dafür ausgegeben, heimlich und entgegen den strengen Auflagen des Dogen zu den Tavernen und Hurenhäusern der Stadt gebracht zu werden.

Die Schiffer würden keine Fragen stellen, denn Heimlichkeit war ihr Geschäft, und ein Kopfgeld gab es zwar für einen Spielmann, aber nicht für einen finsteren Medicus mit fränkischem Dialekt.

Wieder blieb Lutger stehen und blickte zurück. Für einen Augenblick hatte er geglaubt, hinter sich Schritte zu hören, doch jetzt war wieder alles still.

Dunkle Wolken verfinsterten den Himmel, und man konnte kaum die Hand vor Augen sehen. War es möglich, dass ihm jemand von den Häusern der Fischer bis hierher gefolgt war?

Lutger beschleunigte seine Schritte und bog vom Knüppeldamm am Großen Kanal ab, um über einige kleinere Straßen und Brücken zum Markusplatz zu kommen. Dort und in der Nähe des Arsenals, dem Kriegshafen von Venedig, konnte man immer einige Fährleute finden.

Noch immer hatte er das Gefühl, dass ihm jemand folgte. Diesmal hatte er ganz deutlich Schritte gehört!

Lutger fluchte leise. Wenn alle Anlegestellen bewacht wurden, wäre es sinnlos, noch bis zum Markusplatz zu gehen. Aber vielleicht könnte er auf dem großen offenen Platz seinen Verfolger erkennen.

Der Spielmann musste sein Tempo verlangsamen, um nicht unversehens in einen Kanal zu stürzen. Der Weg am Wasser vorbei war gerade breit genug, um zwei Mann einander passieren zu lassen. Und abgesehen von den Lampen, die vor einigen Tavernen brannten, war es vollkommen finster.

Es kam ihm wie eine Ewigkeit vor, bis er endlich die Rückseite der großen Markuskirche erreichte. Mit eisigen Fingern zerrte der Wind, der über den weiten Platz heranpfiff, an seinen Kleidern.

Wie ein finsterer Berg erhob sich die Markuskirche vor dem Dogenpalast. Atemlos rannte Lutger weiter, bis zu einer Stelle, von der er den Platz überblicken konnte.

Dunkel und massig wie die aufgedunsenen Leiber von Meeresungeheuern hoben sich die Rümpfe einiger Schiffe, die an den Kais lagen, gegen den Nachthimmel ab.

Und was, wenn bei den Schiffen noch ein zweiter Häscher der Templer lauerte? Solange er vor der finsteren Fassade der Kirche stand, würde man ihn nicht sehen können, doch wagte er es, den Platz zu überqueren, würde ihn ein aufmerksamer Wächter niemals übersehen.

Unmittelbar neben dem Portal der Kirche war eine ganze Schiffsladung Heuballen aufgeschichtet worden. Lutger zögerte einen Augenblick, dann kroch er zwischen sie.

Kaum einen Atemzug später erschien sein Verfolger auf dem Platz, ein hochgewachsener Mann in schlichten Bürgerkleidern. Unsicher blickte er sich um, musterte die Kirche und die schmucklose Fassade des Dogenpalastes.

Er hatte höchstens drei Schritt vor Lutgers Versteck angehalten, und dem Spielmann schlug das Herz bis zum Hals.

Plötzlich ertönte eine laute Stimme aus dem Dunkel. »Wer da?«

Lutgers Verfolger drehte sich um, doch konnte auch er offenbar nicht erkennen, wer gesprochen hatte. Die Hand des Mannes glitt zu dem Dolch, den er am Gürtel trug. »Was neigt sich nur vor Gott?«, antwortete er mit einer Gegenfrage.

Feste Schritte näherten sich über den Platz, und eine kleine Gestalt in weitem Mantel löste sich aus der Finsternis. »Das *baussant*, das Banner des Tempels«, erklang eine selbstsichere Stimme.

Der Spielmann hielt den Atem an. Hatte er bisher nur vermutet, dass es die Templer waren, die ihn verfolgten, so hatte er jetzt Gewissheit.

»Habt Ihr ihn gesehen, Bruder?«

Der kleine Mann stand nun unmittelbar vor Lutgers Verfolger. Mürrisch schüttelte er den Kopf. »Bislang hat er sich hier nicht blicken lassen. Seit gestern scheint der Spielmann wie vom Erdboden verschluckt. Vielleicht ist er doch zum Markgrafen vorgedrungen?«

»Das kann nicht sein. Seit wir wissen, dass er den Markgrafen kennt, lassen wir den Palazzo der Pesaros bewachen. Hätte er dort Zuflucht gesucht, hätten wir es bemerkt.« Lutger sandte ein stummes Gebet zur Jungfrau Maria, bittend, die beiden möchten nicht auf die Idee kommen, den Heuhaufen zu durchsuchen.

»Was führt Euch eigentlich auf den Markusplatz, Bruder?«

Lutgers Verfolger schnaubte ärgerlich. »Vor einer Stunde hat ein Medicus versucht, bei den Fischern im Norden eine Überfahrt für nächste Nacht zu bekommen. Es heißt, dass der Spielmann einen jüdischen Arzt zum Freund hat. Leider ist mir der Mann, der bei den Fischern war, auf dem Weg vom Großen Kanal bis hierher entkommen. Ich denke, ich werde nun ins Kloster zurückkehren, um dem Komtur Bericht zu erstatten. Vielleicht werden wir den Stab ja schon morgen wieder bekommen, falls es tatsächlich der Freund des Barden war, der bei den Fischern vorgesprochen hat.«

»Zu spät«, knurrte der Kleine. »Den Aufbruch des Heeres können wir nicht mehr verhindern. Wir hätten uns früher um jene kümmern müssen, denen er den Stab gezeigt hat. Ich bin sicher, dass sie wissen, wo dieser Kerl zu finden ist.«

»Vielleicht ist es dafür noch nicht zu spät.«

Der Kleinere winkte ab. »Ich muss zurück auf meinen Posten. Gott mit dir, mein Bruder.«

Mittlerweile hatte die Feuchtigkeit des Heus Lutgers Kleider durchdrungen. Bebend vor Angst und Kälte beobachtete er, wie sich die beiden Templer trennten. Er musste Elena warnen! Sie war nicht mehr sicher. Vielleicht ahnten sie sogar schon, wer der Medicus war, bei dem er Zuflucht gefunden hatte.

Wenigstens wusste er jetzt, an wen er sich wenden konnte, um Schutz vor den Nachstellungen der Templer zu finden. Es gab nur einen einzigen Markgrafen, der im Palazzo der Pesaros verkehrte. Bonifaz von Montferrat, den Führer des Kreuzzugs. Ob er sich wohl als großzügig erwiese, wenn er, Lutger, ihm das Komplott aufzeigte? Es war nur allzu deutlich geworden, dass die Templer planten, den Kreuzzug zu verhindern. Vermutlich fürchteten sie, in Outremer an Einfluss zu verlieren, wenn ein ganzes Heer übersetzte, um endlich das Heilige Jerusalem zurückzuerobern.

Lutger wartete, bis er die Kälte nicht länger ertragen konnte, bevor er aus dem Heuhafen kroch, und in den Schatten der großen Kirche geduckt, vom Markusplatz schlich, um Elena zu warnen.

Lange verharrte er hinter einem Faß in der finsteren Gasse, an deren Ende eine schmale Stiege zu Elenas Kammer führte, denn Lutger fürchtete, dass sich auch hier ein Späher des Tempels verborgen hielt. Doch nichts rührte sich. Nur das Bellen eines Hundes zerriss die Stille der Nacht.

Endlich fasste er sich ein Herz und schlich die schmale Stiege hinauf, um an Elenas Tür zu lauschen, ob vielleicht gerade ein Freier in ihren Armen lag. Erst als er sicher war, dass die Byzantinerin allein war, schob er die niedrige Pforte vorsichtig auf.

Elena lag zusammengerollt auf ihrem Lager, die Hände in die Wolldecke verkrampft, als fürchtete sie, selbst im Schlaf noch bestohlen zu werden. Ein leichter Luftzug wehte in die enge Kammer, sodass die vertrockneten Blumensträuße an der Decke leise knisterten. Hier und da löste sich ein welkes Blatt aus den Blüten und segelte in weiten Kurven auf das Lager der Schlafenden.

»... *von bluomen eine bettstatt* ...« Der Vers, den er einst mit Waltharius geschmiedet hatte, ging Lutger durch den Kopf. Elena liebte dieses Lied. Als er es zum ersten Mal für sie gesungen hatte, hatte sie schelmisch gemeint, Frau Welt habe ihr zwar keine Bettstatt aus Blumen beschert, doch zum Trost wolle sie sich selber einen Himmel voller Rosen schenken.

Seitdem hatte sie sich oft das Brot vom Mund abgespart,

um Rosen von den Blumenfrauen auf dem Markusplatz zu kaufen, und manch ein Ritter hatte ihr Blumen gebracht, wahrscheinlich um sich selbst vorzumachen, dass sie ihm ihren Leib nicht allein seines Geldes wegen überließ.

Lutger lächelte melancholisch. Sogar er hatte sich einmal dem Traum der Byzantinerin gebeugt und war für sie eines Nachts in den Klostergarten der Benediktiner geschlichen, um einige Rosen zu stehlen.

Elena freute sich wie ein Kind, wenn man ihr Blumen brachte. Sie wickelte dann stets einen Wollfaden um die frischen Stengel und band die Blumen mit den Blüten nach unten an die Dachbalken über ihrem Bett.

Leise schloss Lutger die Tür und ließ sich auf dem Stuhl neben Elenas Lager nieder, um zuzusehen, wie sie schlief. Wie ein leuchtender Mond umgeben von einer Wolke dunklen Haars erschien ihm ihr fein geschnittenes, blasses Gesicht.

Wie oft hatte er sich gewünscht, dass sie ihn liebte! Doch Elena schien ihrem Gewerbe schon zu lange nachzugehen, um Männer noch wirklich lieben zu können. Und jetzt brachte er ihr dieses Unglück. Er würde sie mitnehmen, wenn er aus Venedig floh. Und was war, wenn Elena nicht mit ihm gehen wollte? Vielleicht bildete er sich die Gefahr auch nur ein? Gewiss, die Templer wollten seinen Kopf, doch warum sollten sie Elena etwas antun? Schließlich hatte sie mit der ganzen Sache nichts zu tun! Höchstens würden sie von ihr wissen wollen, wo er steckte. Vielleicht war es sogar klüger, den Stab vorerst hierzulassen? Sollten nämlich die Templer ihn selbst zu fassen bekommen, würden sie ihn gewiss nicht umbringen, solange sie nicht wussten, wo ihr verfluchter Elfenbeinstab steckte.

Plötzlich richtete sich Elena halb auf und schreckte Lutger aus seinen Gedanken. »Wer ist da?«, flüsterte sie leise, und

Lutger konnte sehen, wie sie nach dem Dolch tastete, den sie stets unter ihrem Kissen verborgen hielt.

»Ich bin es.« Der Spielmann erhob sich und trat vor das Bett. »Ich bin gekommen, um dich um etwas zu bitten.«

»Diese Nacht nicht mehr.« Elenas Stimme klang müde und gequält. »Du kannst zu mir unter die Decke kommen und dich an mir wärmen. Mit allem anderen lass mich in Ruhe.«

»Es geht um den Elfenbeinstab.«

»Willst du ihn mir doch noch schenken?« Die Stimme der Kurtisane hatte ihren müden Klang verloren.

»Ich möchte, dass du auf ihn aufpasst. Morgen früh werde ich den Kastilier besuchen und ihm den Ort nennen, an dem er den Stab von mir bekommen kann. Ich dachte an eine der flachen Sandbänke vor der Stadt. Dort kann er mich nicht mit gedungenen Meuchlern überraschen.«

»Was scheren mich deine Diebereien, Spielmann? Ich hatte gehofft, du würdest dich wenigstens einmal für meine Dienste erkenntlich zeigen. Aber das war wohl …«

»Wo kann ich den Stab verstecken? Morgen, wenn ich ihn verkauft habe, werde ich mich erkenntlich zeigen. Du wirst von mir so viel Geld bekommen, dass du Venedig verlassen kannst und in …«

»Was hast du getrunken? So schöne Träume habe ich schon lange nicht mehr gehabt.« Elena wandte sich ab und rollte sich wieder in ihre Decke ein.

»Du wirst schon sehen, es ist wahr. Doch jetzt sag mir, wo ich den Stab verstecken kann, dann werden wir morgen so viel Silber besitzen, wie du in einem ganzen Jahr nicht verdienen kannst.«

»In der Ecke neben dem Tisch gibt es ein loses Bodenbrett. Schieb deinen Stab darunter und lass mich in Ruhe.«

Nach einigem vergeblichen Tasten fand Lutger schließlich

die Stelle und ließ seinen Schatz unter dem Dielenbrett verschwinden. Dann starrte er sehnsüchtig zu dem Bett hinüber.

Wie gern würde er jetzt in Elenas Armen liegen! Doch es wäre besser, noch im Finsteren wieder aus dieser Gasse zu verschwinden. Auch wenn er verkleidet war, fühlte er sich alles andere als sicher, und er wollte Elena nicht noch tiefer in dieses Intrigenspiel hineinziehen.

Er würde sich irgendwo am Hafen einen Platz suchen, wo er schlafen konnte, und im ersten Morgengrauen den Kastilier besuchen, um sein Geschäft mit ihm zu machen. Dann würde er schauen, ob er nicht einen der ärmeren Bürger überreden konnte, ihn bei Nacht zum Festland zu bringen. Fast jeder in der Lagunenstadt besaß ein kleines Boot, und selbst wenn die meisten davor zurückschreckten, ein kleines Boot über die Breite Lagune zu steuern, müsste es schon mit dem Teufel zugehen, wenn er nicht irgendjemanden fand, der ihn und Elena für ein ordentliches Stück Silber übersetzte.

Lutger hatte auf einer Rolle aus dickem Tau übernachtet und sich mit einem Stück altem Segeltuch mehr schlecht als recht zugedeckt. *Übernachtet* war eigentlich nicht das richtige Wort. Selbst in den wenigen Stunden, die ihm vor dem Morgengrauen noch verblieben waren, war er immer wieder frierend aufgewacht.

Tausendmal und öfter hatte er die Nacht verflucht, in der ihm der Templer den Elfenbeinstab überlassen hatte, doch nicht einmal seine Wut vermochte ihn noch zu erwärmen.

Schlecht gelaunt und durchgefroren schlich er im ersten Tageslicht aus dem Bootsschuppen, in dem er Schutz gesucht hatte. Mit mattem Glanz, das Dunkel der nur langsam weichenden Nacht kaum durchdringend, zeigte sich ein erster Lichtstreif zwischen den Häusern im Osten.

Lutger schlug sich die Arme gegen die Brust und stampfte mit den Füßen auf, bis ihm wenigstens ein bisschen wärmer geworden war. Einen Vorteil hatte der ungastliche Bootsschuppen also wenigstens gehabt. Er lag nahe beim Haus des Kastiliers. Hoffentlich hatte es sich der Alte in den letzten beiden Tagen nicht anders überlegt.

Im Grunde war undenkbar, dass Alfredo nicht zu Ohren gekommen war, in welchen Schwierigkeiten er steckte. Mit Sicherheit würde das alte Schlitzohr versuchen, ihn noch weiter herunterzuhandeln.

Verdrossen spuckte Lutger in den breiten Kanal zu seiner Rechten. Ein Stück weiter oben konnte er eines der langen, schmalen Boote durch den Nebel über dem Wasser erkennen. Mit ihnen wurde der größte Teil der Waren, die den Hafen der Lagunenstadt erreichten, zu den einzelnen Handelskontoren weitertransportiert.

Mit unangenehm kehliger Stimme sang ein hinter den Warenbündeln verborgener Schiffer eines der melancholischen Liebeslieder, die man in dieser Stadt so sehr mochte.

Irgendwo in einem der Häuser wurde ein Fensterladen aufgestoßen, und eine alte Frau keifte etwas Unverständliches. Lutger lächelte. Wenigstens *eine* Venezianerin schien keinen Sinn für diesen Pferdemist zu haben.

Ohne sich weiter um den Schiffer zu kümmern, der mittlerweile mit lautstarken Verwünschungen konterte, hastete Lutger an Fässern und Säcken vorbei und achtete darauf, nicht auf irgendwelchem Unrat auszurutschen und in den Kanal zu stürzen.

Wenige Augenblicke später stand er vor der Pforte zum Haus des Kastiliers. Der Alte bewohnte eines der neuen steinernen Häuser, die unmittelbar am großen Kanal lagen. Vorsichtig spähte Lutger durch einen Spalt in einem der Holzläden, die die hohen Bogenfenster des Erdgeschosses verschlossen. Drinnen war alles dunkel. Vielleicht lag Alfredo noch in seinem Bett.

Lutger schlich zur Tür und rüttelte an dem Messingring des Türschließers, der in einem Löwenmaul steckte. Mit leisem Knirschen öffnete sich die Pforte. Sie war nicht verriegelt! Das sah dem Kastilier nicht ähnlich! Er war nicht der Mann, der sein Kontor über Nacht nicht sorgsam verschloss.

Lutger presste sich, so gut es ging, in den schmalen Hauseingang und spähte den Kanal hinauf. Doch niemand war zu sehen. Angespannt hielt er den Atem an. Bei dem Morgennebel, der über dem Wasser hing, hätte es jeder geübte Meuchler leicht, sich den Blicken eines möglichen Opfers zu entziehen.

Aus dem Nebel war noch immer das gedämpfte Schimpfen der Alten zu hören, die sich mit dem Schiffer zankte.

Lutger zögerte. War es vielleicht besser, wieder zu verschwinden? Doch jetzt war er schon so weit gekommen. Er musste es wagen! Er musste diesen verfluchten Elfenbeinstab loswerden und mit dem Kastilier handelseinig werden. Dann würde er schon heute Nacht diese verdammte Stadt und ihre Kanäle hinter sich lassen.

Mit dem Fuß stieß er die Pforte so weit auf, dass er durch die Tür schlüpfen konnte. Gleichzeitig ließ er den Kanal und die schmalen Gehwege an dessen Seiten nicht aus den Augen. Doch nichts Verdächtiges rührte sich.

Vorsichtig verschloss er die Pforte wieder. Lutger stand in einem kleinen Saal, aus dem mehrere dunkle Türöffnungen tiefer ins Haus führten. Direkt gegenüber der Tür erkannte er einen großen Tisch im morgendlichen Zwielicht, hinter dem ein mächtiger Lehnstuhl aufragte.

Der Kastilier hatte in dieser Nacht offensichtlich nicht ins Bett gefunden. Den Kopf in seine verschränkten Arme gebettet, war er über seiner Arbeit eingeschlafen. Neben ihm türmten sich auf dem Tisch aufgeschlagene Bücher und Pergamentrollen. Es roch nach kaltem Lampenöl, und erfreut erkannte Lutger zwischen all den Papieren auch einige faustgroße Lederbeutel. Alfredo hatte also genug Geld im Haus, um ihm einen angemessenen Preis zahlen zu können.

Auf Zehenspitzen schlich Lutger näher. Er würde dem alten Halsabschneider einen gehörigen Schreck einjagen, wenn er ihn jetzt weckte.

Vorsichtig streckte er seine Hand aus, um Alfredo über den Tisch hinweg an der Schulter zu packen. Ein leises Knurren ließ ihn in der Bewegung verharren. Etwas Helles huschte unter dem Tisch hervor und verschwand dann in einer der dunklen Türöffnungen zur Linken.

Lutger stand einige Atemzüge lang wie versteinert da, bis er begriff, dass das Alfredos weißer Kater gewesen sein musste. Offenbar hatte er auf dem Schoß seines Herrn übernachtet.

Lutger lachte leise. Er war allzu schreckhaft geworden.

»Alfredo. Alfredo, wach auf, das Geschäft ruft.«

Der Alte schlief so tief wie ein betrunkener Söldner. »Alfredo! Aufwachen!« Der Spielmann hatte seine Stimme ein wenig gehoben, doch allzu laut wollte er nicht werden. Es war ihm nur recht, wenn die anderen Bewohner des Hauses noch schliefen und es keine Zeugen bei dem Geschäft gab, das sie beide zu tätigen hatten.

Ungeduldig beugte er sich über den Tisch, um den Kastilier wach zu rütteln. Wer so tief schlief, hätte es eigentlich verdient, dass man ihn um seine Barschaft erleichterte, dachte Lutger, dann zuckte er erneut zurück.

Er hatte in etwas Kühles, Klebriges gefasst. Überrascht betrachtete er die dunklen Flecken an seiner Hand. Dann hastete er um den Tisch herum und packte Alfredo mit beiden Händen, um ihn im Stuhl aufzurichten. Der Kopf des Alten pendelte dabei mit einer unnatürlichen Bewegung zur Seite, und die Decke, die er um die Schultern geschlungen hatte, rutschte zu Boden. Ein tiefer Schnitt lief quer über die Kehle des Kaufmanns.

Lutger zuckte entsetzt zurück und schlug ein Kreuzzeichen, denn es mochte Unheil bringen, einen Toten zu berühren. Seine Gedanken überschlugen sich. An seinen Händen haftete Blut, und er wurde in der ganzen Stadt gesucht. Sollte man ihn jetzt neben dem Toten finden, würde man ihn unzweifelhaft für den Mörder halten.

Doch wo war er, der wirkliche Mörder? Vielleicht lauerte er noch im Schatten einer der dunklen Türöffnungen? Ängstlich blickte sich Lutger um.

Nichts war zu sehen.

An wen sollte er jetzt den Elfenbeinstab verkaufen? Der Blick des Spielmanns blieb an den prall gefüllten Geldbeuteln hängen. Wer auch immer den alten Alfredo ermordet hatte, an seinem Vermögen war er nicht interessiert gewesen.

Einen Augenblick lang rang er mit seinem Gewissen, dann steckte sich Lutger zwei der Geldkatzen ein. Der Kastilier würde sie nicht mehr vermissen, und seine Erben würden sicher auch ohne die paar Silbermark noch gut dastehen.

»Wir hätten uns früher um die kümmern müssen, denen er den Stab gezeigt hat.« Es war, als flüsterte ihm ein dunkler Engel ein, was der Templer auf dem Markusplatz vor wenigen Stunden gesagt hatte.

Alfredo war einer von dreien, denen er den Stab gezeigt hatte. Wer würde der Nächste sein? Er musste zu Elena!

Als Lutger die schmale Gasse erreichte, war er völlig außer Atem. Nur einmal hatte er auf dem Weg vom Hafen bis zu dem Haus, in dem Elena wohnte, kurz angehalten, um in einer Pfütze das Blut von seinen Händen zu waschen.

Unter der Stiege zu der Dachkammer, in der er die Byzantinerin erst vor wenigen Stunden noch besucht hatte, drängelten sich Menschen. Eine rote Sonne hatte sich mittlerweile über den Horizont geschoben, doch fehlte es ihr an Kraft, den Morgendunst zu durchdringen, und so war die Szenerie in ein unwirklich graues Licht getaucht.

Als die Gaffer ihn bemerkten, teilte sich die Menge.

»Ein Medicus«, raunte irgendwer neben ihm. »Ob sie es mit dem wohl auch getrieben hat?«

»Was schert es uns? Der Hurenbock kommt eh zu spät.«

Verzweifelt redete sich Lutger ein, dass sie nicht von Elena sprachen. Schließlich war sie nicht das einzige Freudenmädchen in dieser Gasse.

Indes beruhigte ihn, dass seine Verkleidung offensichtlich echt aussah. Die meisten Leute hier kannten ihn nicht. Er war immer erst spät zu Elena gekommen, und tagsüber herrschte so reges Treiben in diesem Teil der Stadt, dass ein fremdes Gesicht nicht auffiel. Außerdem gehörte es zu Elenas Geschäft, dass Fremde täglich bei ihr ein und aus gingen. Deshalb hatte Lutger auch gehofft, die Templer würden sein Versteck hier nicht aufspüren.

Wütend schüttelte er den Kopf. Er tat ja gerade so, als wäre schon gewiss, dass sie Elena ermordet hatten. Vielleicht war auch nur irgendeine Hure abgestochen worden. So was passierte. Das gehörte zu den Risiken dieses Gewerbes.

Hastig, immer drei Stufen auf einmal nehmend, eilte er weiter die Stiege zu Elenas Dachzimmer hinauf. Offenbar starrten alle auf ihre Tür. Vielleicht hatte sie ihr Zimmer auch einer ihrer ärmeren Freundinnen überlassen, die sich kein eigenes Bett leisten konnten?

Lutger stieß die Tür auf. Wie graue Speere stießen schmale Bahnen aus Licht durch die Ritzen und Risse im Schindeldach. Das einzige Fenster war verschlossen.

Ein süßlicher Geruch hing in der Luft.

Elena lag nackt, mit weit ausgebreiteten Armen auf ihrem Bett. Die grauen, zerschlissenen Laken waren von Blut durchtränkt.

»Dô het er gemachet
also rîche
*von **bloute** eine bettstat ...«*

Lutger lachte hysterisch los. Elena war tot, und das Erste, was ihm dazu einfiel, war eine makabre Variante ihres Lieblingsliedes.

Er kniete neben ihr nieder und nahm ihre kalte Hand. Sanft streichelte er ihr über die Finger, so als schliefe sie nur und er könnte sie jederzeit aufwecken.

Doch der breite Schnitt über ihre Kehle ließ keinen Zweifel. Elena war tot! Und auch wenn nicht er das Messer geführt hatte, so war er dennoch ihr Mörder. Es gab keinen Zweifel, dass sie zum Opfer desselben Meuchlers geworden war, der auch den alten Kastilier ermordet hatte. Man hatte beide geschächtet, so wie Fleischhauer es mit einem Lamm tun. Und als Nächstes käme er an die Reihe oder vielleicht Isaac, wenn die Templer auch von ihm schon wussten.

Alles nur wegen dieses verfluchten Stabes! Er würde die Teufelsreliquie zerschlagen! Er würde die Botschaft, die in ihm verborgen sein musste, ans Licht zerren. Wegen ihr schreckten sie Templer selbst vor Meuchelmord nicht zurück, und so würde er sie hinausschreien in alle Welt. Diese Hunde sollten es büßen, sich an Elena vergriffen zu haben! Er würde sie rächen!

Lutger blickte sich in der trostlosen Dachkammer um. Auch der Mörder hatte offensichtlich nach dem Stab gesucht. Die getrockneten Blumen waren von den Deckenbalken gerissen worden und lagen zertrampelt auf den Dielen. Die wenigen Möbel waren verrückt, das Bett zerwühlt, und die Gewänder und Habseligkeiten Elenas lagen verstreut neben ihrer Kleiderkiste.

Ob der Mörder das Versteck gefunden hatte? Lutger suchte die lose Diele, unter der er den Botenstab versteckt hatte. Doch das Versteck war leer.

Das war das Ende! Seine Verfolger hatten also, was sie wollten. Es gab nichts mehr, womit er sich an ihnen rächen konnte. Im Gegenteil, er hatte zu befürchten, dass sie auch ihn so schnell wie möglich ermorden würden, schließlich war er jetzt nur noch ein lästiger Mitwisser.

Ein Geräusch ließ Lutger herumfahren. Ein kleiner, schmerbäuchiger Mann kam durch die Pforte und musterte die Dachkammer. Dann wandte er sich an Lutger. »Bist du nicht derjenige, mit dem diese Hure die Kammer geteilt hat?«

Der Spielmann nickte stumm.

»Sie schuldet mir noch Geld für das Zimmer. Wirst du für sie zahlen?«

Lutger hasste den Mann. Elena war tot, und er dachte nur an sein Geld. Am liebsten würde er ihn verprügeln und aus der Kammer schmeißen.

Der Dicke schien ihm anzusehen, was er dachte, und setzte ein böses Lächeln auf. »Ich kann auch die Stadtwachen rufen lassen. Du bist der Hurenbock, mit dem sie das Zimmer geteilt hat. Wenn ich sage, du seist der Mörder, wirst du schon morgen deinen Kopf auf den Richtblock legen.«

»Dann bekommst du aber kein Geld.«

Der Dicke zuckte mit den Schultern. »Vielleicht wäre mir das Vergnügen, deinen Kopf rollen zu sehen, sogar die paar Münzen wert, Medicus. Gewöhnlich seid ihr schwarzen Unglücksraben es doch, die Tod und Verderben bringen. Mein einziger Sohn musste sterben, weil sich ein Medicus geweigert hat, ihn zu heilen. Denn ich hatte kein Geld. Wenn ich es mir recht überlege, wäre es mir sogar sehr lieb, dich sterben zu sehen. Du bist zwar der Falsche, aber auch du gehörst zu dieser Schlangenbrut.«

Lutger hatte sich aus der Hocke erhoben und wich einen Schritt zurück. Der Mann musste wahnsinnig sein. Er wollte ihn für etwas richten lassen, was er gar nicht getan hatte.

»Jetzt hast du wohl Angst, Galgenvogel! Endlich erwischt es auch mal einen von euch.«

»Ich kann dir viel Geld geben, wenn du mich jetzt gehen lässt.«

»So viel Geld kann ein solch widerwärtiger Totenvogel wie du gar nicht in seinem unreinen Gefieder verbergen, wie ich …«

Lutger zog einen der Geldbeutel, die er dem Kastilier gestohlen hatte, unter seinem Gewand hervor und löste den Lederriemen. »Reicht das?« Schon im selben Augenblick hätte er sich am liebsten die Zunge abgebissen. Statt mit Kupfermünzen, wie er vermutet hatte, war die Geldkatze prall mit frisch geprägten, venezianischen Silbermünzen gefüllt.

Dem Dicken quollen schier die Augen aus dem Kopf. »Natürlich … reicht das! Verzeiht, dass ich Euch in Eurer Maske nicht erkannt habe, mein Fürst. Konnte ich denn ahnen, dass ein so mächtiger Mann wie Ihr unter meinem bescheidenen Dache Zuflucht sucht, um sich mit …«

»Genug! Du wirst vergessen, dass du mich jemals gesehen hast.«

Der Dicke verbeugte sich und nickte ununterbrochen. »Sicher doch. Ich kenne Euch nicht, Herr. Euer Geheimnis ist bei mir wohlbehütet.«

»Noch etwas. Ich möchte, dass Elena ein anständiges Begräbnis bekommt und man sie nicht wie die anderen Armen in einem Sack voller Steine in die Lagune wirft. Außerdem kaufst du alle Blumen, die du auf dem Markusplatz bekommen kannst und legst sie ihr aufs Grab. Dann sorgst du noch dafür, dass die Dominikaner ihr eine Messe lesen.«

Der Dicke blinzelte überrascht mit seinen Schweinsäuglein.

»Hast du mich verstanden? Es wird immer noch genug übrig bleiben, um dich für deine Dienste fürstlich zu entlohnen. Du wirst sicher einsehen, dass mein Rang es mir verbietet, mich höchstselbst um diese Angelegenheiten zu kümmern. Aber glaube nicht, du könntest mich hintergehen. Du darfst sicher sein, es bliebe mir nicht verborgen.«

»Wie könnt Ihr so etwas von mir denken, mein Fürst. Es ist mir immer eine Freude, den Edlen zu dienen. Seid Ihr einer der Grafen aus dem Lager der Kreuzfahrer?«

Lutger maß den Dicken mit einem vernichtenden Blick. »Wer oder was ich bin, das geht dich nichts an, und ich warne dich, du wimmernder Wurm, wage es nicht, einen Adler zu fordern.«

Der Dicke erbleichte. »Ich meine … ich …«

Stolz erhobenen Hauptes schritt Lutger an ihm vorbei, beugte sich unter der niedrigen Pforte und stieg über die schmale Stiege in die Gasse hinab.

Die Blicke der Gaffer, die sich unten versammelt hatten, trafen ihn wie Peitschenhiebe. Einen Augenblick lang hatte er es genossen, sein Spiel mit dem Leichenfledderer zu spielen, doch jetzt fühlte er sich nur noch matt und elend. Er wollte allein sein.

Wie mit glühenden Eisen hatte sich ihm das Bild der toten Elena eingebrannt. Er war schuld an ihrem Tod. Ohne ihn wäre sie noch am Leben!

Lutger war schon eine ganze Weile ziellos durch die schmutzigen Gassen der Stadt geirrt, als er merkte, dass ihm ein Mädchen in einem abgerissenen Kleid folgte. Ob auch sie im Sold der Templer stand? Es war ihm gleich. Frau Welt hatte sich von ihm abgewandt, und sein Schicksal war besiegelt. Warum es noch hinauszögern? Lutger blieb stehen und drehte sich um.

Augenblicklich verharrte auch das Mädchen. Einen Moment lang schien es zu zögern. Ein Mann mit einem Sack auf der Schulter rempelte sie an und fluchte, was ihr einfiele, den Weg zu versperren.

Wortlos trat das Mädchen zur Seite und musterte Lutger. Wer mochte sie sein? Dunkel erinnerte er sich, dieses hohlwangige Gesicht schon einmal irgendwo gesehen zu haben.

Sie kam näher – und war so dürr, dass der Wind wohl durch ihre Rippen blies, und ihr Gesicht war so blass, als hätte sie den Bluthusten. Gevatter Tod stand in ihrem Schatten, daran konnte es keinen Zweifel geben.

»Seid Ihr der Verseschmied, der bei Elena gewohnt hat?«

Lutger überlegte, ob er ihr dieselbe Lüge wie dem Dicken auftischen sollte. Irgendwie tat sie ihm leid, und er hatte das Gefühl, dass keine Gefahr von ihr ausging. Das Mädchen zitterte im kalten Wind, und ihre Augen waren so rot geschwollen, als hätte sie geweint.

»Was willst du von mir, Weib?«

»Ich muss Euch etwas geben, das Euch gehört!«

Lutger stutzte. Was konnte sie besitzen, was ihm gehörte? War es am Ende doch eine Falle? Unsicher blickte er sich um, doch konnte er keine verdächtigen Gestalten erkennen.

»Was hast du denn?«

Das Mädchen griff unter ihr Wams und zog den Elfenbeinstab hervor. »Elena hat ihn mir überlassen ... er ... er gehört doch Euch?«

Hastig fasste er nach dem Stab und ließ ihn unter seinem weiten Mantel verschwinden. Es schien, als verfolgte ihn dieses Teufelsgeschenk. »Wo hast du das her?«

»Heut früh, es muss ein oder zwei Stunden vor Morgengrauen gewesen sein, klopfte ich an Elenas Tür. Ich wollte sie fragen, ob sie mir kurz ihr Bett überlassen könnte. Ich hatte einen Freier, aber er war schon alt, und es war so kalt und windig, dass er mich nicht in einem Torgang nehmen konnte … Es … Wisst Ihr, manchmal hat mir Elena ihr Bett überlassen. Aber gestern war sie schlecht gelaunt und wollte schlafen. Als ich dann schon fast wieder die Stiege runter war, hat sie mich noch mal gerufen und mir den Stab geliehen. Sie meinte, ich solle mir mit meinem Freier 'ne Laterne oder 'ne Fackel oder so suchen. Wenn er die Bilder auf dem Stab sehen würde, würd ihm das schon einheizen. Aber leider hat es doch nichts genutzt. Als ich wieder zurück bin, um ihr den Stab zu bringen, war da ein Mann unten an der Stiege. Merkwürdige Kleider hat der angehabt, und als er sich zu mir herumdreht, denk ich, der Leibhaftige starrt mich an, so finster war sein Gesicht.« Das Mädchen wurde von einem heftigen Hustenkrampf geschüttelt. Nachdem sie sich wieder erholt hatte, lief ein dünner Faden Blut aus ihrem Mundwinkel.

»Und dann? Was geschah dann?« Lutger brannte vor Ungeduld. Ein wenig schämte er sich, das gebrechliche, todkranke Geschöpf so zu bedrängen, doch er wollte unbedingt wissen, wer seine Elena getötet hatte.

»Der Mann betonte seine Worte auf ganz eigenartige Weise. Er war nicht von hier, und er war auch kein Franke. Er sagte, ich solle verschwinden. Er hätte ein Geschäft mit Elena.«

»Und?«

»Ich bin dann gegangen. Der Kerl hat mir Angst gemacht. Ich hab mich hinter 'nem Karren verkrochen. Ist ziemlich lange oben geblieben. Als er dann rauskam, hat er sich ganz aufgeregt umgeschaut, ob ihn jemand gesehen hat. So wie das sonst die reichen Kaufleute machen, wenn sie von Elena kommen. Na, ich hab mich noch tiefer hinter den Karren geduckt, und dann ist der Kerl auf und davon. Erst …« Das Mädchen stockte und schluchzte. »Erst als ich sicher war, dass er weg ist, bin … bin ich rauf zu Elena. Ich konnt ja nicht wissen … Ich hätt doch geschrien wie 'ne Furie, wenn ich gewusst hätt, was er ihr antut, der Kerl. Ich …«

Sie begann zu weinen, und gleichzeitig wurde sie von einem neuen Hustenkrampf geschüttelt.

»Ist schon gut.« Lutger legte seine Arme um sie. »Ist schon gut. Ich hätte auch nicht anders gehandelt als du. Dich trifft keine Schuld.«

»Aber wenn … wenn ich wenigstens gerufen … hätte. Dann hätten sie ihn noch erwischt.«

»Lass das meine Sorge sein!« Lutgers Stimme bebte vor Zorn. »Ich werde ihn kriegen, und wenn es das Letzte ist, was ich tu.«

Wieder blickte er die Gasse hinauf, ob sie beobachtet wurden. Solange es hell war, musste er sich verstecken oder in die kleinen Viertel am Rand der Lagunenstadt fliehen, wo man ihn nicht suchte. Oder besser noch, er sollte jetzt zu Isaac gehen. Aber dann musste er wirklich sicher sein, dass ihm niemand folgte.

Bei dem Medicus würde er den Stab zerbrechen und sehen, was sich in diesem Teufelsding so Wichtiges verbarg, dass die Templer nicht davor zurückschreckten, gedungene Mörder zu schicken. Er würde es diesem Pack schon zeigen! Sie sollten noch lange an seinen Namen denken!

Das Mädchen hatte aufgehört zu husten.

»Ich muss jetzt fort. Hab Dank für deine Hilfe …?«

»Maria. Man nennt mich Maria.« Sie hatte den Blick zu Boden gerichtet und fuhr sich mit dem Ärmel über den blutverschmierten Mund.

Lutger hatte das Gefühl, ihr etwas schuldig zu sein. Die arme Kreatur hatte nicht mehr lange zu leben. Er tastete nach dem zweiten Geldbeutel, den er dem Kastilier gestohlen hatte, öffnete die Lederschnur und griff nach den Münzen.

Ein Silberstück oder zwei müssten ausreichen, damit sich Maria für die Tage, die ihr noch verblieben, wenigstens warmes Essen leisten könnte.

Lutger reichte ihr einige Münzen und zuckte entsetzt zusammen, als er sah, was auf seiner Handfläche lag. Billige Kupferstücke! Ein lästerlicher Fluch entfuhr ihm, und das Mädchen blickte ihn verwundert an.

»Das hat nichts mit dir zu tun.« Warum musste er so ein Pech haben? Dem Dicken bei Elena hätte sicher auch ein Beutel voller Kupferstücke gereicht, um zu schweigen. Warum hatte er nicht überprüft, was in den Geldkatzen war? Er hatte ein Vermögen verschenkt und für sich selber einen Dreck behalten. Seit er den Templer mit diesem dreimal verdammten Elfenbeinstab getroffen hatte, wich das Unglück nicht mehr von ihm. Es war, als lastete ein Fluch auf ihm!

»Nimm alles!« Lutger drückte der dürren Frau die Geldkatze in die zitternden Hände.

»Aber ... «

»Schweig! Und nimm, was dir das Schicksal beschert.« Jetzt war ohnehin alles gleich! Er würde herausbekommen, wer Elena ermordet hatte, und dann würde er sie rächen oder was wahrscheinlicher war, bei dem Versuch sterben. Er brauchte kein Geld mehr, und er brauchte auch kein Boot, das ihn aus dieser kalten, widerlichen Stadt wegbrachte.

Ohne ein Wort des Abschieds wandte er sich um und stapfte davon.

Es war bereits wieder dunkel geworden, als Lutger endlich vor der Tür mit dem Schlangenstab stand. Den ganzen Tag über war er kreuz und quer durch die Lagunenstadt gestreift und hatte festzustellen versucht, ob ihm jemand folgte. Erst jetzt war er sich sicher, jeden Häscher abgeschüttelt zu haben. Das Haus des Medicus war der letzte sichere Zufluchtsort, der ihm in Venedig noch verblieben war, und er konnte es sich nicht leisten, auch diesen treuen Freund noch zu verlieren.

Ein letztes Mal blickte er sich um und vergewisserte sich, dass nirgendwo in den Schatten ein Beobachter lauerte. Dann klopfte er an die Tür des Juden.

Wie immer dauerte es eine kleine Weile, bis Isaac öffnete. Wahrscheinlich saß er gerade über seinen Schriftrollen und hatte im Grunde gar keine Lust, sich aufstöbern zu lassen.

Als die Pforte endlich aufschwang, lächelte ihn der Medicus freundlich an. »Wie ich sehe, bist du den Bluthunden des Tempels entgangen.«

Als Lutger hereintrat und nun deutlicher im Licht von Isaacs Kerze zu sehen war, verdüsterte sich das Gesicht des Juden. »Was hast du nur getan, Christ? Ich habe dir mein zweitbestes Gewand geliehen, und was hast du daraus gemacht? Beim Barte Salomos! Du siehst ja aus, als hättest du in einem Saustall übernachtet!«

Der Spielmann schüttelte den Kopf. Er hatte kaum gehört, was Isaac sagte. »Elena ist tot«, murmelte er leise.

»Das… tut mir leid! Vergiss die Kleider. Es war nicht so gemeint.« Isaac legte ihm den Arm um die Schultern und brachte ihn ins Studierzimmer. »Irre ich mich, oder könntest du was zu essen brauchen? Manchmal, wenn uns der Schmerz die Seele aus dem Leib reißen will…« Er stockte, starrte vor sich auf den Boden.

Lutger wusste, dass auch er manchmal zu Elena gegangen war.

»… manchmal hilft es einfach zu essen.«

»Essen? Wie kannst du daran denken?« Lutgers Stimme klang kalt und schneidend. Der Spielmann griff unter den Umhang und zog den Elfenbeinstab aus seinem Gürtel. »Öffne ihn! Ich möchte wissen, wofür Elena sterben musste.«

Isaac zögerte. »Glaubst du, damit handelst du klug? Vielleicht solltest du erst einmal darüber schlafen. Ich denke …«

»Hör auf mit dem Gerede! Irgendjemand hat heute die Frau, die ich geliebt habe, umgebracht – und das alles nur wegen dieses Stabes. Ich will wissen, warum. Warum muss jeder sterben, der ihn auch nur gesehen hat? Wenn du mir nicht helfen magst, dann sag es nur.«

Der Medicus starrte ihn einen Moment lang mit schwer zu deutendem Blick an. Schließlich drehte er sich um und holte aus einer Ecke im Zimmer das Tuch, in das er seine Messer und all die anderen unnennbaren Instrumente eingeschlagen hatte, die man brauchte, um den Leib eines Menschen zu öffnen.

Dann räumte er alle Bücher und Manuskripte von seinem Arbeitstisch, rollte das Stofftuch aus und entzündete eine helle Öllampe.

Fordernd streckte er Lutger die Hand entgegen. »Wenn du wirklich sicher bist, dass du wissen möchtest, was sich in dem Botenstab verbirgt, dann gib ihn mir jetzt. Bedenke aber, dass das, was wir finden, deinen Seelenfrieden vielleicht auf immer zu zerrütten vermag.«

Wortlos reichte Lutger ihm den Stab. Isaac drehte das Kunstwerk einen Augenblick lang in den Fingern, dann legte er es hin und wählte ein Messer, dessen Klinge gezackt wie ein Sägeblatt war.

»Ich werde den Stab an der Naht öffnen. So beschädige ich ihn am wenigsten. Hätte man ihn nicht verleimt, wäre ein solcher Aufwand nicht nötig. Bist du damit einverstanden?«

Lutger nickte stumm. Ihm war alles gleich. Immer wieder sah er die Szene aus der Dachkammer vor sich. Das alles war seine Schuld! Hätte er Elena nur mitgenommen, als er gestern gegangen war. Oder hätte er sie gar nicht aufgesucht. Vielleicht hatte er ja erst auf diese Weise seine Verfolger auf die Spur der Byzantinerin geführt.

»Es ist vollbracht!« Wie erwartet war der Botenstab von innen hohl. Isaac hatte ein Stück, das kaum breiter als ein Daumen war, vom oberen Ende des Stabes abgesägt. Vorsichtig nestelte er mit den Fingern an der Öffnung herum und zog dann ein sorgfältig aufgerolltes Pergamentblatt heraus.

Vorsichtig glättete der Medicus das Schriftstück. Dann gab er ein leises, pfeifendes Geräusch von sich und blickte überrascht zu Lutger auf. »Die Botschaft ist auf Arabisch geschrieben. Das heißt, ich hatte recht, als ich dir gesagt habe, dass sie wahrscheinlich aus dem Palast des Sultans von Kairo stammt.«

»Worum geht es ... darin?«

»Langsam, ich lese das Arabische nicht so flüssig wie lateinische oder hebräische Schriften. Du wirst dich einen Moment gedulden müssen.«

Unruhig rutschte Lutger auf dem hohen Lehnstuhl, den sonst Isaac benutzte, und beobachtete seinen Freund. Doch der Medicus ließ sich Zeit. Hin und wieder holte er eines seiner Bücher aus den Regalen und schien Schriftpassagen mit den Zeichen auf dem Pergament zu vergleichen. Dann wieder machte er sich Notizen auf ein Wachstäfelchen.

Es schien dem Spielmann eine Ewigkeit zu dauern, bis Isaac endlich wieder aufblickte.

»Bist du sicher, dass du wissen willst, was hier steht, Christ?« Der Jude hatte manchmal eine unerträgliche Art, seinen Glauben zu verhöhnen. Das letzte Wort hatte er ausgesprochen, als wäre es eine Beleidigung.

»Sprich endlich!«

»Was ich gelesen habe, wirft kein gutes Licht auf deine Glaubensbrüder. Doch ein noch schlechteres Licht wirft es auf den Dogen und die Männer, die ihm zur Seite stehen. Dieser Brief ist von El-Adil verfasst, dem Sultan von Kairo, und er richtet sich an Enrico Dandolo, den Dogen von Venedig. Einige Stellen, die mir unklar bleiben, beziehen sich offensichtlich auf vorherige Schreiben. Der Sultan versichert dem Dogen, dass Venedig weitreichende Handelsrechte in Ägypten erhalten wird und es den Schiffen der Genueser fortan verboten sein werde, ägyptische Häfen anzulaufen, wenn der Doge dafür verhindert, dass das Kreuzfahrerheer Ägypten erreicht.«

»Und werden auch die Templer erwähnt? Welche Rolle spielen sie bei der Intrige?«

Isaac schüttelte den Kopf. »Vom Orden des Tempels steht nichts in diesem Brief.«

»Aber die Templer dienen doch als Boten zwischen dem Sultan und dem Dogen. Wie kann es sein, dass sie mit keinem Wort erwähnt werden?«

»Vielleicht wird der Orden mit einigen Rundschiffen für seine Dienste entlohnt. Es heißt, die Tempelherren wollen eine eigene Flotte aufbauen, und Venedig hat deswegen erst vor Kurzem energisch beim Papst protestiert. Doch vielleicht ist das auch nur Spiegelfechterei.«

Lutger fühlte sich um seine Rache gebracht und fluchte leise. Wenn die Templer nicht in dem Schreiben erwähnt wurden, dann war es auch unmöglich, sie wegen ihrer Intrige zu belangen. Ohne Beweise würde man dem Wort eines Spielmanns kein Gewicht beimessen. Ja, vielleicht nicht einmal dann, wenn er Beweise vorlegen konnte, denn was zählte er schon gegen die Miles Christi?

»Was wirst du nun tun?« Inzwischen hatte sich Isaac hingesetzt und blickte ihn auf seltsame Weise an. »Wohin du auch gehst, erwähne auf keinen Fall, dass ich dir geholfen habe. Weder ich noch irgendein anderer Jude in Venedig kann es sich leisten, die Geschäfte des Dogen zu stören, ganz gleich, welcher Art sie sein mögen. Es gibt genügend christliche Kaufleute, die dankbar wären, wenn das Volk Israel aus der Stadt getrieben würde. Sie fürchten unsere Konkurrenz im Handel, und an einem Komplott gegen den Dogen beteiligt zu sein, wäre genau der Anlass, den sie brauchen, um gegen uns vorzugehen.«

Lutger erhob sich müde aus dem hohen Lehnstuhl. »Keine Sorge, mein Freund. Ich werde den Stab und das Schreiben dem Markgrafen von Montferrat überbringen. Er wird entsetzt sein, wozu man seine Armee missbrauchen will. Jetzt erklärt sich auch der Vorschlag der Venezianer, zunächst einmal Zara anzugreifen, denn bis die Stadt erobert ist, wird es schon so spät im Jahr sein, dass an eine Überfahrt des Heeres ins Heilige Land nicht mehr zu denken ist. Gott allein weiß, was der Doge dann als Nächstes von unseren Rittern verlangt.«

Nachdenklich schüttelte Isaac den Kopf. »Du solltest jetzt nicht gehen. Zu so später Stunde ist fast niemand mehr auf der Straße. Verlass mich erst morgen, dann wirst du dich in der Menge verstecken können. Bis dahin werde ich dir auch eine neue Verkleidung verschafft haben, denn dass du zurzeit in der Maske eines Medicus gehst, ist deinen Verfolgern sicher schon bekannt.«

Lutger zögerte, doch dann musste er sich eingestehen, dass der Jude recht hatte. Auf die paar Stunden kam es nun auch nicht mehr an. Es blieb nur zu hoffen, dass Markgraf Bonifaz in die Lagunenstadt zurückgekehrt war. Schließlich hatte er sich erst vor zwei Tagen zum Heerlager der Kreuzfahrer übersetzen lassen.

In gleichmäßigem Takt tauchte das Ruder des Schiffers in die grauen Fluten des Großen Kanals. Sie waren schon eigenartig, diese Schiffer von Venedig, wie sie aufrecht im Heck ihrer schlanken Boote standen und diese seltsamen Gefährte mit nur einem Ruder vorwärtsbewegten.

Vielleicht war es die schwarz-weiße Ordenstracht der Zisterzienser, die den Mann bislang davon abgehalten hatte, ihn mit irgendwelchen Belanglosigkeiten zu behelligen, überlegte Lutger. Wie dem auch sei, er war jedenfalls dankbar, seine Ruhe zu haben.

Misstrauisch musterte er jedes Boot, das ihnen entgegenkam. Es war nicht mehr weit bis zum Fondaco dei Turchi, dem Palazzo der Familie Pesaro, doch er würde erst wieder frei atmen können, wenn er dort wirklich den Markgrafen antraf. Zu sehr hatte ihn in den letzten Tagen das Unglück verfolgt, als dass er nicht bis zum letzten Augenblick damit rechnen musste, doch noch in die Hände der Templer zu fallen.

Von Weitem konnte er jetzt die Fassade des Palazzo erkennen. Es war ein prächtiges Steinhaus mit Säulenkolonnaden, flankiert von zwei Türmen. Dach und Türme waren mit eigentümlichen dreieckigen Zinnen bewehrt, die dem Palazzo trotz der einladenden Säulengänge etwas Schroffes und Abweisendes gaben.

Auf gleicher Höhe mit dem Prachtbau lag ein Boot vor Anker. Damit hatte Lutger gerechnet. Man ließ den Markgrafen und die Pesaros beobachten. Jetzt fiel ihm noch ein zweites, kleineres Boot auf, das unmittelbar vor dem Palazzo in der Mündung eines schmalen Seitenkanals lag.

Lutger schlug ein Kreuz und betete zur Jungfrau Maria. Hoffentlich war seine Verkleidung wirklich so gut, wie er noch heute Morgen geglaubt hatte, als Isaac ihm die Kutte brachte.

Der Schiffer steuerte in weitem Bogen auf das Haus der Pesaros zu. Lutger zog die Kapuze seiner Kutte etwas tiefer ins Gesicht und spähte ängstlich zu dem Boot hinüber, das sich mitten auf dem Kanal befand. Drei Männer konnte er an Deck sehen, die ihre Köpfe nach ihm umwandten. Doch offensichtlich hielten sie seine Verkleidung für echt. Jedenfalls machten sie keinerlei Anstalten, ihn daran zu hindern, zum Palazzo zu gelangen.

Mit leisem Knirschen schrammte Lutgers Boot an den Pfosten der Anlegestelle vorbei und kam schließlich zum Stillstand. Vorsichtig richtete sich der Spielmann auf, sprang mit einem Satz an Land und gab dem Schiffer ein Zeichen weiterzufahren. Im selben Augenblick zerrte eine Bö an seinen Kleidern und riss ihm die Kapuze vom Kopf.

Eilig suchte er hinter einer Säule Schutz. Doch zu spät! Auch wenn ihn mindestens zwanzig Schritt von dem großen Boot auf dem Kanal trennten, musste jeder an Bord gesehen haben, dass er keine Mönchstonsur, sondern langes blondes Haar hatte.

Lutger zog den Elfenbeinstab unter seiner Kutte hervor und rannte zum Tor des Palazzo. Verzweifelt hämmerte er mit dem Stab gegen das schwere Portal.

Gleichzeitig hörte er hinter sich Rufe auf dem Kanal. Das große Boot hatte sich in Bewegung gesetzt und näherte sich der Anlegestelle.

Es kam ihm wie eine Ewigkeit vor, bis endlich die große Flügeltür aufschwang.

»Bringt mich zum Markgrafen Bonifaz«, schrie er dem Custos entgegen. »Schnell! Es geht um Leben oder Tod.«

Ohne irgendwelche Fragen packte ihn der junge Pförtner am Arm und zerrte ihn in den Palazzo. Dann schloss er das Tor und verriegelte es zusätzlich mit einem mächtigen Querbalken.

»Du scheinst ein Günstling des Glücks zu sein, Spielmann«, erklang eine vertraute Stimme. Ruckartig drehte sich Lutger um und stand dem Markgrafen und einem kostbar gekleideten Venezianer gegenüber, die gerade durch eine kleine Seitentür in die Empfangshalle getreten waren.

»Mein Fürst!« Lutger warf sich auf die Knie. »Der Doge und die Templer planen ein Komplott, um zu verhindern, dass das Banner des Kreuzes je wieder über dem Heiligen Grab weht und ...«

»Ich weiß.« Der Markgraf machte eine wegwerfende Bewegung. »Seit Tagen versuchen meine Männer, dich zu finden, um dich vor den Templern in Sicherheit zu bringen, Spielmann. Folge mir nun! Meine Vertrauten und ich, wir sind gespannt, was du uns zu berichten hast.«

Der Markgraf führte Lutger in einen prächtigen kleinen Saal, wo ein großer Kamin wohlige Wärme ausstrahlte. Eine Handvoll Ritter und Kaufleute erwarteten ihn dort und lauschten gespannt seinem Bericht.

Als Lutger seine Erzählung beendet hatte, lächelte ihn der Markgraf freundlich an. »Wie ich sehe, hast du den Botenstab öffnen lassen.«

Der Spielmann nickte. Er hatte seine Freundschaft zu Isaac verschwiegen, da er fürchtete, dass man ihm die Verbindung zu einem Juden zum Nachteil auslegen könnte. »Der Kastilier Alfredo hat den Stab geöffnet, als ich ihn ihm vorgelegt habe, um seinen Wert schätzen zu lassen. Er hat mir auch gesagt, was in dem Brief steht. Danach hat er mir allerdings die Tür gewiesen, denn er meinte, es sei ihm zu gefährlich, in solche Geschäfte verwickelt zu sein.«

»Ihr hättet wohl daran getan, gleich zu mir zu kommen.« Der Markgraf hatte jetzt einen etwas schärferen Ton angeschlagen. »Nicht auszudenken, was geschehen wäre, wenn die Templer dieses Schriftstück erbeutet hätten.« Bonifaz klatschte in die Hände, und ein dunkelhäutiger Mann in fremdartigen Kleidern betrat den Saal.

»Dies ist Mahmud, ein getaufter Sarazene, der in meinen Diensten steht.« Der Markgraf reichte ihm das Dokument und wandte sich wieder Lutger zu. »Er soll überprüfen, ob wirklich das in dem Brief steht, was der Kastilier dir berichtet hat. Bevor wir Anklage gegen den Dogen erheben können, müssen wir ganz sicher sein, dass er tatsächlich einen geheimen Pakt mit dem Sultan von Ägypten geschlossen hat.«

Bonifaz lächelte jetzt wieder. »Du hast ein wahrlich bemerkenswertes Abenteuer erlebt, und das Schicksal hat es in den letzten Tagen nicht gut mit dir gemeint. Doch einen kleinen Trost kann ich dir vielleicht spenden. Mir ist zu Ohren gekommen, wie sehr du den Verlust deiner Laute bedauerst. Meinem Diener, den du auf deiner Flucht vom Dach gestoßen hast, ist die Begegnung mit dir zwar übel bekommen, doch dein Instrument hat den Sturz auf wunderbare Weise ohne jeden Schaden überstanden. Da wir schon seit Tagen darauf hoffen, dich als Gast begrüßen zu dürfen, haben wir eine kleine Kammer für dich herrichten lassen. Dort wirst du deine Laute finden und ...«

Irgendwo im Palast erhob sich Lärm. Dann trat ein Ritter in den Saal und verbeugte sich. »Meine Herren, die Templer versuchen sich gewaltsam Zutritt zu diesem Haus zu verschaffen. Sie scheinen auch Boten zum Benediktinerkloster geschickt zu haben, um alle Ritter und Laien vor dem Palazzo zu versammeln.«

Den Markgrafen schien die Meldung kaum zu verwundern, er blieb erstaunlich ruhig. »Auch wenn sie Satansjünger sind, werden sie es nicht wagen, Hand an mich zu legen. Mit Billigung des Papstes bin ich zum Führer dieses Kreuzzugs gewählt worden, und würden sie mir oder auch nur einem meiner Begleiter Gewalt antun, würde der Heilige Vater den ganzen Orden unter den Kirchenbann stellen.«

Lutger blickte ängstlich zur Tür, in der der Ritter stand. Es mochte ja sein, dass die Templer Bonifaz und sein Gefolge schonten, aber was seine Wenigkeit anging, sollte er besser nicht auf Gnade hoffen. Sein Tod würde mit Sicherheit nicht den Zorn des Papstes heraufbeschwören.

Der Markgraf war zu seinem sarazenischen Diener getreten und hatte das Pergament und den Botenstab wieder an sich genommen. »Es ist besser, wenn das hier den Tempelrittern nie wieder in die Hände fällt.« Ohne auch nur einen Augenblick zu zögern, warf er beides in den Kamin.

»Nein!« Lutger konnte nicht fassen, was der Heerführer gerade getan hatte. Für diesen Stab war Elena gestorben! Da konnte er ihn doch nicht einfach verbrennen! Er stürzte auf den Kamin zu, doch das Pergament war schon den Flammen zum Opfer gefallen. Der Botenstab aber lag inmitten von glühenden Holzscheiten.

»Es tut mir leid.« Der Markgraf packte Lutger am Arm und zerrte ihn vom Feuer weg. »Ich weiß, was du jetzt empfindest, doch wollen wir unsere gerechte Sache retten, dann darf dieser Stab nie wieder in die Hände der Templer gelangen, und auch du, mein Freund, solltest ihnen besser nicht mehr begegnen. Mahmud, bring den Spielmann auf sein Zimmer und kümmere dich um ihn. Ich denke, dort sollte er sicher sein.«

Der Diener nickte stumm und gab Lutger ein Zeichen, ihm zu folgen.

Mahmud hatte Lutger in eine der Turmkammern gebracht. Dort lag auf einer prächtig geschnitzten Bettstatt seine Laute. Noch immer war Lutger verwirrt – wie von Sinnen. Das

Bild des Pergaments, das in Flammen aufging, wollte ihm einfach nicht aus dem Kopf. Es war nicht richtig, dass Elena dafür gestorben war!

Geistesabwesend strich er über die Laute, als ihn ein leises Scharren herumfahren ließ. Mahmud stand in der Tür zur Turmkammer und hatte einen gekrümmten Dolch gezogen.

»Aber ...« Lutger begriff nicht, was das sollte. Hatte der Markgraf einen Verräter in seinen Diensten? Er war es! Lutger erinnerte sich wieder an die Worte Marias. *Merkwürdige Kleider hat der angehabt, und als er sich zu mir herumdreht, denk ich, der Leibhaftige starrt mich an, so finster war sein Gesicht.*

Der Sarazene lächelte böse. »Deine Hure hat mir viel Freude bereitet, bevor ich sie zum Teufel geschickt habe.«

»Nein!« Lutger griff nach seiner Laute und stürzte auf den Sarazenen zu. Er würde ihn töten, und wenn es das Letzte war, was er tat! Doch Mahmud huschte im letzten Augenblick zur Seite und verpasste ihm einen solchen Schlag, dass der Spielmann durch die Tür hinaus auf die kleine Galerie taumelte, über die sie ins Turmzimmer gelangt waren. Darunter lag der Große Kanal.

»Ich reiße dir das Herz heraus, Schurke.«

»Ein wahrer Künstler verliert nie seinen Sinn für das Pathetische. Nicht einmal im Angesicht des Todes.« Mahmud machte die Andeutung einer Verbeugung. »Du musst nämlich wissen, ich liebe die Kunst der Dichtung und die geschliffenen Worte. Es tut mir leid, nun auch an dir meine Pflicht erfüllen zu müssen.«

Lutger blickte auf den Kanal. Unmittelbar unter dem Turm lag nun das Boot, von dem aus die Templer beobachtet hatten, wie er in den Palazzo gelangt war.

Vom Kanal herüber erklangen Rufe. Einige Ritter zeigten nach oben. Sie weideten sich wohl an dem Schauspiel, das Mahmud ihnen zu bieten hatte.

»Mach deinen Frieden mit Gott, Spielmann!«

Statt darauf zu warten, dass der Sarazene ihn ermordete, sprang Lutger mit einem Satz auf das steinerne Geländer der Galerie und klammerte sich an eine Säule.

»Willst du dir selbst den Tod geben?« Der Sarazene lachte spöttisch. »Ich schätze es gar nicht, wenn man mir in meine Arbeit pfuscht.«

Aus irgendeinem Grund schien Mahmud einen Augenblick lang zu zögern, ihm zu folgen. Lutger nutzte die Gelegenheit und balancierte auf dem Marmorgeländer bis zur nächsten Säule. Ein kleines Stück noch, und dann würde er die reich verzierte Außenfassade des Turms erreichen. Von dort könnte er weiter bis zum Dach klettern. Er wechselte seine Laute in die andere Hand. Sie störte ihn zwar beim Klettern, doch er brachte es nicht über sich, sie in den Kanal zu werfen. Zu viel Unglück war ihretwegen geschehen, und in der kurzen Frist, die ihm noch blieb, würde er sich nicht mehr von ihr trennen. Jetzt musste er Mahmud erst eimal dazu bringen, dass er ihm folgte.

»Ich bewundere den Mut, den du aufgebracht hast, als du die schmale Holzstiege zu Elenas Kammer erklommen hast. Offensichtlich schlägt nicht gerade das Herz eines Falken in deiner Brust, macht dir doch Angst, in die Tiefe zu sehen.«

»Glaubst du?« Vorsichtig, ohne die Boote auf dem Kanal aus den Augen zu lassen, kletterte auch der Sarazene auf das Geländer. »Ich vermute, das war dein letzter Irrtum, Christ.«

Mahmud war höchstens noch eine Armeslänge von ihm entfernt, als ein Pfeil Lutger knapp verfehlte und gegen die Rückwand der Galerie schlug. Er konnte den faulen Atem von Gevatter Tod schon in seinem Nacken spüren, doch zuvor würde er Elenas Mörder noch strafen.

Vorsichtig rückte Mahmud auf dem Geländer näher, den Dolch zum tödlichen Stoß vorgestreckt.

Lutger biss sich auf die Lippen. Die Stunde des Abschieds war gekommen. Er kniff die Augen zusammen und sprang mit weit ausgestreckten Armen auf den Sarazenen zu. »Für Elena!«

Der Spielmann spürte, wie ihm Mahmuds Dolch über die Rippen schrammte. Doch er hatte sein Ziel erreicht. Mit aller Kraft umklammerte er bereits den Sarazenen. Mahmud versuchte verzweifelt, ihn wegzustoßen. Dann verloren sie das Gleichgewicht und stürzten gemeinsam in die Tiefe, dem Boot der Templer entgegen.

Als Lutger erwachte, lag er in einem kleinen Zimmer mit weiß gekalkten Wänden, das ihn an das Kloster erinnerte, in dem er die langweiligsten zwei Jahre seines Lebens verbracht hatte. Verschwommen konnte er zwei Gestalten vor sich sehen.

»Seht Ihr, Bruder Petrus, er kommt zu sich.«

»Aber wird er sich erinnern?«

Lutger konnte jetzt klarer sehen und erschrak bis ins Mark. Vor ihm stand ein Ritter mit dem weißen Mantel der Templer und unmittelbar neben ihm der Kardinallegat Petrus Capuanus, der Gesandte des Papstes. Er lebte also noch und war in die Hände seiner Verfolger gelangt?

Der Legat lächelte ihm freundlich zu und antwortete, als könnte er seine Gedanken lesen. »Du hast großes Glück gehabt, Spielmann. Der Sarazene hat sich bei seinem Sturz auf das Boot von Bruder Peter den Hals gebrochen. Du dagegen bist mit Quetschungen und einer bösen Schnittwunde davongekommen. Sollte der Schnitt nicht brandig werden, wirst du nicht lange in dieser Cella bleiben müssen.«

»Wo bin ich?«

»In einem Kloster. Das ist alles, was ich dir in diesem Augenblick sagen darf.«

»Und was habt Ihr mit mir vor, Eminenz?«

»Das hängt ganz von dir ab«, mischte sich der Templer mit barscher Stimme ein.

»Was hat in dem Brief gestanden, der in dem Botenstab versteckt war?« Auch der Legat wirkte nun etwas distanzierter.

Lutger fasste sich an den Kopf. Konnte es sein, dass er träumte? »Was soll die Frage? Ihr müsstet doch selbst am besten über das Komplott Bescheid wissen.«

Der Templer und der Kardinal tauschten einen langen Blick.

»Es scheint ganz so, als durchschautest du nicht die Hintergründe dessen, was geschehen ist.« Der Kardinal strich sich geistesabwesend über sein glatt rasiertes Kinn. »Vor einigen Wochen hat eines unserer Schiffe eine sarazenische Galeere aufgebracht, die den Hafen von Alexandria verlassen hatte. In der Kajüte des Kapitäns wurde der Stab gefunden. Und bevor der Heide in die Hölle fuhr, konnte er uns noch erzählen, dass der Stab vor Rhodos an einen venezianischen Kaufmann überreicht werden sollte. Wie alle kostbare Beute brachte man den Stab darauf zum Komtur des Gewölbes nach Akkon. Dieser entschied, nachdem er den Elfenbeinstab geöffnet hatte und damit um das Komplott wusste, seine zwei besten Ritter nach Venedig zu schicken, um durch sie den Kreuzzug zu retten und die Intrige des Dogen bekannt zu machen. Den Stab gab er ihnen als Beweis mit. Noch am selben Tag schickte er einen zweiten Brief an Bruder Peter, der sich zu dem Zeitpunkt in Genua aufhielt, und befahl ihn mit seinen Ordensrittern nach Venedig, wo sie die Boten in Empfang nehmen sollten.«

Der Templer nickte zustimmend. »Leider machte er in seinem Schreiben nur Andeutungen über das Komplott, wahrscheinlich aus Angst, der Brief könnte vielleicht in die falschen Hände geraten. Außer den Ränkeschmieden waren also die beiden Boten und der Komtur von Akkon die Einzigen, die das Schriftstück jemals gesehen haben.«

»Wir wissen nicht, wer dem Dogen und dem Schurken Bonifaz verraten hat, mit welch wichtiger Nachricht die beiden in Venedig eingetroffen sind«, fuhr der Kardinal fort. »Die Boten jedenfalls warteten die Nacht ab, um ihr Schiff zu verlassen und nach einer Möglichkeit zu suchen, zum Heerlager überzusetzen, denn von ihrem Komtur wussten sie, dass sie im Fürsten Reinald von Dampierre einen Ritter finden würden, der die Sache des Kreuzes niemals verriete. Bei ihm wollten sie auf die Ankunft von Bruder Peter warten. Doch kaum dass die Boten ihr Schiff verlassen hatten, lauerten ihnen gedungene Mörder auf. Den Rest der Geschichte kennt Ihr, Spielmann.«

Lutger schwindelte. Jetzt wurde ihm erst klar, welch verhängnisvollen Irrtum er begangen hatte. Und er begriff, warum der Markgraf das Pergament verbrannt hatte. Nachdem Bonifaz wusste, was in dem Brief stand, musste er unbedingt verhindern, dass das Schreiben den Templern ein zweites Mal in die Hände fiel. Ohne das Dokument gäbe es keinen Beweis für den Pakt zwischen dem Dogen und dem Sultan. Deshalb musste also jeder sterben, der den Brief vielleicht gesehen haben mochte.

Gleichzeitig wurde Lutger ebenso klar, dass der Legat und der Templer ihm kaum wohlgesonnen sein konnten. Schließlich hatte er es dem Markgrafen ermöglicht, den Botenstab und das Pergament zu vernichten. Ob die beiden wohl auch davon wussten, dass er den Befehl des sterbenden Templers missachtet hatte?

»Ich danke Euch, dass Ihr mich so gnädig in Eure Obhut genommen habt.« Lutger wagte es nicht, den anderen in die Augen zu sehen. Vielleicht würden sie bemerken, wenn er log. »Auch wenn ich offensichtlich vieles falsch gemacht habe, so bin ich doch stets bemüht gewesen, nach bestem Gewissen zu handeln. Ich bedauere aufrichtig, ein so schlechter Diener des Kreuzes gewesen zu sein.«

»Wenn es nach mir ginge, wärst du auch nicht hier«, knurrte der Templer. »Ich hätte dich wie eine räudige Katze ertränkt, dafür dass du uns verraten hast.«

»Beruhigt Euch, Bruder Peter!« Der Kardinal lächelte wieder. »Gott hat es so gefügt, dass du der einzige verfügbare Überlebende bist, der dem Papst vom Inhalt des Pergaments berichten könnte, um die Schandtaten des Dogen und seines Helfers, des Markgrafen Bonifaz, aufzudecken. Denn um den Komtur des Gewölbes von Akkon nach Rom zu holen, fehlt uns die Zeit. Das ist der Grund, warum ich dich vor dem Zorn von Bruder Peter beschützt habe und du dich jetzt in diesem sicheren Kloster befindest.«

»Aber der Papst wird doch niemals auf das Wort eines einfachen Spielmanns hören. Er wird mich nicht einmal empfangen.«

Wieder setzte der Kardinal sein selbstsicheres Lächeln auf, das Lutger allmählich beunruhigte. »Wir haben einige Erkundigungen über dich im Heerlager eingezogen. Wir wissen alles über dich und deinen erbärmlichen Lebenswandel. Wie es scheint, hast du doch nach einem Zwischenfall, in den eine junge Dame von Stand verwickelt war, auch ganz persönliche Gründe, den Zorn des Dogen zu fürchten.«

Lutger war erstaunt, wie schnell die Geschichte, die er den Rittern erzählt hatte, allgemein bekannt geworden war. Aber gewiss wäre es jetzt besser, den Legaten in seinem Glauben zu lassen.

»Stimmt es, dass dein Vater ein Mann von Adel war?« mischte sich der Templer ein.

»Er ist Baron, aber ich bin nur ...«

»Du bist sein Sohn?«

Lutger nickte.

»Damit wäre diese Bedingung also erfüllt, Bruder Peter.« Der Templer schien über die Feststellung des Kardinals alles andere als erbaut zu sein.

»Natürlich weiß auch ich, dass der Papst keinen dahergelaufenen teutschen Spielmann empfangen wird. Und noch viel weniger würde er seinen Worten Glauben schenken. Deshalb solltest du auch besser als ein Ritter des Templerordens vor ihn treten.«

Lutger stutzte. Das konnte doch wohl nicht wahr sein? »Ich fürchte, ich verstehe Euch nicht, Eure Eminenz.«

»Peter von Montaigu ist nicht nur ein einfacher Ritter, sondern der Komtur von Aragon. Er wird dich zum Ritter des Templerordens machen, sobald du stark genug bist, in der Klosterkapelle die Weihe zu empfangen. Da du von Stand bist, ist es gut möglich, dich unter den Rittern aufzunehmen, ohne gegen die Regeln des Ordens zu verstoßen.«

»Glaube nicht, dass es mir Freude bereitet, dich unter meinen Rittern zu sehen. Darum werde ich, sobald wir beim Papst waren, auch dafür sorgen, dass du in eine der Grenzfestungen in Outremer abkommandiert wirst. Dort kannst du dem Orden keinen Schaden bereiten und hast viel Zeit, Gott in deinen Gebeten um Verzeihung für den Schaden zu bitten, den du der Sache des Kreuzes zugefügt hast.«

»Seid nicht so streng mit ihm, Bruder Peter! Sollte es uns doch noch gelingen, das Komplott des Dogen zu Fall zu bringen, wird es auch das Verdienst dieses Spielmanns sein. Ich denke außerdem, wir sollten unseren Freund jetzt besser allein lassen. Er wird viel Ruhe brauchen, wenn er sich schnell von seinen Wunden erholen soll.«

»Aber ...« Lutger konnte nicht fassen, was er gerade gehört hatte. Er wollte kein Templer werden! Überhaupt hatte er sich seinen Kreuzzug ganz anders vorgestellt. Wäre er nur erst einmal im Heiligen Land gewesen, hätten ihn die Fürsten und Ritter sicher nur so mit Geschenken überhäuft, damit er von ihren Heldentaten und von ihrer Heimat sang. Doch ein Templer werden? Da hätte er erst gar nicht aus dem Kloster fliehen müssen. Nicht nur dass die Tempelritter nach allem, was man so hörte, stets in erster Reihe fochten, sie hatten auch eine Ordensregel, die den dienenden Brüdern weltliche Freuden nicht minder streng versagte als jedes Kloster.

»Schlaf nun, Spielmann.« Der Kardinal war unter der Tür stehen geblieben und wirkte plötzlich sehr viel strenger. »Und glaub nicht, dass du deinem Schicksal entrinnen kannst. Schließlich geht es darum, die Ehre eines ganzen Kreuzfahrerheeres zu retten, dessen Heil der Papst in meine Hände gelegt hat. Danke lieber Gott dafür, dass die Kirche deinen Dienst braucht.«

Lutger hörte, wie die Tür von außen verriegelt wurde, und schaute sich in der Cella um. Es gab nur ein winziges Fenster, gerade groß genug, um eine Taube hindurchzulassen. Von hier würde er nicht entkommen können.

Sicher war er auch froh, noch zu leben. Doch welchen Preis würde er dafür zu zahlen haben? Sein Blick blieb an seiner Laute haften, die von Wasser verzogen und von Stürzen verschrammt auf einer Truhe an der Wand lag. Ob er wohl je wieder frei durch die Lande ziehen und auf ihr spielen würde?

Doch wo stand geschrieben, dass es ihm auf immer bestimmt war, ein Diener des Tempels zu sein? Hatte ihm Frau Welt am Ende gar ein gnädiges Lächeln geschenkt? Schließlich verließ er diese kalte, unfreundliche Stadt und würde nun in ein Land des ewigen Sommers gebracht werden. Sogar ein Teil des Eides, den er geleistet hatte, als er das

Kreuz nahm, war erfüllt, sobald er Outremer betrat. Und was die Templer anging … Lutger lächelte. Vielleicht wären sie, wie einst die Mönche, zu denen sein Vater ihn geschickt hatte, froh, würde er das Weite suchen. Denn was wollte ein Ritterorden schon mit einem fahrenden Sänger anfangen?

EPILOG

Obwohl sich einige Adlige des Kreuzfahrerheers weigerten, in den Diensten Venedigs die dalmatische Küstenstadt Zara anzugreifen, gelang es Petrus Capuanus, dem Legaten des Papsts, nicht, zu verhindern, dass der größte Teil der Truppen weiterhin dem Markgrafen Bonifaz folgte. Kurz nachdem das Heer am 10. November 1202 vor der Küste von Zara gelandet war, erreichte die Kreuzfahrer ein Brief des Papstes, in dem Innocenz III. drohte, jeden zu exkommunizieren, der sein Schwert gegen die christliche Stadt erhob. Öffentlich verhöhnte der Doge den Papst, dessen einzige Waffe Worte seien, und die Mehrheit des Kreuzfahrerheeres, dem ohne ein Winterquartier der Untergang drohte, folgte Enrico Dandolo am 24. November beim Sturm auf die Festungswälle von Zara.

Ins Heilige Land gelangte das Kreuzfahrerheer auch im folgenden Jahr nicht. Stattdessen eroberten die Ritter, die in den Diensten Venedigs standen, Konstantinopel. Damit war der Lagunenstadt der Weg zur vorherrschenden See- und Handelsmacht im östlichen Mittelmeer geebnet.

DAS GOLDENE TOR

Owê wie uns mit süezen dingen ist vergeben!
Ich siehe die gallen mitten in dem honege sweben:
diu Welt ist ûzen schöene, wîz grüenen unde rôt,
und innân swarzer varwe, vinster sam der tôt.[*]

Nachdem er in der Ferne die Mauern Jerusalems erkannt hatte, schlug Lutgers Herz schneller. Seit Tagen war er, von Caesarea kommend, durch karges, sonnenverbranntes Bergland gezogen. Er hatte sich viel Zeit gelassen, die heiligste aller Städte zu erreichen. Und jetzt... fast schämte er sich, über den gleichen steinigen Boden zu gehen, auf dem einst Jesus geschritten war. Im Osten der Stadt, dort, wo der Felsen, auf dem man Jerusalem errichtet hatte, dem Himmel am nächsten war, wölbte sich die Kuppel des Felsendoms, den die Heiden zu einer Moschee gemacht hatten. Ein wenig links davon ragte der schlanke Glockenturm der Johanneskapelle auf, die dicht bei der Grabeskirche lag. Dutzendfach hatte er Pilger von den heiligen Stätten erzählen hören. Manchmal hatte er über die schlichte Ergriffenheit in

---

[*] O weh, wie hat man uns mit Süßigkeit vergeben!
Ich seh' die Galle mitten in dem Honig schweben;
Die Welt ist außen lieblich, weiß und grün und rot,
Doch innen schwarzer Farbe, wie der Tod.
Nachdichtung von Karl Simrock; Original: Walther von der Vogelweide.

ihren Worten gelächelt, doch jetzt fühlte auch er wie sie. Es war, als wäre man dem Himmel ein klein wenig näher gekommen. Selbst das Licht über der Stadt schien anders als ringsherum im Hügelland zu sein. Man hatte den Eindruck, ein leichter goldener Schimmer schwebe über Jerusalem! Lutger hatte dieses Phänomen auch schon bei anderen Städten im Heiligen Land beobachtet. Der Schimmer rührte von dem Staub, den Tausende Füße in einer geschäftigen Stadt aufwirbelten, und doch war es hier etwas anderes als in Akkon oder Caesarea. Nicht einfach nur Staub lag an diesem Ort in der Luft! Es war der Hauch des Göttlichen! Ergriffen kniete der Spielmann nieder und betete ein Vaterunser. Kaum hatte er die so vertrauten ersten Worte gemurmelt, da wich sein Hochgefühl schmerzlicher Beklommenheit. Er hätte die Reise hierher nicht so lange hinauszögern dürfen. Schließlich war er im Dienste des Herrn unterwegs! Er dachte an den heißen Nachmittag in Akkon zurück, an dem seine Reise begonnen hatte. Ein Sklave hatte ihn auf dem Fechtplatz abgeholt und in das kühle Turmzimmer des Komturs gebracht. Bruder Sebastianus, der Komtur des Gewölbes, galt als einer der höchsten Würdenträger des Templerordens. Lutger hatte zwar erst dreimal mit ihm gesprochen, doch hatte der Mann einen tiefen Eindruck bei ihm hinterlassen. Sebastianus mochte vielleicht vierzig Sommer alt sein und war nach allem, was Lutger über ihn gehört hatte, kurz nach der Katastrophe von Hattin nach Outremer gekommen. Er war ein Mann, der Macht verkörperte, ohne überheblich zu sein, und seine strahlenden blauen Augen erweckten den Anschein, als sähe er etwas, was den meisten Menschen verborgen blieb. Es war keine Vision, und doch schien Sebastianus von einer Glaubenskraft erfüllt, um die ihn die meisten Pfaffen, die Lutger in seinem Leben kennengelernt hatte, mit Sicherheit beneidet hätten. Zugleich war er aber auch ein Krieger, dessen Streben und Handeln darauf ausgerichtet waren, eines Tages wieder das Baucéant, das Banner des Templerordens, auf dem Tempelberg in Jerusalem aufzupflanzen. Und sogar die Gewissheit, dass er selbst diesen Tag nicht mehr erleben mochte, würde den Komtur nicht einen Augenblick lang verzagen lassen.

Mehr als diese Verbissenheit beeindruckte Lutger allerdings die Aura aus Bildung und einem feinen Sinn für Ironie, mit der sich der Komtur umgab. Er war es gewesen, der Lutger den neuen Namen, Paulus, ausgesucht hatte. Der Spielmann war sich sicher, dass Sebastianus genauestens darüber unterrichtet worden war, unter welchen Umständen man einen fahrenden Sänger in den Ritterorden aufgenommen hatte. Trotzdem war Lutger nie anders behandelt worden als alle anderen Brüder des Ordens.

Nachdenklich strich sich der Spielmann über die Stoppeln an seinem Kinn. Den Vollbart, den alle Tempelritter trugen, hatte man ihm abrasiert, bevor er Akkon verließ. Das Risiko, ihn an dem Bart, der gegen jede höfische Mode verstieß, als Templer zu erkennen, wäre zu groß gewesen. Die Sarazenen, die Jerusalem besetzt hielten, hatten jedem Tempelritter, der versuchte, die Heilige Stadt zu besuchen, mit dem Tod gedroht. Doch was das anging, so war sich Lutger recht sicher, dass es ihm – gemäß seinem Auftrag – schon gelingen werde, den Eindruck zu erwecken, ein junger staufischer Adliger zu sein. Vor den Heiden hatte er keine Angst! Wieder blickte er mit einem mulmigen Gefühl zur Kuppel des Felsendoms hinauf. Was dem Spielmann viel mehr Sorge bereitete, war der Gedanke daran, dass ihn für sein Verhalten in den letzten Tagen ein göttliches Strafgericht ereilen werde. Womöglich würde er aus heiterem Himmel von einem Blitz erschlagen, wenn er es wagte, durch die Stadttore zu schreiten.

Endlich befreit von der ständigen Kontrolle durch seine Ordensbrüder, hatte er zahlreiche Regeln des Tempels übertreten. Zur Matutin und vor allem zur Prima hatte er in den letzten Tagen regelmäßig geschlafen, und die lästigen Gebete, zu denen er verpflichtet war, hatte er auch ausgelassen. Schließlich war er nicht freiwillig in den Orden eingetreten! Wieso sollte er also vor dem Mittagsmahl dreißig Vaterunser für die Lebenden und noch einmal dreißig für die Toten, die die Templer unterstützt hatten, aufsagen? Und wenn er, seit er außer Sichtweite von Akkon war, sein Pferd am Zügel geführt hatte, statt es zu reiten, dann war dies nicht aus Bußfertigkeit geschehen oder weil es gottgefällig war, als Pilger zu Fuß nach Jerusalem zu reisen, sondern er hatte es, wenn er ehrlich zu sich selbst war, einzig und allein getan, um die Reisezeit zu verlängern. Jede Stunde außerhalb der Ordensfestung war ein Geschenk! Spielleute eigneten sich nun einmal nicht als demütige Ordensbrüder! Doch jetzt bereute Lutger all diese Vergehen. Feierlich gelobte er sich, bis zur Rückkehr nach Akkon alle Ordensregeln auf das Genaueste zu befolgen.

Wenn alles gut ging, würde er schon heute Abend Jerusalem wieder verlassen. Schließlich sollte er nur einen verwirrten alten Mann finden, von dem einige der Pilger erzählt hatten, die aus Jerusalem zurückgekehrt waren. Angeblich saß er am Goldenen Tor auf dem Tempelberg und erzählte auf ebenso eindringliche wie unverständliche Weise vom Leben Jesu und von dem Tag, da das Strafgericht über den Großmeister Gerardus gekommen war. Seine Schilderung des Todes des Großmeisters und des Verlusts des Baucéant war so treffend, dass man daraus schließen musste, dass er bei der Schlacht selbst zugegen gewesen war und womöglich zu jenen Templern gehörte, die vor vierzehn Jahren bei Akkon in die Hände der Sarazenen gefallen waren. Aus diesem

Grund war Lutger beauftragt worden, den verwirrten Alten in die Ordensfestung zu bringen. Man wollte überprüfen, ob der Alte ein Templer war, und auf jeden Fall sollte er davon abgehalten werden, weiterhin auf dem Heiligen Tempelberg Geschichten über den Tod eines Großmeisters zu erzählen.

Ein letztes Mal blickte Lutger zur Kuppel des Felsendoms. Den Alten zu finden würde gewiss nicht schwer werden!

*

Lutger betrat die Heilige Stadt durch das Stephans-Tor. Von dort folgte er der breiten Sankt-Stephans-Straße bis zum Fischmarkt, wo im Schatten der Grabeskirche die syrischen Geldwechsler ihre Stände hatten. Wie überall im Orient waren die Straßen während der heißen Mittagsstunden fast leer. Einmal begegneten Lutger ein paar sarazenische Stadtwachen, die ihn misstrauisch musterten, ihn dann aber doch unbehelligt ziehen ließen. Sein Pferd hatte der Templer vor der Stadt in den Ställen der Johanniter gelassen. Den Rittern des zweiten großen Ordens im Heiligen Land war es nach wie vor gestattet, eine kleine Niederlassung außerhalb Jerusalems zu unterhalten, wo arme Pilger freie Kost und Unterkunft fanden und die reicheren Reisenden ihre Pferde unterstellen konnten, denn selbst die weltlichsten unter den Jerusalem-Reisenden wären nicht vermessen genug, hoch zu Ross in die Stadt des Herrn zu ziehen.

Von der Grabeskirche ausgehend folgte Lutger dem Kreuzweg Christi und erklomm zuletzt den Tempelberg. Trotz der Mittagshitze waren hier vereinzelt christliche Pilger zu sehen. Einige mit blutigen Knien, die den Kreuzweg kniend und betend zurückgelegt hatten, andere, die von Krankheit und Kummer ausgezehrt waren und hier am Felsendom oder bei der Grabeskirche auf Erlösung von ihren Qualen hofften. An der Ostmauer hatten sich einige genuesische Kaufleute und reicher gekleidete Pilger um einen alten Mann versammelt, der gegen die Mauer gelehnt am Boden saß und wild gestikulierend auf seine Zuhörer einredete. Sogar ein paar Heiden lauschten sichtlich amüsiert seinen Worten.

Neugierig gesellte sich Lutger zu der kleinen Gruppe. Sollte seine Suche so schnell von Erfolg gekrönt sein? Der Alte trug ein zerrissenes Gewand aus grobem Leinen. Sein weißes Haar hing ihm in Strähnen bis weit über die Schultern, und sein zerzauster Bart reichte bis zum Nabel. Das Gesicht des Mannes war von Falten und Narben zerfurcht. Seiner linken Hand fehlten mehrere Finger, und außerdem schien es, als hätte er keinen einzigen Zahn mehr im Mund. Doch obwohl sein ganzer Körper von Verfall gezeichnet war, hatte er fast unheimlich klare Augen. Sie waren so grau wie das Meer an einem Regentag und leuchteten mit einer Kraft, die seinen gebrechlichen Körper zu verhöhnen schien. Die Stimme des Alten war laut und doch wohltönend. Jetzt erst bemerkte Lutger, dass sich der Verwirrte vor einem vermauerten, zweiflügeligen Tor niedergelassen hatte. Es schien sehr alt zu sein. Die verwitterten Bögen ließen nur noch wenig von der Pracht der Steinmetzarbeit erkennen, die sie einst geschmückt hatte.

»Bab el-Tawba, Tor der Reue, und Bab el-Rahma, Tor der Barmherzigkeit, nennen die Heiden die beiden vermauerten Eingänge, Pilger!« Der Alte zeigte mit den dürren Fingern seiner Rechten auf Lutger. »Unter den Christen ist der Ort besser als das Goldene Tor bekannt. Hier ist Jesus am Palmsonntag nach Jerusalem eingeritten, und die Juden glauben, dass durch diese Pforten eines Tages ihr Messias in die Stadt kommen wird. Deshalb haben die Sarazenen das Tor schon vor langer Zeit vermauern lassen. Doch was ist schon eine Mauer? Törichtes Menschenwerk, das vergehen muss, so wie auch alles Fleischliche vergehen muss, das unrein und vom Bösen durchtränkt ist. Golden ist dies Tor ebenso wie einundsechzig andere geheime Plätze dieser Stadt, von denen das Kupfer spricht, und die Alten haben selbst ihre Pferde an erhabeneren Orten untergebracht, als die Staufer es mit ihren Fürstenkindern tun. Doch ich sage dir, Pilger, wer nach dem Gold der Erde giert, der wird das Gold des Himmels nimmermehr erreichen!«

Lutger wich dem durchdringenden Blick des Alten aus. Es konnte keinen Zweifel geben. Das war der Mann, den er nach Akkon bringen sollte. Doch wie konnte er den verwirrten Alten von hier fortbringen, ohne Aufsehen zu erregen?

»Und wann wird der Messias der Juden kommen? Ich bin noch drei Tage in Jerusalem. Werde ich ihn erleben?« Die Genueser lachten spöttisch über die Frage, die ein junger Mann aus ihrer Mitte gestellt hatte. Doch der Alte ließ sich nicht aus der Ruhe bringen.

»Solange Männer, die wie die Löwen im Krieg sind und im Frieden Lämmer zu sein scheinen, ihren Fuß auf diesen Berg setzen, wird kein Messias kommen. Denn wer das Kreuz trägt, aber den Kopf verehrt, der weiß auch, wie es um den Messias bestellt ist und wen die Maria von Château Pélerin geboren hat. Doch was wisst ihr schon von den Männern und der Frau, die der Sonne gefolgt sind, um ihre Pilgerstäbe in fremde Erde zu stoßen und zu retten, was heilig ist.«

Lutger schluckte und trat einen Schritt von dem Alten zurück. Das meiste von dem, was der Irre gesagt hatte, hatte er nicht begriffen, doch mit den Löwen und den Lämmern spielte der Greis auf einen berühmten Spruch Bernards von

Clairvaux an, der die Templer so genannt hatte. War es möglich, dass der Alte ihn erkannt hatte? Aber woran? Verstohlen blinzelte er zu dem Greis hinüber. Wer mochte er sein? Und was hatten seine Worte zu bedeuten? Nur der Kundige konnte den wahren Sinn des Ausspruchs über die Löwen und Lämmer durchschauen. War er am Ende vielleicht gar nicht verrückt, sondern sprach nur voller Rätsel, hinter denen sich eine geheime Botschaft verbarg?

»Nun belohnt mich, und dann hebt euch hinweg, ihr törichtes Pack. Ich habe euch das Licht der Weisheit sehen lassen, doch was bedeutet den Blinden ein Licht? Geht und lasst einen müden alten Mann mit seinen schrecklichen Träumen allein.«

Unter den Zuhörern erhob sich Gelächter, als hätten sie einen Hofnarren vor sich. Einige warfen dem Alten ein paar Kupferstücke hin, die meisten aber zogen davon, ohne ihm etwas gegeben zu haben. Lediglich zwei Pilger in zerrissenen, staubbedeckten Kleidern und mit muschelgeschmückten Strohhüten schienen noch Fragen an den verwirrten Alten zu haben. Doch schließlich verscheuchte er auch diese beiden mit ein paar ärgerlichen Gesten.

Lutger hatte sich in den Schatten der hohen Mauern des Felsendoms zurückgezogen und beobachtete den Greis. War er einst ein Templer gewesen? Nach allem, was Lutger gehört hatte, waren alle Templer, die in den Schlachten von Hattin und Akkon in die Hände der Sarazenen fielen, hingerichtet worden. Saladin selbst hatte nach der Schlacht von Akkon Gerardus de Ridefort, den Großmeister des Tempels, enthauptet. Wie hätte da ein einfacher Ordensritter überleben können? Und wenn er kein einfacher Ritter war? Unruhig nagte Lutger an seiner Unterlippe. Wie konnte er den Greis auf sich aufmerksam machen, ohne sich dabei leichtfertig als Templer zu erkennen zu geben? Eine Weile brütete der Spielmann vor sich hin, bis ihm ein Lied einfiel, das er mit Walther in den Zeiten ihrer Vagantenjahre gedichtet hatte. Wenn er eine der Strophen nur ein wenig änderte, dann mochte der Kundige eine Anspielung auf den Templerorden entdecken. Hätte er nur seine Laute dabei! Der Komtur hatte ihm verboten, das Instrument mitzunehmen. In den Augen von Fra Sebastianus hatte eine Laute nichts im Reisegepäck eines fränkischen Adligen und Jerusalem-Pilgers zu suchen. Lutger dachte an die wenigen Tage in Venedig, während derer er schon einmal auf sein Instrument hatte verzichten müssen. Damals hatte ihn das fast sein Leben gekostet! Die Reise nach Jerusalem ohne seine Laute antreten zu müssen, war kein gutes Omen gewesen! Lutger musste sich zusammenreißen, um nicht leise vor sich hin zu fluchen. Für einen Augenblick hatte er beinahe vergessen, an welch heiligem Ort er weilte. Voller Reue betete er ein Vaterunser. Wenn er ohne Laute leise singend über den Tempelberg zog, musste das reichlich seltsam wirken. Doch wer mochte ihn hier schon verstehen!

Ein letztes Mal blickte er sich um. Eine kleine Gruppe von Pilgern kam gerade aus der Stadt und bestieg den steilen Hügel. Der Alte aber saß immer noch allein. Jetzt oder nie, dachte sich der Spielmann, stieß sich von der Mauer ab und schlenderte leise singend über den Platz. Er bemühte sich, dem Lied einen anderen Klang zu geben, sodass man es bei flüchtigem Hinhören auch für einen Psalm hätte halten können.

» ... *diu Welt ist ûzen schöene, wîz unde rôt,*
und innân swarzer varwe, vinster sam der tôt. «[*]

---

[*] »Die Welt ist außen lieblich, weiß und rot,
Doch innen schwarzer Farbe, wie der Tod.«

Lutger hoffte, dass der Alte die Anspielungen mit den Farben verstünde. Weiß war der Mantel der Templer, und rot das Tatzenkreuz, das sie darauf trugen. Weiß und schwarz hingegen war das Baucéant, das Banner des Ordens, und wann immer es entrollt wurde, bedeutete dies Krieg.

Der Spielmann war ein Stück weitergegangen und lehnte sich nun gegen die Festungsmauer. Er tat so, als wollte er den Felsendom mustern, doch blinzelte er in Wirklichkeit zu dem Greis hinüber. Ob er begriffen hatte? Der Alte nickte ihm zu und wies mit seinem Pilgerstab knapp auf eine schmale Treppe, die zum Wehrgang auf der Ostmauer führte. Lutgers Herz tat einen Sprung. Der Fremde hatte das Wortspiel verstanden! Er war tatsächlich ein Templer! Was mochte ihn hierher verschlagen haben? Und warum kam er nicht einfach herüber? Hatte er Angst, beobachtet zu werden? Der Spielmann musterte den weiten Platz um den Felsendom. Nahe den Ställen Salomons, im Südosten des Tempelberges, führte eine zweite Treppe zum Wehrgang hinauf. Sicher wäre es besser, einen anderen Weg zu nehmen als der Alte und ihn dann oben zu erwarten.

Betont langsam und immer wieder zu einem kurzen Gebet innehaltend umrundete Lutger den Felsendom. So als wäre er ein Pilger wie all die anderen, ging er an dem ehemaligen Hauptquartier der Templer vorbei und erklomm dann die Festungsmauer. Gleich unterhalb der Mauer lag das dicht mit Olivenbäumen bestandene Kidrontal. Eine grüne Oase inmitten der kahlen Hügellandschaft, die die heilige Stadt umgab. Hier beschleunigte Lutger seine Schritte voller Ungeduld. Der Alte stand bereits auf der Mauer und erwartete ihn.

»Dich schickt der Himmel, Bruder!« Der Greis empfing Lutger mit einem breiten Lächeln. »Endlich sind meine Gebete erhört worden, doch wir müssen vorsichtig sein. Ich fürchte, noch bevor wir die Stadt verlassen können, sollten wir das Baucéant entrollen und den Heerscharen der Verlorenen entgegentreten!«

Lutger musterte den Alten misstrauisch. *Heerscharen der Verlorenen*, was meinte er damit? »Auch ich freue mich, dich gefunden zu haben, Bruder. Ich soll dich nach Akkon bringen. Was in Gottes Namen hat dich hierher verschlagen?«

»Ich bin Fra Gaufridus.« Als wäre dies Antwort genug, wandte sich der alte Templer ab und blickte zum Ölberg hinüber. Einen Augenblick lang herrschte zwischen den beiden Schweigen. Lutger spielte mit der Rechten nervös an seiner Gürtelschnalle. Sein Schwert hatte er bei den Johannitern draußen vor der Stadt gelassen. Ein schmaler Dolch war die einzige Waffe, die er mit sich führte. Wenn es tatsächlich zu einem Kampf kommen sollte, mit wem auch immer, dann waren ihre Aussichten schlecht, lebend aus der Stadt herauszukommen.

»Kennst du das Geheimnis des Lichts?« Der Alte hatte sich ganz plötzlich umgedreht und starrte den Spielmann durchdringend an.

»Des Lichts?« Lutger fragte sich, ob Fra Gaufridus vielleicht verrückt war. »Ich kenne kein Geheimnis des Lichts. Ich möchte dir nicht zu nahe treten, Bruder, doch ich denke, wir sollten jetzt lieber in die Stadt hinuntergehen und darauf achten, ob uns jemand folgt. Wenn wir die Tore hinter uns gelassen haben, werde ich dir bei den Johannitern ein Pferd kaufen, und in längstens drei Tagen sind wir in Akkon in Sicherheit.«

»Du bist noch nicht sehr lange im Tempel, nicht wahr? Sei nicht so ungeduldig mit mir. Ich möchte die wunderbaren Bäume dort unten noch einen Augenblick ansehen. Weißt du, ich habe schon sehr lange keine Bäume mehr gesehen. Fast vierzehn Jahre ...«

»Hast du in der Schlacht bei Akkon gekämpft?«

»Das Blut von Fra Gerardus hat meinen Waffenrock besprengt, und ich habe geschwiegen. Vierzehn Jahre hat das Licht in mir gebrannt, doch meine Lippen waren versiegelt ...«

Das Geräusch von Schritten ließ Lutger herumfahren. Die beiden Pilger mit den Strohhüten, die am Goldenen Tor unter den Zuhörern von Gaufridus gewesen waren, hatten gerade den Wehrgang betreten. Mit grimmigen Gesichtern kamen sie ihnen entgegen. Ob sie über die Worte, die Fra Gaufridus vor dem Goldenen Tor gesprochen hatte, verärgert waren?

»Die Burg Salomons und sein Tempel sind nach dem Tag im Schatten der Hörner uneins geworden. Nicht die Heiden sollten wir fürchten.« Die Stimme des Alten klang schrill. Er hatte sich dicht an die Zinnen gedrückt.

Verwirrt blickte Lutger zu Gaufridus und sah dann wieder die Pilger an. Kannte der Alte die beiden etwa? Was zum Teufel ging hier vor sich? Breitbeinig stellte sich Lutger auf den Wehrgang und versperrte den Pilgern den Weg. Vor einem zornigen Adligen würden sie schon Respekt haben!

Die Männer mochten noch zehn Schritt entfernt sein, als sie plötzlich zu laufen begannen und Dolche unter ihren Gewändern hervorzogen. Erschrocken presste sich auch Lutger mit dem Rücken gegen eine der Zinnen der Wehrmauer. Seine Hand tastete nach dem Schwert, das er als Ordensritter gewöhnlich an seinem Gürtel trug. Doch dort war jetzt nur noch ein Dolch. Das Schwert hatte er bei den Johannitern vor der Stadt gelassen, denn christlichen Pilgern war es verboten, die Stadt unter Waffen zu betreten.

Fluchend zückte der Templer seinen Dolch und machte sich zum Kampf bereit. Wer zum Henker waren die beiden, die es wagten, auf dem Tempelberg eine Waffe zu ziehen?

»Lauf weg, und wir schonen dich«, zischte ihn einer der Pilger an. Der Mann hatte ein rundes Gesicht voller goldblonder Stoppeln und dunkle, tief liegende Augen. »Wir sind gekommen, den Verräter zu strafen! Wir sind die Werkzeuge Gottes!«

Statt zu antworten, versetzte Lutger dem Mann einen Faustschlag ins Gesicht, der seinen Gegner zurücktaumeln ließ. Im selben Augenblick hörte der Spielmann einen erstickten Aufschrei an seiner Seite. Der zweite Pilger hatte Fra Gaufridus die Klinge über den Hals gezogen und bedrohte nun Lutger. Pfeilschnell schoss er vorwärts und zielte mit seiner Waffe nach der Kehle des Spielmanns. Lutger duckte sich. Die Klinge des Pilgers verfehlte ihn nur um einen Fingerbreit. Im selben Augenblick stieß der Templer sein Messer hoch und trieb es dem Pilger bis zum Heft unter den Rippenbogen. Der Mann stieß einen gellenden Schrei aus. In seinen Augen brannte blinde Wut. Zitternd hob er seinen Arm, als wollte er Lutger erneut angreifen, doch dann entglitt ihm sein Messer und fiel klirrend zu Boden.

Hastig drehte sich Lutger nach dem zweiten Pilger um. Der Mann war verschwunden! Er musste die Treppe zum Hof vor dem Felsendom hinuntergerannt sein. Ohne sich weiter um ihn zu kümmern, kniete der Spielmann neben Fra Gaufridus nieder. Der Alte hatte seine Rechte auf die Wunde am Hals gepresst. Das Blut spritzte pulsierend zwischen seinen Fingern hindurch. Gaufridus blickte zum Himmel hinauf. Seine Augen waren so klar und glänzend, wie sie es auch gewesen waren, als er am Goldenen Tor zu den Pilgern gesprochen hatte. Die Lippen des Alten bewegten sich so schwach, als wollte er etwas sagen. Doch brachte er keinen Laut hervor. Lutger strich ihm sanft über das zerzauste Haar. »*Non nobis, Domine, non nobis, sed nomine tuo da gloriam.* Nicht uns, o Herr, nicht uns, sondern Deinem Namen sei

Ehre.« Es war das Motto der Templer, das Lutger flüsterte, um den Sterbenden zu trösten.

Einen Moment lang spielte ein schwaches Lächeln um die blassen Lippen des Alten, dann kippte sein Kopf zur Seite, und der Glanz in seinen Augen erstarb.

»Er ist noch dort oben auf der Mauer«, erklang eine laute Stimme vom Hof. »Zwei Pilger hat er getötet. Er muss vom Leibhaftigen besessen sein!«

Mit einem Fluch war Lutger auf den Beinen. Dieser Schurke! Er hätte den Blonden nicht entkommen lassen dürfen! Hastig griff der Spielmann nach dem Dolch, der auf dem Boden lag. Mit einem kurzen Blick über die Brüstung zum Hof hin schätzte er die Lage ab. Der entkommene Mörder hatte einen ganzen Trupp Pilger um sich geschart. Sie stürmten auf die Treppe zu, die nahe dem vermauerten Tor auf den Wehrgang führte. Wenn er auf demselben Weg floh, auf dem er auf die Mauer gelangt war, konnte er ihnen vielleicht entgehen.

Lutger schob sich den blutigen Dolch hinter seinen Gürtel und lief los. Warum nur musste ausgerechnet ihm so etwas geschehen? Wollte Gott ihn strafen?

Atemlos erreichte der Templer die Treppe. Wohl zwanzig Schritt hinter ihm stürmten seine Verfolger über den Wehrgang. Einige waren jedoch auch unten auf dem Hof geblieben und liefen jetzt in seine Richtung, da sie sahen, wie er, immer zwei Stufen auf einmal nehmend, die Treppe hinuntereilte.

Aus dem ehemaligen Hauptquartier der Templer traten einige sarazenische Soldaten auf den Platz, wohl um nachzusehen, was den Tumult verursacht hatte. An ihnen würde er nicht vorbeikommen, es sei denn …

»Dort oben … Mörder!« Lutger wies mit ausgestrecktem Arm auf die Mauer. Er kannte nur wenige Worte in der

Sprache der Heiden und hoffte, dass die Wachsoldaten nicht weiter fragen würden.

Schon waren die ersten beiden Bewaffneten an ihm vorbeigelaufen und wollten sich offensichtlich den heranstürmenden Pilgern in den Weg stellen, als ein schlanker Krieger mit spitzem Kinnbart auf Lutgers Gürtel zeigte und irgendetwas Unverständliches rief. Fast augenblicklich fand sich der Templer von Speerspitzen umringt. Resignierend blickte er an sich hinab. Der Dolch! Es war der blutige Dolch in seinem Gürtel, der ihn verraten hatte.

Inzwischen hatten ihn auch die aufgebrachten Pilger eingeholt, und die Sarazenen hatten einige Mühe, die wütende Menge mit ihren Speerschäften zurückzuhalten. Nur einen Mann ließen sie passieren. Einen dunkelhäutigen Ungläubigen mit einem weißen Turban, einem grünen, mit goldgelben Blüten bestickten Mantel und weiten roten Reithosen. Der Mann kam Lutger zwar vertraut vor, doch konnte er sich nicht erinnern, wo er den Heiden schon einmal gesehen hatte.

»Ich werde dafür sorgen, dass dieser Mörder seine gerechte Strafe erhält!« Der Sarazene sprach Fränkisch! Lutger starrte ihn verwundert an. Wer im Namen aller Heiligen war das? Ein Stein traf Lutger an der Brust. Etliche der Pilger hatten sich mit Wurfgeschossen bewaffnet.

»Wir wollen den Kopf dieses Halunken!«, schrie jemand in der Menge.

»Den Kopf desjenigen, der den nächsten Stein wirft, werde ich auf einer Stange über dem Davidstor aufpflanzen lassen. Geht, oder ich lasse euch in den Kerker werfen. Der Mörder gehört dem Sultan von Kairo, und im Namen Allahs verspreche ich, dass er seiner gerechten Strafe nicht entgehen wird!«

Murrend gingen die Pilger auseinander. Die Soldaten aber

packten Lutger und zerrten ihn an der Moschee vorbei, die einst den Templern als Hauptquartier gedient hatte, auf ein befestigtes Gebäude zu.

★

Bis zum Einbruch der Abenddämmerung hatte Lutger allein in einer winzigen Kammer gesessen und darauf gewartet, dass der Anführer der Sarazenen zurückkehrte und sein Urteil über ihn fällte. In dieser Zeit war sich der Spielmann darüber klar geworden, dass für ihn wenig Aussicht bestand. Wenn er die Wahrheit sagte und sich als Templer zu erkennen gab, würden ihn die Heiden hinrichten, weil es den Ordensrittern verboten war, die Stadt zu betreten. Wenn er aber nichts zu seiner Entlastung sagte, dann würde man ihn für den Mord an zwei Pilgern zur Rechenschaft ziehen. Wie auch immer er seine Lage betrachtete, er war verloren! Das rote Licht der Abenddämmerung, das in seine Kammer fiel, erschien Lutger wie ein böses Vorzeichen. Der Spielmann kniete nieder und betete. Oft schon war er in Schwierigkeiten gekommen, doch nie war seine Lage so verzweifelt gewesen. Vielleicht wäre es das Beste, seinen Frieden mit Gott zu machen. Auch wenn man ihn gegen seinen Willen zum Templer gemacht hatte, er würde nun zu dem stehen, was er war. Die Ordensritter waren für ihren Stolz ebenso berühmt wie berüchtigt. Er würde sich ihrer würdig erweisen! Vielleicht konnte er so ein wenig von der Schuld tilgen, die er auf sich geladen hatte? Hätte er seine Reise in die Heilige Stadt nicht so sehr verzögert, dann würde Fra Gaufridus vielleicht noch leben. Wäre er geritten, statt sein Pferd am Zügel zu führen, hätte er leicht vier oder fünf Tage früher am Ziel sein können, dachte Lutger voller Reue.

Schritte und Stimmen vor der Tür seines Gefängnisses ließen den Spielmann in seinem Gebet innehalten. Hoffentlich hatte er die Kraft, das, was nun auf ihn zukam, mit Würde durchzustehen!

Der schwere Riegel der Tür wurde beiseitegeschoben, und begleitet von zwei fackeltragenden Soldaten trat jener Sarazene in dem grünen Mantel ein, der auch schon auf dem Tempelplatz das Kommando geführt hatte.

»Ich bin Omar ben Nasir, der neue Wali von Jerusalem. Mir unterstehen die Markt- und Torwachen sowie die Wächter an den Pilgerstätten, Christ. Übrigens brauchst du nicht zu knien, wenn ich mit dir rede.«

Lutger versuchte, spöttisch zu lächeln, doch war er sich nicht sicher, ob es überzeugend aussah. »Ein Templer kniet nur vor Gott, Heide.«

»Du kannst froh sein, dass meine Soldaten nicht die Sprache der Franken verstehen, sonst wärst du jetzt bereits tot. Im Übrigen sagst du mir damit nichts Neues. Wer sonst als die Templer hätte ein Interesse daran gehabt, Fra Gaufridus Morin, Marschall des Ordens und Präzeptor von Tyrus, in eine der Christenstädte an der Küste zurückzuholen. Es wundert mich allerdings, dass sie dazu offenbar nur einen einzigen Mann geschickt haben.«

Lutger traute seinen Ohren nicht. Gaufridus sollte Marschall des Ordens gewesen sein? Dieser verrückte Alte? Das musste irgendeine Falle sein. Dieser Omar wollte ihn gewiss für irgendeine Intrige missbrauchen. Alles andere ergab keinen Sinn. Sicherlich hätte ein einziges Wort des Wali von Jerusalem schon ausgereicht, ihn dem Henker zu überantworten, überlegte Lutger.

»Wie ist dein Name, Christ?«

»Im Orden nennt man mich Fra Paulus.«

Der Wali wechselte einige Worte mit den Wächtern, und

der Soldat zu seiner Rechten gab ihm einen Dolch. »Ist dies deine Waffe, Fra Paulus?«

Lutger erkannte das kurze, gerade Messer, mit dem er sich auf dem Wehrgang verteidigt hatte. Er nickte.

»Man hat dieses Messer im Leib eines der toten Pilger gefunden. Gestehst du, dass du den Mann niedergestochen hast?«

»Ich habe mich verteidigt, er wollte mich ermorden. Die beiden Pilger haben mich und Fra Gaufridus angegriffen.«

»Und das blutige Messer, das man in deinem Gürtel gefunden hat? War es nicht vielleicht so, dass der Tempel dich geschickt hat, um Fra Gaufridus zu töten? Das würde auch erklären, warum du alleine nach Jerusalem gekommen bist. Womöglich haben dich die Pilger bei deiner Tat überrascht und wollten dem alten Mann zu Hilfe eilen.«

Voller Stolz hob Lutger den Kopf und bedachte den Ungläubigen mit einem verächtlichen Blick. »Das ist nicht die Art der Tempelritter. Meuchelmord ist eines Ordensmannes unwürdig!«

Omar bedachte den Spielmann mit einem zynischen Lächeln. »Du bist wohl noch nicht sehr lange im Orden der Templer. Doch lassen wir das... Nehmen wir einmal an, dass du mich nicht belügst und tatsächlich nach Jerusalem gekommen bist, um den Ordensmarschall zurückzuholen. Wer waren dann die beiden Pilger, die Fra Gaufridus ermordet haben?«

Lutger zuckte mit den Schultern. »Ich weiß es nicht. Sie waren schon unter jenen, die Fra Gaufridus' Worten gelauscht haben, als er am Goldenen Tor saß. Das ist alles, was ich dir über sie sagen kann.«

»So viel weiß ich auch! Ich selbst war gleichfalls unter den Männern am Tor und habe dort auch dich gesehen. Ich habe sogar beobachtet, wie du später noch einmal an Gaufridus vorbeigegangen bist. Du hast dich wohl mit irgendeinem geheimen Zeichen zu erkennen gegeben. Aber das ist mir alles gleich. Mich interessieren auch die beiden Mörder eigentlich nicht!« Omar drehte sich zu den Wächtern um und gab ihnen einen kurzen Befehl, den Lutger nicht verstand. Darauf verließen die Krieger die Zelle und verschlossen von außen die Tür.

Der Sarazene lehnte sich gegen die Wand und drehte Lutgers Dolch zwischen den Fingern. »Mach jetzt keine Dummheiten, Templer. Vielleicht glaubst du, dass dein Leben ohnehin verloren ist und du versuchen solltest, noch einen Heiden zu töten, bevor du in dein christliches Himmelreich auffährst. Ich verspreche dir aber, es würde dir nicht gelingen. Wenn du mir jedoch hilfst, Licht in einige Angelegenheiten zu bringen, dann werde ich dich ziehen lassen.«

»Angelegenheiten?« Lutger musterte den Krieger misstrauisch. Was mochte er damit meinen? Erwartete der Heide etwa einen Verrat am Templerorden? Andererseits, was schuldete er schon den Templern? Der Spielmann blickte nachdenklich zu Boden. Sein Leben war ihm durchaus mehr wert als das wenige, was er über den Orden wusste!

»Wer hat dich hierher geschickt?«

Wollte ihn der Wali auf die Probe stellen? Die Frage war zu simpel, um wirklich ernst gemeint zu sein. »Ich reise im Auftrag von Fra Sebastianus, dem Komtur des Gewölbes.«

»Was weißt du über Fra Gaufridus, den Marschall des Ordens?«

»Nichts. Ich wusste nicht einmal, wer der alte Mann war. Woher kennst du ihn eigentlich so gut?«

Omar lächelte hintersinnig. »Der Marschall hat mich zwar niemals gesehen, doch bin ich derjenige, dem er die Freiheit verdankt. Er ist bei Akkon schwer verletzt in Gefangenschaft geraten. Als seine Wunden geheilt waren, hat man ihn zunächst nach Kairo gebracht, wo er in den Kerkern Sultan Saladins mehrere Jahre lang verhört worden ist. Offenbar wusste er etwas, was Saladin sehr interessierte. Doch Gaufridus hat die Folter überstanden und geschwiegen. Nach dem Tod Saladins hat man den Alten dann erst in den Kerker der Festung Saphet und später nach Jerusalem verlegt. Man schien das Interesse an ihm verloren zu haben. Mit den Jahren begann er immer seltsamer zu werden, und als ich das Amt des Wali erhielt, habe ich beschlossen, ihn freizulassen.«

Lutger musterte den Sarazenen weiterhin voller Misstrauen. Er war sich sicher, dass ihn der Heide anlog. Wäre ihm das Schicksal des Templers gleichgültig gewesen, dann hätte Omar gewiss nicht bei den Pilgern am Goldenen Tor gestanden und den rätselhaften Sprüchen des Alten gelauscht. »Du willst mir also sagen, du hättest Gaufridus aus Mitleid freigelassen?«

»Glaubst du, Mitleid sei allein eine christliche Tugend?« Omar schnaubte verächtlich. »Kommen wir auf das Wesentliche zu sprechen! Welchen geheimen Rang bekleidete der Tote innerhalb eures Ordens, und was hat es zu bedeuten, dass er über goldene Orte, von denen das Kupfer spricht, geredet hat?«

Lutger zuckte abermals mit den Schultern. »Ich weiß es nicht. Ich wusste nicht einmal, dass der Mann, den ich hier suchen sollte, ein Templer war.«

Eine steile Zornesfalte zeigte sich auf Omars Stirn. »Du willst mir also nicht entgegenkommen? Muss ich dich daran erinnern, dass es hier um dein Leben geht? Ich könnte dich noch in dieser Nacht hinrichten lassen, wenn ich das wollte. Vielleicht benötigst du ja den Anblick des Henkerschwertes, damit sich deine Zunge löst?« Der Sarazene klopfte gegen die Tür der Zelle, und augenblicklich wurde außen ein Riegel zurückgeschoben. Die beiden Wächter traten ein, und

Omar bedeutete ihnen mit einem kurzen Befehl, Lutger zu ergreifen.

»Ich weiß wirklich nichts! Man hat mich hierher geschickt, ohne mir zu sagen, worum es geht!«

»Warum sollte ich dir glauben? Für eine Aufgabe wie diese hat man gewiss einen Mann von derselben Tugendhaftigkeit wie Gaufridus ausgewählt. Auch ihn haben weder die Folter noch die Aussicht auf den Henker zum Sprechen gebracht. Weißt du, auf gewisse Art beeindruckt mich deine Standhaftigkeit sogar. Ich weiß nicht, ob ich in deiner Lage denselben Mut hätte.«

»Ich bin gegen meinen Willen im Templerorden. Ich würde dir alles verraten, was du wissen willst. Doch man hat mir keinerlei Geheimnis anvertraut!« Lutger versuchte sich gegen die beiden Wachen, die ihn gefasst hatten, aufzubäumen, doch die bulligen Krieger waren stärker als er. Angeführt von ihrem Wali, brachten sie den Spielmann über mehrere Treppen und durch einen langen, aus dem Fels gehauenen Gang in ein großes, nur spärlich von Fackeln beleuchtetes Gewölbe. Dort lagen, auf dem Boden ausgestreckt, die Leichen des Pilgers und des Templermarschalls. An einer der Wände stand ein hölzerner Richtblock.

»Ist es bei euch Christen nicht üblich, dass man eine Nacht lang bei den Toten wacht? Dazu sollst du nun Gelegenheit haben, Fra Paulus. Sieh sie dir an und überlege dir, wie süß das Leben ist! Es bereitet mir keine Freude, einen so tapferen Mann wie dich hinrichten zu lassen, Paulus, doch wenn ich bei Morgengrauen wiederkehre, wird mich ein Henker begleiten. Solltest du mir das Geheimnis des Alten verraten, wird das niemand je erfahren. Ist dir deine Ehre wirklich mehr wert als dein Leben?«

Hilflos schüttelte Lutger den Kopf. Was sollte er dem Wali noch sagen? Der glaubte ihm ja doch nicht. Verzweifelt blickte er zu den beiden Toten. Fra Gaufridus war von den Heiden entkleidet worden. Allein seine Blöße wurde von einem Leinentuch bedeckt. Man hatte ihn gewaschen. Er war sehr hager. Die Brust und seine Arme waren von etlichen hellen Narben bedeckt, den Malen der Folter und des Krieges. Womöglich konnte er sich geradezu glücklich schätzen, wenn er sofort hingerichtet wurde, dachte Lutger. Sein Blick fiel auf den tiefen, dunklen Schnitt, der sich über die Kehle des Ordensmarschalls zog. Der Spielmann schluckte. Wie viele Stunden ihm wohl noch blieben?

Den toten Pilger hatten die Sarazenen nicht entkleidet. Offensichtlich interessierten sie sich nicht für ihn.

»Vielleicht findest du deine Erinnerung wieder, wenn ich dir zeige, was ich über das Geheimnis des Alten weiß.« Omar war dicht an Lutgers Seite getreten. Der Sarazene sprach nun mit gedämpfter Stimme. »Sieh dir an, was Fra Gaufridus mit sich führte. Er muss damit gerechnet haben, dass er vielleicht ermordet würde. Jedenfalls hat er uns einen Schlüssel zu seinen Geheimnissen hinterlassen.« Der Sarazene zog ein vergilbtes, kreisrundes Tuch hinter seinem Gürtel hervor. »Dies war die Geldkatze deines Templerbruders. Ich habe sie geöffnet und auseinandergezogen. Sieh dir an, was er auf die Innenseite geschrieben hat.« Omar reichte Lutger das Tuch. Auf dem Stoff waren schwach ein paar Buchstaben zu erkennen. Sie schienen mit Holzkohle aufgemalt zu sein.

»Morus? Ein Anagramm?« Lutger drehte das Stück Stoff, doch ob seitlich betrachtet oder auf den Kopf gestellt, das Buchstabenrätsel ergab keine andere Bedeutung.

»Was soll das heißen? Du weißt es doch!«

»Du hast Fra Gaufridus freigelassen, weil du hofftest, er werde dich so auf die Spur seines Geheimnisses führen. Du selbst hast mir gesagt, dass du unter jenen warst, die seinen seltsamen Reden gelauscht haben. Vielleicht hat er dich durchschaut und treibt selbst im Tod noch seinen Spaß mit dir, Wali von Jerusalem. Morus ist lateinisch und heißt *Narr*!«

Der Sarazene versetzte Lutger eine schallende Ohrfeige. »Versuche nicht, mich zu täuschen, Templer! Ich weiß sehr wohl, dass man dieses Wort mit Narr übersetzen kann. Es kann aber auch Maulbeerbaum bedeuten! Überlege dir bis morgen früh, was ein Maulbeerbaum mit dem Marschall deines Ordens zu tun haben mag. Wenn dir dein Leben lieb ist, solltest du mir eine überzeugende Geschichte zu diesem Anagramm erzählen können.«

Lutger verzichtete darauf, noch einmal seine Unschuld zu beteuern. Auf diesen sturen Sarazenen einzureden, war genauso erfolgversprechend, wie mit den kahlen Felswänden des Gewölbes zu sprechen.

Der Sarazene und seine Krieger gingen. An der Tür, drehte sich der Wali noch einmal um und blickte zu Lutger zurück. »Denk an den Henker! Wenn du auch morgen noch schweigst, wird man dich zur Mittagsstunde gemeinsam mit den beiden anderen irgendwo draußen vor der Stadt verscharren.«

Mit dumpfem Schlag fiel die schwere Tür zu dem Gewölbe ins Schloss. Lutger war allein. Beklommen blickte er sich in dem riesigen, unterirdischen Saal um. Warum nur hatte Fra Sebastianus ausgerechnet ihn nach Jerusalem geschickt? Was hatte er getan, dass ihm das Schicksal einen so grausamen Streich spielte?

Er musste sich zusammennehmen! Es machte keinen Sinn, mit seinem Schicksal zu hadern. Lutger nahm eine verloschene Fackel aus einer der Halterungen an den Wänden des Gewölbes und malte vor sich das Morus-Anagramm auf den Boden. Was zum Teufel mochte dieses Buchstabenrätsel nur bedeuten? Was, wenn es allein dem Zweck diente, den Wali mit einem weiteren Rätsel zu verwirren?

Lutger versuchte, sich an die merkwürdigen Sprüche zu erinnern, mit denen der Marschall die Pilger unterhalten hatte. Lag hinter den Worten ein tieferer Sinn, oder hatten ihn die Jahre im Kerker wahnsinnig werden lassen? Was hatte er nur mit den geheimen Orten gemeint, von denen das Kupfer spricht? War es das, worauf Omar so versessen war? Glaubte der Wali, dass die Templer einen Schatz in der Stadt zurückgelassen hatten?

Der Spielmann blickte unschlüssig zu den beiden Toten. Wenn Gaufridus doch nur reden könnte! War das Morus-Anagramm lediglich ein makabrer Scherz mit seinen Folterknechten gewesen, oder verbarg sich dahinter wirklich ein Geheimnis? Lutger grübelte darüber nach, was er über Maulbeerbäume wusste. Aus ihren Früchten konnte man Wein keltern, und ihr Holz wurde gern für Pilgerstäbe verwendet. Hatte Gaufridus nicht etwas von Pilgerstäben erzählt? Von Männern und einer Frau, die der Sonne gefolgt waren, um ihre Pilgerstäbe in fremde Erde zu stoßen? Der Sonne zu folgen, das hieß zunächst, dass sie nach Westen gegangen waren. Doch wohin genau? Zu welchem Ort mochte jemand, der aus dem Heiligen Land kam, noch pilgern? Oder hatte Gaufridus solche Pilger gemeint, die in ihre Heimat zurückgekehrt waren? Doch wer mochte in Begleitung einer Frau gereist sein? Bestimmt keine Tempelritter!

Mit einem Seufzer ließ sich Lutger neben den Toten nieder. Wie sollte er dieses Geheimnis nur bis zum Morgengrauen ergründen? Wenn der Marschall nicht wahnsinnig gewesen war, dann hatte er seine Botschaft so verschlüsselt, dass nur ein Kundiger sie zu verstehen vermochte. Der Spielmann blickte zu dem toten Pilger hinüber. Ob er wohl gewusst hatte, wovon Gaufridus sprach? Welchen Grund mochten er und sein Gefährte gehabt haben, dem Alten nach dem Leben zu trachten? Vielleicht sollte er bei ihm suchen?

Lutger holte sich eine der Fackeln von den Wänden und begann den Leichnam des Pilgers Zoll für Zoll zu begutachten. Der Fremde mochte vielleicht dreißig Jahre alt sein. Er hatte dichtes, dunkles Haar. Sein Gesicht war fein geschnitten, und es wirkte eher wie das eines Edelmannes als wie das eines Bauern. Auch wenn die Sonne von Outremer seine Haut gebräunt hatte, so war er doch ohne Zweifel ein Franke oder Normanne. Seine Kleider hingegen waren außergewöhnlich schlicht. Er trug genagelte Sandalen und eine knielange Tunika, die um die Hüften mit einem breiten Gürtel aus Ziegenleder geschnürt war. Am Gürtel hingen ein kleiner Geldbeutel, eine leere Messerscheide und ein schlaffer Wasserschlauch. Neugierig öffnete Lutger die Börse und rollte sie auseinander. Doch auf ihrer Innenseite befand sich kein geheimnisvoller Schriftzug. Außer ein paar Kupfermünzen hatte sie nichts zu bieten.

Lutger schnallte dem Toten den Gürtel ab und untersuchte die Tunika, doch auch sie wies keine besonderen Eigenarten auf. Sie war von hellbrauner Farbe und vom Staub der Wanderschaft beschmutzt. Er wollte schon aufgeben, als sein Blick auf die rechte Hand des Pilgers fiel. Sie war lang und schlank. Und zeigte keinerlei Schwielen! Der Mann schien niemals in seinem Leben körperlich gearbeitet zu haben. Halb im Zweifel untersuchte Lutger auch die linke Hand. Das Ergebnis war dasselbe. Die Haut auf der Handinnenseite war weich und geschmeidig. Ein Krieger konnte der Fremde auch nicht gewesen sein. Die jahrelangen Schwertübungen hätten ihn genauso gezeichnet wie einen Bauern die Feldarbeit. Der einzige Unterschied war, dass bei Kriegern für gewöhnlich die Schwerthand mehr verhornte als die Hand am Schildarm, während bei einem Bauern beide Handflächen gleichermaßen die Spuren der Arbeit trugen.

Lutger blickte in das glatt rasierte Gesicht des Toten. Wer mochte dieser Mann gewesen sein? Wer hatte es nicht nötig, sich seinen Lebensunterhalt durch seiner Hände Arbeit zu verdienen? Ein Schreiber oder ein Gelehrter? Noch einmal untersuchte der Spielmann die Finger des Toten. Vielleicht würde sich ja irgendwo ein verräterischer Tintenfleck finden? Doch er entdeckte nichts dergleichen.

Womöglich war der Pilger auch ein Kaufmann oder ein Mönch gewesen. Aber ein Mönch würde eine Tonsur tragen, und dann wäre er auch in ein anderes Gewand gekleidet gewesen. Der Spielmann hielt die Fackel dichter an den Kopf des Toten. Irgendetwas war seltsam an seiner Frisur. Lutger strich dem Mann mit den Fingern über den Kopf. Die Haare am Hinterkopf und zur Mitte des Kopfes hin waren deutlich kürzer als jene an den Schläfen und im Nacken. Offenbar hatte der Fremde tatsächlich einmal eine Tonsur gehabt! Aber warum hatte er verbergen wollen, dass er ein Mönch war? Oder war er aus seinem Orden ausgeschlossen worden? Lutger seufzte verzweifelt. Jede Antwort, die er fand, warf nur immer neue Fragen auf. Aus welchem Grund mochte ein Mönch einen Templer ermorden? Das war geradezu absurd. Die Ritter hatten fast die gleichen Ordensregeln wie die großen Mönchsgemeinschaften. Was also konnte den falschen Pilger dazu veranlasst haben, einen Soldaten Gottes zu töten, der allem Anschein nach sogar besonders tugendhaft gewesen war?

Dieses Rätsel schien unlösbar! Resignierend blickte sich Lutger in dem riesigen Gewölbe um. Vielleicht gab es ja doch irgendwo eine Möglichkeit zur Flucht? Geduldig untersuchte er die Wände des unterirdischen Saals. An einem Ende führte eine Rampe ein kleines Stück nach oben und endete dann vor einem verriegelten, zweiflügeligen Tor. Allmählich begriff der Spielmann, wohin man ihn geführt hatte. In Akkon hatte er Geschichten über die Besitzungen der Templer von Jerusalem gehört. Die Moschee war die Residenz des ersten christlichen Königs von Jerusalem gewesen, doch bald schon hatte der Herrscher sein Haus den Templern überlassen und einen neuen Palast nahe der Grabeskirche errichtet. Dort, wo das Ordenshaus der Templer stand, sollen sich auch einst die Mauern des Palastes Salomons erhoben haben, und an der Stelle des Felsendoms stand einst der prächtige Tempel der Juden. In Anspielung auf den Tempel nannte sich der Orden *Pauperes commilitones Christi Templique Salomonis.*[*] Unter dem Ordenshaus aber lagen riesige Gewölbe, die angeblich so groß waren, dass man dort zweitausend Pferde unterbringen konnte. Dies musste eines dieser Gewölbe sein, dachte Lutger. Ein merkwürdiger Ort, um dort zwei Tote hinzuschaffen. Warum wohl waren sie ausgerechnet hier aufgebahrt worden? Lutger trat gegen einen kleinen Stein, der auf dem Boden lag und klackernd über den Felsen hüpfte. Wahrscheinlich waren die Toten hier, weil es in den Gewölben kühl war. Das Grübeln über das Geheimnis von Gaufridus machte ihn schon völlig verrückt. Selbst in den banalsten Dingen sah er nun schon rätselhafte Andeutungen. Womöglich hatte alles ganz simple Ursprünge. Gaufridus war während seiner Haft wahnsinnig geworden und wusste nicht mehr, was er redete. Die beiden Pilger aber gehörten zu irgendeinem dieser neuen Bettlerorden, die überall wie Pilze aus dem Boden schossen. Durch die Worte des alten Templers, die er obendrein an einem der heiligsten Plätze des Christentums hervorbrachte, fühlten sie sich beleidigt und hatten daraufhin in ihrem Fanatismus beschlossen, den Frevler für seine vermeintlichen Gotteslästerungen zu bestrafen. Hörte sich diese Lösung nicht viel

---

[*] Die armen Kampfgefährten Christi und des Tempels Salomons.

glaubwürdiger an als alles, was die fruchtlose Suche nach dem Geheimnis des Alten hervorgebracht hatte? Lutger ließ sich an die Mauer gelehnt niedersinken. Er fühlte sich erschöpft. Ob der Wali eine derart einfache Geschichte anerkennen würde? Wohl kaum. Er war ganz besessen von den geheimen Orten, von denen das Kupfer sprach. Sicher war er davon überzeugt, dass Gaufridus von einem verborgenen Schatz gewusst hatte.

★

Das Geräusch von Schritten ließ Lutger aus dem Schlaf aufschrecken. Benommen blinzelte er in die Finsternis. Am kleinen Tor zu dem Gewölbe erschien blendendes Fackellicht. Mehrere Männer traten in sein Gefängnis.

»Nun, bist du bereit, mir das Geheimnis des alten Templers zu verraten?«, ertönte die fordernde Stimme des Wali.

»Ich kann nicht verraten, was ich selbst nicht weiß. Aber ich kann dir etwas über den toten Mörder sagen.«

»Das interessiert mich nicht. Du willst also wirklich aus Treue zu deinem Orden dein Leben verschenken. Ich bin beeindruckt, auch wenn dieses Opfer sinnlos ist. Ich hatte schon gefürchtet, dass du so denken würdest. Deshalb habe ich den Scharfrichter gleich mitgebracht.«

Lutgers Augen hatten sich mittlerweile an das Fackellicht gewöhnt. Deutlich konnte er den riesigen Mann erkennen, der hinter dem Wali stand. Außer ihm waren noch die beiden Krieger in das Gewölbe getreten, die den Sarazenen auch schon am Vortag begleitet hatten. Omar gab einen knappen Befehl in der Sprache der Ungläubigen, und einer der Soldaten holte den schweren hölzernen Richtblock herbei.

»Hör mich doch an, Wali! Ich habe dir etwas wirklich

Wichtiges über den Mörder zu sagen. Er ist ein Mönch. Es kann kein Zweifel daran bestehen, dass …«

Die beiden Soldaten packten Lutger, zwangen ihm die Arme auf den Rücken und legten ihm lederne Fesseln an. Dann schlangen sie ihm eine Schlinge um den Hals und stießen ihn auf die Knie.

»Ich bin gegen meinen Willen im Templerorden! Ich kenne die Geheimnisse der Templer nicht!« Mit der Lederschlinge zog einer der Soldaten Lutgers Kopf auf den Richtblock hinab. Röchelnd versuchte der Spielmann noch einmal seine Unschuld zu beteuern, doch die Ungläubigen hörten nicht auf ihn. Die Sarazenen sprachen untereinander. Schließlich gab der Wali einen harschen Befehl. Der Schatten des Henkers fiel auf Lutger. Der Spielmann wollte sich umdrehen, doch mit einem kurzen Ruck an der Schlinge verhinderte der Soldat, dass er sich bewegte.

Lutger versuchte zu beten. Was für ein Ende! Hingerichtet in den Ställen der Templer. Sein Blick fiel auf den toten Pilger, der unmittelbar vor ihm lag. Er würde für den Mord sterben, den dieser Hurensohn begangen hatte. Am Schatten des Henkers konnte Lutger erkennen, wie dieser sein mächtiges gekrümmtes Schwert hob.

Ein Vaterunser auf den Lippen starrte Lutger auf den Toten. Er hatte einen fast neuen Wasserschlauch, in dessen Leder irgendetwas hineingeprägt war. Es war ein … stilisierter Maulbeerbaum!

»Der Maulbeerbaum!«, gellte die Stimme des Spielmanns durch das weite Gewölbe. Im selben Augenblick sah Lutger das Richtschwert hinabstoßen. Der Templer spürte den Luftzug der Klinge auf der Wange. Das Henkersschwert hatte ihn um wenige Fingerbreit verfehlt.

Lutger sandte ein stummes Dankgebet zum Himmel.

»Was ist mit dem Maulbeerbaum?«, drängte der Sarazene.

»Auf dem Wasserschlauch ist ein Maulbeerbaum einge-prägt.« Lutgers Stimme überschlug sich. Aus dem Augen-winkel sah er immer noch den Schatten des Richtschwerts. »Die Pilger müssen das Geheimnis von Fra Gaufridus gekannt haben! Er hat mir auch etwas von den Heerscharen der Ver-lorenen erzählt. Der Tote ist bis vor Kurzem noch ein Mönch gewesen und ...«

»Ganz ruhig.« Der Wali legte Omar seine Hand auf die Schulter. Dann gab er den Wachen einen Befehl, und sie hal-fen dem Templer auf die Beine. »Wir werden später mit-einander reden. Dann wirst du mir alles ganz genau erklären.«

★

Omar hatte Lutger in die Zitadelle am Davidstor bringen lassen. Der Templer wurde zwar noch immer bewacht, doch behandelte man ihn nun wesentlich zuvorkommender. Er hatte frisches Wasser, Brot und ein Stück Hammelbraten bekommen, und das Zimmer, in das man ihn gebracht hatte, schien normalerweise als Unterkunft für Gäste des Festungs-kommandanten zu dienen.

Die Mittagsstunde war nicht mehr fern, als ein armeni-scher Diener erschien und Lutger bat, ihm in die Gemächer des Wali zu folgen. Omar erwartete den Spielmann in einem mit kostbaren Teppichen geschmückten kleinen Gemach. Der Sarazene saß auf einem großen, kostbar bestickten Kis-sen und lehnte mit dem Rücken gegen die Wand. Mit einem Wink lud er Lutger ein, auf einem Polster ihm gegenüber Platz zu nehmen. Der armenische Diener verließ die Kam-mer, nachdem der Templer sich gesetzt hatte. Beide waren jetzt allein.

Lutger versuchte am Gesicht des Wali abzulesen, was er von ihm wollte. Gelassen erwiderte der Sarazene den Blick des Spielmanns. Jetzt erst fiel Omar auf, dass sein Gegenspieler blaue Augen hatte. Ob wohl ein wenig fränkisches Blut in seinen Adern floss? Vielleicht war seine Mutter während eines Kriegszugs von Sarazenen verschleppt und an einen Harem verkauft wurden. Das würde auch erklären, warum er die Sprache der Christen beherrschte.

»Nun, Fra Paulus, was wolltest du mir in den Ställen des Tempels sagen?«

Lutger erläuterte dem Wali seine Entdeckungen aus der letzten Nacht und seine Vermutung, dass der fremde Pilger wahrscheinlich vor Kurzem noch ein Mönch gewesen war.

»Und der Maulbeerbaum?«

»Sein Wasserschlauch ist noch ganz neu. Das Leder wirkt kaum abgewetzt. Ich denke, der Maulbeerbaum ist das Symbol einer Werkstatt oder vielleicht eines der vielen Mönchsorden, die sich in den Bergen angesiedelt haben. Bestimmt führt er uns zu dem Kloster, aus dem der Pilger kommt. Wenn wir es finden, werden wir vielleicht auch ergründen können, warum Fra Gaufridus ermordet wurde.«

Omar strich sich nachdenklich über seinen spitzen Kinnbart. »Du hast recht, ich sollte einige meiner Männer damit beauftragen, Erkundigungen über den Wasserschlauch und den Maulbeerbaum einzuholen. Im Augenblick scheint mir dies die einzige Möglichkeit, dem Geheimnis deines Ordensmarschalls auf den Grund zu gehen.«

Einige Augenblicke herrschte Schweigen zwischen den beiden. Dann räusperte sich Lutger leise. »Ich wollte dir dafür danken, dass du mir mein Leben geschenkt hast.«

Der Wali lächelte. »Ich habe niemals geglaubt, dass du der Mörder von Fra Gaufridus warst. Warum also hätte ich dich töten lassen sollen.«

»Weil ich ein Templer bin?«

Omar zuckte mit den Schultern. »Außer mir weiß das

niemand. Ich muss gestehen, dass mich dein Hochmut gestern sehr erzürnt hat. Ich war mir sicher, dass du mehr weißt, als du zuzugeben bereit warst. Als ich heute Morgen nach dem Henker schicken ließ, war ich noch entschlossen, dich enthaupten zu lassen, doch als ich dich dann um dein Leben betteln sah, hat mich das überzeugt, dass du mir jedes Geheimnis verraten würdest, um dich zu retten. Entweder bist du also der geschickteste Betrüger und Schauspieler, der mir jemals untergekommen ist, oder aber du bist genauso unwissend wie ich. So wie die Dinge stehen, werde ich die einundsechzig geheimen Orte, von denen das Kupfer spricht, nicht finden, und Fra Gaufridus hat sein Rätsel mit in sein Grab genommen. Was ich allerdings nicht hinnehmen werde, ist die Beleidigung, die seine Ermordung darstellt. Als Wali ist es meine Aufgabe, in dieser Stadt für Recht und Sicherheit zu sorgen. Auch wenn ihr diesem Land großen Schaden zugefügt habt, so bin ich doch nicht bereit, den Mord an einem Christen weniger energisch als die Tötung eines meiner Glaubensbrüder zu verfolgen. Ich weiß, dass wir beide uns vielleicht eines Tages als Feinde im Feld gegenüberstehen werden, Fra Paulus. Und doch möchte ich dir anbieten, mit mir gemeinsam den zweiten der Mörder deines Ordensbruders zu suchen. Wenn du aber lieber nach Akkon zurückkehren willst, so bist du nun frei zu gehen, wohin es dir beliebt.«

Lutger musterte den Sarazenen misstrauisch. War das eine Falle, oder konnte er Omar trauen? Ein Bündnis mit einem Ungläubigen? Es gab Gerüchte, dass einige Ordensmitglieder auch überaus gute Beziehungen zu den Assassinen unterhielten. Also warum nicht? Da der Wali ein Heide war, wäre er sogar jederzeit entschuldigt, würde er seine Vereinbarungen mit ihm brechen, überlegte der Spielmann. Eide oder Gelübde waren, selbst wenn sie auf die Bibel geleistet wurden, nur unter Christen verbindlich. Ganz abgesehen davon wäre es ihm eine Genugtuung zu wissen, dass der Komplize des Mörders von Fra Gaufridus einer gerechten Strafe zugeführt wurde. Nach dem Verständnis des Ordens war Gaufridus Morin zu seiner Zeit der erste Ritter der Christenheit gewesen. Der Mord an ihm durfte nicht ungesühnt bleiben!

»Ich bin dein Mann, Wali. Ich werde nicht eher ruhen, bis wir den Schurken gestellt haben, der uns entkommen ist.«

Der Sarazene lächelte vieldeutig. »Ich habe keine andere Antwort von dir erwartet, Templer. Da wir nun Bundesgenossen sind, werde ich dich in ein Geheimnis einweihen. Ich bin gestern Abend, nachdem ich dich verlassen habe, bei einem jüdischen Gelehrten gewesen und habe ihm das Morus-Anagramm gezeigt. Er hat mich auf die Möglichkeit aufmerksam gemacht, die Buchstabenfolge so zu lesen, dass sich daraus das Wort Ormus ergibt.«

»Ormus?« Lutger runzelte die Stirn. »Was soll das heißen? Das ist doch kein Latein!«

»Ormus war der Name eines Philosophen, der zu der Zeit, als die Römer den Propheten Jesus umbrachten, in Alexandria lebte. Bei ihm hatte der Evangelist Markus Unterschlupf gefunden, und Markus war es auch gewesen, der Ormus zum Christentum bekehrte. Der Philosoph gründete eine Bruderschaft, die seinen Namen trug. Rate einmal, was ihr Zeichen war?«

»Ein Maulbeerbaum?«

»Falsch.« Das Lächeln des Wali war jetzt triumphierend. »Ihr Zeichen war ein rotes Kreuz, so wie ihr Templer es auf den Mänteln tragt. Das heißt, dass es eine Verbindung zwischen deinem Orden und der Bruderschaft des Ormus zu geben scheint. Jedenfalls kann es kein Zufall sein, dass das Morus-Anagramm auch in dieser Richtung zu deuten ist. Außerdem ist das seltsam gezeichnete M, das das Anagramm einrahmt, das astrologische Zeichen für das Sternbild der Jungfrau. Dieses Sternbild wird von Sterndeutern in ihren Horoskopen auch mit dem ersten Schritt zur Erkenntnis oder zum Licht gleichgesetzt. Und hier gibt es wieder eine Parallele zu Ormus, denn dies ist nach der Lehre des persischen Heiligen, Zoroaster, der Name des Lichtgottes.«

»Wirklich interessant, doch sehe ich nicht, wie uns das weiterbringen soll. Die Sache mit den Kreuzen halte ich übrigens für Unsinn. Was sollte der Templerorden schon mit irgendwelchen Philosophen aus Alexandria zu schaffen haben?«

»Das wusste mein Gelehrter auch nicht«, gestand der Wali zerknirscht ein. »Er konnte mir nur noch sagen, dass die Bruderschaft des Ormus außerordentlich viele alte Schriften gesammelt hat und erging sich in Andeutungen darüber, dass diese Schriften, würden sie bekannt werden, den Herrn der verkehrten Liebe entlarven.«

Lutger runzelte ungläubig die Stirn. »Was soll das denn heißen? Der Herr der verkehrten Liebe? Deutlicher konnte sich dein Weiser nicht ausdrücken?«

»Er hätte sicher gekonnt. Doch er hatte Angst. Er hatte Kenntnis vom Mord auf dem Tempelberg und wusste sogar, wen man dort ermordet hat. Das ist der Grund, warum ich den entkommenen Meuchler unbedingt fassen will. Ich weiß nicht, in wessen Auftrag er handelt, doch werde ich nicht dulden, dass diese finsteren Verschwörer irgendjemanden in dieser Stadt in Angst und Schrecken versetzen können. Hier gelten allein das Wort des Sultans und das seines Statthalters. Andere Mächte werde ich in Jerusalem nicht dulden.«

Dieser plötzliche Ausbruch von Fanatismus überraschte Lutger. Was auch immer Omar für ein Mensch sein mochte, seine Aufgabe als Wali der Heiligen Stadt nahm er offenbar sehr ernst. Die Züge des Sarazenen hatten sich jetzt wieder entspannt, und erneut setzte er das gewohnte Lächeln auf.

»Entschuldige, wenn ich ein wenig unbeherrscht war. Außerdem bin ich der schlechteste aller Gastgeber unter den Söhnen Allahs. Gestatte, dass ich dir etwas zu trinken anbiete. Möchtest du vielleicht auch etwas essen? Obst oder ein Stück Fleisch?« Der Sarazene klatschte in die Hände und rief ein paar Worte auf Arabisch. Wenige Augenblicke später erschien der armenische Diener und brachte einen Krug mit frischem Brunnenwasser sowie zwei kleine tönerne Becher.

»Was machst du für ein ernstes Gesicht? Habe ich dich mit meiner Achtlosigkeit beleidigt?«

Lutger schüttelte den Kopf. »Kannst du dich noch an die Worte des Fra Gaufridus erinnern? Er hat etwas über Männer gesagt, die nach Westen gegangen sind.«

»Von den Männern und *der Frau* hat er gesprochen, die nach Westen gewandert sind, um ihre Pilgerstäbe in fremde Erde zu stoßen. Warum?«

»Alexandria liegt doch westlich von hier.«

Omar strich sich nachdenklich über den Bart. »Du willst sagen, Gaufridus meinte unter anderem Markus mit diesen Männern? Aber wer waren dann die anderen? Und vor allen Dingen, wer sollte die Frau sein, von der er sprach?«

»Hat die Bruderschaft des Ormus vielleicht ein Kopfreliquiar verehrt?«

Der Wali zuckte mit den Schultern. »Ich habe dir alles gesagt, was ich weiß. Warum fragst du?«

»*Denn wer das Kreuz trägt, aber den Kopf verehrt, der weiß auch, wie es um den Messias bestellt ist und wen die Maria von Château Pélerin geboren hat.* Das waren die Worte, die Gaufridus gesprochen hat, nachdem er sich mit dem Zitat über die Löwen und Lämmer als Templer zu erkennen gegeben hatte. Vielleicht war Maria die Frau, die nach Westen gegangen ist.«

»Das Grab der Maria befindet sich doch auf dem Berg Gethsemane«, wandte Omar ein.

»Nicht diese Maria. Maria Magdalena! Sie wird im Templerorden fast genauso sehr verehrt wie die Heilige Muttergottes. Es gibt eine Legende, der zufolge sie nach Jesus Christus' Tod bis nach Frankreich gewandert sei. Vielleicht hat sie das erste Stück ihres Weges über Alexandria geführt.«

»Und wen sollte Maria Magdalena geboren haben?«

»Es steht nichts in der Bibel davon, dass sie ein Kind bekommen hätte. In ihrer Heiligengeschichte ist auch nicht die Rede von einem Kind.«

»In deinen Augen stimmt also nur, was in der Bibel steht? Was für ein beengtes Denken! Es gibt doch viele Jahre im Leben des Propheten Jesus, über die die Bibel nichts zu berichten weiß. Hat er in dieser Zeit etwa nicht gelebt? Vielleicht hat er sogar ein Weib und Kinder gehabt. Er war Rabbiner, da ist das eigentlich üblich.«

»So etwas auch nur zu denken, ist schon Ketzerei! Das Heilige Jerusalem ist gewiss der letzte Ort auf dieser Welt, an dem ich mich gegen den Herrn versündigen werde. Ich hoffe, du gestattest, wenn ich mich nun auf mein Quartier zurückziehe.«

★

Fast eine Woche quälenden Wartens war vergangen, ohne dass die Schergen des Wali auch nur die geringste Spur gefunden hatten, als Omar eines Abends aufgeregt in Lutgers Quartier trat. »Der Wasserschlauch. Ich weiß jetzt, woher er kommt.«

Lutger, der sich schon auf seiner Schlafpritsche niedergelassen hatte, war sofort auf den Beinen.

»Es gibt ein kleines Kloster auf dem Berg Carmel. Der

Orden von Zion unterhält es. Die Mönche bauen auch Wein an. Was sie davon verkaufen, wird in Amphoren und Weinschläuche abgefüllt, die das Zeichen des Maulbeerbaums tragen«, erklärte der Wali. »Unsere beiden Mörder müssen von dort gekommen sein! Gleich morgen werden wir aufbrechen und dem Kloster einen Besuch abstatten.«

»Der Carmel liegt doch nahe bei Haifa. Das ist christliches Gebiet. Wie willst du dort hinkommen?«

Der Wali grinste. »Wenn ich mich für den Wein eines Klosters interessiere, dann muss ich doch wohl ein Kaufmann sein.«

Lutger schüttelte den Kopf. »Und wenn sie nur an Christen verkaufen? Außerdem, was ist, wenn dich jemand erkennt? Möchtest du unbedingt christliche Kerker kennenlernen?«

»Würdest du mich etwa verraten?« Einige Augenblicke maßen sich die beiden schweigend mit Blicken.

»Willst du mich beleidigen?«, knurrte Lutger schließlich ärgerlich. »Ich bin dein Gast. Ich habe mit dir das Brot gebrochen. Wie könnte ich dich da ausliefern?«

»Du bist ein Christ. Es wäre deine Pflicht.«

»Und deine Pflicht wäre es gewesen, mich als Templer hinzurichten. Ich stehe in deiner Schuld, Wali. Dennoch halte ich es für töricht, wenn du mich zu dem Kloster begleitest. Du gehst ein viel zu großes Risiko ein, und *ich* habe nicht die Macht, dich zu beschützen.«

»Hältst du mich für einen Feigling? Ich werde mit dir reiten. Ich weiß, dass ihr Templer Verbindungen zum Orden von Zion habt. Die Mönche haben einst ein großes Kloster unterhalten, außerhalb der Stadtmauern von Jerusalem, auf dem Zionsberg. Es muss einen Grund haben, dass sie von dort vertrieben worden sind, während die meisten christlichen Klöster weiterbestehen durften. Ich werde dulden, dass du allein im Kloster vorsprichst, doch die Reise dorthin wirst du nicht ohne mich machen. Sei morgen bei Sonnenaufgang bereit! Ich werde dir ein Kaufmannsgewand bringen lassen. Oder möchtest du vielleicht lieber im Ornat eines Tempelherrn dort einreiten?«

»Ich habe keinen Grund, mich vor den Mönchen zu verstecken. Warum sollte ich nicht den weißen Mantel des Ordens tragen? Dann sind sie sogar verpflichtet, mich einzulassen und als Gast aufzunehmen.«

»Hast du vergessen, wie der Orden von Zion Fra Gaufridus behandelt hat? Offenbar ist man dort nicht mehr gut auf die Templer zu sprechen. Vielleicht sind sie ja der Auffassung, es sei die Schuld der Tempelritter, dass sie ihre Besitzungen auf dem Zionsberg verloren haben. Der Ordensmarschall gehörte zu jenen, die vor sechzehn Jahren in eure Niederlage bei Hattin verwickelt waren. Danach habt ihr Christen nicht nur Jerusalem verloren, sondern auch fast alle wichtigen Burgen südlich von Tyros.«

Lutger schnaubte verächtlich. »Mönche, die Blutrache üben? Was für ein Unsinn! Auf so etwas kann auch nur ein Ungläubiger kommen. Wir sehen uns morgen bei Sonnenaufgang, Wali. Und lass den Mantel eines Templers beschaffen! Sobald wir christliches Gebiet erreichen, werde ich ihn tragen.«

★

Omar hatte darauf bestanden, dass sie so lange wie möglich über sarazenisches Gebiet reisten. So waren sie von Jerusalem zunächst nach Nablus geritten und dann dem Pilgerweg nach Nazareth gefolgt. Um jedes Aufsehen zu vermeiden, gab sich der Wali als syrischer Händler aus, der wegen dringender Geschäfte nach Haifa reiste. Lutger hingegen trug wie auf dem Weg nach Jerusalem die lange, gesäumte Tunika, die engen Hosen und den kostbar bestickten Umhang eines fränkischen Ritters und erzählte jedem, der es hören wollte, dass er ein Pilger sei, der gemeinsam mit dem Syrer nach Haifa zurückkehrte.

Erst als sie etliche Meilen westlich von Nazareth wieder auf christliches Territorium kamen, wagte es der Spielmann, den Ornat eines Tempelherrn anzulegen. Den langen weißen Waffenrock und den weißen, mit einem roten Tatzenkreuz geschmückten Umhang. Auch wenn sich Lutger nach all den Monaten im Orden noch immer nicht wie ein Templer fühlte, so schätzte er doch das Aufsehen, das man in ihrer Gewandung erregte. Nicht der König von Jerusalem, der wahlweise in Akkon oder auf Zypern regierte, sondern die großen Ritterorden waren die eigentlichen Herren von Outremer. Sie allein hatten die nötigen Truppen, das Heilige Land gegen die Sarazenen zu verteidigen, und entsprechend war auch ihr Ansehen.

Am Nachmittag des vierten Reisetages erreichten sie den waldbedeckten Carmel, einen lang gestreckten Bergrücken, der im Westen bis fast ans Meer reichte. Lutger hatte gehört, dass sich hier in Felshöhlen einige fromme Einsiedler niedergelassen hatten. Von einem Kloster wusste er jedoch nichts. So streiften er und der Wali eine ganze Weile ziellos durch den Wald, bis sie am frühen Abend endlich auf einen Weg stießen, der in nordwestlicher Richtung verlief.

Dort, wo der Boden weicher war, fanden sich Abdrücke von Füßen und Hufen. Eine Stunde lang folgten sie, die Pferde am Zügel führend, dem Weg, der dicht unter dem Bergrücken verlief, bis sie schließlich eine Stelle erreichten, von der aus sie ein kleines Kloster erkennen konnten. Es war auf eine aus der Bergflanke herausragende Felsnase gebaut worden und von hohen Mauern umgeben. Es gab ein großes Vorratshaus und zwei kleinere Gebäude, die offenbar als Wohnhäuser dienten. Gleich gegenüber dem Tor lag eine schlichte Kirche. Sie war höchstens zehn Schritt lang und hatte ein flaches Dach, an dessen hinterem Ende sich ein niedriger Glockenturm erhob. Gegenüber dem Kloster war ein weites Stück vom Südhang des Carmel gerodet worden, und man hatte Wein angepflanzt. Hin und wieder waren zwischen den langen Reihen der Rebstöcke Arbeiter zu sehen.

»Hier trennen sich unsere Wege.« Lutger hatte sich umgedreht und blickte den Wali an. Der Sarazene wirkte mürrisch.

»Ich glaube nicht, dass es eine gute Idee ist, wenn du dort allein hingehst. Denk an das Schicksal von Fra Gaufridus. Die Templer sind im Orden von Zion nicht gut gelitten.«

»Unsinn! Sie werden mir mit Respekt begegnen. Sie würden höchstens stutzig werden, wenn ich einen sarazenischen Kaufmann im Gefolge hätte. Also warte hier auf mich! Morgen nach der Frühmette werde ich das Kloster wieder verlassen. Bis dahin müsste ich erfahren haben, ob die Mönche etwas mit dem Mord zu tun haben.«

»Glaubst du wirklich, sie würden es dir sagen?«, fragte Omar zynisch.

»Ich werde es schon merken.«

Resignierend schüttelte der Wali den Kopf. »Möge Allah seine Hand über dich halten. Ich wünsche dir alles Glück.«

Verwirrt musterte Lutger den Sarazenen. Omar hatte seine Worte offenbar ernst gemeint. Jedenfalls hatte der Templer diesmal keinen ironischen Unterton aus ihnen heraushören können. Lutger nickte ihm zu. »Danke!« Ohne ein weiteres Wort wandte er sich um und ging, das Pferd am Zügel, den schmalen Weg zum Kloster hinab.

Dieser Wali war schon ein ungewöhnlicher Mann. Ob

Sultan Saladin, mit dem König Richard von Britannien befreundet gewesen sein soll, wohl so wie Omar gewesen war? Obwohl der Wali ein Ungläubiger war, fühlte Lutger sich ihm verbundener als den meisten seiner Ordensbrüder. Sicher, Omar hatte ihm das Leben geschenkt, allein das war schon Grund genug, ihm auf immer dankbar zu sein. Doch da war noch mehr. Die Art, wie er sich aus Jerusalem davongeschlichen hatte, um einem obskuren Mönchsorden nachzuspüren ... Was hatte Omar schon davon? Es konnte ihm doch höchstens die Genugtuung geben, dass der Mord an Fra Gaufridus wirklich gesühnt worden war. Doch dafür sein Leben aufs Spiel zu setzen? Lutger lächelte. Genau das war es, was ihm an dem Sarazenen am besten gefiel. Sich gegen jede Vernunft auf ein Abenteuer einzulassen. In diesem Punkt waren sie sich ähnlich.

Lutger merkte, wie einige der Arbeiter in den Weinbergen verstohlen zu ihm herüberblickten. Die Sonne war zwar schon hinter dem Bergrücken verschwunden, doch noch lag letztes Abendlicht über dem Land und vermittelte ein Gefühl von Frieden, den Outremer nicht wirklich kannte.

Ein Teil der Weinbauern war damit beschäftigt, den Boden um die Reben aufzulockern. Andere schleppten Wasser heran oder begutachteten die reifen Trauben. Bis zur Ernte würde es nicht mehr lange dauern.

Nur die Hälfte der Arbeiter am Weinberg trug Ordenstracht. Die anderen waren in mehr oder weniger abgerissene Kittel gekleidet. Offenbar hatten die Mönche Hilfsarbeiter angeheuert, um die bevorstehende Ernte einzubringen.

Lutger gelangte bis zum Tor des Klosters, ohne dass er von jemandem angesprochen worden wäre. Der Pförtner, der ihn einließ, war ein blutjunger Mönch mit krausen Locken. Mit unverhohlener Neugier musterte er den Templermantel.

»Ihr sucht ein Nachtquartier, Herr?«

Der Spielmann nickte. »So ist es. Vor allem bin ich allerdings hier, um mit deinem Abt zu sprechen. Wo kann ich ihn finden?«

Die Augen des jungen Mannes weiteten sich ungläubig. »Der Abt?« Seine Stimme klang jetzt aufgeregt. »Gewiss doch! Ihr findet Bruder Malachias in unserer Kirche.«

»Schön. Mein Gespräch mit ihm duldet keinen Aufschub. Wirst du jemanden finden, der mein Pferd versorgt?«

»Gewiss, Herr. Ich selbst werde mich darum kümmern ...« Der junge Mönch schnitt eine Grimasse. »Das heißt, nein, Herr. Ich darf meinen Posten hier beim Tor nicht verlassen. Ich werde einen meiner Brüder herbeirufen.«

Lutger lächelte. »Ich glaube, mein Grauer ist nicht sehr wählerisch, wenn es darum geht, wer ihn füttert.«

In bester Laune durchquerte Lutger den kleinen Innenhof. Es war immer dasselbe. Allein wegen des prächtigen weißen Templermantels behandelte man ihn sofort wie den Helden aus einem Ritterepos. Wären da nicht die übertriebene Zucht und Strenge, er könnte womöglich noch Gefallen an seinem Schicksal finden.

Als Lutger in die dunkle Kirche trat, konnte er im Zwielicht zunächst kaum sehen. Ganz am Ende des einschiffigen Gotteshauses gab es ein großes, rundes Glasfenster. Doch das Abendlicht, das dadurch hereinfiel, reichte nicht aus, um die Schatten zu vertreiben. Dicht neben dem Altar brannten einige Kerzen. Eine schemenhafte Gestalt, ein Mönch, der offenbar zum Gebet gekniet hatte, erhob sich dort.

»Was führt dich in diese Wildnis, Bruder?« Die Stimme des Mannes war dunkel und wohlklingend.

»Bist du Abt Malachias?« Lutger ging langsam auf den Altar zu. Er hatte bewusst das Du gewählt, denn als Tempelritter war er allein den Ordensmeistern und dem Papst unterstellt.

Der Mönch nickte. »Da du meinen Namen nun schon kennst, würdest du mir freundlicherweise verraten, wie ich dich nennen darf?«

»Mein weltlicher Name ist zu Asche geworden, als ich mein Gelübde ablegte. Nennt mich also einfach Fra Paulus, wie es auch die Brüder meines Ordens tun.« Lutger war jetzt so nahe herangekommen, dass er den Mann besser erkennen konnte. Der Abt trug eine dunkle Kutte, die mit einer weißen Schnur gegürtet war, an deren lang herabfallenden Enden sich jeweils drei Knoten befanden. Er war ungewöhnlich groß und schlank. Sein Gesicht erinnerte den Spielmann an einen Raubvogel, und doch wirkte es zugleich auch asketisch. Malachias hatte eine lange, leicht nach unten gebogene Nase, hohe Wangenknochen und die Stirn eines Denkers. Sein Haar war zwar schneeweiß, doch so dicht wie das eines jungen Mannes. Auch die Augen des Abtes waren hell.

»Bei einem Mörder hat man einen Wasserschlauch gefunden, der aus diesem Kloster stammt. Aus diesem Grunde bin ich hier. Der Meuchler hatte einen Gefährten, der entkommen ist. Ich konnte den Mann zwar sehen, seine Flucht jedoch nicht verhindern. Ich bin hier, um ihn in den Mauern der Abtei zu suchen.«

Malachias legte die Stirn in Falten. »Und *das* führt dich bei deiner Suche hierher, Templer? Wie kannst du aus einem Wasserschlauch schließen, dass der Gefährte eines Mörders an diesem friedlichen Ort sein Heim hat?«

»Der Schlauch war mit einem Maulbeerbaum geschmückt. Das ist doch wohl das Zeichen eurer Gemeinschaft.«

»Wir füllen in diese Schläuche auch Wein ab und verkaufen ihn. Es ist leicht, in ihren Besitz zu kommen, ohne das Kloster jemals betreten zu haben.«

»Verzeih, wenn ich dir widerspreche, Bruder Abt, doch

war der Schlauch, den ich gefunden habe, zu neu, als dass er durch viele Hände gegangen sein könnte. Auch trug der Mörder noch die Spuren einer Mönchstonsur. So liegt es nahe, dass auch sein Gefährte aus einem Kloster stammt.«

Der Abt räusperte sich ärgerlich. »Keiner meiner Brüder hat in den letzten Wochen das Kloster verlassen. Doch da dir offenbar so sehr daran gelegen ist, dich selbst von der Wahrheit meiner Worte zu überzeugen, magst du gerne mit mir und meinen Brüdern an der Matutin teilnehmen. Zum Mitternachtsgebet versammeln sich alle Brüder in dieser bescheidenen Kirche. Du wirst sehen, dass der Mann, den du suchst, nicht unter uns lebt. Wie lange liegt der Mord denn eigentlich zurück, Templer? Und wer ist umgebracht worden, dass man einen Ritter den langen Weg hier hinaus schickt?«

»Zehn Tage sind seit dem Verbrechen vergangen, und das Opfer war einer meiner Ordensbrüder.«

»Ich werde ihn in meine Gebete miteinschließen, Bruder Paulus. Wie hieß der Ermordete?«

»Es ist Fra Gaufridus Morin.«

»Morin? Ich kannte vor vielen Jahren einen Mann, der so hieß. Er war sehr stolz und hochmütig. Ich glaube, er ist bei der Schlacht um Akkon an der Seite seines Großmeisters, des unglückseligen Geraldus de Ridefort, gefallen. Wie ungewöhnlich, dass es noch einen zweiten Mann mit diesem Namen gab.«

Lutger missfiel der Tonfall, in dem der Abt über Gaufridus sprach, doch ging er nicht weiter auf Malachias ein. Ein wenig verlegen blickte er zum Rundfenster hinauf und erstarrte. Dicht unter dem Fenster waren zwei Maulbeerbäume und ein Kelch auf die helle Wand gemalt worden.

»Fühlst du dich nicht wohl, Bruder Paulus? Hat die lange Reise dich erschöpft? Du wirkst so blass?«

»Das Bild an der Wand? Was bedeutet es?. Ich habe so etwas noch in keiner Kirche gesehen.«

»Die Maulbeerbäume und der Kelch?«, fragte der Abt ernst. »Sie erinnern den Orden an seine verlorene Heimat. Vielleicht weißt du, dass wir bis vor wenigen Jahren in einem großen Kloster auf dem Zionsberg gelebt haben, das uns Gottfried von Bouillon, der erste König von Jerusalem, gestiftet hatte und das auch seine Nachfolger stets mit reichen Gaben bedachten. Dort, im Schatten der Maulbeerbäume, hat unser Herr Jesus Christus seine Jünger zum letzten Abendmahl um sich versammelt. Es ist der Kelch des Abendmahls, den dieses Bild zeigt. Er soll die Brüder meines Ordens auf immer an das erinnern, was wir verloren haben, als Jerusalem fiel und die *Ungläubigen* uns unser Kloster nahmen.«

Lutger erschauerte bei dem merkwürdigen Tonfall, mit dem Malachias von den Ungläubigen sprach. Es klang ganz so, als meinte er damit nicht die Sarazenen.

»Würdest du mich nun entschuldigen, Fra Paulus. Wir feiern in wenigen Tagen ein Fest zu Ehren unseres Schutzpatrons Josephus, und so gibt es für mich noch viel zu tun. Ich werde Anweisungen geben, dass man dir eine Cella bereitet und etwas zu essen bringt.« Ohne weitere Umschweife beendete der Abt ihr Gespräch und verließ die Kirche. Verstört folgte ihm Lutger. Ohne Zweifel verachtete Malachias die Tempelherren, und unter ihnen ganz besonders Geraldus de Ridefort und Gaufridus Morin. Doch warum? Sollte Omar am Ende mit seiner verrückten These recht behalten? Machten die Mönche des Ordens von Zion die Templer dafür verantwortlich, dass Jerusalem gefallen war? Das war doch absurd! Hunderte von Tempelrittern hatten bei Hattin ihr Leben gegeben, um die Heilige Stadt zu schützen!

★

Malachias hatte recht behalten! Keiner der Mönche, die zum mitternächtlichen Gebet erschienen waren, hatte auch nur annähernd jenem zweiten Pilger geglichen. Ob der Abt den Gehilfen des Mörders gewarnt hatte? Oder hatte der Maulbeerbaum auf dem Wasserschlauch Lutger wirklich auf eine falsche Spur gebracht? Was, wenn der Mörder niemals hier gewesen war? Der Templer fühlte sich, als hätte er sich in einem finsteren Wald verlaufen. Ob er das Rätsel um den Tod des Marschalls jemals lösen könnte?

Unruhig wälzte er sich auf dem schmalen Bett zur Seite. Mindestens zwei Stunden mussten seit der Mitternachtsmesse schon vergangen sein. Nicht mehr lange, und die Glocke würde die Mönche zur Prima, zum Morgengebet, rufen. Ein leises Knarren an der Tür ließ ihn aufhorchen. War es nur ein Luftzug? Die Türen der Mönchszellen besaßen keine Riegel, sodass sie sich schon beim leisesten Windhauch bewegten.

Verschlafen blinzelte der Spielmann zur Tür. Sie stand weit offen, und gegen den hellen Nachthimmel hob sich der Schatten eines Mannes ab.

»Wer da?« Erschrocken richtete sich Lutger ein Stück weit auf. Im selben Augenblick war der Fremde mit einem Satz neben dem Bett. Matt blinkte eine Klinge in seiner Hand. Lutger riss die Decke hoch und schleuderte sie dem Mann entgegen. Gleichzeitig versuchte er, sein Schwert zu greifen, das dicht neben dem Kopfende an die Wand gelehnt stand. Schon hatte sich der Meuchler aus der Wolldecke befreit, als es Lutger gelang, den Griff seiner Waffe zu umklammern. Um das Schwert zu ziehen, war jedoch keine Zeit mehr. Mit einer Drehung zur Seite schlug er dem Angreifer die Waffe samt Scheide gegen die Hüfte.

Fluchend taumelte der Mann ein Stück zurück. Mit einer Schleuderbewegung befreite der Templer die Klinge von ihrer schweren Holzscheide. Dann war er wieder auf den Beinen. Gegenüber dem Angreifer mit seinem Dolch war er nun eindeutig im Vorteil.

»Mach deinen Frieden mit Gott, Schurke!«

Statt sich zum Kampf zu stellen, flüchtete der Meuchler aus der Cella. Wütend stürmte ihm Lutger nach. Im Mondlicht auf dem Hof konnte er den Mann nun deutlich erkennen. Es war der blonde Pilger aus Jerusalem. Verzweifelt blickte er sich nach einem Fluchtweg um. Aus dem geschlossenen Klosterhof gab es kein Entkommen.

»Ergib dich, du kannst deiner Strafe nicht mehr entgehen!«

Statt zu antworten schleuderte der Meuchler Lutger seinen Dolch entgegen. Erschrocken warf sich der Templer zur Seite, dennoch streifte ihn die Waffe am Arm. Wie von Sinnen stürmte der falsche Pilger mit drohend erhobenen Fäusten auf den Templer ein. Lutger riss das Schwert hoch, um den Mann auf Abstand zu halten, doch der Meuchler war schon zu nah, um seinen Lauf noch abbremsen zu können. Der Schlag des Aufpralls riss dem Spielmann die Waffe aus der Hand. Ungläubiges Staunen lag auf dem Gesicht des Fremden. Mit beiden Händen umklammerte er die Klinge, die durch seinen Leib gedrungen war. Zitternd gegen den Tod ankämpfend sank er langsam in die Knie.

»Warum?«

»Jo...Josephus ...«

Fassungslos starrte der Templer auf den Sterbenden. Josephus? Was hatten die Morde mit dem Schutzpatron des Klosters zu tun? »Was meinst du damit?« Er kniete sich neben den Meuchler.

Mit bebenden Lippen versuchte der Mann etwas zu sagen. »Ari...« Er brachte das Wort nicht mehr zu Ende. Sein Blick erlosch, dann sank sein Kopf zur Seite.

»Möge Gott dir vergeben.« Lutger strich dem Toten sanft

über das Haar und sprach ein Vaterunser. Der Hinterkopf des Meuchlers war kahl rasiert. Er war tatsächlich ein Mönch!

Inzwischen hatte sich rings um den Hof Lärm erhoben. Einige der Brüder standen in den Türen ihrer Cellae. Andere hatten lauthals zu beten begonnen oder riefen nach Fra Malachias.

Eine Ewigkeit schien zu vergehen, bis der Abt erschien. Er warf einen kurzen Blick auf den Toten in seinem blutbesudelten Arbeitskittel, dann wandte er sich zu Lutger. »Einer unserer Erntearbeiter. Er ist erst seit ein paar Tagen im Kloster. Es tut mir leid, dass ich dich durch meine Unbedachtsamkeit in Gefahr gebracht habe. Als du nach einem Mönch gefragt hast, habe ich nicht daran gedacht, dein Mörder könnte sich unter den Erntehelfern verbergen.«

»Und was meinte er mit ...?« Lutger hatte den Kopf gehoben, um dem Abt ins Gesicht zu sehen, doch sein Blick blieb an der Stirnwand der Klosterkirche hängen, die hell im Mondlicht lag. Über dem Torbogen war in blutroter Farbe ein Kelch aufgemalt. Jetzt endlich begriff er. Josephus, der Kelch und der Maulbeerbaum!

»Was wolltest du sagen, Fra Paulus?« Eine tiefe Falte zeigte sich auf der Stirn des Abtes.

Lutger schluckte. Wenn er lebend von hier fortwollte, durfte er sich nichts anmerken lassen! »Ich wollte fragen, ob einer der Mönche ein Heilkundiger ist. Jetzt, da der Tod von Fra Gaufridus gesühnt ist, sollte ich mich verbinden lassen, damit ich nach der Frühmesse aufbrechen und nach Akkon zurückkehren kann, um meinem Komtur Bericht zu erstatten.«

Malachias nickte. »Fra Philippus ist in diesen Dingen bewandert. Ich werde ihn zu dir schicken.«

★

»Was soll das heißen, Gott selbst hat dir ein Zeichen gegeben?«, fragte Omar gereizt. Der Wali und der Templer saßen auf einer kleinen Lichtung, ein gutes Stück abseits des Waldweges, der zum Kloster führte.

»Als ich im Mondlicht den blutroten Kelch gesehen habe, da war mir plötzlich alles klar. Der Allmächtige selbst hat es so gefügt. Hätte eine Wolke vor dem Mond gestanden, und wäre es finster gewesen, dann hätte ich niemals begriffen, was geschehen ist.«

Der Sarazene lachte zynisch. »Ich fürchte, mein Verstand ist immer noch umwölkt. Kannst du dich nicht ein wenig klarer ausdrücken?«

»Der erste Schlüssel zum Rätsel ist der Name Josephus. Der Schutzpatron des Klosters ist nicht der Zimmermann Josephus, sondern Josephus von Arimathia. Es gibt eine Legende, die besagt, dass er nach dem Tod unseres Herrn Jesus Christus nach Westen gewandert sei. Bis nach Britannien soll ihn sein Weg geführt haben. Dort stieß er auf einem Hügel seinen Wanderstab in die Erde, der Stab erblühte, und es wuchs ein Baum aus ihm hervor. Ein Maulbeerbaum!«

»Und was hat der Kelch damit zu tun?«

»Der blutrote Kelch ist der zweite Schlüssel zur Lösung. Damit ist der Kelch gemeint, aus dem Jesus während des letzten Abendmahls auf dem Berg Zion trank. Man sagt, Josephus hat ihn verwendet, um während der Kreuzigung das Blut des Erlösers aufzufangen, auf dass kein Tropfen des heiligen Blutes in den Staub falle. Den Kelch soll er mit sich nach Britannien genommen haben. Von uns Christen wird er auch Gral genannt.«

Omar schüttelte den Kopf. »Ich begreife immer noch nicht, was Gaufridus Morin damit zu tun haben kann, dass vor Hunderten von Jahren ein Kelch voller Blut nach Britannien gebracht wurde.«

»Du kennst eben die Christen schlecht! Der Gral ist nicht irgendein Kelch. Er ist die heiligste aller Reliquien! Man sagt, er schenke dem, der ihn hütet, ewiges Leben. Nur der erste aller Ritter kann der Wächter des Grals sein! Und damit sind wir dann bei Gaufridus Morin. Er ist der erste Ritter der Christenheit gewesen!«

»Ich dachte, euer Großmeister steht in der Befehlsgewalt über dem Marschall des Templerordens. Wie kannst du Gaufridus da den ersten Ritter nennen?«

»Der Großmeister der Templer mag zwar den Befehl zum Angriff geben, doch das Kommando in der Schlacht hat der Ordensmarschall. Er ist es, der die Templer in den Kampf führt. Im Ritterorden sammeln sich die tugendhaftesten Krieger der Christenheit. Wer Templer werden will, entsagt all seinen weltlichen Bindungen. Er kämpft allein für Gott. Der Marschall aber, der uns alle in die Schlacht führt, um an unserer Spitze zu kämpfen, ist demzufolge der erste Ritter der Christenheit. Wenn die Legende um Josephus von Arimathia wahr ist und es stimmt, dass der erste aller Ritter der Wächter des Grals ist, dann muss Gaufridus Morin gewusst haben, wo sich diese heiligste aller Reliquien befindet.«

»Und all die anderen Rätsel? Was ist mit der Frau, die nach Westen gegangen sein soll, und wer ist der Herr der verkehrten Liebe?«

Lutger zuckte mit den Achseln. »Der Hüter des Grals wird sicher auch um andere Geheimnisse gewusst haben. Er ist ein Auserwählter! Vielleicht ist es besser für unseren Seelenfrieden, dass wir die Worte von Fra Gaufridus nicht entschlüsseln konnten.«

»Und du meinst, die Mönche von Zion haben ihn ermordet, weil sie fürchteten, dass der verwirrte alte Mann vor dem Goldenen Tor verraten könnte, wo der Gral zu finden ist?«

»Ich denke, so wird es gewesen sein. Allerdings glaube ich nicht, dass außer dem Abt Malachias keiner der Mönche um den Mord und die anderen Geheimnisse des Ordens weiß.«

»Ihr Christen seid ein verrücktes Volk. Warum macht ihr ein solches Geheimnis um einen Kelch?«

»Weil er Macht bedeutet, Omar. Hast du vergessen, was in Akkon geschehen ist? Das Heer der Kreuzfahrer war fast schon geschlagen, als man in den Mauern der Stadt die Heilige Lanze gefunden hat. Danach haben die völlig erschöpften Truppen die Armee der Sarazenen in die Flucht geschlagen. Was glaubst du, wozu man den Gral benutzen könnte?«

Omar lächelte versonnen. »Dann ist es wohl besser, wenn die Mönche von Zion weiterhin ihr Geheimnis hüten.«

Lutger nickte. »Ich nehme nicht an, dass wir es ihnen entreißen könnten.« Er sah Omar eindringlich an. Sosehr er den Sarazenen auch mochte, bereute er nun, ihn mit hierher gebracht zu haben. Nun wusste er um eines der größten Geheimnisse der Christenheit, und auch wenn dieser Tag in Harmonie begann, so war nichts gewisser, als dass der Frieden nicht halten würde, denn sie waren in Outremer, dem Heiligen Land, um das zu viele stritten.

DIE VERSCHLINGERIN
DER TOTEN

31. Oktober 2016, kurz vor Mitternacht
Nile-Ritz-Carlton, Kairo

Er war nicht mehr allein. Dr. Gerd Rosen war sich nicht sicher, ob ihn ein Geräusch oder eine Bewegung hatte aufwachen lassen. Er hätte nicht einschlafen dürfen!

Durch die geschlossenen Lider nahm er wahr, dass es im Zimmer noch hell war. Wenigstens das ... Also war er in Sicherheit. Er atmete langsam aus, entspannte sich und lauschte. Bewegte sich da etwas, hier ... um ihn herum?

Leise drangen die Hintergrundgeräusche der großen Stadt durch die geschlossenen Fenster. Es musste nach Mitternacht sein. Immer wieder hörte er Hupen vom Tahrir-Platz auf der Rückseite des Hotels.

War da ein leises Klicken? Ein Geräusch wie von großen Hundepfoten, deren Krallen auf Stein kratzten? Jetzt öffnete er doch die Augen. Spähte zur offenen Tür des Badezimmers hinüber. Auch dort brannte Licht. Jedes einzelne Licht der Luxus-Suite war angeschaltet. Und draußen – auf der anderen Seite des Nils – glühte die Nacht in tausend Lichtern.

Wieder war das leise Klicken im Badezimmer zu hören.

»Möge dein Ka nie vergehen, mögen dir Millionen von Jahren gegeben sein, dir, die du Theben liebtest, Bakethathor. Sitze mit dem Gesicht im Nordwind, und mögen deine

Augen Glückseligkeit erblicken.« Leise sprach er die abgewandelte Formel vom Lotuskelch aus dem Grab Tutanchamuns. Sein Grabräuber Howard Carter trug diesen Spruch auf seinem Grabstein. Ob er damit die alten Mächte besänftigt hatte? War ihm wenigstens in der jenseitigen Welt Frieden zuteilgeworden? Rosen bezweifelte das. Jetzt, da er gesehen hatte …

Ein riesiges Rechteck aus Dunkelheit schlug in die Lichter am anderen Ufer ein. Stromausfall! Ein ganzes Viertel war verloschen.

Nervös tastete Rosen nach der Stablampe auf dem Nachttisch. Er drückte auf den schwarzen Plastikschalter. Das Licht flammte auf. Eine alte Taschenlampe. Er besaß sie seit mehr als zwanzig Jahren. Schon damals, als er zum allerersten Mal in jene Welt getreten war, die sich vor dem Antlitz der Sonne verbarg, hatte sie ihn begleitet. Damals, als er in die Katakomben der Paviangräber bei Tuna el-Gebel hinabgestiegen war. Er hatte den Totenkult der Ägypter mit Begeisterung erforscht. Und insgeheim hatte er ihren Aberglauben immer belächelt … Jetzt stellte er sich vor, wie die Geister der Alten auf ihn hinabgelächelt haben mussten.

Er griff nach den Zigaretten, die im Lichtkegel der eleganten Nachttischlampe lagen. Gestern hatte er wieder angefangen zu rauchen …

Rosen setzte sich auf, schob eine Marlboro zwischen die aufgesprungenen Lippen, hielt sein Feuerzug daran und nahm einen tiefen Zug. Zufrieden stellte er fest, dass seine Hände nicht zitterten.

Die Zigarette beruhigte ihn. Er ging hinüber ins Bad, wo ein verborgener Ventilator so lange summte, wie das Licht brannte. Was er hier tat, war albern. Für alles, was geschehen war, musste es eine logische Erklärung geben. So wie bei Howard Carter. Es gab keinen Fluch der Pharaonen! Das waren Schimmelpilze gewesen ... Und die fünf Selbstmorde von Grabungsmitarbeitern hatten allein mit der Panik zu tun, die diese Geschichten über den Fluch verbreitet hatten. Er dachte an das Grab. An die Toten ...

Die Hand, die die Zigarette hielt, zitterte jetzt.

Erneut nahm er einen tiefen Zug. Was geschehen war, hatte ganz sicher nichts mit der Dunkelheit zu tun. Das war Zufall gewesen ...

Er dachte an die Schrift im Schrein der Grabanlage, die Rainer übersetzt hatte, und an das Sonnensymbol, das alles verhöhnte, woran Echnaton geglaubt hatte.

Wieder dieses leise Klacken ...

Nervös sah er sich um. Der spiegelglatte graue Steinboden wies keine Besonderheiten auf. Hier war nichts, was das Klacken erklärte. Das bildete er sich alles nur ein.

Rosen schippte die Zigarette in die Toilette. Selbst das Zischen der verlöschenden Glut hatte etwas Unheimliches. Es erinnerte an eine wütende Schlange ...

»Du wirst verrückt!«, sagte er laut und blickte in das Gesicht, das ihn aus dem Spiegel anstarrte. Dunkle Ringe lagen unter seinen Augen. Stoppeln wucherten auf seinen braun gebrannten Wangen. So viele Jahre hatte er unter der Wüstensonne verbracht und in den Museumsmagazinen in Berlin. Er hätte seinen Weg gemacht. Langsam ... aber er hatte schließlich Zeit. Geld war nicht wichtig gewesen. Noch nie in seinem Leben. Sein Vater hatte ihm genug hinterlassen. Und mit dem Geld die Freiheit, sein Leben so zu leben, wie er es wollte. Sich Ägypten zu verschreiben. Den Geheimnissen des Ketzerkönigs. Sein Wort hatte Gewicht gehabt. Seine Vorträge und Fachartikel waren gut aufgenommen worden. Das alles war nun vorbei. Was er getan hatte, würde herauskommen. Es gab keinen Fluch der Pharaonen, nur den Fluch seiner dunklen Taten.

Er griff nach dem Wasserhahn. Weiß schäumte es ins Becken. Er tauchte die Hände ins kühle Nass. Spritzte es sich ins Gesicht. Er brauchte Ablenkung! Diese Nacht musste vorübergehen. Er musste den Kopf wieder frei bekommen.

Mit nassen Händen fuhr er sich durch das Haar. Es war noch hart vom Staub der Wüste. Er hatte nicht geduscht, seit er eingecheckt hatte. Er trug immer noch dieselben Kleider. Und wenn er die Augen schloss und sich konzentrierte, dann roch er nach wie vor den Duft des Grabes auf ihnen. Der Geruch musste sehr aufdringlich sein. Er hatte keine gute Nase ...

Entschlossen trat er ins Zimmer zurück. Sein Blick glitt über den Nil. Er presste die Stirn gegen die warme Scheibe des Panoramafensters. Die Dunkelheit auf dem anderen Ufer weitete sich aus. Zufall?

War das ein Flackern von Schüssen? Verdammter arabischer Frühling! Die Proteste auf dem Platz vor dem Hotel hatten das ganze Land auf den Kopf gestellt.

Das andere Ufer ... die große Wüste ... für die alten Pharaonen hatte dort das Reich der Toten gelegen. Dort starb am Ende eines jeden Tages die Sonne.

Rosen sah, wie seine Hand wieder zitterte.

Er blickte zu seiner staubigen Sporttasche. Auf dem edlen senffarbenen Sofa wirkte sie deplatziert. Er war mit leichtem Gepäck gereist. Genau wie Lieutenant Dupont, als er vor mehr als zweihundert Jahren mit einem Aufklärungstrupp der siebten Husaren nach Amarna gekommen war.

Sie waren nur knapp dem schwersten Sandsturm seit Menschengedenken entkommen.

Rosen strich mit den Fingerspitzen über das kleine, ledergebundene Notizbuch mit den dunklen Flecken auf dem Einband. JD, war in das alte Leder geprägt. »Jerome Dupont«, sagte er leise. »Dir hat die *Younger Lady* auch kein Glück gebracht.« 1807 am Vorabend der mörderischen Schlacht bei Eylau endeten die Einträge des Büchleins, das Rosen hierher nach Ägypten geführt hatte, nachdem er es vor zwei Jahren in einem Berliner Antiquariat aufgestöbert hatte. »Dabei bist du ihr nicht einmal begegnet …«

Wie auch! Ihre Mumie befand sich längst nicht mehr in dem Grab, das der Ketzerpharao einst für sie errichtet hatte. Für die Mutter Tutanchamuns. Die Verfluchte …

Aus den Augenwinkeln sah Rosen etwas in der Tür zum Badezimmer. Das Licht dort flackerte. Ein Herzschlag Dunkelheit. Da war etwas … ein Schatten. Er stand in der Tür. Sah ihn an.

Licht flutete das Badezimmer aus grauem Stein.

Es war leer! Alles nur Einbildung.

Rosen ging zur Minibar. Bei der kleinen Flasche Rotwein zögerte er. Einen klaren Kopf sollte er behalten. Schließlich genügte, was ihm seine überspannten Sinne vorgaukelten.

Statt des Weins nahm er eine Cola. Er strich sich mit der kalten Flasche über die Stirn. Und ging dann zurück zum Sofa. Wie unter Zwang griff er wieder nach dem Buch. Er schlug es auf und blickte auf die Seite, die er so viele Male gelesen hatte, seit dem Nachmittag in Kreuzberg, als er es zum ersten Mal in die Hand genommen hatte.

»… 4. Frimaire IX. Dem Sturm sind wir glücklich entkommen, nur um nun doch unser Schicksal besiegelt zu sehen. Murad Beys Mameluken haben uns den Weg zum Fluss abgeschnitten. Wir ziehen uns durch die Ruinen zur Steilwand zurück. Seltsame Bilder starren von den wenigen Wänden, die noch stehen. Sonnenscheiben, die Hände ausstrecken. Wir erreichen einen Einschnitt im Fels. Ein Teil des hellen Gesteins ist geglättet und mit der seltsamen Bilderschrift bedeckt, die uns so oft in diesem Land versunkener Paläste begegnet. Unsere Pferde sind am Ende. Wir steigen ab. Türen sind in den Fels geschlagen. Henri leuchtet in eine der Kammern. Sie scheint als Kirche gedient zu haben. Wir sehen ein Tauf-becken. Schüsse peitschen. Die Mameluken sind miserable Schüt-zen. Wenn sie uns einholen, werden sie es mit der blanken Klinge zu Ende bringen. Ich entscheide, meine Männer noch weiter hinauf in die enge Schlucht zu führen. Unsere Feinde satteln bei der Fels-kirche ab. Keiner von ihnen folgt uns weiter. Fast scheint es, als gäbe es dort unten eine unsichtbare Schwelle, die sie nicht zu überschrei-ten wagen. Jean Pierre lobt lauthals Jesus, seinen Herrn. Ich habe zu viel gesehen, um solchen Unsinn zu glauben. Die Mameluken wissen, dass uns kein anderer Fluchtweg bleibt. Sie schlagen ein La-ger auf und warten.

5. Frimaire IX. Wir sind noch elender als nach dem Sandsturm. Zwischen den Felsen ist es so heiß, als hätte man uns in einen Ofen gesperrt. Die Mittagsstunde ist längst vorüber, doch Linderung scheint fern. Die Hitze ist tief in den Fels gedrungen und will nicht weichen. Mir ist schwindelig. Die Mameluken lauern immer noch am Eingang der Schlucht. Meine Männer sind so matt, dass an einen Kampf nicht mehr zu denken ist. Kämen die verdammten Schlächter Murad Beys zu uns herauf, sie könnten uns einfach so niedermachen. Nur Frederic, unser Gascogner, klettert wie eine Eidechse in den Felsen herum. Er will nicht begreifen, dass wir den Mameluken ohne Pferde niemals entkommen werden, auch wenn wir uns aus dem engen Tal herausschleichen. Sie werden es merken und uns finden. Ich habe meine Pistolen neu geladen. In der Nacht werden wir hinabsteigen und unsere letzte Schlacht schlagen.

7. Frimaire IX. Wir sind entkommen! Am Morgen des 6. waren die Mameluken verschwunden. Zwei Stunden nach Sonnenaufgang hat uns am Nilufer eine Patrouille der Dromedaries erreicht. Wahr-scheinlich hatten die Späher der Mameluken sie schon lange vor uns entdeckt. Nie zuvor waren wir alle so glücklich, diesen Tölpeln zu begegnen. Wie Säcke sitzen sie in ihren weiten weißen Burnussen auf ihren Dromedaren und halten ihre Musketen mit den aufge-pflanzten Bajonetten wie Speere.

Am Abend vor unserer Rettung hat mich Frederic den Hang hinaufgeholt. Es muss einen Steinschlag gegeben haben. Ein Spalt im Fels hatte sich aufgetan. Er leuchtete mit seiner Fackel hinab. Ich konnte Stufen sehen. Ein verborgener Palast? Ein Grab. Wir wissen es nicht. Doch gewiss sind schon andere vor uns hier gewesen. Ein Leichnam wie eine dieser grausigen braunen Mumien, die man in diesem sonnenverbrannten Land in jedem verschütteten Gewölbe findet, lag im Geröll am Eingang. Bei ihr fand ich einen goldenen Armreif, auf den ein großer Käfer aus einem blauen Stein aufgesetzt war. Frederic ist sich sicher, dass es am Ende der Treppe noch weitere Schätze geben wird. Ich hingegen glaube, dass auch er sich schon bei dem Toten bedient hat. Gewiss war mein Armreif das kleinste der Kleinodien des vertrockneten Räubers. Vermutlich hat ihn Frederic mit Bedacht übersehen, damit auch mich das Goldfieber ergreift!

Plötzlich riss er dem Toten einen Arm aus, wickelte Stofffetzen um das obere Ende. Dann biss er eine Kartusche für seinen Karabiner auf, schlug Funken aus dem Feuerstein am Waffenhahn und entzündete am aufflammenden Pulver seine Leichenfackeln.

Ein Anblick, der mich erschütterte, wenngleich ich auf Schlachtfeldern auch noch Schrecklicheres gesehen habe.

Frederic trug die Fackel zum Felsspalt und warf sie ins Dunkel. Wir drängten uns Seit an Seit. Da waren Bilder an den Wänden. Und es funkelte weiteres Gold am Boden. Doch lagen dort auch Gestalten.

Ein plötzlicher Windstoß löschte den brennenden Menschenarm. Ein Rätsel, über das wir seitdem noch mehrfach gesprochen haben. Vermutlich gab es irgendwo einen zweiten Eingang. Und auch wenn es in unserem engen Talkessel windstill war, musste das ja nichts heißen. Wie sollten wir wissen, ob nicht eine scharfe Brise um die Rückseite des Felsmassivs wehte. Frederic entpuppte sich als erstaunlich abergläubischer Mann – für einen Soldaten der Revolution. Er bekreuzigte sich und murmelte ein Gebet, statt seinen

gesunden Menschenverstand zu nutzen und eine vernünftige Erklä-
rung zu suchen. Ich erinnerte ihn an das Gold. Da kam er wieder
zu sich. Wir verschlossen den Spalt mit einem Felsblock und Geröll
und kamen überein, hierher zurückzukehren, sobald es uns möglich
wäre.«

Rosen blätterte weiter in dem Büchlein, bis zu dem
Absatz, der nach seinen eigenen Erlebnissen einen so beun-
ruhigenden Klang bekommen hatte.

»18. Frimaire IX. Frederic hat in der vergangenen Nacht seinen
Posten verlassen! Es war ein unruhiges Lager. Unsere Pferde waren
ungewohnt nervös und scheuten immer wieder. Vielleicht sind
Mameluken in der Nähe gewesen, auch wenn wir keinen zu packen
bekamen. Unser Aufbruch hat sich um drei Stunden verzögert, da
ich darauf bestand, dass wir Frederic suchten. Wir vermochten ihn
jedoch nicht zu finden. Seine Kameraden trauern um ihn, doch
mein Herz hat sich verhärtet. Ich weiß, wohin er gegangen ist.
Schließlich ritten wir mit einem leeren Sattel weiter gen Cairo. Wir
erreichten …«

Wieder flackerte das Licht im Badezimmer. Beklommen
beobachtete Rosen das Neongewitter. Da war nichts! Alles
nur Einbildung. Dieses Buch hier … Frederic war in einem
Kriegsgebiet während einer Nachtwache verschwunden.
Dafür konnte es tausend einfache Erklärungen geben.

Er griff nach dem Telefon und wählte die Nummer der
Rezeption. Deutlich spürte er den Schweiß seiner Handfläche auf dem Plastikhörer.

»Sir?«

»Das Licht in meinem Badezimmer flackert. Können Sie
jemanden von der Haustechnik schicken?«

»Ich entschuldige mich für Ihre Unannehmlichkeiten,
Sir«, erklang eine freundliche Bassstimme. »Das Stromnetz
ist gestört. Es gibt wohl einen Brand im Kraftwerk.«

Rosen spürte, wie ihm die Kehle eng wurde. Es kostete

ihn Überwindung, die Frage zu stellen, die ihn vor allem beschäftigte: »Das heißt, der Strom könnte ganz ausfallen?«

»Wir haben eigene Generatoren. Es ist eigentlich nicht mit Problemen zu rechnen. Ein paar Minuten vielleicht, dann wird das Licht wieder angehen.«

»Können Sie mir Kerzen auf mein Zimmer bringen lassen? Nummer 1324.« Er spürte förmlich, wie der Nachtportier konsterniert dreinschaute.

»Selbstverständlich, Herr Doktor Rosen.« Die Stimme klang genauso professionell freundlich wie zuvor. »Ich werde Ihnen die Kerzen schicken lassen. Brauchen sie auch Zündhölzer?«

»Ja.« Das Gespräch wurde ihm von Sekunde zu Sekunde peinlicher.

Ein Augenblick des Schweigens.

»Haben Sie sonst noch einen Wunsch, Herr Doktor Rosen?«

»Nein … danke!« Er legte auf. Fast knallte er den Hörer auf die Gabel.

Wieder flackerte das Licht. Warum nur im Badezimmer und nicht auch hier im Gästezimmer? Das lag nicht an Stromschwankungen … Er atmete tief aus. So flackerten Neonröhren mit defektem Starter.

Rosen nahm die Stablampe und richtete den starken Strahl ins Neonblitzgewitter im Badezimmer. Da war nichts in den flackernden Schatten! Genau wie er erwartet hatte.

Er stand auf und trat vor die Tür. Dieses flackernde Licht war unerträglich. Die feinen Haare auf seinen Armen richteten sich auf. Ein kühler Hauch zog aus dem Bad. »Bestimmt die Klimaanlage«, murmelte er halblaut und schloss die Tür.

Ich führe Selbstgespräche, dachte er betroffen.

Sein Blick schweifte aus dem Fenster. Die Dunkelheit am anderen Flussufer weitete sich aus.

»Verdammte Rebellen und Bombenleger…« Es war nie ganz leicht gewesen in Ägypten. Seit mehr als zwanzig Jahren kam er hierher, aber seit dieser verdammte arabische Frühling ausgebrochen war, ging alles den Bach runter. Nur eine Sache war leichter geworden…

Er ging zu der Tasche auf dem Sofa und holte sein Handy hervor.

Das W-Lan-Netz im Hotel war gut. Einen Augenblick nur, und die Flame-Escorts-Seite erschien auf seinem Handy. Er würde sich jetzt einfach eine schöne Stunde gönnen. Den ganzen Scheiß vergessen… Es war kurz nach Mitternacht. Hell würde es erst gegen sechs Uhr werden. Noch verdammt lang. Er betrachtete die Bilder der Escort-Girls, die über die Internetseite ihre Dienste in Kairo anboten. Fast alle Russinnen. Ein paar Latinas… Maria, ein schwarzhaariger Traum in roten Dessous, gefiel ihm. 1,70, grüne Augen… Im richtigen Leben traf er solche Frauen nie. Ob die Bilder wohl stimmten, oder ob gleich irgend so eine abgetakelte, übergewichtige Hure vor seinem Zimmer erschien?

Er zog die Fotos groß. 4000 Ägyptische Pfund für zwei Stunden Flucht aus der Wirklichkeit. Etwa 400 Euro. Egal! Wenn die Nacht dann schneller verginge. Er wählte die Nummer.

Eine müde Frauenstimme, deren Englisch im russischen Akzent zu ertrinken drohte, meldete sich.

»Ich würde gern Maria treffen. Macht sie Hotelbesuche?«

»Selbstverständlich. Alle unsere Mädchen kommen gerne. Sie tragen allerdings die Kosten für die Taxifahrt. Wann möchten Sie Besuch haben.«

»Jetzt. Zimmer 1324 im Nile-Ritz-Carlton, Corniche El Nil…«

»Die Adresse ist bekannt«, wurde er freundlich, aber bestimmt unterbrochen. »Sie haben Glück. Maria wird zwar sehr oft gebucht, aber im Augenblick ist sie gerade frei. Bei Hotelterminen gibt es keine Treffen unter einer Stunde. Das wissen Sie?«

»Ich hatte an zwei Stunden gedacht.«

»Sehr gut. In einer halben Stunde wird Maria vor ihrer Tür stehen. Bitte haben Sie Verständnis dafür, dass sie unauffällig gekleidet sein wird. Die Rezeption …«

»Ich weiß. Gibt es noch etwas zu besprechen?«

»Ähm … Sie haben das Geld doch in bar?«

Was dachte sie? Dass er mit Maria zum Bankautomaten in der Lobby marschierte? »Natürlich!«

»Tut mir leid. Ich muss das fragen. Es gab da schon einige unschöne Erlebnisse für die Damen. Sie sind Deutscher, nicht wahr? Ihr Akzent …«

Er antwortete nicht.

»Freut mich, dass Sie sich für unsere Escort-Agentur entschieden haben. Maria wird Sie ganz sicher nicht enttäuschen. Sie hat nur zufriedene Kunden.« Mit diesen Worten beendete sie das Gespräch.

Eine angenehme, fiebrige Unruhe ergriff Rosen. Er hatte das noch nicht oft gemacht. Eine Dame bestellt … Manche Hotels gewährten den Mädchen keinen Zutritt. Bei anderen nahm der Nachtportier ein ordentliches Trinkgeld dafür, dass er übersah, was vor sich ging. Rosen hatte keine Ahnung, wie es hier im Ritz gehandhabt wurde.

Es klopfte.

Verwundert ging er zur Tür.

Ein grauhaariger Mann in der Livre des Hotels starrte ihn aus toten weißen Augen an. »Sir? Gestatten, Raduan, Zimmerservice für das 13. Stockwerk. Ihre Kerzen, Sir.« Er deutete auf einen Servierwagen im Flur, auf dem vier ausladende silberne Kerzenleuchter mit je fünf weißen Kerzen standen. »Das Ritz entschuldigt sich für die Unannehmlichkeiten. Können wir Ihnen noch anderweitig zu Diensten sein?«

»Darf ich den Servierwagen mit ins Zimmer nehmen? Ich verteile die Kerzen dann selbst.«

»Natürlich, Sir.« Der Blinde sprach ein exzellentes Englisch. Er hielt sich ungewöhnlich gerade. Die weißen Augen fixierten Rosen, als könnten sie immer noch sehen.

»Danke.« Rosen hoffte, dass der Mann endlich begriff, dass er seine Schuldigkeit getan hatte.

»Sir?«

»Ja?«

»Sir, ich muss Sie darauf aufmerksam machen, dass es nicht gestattet ist, Tiere im Zimmer zu halten.«

»Wie bitte?«

»Tiere, Sir. Sie dürfen keine Tiere mit auf Ihr Zimmer nehmen.«

Rosen räusperte sich. »Ich weiß nicht, wie Sie darauf kommen, ich hätte ein Tier in meinem Zimmer.«

»Der Geruch, Sir.« Der Lakai hatte etwas von einem distinguierten, überheblichen Engländer, wie aus einem alten Hollywood-Film. »Es riecht nach nassem Fell. Wir haben eigene Möglichkeiten, Tiere unterzubringen, sollten Sie …«

»Ich weiß nicht, was Sie riechen, aber es gibt keine Tiere in meinem Zimmer. Wenn Sie wollen, können Sie gerne einen Kollegen rufen, der Ihnen bestätigt, dass ich in meinem Hotelzimmer kein Viehzeug halte!«

»Dann wird mir meine Nase wohl einen Streich gespielt haben«, entgegnete der Alte eisig. »Sir.« Nie hätte Rosen für möglich gehalten, dass diese drei Buchstaben so viel herablassende Verachtung ausdrücken könnten. »Ich wünsche Ihnen eine schöne Nacht, Sir.« Er wandte sich auf dem Absatz um und ging, wobei er sich nah an der linken Wand des Flurs hielt.

Rosen hatte das Gefühl, dass ihm die Beine gleich weg-
knickten. Er griff nach dem Servierwagen und stützte sich
schwer darauf. Rainer hatte auch davon gesprochen, dass es
nach nassem Fell roch. Kurz danach war es passiert ...

Rückwärts trat er in sein Zimmer. Er atmete durch die
Nase ein. Witterte wie ein Tier, das nach der Duftspur seiner Beute suchte. Nichts. Als er sechzehn Jahre alt gewesen
war, war er einmal in eine üble Schlägerei geraten. Seine
Nase war zerschmettert worden. Der Knochen war verheilt.
Man sah der Nase fast nicht mehr an, was damals geschehen
war, aber seine Geruchsnerven hatten es nicht so gut überstanden. Er roch fast gar nichts mehr.

Im Zimmer sah er sich hektisch um. Da war nichts! Wusste
der Henker, was dieser Blinde gerochen zu haben glaubte.

Rosen schloss die Tür zum Flur. Dann ließ er sich auf den
Boden sinken. Das Bett war ein massiver Kasten. Darunter
konnte sich nichts verstecken.

Er sah unter der Kofferablage nach, in den Schränken,
hinter dem Sofa am Panoramafenster. Nichts. Natürlich war
hier nichts. Es war eine völlig absurde Vorstellung, dass hier
ein Tier versteckt sein könnte.

Vielleicht war er es ja selbst, der stank? Nicht nur nach
dem Grab, auch noch nach ... Rosen betrachtete sein dunkles Spiegelbild in der Scheibe. Das weite Hemd und die aus-
gebeulten Hosen starrten vor Dreck. Das würde Maria nicht
gefallen. Und ganz abgesehen von ihr, so konnte er morgen
nicht ins Flugzeug steigen.

Er trat an den Servierwagen. Zwei Heftchen mit Streich-
hölzern lagen zwischen den Kerzenständern. Altmodisch.
Flach gewalztes, schwarz gefärbtes Holz mit schwefelgelben
Zündköpfen. Unwillkürlich musste er lächeln. Solche hatte
er lange nicht mehr gesehen.

Er brach ein Hölzchen aus dem Heft, strich es über die

Reibfläche. Augenblicklich erblühte ein Flämmchen. Wieder wurde ihm bewusst, wie wenig er noch roch. Den Duft frisch entflammter Streichhölzer. Er erinnerte sich aus seiner Kindheit daran. Das Jahr, in dem ihm sein Vater zum ersten Mal erlaubt hatte, die Kerzen des Adventskranzes anzuzünden.

Das Streichholz war fast abgebrannt. Die Flamme biss in die Kuppen von Daumen und Zeigefinger. Er ließ das Streichholz auf das Tablett auf dem Servierwagen fallen. Dann riss er ein neues Holz an. Der Schwefelduft war ihm für immer verloren gegangen, dachte er traurig und entzündete die Kerzen. Als alle brannten, schob er den Wagen zum Badezimmer.

Unter dem Türspalt konnte er flackernden Lichtschein sehen. Entschlossen öffnete er. Dunkelheit sprang ihn an.

Jegliches Licht im Bad war verloschen. Doch der warme, goldene Kerzenschein drängte die Finsternis zurück. Er schob den Servierwagen hinein.

Zwei Kerzenleuchter stellte er zwischen die beiden Waschbecken seines Deluxe-Baderaums. Der Spiegel hinter dem Becken reflektierte das Licht.

Die anderen beiden Leuchter stellte er auf dem Boden ab. Dann schob er den Servierwagen auf den Flur hinaus. Als er zurückkehrte, nahm er noch seine Stablampe mit. Er knipste sie an und legte sie in das linke der beiden Waschbecken, sodass der Strahl in den Spiegel traf.

Als kapitulierte das defekte Kabel vor so viel Licht, flammten alle Lampen im Badezimmer auf. Jetzt flackerten sie nicht mehr.

Rosen schnaubte. Zu lange hatte er Grabinschriften studiert, in Fragmenten des Totenbuches gelesen und bildhafte Flüche übersetzt. Seine Fantasie ging mit ihm durch. Für alles, was geschehen war, gab es eine ganz banale Erklärung.

Er musste sich nur hinsetzen und mit kühlem Kopf nachdenken. Er lief auch nicht weg! Jedenfalls nicht vor dem, was die Wände des Grabes jedem Räuber angedroht hatten. Er lief vor den Altertumsbehörden fort. Es würde nicht mehr lange dauern, bis sie bemerkten, was in der Felsklamm am Nordfriedhof von Amarna geschehen war. Die Familien der Arbeiter würden sie auf die Spur bringen.

Rosen zog sich aus. Er streifte das von der Sonne gebleichte Hemd ab. Die Kaki-Hosen, den dünnen schwarzen Slip und die zerschrammten Sandalen. Alles, was er im Grab getragen hatte.

Er stieg in die Badewanne und stellte das Wasser an. Sanft und warm rann es in sein vom Staub struppiges Haar. Es schmeichelte der in zwei Jahrzehnten Wüstensonne gebräunten Haut. Er senkte die Stirn auf die weißen Fliesen. Sah auf das schmutzige Wasser hinab, das kreisend im Abfluss verschwand und weinte. Er hatte das nicht gewollt! Wäre er nur an dem Antiquariat vorbeigegangen. Hätte er dieses verfluchte Tagebuch nicht gefunden! Lieutenant Dupont hatte sich nicht geirrt! Frederic war zu der vermeintlichen Schatzkammer zurückgegangen, die sie beide gefunden hatten. Mehr als zwei Jahrhunderte waren verstrichen, seit Dupont in der Felsklamm mit seinen Kameraden auf den Tod gewartet hatte.

30. Oktober 2016, erstes Morgengrauen
Amarna, Nordfriedhof

»Das wird uns Kopf und Kragen kosten«, lamentierte Rainer. »Verdammt, wir sind Archäologen und keine Grabräuber.«

Rosen lächelte gelassen. Sein jüngerer Freund schwitzte wie ein Schwein, obwohl es noch angenehm kühl war. Trotz seiner Angst hatte Rainer nicht widerstehen können. Ein

unbekanntes Grab, hier in Amarna! In der Stadt des Ketzer-
pharaos Echnaton. Berühmter als Howard Carter würden sie
werden!

Sie stiegen in die Felsklamm, in die Dupont einst seine
Männer geführt haben musste.

Kurz blickte Rosen zu der Gittertür, die das Grab Nummer sechs verschloss. Dort war einst Paneshi, Erster Diener
des Aton in Achet-Aton und zweiter Prophet des Herrn der
beiden Länder bestattet worden. Dieses Grab hatte sie hierher
geführt. Es machte Duponts Bericht über das verborgene
Grab so eindeutig. Koptische Christen hatten Paneshis Grab
zu einer Kirche gemacht und sogar ein Taufbecken darin
aufgestellt. Keine andere Klamm in der Nähe von Ruinen,
die zu den Entfernungsangaben im Tagebuch passten, besaß
eine solche Kirche. In ganz Ägypten gab es keine Kirche wie
diese.

Rosens Herz schlug schneller. Seit zwanzig Jahren arbei-
tete er auf Ausgrabungen. Er hatte Hunderte bedeutungslose
Funde gemacht. Ungezählte Tage hatte er in Archiven ver-
bracht und Dutzende Vorträge über Bagatellen gehalten.
Sein Name war ein Sandkorn in der Wüste der Ägyptologie.
Aber in der nächsten Woche schon würde ihn die ganze
Welt kennen.

Nie hatte irgendein Archäologe auch nur eine Zeile über
die Felskammer in Duponts Bericht geschrieben. Das Grab
war immer noch unentdeckt. Und dass es so weit abseits lag,
ließ Rosen hoffen. Das war keiner von Echnatons verdien-
ten Hofbeamten. Wen hatte man nur so versteckt und doch
so nah bei der neuen Hauptstadt des Pharaos beigesetzt?

»Wir sollten es uns wirklich noch einmal überlegen«, gab
Rainer zu bedenken.

»Ich habe nichts mehr zu überlegen!« Rosen ging an dem
letzten Grab vorbei und stieg weiter in die Klamm hinauf. Es

gab gute Gründe, warum sie das hier taten. Nach dem Fehlschlag der großen Suche nach einer versteckten Kammer in der Pyramide des Cheops und dem Aufsehen, das die Geschichte um eine geheime Grabkammer im Grab des Tutanchamun erregt hatte, war die ägyptische Antikenbehörde äußerst vorsichtig geworden. Das Letzte, was sie wollten, war eine neue, reißerische Geschichte um ein verborgenes Grab. Wenn sie Beweise vorlegten, dann würde etwas geschehen. Und nur darum ging es heute. Sie mussten ganz sicher wissen, dass es hier ein Grab gab und nicht nur eine Felsspalte, in der Grabräuber ihre Beute versteckt hatten.

Rainer folgte ihm. Natürlich konnte er nicht widerstehen, wenn der Ruhm rief, auch wenn er sich selbst gewiss vormachte, dass er nur mitkam, um seinen Freund zu beaufsichtigen. Sein großer, bulliger Gefährte mit dem Bart eines Dschihadisten mochte zwar zehn Jahre jünger sein, war aber nicht minder frustriert, als er es war. In der Ägyptologie ging es einfach nicht mehr voran. Was sie taten, fühlte sich bedeutungslos an. Jämmerliche Erbsenzähler waren sie geworden!

Rosen legte ein gutes Tempo vor. Bald schon würden die Busse mit den Touristen kommen. Vor Einbruch der Dunkelheit würden sie die Schlucht nicht unbemerkt verlassen können. Dafür würde ihnen auch niemand in die Quere kommen. Hierher verirrte sich kein einziger Besucher.

»Machen wir 'ne Pause?« Rainer kauerte japsend im Schatten eines Felsens.

Rosen war gar nicht nach einer Pause. Sein Blick wanderte über die Hänge. Hier irgendwo musste es sein. So unauffällig, dass Generationen von Ägyptologen es nicht gefunden hatten. Er versuchte sich vorzustellen, wo er ein Grab angelegt hätte. Welche Stelle war zugänglich genug? Oder hatten die Arbeiter zuletzt den Weg hinauf zur Grabkammer, die sie in den Fels geschlagen hatten, verschwinden lassen?

»Hier kann man verdammt lange suchen, ohne etwas zu finden«, grummelte Rainer und blickte ihn durch seine dicke Brille herausfordernd an. »Hat der Grabräuber einen genialen Einfall?«

Rosen lächelte. Er ließe sich nicht länger frustrieren. Wenn es nötig war, würde er jahrelang an jedem freien Tag, den er hatte, hergeschlichen kommen und nach dem Grab suchen, das Frederic der Gascogner entdeckt hatte. »Ich würde eher vorschlagen, wir machen es wie alle Archäologen. Systematisch und mit unerschöpflicher Geduld. Ist das nicht unser Mantra?«

Rainer lachte bellend. »Und ich dachte, wir wären hier, weil wir 'ne Abkürzung gefunden haben, um über Nacht berühmt zu werden.«

Rosen mochte seinen jüngeren Kollegen. Rainer wirkte gemütlich, ja fast schon behäbig. Aber er brannte für die Archäologie. Er war ganz sicher keine Sportskanone, aber Rainer konnte sich achtundvierzig Stunden lang nur von Kaffee und Zigaretten ernähren, wenn er sich im Kampf mit einer schwierigen Übersetzung festgebissen hatte. Auch wenn er im wirklichen Leben zu unflätigen sprachlichen Verirrungen neigte, war er für amarnazeitliche Hieroglyphen doch eine anerkannte Koryphäe. Und er liebte, was er tat, er liebte es wie kaum ein anderer, den Rosen in all den Jahren kennengelernt hatte.

Sie suchten, bis die Sonne im Zenit stand. Rosen musste daran denken, wie Dupont das Tal als einen großen Backofen beschrieben hatte. Daran hatte sich in den mehr als zweihundert Jahren nichts geändert. Während der Mittagsstunde gab es keinen Schatten, und die bleichen Felsen reflektierten die Hitze.

Rainer hockte schwer atmend auf einem Felsbrocken, ein Stück den Hang hinauf. Sein hellblaues T-Shirt war von

Schweiß durchtränkt. Wieder holte er eine Plastikflasche aus seinem Rucksack und drehte den roten Verschluss auf. In langen, gierigen Schlucken trank er. »Warum konnten die verdammten Ägypter ihre Pyramiden nicht in Schweden bauen«, grummelte er lautstark vor sich hin. »Das Klima hier bringt mich noch um. Jetzt ein kaltes Bier …« Er sah schmachtend zu Rosen hinab. »Lass uns doch zu den Touristenständen gehen.«

Jenseits der Schlucht war es in den Ruinen von Amarna jetzt gewiss ruhiger geworden. Die Wächter würden im Schatten dösen, die Touristen in ihren klimatisierten Bussen sitzen …

Rosen schüttelte den Kopf. Die Wächter mochten sie trotzdem bemerken. Einige erkannten sie vielleicht sogar. Schließlich waren sie schon einige Male da gewesen. »Die Franzosen haben hier zwei Tage durchgehalten. Stell dich nicht an.«

Seine Worte taten Rosen leid. Es war Rainer anzusehen, dass er sich nicht anstellte. Sein Gesicht leuchtete hochrot unter dem Strohhut mit der ausgefransten Krempe.

»Ich bin nicht im Schatten der Guillotine aufgewachsen. Ich bin kein so harter Knochen wie die jungen Bürger Frankreichs, die ihrem strahlenden General Bonaparte bis hierher gefolgt sind.« Schwankend stemmte er sich auf die Beine. »Du versorgst mich mit Wasser, und ich bleibe hier.« Er trank den letzten Schluck aus seiner Wasserflasche, drehte sie um und ließ ein paar Tropfen auf die knochentrocknen Felsen rieseln. »Ich bin kein …« Er brach ab und starrte auf seine Füße, als hätte ihn der Schlag getroffen.

»Scheiß die Wand an!« Rainer ließ die Wasserflasche los und ging in die Knie. Sein eben noch hochrotes Gesicht war nur noch schweinchenrosa.

»Was?« Rosen beeilte sich, den Hang hinaufzukommen.

»Sieht aus, als wollte der mir an die Klöten packen ...«
Rainer begann mit bloßen Händen Geröll zur Seite zu schieben.

Zwischen den Steinen ragten verdorrte braune Finger hervor, zu einer Kralle erstarrt.

Rosen kniete sich neben seinem Kameraden nieder. »Das muss einer der Toten sein, über die Dupont geschrieben hat.«

»Scheint so.«

Inzwischen hatten sie die ganze Hand freigelegt. Ein zerfetzter blauer Ärmel kam zum Vorschein. Sie sahen einander verwundert an. Dieser Stoff passte zu nichts, das in pharaonischer Zeit getragen worden war.

Stumm arbeiteten sie weiter, befreiten den Leichnam aus seinem flachen Grab unter dem Geröll. Er war völlig verdorrt, sonst aber gut erhalten. Kein Wüstenfuchs und keine Ratte hatten von ihm gefressen.

Noch im Tod war das Gesicht in panischem Schrecken verzerrt. Jedenfalls soweit man das nach den verschrumpelten, ausgedorrten Zügen beurteilen konnte: Die Lippen waren, wie so oft bei Mumien, zurückgezogen. Zerzauste Reste eines Schnurrbarts passten nicht zu den Mumien, die Rosen kannte. Noch weniger die dünnen Schläfenzöpfe.

»Ich glaube, wir haben den Gascogner aus dem Bericht von Dupont gefunden«, bemerkte Rainer ruhig.

Skeptisch betrachtete Rosen die gelben Verschnürungen über der Brust des Toten. »Auf jeden Fall wohl einen Soldaten aus der Zeit Napoleons ...«

»Nicht irgendeinen Soldaten. Das ist eine Husarenuniform.« Rainer deutete auf die Schläfenzöpfe. »Die haben nur Husaren getragen. Die Zöpfe sollten ein zusätzlicher Schutz gegen Säbelhiebe sein.«

Rosen war erstaunt, wie gut sich sein Kollege auch in dieser Epoche auskannte. Selbst wenn er sich wunderte, er stellte keine weiteren Fragen. Wenn Rainer etwas sagte, konnte man sich darauf verlassen, dass es stimmte.

»Glaubst du, wir haben das verlorene Grab?«

Sein bärtiger Freund hob das schweißüberströmte Gesicht. »Wenn wir weitergraben, werden wir es wissen.« Deutlich waren ihm seine Zweifel anzusehen. »Dazu müssen wir aber unseren Gascogner zur Seite räumen. Wir zerstören den Fundzusammenhang ...«

Rosen wusste, dass der Zeitpunkt gekommen war, die Antikenverwaltung zu informieren. Bis hierher könnten sie sich herausreden ... Den korrekten Weg hatten sie zwar schon verlassen, als sie ohne Genehmigung in diese Schlucht gekommen waren, aber darüber würde man vermutlich hinwegsehen. Allerdings bestand die Gefahr, dass hier einfach alles abgesperrt wurde und dann für viele Jahre nichts mehr geschah. Es hatte zu viele Misserfolge gegeben.

Rainer presste die Lippen zusammen. Vor Anspannung zitterte er. »Wenn wir es jetzt melden, werden die uns aus der Sache rausdrängen, nicht wahr?«

»Kann sein ...«

»Aber wenn wir erst einmal unten waren und eine Videodokumentation gemacht haben ... Und wenn es dort wirklich was Großes gibt ...«

»Dann gehen wir gleich zum Chef der Antikenverwaltung«, nahm Rosen den Faden auf. »Natürlich würde er von da an jeden einzelnen Tag als Poser in die Kameras vor Ort lächeln, aber er wird uns dann machen lassen, weil wir ihm sonst nicht verraten werden, wo dieses Grab zu finden ist. Wir werden damit durchkommen.«

»Aber es ist Erpressung ...«

Rosen lächelte verschwörerisch. »Kann man das wirklich sagen, wenn es ein Win-win-Geschäft ist?«

»Wir machen also weiter?« Rainer schien tatsächlich immer noch ernsthafte Zweifel zu haben.

»Willst du dein Leben auf bedeutungslosen Grabungskampagnen und in Museumskellern fristen, oder möchtest du berühmt sein? Vorträge, Lehraufträge, Studentinnen, die den abenteuerlichen Entdecker anschmachten …« Rosen war sich bewusst, was er tat. Solange er Rainer kannte, sah sein Freund schmachtend jedem Rock hinterher, aber es gab keinerlei Anzeichen, dass er je eine Freundin oder auch nur einen One-Night-Stand gehabt hätte.

Rainer ballte die Fäuste. »Wir tun es!«

Schweigend legten sie Frederic frei. Neben ihm im Geröll fanden sie eine Hacke. Es stand außer Zweifel, weshalb er gekommen war.

Als sie ihn ganz von Steinen befreit hatten, hoben sie ihn an und brachten ihn ein Stück den Hang hinauf. Der ausgedorrte Leichnam wog nur noch ein paar Kilo.

»Was ihn wohl umgebracht hat? Man sieht gar keine Verletzungen …«

»Bestimmt sind ihm die Mameluken gefolgt.« Bei dem Thema fühlte sich Rosen unwohl. Sie sollten Frederics Leiche ganz verschwinden lassen, ebenso wie die Toten, die noch zu erwarten waren. Einfach nur Geröll zur Seite geräumt zu haben, wäre auch nicht korrekt. Aber das hier … Sie zerstörten doch die Fundgeschichte. Das war keine Bagatelle. Zumal es ganz offensichtlich nach einer ziemlich einzigartigen Geschichte aussah.

»Noch jemand muss hier gewesen sein, um ihn unter dem Geröll zu verscharren …«

Demonstrativ wischte sich Rosen mit der Hand über die schweißnasse Stirn. »Vielleicht hat ihn auch einfach nur beim Graben ein Hitzschlag hingerafft. Das Geröll kann von einem späteren Steinschlag stammen …«

»Aber wenn er hier herumgelegen hätte, würden sich Fraßspuren von wilden Tieren finden. Er muss unmittelbar nach seinem Tod unter die Steine gekommen sein.«

»Wird wohl sein Geheimnis bleiben, wer ihn begraben hat...« Rosen ging demonstrativ zu ihrer Fundstelle zurück.

Rainer brauchte eine Weile. Aber als er zurückkehrte, stellte auch er keine Fragen mehr.

Bald fanden sie schmale Treppenstufen unter dem Geröll. Und dann die nächsten Toten. Auch sie waren mumifiziert...

Rosen sah Rainers Blicken an, dass sein Freund gerne darüber geredet hätte. Aber von sich aus fing Rainer nicht an.

Rund um die neuen Leichen hoben sie behutsam Stein um Stein zur Seite. Die Toten waren in einem deutlich schlechteren Zustand als Frederic. Die Last der Steine hatte ihre verdorrten Körper zerdrückt. Die Gesichter waren völlig unkenntlich. Aber die kostbaren Sandalen und auch Reste von feinem weißem Leinen deuteten darauf hin, dass sie vielleicht einmal Würdenträger am Hof eines Pharaos gewesen waren.

Es war Rainer, der den Armreif fand. Eine Geiergestalt, dessen Schwingen zum Reif gebogen waren. Sein buntes Gefieder war aus Lapislazuli, Karneol und Türkis gefertigt.

Vor Aufregung keuchend hob er den Reif gegen den rot flammenden Abendhimmel. »Weißt du, wie der aussieht?«

Rosen nickte. »Wie der Armreif der Ah-Hotep.«

»Ich glaub, ich scheiß mich an! Mann, Rosen! Du weißt aber schon, was das bedeutet? Was immer uns da unten erwartet, das ist kein Grab eines Hofbeamten. Dort muss ein Mitglied der Königsfamilie liegen...« Er drehte und wendete den Armreif. Dann stutzte er, hob ihn nah an seinen üppigen Bart und starrte auf die goldene Innenseite. »Da steht etwas...« Er runzelte die Stirn und wischte mit dem Daumen etwas Staub fort.

»Baketaton, des Königs Tochter, von seinem Leibe, von ihm geliebt.«

Rosen traute seinen Ohren nicht. Auch wenn man so gut war wie Rainer, eine fremde Inschrift las man nicht einfach so herunter. »Du verarschst mich, nicht…«

»Nein, es ist fast dieselbe Inschrift wie im Grab des Huja. Ich kenne sie. Nur dass dort nicht Baketaton genannt ist.«

Rosen leckte sich nervös über die Lippen und blickte auf die wenigen freigelegten Stufen. »Baketaton…« Sie war eines der großen Rätsel der Amarna-Zeit. Ihr Name fand sich nur auf wenigen Inschriften. Vom vierzehnten Regierungsjahr Echnatons an hatte ihr Name auf keiner Inschrift mehr gestanden.

Rainer hielt den Armreif wie eine Trophäe. »Das ist besser als zehn Sechser im Lotto. Wenn wir hier ihr Grab gefunden haben…«

»Ein Grab, das ganz offensichtlich schon geplündert wurde«, dämpfte Rosen seinen Enthusiasmus.

»Aber die Inschriften werden noch da sein! Wir werden im Grab lesen können, wer sie war. Die Geschichte wird um die ganze Welt gehen. Und die wird so schlüpfrig sein wie ein geltriefender Dildo! Die Regenbogenpresse der Welt wird sie in Riesenlettern auf den Titelseiten hinausposaunen. Wir werden ein Buch schreiben. Ich wette, es wird einen Film über sie geben…««

»Oder wir werden sehr ernüchtert werden.«

Rainer lachte und gab ihm einen Klaps auf den Arm. »Mensch, nimm doch nicht immer gleich das Schlimmste an. Du weißt doch, erst bei den Ptolemäern gibt es wieder so verfickt gute Bettgeschichten wie in der 18. Dynastie. Ich wünschte, ich könnte gleich schon in diesem Grab…«

Rosen kannte die Geschichten. Womöglich hatte Amenophis III. Baketaton mit seiner eigenen Tochter Sitamun gezeugt. Auch gab es Indizien, dass Baketaton die Geliebte ihres Bruders Echnaton gewesen war. Manche gingen gar so weit, in ihr die Mutter Tutanchamuns zu sehen und sie mit der Mumie gleichzusetzen, die man gemeinhin Younger Lady nannte. Diese namenlose Mumie aus dem Mumienversteck KV35 war erst vor wenigen Jahren durch DNA-Analysen unzweifelhaft als die Mutter Tutanchamuns identifiziert worden. Doch es war eine Mumie ohne Namen. Und zudem eine mit einem schrecklichen Geheimnis. Die linke Hälfte ihres ebenmäßig schönen Gesichtes war zerstört. Ein Hieb hatte ihre Wange zerfetzt und ihren Kiefer zerschmettert. Diese Wunde hatte zu ihrem Tod geführt. Auch war ihr Brustkorb aufgebrochen und ihr rechter Arm abgerissen. Doch dies war wohl erst nach ihrem Tod geschehen.

Ein mulmiges Gefühl überkam Rosen. Er hatte die Mumie einmal gesehen. Schon damals hatte ihn der Anblick der Toten berührt. Er hatte das Gefühl, dass sie von einer Düsternis umgeben werde ... Normalerweise machte es ihm nichts aus, sich Mumien anzusehen oder sie zu berühren. Aber bei ihr ... Er erinnerte sich noch genau, dass es allen anderen Forschern wohl ebenso ergangen sein musste. Bei der Untersuchung der Toten waren sie allesamt ungewöhnlich schweigsam gewesen. Ja, er hatte sogar das Gefühl gehabt, sich an ihr zu vergehen, indem er sie nur ansah ...

»Baketaton!« Rainer schlug ihm noch einmal auf den Arm. »Das wird eine ganz große Geschichte, selbst wenn das Grab schon geplündert ist.«

»Ja«, sagte Rosen matt. Dunkelheit senkte sich über die Klamm. Plötzlich fröstelte es ihn.

»Ich kenne zwei Kerle, die für fünfhundert Euro ihre Schwester verschachern würden. Die werden uns helfen, das Geröll beiseitezuräumen. Die zwei werden nichts sagen, wenn wir sie vernünftig bezahlen und später in unser Grabungsteam aufnehmen. Wir sind vor dem Morgengrauen zurück, und mit etwas Glück stehen wir morgen Abend schon im Grab!«

»Aber wir bleiben bei unserem Plan … Wir werden nichts anrühren. Nur filmen.«

»Jetzt bepiss dich mal nicht, Alter!« Rainer sah ihn verwundert an. »Du warst es doch, der das hier durchziehen wollte.« Er lachte überschwänglich. »Angst vorm Fluch der Pharaonen?«

Rosen schnaubte verächtlich. »Das sind Kindergeschichten!«

»Es wird das bedeutendste Grab sein, das seit Jahrzehnten entdeckt worden ist«, jubelte sein Kamerad. »Komm, wir müssen meine Jungs auftreiben. Dann machen wir alles klar für morgen früh. Wir werden nicht viel schlafen in dieser Nacht.« Er drückte ihm den Armreif in die Hand. »Steck ihn ein. Dass er mir bloß keine Schramme abbekommt.«

»Aber …«, setzte Rosen an.

Rainer schnitt ihm mit einer harschen Geste das Wort ab. »Du willst den Reif doch nicht etwa hier liegen lassen. Wenn wir zurück sind, suchen wir uns eine nette Stelle für ihn. Niemand wird merken, dass der Fundzusammenhang gestört ist. Wir legen ihn einfach ins Grab zurück. Da gehört er ja auch hin.«

Bei dem Gedanken, den Armreif einfach zurückzulassen, war ihm unwohl. So wickelte er ihn in ein sauberes T-Shirt und verstaute ihn sicher.

Sie stiegen den steilen Weg zwischen den Felsen hinab. Als sie aus der Klamm traten, war Rosen überrascht, wie hell die Nacht war. Verwundert sah er zurück. In der Klamm schien die Dunkelheit geradezu zu nisten. Eine Dunkelheit, die sie befreit hatten.

Er lachte auf. Dieser Gedanke war wirklich kindisch!

1. November 2016, nach Mitternacht
Nile-Ritz-Carlton, Kairo

Rosen schreckte auf. Blinzelnd sah er sich im blendend hell erleuchteten Zimmer um. Er brauchte einen Augenblick, um zu begreifen, dass er sich nicht mehr in den Ruinen von Amarna befand.

Es klopfte an der Tür. Energisch.

Noch leicht benommen stieg er aus dem Bett. Er hatte sich doch geschworen, nicht einzuschlafen. Verstohlen sah er durch das Panoramafenster. Die Dunkelheit hatte das westliche Nilufer erreicht. Doch die Brücke nahe dem Hotel erstrahlte noch in hellem Licht.

Wieder klopfte es.

Er öffnete die Zimmertür.

»Herr Rosen?« Ein Blick aus tiefgrünen Augen. Dazu dieser Akzent? Das rollende R. Er war ihr augenblicklich verfallen.

»Entspreche ich Ihren Erwartungen?« Sie lächelte kokett.

Er trat zur Seite, um sie hereinzulassen. Dabei verschlang er sie mit Blicken. Sie trug ein offenbar maßgeschneidertes Kostüm. Weiße Bluse, ein dunkelblauer enger Rock, dazu ein Blazer, der ihre Schultern betonte. Einzig ihre Absätze waren einen Tick zu hoch, ansonsten hätte sie auch als eine Geschäftsfrau durchgehen können.

Einen Augenblick kräuselte sie die Nase und sah sich verwundert um, als suchte sie den Quell eines unangenehmen Geruchs. Dann erstrahlte erneut ein Lächeln auf ihren Lippen. »Oh, wie romantisch!« Sie bedachte ihn mit einem schmachtenden Blick und nickte in Richtung des Badezimmers, das in hellem Kerzenschein leuchtete. »Werden wir dort beginnen?«

Er brachte kein Wort hervor.

Ihr Lächeln wurde weicher.

Rosen schämte sich für seine Verlegenheit. Er hatte nicht viel Erfahrung darin, fremde Frauen in einem Hotelzimmer zu empfangen. Und ihre Schönheit wühlte ihn auf.

Maria senkte den Blick und streifte ihren Blazer ab. Die weiße Bluse war halb durchscheinend. Deutlich sah er ihre aufgerichteten Brustwarzen unter dem zarten Stoff.

»Gefalle ich dir?« Jetzt sah sie ihn wieder offen an, und ihr Lächeln raubte ihm schier den Atem. Maria war ungeschminkt. Ihre Lippen wirkten ungewöhnlich dunkel. Fein geschwungen und makellos. Er dachte an die Küsse, die sie ihm schenken würde, und seufzte.

Marias linke Hand fuhr zwischen seinen Bademantel und strich über die Innenseite seiner Schenkel ... nach oben.

Ihr Lächeln wurde breiter. »Es fühlt sich ganz so an, als würde ich dir gefallen.« Marias Blick wanderte suchend durch das Zimmer. Dann trafen ihn wieder ihre smaragdenen Augen. Fragend sah sie ihn an.

Er begriff. »Entschuldige ...« Das Wort kratzte in seiner Kehle. Wie hatte er so dumm sein können. Er ging zu der schmuddeligen Tasche auf dem Sofa und holte sein Portemonnaie hervor. »Euros sind besser als ägyptische Pfund, nehme ich an.«

Das störrische Licht im Badezimmer erstarb und leuchtete gleich darauf umso greller wieder auf. Helles Neonweiß riss den Zauber von Marias Antlitz. Da waren Schatten in ihren Augenwinkeln. Sie wirkte müde, auch wenn sie anmutig nickte.

Akribisch reihte Rosen acht braune Fünfziger nebeneinander auf dem ovalen Sofatisch auf.

»Hast du besondere Wünsche?« Zumindest die Stimme hatte nichts von ihrem Zauber verloren. Er betete stumm, sie möge jetzt nicht die Preise für irgendwelche Zusatzleistungen aufrufen.

Sie tat es nicht. Stattdessen trat sie dicht vor ihn hin, nahm seine Hände und führte sie bis hinauf zum obersten Knopf ihrer Bluse. »Hilfst du mir?«

Er zitterte, als er den ersten Knopf öffnete.

Sie küsste seine Hände. Ein wohliger Seufzer entfuhr ihm.

Vorsichtig wanderten seine Hände tiefer.

Knopf um Knopf öffnete sich die Bluse.

Sie hauchte einen Kuss auf seine Lippen. Er schloss die Augen. Genoss, wie ihre Hände über seine Brust strichen. Ihre langen Nägel kniffen in seine Brustwarzen.

Rosen keuchte auf.

Langsam ging sie vor ihm in die Knie. Dabei küsste sie ihn. Ihre Zunge streichelte über seine Haut und fand schließlich seine Eichel. Große grüne Augen blickten zu ihm auf. Ihr Blick hielt ihn gefangen, als seine Eichel zwischen ihren dunklen Lippen verschwand.

Alle Angst, aller Zweifel fielen von ihm ab. Es gab nur noch ihre grünen Augen und das nie gekannte Wohlgefühl, das ihn in warmen Wellen überrollte.

Behutsam nahm sie den Kopf zurück und gab ihn wieder frei.

Als sie sich aufrichtete, legte sie seine Hände auf ihre Hüften und half ihm, ihren Rock abzustreifen. Sie trug schwarze, halterlose Strümpfe.

Mit angehaltenem Atem sah er sie an. Ihren flachen Bauch, die rasierte Scham, die langen Beine, halb verhüllt von durchscheinendem Schwarz. Ihre kleinen Brüste, über die sich aus dunklen Höfen keck die Brustwarzen erhoben.

»Komm«, sagte sie, nahm ihn bei der Hand und führte ihn ins Bad.

Das Neonstakkato verlosch, als sie eintraten. Goldenes Kerzenlicht schmeichelte ihrer leicht gebräunten Haut.

Sie ließ die Bluse auf die grauen Steinplatten gleiten. Eine

Hand gegen die Wand gestützt, zog sie die Nylons aus und lachte leise.

Er stieg in die Badewanne. Ein Bad in Rosenblättern, dachte er und wunderte sich über sich selbst. Wie konnte er sich zu solch romantischem Kitsch versteigen? Das war sonst gar nicht seine Art.

Maria kam an seine Seite und nahm die Dusche von der Wand. Als sie den Regler öffnete, sprühte ein Schwall eisigen Wassers über ihre Füße. Sie erschauerte und drückte sich an ihn.

Rosen spürte ihre harten Brustwarzen. Er legte einen Arm um ihre Schultern, drückte sie fest an sich, als sie erwartungsvoll zu ihm aufsah, die Lippen leicht geöffnet.

»Küss mich!«

Er beugte sich vor. Sie stand auf Zehenspitzen. Ihre Leidenschaft fühlte sich so echt an, als ihre Zunge in seinen Mund glitt. Er zitterte vor Wohlgefühl.

Auch sie keuchte, als sich ihre Lippen trennten. Ihre Hände tasteten nach dem Duschgelspender. Grüne, flüssige Seife troff von ihren Händen, als sie sie auf seine Brust legte und mit leicht kreisenden Bewegungen verteilte.

Dann drückte sie sich erneut an ihn. Geschmeidig glitten ihre Körper übereinander, während ihre Hände zwischen seine Schenkel fuhren und ihn zärtlich massierten.

»Nicht zu schnell kommen«, hauchte sie, als sie ihre Scham gegen seinen Oberschenkel drückte.

Das Wasser der Dusche war angenehm warm geworden. Es prasselte auf sie beide nieder. Sie drückte ihn in die Ecke der Dusche. Bedeckte ihn mit Küssen und kniete erneut nieder, um seine Eichel zwischen ihre Lippen zu nehmen.

Er wusste nicht, wie lange sie unter der Dusche geblieben waren. Er wusste auch nicht, wann und wie sie dann in das große Bett am Panoramafenster gekommen waren.

Sie spielte mit ihm. Trieb ihn bis dicht vor den Höhepunkt, um ihm dann im letzten Augenblick die Erlösung zu versagen. Irgendwann zauberte sie mit den Lippen einen Gummi über seinen erigierten Penis und setzte sich auf ihn. Voller Leidenschaft stieß sie auf ihn nieder, als wäre sie der Mann und er ihre willenlose Geliebte.

Mit einem Schrei, der ihm die Kehle zerreißen wollte, verging er in ihr. Doch sie hörte nicht auf, ihn zu reiten. Mit geschlossenen Augen, die Hände in seine Schultern gekrallt, nahm sie ihn, bis er spürte, wie sie sich verkrampfte. Ihre Fingernägel gruben sich in sein Fleisch. Einen Herzschlag lang verharrte sie bewegungslos, dann ließ sie sich auf seine Brust sinken und hauchte einen Kuss auf seinen Hals.

Er war benommen vor Glück. Drückte sie fest an sich und stammelte von seiner Liebe.

Sie sagte nichts. Drückte sich ebenfalls an ihn, und er genoss es, ihre Wärme zu spüren – und ihren Atem auf seiner Haut.

Schließlich erhob sie sich, schenkte ihm ein entschuldigendes Lächeln und zog sich ins Bad zurück. Er lauschte mit geschlossenen Augen. Sie duschte so lange, als wollte sie jeden seiner Küsse von ihrer Seidenhaut tilgen.

Die Kehle wurde ihm eng. Er blickte zu seiner Uhr auf dem Nachttisch. Genau zwei Stunden war sie geblieben. Er hatte jedes Zeitgefühl verloren. Sie offensichtlich nicht.

Rosen stand auf und nahm sich eine Zigarette. Er sollte nicht enttäuscht sein. Sie hatte ihm eine fast vollkommene Illusion geschenkt.

Mit tiefen Zügen trank er den Rauch in sich hinein. Seine Gedanken flohen zurück, zu dem Tag, der ihm alles geraubt hatte. Der alles, was ihm gewiss gewesen war, zu Asche hatte werden lassen. Noch vor dem Morgengrauen waren sie in die enge Klamm zurückgekehrt.

31. Oktober 2016
In der Schlucht beim Nordfriedhof von Amarna

Rainer hatte Wort gehalten und zwei Arbeiter aufgetrieben, die ihnen helfen würden. Akif und Mohan. Die beiden sprachen unablässig über einen riesigen Flachfernseher, den sie sich am nächsten Tag von ihrem Gehalt holen wollten.

Rosen kam das verdächtig vor. Die 10 000 ägyptischen Pfund, die sie den zweien versprochen hatten, waren ein stattliches Gehalt für die Arbeit, die sie zu tun hatten, würden aber bei Weitem nicht ausreichen, um ihre Pläne Wirklichkeit werden zu lassen. Aber vielleicht hatten sie ja etwas zurückgelegt…

Beim Anstieg in die Klamm ging er hinter ihnen und behielt sie im Blick. Die beiden trugen schwere schwarze Rucksäcke, hatten sich Hacken, Schaufeln und Brechstangen, von denen schwarze Plastikeimer baumelten, über die Schultern gelegt. Beide sahen wie Preisringer aus. Die Grabungsarbeiter, die Rosen kannte, waren meist schlanker. Zähe Burschen, die einen mit ihrer Kraft und Ausdauer überraschten. Diese beiden hingegen könnten auch Türsteher in einem zwielichtigen Club sein. Aber Rainer kannte sie ja angeblich schon seit einer Weile. Er wusste, was er tat.

Die Klamm erschien Rosen immer noch unnatürlich dunkel. Als sie den Grabungsplatz erreichten, tastete sich gerade das erste blasse Morgenlicht den Hang hinab.

Als Erstes brachten sie die drei toten Raubgräber hinauf zu dem Platz, an dem schon Frederics Leiche lag. Akif und Mohan scheuten nicht davor zurück, dabei mit anzupacken. Viele Arbeiter empfanden eine tiefe, abergläubische Furcht vor den Toten aus der Zeit der Pharaonen. Diese zwei hier waren ganz offensichtlich härter gesotten.

Akif hatte ein kantiges Gesicht und eine militärisch wirkende Kurzhaarfrisur. Ein drahtiger Zweitagebart wucherte auf seinen Wangen. Er stieg sofort wieder zum Grab hinab und füllte einen Eimer mit Geröll, während ihn Rainer, der bereits seine erste Wasserflasche leerte, einwies.

Mohan stand noch bei den Toten. Er blickte in ihre verschrumpelten Gesichter, und seine Lippen bewegten sich, als spräche er ein leises Gebet. Der junge Arbeiter trug sein leicht gewelltes Haar schulterlang. Im Gegensatz zu seinem Freund war er glatt rasiert. Seine Gesichtszüge wirkten weicher, sein Blick ein wenig verträumt. Konnte er die Vergangenheit vor seinem inneren Auge auferstehen lassen? Sah er mehr als nur vier Leichen? Stellte sich Mohan vor, wer diese Männer einst gewesen waren und was für ein Leben sie gelebt hatten?

Ein Ruf Rainers schreckte den Arbeiter aus seinen Gedanken. Er stieg zu Akif hinab und nahm die ersten beiden Eimer, die mit Abraum gefüllt waren.

Zu viert und mit dem richtigen Werkzeug kamen sie zügig voran. Sie stießen auf keine weiteren Leichen mehr. Dafür auf einen großen Felsblock, der in den Treppenschacht gerollt war und ihn zu mehr als zwei Dritteln ausfüllte.

Obwohl es keinerlei Beweise dafür gab, war Rosen davon überzeugt, dass dieser Stein mit Bedacht dorthin geschafft worden war. Das Grab hatte für die Ewigkeit verschlossen werden sollen. Es musste einen Grund dafür geben, dass es so verborgen lag, so weit entfernt von allen anderen. Der Name Baketaton tauchte nur in sehr wenigen Inschriften auf. Über ihr Leben war fast nichts bekannt. Doch wenn die verstümmelte Mumie aus Grab KV35 wirklich ihr Leib war, dann musste sie einen grausamen Tod gestorben sein.

»Das ist gut«, sagte Rainer voller Enthusiasmus. Auch im Geröll neben dem Felsblock lagen etliche große Gesteinsbrocken. »Mit etwas Glück liegt der Weg dahinter frei. Dies hier ist der Pfropfen, der den Flaschenhals verschließt.«

Mohan und Akif machten sich bereits mit Brechstangen daran, das Gestein zu lockern.

Rainer ließ seine Faust in die flache Hand klatschen. Eine Geste, die Rosen sonst gar nicht von ihm kannte.

»Wir sind so nah dran! Wenn wir da durchbrechen...« Er wandte sich zu Rosen um. Das Gesicht seines Freundes war wieder grellrot. Schweiß rann ihm in Strömen über die Wangen. »Wir werden in einer Stunde im Grab stehen!«

»Dahinter ist ein Hohlraum!«, verkündete Akif voller Begeisterung. »Ich kann die Stange durch das Geröll hindurchstoßen.« Wie um seine Worte zu unterstreichen, löste sich das verkantete Gestein, und eine kleine Schuttlawine ging vor ihren Füßen nieder. Als sie wieder aufblickten, sahen sie ein faustgroßes schwarzes Loch zwischen dem lockeren Gestein.

Jetzt packte auch Rosen das Grabungsfieber. »Ich hol meine Taschenlampe...«

Rainer hielt ihn am Arm zurück. »Die brauchen wir nicht. Hier ist was viel Besseres. Ich hab ein bisschen was aus dem Grabungshaus geborgt. LED-Strahler und noch anderes Spielzeug...« Er deutete auf die beiden schweren schwarzen Rucksäcke, die Akif und Mohan getragen hatten, als sie hier heraufgekommen waren. »Wir sind auf alles vorbereitet.« Etwas an der Art, wie Rainer das sagte, beunruhigte Rosen. Sein Freund schien wie ausgewechselt.

Wortlos schaufelte Rosen Geröll, das Akif losbrach, in Eimer hinein. Mohan trug den Abraum nach oben. Es ging zügig voran. Eine halbe Stunde später war der Spalt neben dem Felsbrocken freigeräumt.

Rainer hatte einen der LED-Strahler vorbereitet und mit Kabeln an eine Autobatterie angeschlossen. Er hielt ihn hoch, und erbarmungslos schnitt das gleißende Licht ins Halbdunkel. Die Treppe reichte noch ein kleines Stück in den Fels hinab. An ihrem Ende lag eine aufgebrochene Steintür.

»Wir wussten ja, dass wir nicht die Ersten sind«, sagte Rainer, und doch schwang Bitternis in seiner Stimme mit.

Rosen zählte die Stufen, die vor ihnen lagen, und zählte die freigelegten hinzu. »Sechzehn. Es sind sechzehn Stufen, wie hinab zum Grab des Tutanchamun.«

Rainer schnaubte nur. Dann zwängte er sich durch die Enge an dem Felsbrocken vorbei.

»Die Masken!«, erinnerte ihn Rosen.

Sein Freund hielt inne, setzte den Strahler ab, zog einen billigen Atemschutz aus seiner Jackentasche und setzte ihn auf. Dann streifte er Latexhandschuhe über.

Rosen tat es ihm gleich. Es mochten Pilzsporen in der Grabluft sein. Auch Mohan und Akif zogen einen Mundschutz auf. Handschuhe fanden sie überflüssig.

Rosen zwängte sich hinab. Die Treppe vor ihm schloss mit der Tür ab. Rainer hatte sich gebückt und betrachtete zerbrochene Lehmsiegel, die zwischen den Trümmern der Tür lagen.

»Das Siegel der königlichen Totenstadt«, erklärte er mit gepresster Stimme. »Jetzt ist es sicher. Das hier ist nicht das Grab eines Hofbeamten.« Er hob den Strahler und leuchtete durch die Tür.

Rosen trat an die Seite seines Freundes. Vor ihnen lag ein weiterer Gang, der leicht abfallend in die Tiefe führte. Der Boden war zwar mit Geröll bedeckt, doch man konnte ihn passieren. Die Grabräuber, die vor ihnen hier gewesen waren, hatten ganze Arbeit geleistet.

Wie ein gleißender Dolch schnitt das Licht des Strahlers in die Finsternis. Eine verkrümmte Gestalt lag im Schutt. Ein Stück weiter war noch eine zerschmetterte Tür zu sehen.

»Ich wüsste gerne, was bei diesem Grabraub schiefgelaufen ist«, murmelte Rainer. »Vielleicht haben die Wächter der Totenstadt sie erwischt.«

Das hielt Rosen für unwahrscheinlich. Das Grab lag abseits, gut verborgen. Und hier in der Klamm waren keine weiteren Angehörigen des Echnaton beigesetzt. Wahrscheinlich hatte es hier gar keine Wächter gegeben.

Rainer trat durch die erste Tür in den abschüssigen Tunnel.

»Bringt die Rucksäcke mit der Ausrüstung herunter«, rief er, ohne sich zu seinen Handlangern umzudrehen.

Geröll knirschte unter Rosens Füßen, als er seinem Freund folgte. Jeder ihrer Schritte wirbelte kleine Staubwölkchen auf. Nervös prüfte er den Sitz seines Mundschutzes.

Dem Toten im Gang schenkte Rainer keine Beachtung. Zielstrebig schritt er auf die nächste Tür zu.

Auch Akif hatte jetzt einen Strahler eingeschaltet. Die Autobatterie in der Linken, die Lampe in der Rechten kam er den Gang hinab.

Rosen gab ihm ein Zeichen, den Toten anzustrahlen. Strahlend weiße Zähne grinsten in dem mumifizierten Gesicht. Der Tote hatte eine Hand erhoben, als hätte er etwas abwehren wollen. Sein Antlitz zeigte eine Grimasse der Angst. Was mochte er als Letztes gesehen haben?

Ein wenig Staub lag auf dem langen weißen Gewand, das er trug. Blutflecken gab es nicht. Keine offensichtlichen Wunden. Ein schwerer Armreif und eine breite, mit Fayence eingelegte Goldkette ließen ahnen, dass er einst ein Priester oder ein hoher Würdenträger gewesen sein mochte. Das hier waren keine gewöhnlichen Grabräuber gewesen.

»Verfickte Scheiße …«, tönte es von der Tür. »Wir haben eingelocht, Rosen! Das hier wird die größte Leichenparty, seit Carter Onkel Tut ausgeplündert hat.«

Er stand auf und ging zur Tür.

Der breite Lichtfinger des Strahlers zuckte durch die Vorkammer des Grabes. Es sah wie in einer unaufgeräumten Garage aus. Kisten und seltsame verschnürte Päckchen stapelten sich übereinander. Zwei Ritualbetten mit Tierköpfen, ein prächtiger, mit Gold beschlagener Stuhl, geflochtene Körbe, zerbrochene Krüge.

Auf dem Boden lagen mindestens vier weitere Leichen.

Die Wand, die zur rechten Seite hin lag, war aufgebrochen worden. Zwei eigenartige schwarze Statuen flankierten das Loch im Mauerwerk.

»Ist das geil?« Rainer verpasste ihm einen Knuff gegen den Oberarm. »Mensch, sag doch was, Alter! Die sind hier nicht fertig geworden mit dem Ausräumen. Wir haben echt Schwein gehabt.«

Mohan und Akif traten hinter sie und blickten ebenfalls in die Vorkammer.

»Ist das ein Königsgrab?« Mohan klang eingeschüchtert.

»Diese Rumpelkammer ist erst der Vorraum!« Rainer drehte sich zu den beiden um. »Dort hinter dem Durchbruch in der Wand liegt die Grabkammer, und daran angrenzend sollte es noch eine Schatzkammer geben.«

Akif pfiff leise durch die Zähne. »Eine Schatzkammer. Da liegt dann eine Million in Gold oder so, ja?«

»Eine Million? Scheiß die Wand an, Kumpel! Is nix mit einer Million. Was hier liegt, ist unbezahlbar! So eine Grabkammer gibt es auf der ganzen Welt nicht noch mal, darauf verwette ich meine Eier mit allem, was dranhängt. Hundert Jahre haben Ägyptologen ihre spitzen Nasen in jedes verschissene Loch gesteckt, das sie entdecken konnten, und sie haben einen Dreck gefunden. Aber das hier, das ist für uns alle das ganz große Los!« Mit diesen Worten stieg Rainer durch das Loch in die Vorkammer.

Auch Rosen ließ alle Vorsicht fahren. Was er sah, übertraf seine kühnsten Träume. Staunend begaffte er die üppigen Grabbeigaben. Dann fiel sein Blick auf die Wächterstatuen. Sie erinnerten an Anubis, doch ihre Köpfe waren anders gestaltet. Sie wirkten wie Katzen ... Nein, auch das traf es nicht ganz. Dafür waren die Schnauzen zu lang. Nie zuvor hatte er etwas Vergleichbares gesehen. Waren es neue Gottheiten, deren Namen nur verloren gegangen waren? Und das ausgerechnet in der Zeit Echnatons, der den alten Göttern den Kampf angesagt hatte ...

»Beweg deinen Arsch, Alter. Da haben wir den Beweis! Es war Baketaton, die hier beigesetzt wurde. Da steht ihr Sarg und ... Fuck, hier ist noch mehr. Das musst du sehen!«

Rosen hatte das Gefühl, dass ihn die beiden Wächter ansahen.

Hinter ihm tuschelten Akif und Mohan. Und diesmal ging es nicht um einen Flachbildfernseher.

»Rührt nichts an!«, schärfte er ihnen ein. »Wir dürfen den Fundzusammenhang nicht stören.«

»Klar, Chef!« Akif bedachte ihn mit einem schmallippigen Lächeln. »Nichts anfassen ...«

Als sich Rosen durch das Loch im Mauerwerk duckte, hörte er Mohan im Kairoer Dialekt flüstern: »Die werden reich und berühmt, und wir werden einen Scheißdreck abkriegen.«

Das würde nicht gut enden!

Ein goldener Schrein füllte fast die gesamte angrenzende Kammer aus. Seine Flügeltüren waren weit geöffnet.

Rosen vergaß all seine Sorgen. Alles sah wie in der innersten Grabkammer des Tutanchamun aus. Ein unversehrtes Pharaonengrab ähnelte ein wenig den russischen Matrjoschka-Puppen. So wie eine Puppe in der anderen steckte, umgaben vier kleiner werdende Schreine den steinernen

Sarkophag des Pharaos. Und auch in diesem Steinsarg ruhten verschiedene weitere Särge.

Im Schrein herrschte ein schreckliches Durcheinander. Fetzen eines Baldachins hingen von der niedrigen Decke. Die inneren Schreine waren gewaltsam aufgebrochen worden. Die Steinplatte des Sargs hatte eine Seitenwand des Schreins eingedrückt, als sie aufgehebelt worden war. Zwei Sargdeckel lehnten an einer anderen Wand. Die goldene Totenmaske der Baketaton lag auf dem Boden. Das Antlitz war mit schwarzem Schmier besudelt.

Rainer stand über die Särge gebeugt und blickte in ihr Innerstes. »Das musst du gesehen haben ...«

Rosen trat neben ihn. Dort, wo ihn gleißendes Gold anfunkeln sollte, gab es nur Schwarz. Der innerste Sarg war ganz und gar mit einer schwarzen Paste ausgestrichen. Und nach all den Jahrhunderten, die vergangen waren, seit dieser Sarg geöffnet worden war, hing immer noch ein starker Harzgeruch in der Luft.

Das gleißende Licht der LEDs zeigte einen abgerissenen Arm und zerfetzte Mumienbandagen.

»Fällt dir etwas auf?«, bedrängte ihn Rainer.

Rosen entdeckte ein goldenes Amulett, das zwischen den Bandagen lag. Er deutete darauf.

»Nein, nein.« Sein Gefährte schüttelte den Kopf. »Die Lage des Arms ...«

Der Arm war ein Beweis dafür, dass die namenlose Mumie, die in der Forschung meist Younger Lady genannt wurde, nun ihren Namen bekommen hatte. Ihr fehlte ein Arm. Und wie es aussah, hatten sie ihn gefunden.

»Sie ist mit dem Gesicht nach unten bestattet worden«, flüsterte Rainer. »Siehst du nicht, wie der Arm liegt. Und die mit dem Harz verschmierte Totenmaske. Das hat es noch nie gegeben.«

Er richtete sich auf und ließ den Lichtstrahl auf die bemalte Innenseite des innersten Schreins fallen. »Ich konnte mir noch nicht alles genau ansehen, aber dort gibt es ein Buch der Hathor. Sie wird mit einem Nilpferdkopf gezeigt. Das ist selten. Es geht um ihre Rolle als Göttin der Unterwelt. Und nun sieh dir das an!« Der Lichtkegel wanderte ein wenig nach links. Dort war die Sonnenscheibe Aton, die von Echnaton zum obersten göttlichen Wesen erhoben worden war, als eine schwarze Scheibe dargestellt, von der strahlenförmig schwarze Arme herabgriffen. Einer berührte eine Frauengestalt unterhalb der Scheibe, die ihrerseits die Arme zu der schwarzen Scheibe erhoben hatte.

»Baketaton muss einen ungeheuerlichen Frevel begangen haben. Sie scheint eine Gottheit der Dunkelheit angebetet zu haben. Eine Gottheit, die alles verneinte, was Echnaton bedeutsam gewesen war. Deshalb liegt ihr Grab hier, weit abseits. Aus diesem Grund findet sich auch so wenig über sie in den überlieferten Schriften. Das Wissen um sie und ihre dunkle Tat wurde ausgelöscht.«

»Und warum nicht hier?«, fragte Rosen. »Das sind etwas zu wilde Hypothesen ...«

»Vielleicht hat sie dieses Grab anlegen lassen. Und die Toten hier ... Vielleicht wurden sie geschickt, um auch hier ihren Namen zu tilgen. Ihre Geschichte und ihren Frevel auszulöschen. Und dann kam etwas über sie ...«

»Ein Fluch?« Rosen hatte spöttisch klingen wollen, doch seine Stimme war heiser.

Rainer lachte leise. »Angst vor dem Fluch der Pharaonen? Ich denke, es gab wohl ein paar letzte Getreue, die über ihr Grab gewacht haben. Sie haben die Grabräuber entdeckt und bestraft.«

»Und warum ist ihre Mumie nicht mehr hier? Das wird doch kaum das Werk ihrer Getreuen gewesen sein.«

Rainer zuckte mit den Achseln. »Wir werden es herausfinden. Es gibt so viel zu entdecken – an diesem Ort.« Er lächelte breit. »Verdammte Kacke, aus den Mädels wird wohl nichts. Wir werden ein ganzes Leben lang forschen, so viel Neues gibt es hier zu ergründen.«

Er führt sich auf, als gehörte ihm das Grab allein, dachte Rosen überrascht. »Wir müssen Bilder machen. Ich hole die Fotoausrüstung.«

Rainer hörte ihm nicht mehr zu. Er trat an das Bild mit der schwarzen Sonne und studierte die Hieroglyphen-Texte, die es einrahmten.

Die Vorkammer war verlassen. Neben den Leichen standen die beiden schwarzen Rucksäcke. Rosen fluchte. Er hatte es kommen sehen. Er hätte Mohan und Akif nicht so lange allein lassen dürfen. »Sie sind abgehauen!«, rief er, doch Rainer antwortete nicht.

Rosen eilte die Treppe hinauf, zwängte sich an dem Felsen vorbei und erreichte den Hang. Ein ganzes Stück die Klamm hinab sah er die beiden. Sie schlenderten, als wären sie nur Besucher. Wenn sie etwas gestohlen hatten, dann konnten es keine großen Stücke gewesen sein.

Rosen wollte ihnen weiter folgen, doch als er in der Klamm angekommen war, hielt er inne. Was sollte er ihnen sagen? Sie höflich bitten zurückzukommen? Die beiden hatten ihre Entscheidung getroffen. Ganz sicher hatten sie irgendwas aus Gold eingesteckt. Es gab keinen Weg, sie zur Umkehr zu zwingen. Wenn er Streit mit ihnen anfing, dann war klar, wie das enden würde. Mit einer ordentlichen Tracht Prügel für ihn. Darauf konnte er verzichten.

Niedergeschlagen kletterte er zum Eingang des Grabes zurück. Die Sonne stand schon weit im Westen. Der Treppenschacht lag im Schatten. Er kauerte sich vor den Felsbrocken. Jetzt waren sie Grabräuber. Was sie zuvor getan hatten, hätte man mit sehr viel Großmut noch als Übereifer auslegen können.

Er seufzte. Sie hätten sich nicht einfach so durch das Geröll hier im Treppenschacht wühlen dürfen. Schon ein Jahrhundert zuvor hatte das Howard Carter besser gemacht. Sie waren nichts als barbarische Schatzjäger. Sie sollten den Treppenschacht wieder zuschütten und alles auf sich beruhen lassen. So könnten sie wenigstens ihren guten Ruf als Archäologen retten.

Aber wie sollte er das Rainer beibringen? Sein Freund hatte sich verändert. Er war geradezu besessen. Er würde ihm ein paar Stunden lassen. Sollte er seinen Traum leben. Bis dahin würde er so tun, als würde er die Funde dokumentieren. Aber sie müssten auch jedes einzelne Bild, das er machte, vernichten. Nichts durfte mit ihnen in Verbindung gebracht werden.

Aber Akif und Mohan … wie sollten sie mit den beiden umgehen? Wenn es hier nicht zu einer Ausgrabung kam, dann würden sie zurückkommen und weiter plündern. Die beiden hatten sie in der Hand. Es gab keine Möglichkeit, die zwei Ägypter anzuzeigen. Sie würden verraten, wer sie hierher gebracht hatte.

Er fluchte erneut. Er könnte anonym die Raubgrabung melden. Dann wäre das Grab sicher, aber andere würden den Ruhm ernten.

Übellaunig kehrte er ins Grab zurück und machte Fotos von der Vorkammer. Sein wunderbarer Traum vom Ruhm war zu Asche geworden. Er versuchte sich zu erinnern, was wo gestanden hatte, als sie hereingekommen waren. Was hatten Mohan und Akif gestohlen? Keine der Truhen war aufgebrochen. Sein Blick wanderte unstet über die archäologischen Schätze. Die Ritualbetten und Stühle waren ebenfalls unversehrt geblieben.

Blitzlicht auf Blitzlicht schoss durch die Kammer. Ungewöhnlich, wie oft Hathor da als Unterweltgöttin erschien. Auch Ammit, die Verschlingerin der Toten, war häufig zu sehen. Ihre Mischgestalt aus Nilpferd, Löwin und Krokodil war unverwechselbar. Auch in Tutanchamuns Grab war ihr Kopf als Schmuck der Ritualbettpfosten verwendet worden. Doch hier erschien sie überall. Baketaton schien geradezu besessen von ihr gewesen zu sein.

Rosen hantierte mit dem Licht, versuchte die Objekte, so gut es ging, auszuleuchten. Verrückt, wenn er die Bilder ohnehin wieder löschen würde. Aber nicht sofort ...

Als er zurücktrat, um eine Thronsessellehne besser ins Bild zu bekommen, stieß er gegen einen der Toten. Er hatte die Grabräuber ganz vergessen gehabt. Flüchtig sah er hinab. Er erkannte den Priester, den er eingehend betrachtet hatte. Sein Schmuck fehlte! Der Armreif und die Halskette. Das also hatten Akif und Mohan gestohlen. Das Gold der Grabräuber.

Wieder dachte er fieberhaft darüber nach, ob es noch einen anderen Weg geben konnte, als einfach nur aufzugeben. Wenn sie frech genug waren ... Die Ägypter könnten eine solche Sensation gut brauchen. Die Touristenbranche hatte sich immer noch nicht vom arabischen Frühling erholt. Die Politik würde sich über jede positive Schlagzeile freuen. Ein Grab, genauso bedeutend wie das des Tutanchamun, würde helfen.

Er dachte an Rainer. Stunden mussten vergangen sein, seit er ihn verlassen hatte. Er hatte gar nichts mehr von ihm gehört. Er war nicht einmal herausgekommen, um sich eine Wasserflasche aus einem der Rucksäcke zu holen.

Rosen blickte zu dem Loch in der Mauer, das von den beiden Wächterstatuen flankiert wurde. »Rainer? Alles in Ordnung?«

Keine Antwort.

»Rainer?«

Ob der Trottel seinen Mundschutz abgenommen hatte? Oder hatte er einen Hitzschlag bekommen?

Rosen duckte sich durch das Mauerloch. Rainer saß im Schneidersitz inmitten des Schreins. Um ihn herum lagen vollgekritzelte Notizblätter.

»Rainer!«

Sein Freund hob kurz die Linke. »Jetzt nicht stören. Gleich hab ich es. Gleich...«

Rosen sah, wie er immer weiter auf Notizblätter kritzelte. Dann strich er hektisch etwas durch, fluchte und begann erneut zu schreiben.

Das Licht erzitterte. Einen Herzschlag lang wurde es dunkel. Dann flammten die LEDs des Strahlers wieder auf.

Rosen sah auf seine Armbanduhr. 1:30. Die Zeit war wie im Flug vergangen. Er machte Fotos von den Inschriften auf den Wänden. Vor allem aber von der schwarzen Sonne.

»Die ist ziemlich neben der Spur gelaufen«, sagte Rainer plötzlich. »Diese Inschriften hier sind ganz anders als alles, was ich kenne. Es wird viel Zeit erfordern, sie in allen Feinheiten zu deuten. Aber das da ist ziemlich eindeutig: *Ich bin Baketaton, Tochter des Königs, von seinem Leibe, die er liebt. Ich bin Bakethathor, Tochter der Göttin, geboren aus dem Dunkel, das sie liebt.* Dieser zweite Name: Bakethathor, den muss sie sich selbst erwählt haben. Und dann dieses Gerede von ›geboren aus dem Dunkel‹ ... Wenn sie das in Amarna herumerzählt hat, dann war es vermutlich Echnaton höchstselbst, der ihr den Schädel eingeschlagen hat.« Rainer deutete mit seinem Kugelschreiber auf das Symbol der schwarzen Sonne. »Sie glaubt, dass die Dunkelheit sie berührt hat. *Als der Mond sein Antlitz versteckte und ihr Atem alle Lichter löschte, gebar ich ihr ...* Das ist etwas schwierig zu deuten. *Löwenhunde*, könnte es heißen. *Sie sind lebendes Dunkel. Und wer sich an mir vergeht, dem nehmen sie das ...* noch so ein seltsames Wort: *Lebensfeucht.*«

»Soll das etwa Blut bedeuten?«

Ärgerlich schüttelte Rainer den Kopf. »Denkst du, mir hat einer ins Hirn geschissen? Blut wäre völlig eindeutig. Diese Zeichen meinen etwas anderes, Umfassenderes. Wir sind hier doch nicht in einem verfickten Vampirroman. Das hier ist Ägypten, Idiot. Blut ...«

»Vielleicht solltest du was für dein Lebensfeucht tun«, knurrte Rosen verärgert. »Du hast lange nichts getrunken.«

»Ich bin nicht durstig. Ich will das hier verstehen.« Rainer deutete in beinahe verzweifelter Geste auf die Hieroglyphen an der Wand. »Die war wirklich verrückt. Sie hat kommen sehen, dass sie jemand ermordet. Sie hat dieses Grab bauen lassen. Aber irgendwie war sie auch davon überzeugt, dass sie nicht wirklich sterben würde. Das Pharaonending eben ... Aber bei ihr ist das anders. Sie stellt sich nicht vor, dass ihr Ba zum Himmel fliegt. *Und dort, wo kein Licht ist, wird mein Ba sein. Und er ist von der Gestalt eines Löwenhundes, der sich erhebt aus dem See der Dunkelheit, und er wird finden jeden, der an mir gefrevelt hat, denn kein Licht ist ewig, und das Unlicht gibt ihm Gestalt.*«

»Unlicht?« Rosen lächelte. »Das hört sich nicht nach der Ägyptologie an, die ich kenne.«

»Scheiß die Wand an! Ich hab dir doch gesagt, dass hier nichts so ist, wie wir es kennen. Die Alte hatte einen Knall, und als sie Echnaton damit zu sehr auf den Keks gegangen ist, hat er ihr den Schädel einschlagen lassen und sie aus der Familiengeschichte gestrichen.«

Wieder flackerte der LED-Strahler, und Schatten tanzten durch den Schrein.

»Das Unlicht«, schmunzelte Rosen.

Rainer lachte. »Genau. Wahrscheinlich ist sie gerade hier und schaut uns Frevlern über die Schulter.«

Das Licht verlosch.

»Das ist ein dämlicher Scherz. Komm, knips den Strahler wieder an, Rosen.«

»Ich hab nichts angefasst ...« Auch aus der Vorkammer fiel kein Licht in die Grabkammer. Der Strahler dort musste ebenfalls verloschen sein.

»Ich wette, unsere beiden Helfer bepissen sich grad vor Angst.« Rainer machte ein schnupperndes Geräusch, wie ein Hund, der Witterung aufnimmt. »Riechst du das? Riecht wie nasse Wolle.«

Rosen roch nichts. Aber er hörte etwas. Ein Tappen, wie von Pfoten auf Stein. Es kam die Treppenstufen am Grabeingang hinab. Wahrscheinlich einer von diesen verwilderten Hunden, die die Stadtränder und Müllkippen unsicher machten. Er drehte sich um, hob tastend die Hände und erstarrte. Wenn er in den zerfetzten Baldachin griff oder etwas umstieß ... Der Schaden wäre nie wiedergutzumachen!

Die klickenden Pfoten waren in der Vorkammer.

Rosen spürte, wie sich die feinen Härchen in seinem Nacken aufrichteten. Er stellte sich vor, wie sich der Straßenköter gleich an den Mumien der Grabräuber zu schaffen machte.

»Hau ab!«, schrie er in verzweifelter Wut.

Das Licht flammte auf.

Geblendet blinzelte Rosen.

»Die Batterien müssen fast leer sein«, sagte Rainer nüchtern. »Unseren Strahlern geht das Lebensfeucht aus, und das hat nur mit Physik und so gar nichts mit Bakethathor zu tun.« Er klang ein wenig so, als wollte er sich mit den Worten selbst Mut machen.

Rosen trat zu dem Mauerdurchbruch. Auch nebenan strahlte wieder Licht. Von einem Hund war nichts zu sehen.

»Nur das Feucht deiner Augen wird dir bleiben, für eine letzte Träne, und damit du voller Schrecken siehst, wie dein Ka von dir flieht. Und der Löwenhund wird ihm folgen, und er wird deinen Ka in seinen Fängen hinabzerren, vor Ammit, die Verschlingerin der Toten, und dein Schicksal wird es sein, auf ewig nicht zu sein. Denn du bist ...«

»Für heute reicht es mit Gruselgeschichten«, unterbrach ihn Rosen. Er wollte nichts mehr davon hören. Nicht heute Nacht.

»Packen wir ein!«

»Das werden wir aber allein machen müssen.«

Rainer blinzelte ihn ungläubig an. »Was jetzt ...«

»Die beiden haben sich verpisst, wie du es ausdrücken würdest. Auf und davon. Und den Goldschmuck der toten Priester haben sie mitgenommen.«

Sein Freund lachte auf. »Grabräuber bestehlen! Nicht schlecht. Damit wird sie der Fluch des Grabes nicht treffen. Schlaue Jungs!«

»Kannst du nicht *ein*mal ernst bleiben? Weißt du, wie viel wir zu tragen haben? Das werden wir kaum schaffen. Und hör endlich mit diesen verdammten Flüchen auf!«

Rainer machte eine vage Geste. »Hier stehen alle Wände voll mit Flüchen und so'm Zeug. Kannst du den beiden verübeln, dass sie abgehauen sind? Ich regle das mit denen. Und was die Ausrüstung angeht ... Lassen wir eben ein paar Hacken und Eimer zurück.«

Rosen stand kurz davor, ihn beim Kragen zu packen und durchzuschütteln. »Etwas zurücklassen! Bist du von allen guten Geistern verlassen? Hast du vergessen, woher die Ausrüstung stammt? Aus dem Grabungshaus. Auf jedem verdammten Stück steht eine Inventarnummer. Was glaubst du, wie lange es dauern wird, bis man eine Verbindung zu uns hergestellt hat? Wir können es uns nicht leisten, irgendetwas hierzulassen.«

Rainer nickte verständig... »Ist wohl besser. Schlecht für dich. Ich hab Krämpfe in den Beinen und bin am Rande der Erschöpfung. Ich weiß nicht, ob ich den Weg auch nur ein Mal schaffe. Du weißt, wie lang er ist. Bring du doch den ersten Schwung weg, und dann gehen wir zusammen. Ich mach noch ein paar Notizen und sorg dafür, dass hier in der Grabkammer alles clean ist, wenn du zurückkommst.«

»Krämpfe...« Rosen glaubte ihm sofort, dass er in keinem guten Zustand war. Und dennoch fühlte er sich im Stich gelassen. »Du willst noch 'ne Stunde mehr mit den Hieroglyphen haben, hab ich recht?«

Sein Freund nickte. »Ich bin nicht blöd. Wenn wir es nicht schaffen, die Antikenverwaltung zu erpressen, werden wir nicht mehr hierher können. Ohne Arbeiter schaffen wir es nicht, den Zugang mit Geröll zu verfüllen. Dieses Grab ist zwar abgelegen, aber nicht aus der Welt. Es wird nicht lange dauern, bis es irgendjemand entdeckt, wenn der Eingang offen liegt. Vielleicht sollten wir etwas mitnehmen und auf dem Schwarzmarkt verkaufen.« Bei diesen Worten vermochte ihm Rainer nicht in die Augen zu sehen. »Das wäre...«

»Es reicht! Du bleibst hier. Ich hol dich wieder ab. Und untersteh dich, irgendetwas einzustecken. Hast du alles aufgegeben, was uns einmal etwas bedeutet hat? Du weißt, welchen Schaden Plünderer anrichten werden. Ein Fund, der aus dem Zusammenhang gerissen wird und auf dem Schwarzmarkt landet, ist für die Wissenschaft fast nichts mehr wert.«

»Bisschen spät, um den Moralapostel zu spielen. Wir haben es verkackt. Sieh das ein...«

Rosen wandte sich um. Er hatte seine Grenze erreicht, und die würde er nicht überschreiten. Und er würde dafür sorgen, dass Rainer es auch nicht tat.

Das Licht in der Grabkammer flackerte erneut.

»Lässt du mir deinen Strahler hier?«, fragte Rainer, als wäre überhaupt nichts gewesen.

»Angst im Dunkeln?«

»Ich brauch das Licht für meine Arbeit ...«

»Und ich kann auf dem Rückweg nicht zwei Autobatterien tragen.«

»Ich bin doch auch noch da ...«

Rosen antwortete nicht. Er traute Rainer nicht mehr. Wütend und deprimiert packte er ein. Überall im Staub der Vorkammer waren ihre Fußspuren zu sehen. Sie sollten morgen als Erstes ihre Schuhe entsorgen.

Er schaffte die beiden großen Rucksäcke hinaus und stellte sie neben das Werkzeug und seine staubige Sporttasche. Besorgt blickte er zum Himmel hinauf. Bis zur Dämmerung blieb noch etwas Zeit.

Rosen nahm die Stablampe aus seiner abgewetzten Sporttasche. Sie lag schwer in seiner Hand. Er dachte an all die Träume, die er einmal gehabt hatte.

Es nützte nichts, dem Vergangenen nachzuhängen. Sie wären nicht die ersten Archäologen, die die Seiten wechselten. Im Kunsthandel war mehr Geld zu verdienen, besonders wenn man nicht vor seinen dunkelsten Seiten zurückschreckte.

Er stieg in die Vorkammer hinab. Die Wächterstatuen sahen ihn feindselig an. »Ich baue jetzt das Licht ab«, rief er Rainer zu.

Es gab keine Antwort. Typisch!

Rosen legte die Stablampe auf den Boden und löste die Kabelklemmen von der Batterie. Schlagartig brach die Dunkelheit über ihm zusammen. Nur das Licht, das aus der Grabkammer nebenan fiel, linderte die bedrückende Finsternis.

Er packte den Griff des Strahlers, klemmte sich den Batterieblock unter den Arm und nahm die Stablampe auf.

Er war sich ganz sicher, dass jemand hinter ihm stand und ihn ansah. Wenn Rainer um Licht bettelte, könnte er ihm die Taschenlampe anbieten. Aber es kam keine Bitte.

Entschlossen verließ Rosen die Grabanlage. Er verstaute die Batterie und den Strahler, schulterte so viel von dem Werkzeug, wie er zu tragen vermochte, und machte sich auf den langen Weg durch die Nacht.

Eine Stunde verging, bis er zurückkehrte. Rauchiges Rot glomm im Osten. Sie mussten sich beeilen. Mit jeder Minute, die verstrich, wuchs das Risiko, dass sie auf dem Rückweg nahe der Ruinen von Amarna einem frühen Touristenführer in die Arme liefen.

Natürlich hatte Rainer gar nichts abgebaut, stellte Rosen ärgerlich fest, als er wieder an der Treppe ankam. Es wäre wirklich eine Hilfe gewesen, hätte sein Kamerad jetzt aufbruchfertig hier gesessen.

»Rainer?«

Keine Antwort. Was hatte er auch erwartet?

Auf dem Rückweg würden sie entscheiden müssen, was sie in Zukunft sein wollten. Frustrierte Archäologen, die ihre große Chance verspielt hatten, oder zumindest reiche Grabräuber.

Vielleicht hatte es an dem schweren Werkzeug gelegen, mit dem er sich abgeschleppt hatte, aber seine moralischen Bedenken waren deutlich geschrumpft. Er stand jetzt am Scheideweg zu einem Leben voller Plackerei und Verbitterung oder zum großen Geld.

Kein Licht fiel durch die aufgebrochene Tür zum Grab.

Die Batterie war also tot. Eigentlich ein Grund mehr, hier herauszukommen.

Rosen griff nach der Stablampe neben seiner Sporttasche. Wie ein Speer stach der Lichtstrahl in das Dunkel hinter der aufgebrochenen Grabtür.

Erneut wollte er Rainer rufen, aber er brachte kein Wort über die Lippen. Irgendetwas Ungreifbares war jetzt anders. Jeder Laut war ein Frevel. Da war etwas, das auf ihn wartete.

Jetzt wurde er langsam verrückt, dachte Rosen, fasste die Taschenlampe fester und stieg die letzten Stufen hinab. In der Vorkammer sah alles unverändert aus. Wie seit Jahrhunderten lagen die Toten auf dem Boden.

Der Strahl tastete zum Loch in der Rückwand. Feine Staubkörner schimmerten golden im Licht. Die beiden Wächterstatuen sahen ihn herausfordernd an.

Er war in seinem Leben schon vieles gewesen, dachte Rosen entschlossen, aber nie ein Feigling.

Sein Blick wanderte wieder zu den Wächtern. Ihm kam der Aberglaube in Erinnerung, dass der Ka eines Toten in eine Statue fuhr, die sich in dessen Grab befand.

Das war nur Religion!

Er näherte sich den Wächtern. Dann duckte er sich entschlossen durch das Loch.

Das Licht streichelte über Rainers Rücken. Leicht zusammengesunken saß er vor der Rückwand des Schreins. Es wirkte, als blickte er auf die Aufzeichnungen in seinem Schoß. Doch in der Dunkelheit konnte er unmöglich etwas sehen.

Ein plötzlicher Luftzug versetzte die Stofffetzen des Baldachins in Bewegung, der von der hölzernen Decke des Schreins herabhing. Und dann hörte Rosen Schritte – hinter sich!

Jemand flüchtete aus dem Vorraum die Treppe hinauf.

Eilig, ja panisch. Und da war noch ein Geräusch. Fast unhörbar. Ein Klicken wie von den Krallen an Pfoten, die über einen Steinboden eilten.

»Lass uns verschwinden«, flüsterte Rosen. Er griff nach Rainers Schulter. Sein Freund stürzte ihm entgegen. Etwas war ganz falsch, er hatte sich so leicht angefühlt, so …

Rosens Lichtstrahl glitt zu Boden. Rainers Gesicht war geschrumpft. Dunkel sah es zu ihm herauf. Das Antlitz einer Mumie. Nur die Augen wirkten noch lebendig. Ein Schimmer lag auf ihnen, wie von ungeweinten Tränen.

Rosen wollte schreien, doch das Entsetzen schnitt ihm die Luft ab. Aus den Augenwinkeln sah er eine Bewegung. Etwas Großes, Katzenhaftes. Er riss die Taschenlampe herum. Da war nichts.

Und dort, wo kein Licht ist, wird mein Ba sein. Und er ist von der Gestalt eines Löwenhundes, der sich erhebt aus dem See der Dunkelheit, und er wird finden jeden, der an mir gefrevelt hat, denn kein Licht ist ewig, und das Unlicht gibt ihm Gestalt. Die Zeilen von der Rückwand kamen Rosen in Erinnerung. Das war nichts als Aberglaube! Dennoch ließ er den Strahl der Taschenlampe wild durch den Schrein zucken.

Geduckt stieg er durch die Tür, dann durch das Loch in der Wand. Etwas war hier und lauerte auf ihn.

Die Taschenlampe schnitt durch das Dunkel. Jetzt hielt er sie mit beiden Händen. Sie durfte ihm nicht fallen. Sie war sein Leben.

Rosen sagte das Vaterunser auf. Die Worte kamen ihm nur stockend über die Lippen. Seit seiner Kindheit hatte er nicht mehr gebetet.

Ein tiefes, kehliges Knurren erklang, es kam aus der Ecke neben dem linken Wächter. Das Licht zuckte dorthin. Da war nichts, wie nicht anders zu erwarten.

Vorsichtig wich er in Richtung der Grabtür zurück. Er

stieß auf die Räuber, deren Fackeln schon vor Jahrtausenden verloschen waren, als sich die Dunkelheit erhoben hatte, die Echnaton vor drei Jahrtausenden in dieser Kammer hatte einsperren wollen.

Etwas war mit seinen Augen. Er schielte. Die linke Statue! Sie erschien wie zwei Bilder, die unvollkommen übereinanderlagen.

Er richtete sein Licht darauf. Das Licht, das die zerfließende Wirklichkeit wieder ins Gleichgewicht brachte.

Diesmal nicht!

Etwas löste sich von der Statue.

Der Schatten einer Frauengestalt. Mehr als ein Schatten. Es war körperlich. Es verschlang das Licht.

Rosen stolperte fast über einen der Toten.

War dies das Letzte, was die Räuber gesehen hatten?

Er wich weiter zum Ausgang zurück. Der Schatten war nun ganz aus der Statue geflossen. Der Ka der Bakethathor. Sie streckte eine Hand aus. Und plötzlich war eine weitere Gestalt neben ihr. Der Löwenhund. Groß wie ein Pony war er.

Rosen tastete mit der Hand hinter sich. Seine Finger glitten über den groben Putz der Mauer. Dann fanden sie die Tür.

»Weichet von mir!«, schrie er und richtete den Strahl der Lampe auf den Löwenhund. Er wich ins Dunkel aus. Schreckte vor dem Licht zurück, als wäre es eine tödlich scharfe Klinge, die auf seine Kehle zielte.

Rosen trat durch die Tür. Bakethathor folgte ihm. Sie war fast einen Kopf kleiner als er, von zierlicher Gestalt.

Er schlug die Augen nieder und tastete sich rückwärts die Treppe hinauf. Der Weg hinab zum Grab war ein Schattenloch. Seine Taschenlampe schnitt rastlos Bahnen, während sein Verstand gegen das aufbegehrte, was er sah. Er musste sich an der Luft im Grab vergiftet haben. Das waren nur Halluzinationen!

Die Prinzessin verharrte an der Tür.

Auf der obersten Stufe lag blasses Morgenlicht. Also war er entkommen! Er griff nach seiner Sporttasche und lief los. Ihm war egal, was im Grab zurückgeblieben war. Er würde Ägypten verlassen, mit dem ersten Flug, den er bekommen konnte.

1. November 2016, 2:30 morgens
Nile-Ritz-Carlton, Kairo

Als Maria aus dem Bad kam, ein großes weißes Handtuch um ihren Leib geschlungen, schenkte sie ihm ein Lächeln, das ihn hoffen ließ.

Doch er würde sie nicht bitten, länger zu bleiben. Würde nicht die Frage nach einem weiteren Honorar herausfordern, die endgültig jegliche Illusion zerstören würde.

Sie kam herüber, nahm ihm die Zigarette ab und schenkte ihm einen Kuss. »Du bist süß«, gurrte sie, und ihr Akzent brachte eine Saite in ihm zum Schwingen, die ihm bislang unbekannt gewesen war.

Neckisch blies sie ihm etwas Rauch ins Gesicht. »Bist du noch länger hier?«

Er schüttelte den Kopf. Nein, hier konnte er nicht bleiben.

»Schade, in einem Badezimmer voller Kerzen hat mich noch niemand empfangen.« Sie bückte sich nach ihrem Slip.

Rosen setzte sich aufs Bett und sah ihr zu, wie sie sich langsam anzog. Als sie die Zigarette aufgeraucht hatte, stand wieder die Schönheit vor ihm, die fast eine Geschäftsfrau hätte sein können.

Sie bedachte ihn mit einem langen Blick aus grünen Augen. »Manchmal arbeite ich in Wien und Prag.« Sie nahm ein teuer aussehendes Portemonnaie aus der Tasche und legte eine cremefarbene Karte neben ihm aufs Bett. »Vielleicht sehen wir uns ja wieder?«

Er wollte sagen: Das wäre schön, aber seine Kehle war wie ausgedorrt.

Maria beugte sich zu ihm herab und hauchte ihm einen Kuss auf die Lippen. Dann ging sie, ohne sich noch einmal umzusehen. Er hörte die Zimmertür ins Schloss fallen.

Der Kloß in seinem Hals drohte ihn zu erwürgen. Er nahm die Karte, starrte auf die lange Kolonne aus Zahlen. »Das hier ist die Wirklichkeit!«, sagte er laut, als wäre es eine Beschwörungsformel.

Er sah auf den Fluss hinab, der schwarz dalag. Die Lichter der Brücke waren verloschen. Die Dunkelheit hatte auf das östliche Ufer übergegriffen.

Rosen blickte auf seine Uhr. Das rettende Morgengrauen war noch fern. Seine Hand tastete über die Laken. Die Wärme Marias war bereits verflogen.

Er stand auf, zog eine Unterhose an und suchte seine Taschenlampe.

Mit einem neuerlichen Neongewitter zerstörte das Licht im Badezimmer die Romantik des Kerzenscheins.

Rosen nahm den Fotoapparat aus seiner Tasche. Er betrachtete die Bilder aus dem Grab. Rainer, der ihm triumphierend entgegenlächelte. Die schwarze Sonne.

Die Lampen im Zimmer verloschen.

Zitternd schaltete er die Taschenlampe an. Er griff nach dem Telefon auf dem Nachttisch. Er drückte die Durchwahl zur Rezeption, da sah er ihn. So groß wie ein kleines Pferd. Der Löwenhund! Der lebendig gewordene Schatten war gekommen, um ihn zu holen. Dicht vor dem Fenster, hinter dem Kairo ins Dunkel gefallen war, saß er und sah ihn an.

Rosen entglitt der Telefonhörer.

Der Strahl der Taschenlampe vertrieb den Nachtmahr.

Das alles war nur eine Ausgeburt seiner Fantasie!

Da war er wieder. In der anderen Ecke des Zimmers.

Das Badezimmer – eine Insel aus warmem Licht. Dort wäre er sicher. Er müsste nur die Tür mit der Taschenlampe ausleuchten. Dann konnte diese … Kreatur nicht zu ihm.

Mit einem weiten Satz war er bei der Tür.

Ein Windstoß ließ die Kerzen aufflackern und verlöschen. Nun war ihm nur noch die Taschenlampe geblieben.

Eine Bewegung im Dunkel ließ ihn zurückschrecken.

Seine nackten Füße fanden keinen Halt auf dem Boden. Mit rudernden Armen glitt er aus und stürzte nach hinten. Sein Nacken schlug hart auf.

Die Taschenlampe entglitt seinen Fingern. Glas klirrte. Das Licht, das ihn so viele Jahre begleitet hatte, verlosch, und Dunkelheit kam über ihn.

1. November 2016, 2:44 Uhr morgens
Nile-Ritz-Carlton, Kairo

»Herr Dr. Rosen?« Der Nachtportier blickte verwundert auf das Telefon. »Hallo?«

Ein Geräusch, das sich anhörte, als wäre der Hörer gefallen. Was ging da vor sich? Dieser Rosen übertrieb es etwas. Glaubte er denn, sie würden nicht merken, wen er sich eingeladen hatte. Mehmed hatte die Dame zwar nie zuvor gesehen, aber wenn eine Fremde um diese Zeit für zwei Stunden ins Hotel kam, war klar, was da vor sich ging. Ganz gleich, wie elegant sie angezogen sein mochte.

Üblicherweise sahen sie an der Rezeption über so etwas hinweg. »Herr Dr. Rosen?«

Ein gellender Schrei.

Mehmed schrak zurück. Nie zuvor hatte er einen solchen Schrei gehört. Er musste nachsehen, was dort geschah.

Er griff nach dem zweiten Telefon. Ohne Wachdienst würde er das Zimmer nicht betreten. »Asef? Wir treffen uns vor Zimmer 1324. Sofort!«

Einen Augenblick zögerte Mehmet noch, die Rezeption zu verlassen. Dann ging er aber doch zu den Aufzügen. So früh am Morgen kam normalerweise kein Gast.

Als er die Kabine betrat, war da ein Hauch von Parfüm. Sie war mit diesem Aufzug heruntergekommen. Warum sie sich nur für so etwas hergab? Er hatte ihr nachgesehen, als sie zum Aufzug gegangen war. Hatte an der Leuchtanzeige abgelesen, in welchem Stockwerk der Lift anhielt. In der dreizehnten Etage waren nur sieben Zimmer belegt. Nur ein einziges mit einem allein reisenden Mann. Zimmer 1324.

Der Aufzug hielt. Asef war schon da. Früher hatte der Leiter des Sicherheitsdienstes zur Armee gehört.

»Dort hinten!«, kommandierte Mehmet. Sie eilten den Flur entlang.

»Was genau wollen wir denn?«, fragte Asef.

»Da war ein Schrei…«

Fragend hob Asef die Brauen.

»Ich nehme das auf meine Kappe«, entschied Mehmed.

Er zog die Generalkarte durch das Lesegerät an der Zimmertür. Ein leises Klicken ertönte, als sich das Schloss entriegelte.

Mehmed klopfte. »Herr Dr. Rosen?«

Keine Antwort.

Der Nachtportier schob die Tür auf. Der Geruch kalten Rauchs schlug ihnen entgegen.

»Was ist denn hier passiert?« Asef drängte an ihm vorbei und blickte auf das zerwühlte Bett.

»Er hat Kerzen bestellt«, murmelte Mehmet und tastete nach dem Lichtschalter. Vornehm gedämpftes Licht erglomm.

»Das Bad.«

Asef war ihm wieder voraus.

Dr. Rosen lag lang hingestreckt im Badezimmer, nur mit einem Slip bekleidet. »Ist er ...?«

Asef kniete bereits und tastete nach dem Hals des Gastes. »Kein Puls.« Er strich mit der Hand über den nassen Boden. »Ausgerutscht würde ich sagen.«

Mehmed atmete auf. »Also ein Unfall.« Dann würde der Name des Hotels nicht durch die Presse gehen. Das war besser so.

»Ja, ein Unfall. Der hat einfach Pech gehabt.«

1. November 2016, 2:51 Uhr morgens
Nile-Ritz-Carlton, Kairo

Raduan lehnte am Treppengeländer und nahm einen tiefen Zug. Drei Zigaretten gönnte er sich im Laufe der Nachtschicht. Seit er erblindet war, waren all seine anderen Sinne aufgeblüht. Er kostete den leicht bitteren Geschmack des Rauchs und atmete sein köstliches Aroma ein. Ja, manchmal spürte er, wie wohltuend der Rauch über seine Wangen strich. Früher hatte er mehr geraucht und es doch weniger genossen. Jetzt war jede der drei Zigaretten, die die langen Hotelnächte für ihn bereithielten, ein kleines Fest.

Wenn er rauchen wollte, verließ er den Flur, über den er wachte, und schlich sich ins Treppenhaus. Natürlich war es auch dort nicht erlaubt, Zigaretten zu genießen. Aber er war nie erwischt worden. Die Asche schnippte er über das Geländer, sodass sie in den Keller hinabsegelte, und die Kippen verstaute er in einem kleinen Taschenaschenbecher. Er nahm einen weiteren tiefen Zug, als über ihm die Tür so heftig aufgestoßen wurde, dass sie gegen die Wand schlug.

Schritte hetzten die Treppenstufen hinab. Jemand lief in panischer Hast dicht an ihm vorbei. Etwas war seltsam dabei.

Sonst spürte er Körper, auch wenn er sie nicht sah. Diesmal jedoch nicht.

Schon klangen die Schritte eine Etage tiefer.

Ein dumpfer Schlag gegen die Tür zum Treppenhaus erklang. Sie hatte sich noch nicht ganz geschlossen gehabt. Es hörte sich an, als wäre sie mit einem Ellenbogen aufgestoßen worden oder ...

Ein leises Klicken ließ ihn aufschrecken. Tierpfoten huschten über die Stufen. Kamen nah heran und verharrten einen halben Herzschlag lang vor ihm. Es roch intensiv nach nassem Fell.

Sein Innerstes zog sich zusammen. Auch wenn er den Hund nicht spürte, verriet das Geräusch seiner Pfoten doch, dass er von enormer Größe und sehr massig sein musste. Raduan wagte es nicht, sich zu rühren. Und dann war es vorbei.

Der Hund folgte dem Mann, der vor ihm floh.

Was ging da vor sich? Der Geruch ... hing immer noch in der Luft. Es war derselbe, den er im Zimmer 1324 wahrgenommen hatte. Nasses Fell ... Hatte er es doch gewusst. Der Kerl, der die Kerzen bestellt hatte, hatte einen Hund bei sich. Er musste ihn wohl geduscht haben. Und jetzt rannte er vor seinem Hund weg? Das ergab keinen Sinn!

Wahrscheinlich war es irgendein verrücktes Spiel. Unter den Gästen, die sich ein Zimmer in diesem Hotel leisten konnten, gab es reichlich sonderbare Menschen. Ein Mann, der kurz vor dem Morgengrauen Nachlaufen mit seinem Hund spielte, war bei Weitem noch nicht das Seltsamste, das er in seinen vielen Jahren in diesem Haus erlebt hatte.

Tief unter ihm wurde die Tür, die auf den Vorplatz hinausführte, aufgestoßen. Leise hörte er die harten Schritte des Läufers. Dann verklangen sie im Murmeln der Großstadtnacht.

Das Taxi war schon auf der Mitte der Brücke, als das Licht aufflammte. Endlich war der Stromausfall vorüber. Maria tastete in ihrer Handtasche nach dem schweren Armreif, den sie in der Sporttasche des Freiers gefunden hatte. Er war nach seinem Orgasmus eingeschlafen, wie so viele.

Sie lächelte. Eigentlich war er ganz nett gewesen. Wann er wohl herausfinden würde, dass die Visitenkarte, auf der nur eine Telefonnummer stand, einem georgischen Geschäftsmann gehörte. Das Dickerchen war ihr vorletzter Kunde gewesen. Er hatte keine Ruhe gegeben, bevor sie seine Karte eingesteckt hatte.

Maria, die eigentlich Nadja hieß, lehnte sich zurück. Morgen um diese Zeit wäre sie schon in Sankt Petersburg. Der Romantiker mit den Kerzen war ihr letzter Kunde gewesen. Es war das erste Mal, dass sie jemanden bestohlen hatte. Die Monate in Kairo waren nicht gut gelaufen. Sie hatte nicht annähernd so viel Geld verdient, wie Kolja von ihr erwartete. Dieser Armreif würde die Lücke schließen. Sie wusste schon, bei welchem Antiquitätenhändler sie das Ding verhökern würde.

Wirklich hübsch war es nicht. Wer wohl einst Armreife getragen hatte, die wie ein Geier aussahen? Egal. Was zählte, war allein das Geld, das er ihr bringen würde.

Heute war ihre Glücksnacht!

GEISTER LÜGEN NICHT

7. Tag im Lotusmond, kurz nach Einbruch der Dämmerung

Serafin, westlicher Hafen, Lagerhaus VI

Die letzten drei Geschworenen waren gegen ihren Willen hergebracht worden. Seine Gardisten führten sie zu dem weiten Halbrund von Stühlen, das die Mitte des feuchten Kellers beherrschte.

Seine Gardisten. Der Gedanke fühlte sich auch nach nunmehr drei Tagen noch fremd an. Er machte sich nichts vor. Ihre Loyalität lag nach wie vor bei Hauptmann Yang. Was sie heute Nacht taten, das geschah für ihn. So wie auch er seine Verbrechen im Dienste des Hauptmanns beging.

Dario Ramirez, Magus dritten Ranges, trat vor das Halbrund der Geschworenen. Diese zwölf Männer aus der Kaufmannschaft von Serafin würden morgen das Urteil über einen der ihren sprechen. Über Victor Rubén Bautista.

»Meine Herren, ich möchte Sie nun in eine Angelegenheit verstricken, die gegen die Gesetze der freien Handelsstadt Serafina verstößt. Ich tue dies, obwohl es mir als dem vorläufigen Hauptmann der Hafenwache die erste Pflicht ist, auf die Einhaltung ebenjener Gesetze zu achten. Manchmal jedoch gibt es eine Gerechtigkeit, die sich der uns auferlegten Ordnung nicht öffnen will. Ich hoffe darauf, dass es mir gelingt, Ihre Herzen für diese Gerechtigkeit zu gewinnen. In weniger als einer Stunde werden Sie diesen Keller wieder verlassen, und ich hoffe auf Ihre Verschwiegenheit, selbst wenn Sie gegen Ihren Willen hierher gebracht wurden.«

Er hatte kein Talent, Reden zu halten, dachte Dario bedrückt. Auch Yang hatte das nicht gekonnt. Offenbar hatte etwas von der steifen Art seines Kommandanten auf ihn abgefärbt.

Dario gab den vier Gardisten, die dort verblieben waren, ein Zeichen. »Verriegelt die Tore!«

Fackeln tauchten den weiten Keller in ein unstet zitterndes Licht. Über ihnen spannte sich ein niedriges Kreuzgewölbe. Trotz der schwülen Hitze draußen war es hier im Keller unangenehm kühl.

»Dies ist der Ort, an dem Hauptmann Yang gestorben ist.« Dario beobachtete, wie seine Worte auf die Handelsherren wirkten. Selbst die Hartgesottenen unter ihnen sahen beklommen aus.

Alle betrachteten sie die dunklen Flecke auf dem Steinboden.

»Diese Stadt verbietet es, jene über ihren Tod zu befragen, die am besten darüber Auskunft geben können. Ihr wisst, wie sehr ich mich Hauptmann Yang stets verbunden gefühlt habe. Ihr alle hattet Umgang mit ihm. Es gab manchen Streit, doch eines stand nie infrage. Yang hat immer auf der Seite des Rechtes gestanden. Das, was ich nun tun werde, hätte mein Mentor verurteilt. Doch ich bin nicht er. Und ich erwarte, dass ihr morgen, wenn ihr urteilt, keinen Fehler begeht, weil ihr einem falschen Zeugnis glaubt. Ich werde ...«

»Damit will ich nichts zu schaffen haben!«, begehrte Raúl Márquez auf. Er war der jüngste der anwesenden Geschäftsmänner und weilte erst seit wenigen Monden in der Stadt.

»Darüber entscheidest nicht du«, entgegnete Dario kühl.

»Diesen Entschluss habe ich bereits für dich getroffen. Bei dir liegt allein, ob du gefesselt auf diesem Stuhl sitzt oder es freiwillig tust.«

»Das ist…«, begehrte er auf, als Esteban Sánchez, der neben ihm saß, ihn am Arm packte und auf den Stuhl zurückzog.

»Du hast es gehört, Junge, deine Wahl hat der ehrenwerte Magus Ramirez bereits getroffen. Füge dich besser!«

Sánchez war ein vierschrötiger Kerl mit einem kantigen, kahlen Schädel. Man sah ihm immer noch an, dass er früher einmal ein Schauermann gewesen war. Einer jener Lastenträger, die die kostbare Fracht der Schiffe auf ihrem Rücken in die Kontore trugen. In drei Jahrzehnten hatte er sich zum stellvertretenden Leiter eines der größten Kontore der Stadt emporgearbeitet.

Der Magus war sich bewusst, wie viel Gewicht das Wort von Sánchez hatte. Gewann er ihn, dann hatte er bereits die Hälfte der Geschworenen für sich gewonnen.

Dario öffnete die kleine Kiste, die einer der Stadtgardisten für ihn hergebracht hatte, und nahm das Kreidestück heraus. So lange hatte er die verfluchten Utensilien seiner dunklen Vergangenheit nicht mehr angerührt… vor Jahren hatte Hauptmann Yang ihn bei einer illegalen Beschwörung verhaftet. Er persönlich hatte ihn zum Schwarzen Felsen gebracht, wo er drei Jahre Festungshaft verbüßt hatte. Yang war immer unbestechlich gewesen. Jeder in der Stadt wusste das. Er setzte das Recht durch. Er hatte Serafin verändert. Zuletzt hatte es niemand mehr gewagt, in Yangs Hafen ein krummes Ding zu drehen.

Dario war überrascht gewesen, als – nach dem Ende seiner Haft – Yang vor dem Festungstor auf ihn gewartet hatte. Er war sich nie sicher gewesen, was Yang in ihm gesehen hatte. Wahrscheinlich etwas, dass es nicht gab… Jedenfalls hatte der Hauptmann ihn in die Hafenwache geholt. Und mit der Zeit war er zu dessen Stellvertreter aufgestiegen.

Der Magus zeichnete mit der grün phosphoreszierenden Kreide einen großen Drudenfuß um die Blutflecke am Boden. Aus den Augenwinkeln sah er, wie einige der Geschworenen das Zeichen des schützenden Horns schlugen.

In dem weiten Keller war es totenstill, als er die Kreide zurücklegte und fünf schwarze Beschwörungskerzen herausnahm. Er spürte die Dunkelheit, die in ihnen ruhte, als er sie berührte. Eine Dunkelheit, der er sich so lange verschlossen hatte. Die Dochte waren aus dem Haar von Kindsmörderinnen gefertigt, und man hatte Leichenfett in das Wachs gemengt.

An einer der Fackeln an den Wänden entzündete er einen Kienspan und steckte damit die Kerzen an. Öliger schwarzer Rauch stieg über den kleinen Flammen auf.

Als er das erste Wort der Macht rief, spürte er, wie es schlagartig kälter wurde. Sein Zauber zehrte von der Wärme der Luft und von der Lebenskraft aller Anwesenden. Sie würden es nicht spüren, aber hier zu sein, kostete sie Tage ihrer Lebenserwartung.

Ein zweites Wort bündelte die Kraft und beschwor herauf, was gewesen war. Ein blasser Schemen erschien inmitten des Drudenfußes. Graublaues Licht formte eine Gestalt, die vornübergesunken auf einem Stuhl saß. Die Hände waren mit zähen Riemen auf die breiten Lehnen gefesselt.

Mit jedem Herzschlag waren die Konturen nun deutlicher zu erkennen. Die Vielzahl von Schnitten auf Gesicht und Brust. Die abgetrennten Fingerkuppen, die auf dem Boden neben dem Stuhl lagen.

Dario hörte einen der Kaufmänner keuchen.

»Ihr wisst, wen ihr seht.« Sein Atem stand ihm vor dem Mund, so kalt war es geworden. Er erwartete keine Antwort.

Kurz weidete er sich an dem Schrecken, der dem jungen Raúl Márquez ins Gesicht geschrieben stand. »Hauptmann Yang, könnt Ihr mich hören?«

Der Kopf der geisterhaften Erscheinung hob sich einen Zoll, dann sank er auf die Brust zurück.

»Hauptmann Yang!«, beharrte Dario und kämpfte gegen die Tränen an, die ihm in die Augen steigen wollten. »Hört Ihr mich? Wir sind hier, um den Mann zu finden, der Euch das angetan hat.«

Wieder hob sich der Kopf. Jetzt war deutlich zu erkennen, dass Yang geblendet worden war. Dort wo seine Augen hätten sein sollen, gab es nur noch dunkle Löcher.

»Redet!«, forderte nun auch Esteban Sánchez. Von allen Anwesenden wirkte er noch am wenigsten eingeschüchtert. Dario war sich nicht sicher, ob sich der vierschrötige Kaufmann einfach nur besser beherrschte als die anderen, oder ob er tatsächlich keine Angst kannte.

Ein lang gezogener, röchelnder Laut war alles, was der Geist von sich gab. Ein Geräusch, das selbst Dario erschauern ließ. Es klang, als werde dem Hauptmann die Kehle durchgeschnitten, während er etwas zu sagen versuchte.

»Bitte, Hauptmann Yang, sagt uns, wer Euch gefoltert hat.«

Statt zu antworten, deutete er mit den verstümmelten Fingern der Linken auf Raúl Márquez.

»Ich ... ich habe nichts mit dem Mord zu tun ...«, stammelte der junge Kontorleiter panisch. »Ich schwöre bei allen Göttern ...«

Dario trat vor den Jüngling, der abwehrend die Arme hochriss.

»Das muss ein Missverständnis sein«, mischte sich nun auch Esteban ein.

Dario ignorierte die beiden. Ein Stück hinter Raúl war ein

rostiges Gitter in den Boden eingelassen. Dort schien es einen Abfluss zu geben. Verwirrt sah Dario zu dem Geist zurück.

Yang nickte. Er vermochte ihn wohl zu sehen, obwohl er keine Augen mehr hatte. Für Geister galten offensichtlich andere Gesetze als für Menschen.

Der Zauberer kniete sich nieder und schob seine Hand zwischen den Gitterstäben hindurch. Langsam tastete er sich tiefer, bis er in warmes, brackiges Wasser fasste. Tiefer und tiefer drang er vor, bis seine Fingerspitzen schließlich etwas Metallisches berührten. Er reckte sich. Sein Arm steckte schon fast bis zur Schulter in dem vergitterten Loch.

Endlich bekam er zu packen, was da unten lag. Seine Finger schlossen sich um das Objekt. Vorsichtig zog er es hoch. Es war ein Dolch in einer prächtigen, mit Smaragden verzierten Scheide.

Dario hielt die Waffe so, dass alle Geschworenen sie sehen konnten. Unruhe regte sich unter ihnen. Wenn er ihren Blick suchte, sahen sie zu Boden. Nur Esteban nicht. »Ich kenne diese Waffe«, sagte er freiheraus. »Sie gehört Bautista. Diese Rubine ... Sie sind unverwechselbar.«

Dario wandte sich zu dem Geist um. »Gehörte dieser Dolch Victor Rubén Bautista?«

»Jah!« Die Stimme des Geistes klang wie ein grausames Jaulen.

»War es der Mann, dem dieser Dolch gehört, der Euch getötet hat, Hauptmann Yang?«

»Ja!« Der gezischte Laut war wie eine Klinge aus Eis, die sich in Darios Eingeweide bohrte.

»Aber Victor Bautista hat ein großes Fest gegeben, als der Hauptmann starb«, wandte Raúl Márquez ein. »Ich selbst bin dort gewesen und habe ihn gesehen.«

»Geister lügen nicht«, fuhr Esteban ihn an. »Das weiß jedes Kind!«

»Aber ...«

»Dann hat Bautista dich getäuscht, einfältiger Hammel. Sieh dir Yang an. Er scheint über Tage gefoltert worden zu sein. Und warst du auf dem Fest etwa die ganze Zeit über an der Seite von Victor? Vielleicht hat er sich für einige Stunden davongeschlichen.« Esteban blickte zu den übrigen Kaufleuten. »Wir alle wissen, dass Victor mit allen Wassern gewaschen ist. Er ist ein skrupelloser Hund und hat ganz gewiss jeden hier schon mindestens einmal bei einem Geschäft über den Tisch gezogen.«

Beifälliges Nicken bestätigte Estebans Worte.

»Dieses Mal ist er zu weit gegangen. Der Dolch und das Wort des Geistes genügen mir. Ganz gleich, was wir glauben, auf dem Fest gesehen zu haben. Victor muss der Mörder gewesen sein. Er hat uns betrogen! Wieder einmal!« Esteban erhob sich. »Ich habe genug gesehen. Ich verlange, dass dieser Hund geviertelt wird. Er hat uns einmal zu oft hereinzulegen versucht.«

Beifälliges Gemurmel erklang. Die übrigen Kaufleute erhoben sich und strebten dem verriegelten Ausgang entgegen.

Dario gab den Gardisten ein Zeichen zu öffnen.

Eilig verließen sie den Lagerkeller.

Esteban war der Letzte, der ging. In der Tür drehte er sich noch einmal um. »Danke, dass du uns die Augen geöffnet hast, Magus.«

Zwanzig Tage zuvor
Jadebucht, 35 Seemeilen nordöstlich von Serafin

Dichter Nebel hing über der Jadebucht, so wie an mehr als dreihundert Tagen im Jahr. Eine kalte Meeresströmung reichte hier bis dicht an das Ufer heran. Hauptmann Yang behauptete, dies und die Windstille seien der Grund für den Nebel.

Dario waren diese Erklärungen gleich. Er hasste es, wenn die Hafenwacht hierheraus kam, um Jagd auf Schmuggler zu machen. Sie kamen nur äußerst selten. Es erforderte jedes Mal einigen Aufwand, eine solche Expedition vorzubereiten. Ein Boot musste besorgt werden, ohne dass es sich im Hafen herumsprach – sonst wären die Schmuggler gewarnt. Meist ging es nur um Tabak oder um Tulpenzwiebeln, die unverzollt eingeschifft werden sollten. Aber heute hatte Yang es auf eine andere Beute abgesehen. Selten hatte Dario seinen Befehlshaber so angespannt gesehen. Er sprach kein Wort über das, was geschehen sollte.

Mitten in der Nacht war er gekommen und hatte die zehn handverlesenen Gardisten und ihn ausgewählt, um ihn zu begleiten. Das Boot musste er privat besorgt haben. Dario hatte es noch nie zuvor gesehen. Es stammte nicht aus Serafina und war ungewöhnlich schmal, ähnlich einem Waljagdboot. Yang saß an der Ruderpinne. Anfangs hatten sie noch segeln können, doch gegen Morgen waren sie in eine Flaute geraten. Der niedrige Mast lag nun zwischen ihnen auf den Ruderbänken.

»Such«, raunte Yang ihm zu. »Hier ganz in der Nähe muss eine Galeone vor Anker liegen. Du musst sie für mich aufspüren und unser Boot dorthin geleiten.«

Dario schloss die Augen und versuchte die drückend schwüle Hitze zu ignorieren. Sein dünnes Leinenhemd klebte ihm nass am Oberkörper. Stechender Kopfschmerz hatte sich dicht hinter seinen Augenbrauen eingenistet – beste Voraussetzungen, um einen Zauber zu wirken.

Er beugte sich über die niedrige Reling und legte die Hände flach aufs Wasser. Es war angenehm kühl.

Leise murmelnd wurde er eins mit der Welt. Er spürte die Magie, die in allem lebte, und passte sich ihrem langsamen Fließen an. Er spürte einen Schwarm kleiner Fische, der dicht unter dem Boot dahinglitt. Langsam weitete er seine Wahrnehmung aus. Sein Zauber war wie ein Stein, der in einen See eintauchte und konzentrische Wellen verursachte. Vielleicht eine Meile entfernt lauerte etwas Fremdes, Magisches im Meer. Eine Kreatur, die Dario nicht zu benennen vermochte. Doch er verweilte nicht. Er fand einen Wal, spürte die übermütige Freude einer Tümmlerschule, die um die Wette durch das kühle Wasser tollte. Und dann stieß er auf das Schiff. Es war eine große Ansammlung von Lebenskraft. Da war etwas Dunkles. Er spürte Angst! Überdeutlich. Es war das alles beherrschende Gefühl. Mehr als zweihundert Menschen mussten dort sein. Viel zu viele für sie. Und da war auch noch ein anderer Magier …

Dario kappte den Zauber. Er hatte verstanden, was Hauptmann Yang um jeden Preis aufspüren wollte.

»Dort!« Der Magus deutete mit ausgestrecktem Arm nach Steuerbord. »Es sind mehr als zwei Meilen. Wir müssen uns beeilen!«

»Was ist los?«, fragte Yang alarmiert.

»Sie haben einen Zauberer an Bord.«

»Hat er dich bemerkt?«

Dario zuckte mit den Achseln. »Wenn er gut ist, ganz sicher.«

»Pullt!«, fuhr Yang die Männer an. »Rudert, was eure Arme hergeben! Wir dürfen nicht zu spät kommen.«

Der Zauberer verschränkte die Hände ineinander. Er war es gewesen, der Hauptmann Yang auf die heimlichen Fahrten aufmerksam gemacht hatte, die nur alle zwei Jahre in die Jadebucht führten. Ein einziges Mal hatte er selbst daran teilgenommen. Er hatte nicht gewusst, was ihn da erwartete. Jetzt blieb ihm nichts mehr, als zu hoffen, dass der Magier an Bord der Galeone nachlässig war. Dass sein unsichtbarer Gegner im Nebel nicht gemerkt hatte, wie seine Magie die

Galeone berührt hatte. Auch vor dieser Gefahr hatte Dario Yang gewarnt. Aber der Hauptmann war wie besessen davon gewesen, dieses Schiff zu erwischen. Auch er kam von den Tulpeninseln. Ob es daran lag? Berühmt war diese Kette gottverlassener Felsen inmitten der Einsamkeit des Ozeans für seine Tulpenzwiebeln, die im Mutterland fast ihr Gewicht in Silber wert waren. Auch wurden Reis und Gewürze dort eingehandelt. Eigentlich hätten sie zu einem paradiesischen Ort werden können, seit die großen Galeonen die Inseln anliefen und der Handel aufblühte. Doch die Tulpenfürsten waren zu gierig. Sie verkauften Reis, der die eigene Bevölkerung hätte ernähren sollen. Aber der neue Reichtum kam nur den Mächtigen zugute. Den Bauern und Fischern ging es so schlecht wie noch nie. Die Bruderkriege der Tulpenfürsten hatten Tausende ihrer Untertanen in die Sklaverei geführt. Auch Yang war vor über dreißig Jahren als Sklave nach Serafin gekommen. Er hatte die Zuckerrohr- und Tabakplantagen überlebt und war schließlich als Ruderer an die Hafengarde verkauft worden. Nachdem er mit seinem Leib einen für den damaligen Hauptmann der Wache bestimmten Armbrustbolzen aufgehalten hatte, war Yang mit der Freiheit belohnt worden. Zur Überraschung aller war er jedoch in der Hafenwache geblieben. In zwanzig Jahren hatte er alle Ränge vom einfachen Gardisten bis zum Hauptmann durchlaufen. Er hatte sich den Ruf erworben, zwar großherzig, aber auch unerbittlich zu sein. Bei jedem gefährlichen Einsatz gegen Schmuggler, Piraten und Diebesbanden war er in vorderster Linie dabei. Seine Gardisten liebten ihn, selbst jene, die sonst über die Bewohner der Tulpeninseln spotteten und sie für minderwertig und dümmlich hielten. Niemand aus dem ganzen Inselvolk genoss in Serafin solchen Respekt wie Hauptmann Yang. Doch in dieser Angelegenheit heute schienen ihn all seine Umsicht und Weisheit verlassen zu haben.

Beklommen lauschte Dario auf das Knarren der Riemen. Es war das einzige Geräusch, das zu hören war. Sie waren noch zu weit entfernt, um Zeugen dessen zu werden, was Dario so sehr fürchtete. Das Platschen der Fracht, die über Bord geworfen wurde.

Darios Gelenke knackten leise, als sich seine ineinander verschränkten Finger spannten. Er dachte an das Frachtdeck, das er niemals in seinem Leben vergessen würde. An jene eine Reise, die er so sehr bedauert hatte wie nichts sonst in seinem Leben.

Der Nebel löschte jedes Gefühl für Zeit und Entfernung.

Die Rücken seiner halb nackten Kameraden glänzten vor Schweiß, während sie sich unermüdlich an den Rudern abmühten. Jeder an Bord hatte begriffen, dass dies mehr war als nur ein Schlag gegen Schmuggler. Überdeutlich sah man Yang an, wie den sonst so distanzierten Hauptmann Sorge und Leidenschaft verzehrten. Auch wenn Yang nichts über das Ziel ihrer Mission verraten hatte, ahnte inzwischen gewiss jeder, worum es ging – und dass jeder Ruderschlag ein Leben bedeuten mochte.

»Wir müssen es verpasst haben«, sagte Yang schließlich leise und sah Dario an. Die Augen des Hauptmanns waren von einem Netzwerk feiner Falten umgeben. Nie zuvor hatte Dario das Alter so deutlich in das Gesicht seines Kommandanten geschrieben gesehen. »Wir müssen es schaffen.« Yangs Stimme war kaum mehr als ein Hauch. Dario musste sich vorbeugen, um die Worte noch verstehen zu können. Er spürte den warmen Atem seines Kommandanten am Ohr.

»Ich könnte nicht ertragen, mit dem Wissen leben zu müssen, sie meinem Ehrgeiz geopfert zu haben.«

»Du weißt, wie gefährlich es ist, wenn ich meinen Zauber wirke. Er wäre wie ein Fanfarenstoß. Diesmal werden sie uns ganz gewiss bemerken.«

Yangs Augen wurden hart. »Wir müssen schon sehr nahe sein. Wenn wir sie nicht noch einmal anpeilen, werden wir sie im Nebel verfehlen.«

Dario wusste, dass dies die Wahrheit war. Niemand konnte sagen, wie weit ihr Boot – bedingt durch die Strömung – vom ursprünglichen Kurs abgedriftet war. Ganz ohne Orientierungspunkte waren sie blind.

»Tu es!«, sagte Yang nun mit überraschender Schärfe.

Der Magier hauchte ein Wort der Macht und öffnete sich. Fast augenblicklich spürte er die Galeone. Sie war keine hundert Schritt entfernt. Doch das Bild, das sich vor seinem magischen Auge zeigte, war verändert. Dort gab es kein grelles Leuchten voller Leben mehr, auch kaum noch Angst, lediglich bitterste Entschlossenheit. Tränen stiegen ihm in die Augen. Er wies in Richtung des Schiffes und brach die Verbindung in die magische Welt ab. »Steuerbord. Etwa hundert Schritt.«

Kaum dass sie ein paar Ruderschlag getan hatten, hörte er das Platschen der Fracht, die über Bord gestoßen wurde.

Die Männer im Boot gaben ihr Bestes. Sie schossen geradezu durch die leicht kabbelige See.

Blankes Entsetzen stand Yang ins Gesicht geschrieben. Auch er hörte das Platschen der Ladung, die über Bord ging. »Schneller!«, rief er mit brechender Stimme.

Vor ihnen im Nebel erschien ein Schatten. Die Galeone.

Drei, vier Ruderzüge noch, und sie drehten bei.

Yang sprang zwischen den Ruderbänken hindurch, ein Seil mit Enterhaken in der Hand. Mit Schwung wirbelte er es hoch. Eiserne Klauen griffen hinter die Reling. In fliegender Hast war er die Bordwand hinauf. Schon folgten ihm die ersten Krieger. Viel langsamer. Ihre langen Schwerter klapperten beim Klettern gegen die Bordwand.

Dario trat als Siebenter auf das Deck der Galeone.

»Sucht!«, schrie Yang seine Männer an, während ein hochgewachsener Mann mittleren Alters dem Hauptmann entgegentrat. Victor Rubén Bautista, Vorsteher des Kontors Bautista und reichster Kaufmann der Kolonien. Vor drei Jahren erst hatte er das Geschäft von seinem Vater übernommen, der bei voller Manneskraft überraschend verstorben war. Victor galt als klug und absolut skrupellos. Seine Geschäfte waren ebenso weitverzweigt wie undurchsichtig. Gerüchten zufolge gehörten dem Kontor mehr als dreißig Galeonen, die auf allen neun Meeren segelten.

»Hauptmann Yang! Was für eine Überraschung!« Ein leicht herablassendes Lächeln begleitete die Worte des Kaufherrn. Victor warf einen Blick auf Dario. »Und Ihr Leibmagier begleitet Sie auch, mein Freund. Ganz wie Sie bin auch ich der Meinung, dass ein vorausschauender Mann auf See stets einen Zauberkundigen an seiner Seite haben sollte, der es vermag die Gunst des Schicksals zu wenden, sollten dunkle Wolken am Horizont aufziehen.« Sein süffisantes Lächeln gab Dario die Gewissheit, dass sie zu spät gekommen waren.

Neben Victor Bautista traten nun andere Gestalten aus dem Nebel. Seeleute mit harten, wettergegerbten Zügen, deren Augen ahnen ließen, dass ihre Seelen schon längst in den dunklen Nächten endloser Reisen verloren gegangen waren. Am beunruhigendsten aber war eine kleine Gestalt mit tätowiertem Gesicht. Ein Windrufer von den Tulpeninseln. Diese Zauberer erwarben ihr Wissen nicht aus Büchern und in den kleinen Studierzimmern jahrhundertealter Akademien. Sie waren die handverlesenen Schüler von Meisterzauberern. Ihre Unterrichtsstunden erfolgten in der freien Natur, und es hieß, dass sie einen Teil ihrer Lebenskraft gegen eine Verbindung zu den Geistern ihrer Ahnen tauschten. Ihr Ruf war ebenso finster wie ihr Auftreten.

Der kleine, tätowierte Mann musterte ihn mit unverhohlenem Spott. Überdeutlich spürte Dario die Macht, die von dem Zauberer ausging. Er war der Einzige, der an diesem schrecklichen Tag einen Gewinn erzielt hatte.

Juan schob seinen Lockenkopf durch eine Ladeluke links von ihnen. »Der Frachtraum steht voller Sklavenpritschen, und es stinkt hier unten wie im Gerberviertel.«

»Ihr fahrt schließlich auf einem Sklavenschiff!«, sagte Yang eisig.

Victor Bautista weitete die Hände. »Aber natürlich. Warum sollte ich das Offensichtliche leugnen.«

Dario traute seinen Ohren nicht. »Ihr gesteht also, ein Sklavenhändler zu sein?« Dieses Bekenntnis würde Victor mindestens die Verbannung aus Serafina einbringen. Sollten die anderen Kaufleute aber überzeugt sein, dass er keine Gegenwehr mehr leisten konnte, dann würde ihn das Geschworenengericht der Handelszünfte vielleicht sogar für Jahre in den Kerker stecken, um anschließend die Geschäfte des Hauses Bautista an sich zu reißen.

»Aber, aber – mein Guter. Ich muss dich bitten, mehr meinen Worten zu lauschen und weniger den Wünschen deines dunklen Herzens. Bist du nicht auch schon einmal für meinen Vater gefahren?« Der Kaufherr bedachte ihn mit einem amüsierten Blick. »Ich bin sicher, wir werden deinen Namen in den Büchern unseres Kontors finden, und wenn ich mich nicht sehr irre, warst du es, der auf einem Sklavenschiff gereist ist, das tatsächlich mit frischem Fleisch für die Plantagen beladen war.«

Dario spürte, wie seine Kameraden ihn anstarrten. Dass er einmal auf einem Sklavenschiff war, hatten sie nicht gewusst.

»Als unser Magus Dario Ramirez diese Fahrt unternahm, war die Sklaverei noch nicht verboten«, eilte Hauptmann Yang ihm zu Hilfe. »Ganz im Gegensatz zu heute.«

»Mein lieber Hauptmann, dass ich auf einem Sklavenschiff fahre, heißt nicht, dass ich auch mit Sklaven handle. Ich möchte Euch bitten, Euch in Euren beleidigenden Vorwürfen zu mäßigen.«

Yang sah zu Juan hinüber, der auf der Treppe hinab zum Frachtraum stand. Jetzt roch auch Dario den Gestank von Exkrementen, ungewaschenen Leibern und Angst. Er wogte aus dem Frachtraum herauf. Der Magus kämpfte einen Anflug von Übelkeit nieder.

»Wir werden beweisen, dass Ihr die Gesetze von Serafin gebrochen habt.« Yang ging auf die Luke zu, scheuchte Juan vor sich her und stieg in den Schiffsbauch hinab.

»Zu zartbesaitet, um deinem Hauptmann zu folgen?« Bautista nickte in Richtung des Abstiegs.

Er würde sich lieber einen Finger abschneiden, als vor diesem überheblichen Drecksack wie ein Schwächling auszusehen, dachte Dario und folgte Yang.

Zehn Schritt später bereute er seine Entscheidung. Er versuchte nur noch flach durch den Mund zu atmen, dennoch vermochte er den Gestank nicht auszublenden. Ja, er hatte sogar das Gefühl, dass sich ein öliger Film auf seine Zunge legte, wenn er einatmete.

Nur ein einziges Licht brannte im Unterdeck. Der Raum war mit Pritschen angefüllt. Die Sklaven hatten hier auf Lagern aus Holzplanken geschlafen. Sie waren so klein, dass sie nur zusammengekrümmt darauf gepasst haben konnten. Je vier Schlafpritschen lagen übereinander. Ein halber Schritt trennte sie voneinander. Überall herrschte beklemmende Enge.

»Alle sind fort ...«, keuchte Yang. »Sie müssen dich bemerkt haben, als du das Schiff aufgespürt hast.«

Dario nickte, unfähig, irgendetwas zu antworten. Er wusste, was das hier bedeutete. Er kannte die Geschichten.

Die Sklavenhändler warfen lieber eine ganze Ladung über Bord, als sich erwischen zu lassen.

Schaudernd sah sich der Magus um. Zählte die Pritschengestelle.

»Mehr als zweihundert«, sagte Yang.

Dario kämpfte gegen das Gefühl an, sich übergeben zu müssen. So voller Leben war das Schiff gewesen, als er es entdeckt hatte.

Er tastete über die Latten der Schlafpritschen. Sie waren nass und voller Unrat. Bei schwerer See blieben die Sklaven manchmal für Tage unter Deck eingesperrt.

»Er wird seiner Strafe nicht entgehen!« So wie Hauptmann Yang es sagte, klang es, als hätte er gerade einen Eid abgelegt. Entschlossen stieg der Befehlshaber aufs Deck hinauf.

Dario folgte ihm.

»Victor Rubén Bautista, ich beschuldige Euch, gegen das Sklavenhandelsgesetz von Serafin verstoßen zu haben, und ich klage Euch des Mordes an mehr als zweihundert Kindern an.« Er sah zu den Seeleuten und dem Magier hinüber. »Auch euch klage ich an. Doch werdet ihr dem Galgen entkommen, wenn ihr berichtet, was hier vorgefallen ist.«

Keiner der Angesprochenen zuckte auch nur mit der Wimper. Dario erinnerte sich gut, wie es gewesen war, als er auf einem Sklavenschiff gesegelt war. Die Mannschaft war bedingungslos auf den Eigner und den Kapitän eingeschworen. Vielleicht würden sie unter der Folter reden, einfache Drohungen genügten offensichtlich nicht.

»Mir scheint, es ist ein falscher Eindruck entstanden«, sagte Victor, als das Schweigen der Mannschaft immer bedrückender wurde. »Ich habe dieses Schiff erst vorgestern erworben. Hier in dieser Bucht. Die Mannschaft ist neu. Wir alle wissen nicht, was vor unserer Ankunft hier an Bord geschehen ist.« Er seufzte. »Natürlich sind wir nicht blind – dies ist ein Sklavenschiff. Aber Ihr, werter Hauptmann, tut uns unrecht, denn wir sind keine Sklavenhändler.«

Er fixierte Yang mit stechendem Blick, wie ein Fechter, der sich sicher war, im nächsten Moment den Todesstoß zu setzen. »Es gibt weder in Serafin noch in irgendeiner anderen Stadt, die ich kenne, ein Gesetz, das es verbietet, ein Sklavenschiff zu besitzen.«

»Durchsucht noch einmal das ganze Schiff«, wies Yang seine Männer an.

Dienstbeflissen kamen sie dem Befehl nach, doch Dario wusste, dass es hoffnungslos war. Er stellte sich vor, wie diese Ungeheuer, die dort vor ihnen standen, vor einer halben Stunde erst die Kinder aus dem Schiffsrumpf gezerrt hatten. Wie man ihnen eiserne Fußschellen angelegt hatte, an denen mit Ketten schwere Steine befestigt waren. Und wie sie dann über Bord gestoßen worden waren.

Dario machte ein paar Schritt in Richtung der Reling auf der anderen Decksseite. Das Deck war nass von Pisse. Schrammen auf dem Holz zeigten, wo schwere Steine über die Reling geschrammt waren. Eine offene Holzkiste mit Fußfesseln stand sogar noch an Deck.

»Gibt es etwas zu sehen, Magier?«, fragte ihn Victor herausfordernd.

»Sehr viel«, entgegnete Dario streitlustig. »Spuren, die eine Geschichte erzählen …« Er bückte sich. Tastete mit den Fingern über die Pfützen auf dem Deck. Die Pisse war sogar noch warm.

»Und?« Victor stand nun neben ihm. Er trug kniehohe schwarze Reitstiefel, die mehr gekostet haben mussten, als Dario in einem halben Jahr in den Diensten der Stadt verdiente. Dazu schwarze Hosen, deren Seitennähte mit silbernen Schmuckknöpfen besetzt waren. Statt eines Gürtels hatte er eine breite rote Bauchbinde mit silbernen Troddeln um seine Hüften geschlungen. Darin steckten ein halbes Dutzend Dolche, sodass er eher wie ein Räuberhauptmann und weniger wie ein gesetzter Kaufmann aus den Kolonien aussah.

Neben dem Seidenhemd rundete ein schmaler Oberlippenbart das affektierte Äußere Victors ab. Sein vom Nebel feuchtes Haar hing ihm ins Gesicht. Er wäre gut aussehend gewesen, gäbe es da nicht diese Augen. Sie waren von einem fahlen Grün, wie Wasserlinsen, die auf fauligen Tümpeln wuchern. In ihnen wohnte kein Herz. Kalt und berechnend blickten sie auf Dario herab.

»Habt Ihr mir etwas zu sagen, Herr Magier?«

»Warme Pisse . . . «

»Ihr seid selbst zur See gefahren, Herr Magus. Ihr wisst, wie diese faule Matrosenbande manchmal ist. Verstockt, aufsässig und zu jeder Art von Provokation bereit. Ich fürchte, das ist einer meiner Männer gewesen.«

»Die Fesseln . . . «

Victor zuckte mit den Achseln. »Habe ich mit dem Schiff zusammen gekauft.«

Dario spürte, wie sich etwas veränderte. Eine Spannung lag in der drückend schwülen Luft, ganz so, als könnte jeden Augenblick ein Gewitter ausbrechen. Es war der Zauberer des Kaufmanns. Der tätowierte, hagere Mann murmelte etwas. Sein Blick war auf Yang gerichtet.

Ganz gegen seine Art machte Yang einen Satz nach vorn, packte Victor bei seiner Schärpe, zog ihn dicht zu sich heran und verpasste ihm einen Faustschlag mitten ins Gesicht, der den Kaufmann mit blutender Nase aufs Deck schickte.

»Ich werde einen Weg finden, Euch für Eure Morde zur Rechenschaft zu ziehen, Victor Rubén Bautista. Dieses Verbrechen wird nicht ungesühnt bleiben. Ihr werdet . . . «

Der tätowierte Mann stieß einen Laut aus, der an einen Möwenschrei erinnerte. Seine Arme schnellten hoch, und Yang wurde ebenfalls von seinen Füßen gerissen. Doch stürzte der Hauptmann nicht zu Boden. Stattdessen schwebte er. Langsam trieb er – sich hilflos windend – der Reling entgegen.

Dario rief das Wort der Störung. Doch nichts geschah. Als er etwas anderes versuchen wollte, durchfuhr ein scharfer Schmerz seine Zunge. Unfähig, auch nur einen Laut von sich zu geben, sah er, wie Yang fast die Reling erreicht hatte.

Juan, der jüngste unter den Gardisten, die mit an Bord gekommen waren, machte einen Satz in die Luft und versuchte den Hauptmann zu packen. Doch es war aussichtslos. Yang schwebte schon mehrere Schritt über dem Deck.

»Lass ihn, Nao«, befahl Victor, der sich wieder aufgerappelt hatte. Blut troff ihm von der eingeschlagenen Nase auf sein Seidenhemd.

Der Magier von den Tulpeninseln gab einen unwilligen Laut von sich, fügte sich dann aber doch. Er brach den Bann, und Yang fiel aus der Luft.

Erstaunlich behände landete der Hauptmann auf den Füßen, federte in den Knien und richtete sich auf. Kaum beherrschter Zorn loderte in seinen Augen.

Victor gab sich gelassen. »Wisst Ihr, was mit Hitzköpfen, wie Ihr einer seid, geschieht, Yang? Sie sterben vor der Zeit, und zwar einen grausamen und einsamen Tod. Und kaum dass Ihr unter der Erde seid, werdet Ihr vergessen sein, Schlitzauge. Ihr mögt es weit gebracht haben, doch der Preis dafür ist stets, dass man mehr Feinde hat als Freunde.«

»Ist das eine Drohung?«

Bautista hatte zu seinem abschätzigen Lächeln zurückgefunden. Er legte eine Hand auf die Dolchgriffe, die aus seiner Bauchbinde lugten. »Es ist eine freundliche Warnung.

Ich weiß, dass es Euch nicht an Mut mangelt, Yang. Doch das ist nicht das, was Ihr braucht. Lasst Euch ein zweites Paar Augen im Hinterkopf wachsen. Und verschwindet von meinem Schiff. Da es offensichtlich keine Sklaven an Bord gibt, sehe ich auch keine Veranlassung für Eure Anwesenheit.«

Der Hauptmann nickte. »Ziehen wir uns zurück«, sagte er mit fester Stimme.

Dario wusste, dass sie keine andere Wahl hatten, und doch fühlte er sich unendlich enttäuscht. Die Männer hier an Bord hatten hundertfachen Mord begangen, und sie würden damit davonkommen, weil Yang sich an die Regeln hielt, so wie er es immer tat.

21. Tag im Wolfsmond, früher Abend
Serafin, westlicher Hafen, Handelskontor Bautista

Dario stand an einen Lastkarren gelehnt am Kai vor dem Handelshaus Bautista und beobachtete das Spektakel, das am äußersten Ende der steinernen Mole veranstaltet wurde. Drei Tage waren seit den Ereignissen in der Jadebucht vergangen.

Erst heute Morgen hatte die Galeone im Hafen angelegt. Victor Rubén Bautista jedoch war schon früher gekommen. Er hatte die Geschichte über das aufgekaufte Sklavenschiff in der Stadt verbreitet und Stimmung für sich machen lassen, während die Hafenwache über den fehlgeschlagenen Einsatz Stillschweigen bewahrte.

Mürrisch zog Dario an seiner Meerschaumpfeife und blies Rauchkringel über das stinkende Hafenwasser hinaus. Eben erst hatte Victor unter großem Jubel die Galeone auf den neuen Namen *Freiheit* getauft. Nun wurden die Pritschen aus dem Frachtdeck geholt und auf einem Scheiterhaufen am Ende der Mole verbrannt. Wen Bautista wohl geschmiert hatte, um ein solches Feuer mitten im Hafen anstecken zu können? Gut, es war die Regenzeit. So ziemlich alles ringsherum war triefend nass, und dennoch verhielten sich die Hafenverwaltung und der Stadtrat normalerweise äußerst engstirnig, was offene Feuer anging. Zu groß war die Angst vor Bränden, die durch Funkenflug verursacht werden konnten.

Aber für Bautista schien es kein Hindernis zu geben, das er nicht überwinden konnte. An Tagen wie diesem heute tat es Dario leid, dass er sich nie den dunklen Abgründen der Fluchmagie gewidmet hatte. Wie gern würde er diesem überheblichen Bastard irgendein Unglück an den Hals hexen. Aber was würde es helfen? Schneller, als er ausspucken konnte, wäre ein anderer Drecksack da und würde den Platz von Bautista einnehmen.

Und dennoch ... dass der Tod von mehr als zweihundert Kindern nicht nur ungesühnt, sondern sogar unerwähnt blieb, nagte an Dario. Der Sklavenhandel war verboten, aber als das Gesetz im Rat von Serafin verabschiedet wurde, weil sich das Mutterland gegen die Sklaverei gestellt hatte, hatten sich die Plantagenbesitzer eine Hintertür offen gehalten. Nur der Handel mit Sklaven war untersagt, nicht aber ihr Besitz. Es musste also kein einziger Sklave freigelassen werden, und was noch perfider war: Kinder, die von einer Sklavenmutter geboren wurden, sollten ebenfalls unfrei bleiben, es sei denn ihr Besitzer entschied sich, sich ihnen gegenüber großmütig zu zeigen. So war auf viele Jahre der Fortbestand der großen Plantagen gesichert worden. So schien es wenigstens ... Doch als diese Gesetze verbschiedet wurden, hatten die selbstherrlichen Sklavenbesitzer nicht mit dem Widerstand der Frauen gerechnet. Ja, sie hatten Jahre gebraucht, um zu begreifen, was vorgefallen war. Denn seit die neuen Gesetze zur Sklaverei in Kraft waren, wurden kaum noch Kinder geboren.

Die Sklavinnen hatten den Geheimbund der Schlangen gegründet. In aller Heimlichkeit hatten sie die von den Tulpeninseln bekannte Schlangenwurzel auch in den Kolonien verbreitet. Wurde ein Stück dieser Wurzel an jenem Ort eingeführt, den eine Frau üblicherweise allein ihrem Liebsten vorbehielt, dann verhinderte dies für einige Tage eine Empfängnis, da die Wurzel ein leichtes Gift absonderte. Blieb sie aber über Wochen im Schoß der Frau, dann führte dies zu lebenslanger Unfruchtbarkeit. Die Sklavinnen hatten entschieden, lieber auf das Mutterglück zu verzichten, als Kinder zur Welt zu bringen, denen ein Leben in Unfreiheit vorherbestimmt war.

Als die Plantagenbesitzer vom Geheimbund der Frauen und dem Komplott erfahren hatten, war es längst zu spät. Genaue Zahlen über das Ausmaß der Rebellion gab es nicht, doch es hieß, dass neunzig von hundert Frauen im empfängnisfähigen Alter keine Kinder mehr bekommen könnten.

Die Vergeltung der Plantagenbesitzer war unerbittlich gewesen. Die Rädelsführerinnen des Geheimbundes waren öffentlich geviertelt worden, und etliche Frauen, die um die Wirkkraft von Kräutern wussten, hatte man zu Hexen erklärt und verbrennen lassen. Doch so blutig die Rache auch war, der Sieg war den Sklavinnen nicht mehr zu entreißen gewesen. Die Sklaverei in den Kolonien würde buchstäblich aussterben.

Doch statt sich zu fügen und über ein anderes System nachzudenken, ihre Plantagen zu bewirtschaften, hatten die Großgrundbesitzer ein neues, besonders dunkles Kapitel in der Geschichte der Sklaverei aufgeschlagen. Sie hatten damit begonnen, Kinder auf den Tulpeninseln zu kaufen und sich gefälschte Geburtspapiere ausstellen zu lassen. Viele wussten von diesem schändlichen Handel. Die Kinder waren meist zwischen acht und zwölf Jahren. Alt genug, um bereits einfache Arbeiten zu verrichten. An Land war die Mauer des Schweigens geschlossen. Das Einzige, was diesem Geschäft gefährlich werden konnte, war ein Sklavenschiff, das auf hoher See aufgebracht wurde und von der Hafenwache hierher nach Serafin gebracht wurde, um das Geschäft aufzudecken. Und um das zu verhindern, hatte Victor Rubén Bautista seine Fracht mit Steinen beschwert und über Bord werfen lassen. Die Jadebucht war dort, wo die Galeone geankert hatte, mehr als zweihundert Faden tief. Kein Perlentaucher konnte so tief ins Meer hinab. Niemand würde je die Wahrheit erfahren.

Darios Zähne knirschten auf dem Mundstück der Pfeife. Und dieser Bastard Victor ließ sich von den einfältigen Schafen der Stadt auch noch als ein Held feiern, der ein Sklavenschiff gekauft hatte, um es künftig mit Tabak und Schnaps zu beladen. Und die, die es besser wussten, jubelten ihm auch zu, schließlich hatte er sie davor bewahrt, dass ihre schmutzigen Geschäfte aufflogen.

Der Zauberer ließ weitere Rauchringe über das dunkle Hafenbecken schweben. Yang hatte bereits herausgefunden, dass die Besatzung der *Freiheit* die Galeone nicht verlassen durfte. Es würde keine Gelegenheit geben, sich einen der Seemänner vorzunehmen und zu einem Geständnis zu überreden, das Bautista belastete. Laut der Schiffspapiere würde die Galeone schon in zwei Tagen mit der morgendlichen Flut auslaufen und den Hafen von Constantinos in der alten Heimat ansteuern. Das war eine Reise von einem halben Jahr. Wohin sie von dort aus segeln würde, wussten allein die Götter. Die Besatzung würde man in Serafin niemals wiedersehen. Niemand würde jemals aufdecken, was in der Jadebucht geschehen war.

»Spürst du denselben Zorn wie ich?«

Dario zuckte zusammen. Yang besaß die unheimliche

Fähigkeit, sich so lautlos wie eine Katze bewegen zu können. Sein Hauptmann stand im Schatten des Wagens und blickte zum Feuer auf der Mole.

»Kaum zu glauben, die Stadt feiert den Mörder von mehr als zweihundert Kindern als einen Helden. Und wir, die wir es besser wissen, können nichts dagegen tun.« Dario schloss den Deckel seiner Pfeife. Ihm war übel.

»Ich sehe das anders«, entgegnete der Hauptmann. »Aber zunächst eine Frage. Ist es unsere Pflicht, Recht durchzusetzen oder Gerechtigkeit?«

Seit Yang den Kaufmann angefallen hatte, war sich Dario nicht mehr sicher, ob er seinen Vorgesetzten wirklich kannte. Nie hätte er geglaubt, dass Yang es sich je gestatten würde, sich von seinen Emotionen beherrschen zu lassen. »Ich finde, Bautista hat für sein Verbrechen den Tod verdient«, wich der Magier einer Antwort auf die Frage aus.

»So wie ich.« Yang starrte ihn an. »Ich hätte auf dich hören sollen, dann würden die Kinder noch leben. Sie wären Sklaven, aber ... weißt du, ich stelle mir immerzu vor, dass ihre Seelen über den dunklen Meeresgrund irren und nicht zum Licht finden. Ich ...« Er presste die Lippen zusammen. »Ich bin vor meinen Richter getreten und habe meine Schuld bekannt.«

Dario verstand nicht, was sein Hauptmann damit meinte.

»Du wirst mein Scharfrichter sein.« Er griff in seinen Ärmel und zog einen Dolch hervor, dessen goldene Scheide mit Smaragden besetzt war. »Diese Waffe wird mein Leben beenden und auch Bautistas Schicksal besiegeln. Ich schenke sie dir jetzt. Sie muss ganz unzweifelbar dein Besitz gewesen sein.«

Dario schob die Hand mit der Waffe zurück. »Ich will das nicht ...«

Der Hauptmann deutete zu dem Feuer, das auf der Mole

brannte. »Du möchtest also, dass er triumphiert. Dass ein Mörder ein Held sein darf.«

»Nein!«, stieß er verzweifelt hervor. »Aber es kann nicht so geschehen … du …« Er sah die Entschlossenheit in Yangs Augen und verstand. »Du hattest nicht wirklich die Beherrschung verloren, als du Bautista an Bord geschlagen hast. Es ging dir darum, unbemerkt diesen Dolch zu stehlen.«

Der Anflug eines Lächelns zuckte in Yangs Mundwinkeln. »Einige meiner Männer lieben mich dafür, dass ich mich habe gehen lassen. Du weißt, dass dies nicht meine Art ist. Ich habe kein Herz mehr. Ich kenne unbeherrschte Emotionen nicht mehr. Als ich an Bord eines Sklavenschiffes hierhergekommen bin, ist mein Herz verwelkt wie eine Blume. Was ich hatte, war ein starker Überlebenswillen und der Glaube daran, dass ich nur immer weiter vorwärtsgehen muss und aus eigener Kraft eine bessere Zukunft erreichen könnte. Für mich … für alle meines Volkes hier auf der Insel. Ich wollte, dass die Sklaverei hier endet. Es ist nie aufgedeckt worden, wie die Schlangenwurzel nach Serafin gekommen ist. Sie wächst hier nicht. Es gibt sie nur auf den Tulpeninseln. Ich bin es gewesen, der sie hierher gebracht hat und verteilen ließ.«

Dario leckte sich nervös über die Lippen. Das hatte er niemals wissen wollen.

»Mach dir keine Sorgen. Ich habe an alles gedacht. Dieses Mal …« Yang senkte den Blick. »Mein Ehrgeiz, Bautista zu stellen und den Sklavenhandel ein für alle Mal zu beenden, hat mich vom Weg abgebracht. Ich hätte an die Kinder denken müssen, nicht an mein Ziel … Was hätte alles aus ihnen werden können. Nun gehöre auch ich zu den Mördern, und deshalb werde ich gerichtet werden.«

Eine Weile blickten sie beide schweigend zu dem Feuer. Es war dunkel geworden, doch immer noch drängten sich

Hunderte auf der Hafenmole, um dem Spektakel beizuwohnen, das Bautista dort veranstaltete.

»Ich möchte keinen Anteil an deinem Tod haben«, sagte Dario leise.

Yang nickte. »Ich kann dich nicht zwingen. Aber deine Entscheidung lässt mein Dahinscheiden belanglos werden. Und was noch schlimmer ist, du gibst ihm dort hinten recht. Du lässt Bautista davonkommen, mit all seinen Taten. Du trittst die Gerechtigkeit mit Füßen.« Der Hauptmann drückte ihm entschlossen den Dolch in die Hand. »Erfüll mir einen Wunsch. Trage diese Waffe die nächsten beiden Wochen bei dir. Und lass sie niemanden sehen. In den zwei Wochen werde ich meine Angelegenheiten in diesem Leben abschließen. Danach werden wir noch einmal sprechen.«

7. Tag im Lotusmond, Nacht
Serafin, westlicher Hafen, Lagerhaus VI

Dario stand am offenen Tor des Lagerhauses und blickte zum Vollmond hinauf. Er empfand keine Genugtuung. Drei Tage lang hatte er Yang zu Tode gequält. Sein Hauptmann hatte es so gewollt. Bis zuletzt hatte Yang darauf bestanden, dass es die gerechte Strafe war – dafür, dass er die Kinder seinem Ehrgeiz geopfert hatte. Was diese Tat aus ihm, Dario, machte, hatte nie zur Sprache gestanden. Es hatte Augenblicke gegeben, da hatte er sich tatsächlich wie ein Scharfrichter gefühlt, der für die richtige Sache Blut vergoss. Nun war es nicht mehr so.

Er spürte, wie es plötzlich kälter wurde. Yangs Geist war hinter ihm. Er war lautlos gekommen, so wie er es schon zu Lebzeiten getan hatte. Nur er würde Yang sehen. Und Yangs Stimme klang in seinem Kopf. So zu sprechen, dass alle sie hörten, fiel Geistern schwer. Aber den Magiern, die sie beschworen hatten, teilten sie sich auf andere Art mit. Deshalb wurde die Kunst der Geisterbeschwörung so selten ausgeübt. Wie ein Schatten hafteten die Geister den Zauberern an. Sie waren bei ihnen, in ihnen, kannten jeden ihrer Gedanken, und nichts vermochte ihre Stimmen zum Verstummen zu bringen. Es sei denn, sie wurden erlöst. Doch jede beschworene Seele fand auf andere Art Erlösung. Wenn er Pech hatte, würde er Yang niemals loswerden.

Wirklich erstaunlich. Ich hätte nicht lügen können, erklang die Stimme des Geistes in Darios Kopf. *Der Aberglaube stimmt!*

»Und doch haben wir sie getäuscht.«

Aber gelogen haben wir dabei nicht. Die Stimme in Darios Kopf klang amüsiert.

Gehörte dieser Dolch Victor Rubén Bautista? Jetzt ahmte Yang den ernsten Tonfall nach, in dem Dario seine Fragen gestellt hatte. *War es der Mann, dem dieser Dolch gehört, der Euch getötet hat, Hauptmann Yang?*

Keinem der Geschworenen war aufgefallen, dass er bei seinen Fragen von der Vergangenheitsform in die Gegenwartsform gewechselt war. Aber wer achtete schon auf solche Feinheiten, wenn er einen Geist vor sich sah?

Heute ist ein großartiger Tag für die Gerechtigkeit, versuchte Yang ihn aufzumuntern.

»Bautista wird für etwas bestraft, das er nicht getan hat«, bemerkte Dario trocken.

»Die Welt wird ohne ihn ein besserer Ort sein.«

»Ist das so?« Dario wandte sich um und sah den Geist lange an. Yangs schreckliche Wunden waren verschwunden, und die durchscheinende Gestalt hatte auch wieder Augen. »Oder ist die Welt ohne Bautista einfach nur ein anderer Ort geworden?«

Sie ist zu dem Ort geworden, der sie nach unserer Entscheidung sein sollte, erklärte Yang ganz ohne Selbstzweifel.

Dario glaubte nicht, dass er eines Tages auch zu dieser Gewissheit finden würde.

»Mein persönlichstes Buch!«

Bernhard Hennen

*Cover- und Preisänderungen vorbehalten

Bernhard Hennen

Nebenan

Roman

Piper, 560 Seiten
€ 14,99 [D], € 15,50 [A]*
ISBN 978-3-492-70413-7

Bestsellerautor Bernhard Hennen führt in ein faszinierendes Reich, das von Hexen, Werwölfen und anderen fantastischen Geschöpfen bevölkert wird. Durch ein Weltentor gelangen der geheimnisvolle Erlkönig und rabiate Trolle von »Nebenan« in unsere Gegenwart. Nur eine Gruppe wagemutiger Helden stellt sich ihnen entgegen … Das fulminante Fantasy-Abenteuer erstmals vollständig überarbeitet und komplettiert durch ein brandneues Nachwort zur Entstehungsgeschichte des Romans!

PIPER

Leseproben, E-Books und mehr unter **www.piper.de**